KB166970

반상의
해바라기

BANJO NO HIMAWARI

Copyright ⓒ 2017 Yuko YUZUKI
All right reserved.

Originally published in Japan by CHUOKORON-SHINSHA, INC., Tokyo
Korean translation rights arranged with CHUOKORON-SHINSHA, INC.
through Japan UNI Agency, Inc., Tokyo and BC Agency.

이 책의 한국어판 저작권은 BC에이전시를 통해 저작권자와 독점계약을 맺은 황금
시간에 있습니다. 저작권법에 의해 한국 내에서 보호를 받는 저작물이므로 무단전
재와 복제를 금합니다.

반상의
해바라기

盤上の
向日葵

유즈키 유코 장편소설
서혜영 옮김

황금시간

장기는 두뇌의 격투기다.

장기 기사들은 몸과 마음을 다해, 생명까지 깎아가며 승부에 도전한다.

바둑이 그러하듯이. 체스가 그러하듯이.

이 소설은 반상盤上이라는 이류의 전장에서 싸우는 남자들의 긍지와 고뇌, 환희와 비애를 그리고 있다.

글 첫머리에 천재적인 두 남자가 등장한다.

한 명은 젊을 때 장기계의 정점에 선 정통파 엘리트 기사.

그리고 또 한 명은 부모의 사랑을 받지 못한 채 어린 시절을 보내며 빈곤의 밑바닥에서 기어올라 특례로 프로 기사가 된 주인공.

주인공이 반상에서 보는 해바라기는 고흐가 그린 해바라기처럼 힘차고, 덧없고, 숭고하다.

한국의 독자분들이 내 가슴속의 모든 것을 담은 이 소설을 읽을 수 있게 된 것은, 바라던 것 이상의 행복이다.

한 명이라도 더 많은 독자가 일본을, 그리고 장기를, 프로기사의 모습을 조금이라도 가까이 느낄 수 있다면, 이보다 더한 기쁨은 없다.

유즈키 유코

＊ 이 책의 주는 모두 옮긴이의 주입니다.

서序

—

역 승강장에 내려서자 찬 바람이 몸을 휘감아 왔다.

뒤를 바라보니 잿빛 구름으로 덮인 하늘이 살풍경하다.

사노 나오야는 찬 바람에서 몸을 지키기 위해 코트 깃을 세웠다.

사노에 이어 이시바 쓰요시가 기차에서 내렸다. 몸을 움츠리고 목소리를 떤다.

"역시 북쪽 지방의 겨울은 추운 정도가 다르군. 살갗이 아리네."

사노는 고개를 뒤로 돌려 자신의 상사를 바라봤다. 젊어서 유도로 단련했다는 탄탄한 몸을 코트로 둘둘 말고 있다. 마치 도롱이벌레 같다.

"덴도시는 야마가타현에서는 그래도 따뜻한 곳입니다. 적설

량도 현 내에서 가장 적을걸요."

평소에도 언짢아하는 것처럼 보이는 얼굴이 더욱 험악해졌다. 비위를 거스른 모양이다.

"서른을 갓 넘은 애송이랑 같은 취급 하지 마. 나이 먹으면 추위가 속으로 파고든다고."

이시바는 올해로 마흔다섯이 된다. 일단 살인 사건이 일어나 수사본부가 꾸려지면 밤낮을 가리지 않고 수사에 매진하는데, 그럴 때 보면 체력이 젊은 사람에게 전혀 꿀리지 않는다. 나이 먹어 비실거리기는커녕 수사1과를 앞서서 이끄는 중견 형사다.

이시바가 엄살떨며 하는 우는소리에 사노는 굳이 대꾸하지 않았다. 이시바는 자기 편의에 따라 어떨 때는 폭삭 늙기도 하고, 어떨 때는 젊어지기도 한다.

승강장에서 주변을 둘러보면서 "그런데 말이야" 하고 이시바가 말을 이어갔다.

"춥긴 한데 확실히 눈은 적군. 오는 도중에 눈이 엄청나게 많이 쌓인 데가 있었는데, 여기는 거기에 비하면 반도 안 왔네. 같은 현인데도 이렇게 다르다니."

이시바가 말한 곳은 아마도 요네자와일 것이다. 도쿄를 벗어나 달려온 신칸센 쓰바사가 야마가타현에 들어서서 처음으로 정차하는 역이다. 차량 창문 높이까지 쌓여 있는 눈을 본 이시바는 놀라서 소리를 질렀다.

"요네자와처럼 현 경계 가까이 있는 지역에는 눈이 많지만,

여기는 분지이기도 하고 지열이 높아 눈이 내려도 쉽게 녹습
니다."

이시바가 감탄스러운 눈빛으로 키 큰 사노를 올려다봤다.

"잘 아네. 그러고 보니 자네, 덴도에 와봤다고 했지."

사노는 한순간 망설였지만 솔직히 대답했다.

"두 번쯤."

이시바는 시선을 앞으로 향하더니 "흐응" 하고 콧소리를
냈다.

"그것도 장기하고 관계가 있었던 건가?"

"네, 뭐."

걸음을 옮기는 이시바 옆에서 걸으면서 사노는 말끝을 흐
렸다.

개찰구를 나온 사노와 이시바는 택시 승차장으로 향했다.

계단을 내려가 역 앞 광장으로 들어선 사노는 눈앞에 펼쳐
진 광경을 보고 자신의 준비가 허술했다는 걸 깨달았다.

택시 승차장에 이렇게 많은 사람들이 줄을 서 있을 줄은 몰
랐다.

덴도시는 현청소재지인 야마가타시에서 차로 30분 정도 거
리에 있다. 장기말 산지로 유명하고, 온천으로도 널리 알려진
야마가타시의 베드타운이다. 인구 약 6만 명의 조용한 도시인
터라 평일 아침 9시에 줄을 서서 택시를 기다려야 할 정도로
혼잡할 거라고는 생각하지 못했다.

조금만 더 깊이 생각했더라면 택시를 예약해둬야 한다는

걸 놓치지 않았을 것이다.

어제부터 덴도시내의 호텔에서 일본공론신문사 주최 장기 타이틀전, 용승전龍昇戰 제7국이 벌어지고 있었다. 그러니 전국 각지에서 장기 팬이 몰려들 거란 사실은 어렵지 않게 예상할 수 있는 일이었다.

사노는 손에 들고 있던 주간지를 원망스러운 눈으로 내려다봤다. '주간 마이초.' 1994년 12월 23일호, 용승전 타이틀 보유자와 도전자를 소개한 최신호다.

12월을 맞이한 지금, 장기계 열기가 거세다.

명인이 되기 위해 태어난 남자, 라고 불리는 젊은 천재 기사 미부 요시키(24세) 용승전 타이틀 보유자에게 도전하는 것은 가미조 게이스케 6단(33세)이다. 프로 기사 양성 기관인 장려회를 거치지 않고 아마추어계에서 활동하다가 특례로 프로가 된 도쿄대 출신의 엘리트 기사다. 와이드 쇼에서 그의 특이한 경력과 천부적 재능을 여러 번 다룬 터라 일반인 사이에서의 지명도는 미부 요시키를 능가한다는 이야기까지 있다. 세간의 주목을 받은 이 대결은 팽팽한 접전 끝에 현재 3승 3패, 타이를 기록하고 있으며 승부는 제7국의 최종전으로 넘어갔다.

미부 요시키는 현재 일곱 개 프로 기전 타이틀 중 왕기전王棋戰 타이틀을 제외한 6관을 보유하고 있으며, 내년 1월에 시작되는 왕기전 타이틀 도전권도 이미 획득한 상태다. 이번에 용승전 타이틀을 지키면 7관왕이라는 전인미답의 영광을 노리게 된다.

미부 요시키 입장에서 이번 승부는 사상 초유의 7관 제패라는 위업을 달성하기 위해서 절대로 패해서는 안 되는 일전이다.

한편 가미조 게이스케도 이 시합에서 이겨, 단 한 번의 타이틀 도전으로 장기계의 최고봉이라 칭송받는 용승전 타이틀을 거머쥔다면 미부 요시키 시대에 제동을 걸 최강 라이벌로서 명실공히 장기계의 톱 러너 자리를 꿰찰 찬스를 얻게 된다.

장기 팬뿐 아니라 일반인과 매스컴이 주시하는 이 한판 승부는 이번 달 15, 16일 이틀간, 야마가타현 덴도시에 있는 가미노유 호텔에서 개최된다.

신칸센 차량에서 기사를 읽은 사노는 자신이 프로 기사가 되기 위해 고군분투하던 장려회 시절이 떠올라 세월이 덧없다는 것을 새삼 느꼈다. 그 시절에는 TV 정보 프로그램에서 장기를 화제로 삼는다는 것은 상상도 하지 못할 일이었다.

텔레비전이나 잡지에서 장기를 특집으로 다루게 된 것은 최근 일이다. 엄밀히 이야기하자면 장기 특집이라기보다는 미부 요시키와 가미조 게이스케 특집이다.

미부 요시키는 초등학생 때부터 주목받는 장기 천재였다.

초등학교 3학년 때 초등생 중 일본 최고를 결정하는 초등생 장기 명인전에서 우승해 초등생 명인이 됐다. 다음 해 장려회에 입회. 그 후 순조롭게 승리를 이어나가 열네 살에 4단으로 승단하면서 프로가 됐다.

장기라는 반상盤上 게임을 모르는 일본인은 아마 없을 것이다. 장기는 못 두더라도 어릴 때 장기말 떨어뜨리기나 장기말 가두기 게임을 하며 놀았던 사람이 적지 않으리라. 최근에는 장기를 취미로 삼는 사람이 많아져 장기 인구가 1천만 명이나 된다고 한다.

그러나 프로 기사가 되는 방법을 질문했을 때, 그에 대해 정확하게 대답할 수 있는 사람은 많지 않을 것이다. 일본장기연맹의 제도가 몇 번인가 바뀌었고, 형태도 복잡하기 때문이다.

프로 기사가 되려면 프로 기사 양성 기관인 장려회에 입회해야 한다. 그것도 열여섯 살까지다. 물론 아무나 들어갈 수 있는 건 아니다. 어른들이 참가하는 아마추어 기전에서 대표가 됐다든가, 미부 요시키처럼 초등학생 명인을 획득했다든가 하는 뛰어난 실적이 없으면 들어가기 어렵다. 적어도 아마추어 4, 5단급 실력이 필요하다. 거기에 더해 프로 기사 수험 추천장이 있어야 한다. 즉, 실적이 있고 현역 프로 기사에게 제자로 들어가는 것을 허락받고서야 비로소 입회 시험을 볼 수 있다.

정식으로 입회 시험을 보고 합격했다고 해서 다 끝났다고 좋아할 일이 아니다. 그때부터 진정한 의미의 지옥이 시작되니까.

장려회를 졸업해 프로 기사가 되는 것은 도쿄대에 들어가는 것보다 어렵다고들 한다. 그것은 장려회에 엄격한 연령 제한이 있기 때문이다.

장려회 회원은 6급부터 3단까지 급수 단위로 구성된다. 만

23세 생일까지 초단을 따지 못한 사람은 퇴회해야 한다. 만 26세가 되기 전에 프로의 시작인 4단으로 승단하지 못해도 퇴회당한다.

더구나 3단에서 4단이 되려면 6개월에 한 번, 3단에 오른 회원들끼리 맞붙는 3단 리그에서 결승에 올라야 한다. 결승에 오른 두 사람만이 4단으로 승단된다. 즉, 4단 승단은 한 해에 네 명에게만 허용되는 좁은 문이다. 장려회 전체 비율로 보면 프로가 되는 것은 자신의 출신지에서 신동이라 불리는 몇몇 천재뿐이라고 할 수 있다. 도쿄대에 합격하는 것보다 어렵다고 말하는 까닭이다.

그 좁은 문을 열네 살이라는 어린 나이에 돌파했으니 세상의 주목을 받는 것도 당연하다.

10년에 한 명 나올까 말까 한 천재라고 불린 소년은 주위의 기대를 배반하지 않았다. 배반은커녕 기대 이상의 성적을 보여주었다.

열네 살에 4단으로 승단한 뒤에도 적수를 찾을 수 없는 출중한 실력을 발휘해 열여덟 살이라는 어린 나이에 처음으로 왕기전 타이틀을 획득한다. 그 후로도 기전 최다승, 최다 대국, 최고 승률 등 기록을 차례차례 갈아치우면서 장기계의 타이틀 여섯 개를 수중에 넣었다. 그리고 지금, 일곱 번째 관을 머리에 쓰기 위해 장군을 부르려 하고 있다.

하지만 미부 요시키가 인기를 누리는 것은 단지 막강한 장기 실력 때문만은 아니다. 단정한 이목구비에 지적이고 부드러운 말투 또한 그를 인기 스타로 만들었다. 그는 미디어에 잘 맞는 타입이었던 터라 텔레비전 CF나 골든타임의 퀴즈 프로그램 등에 출연하기도 했다. 그 덕에 장기를 모르는 젊은 층도 미부 요시키에게 호감을 품게 되었고, 여성 팬도 많아졌다.

이번에 수사 과정에서 면담했던 한 장기 잡지 작가는 미부 요시키 관련 특집을 내면 잡지 매출이 배로 뛴다고 했다. 평소에는 잡지를 사지 않던 사람들이 미부 요시키 때문에 잡지를 구입한다는 것이다.

그러나 지금 장기계가 성황을 누리는 것은 미부 요시키 한 사람의 인기 때문만은 아니다. 어느 세계에서나 그렇듯이 뛰어난 주인공에 밀리지 않는 호적수가 있을 때야말로 세간의 관심은 더욱 고조되는 법이다. 장기계에서는 스타성이나 재능에 있어 미부 요시키의 최대 라이벌로 부상한 가미조 게이스케가 바로 그런 경우다.

가미조 게이스케의 경력도 미부 요시키에게 뒤지지 않을 만큼 화려하다. 하지만 그 화려함은 미부 요시키의 그것과는 정반대 것이다. 미부가 정통파의 스타라면 가미조는 이단의 혁명가다.

우선 가미조 게이스케는 장려회를 거치지 않았다.

출신지인 나가노의 고등학교를 졸업한 다음 도쿄대에 진학했고, 도쿄대를 졸업한 후에는 외국계 기업에 취직했다가 3년 만에 퇴직하고 소프트웨어 회사를 차려, 사업이 궤도에 올랐을 때 순식간에 연간 매출 30억 엔을 달성하며 일약 IT 벤처의 기수가 됐다.

여기에 머물렀다면 한 젊은이의 성공담일 뿐이었을 텐데, 가미조 게이스케는 그 뒤에 사람들이 예상치 못한 행적을 보였다. 순조롭게 매출을 늘려 IT업계의 톱 3까지 성장한 회사의 주식을 돌연 매각하고 비즈니스 세계에서 은퇴한 것이다. 사람들은 매각 수익이 수십억 엔이나 된다고 수군댔다.

가미조 게이스케의 은퇴는 매스컴의 대대적인 주목을 받았다. 사람들은 그가 은퇴한다는 뉴스를 듣고 그의 행동에 놀라고 그의 향후 동향에 주목했다. 정계에 진출할 거라는 소문도 있었고, 펀드를 만들어 주식 투자를 할 거라는 소문도 있었다. 어쨌든 가미조 게이스케는 뉴스에 나온 대로 IT업계에서 홀연히 모습을 감췄다. 그러고는 아무도 짐작하지 못한 길로 나아갔다. 그가 나아간 곳은 정치계도 주식시장도 아닌, 장기의 세계였다.

비즈니스의 세계에서 은퇴한 가미조 게이스케는 지금까지 봉인되어 있던 뭔가가 풀리기라도 한 것처럼 장기에서 뛰어난 실력을 발휘해 아마추어 타이틀을 모조리 접수해갔다. 프로 기사들이 대결하는 프로 공식전인 신인왕전에 아마추어 명인위名人位 자격으로 초청받아 한창 잘나가는 젊은 프로를 상대로 연전연승을 거두어, 아마추어가 프로를 항복시키고 신인왕 자리에 오르는 전대미문의 쾌거를 이루었다.

그때 붙은 별명이 '불꽃의 기사'다.

불리한 국면에서도 오로지 참고 견디며 받아내는 끈기도

대단하지만, 참고 또 참기를 거듭한 종반, 상대방이 방심한 순간을 틈타 마치 불타는 전차를 탄 듯한 기세로 상대방의 왕을 코너로 몰아가는 종반전의 박력 때문에 붙은 별명이다. 잘 타지 않고 연기만 내던 숯불이 단숨에 불꽃이 되어 모든 것을 태워버리는 것처럼, 무서운 파도같이 공격하는 가미조 게이스케의 압도적인 박력은 모든 프로들을 깜짝 놀라게 했다.

프로 장기계를 총괄하는 일본장기연맹은 파죽지세로 프로 기사를 쓰러뜨려가는 가미조 게이스케의 존재를 무시할 수는 없게 됐다.

심상치 않은 가미조의 실력을 볼 때 아마추어에 머물게 놔두는 것은 아깝다는 의견도 있었고, 남다른 행태로 사람들의 주목을 끄는 가미조 게이스케가 프로가 되면 장기계가 지금보다 큰 관심을 받아 장기 인구가 늘 것이라는 의견도 있었다. 그러던 중 특례로 프로 시험을 보게 하면 어떨까, 하는 목소리도 나오기 시작했다.

보통 프로 기사가 되려면 스물여섯 살까지 4단으로 승격해야 한다. 그러나 가미조는 신인왕이 된 시점이 서른 살이었다. 원칙대로 하자면 프로가 될 자격은 없었다.

그런 이유를 들어 반대하는 연맹 이사도 있었지만 한편으로, 전례가 없는 건 아니라고 반론을 제기하는 이사도 있었다. 전전戰前에 도박 장기로 이름을 날린 하나다 겐지 9단이 역시 특례로 프로 시험에 합격해 프로 5단으로 대전표에 이름을 올린 예가 있다. 전례도 있으니만큼 프로 기사를 몇 명이나 물리친 가미조 게이스케에게도 특례를 인정해야 한다는 것이 프로 기사 총회의 지배적인 목소리였다.

이 논쟁이 장기 팬에게 알려지면서 PC 통신의 장기 포럼에서도 가미조 게이스케의 프로 시험 허용 문제를 놓고 연일 열띤 논쟁이 벌어졌다. 가미조에게 프로 시험을 보게 해야 한다는 것이 다수 의견이었다.

결국, 가미조 게이스케가 프로 시험을 보는 데 반대하던 소수의 이사들도 장기 팬의 목소리를 존중해야 한다고 판단해 그에게 프로 입단 시험을 볼 수 있는 특례를 주도록 허가했다.

시험은 다섯 판 승부로 진행했다. 여기서 상대보다 이긴 횟수가 많으면 합격이고, 3패를 하면 불합격한 것으로 하기로 했다.

합격하면 장려회를 거치지 않은 전후戰後 최초의 프로 기사가 탄생하는 것이었다.

많은 사람들이 주목하는 가운데 가미조 게이스케는 프로를 상대로 3승 1패를 거두면서 합격했다.

가미조 게이스케는 프로가 되고 나서도 귀신처럼 승전을 거듭했고, 3년 후 드디어 일본공론신문사가 주최하는 장기 타이틀전인 용승전 도전권을 얻게 되었다.

미부 요시키가 이겨서 6관을 유지하고 7관으로 나아가는 발판으로 삼을 것인가, 아니면 혜성처럼 나타난 프로 기사 가미조 게이스케가 첫 타이틀의 영예를 거머쥘 것인가. 그 한판 승부를 보기 위해 매스컴뿐 아니라 수많은 장기 팬이 시합 장소인 덴도시의 호텔로 달려오리라는 것은 조금만 생각해보면 충분히 짐작할 수 있는 일이었다.

자신이 멍청했다는 것을 이제 와서 후회한들 무엇하랴. 사노는 이시바에게 용서를 구했다.

"준비가 허술해서 죄송합니다. 제가 줄을 설 테니까 이시바 경위님은 역 안에서 기다리고 계세요."

사노가 택시 승차장으로 달려가려고 하자 이시바가 불러 세웠다.

"아, 기다려. 서두를 거 없어. 호텔까지 걸어가지."

이시바는 역 옆에 있는 흡연실에서 쇼트 호프 담배 한 개비를 다 피우고 인도를 따라 걸었다.

역에서 호텔까지는 걸어서 15분 정도 걸리는 거리였다. 이시바는 중증 요통을 앓고 있다. 사노는 뒤를 따라가면서 이시바의 지병이 걱정되어 물었다.

"허리는 괜찮습니까?"

이시바는 얼굴만 뒤로 돌리고 미간에 주름을 잡았다.

"노인 취급 하지 마."

그러고는 보도를 걸으면서 감탄사를 연발했다.

"정말 장기말로 유명한 곳이 맞네. 여기저기 온통 장기말 아냐. 택시 지붕에 얹은 램프까지 장기말 모양을 하고 있다니, 손들었어."

택시 한 대가 둘 옆을 지나 역 쪽으로 달려갔다. 택시 지붕에 얹힌 마크도 장기판의 말 형상을 하고 있었다. 그것만이 아니다. 역 로터리에 있는 기념비를 비롯해 가로등의 암arm 부분이나 강에 걸린 다리의 큰 기둥 위에 붙여놓은 장식도 장기말 형태를 하고 있다. 발밑 맨홀도 장기말 같은 무늬가 들어가 있다. 사노 또한 옛날, 중학생 명인전에 참가하기 위해 처음 이곳을 방문했을 때 그런 풍광을 보고 놀란 기억이 있었다. 드디어 장기의 도시에 왔구나, 하고 가슴 설레던 그날이 새삼 떠올랐다.

"장기말 생산량이 일본 최고인 곳이니까요."

이시바는 사노의 말을 귓등으로 들으면서 길가의 한 쇼윈도에 시선을 주었다. 선반에는 지역의 특산주가 주르륵 진열돼 있었다. 이시바는 아쉽다는 듯이 혀를 차며 말했다.

"이게 여행이면 좋은 온천에 몸을 담그고 맛있는 특산주를 마시면서 몸을 풀 텐데, 업무로 왔으니 그럴 수도 없고. 술은 금지, 숙박은 관할 숙직실. 눈앞에 당근이 매달려 있는데 먹지 못하는 말이 된 것 같아."

이시바는 굉장한 일본 청주 애호가다. 젊을 때 하룻밤에 두 되를 비웠다는 전설의 주인공이다.

"젠장, 보면 마시고 싶어져. 빨랑빨랑 가자."

발걸음을 재촉하며 걷던 이시바가 갑자기 걸음을 멈췄다. 술집에서 세 집 더 간 곳에 있는 가게 앞이었다. 이시바는 그 집 앞에 멈춰 서서 유리 너머로 가게 안을 들여다보았다.

서둘러 이시바를 쫓아온 사노가 물었다.

"왜 그러세요? 무슨 일이라도?"

이시바는 턱을 추켜올리며 가게 안을 보라고 했다. 사노는 이시바의 시선을 따라 가게 안으로 눈을 돌렸다.

장기말을 만드는 가게였다. 가게 벽에 설치된 목제 선반에는 왕장王將이나 좌마左馬 같은 글자가 쓰인 장식용 장기말이 떡하니 올라와 있었다. 상자에 든 장기말도 가득 진열되어 있었다.

미닫이문 입구 위를 보니 연륜이 느껴지는 나무 간판이 걸려 있다. '마루후지 장기말점'이라고 쓰여 있다. 상당히 오래된 가게 같았다.

입구 유리 너머로 들여다보니 넓은 가게 안은 흙바닥으로 되어 있고, 가게 구석에 1평 정도 넓이의 다다미를 깐 자리가 있었다. 다다미 위에 감색 전통 작업복을 입은 남성이 앉아 있었다. 작은 책상을 앞에 두고 앉아 상체를 웅크린 채 손을 움직였다. 장기말을 만들고 있는 모양이었다.

이시바는 손목시계에 눈길을 줬다. 사노도 덩달아 자신의 손목시계를 봤다. 오전 9시 30분. 이시바가 사노에게 확인했다.

"어이, 벌써 끝나지는 않았겠지?"

대국 시작 시간은 9시. 30분으로 승부가 나는 일은 있을 수 없다. 어이가 없어 되물었다.

"정말 그렇게 생각해서 물어보시는 겁니까?"

이시바는 입 양 끝을 끌어올려 짓궂은 웃음을 지어 보였다.

"세심하게 주의하자는 뜻에서 확인하는 거야. 나이나 형사로서는 내가 선배지만 장기에 관해서는 자네가 더 잘 아니까."

이시바는 입구 미닫이를 열더니 허리를 숙이고 가게 안으로 들어갔다. 사노도 뒤를 따라 들어갔다.

장기말을 깎고 있는 남성은 가게에 들어온 두 사람의 손님에게는 눈길도 주지 않고 계속해서 자신의 손만 바라보며 작업에 몰두했다.

손님은 이시바와 사노 외에 아무도 없었다. 가게 구석에 놓인 석유난로가 새빨갛게 타오르고 있었다.

사노가 남성에게 다가갔다.

남성은 장기말 모양으로 자른 나무를 받침대에 올리고 조각칼로 글자를 파고 있었다. 나이는 사노보다 조금 위로 보였다. 아직 젊은데 손놀림이 숙련되었다. 이 일을 한 지 오래됐다는 것을 한눈에 알 수 있었다.

"어서 오세요."

가게와 거주 공간 사이에 드리운 칸막이용 천 안쪽에서 나이든 여성이 나왔다. 집 안인데도 털모자를 썼고 두꺼운 스웨터에 오리털 조끼를 입고 있었다. 남성의 어머니 정도 나이였다.

"이거, 좀 봐도 될까요?"

이시바는 여성을 보면서 가게 벽 한쪽에 장식된 장기말을 가리켰다. 여성은 붙임성 있는 웃음을 지으며 답했다.

"천천히 보세요. 손님분들도 용승전을 보러 오셨나요?"

"네, 그렇습니다."

열심히 장기말을 보고 있는 이시바 대신 사노가 대답했다.

이시바는 한동안 벽에 진열된 여러 말을 살펴보다가 그중 한 벌의 말에 시선을 고정하더니 감탄스럽다는 듯이 한숨을 내뱉었다.

"이건 꽤 비싸 보이는데."

사노는 어깨 너머로 이시바가 바라보고 있는 말을 봤다.

장기를 잘 모른다고 하면서도 이시바의 눈은 정확했다. 바꿔 말하면 누가 봐도 보통 말이 아니라는 걸 알 수 있는 명품 말이었다. 장기말 만드는 나무 재료 중 쌍벽을 이루는 것 중하나인, 이즈의 미쿠라지마에서 나는 섬회양목으로 만든 말이다. 섬회양목으로 만든 장기말은 나뭇결이 호랑이 무늬와 닮았다고 해서 호반虎斑이라고도 불린다. 말에 새겨진 글자는 품이 가장 많이 드는 돋움말 방식으로 만든 말이었다. 장기말은 길이 아주 잘 들어서 투명한 황갈색 광택을 띠고 있었다.

가격표는 달려 있지 않았다. 파는 물건이 아니란 얘기다.

"이거, 산다고 하면 얼마지요?"

이시바가 여성을 돌아보며 물었다.

여성은 난처한 듯이 고개를 꼬았다.

"가격표는 남편이 붙이는데, 지금 외출 중이에요. 저는 말 가격은 잘 몰라요."

여성은 작업하고 있는 남성에게 얘기를 돌렸다.

"료, 너는 알지?"

료라고 불린 남성은 손으로 작업을 계속하면서 무뚝뚝하게 대답했다.

"말 자체의 가치가 150만, 영세 10단인 요네하라 다이치가 제12기 용승전에서 사용한 말이라는 부가가치가 50만. 합쳐서 200만 엔. 아버지라면 그렇게 말할 거예요."

"이 가게에 이거보다 비싼 말도 있나요?"

가격이 비싸고 싼 것으로 말의 가치를 결정하는 천박한 손님이라고 생각했을 것이다. 료는 두 사람이 가게에 들어온 이후 처음으로 얼굴을 들고 이시바를 날카로운 눈으로 노려봤다.

"말은 예술품과 같아요. 가격은 있지만 그게 다는 아니지."

화가 났다는 것을 숨기지 않고 싸움을 걸듯이 말을 던지는 료를, 이시바는 이런 이런, 하고 가볍게 받아넘겼다.

"항간에 떠도는 장기말에 대한 얘기를 듣다 보니 흥미가 생겨서 물어본 것뿐이네. 기분 상했다면 사과하지."

사과의 말을 듣고 냉정해진 건지 손님에게 심하게 말한 것이 미안해선지 료는 겸연쩍은 듯한 얼굴을 하더니 아래를 보고 다시 손을 움직이기 시작했다.

가게 안에 잠시 어색한 침묵이 흐르고 나서 료가 불쑥 말했다.

"그게 우리 집에 있는 것 중 가장 좋은 말입니다."

이시바는 굳은 얼굴 표정 위에 한껏 상대의 비위를 맞추려는 웃음을 얹었다.

"일하는 손을 쉬게 해서 미안하네. 그럼……."

이시바가 한쪽 손을 뒤로 해서 가자는 신호를 보내며 먼저 가게를 나갔다.

뒤이어 가게를 빠져나온 사노 쪽을 향해 이시바는 혼잣말

같이 중얼거렸다.

"600만 엔이나 하는 말은 역시 상당한 고급품인 거야."

사노의 머리에 흙 범벅이 된 순견 말 주머니에 담겨 있던 장기말이 떠올랐다. 기쿠스이게쓰 작품, 긴키 섬회양목으로 만든 말. 일본의 3대 장기말 장인 중 한 사람으로 손꼽히는 명장 기쿠스이게쓰가 일곱 벌밖에 만들지 않은 말이다. 의뢰한 감정사가 내놓은 말의 가격은 600만 엔이었다.

사노는 조금 전에 료가 한 말을 생각해냈다.

"말은 예술품과 같아요. 가격은 있지만 그게 다는 아니지."

사노는 하늘을 올려다봤다.

"600만 엔 가치가 있는 말을 시체 양손에 쥐게 해서 땅에 묻는 건 어떤 기분이었을까요."

이시바는 코트 주머니에 양손을 쑤셔 넣더니 등을 구부리고 걸었다.

"글쎄, 장기를 모르는 나야 그게 어떤 기분이었을지 알 수가 없지. 하지만 한 가지 분명한 사실은, 나라면 그런 짓은 안 할 거라는 거. 적당한 곳에 가져가서 팔았겠지."

하늘에서 하얀 것이 떨어졌다.

사노는 코트 앞을 한 손으로 여미고 이시바의 뒤를 쫓았다.

가미노유 호텔 정면 현관에 도착하니 입구에 큰 입간판이 설치되어 있었다. 붓글씨로 '일본공론신문사 주최 제24기 용승전 대회장'이라고 쓰여 있었다.

현관을 들어서니 바로 앞에 로비가 있고, 그 안쪽에 라운지가 있었다. 커다란 통유리 창 너머로 잘 가꾼 일본 정원이 보였다.

테이블과 소파 같은 가구는 새것이었지만, 건물의 구조는 16년 전에 방문했을 때와 다르지 않았다. 로비에 서서 주위를 둘러보고 있자니 문득 과거로 돌아온 듯한 기분이 들었다.

사노는 여러 갈래로 흐트러지는 생각을 털어내기 위해 고개를 좌우로 흔들었다. 감상에 젖어 있을 때가 아니다. 자신은 지금 중대한 일을 하기 위해 여기 와 있는 거다, 라고 스스로 질책했다.

옆에서 이시바가 질렸다는 듯한 얼굴로 말했다.

"어이 어이, 뭐야 이 북적이는 인파는. 다들 장기 시합을 보러 온 거야?"

로비와 라운지를 합치면 상당한 넓이다. 농구 시합도 족히 할 수 있을 정도다. 그 안에 수많은 손님이 북적이고 있었다. 주의해서 걷지 않으면 서로 어깨가 부딪칠 정도로 혼잡했다.

이시바는 놀란 얼굴을 했지만, 사노에게는 그건 이상할 게 전혀 없는 광경이었다.

누가 울고 누가 웃든 오늘로 승부가 난다. 정통파 천재가 이길지 이단의 귀재가 이길지, 장기 역사가 바뀔지도 모를 중요한 승부다. 프로와 아마를 불문하고 장기를 사랑하는, 또는 장기와 관계된 사람 대부분이 관전하러 왔을 것이다.

"어이, 장기는 어디서 하는 거야?"

이시바가 묻자 사노는 바로 응답했다.

"용승실입니다. 매년 대전은 그 방에서 하는 것으로 정해져 있어요."

"거기에 들어가볼 수 있겠나?"

"네?"

사노는 엉겁결에 큰 소리를 냈다.

무식하다는 것은 무섭다.

대국실에는 기사 두 명, 입회인, 부입회인, 초읽기 등을 하는 기록계와 관전 기자만 들어갈 수 있다. 차 대접 등을 하는 도우미나 카메라를 잡고 있는 관계자는 대국실과 문으로 구분된 3평 정도의 대기실에서 대국을 조용히 지켜본다.

대전 중에는 기사의 집중력을 흐트러뜨리는 일이 있어서는 절대로 안 된다. 발걸음 하나조차 조심하는 공간에 관계자 이외의 사람을 들여보낼 리 없다. 사노는 반쯤 어이없다는 표정으로 설명했다.

"어렵습니다. 관계자 외에는 들어갈 수 없습니다. 일반인들은 해설용 장기판이 설치되어 있는 장소에서 시합을 지켜봅니다."

"해설용 장기판?"

이시바가 한쪽 눈썹을 올렸다.

"텔레비전에서 장기 해설 같은 걸 할 때 사용하는 큰 장기판이에요."

이시바가 "아아" 하고 뭔지 알겠다는 소리를 냈다.

"그, 화이트보드 같은 녀석?"

장려회에 몸담은 적이 있었던 사노로서는 기보를 재현하는 소중한 판을 화이트보드 정도로 취급하는 것이 기가 막힐 뿐이었다.

"그 장소란 게 어디냐고."

이시바가 주위를 돌아봤다.

"호텔 관계자에게 확인해보고 오겠습니다."

사노는 프런트에서 종업원에게 물었다. 장기 해설은 2층 컨벤션 홀, 등나무실에서 진행하고 있다고 종업원은 말했다.

고맙다는 말을 하고 자리를 뜨려는데, 종업원이 멈춰 세우며 말했다.

"손님, 티켓은 가지고 계신가요?"

그 장소에 들어가려면 티켓이 필요하다는 것이었다. 티켓은 없다고 대답하니 종업원이 죄송스럽다는 듯한 표정으로 말했다.

"죄송합니다만, 티켓을 지참하지 않은 분은 해설 장소에 들어가실 수 없습니다."

당일권도 다 팔렸다고 했다.

돌아와서 사정을 말하니 이시바가 언짢은 표정을 지었다.

"자네, 장기에 대해 잘 알잖아. 어떻게든 해봐."

장기에 대해 잘 안다고 해서 티켓이 손에 들어올 리 없다. 상식이 통하지 않는 억지를 부리는 것은 이시바의 나쁜 버릇이었다.

어떻게 하면 해설 장소에 들어갈 수 있을까.

타이틀전 대회장에는 대개 대국을 보러 온 프로 기사나 장려회원이 있다. 아는 얼굴이 있으면 어떻게든 부탁해서 뒤로 슬쩍 들어갈 수 있을 것이다. 그게 어렵다면 호텔 종업원에게 자세한 사정은 말하지 않고 공무라는 것을 밝히고 들어가는 수밖에 없다.

사노는 로비와 라운지를 둘러보며 아는 얼굴을 찾았다.

여기저기 돌아보았지만 아는 사람이 눈에 띄지 않았다. 아마도 연맹 관계자가 있는 검토실이나 기자실에나 가야 볼 수 있을 모양이었다. 포기하고 프런트로 돌아가려는데, 낯익은 얼굴이 그의 눈에 들어왔다. 라운지 구석에서 소파에 앉아 커피를 마시고 있는, 장려회 시절 라이벌이던 사카마키 코타—현재 5단의 프로 기사다.

사노의 머리에 쓰라린 기억이 울컥 치밀었다.

상대가 보기 전에 인파에 섞여야겠다, 싶어 발길을 돌리는데, 뒤에서 목소리가 들렸다.

"어이, 나오. 나오 아냐?"

장려회 시절 호칭이 지금껏 아물지 않은 마음의 상처를 찌르고 들어왔다. 찾고 있던 연맹 관계자를 찾은 셈인데 뒤돌아볼 마음이 들지 않았다. 이 녀석만큼은 만나고 싶지 않았다.

못 들은 척하며 자리를 뜰까. 그런 겁 많고 나약한 마음이 고개를 쳐들었다. 그러나 몸이 돌처럼 굳어 움직이지 않았다.

"나오."

다가온 사카마키가 등 뒤에서 어깨를 잡았다.

사노는 각오를 하고 뒤를 돌아봤다. 사카마키와 시선이 마주쳤다.

"역시 나오네."

사카마키의 눈에 놀랐다는 표정이 담겨 있었다.

굳으려고 하는 얼굴을 억지로 펴며 사노도 웃는 표정을 지었다.

"야아, 사카마키 아냐. 여기 와 있었구나."

사카마키는 손에 들고 있던 부채를 기세 좋게 내리쳐서 펼쳤다.

"장기계의 역사가 뒤집힐지도 모르는 세기의 일전을 내 두 눈으로 직접 봐두려고."

덥지도 않은데 부채로 자신의 얼굴에 펄럭펄럭 부친다. 사카마키가 젊을 때부터 숭앙해온 고 모토지마 10단의 휘호가 그려져 있는 부채다.

부채는 기사에게 중요한 소도구다. 한 손으로 부채를 촤악 하고 폈다 접었다 하는 것으로 사고의 리듬을 유지하거나 뜨거워진 머리를 식히거나 상대에게 표정을 들키지 않기 위해 얼굴을 가리는 등, 여러 쓰임새가 있다. 프로 기사는 대개 대전이 없을 때라도 몸에 부적이나 액세서리를 지니고 다니듯이 부채를 들고 다니며 애지중지한다.

사카마키에게 악의가 없다는 것은 알고 있다. 그래도 프로가 되겠다는 뜻을 접고 장려회를 떠난 사노에게는 이 추운 계절에 부채를 부치는 사카마키가, 나는 프로 기사다, 라고 은연중에 과시하는 것처럼 보여 속이 쓰렸다.

"그보다, 너……."

사카마키는 펼쳤던 부채를 찰칵 접더니 그 끝을 사노에게 향했다.

"고향인 사이타마로 돌아갔다고 들었는데 왜 여기 있는 거야? 퇴회할 때 장기하고는 인연을 끊겠다고 했잖아."

장려회를 퇴회한 사람은 두 종류로 나뉜다. 퇴회 후 규칙에 따라 일정 기간이 지나고 나서 아마추어 기전에서 활약하는 사람과 장기하고는 단호하게 인연을 끊는 사람이다.

사노는 후자였다. 아니, 후자인 셈이었다. 그러나 예전 라이벌과 얼굴을 맞닥뜨리고 통감했다. 자신은 프로가 되지 못한 좌절감에서 아직도 벗어나지 못하고 있다는 것을.

마음속 굴절된 생각을 들키지 않기 위해 사노는 애써 밝은 표정을 지으며 말했다.

"어쩌다 출장을 오게 됐어. 같이 온 상사가 굉장한 장기 팬이라서 무슨 일이 있어도 장기 해설을 보고 싶다고 해서 찾아왔는데, 예매권이 다 팔렸다네. 당일권도 매진이라서 난처한 상황이야."

장려회 시절 지인들과는 퇴회 후 연락을 일절 안 했다. 사노가 형사가 되었다는 사실은 아무도 모를 것이다. 지금 어떤 일을 하고 있냐고 물으면 고향에서 회사에 다닌다고 대답할 작정이었다.

그러나 사카마키는 무슨 일을 하느냐고는 묻지 않았다. 꿈이 깨진 사람에게 지금 무엇을 하며 사는지 묻기가 뭐했을 것이다.

"뭐야, 그런 거야?"

사카마키는 다시 부채를 힘차게 펼치더니 보란 듯이 가슴을 폈다.

"나한테 맡겨."

사카마키는 주위를 둘러보더니 조금 떨어진 곳에 있던 젊은 남성을 발견하고 큰 소리로 불렀다.

"어이, 마에다 군. 잠깐 이리로 와줘."

마에다라 불린 남성은 서둘러 사카마키에게 달려왔다. 연맹 관계자거나 사노가 퇴회한 뒤 입회한 장려회 회원일 것이다. 사카마키는 접은 부채로 사노를 가리키며 마에다에게 말했다.

"이 녀석 사노라고, 내 오랜 친구야. 직장 상사랑 용승전을 보러 왔는데 티켓이 없어서 해설 장소에 못 들어간다네. 어떻게 좀 안 될까?"

전 장려회원이라고 말하지 않은 것은 사카마키의 배려일 것이다. 그렇게 마음 써주는 것이 도리어 괴로웠다.

마에다는 고개를 끄덕이고 자리를 뜨더니 바로 두 사람 곁으로 돌아왔다. 손에는 목에 늘어뜨리는 스트랩이 달린 출입증이 들려 있었다. 명찰 부분에는 '일본장기연맹 관계자'라는 글자가 찍혀 있었다.

사카마키는 마에다에게 그것을 받아 사노에게 내밀었다.

"두 사람 거면 됐지?"

사카마키와 얼굴을 마주친 것은 바라는 바가 아니었지만 목적은 달성했다. 출입증을 받아 들고 고맙다고 했다.

"덕분에 살았어. 이것으로 면목이 서겠어."

"도쿄에 올 일 있으면 연락해. 한잔하자고."

본심인지 그냥 하는 말인지, 가벼운 어조로 사카마키가 말했다.

사노는 최대한 밝은 얼굴을 하고 고개를 끄덕여 가볍게 인사하고 그 자리를 떠났다.

로비로 와서 이시바를 찾으니 이시바는 정면 현관 밖에 있는 흡연실에서 담배를 피우고 있었다. 사노를 보자 아직 다 피우지 않은 담배를 비치된 재떨이에 비벼 껐다.

"어때? 들어갈 수 있겠나?"

"네."

사노는 손에 들고 있던 출입증을 이시바에게 내밀었다.

"아주 훌륭해."

이시바는 출입증을 받아 들더니 성큼성큼 해설 장소를 향해 걸어갔다.

장기 해설을 하는 컨벤션 홀은 수많은 사람들로 북적였다. 넓은 장소에 서서 보는 사람까지 합하면 대충 세어도 200명이 넘는 것 같았다.

이시바와 사노는 홀 입구에 서 있는 담당자에게 출입증을 제시하고는 사람들이 있는 홀 안쪽으로 들어갔다.

계단 하나 정도 높이로 솟은 단상에는 해설용 장기판이 있고, 그 양쪽에 남성 해설자와 해설을 거드는 역할을 하는 여성이 서 있었다. 깔끔한 토크로 알려진 사키무라 겐타 8단과 젊은 여류 기사 히로오카 도모미 3단이다.

해설용 장기판의 오른쪽 사선 위로는 커다란 모니터가 천장에 매달린 형태로 설치돼 있다.

화면에는 대전이 진행되는 대국실 상황이 비치고 있었다. 장기판을 가운데 두고 미부 요시키와 가미조 게이스케가 마주 보고 앉아 있다.

미부 요시키는 녹갈색 하오리 위에 입는 짧은 일본 전통 겉옷에 감색 하카마 겉에 입는 주름 잡힌 일본 전통 하의, 가미조 게이스케는 아래위를 모두 회색으로 통일한 하오리 하카마 차림새였다. 상하를 같은 색으로 입는 경우는 좀처럼 볼 수 없다. 기사 이력도 특이한데 복장 또한 상식을 넘어선 것이었다.

가미조 게이스케의 순서였다. 가미조 게이스케는 미동도 하지 않고 반상을 조용히 응시하고 있었다.

단상에서는 사키무라 8단이 전날까지 벌어진 국면을 해설하고 있었다.

용승전은 쌍방 제한 시간 여덟 시간의 2일제다. 첫날 마지막, 봉수封手를 둔 것은 가미조 게이스케였다. 가미조는 세 칸 비차 동굴곰, 이에 대응한 미부는 고정비차 동굴곰. 서로 자신의 왕을 빈틈없이 지키면서 공격에 나설 틈을 엿보는 상황에서 전날 대전을 끝냈다.

그리고 오늘 정각 오전 9시에 봉수를 개봉하면서 시합이 재개되었다. 가미조 게이스케가 대부분의 예상대로 왕측 가장자리로 공격해 들어오는 보步를 수비한 데 대해서 미부 요시키는 9열2행에 향차香車로 대응했다. 비차飛車 측 향차를 하나 올리는 수였다.

전날부터 생각해둔 작전 중 하나일 것이다. 1분이라는 잠깐의 판단으로 펼친 승부수였다. 이 수는 상대가 어떻게 나오나 탐색하는 수라기보다는 도발의 의미가 강했다. 서로 각행角行을 하나씩 교환하면 9열1행에 잡아놓은 각행을 둘 틈이 생긴다. 가미조 게이스케가 9열1행에 각행을 놓으면 미부 요시키의 비차는 도망가는 수밖에 없고, 가미조는 비차를 잘 활용할 수 있는 상황이었다.

'공격해 들어와라. 받아주마.'

미부 요시키는 속으로 그렇게 말하고 있었다.

모니터에 미부 요시키와 가미조 게이스케의 얼굴이 교대로 비쳤다. 해설 장소에 있는 사람들은 모두 미부 요시키의 도발에 가미조 게이스케가 어떻게 대응할지, 마른침을 삼키며 지켜보고 있었다.

사노의 귓전에 옆에 서 있는 이시바가 코웃음 치는 소리가 들리는 것 같았다.

돌아보니 이시바가 모니터를 노려보며 입꼬리를 올리고 웃으면서 속삭이듯이 말했다.

"볼만한 상판대기야. 사람 하나 죽여놓고도 아무것도 아니라고 할 면상이야."

이시바의 시선을 따라 모니터를 보니, 가미조 게이스케의 얼굴이 화면 가득 비치고 있었다.

짧은 머리를 왁스로 정돈했다. 원래 갸름한 얼굴 윤곽은 대패로 깎은 듯 뾰족한 턱 탓에 더욱 가늘어 보였다. 옆으로 째진 눈은 그것만으로도 차가운 인상을 주는데, 눈꼬리를 추켜 올리고 있으니 차가운 것을 넘어 냉혹해 보였다. 잡지나 텔레비전에서 봤기 때문에 얼굴은 이미 알고 있었다. 그러나 가까이에서 보니 인상이 강할 뿐 아니라 상대를 압도하는 박력이 있었다. 이시바의 말처럼 무슨 일이 있어도 동요하지 않을 만한 뻔뻔스러움이 느껴졌다.

"사람 하나 죽여놓고도 아무것도 아니라고 할 면상이야."

사노의 귀에 이시바의 말이 어둡게 울렸다.

모니터 안에서 가미조 게이스케가 움직였다. 조용히 말에 손을 뻗어 반상에 올려놓았다.

"탁."

건조한 소리가 홀의 공기를 울렸다.

—

제1장

—

사이타마현 내 오미야 북부경찰서 3층에 있는 대회의실에 수사관이 50명 정도 모여 있었다. 모두 의자에 앉아 얌전한 얼굴로 단상을 응시했다.

사노 자리는 뒤쪽 창가였다. 에어컨이 작동됐지만 창으로 들어오는 여름 햇살이 매우 따가웠다. 사노는 손에 쥐고 있는 손수건으로 이마의 땀을 닦았다.

단상의 책상에는 중앙에 오미야 북부경찰서 서장인 다치바나 마사유키 경정, 양옆에 사이타마 현경 수사1과의 이가라시 도모 경정과 북부경찰서 형사과장 이토타니 후미히코 경감이 앉아 있었다. 30대 후반에 벌써 군살을 주체하지 못하는 커리

어경찰청에 채용된 국가 공무원 출신 경찰서장 다치바나 마사유키는, 장신에 몸매가 늘씬한 이가라시 도모와 풍채 좋은 이토타니 후미히코 사이에 끼어 앉아 있어야 하는 그 자리를 몹시 불편해하는 것처럼 보였다.

단상과 마주 보는 형태로 전열 중앙에 앉아 있는 혼마 사토시 경정이 의자에서 일어섰다. 혼마 사토시는 사이타마현경 수사1과의 이사관으로, 회의 진행을 맡았다.

혼마 사토시가 목소리를 높였다.

"지금부터 아마기산에서 발견된 남성 사체 유기 사건의 수사본부 회의를 시작하겠습니다."

개회 선언에 맞춰 수사관 모두가 일제히 일어나 머리를 숙인 후 자리에 앉았다.

"그럼, 서장님께 한 말씀 부탁드리겠습니다."

다치바나 마사유키는 의자 등받이를 손으로 짚고 일어서서 한숨을 쉰 다음 말을 시작했다. 여성 같은 새된 목소리다.

"무엇보다도 중요한 것은 사건을 조기에 해결해야 한다는 거다. 이 사건은 사체 유기뿐 아니라 살인 사건일 가능성도 있다. 살인 사건일 수도 있다는 것을 염두에 두고 모두 하나가 되어 피해자의 원통함을 하루라도 빨리 풀어주기 바란다. 이상!"

서장의 형식적인 인사가 끝나자 이가라시 도모가 일어섰다. 이가라시는 가볍게 헛기침을 하고는 손에 든 서류를 펼쳤다.

"이번에 수사를 지휘할 이가라시다. 여기 있는 수사관은 이미 잘 알고 있겠지만 도리이 경장에게 사건 개요에 대한 설명을 다시 한번 듣도록 하겠다."

도리이는 오미야 북부경찰서 형사과에서 강력 팀 주임을 맡고 있다. 이 사건에서는 사체 신원 파악 담당반 반장이다. 도리이는 가볍게 고개를 숙이고 나서 브리핑에 들어갔다.

사노도 여느 수사관과 마찬가지로 도리이의 설명에 따라 앞에 놓인 수사 자료의 페이지를 넘겼다.

일주일 전, 백골화한 사체가 아마기산에서 발견되었다. 사체를 처음 발견한 사람은 산림 벌채를 맡은 주식회사 후지토요의 사원 시미즈 아쓰시, 41세.

아마기산은 오미야 시내에서 북으로 15킬로미터 정도 떨어진 곳에 위치한, 그다지 높지 않은 산이다. 면적은 약 12헥타르. 도쿄 돔의 2.5배 정도 넓이다. 개인 소유였는데 명의자가 죽은 후 장남이 물려받았다. 그러나 상속세를 지불할 수 없다는 이유로 장남은 상속을 포기했다.

인수할 사람이 없는 산을 도쿄의 한 회사가 사들였다. 태양광발전을 하는 회사로, 사들인 아마기산에 시험용 태양광 패널을 설치하겠다고 했다.

신속하게 권리 양도가 이뤄져 7월 중순부터 태양광 패널 설치 예정지에서 산림 벌채가 시작됐다.

시미즈 아쓰시는 '하베스터'라고 불리는 벌채 전용 중기를 운전했다. 30년 가까이 사람의 손길이 미치지 않았던 산의 경사면에는 이끼에 덮인 수목이 우거져 있었다. 시미즈는 하베스터의 팔 끝에 달린 집게를 조작해 나무를 잘라 쓰러뜨렸다.

울창한 산속에 전기톱의 금속음과 나무가 쓰러지며 내는 중저음이 한데 섞여 울리는 가운데 작업은 순조로이 진행됐다. 마지막으로 특별히 굵은 거목 하나에 달려들어 이것을 벌채하고 나서 점심을 먹어야겠다고 생각하며 집게로 기둥을 잡았을 때, 뿌리가 썩었는지 나무가 혼자 쓰러졌다.

쓰러진 나무의 밑둥치 부분이 깊이 파였다.

시미즈는 습기를 머금은 검은 흙 속에 하얀 것이 묻혀 있는 것을 발견했다. 슈퍼에서 쓰는 비닐 봉투 정도로 생각했는데 비닐보다는 딱딱한 것 같았다.

시미즈는 혀를 차고는 중기의 엔진을 끄고 운전석에서 내려왔다.

남의 눈에 띄지 않는 산속에 쓸모 없는 가전제품이나 대량의 타이어 등을 불법 투기하는 일은 흔하다. 대형 냉장고나 폐기 처분된 드럼통 같은 딱딱한 물체를 함부로 잡으면 하베스터의 집게가 파손될 우려가 있었다.

시미즈는 쓰러진 나무 곁에 웅크리고 앉아 구멍 속을 살폈다. 운전석에서 본 하얀 것은 세로로 긴 상태로 흩어져 있었다. 가늘고 긴 데다 뾰족해서 처음에는 바다에 떠다니던 유목인가 했다.

'하지만 이런 산속 깊은 곳에 유목이 있을 리 없지. 그럼 도대체 뭐란 말인가.'

시미즈의 머리에 떠오른 것은 짐승 뼈였다. 여우나 너구리 같이 작은 동물이 죽어서 뼈만 남은 것인지도 모른다. 아니, 아무래도 아닌 것 같다. 여우나 너구리치고는 너무 길다. 아무리 봐도 성인 인간 몸 정도의 길이다.

시미즈의 등에서 여름 더위하고는 무관한 땀이 와락 뿜어져 나왔다.

그는 튕기듯 일어서서 근처에서 중기를 조작하고 있는 작업원을 불렀다.

"어이, 잠깐 좀 와줘요!"

중기 소리가 시끄러워서 시미즈의 목소리가 작업원의 귀에 가 닿지 않았다. 시미즈는 지면의 흙을 차올리면서 작업원 곁으로 달려갔다. 양손을 입에 대고 자신의 키보다 높은 위치에 있는 운전석을 향해 외쳤다.

"노부 씨, 잠깐 와봐요. 봐줬으면 하는 게 있어요."

현장에서 노부 씨라고 불리는 작업원은 이 분야에서 40년이 넘게 일한 베테랑이며 이름은 다카다 노부히로. 현장 책임자다.

작업을 멈춘 다카다는 언짢은 얼굴로 중기의 엔진을 끄고 운전석에서 내려왔다.

"뭐야, 땅속에서 금이라도 나왔어?"

그는 안짱다리로 시미즈의 뒤를 따라왔다.

"이거, 뭐 같아요?"

시미즈는 구멍 속을 가리켰다.

다카다는 구멍 옆에 쭈그리고 앉아 하얀 것을 잠시 살펴보더니, 얼굴색을 바꾸고 벌떡 일어섰다.

"시미즈, 사무소로 달려가서 회사로 전화해 과장님한테 전해."

다카다가 말하는 사무소란 작업 현장에 설치된 조립식 가설 사무소를 가리킨다. 긴급할 때를 대비해 대형 무선전화가 놓여 있다.

다카다의 긴박한 목소리에 시미즈는 뺨을 긴장시키고 물었다.

"뭐라고 전할까요?"

다카다는 구멍을 응시한 채 나직이 말했다.

"현장에서 사람 뼈 같은 것이 나왔다고 해."

역시. 심장이 마구 날뛰었다.

혹시 몰라 다시 물었다.

"여우나 너구리 뼈는 아닐까요?"

다카다가 고개를 흔들었다.

"굵기가 달라. 짐승 뼈는 더 가늘어."

시미즈는 다시 주뼛주뼛 구멍 안을 봤다.

확실히 하얀 것 중 일부는 작년에 병으로 죽은 아버지를 화장했을 때 본, 대퇴부 뼈 정도 굵기다.

"여기가 옛날에 무덤이었다던가."

지금은 화장을 많이 하지만, 전후 한동안은 매장이 많았다고 누군가에게 들은 기억이 있었다. 그때 묻힌 사람의 뼈일까.

다카다가 또 고개를 흔들었다.

"난 태어나서 쭉 여기서 살았어. 아버지도 어머니도 여기서 사셨는데, 이 주위가 묘지였다는 얘기는 들은 적이 없어. 게다가 이 산은 쭉 개인 소유였어. 절도 아니고, 자기 산을 묘지로 쓰게 하는 경우가 어디 있나."

"그럼, 이 뼈는 도대체……."

시미즈는 말을 꺼내다 그만뒀다. 그만뒀다기보다 그 이상은 무서워서 하려던 말을 입에 올리지 못했다.

두 사람 분위기가 이상한 것을 알아차린 다른 작업원들이 차례차례 모여들었다.

"왜 그래? 무슨 일 있어?"

다카다는 나중에 온 작업원의 질문에 대답하지 않고, 시미즈를 향해 고함쳤다.

"뭘 멍하니 서 있나. 잽싸게 과장님한테 전화해!"

다카다의 고함에 정신을 차린 시미즈는 황급히 사무소를 향해 달렸다.

사람 뼈로 보이는 것이 현장에서 나왔다는 연락을 받은 주식회사 후지토요의 과장은 그 사실을 바로 경찰에 알렸다. 사이타마현경의 기동수사대와 감식과의 수사관이 현장에 와서 조사한 결과, 사람 뼈일 가능성이 높다는 의견을 내놓았다.

현장을 봉쇄하고 주변을 신중하게 파내니 흙 속에서 뼈 이외의 것이 나왔다. 훼손된 정도가 심했지만, 남자 것으로 보이는 셔츠와 바지, 구두 한 켤레, 그리고 장기말. 장기말은 보라색 말 주머니에 들어 있는 채로 발견됐다.

도리이가 보고를 계속했다.

"파낸 뼈를 감정하게 한 결과, 사람 뼈라는 것이 확인됐습니다. 백골화한 사체는 사후 대략 3년이 경과했고, 성별은 남자, 추정 연령 40~50대, 혈액형은 A형, 뼈 길이로 산출한 추정 신장은 165센티미터 전후라고 합니다."

"복안復顔은 언제 되나."

수사본부장 이가라시가 엄한 말투로 물었다.

복안이란 다양한 데이터를 근거로 해서 남은 두개골에 점토로 살을 붙여 두상을 복구하는 작업을 말한다.

도리이는 수사관들에게 쏟던 시선을 돌려 이가라시를 보며 말했다.

"어제 복안을 의뢰한 과학수사연구소에서 들은 얘기로는 한 달 이내에 완성될 거라고 합니다."

이가라시가 대꾸하지 않자 도리이는 알아들었다는 표시라고 여겼는지 다시 수사관들에게 얼굴을 돌렸다.

"뼈와 함께 묻혀 있던 의류는 사체가 입고 있던 것으로 추정됩니다. 셔츠의 섬유는 면과 아크릴. 색깔은 빨강. 바지의 섬유는 면. 색깔은 회색과 흰색 체크. 속옷은 감색 트렁크입니다. 신발은 합성 가죽 로퍼이고 색깔은 검정. 모두 다 전국 어느 옷 가게에서나 살 수 있는 값싼 것들입니다. 이들 유류품이 사체가 입고 있었던 것이라고 추정하는 근거는 혈액형입니다."

발견된 셔츠의 복부에는 예리한 칼 같은 것에 찔려 찢긴 것처럼 보이는 부분이 있고, 주변에는 혈흔이 남아 있었다. 혈액형이 인골의 것과 일치하는 점으로 보아 사체는 살해되고 나서 묻혔을 가능성이 있다고 판단한 경찰은, 일단 사건을 사체유기 사건으로 보고, 수사본부를 꾸렸다. 사건 현장의 관할서인 오미야 북부경찰서의 지역과에 근무하고 있는 사노는 지원 요원으로 동원됐다.

"주목할 것은……."

도리이가 목소리를 높였다.

"사체와 함께 발견된 장기말입니다."

사노는 자료를 내려다보고 있던 눈을 들었다.

"장기말은 말 주머니에 들어 있는 상태로 한 벌이 발견됐습니다. 주머니는 보라색 본견. 염낭 모양의 주머니는 위쪽에 달린 실을 꼬아 만든 끈으로 단단히 묶여 있었습니다. 이 장기말인데요."

도리이는 거드름피우듯이 말을 끊었다.

"초대 기쿠스이게쓰 작품입니다."

사노는 엉겁결에 자리에서 일어날 뻔할 정도로 놀랐다. 주위를 둘러보았지만, 다른 수사관들은 아무 일도 없는 것 같은 얼굴을 하고 보고를 듣고 있었다. 아무도 초대 기쿠스이게쓰가 누군지 모르는 모양이었다.

"의뢰한 감정사의 말에 의하면 이 말은 긴키 섬회양목 말로, 매우 고가라고 합니다. 값을 매긴다면 대략 600만 엔."

그제서야 비로소 회의실이 술렁거리기 시작했다.

가격 이야기를 들었지만 사노는 놀라지 않았다. 전문적인 장기말 수집가라면 값이 더 올라가도 갖고 싶어 할 물건이다.

사노는 장려회에 들어간 이후 장기말에 대해 흥미를 갖게 되었다. 타이틀전에서 기록계를 하면서, 명공名工이 만든 말을 보고 그 아름다움에 매료되었기 때문이다.

기쿠스이게쓰는 에도 후기부터 메이지에 걸쳐서 활약한 장기말 제조 장인이다. 게이잔, 세이후와 함께 3대 명공이라고 불린다. 기쿠스이게쓰의 이름은 제자가 이어받아 현재 5대째 내려오고 있다고 기억하고 있다.

초대 기쿠스이게쓰가 만든 장기말을 볼 수 있는 곳은 지금은 장기말로 유명한 야마가타현 덴도시에 있는 장기자료관과 장기말 제조용 목재 생산지로 유명한 이즈의 미쿠라지마에 있는 미쿠라지마 미술관뿐일 것이다. 양쪽 다 자물쇠를 단 두꺼운 유리 쇼윈도에 전시하고 있다. 장기말로서도 미술품으로서도 초대 기쿠스이게쓰가 만든 말은 귀한 물건이다.

긴키 섬회양목 말에서 '긴키'라는 것은 말에 쓰여 있는 서체 중 하나를 일컫는 말로, 오래전부터 널리 애용되어온 서체다. 섬회양목은 말을 만드는 목재를 얻는 나무인데, 한 그루에서 아주 조금만 채취된다. 나뭇결이 복잡하게 뒤섞여서 그것으로 만든 말은 하나도 같은 것이 없다고 하며 희소가치가 높다. 그리고 돋움말. 장기말은 글자를 넣는 방식에 따라 네 종류로 나뉜다. 말 위에 옻칠로 글자를 쓰는 방식으로 만든, 직접 쓰는 말. 말 위에 붙인 본을 따라 조각칼로 글자를 파낸 다음 옻칠을 한 본뜨기 말. 파낸 글자를 옻칠로 메운 파서 메우는 말. 옻칠로 메운 말 글씨에 옻칠을 덧입혀서 돋아 오르게 한 돋움말. 이 중 돋움말이 품이 가장 많이 들며 가장 고급 기술이 요구되는 것이라고 한다.

서체, 말을 만든 목재, 글씨를 써넣은 방법. 그 어느 것을 봐도 초대 기쿠스이게쓰가 만든 이 말은 최고급품이었다.

3대 명공 중 한 명이 최고의 소재와 기술을 가지고 완성한 귀중한 말이 어떻게 사체와 함께 있었던 걸까.

도리이는 술렁거림이 가라앉기를 기다렸다가 보고를 이어 갔다.

"이 장기말은 사체의 늑골 부근에서 발견됐습니다. 사체가 가슴께에 꼭 안고 있었거나, 사체를 유기한 사람이 가슴에 올려놓고 함께 묻은 것으로 보입니다."

"나는 후자라고 생각합니다."

다치바나와 이가라시를 보면서 오미야 북부경찰서 형사과장 이토타니 후미히코가 말했다.

"범인이 말의 가치를 알았는지 어땠는지, 그건 모르겠습니다. 어느 쪽이든 꼬리가 잡힐 만한 물건인데, 치우지 않고 실수로 사체와 함께 남겼다고는 생각하기 어렵습니다. 장기말은 범인이 의도적으로 사체 가슴께에 둔 것이라고 생각합니다."

수사본부장 이가라시도 이토타니의 말에 동의했다.

"범인이 뭔가 이유가 있어서 사체와 함께 말을 묻었다면 사체와 장기말 사이에 관계가 있다는 얘기지. 그렇다면 이 장기말이 범인과 연결되는 중요한 단서가 되겠군."

둘 사이에서 다치바나 서장이 고개를 크게 끄덕였다.

이가라시와 이토타니의 대화에 도리이가 끼어들었다.

"감정사의 얘기에 의하면 초대 기쿠스이게쓰는 사체와 함께 발견된 장기말을 생전에 일곱 벌만 만들었다고 합니다. 이건 저희가 확보한 오래된 자료에서 확인했습니다."

"틀림없나?"

이토타니가 다시 한번 확인했다.

도리이는 이토타니를 향해 크게 끄덕였다.

"말 아랫면에 구명駒銘이라고 해서, 장기말 장인의 호와 서체가 쓰여 있었습니다. 감정사 말이 초대 기쿠스이게쓰의 것이 틀림없다고 합니다."

이해했다는 듯이 이토타니가 고개를 위아래로 끄덕였다.

"일곱 벌의 말 중 두 벌은 조금 전에 보고한 덴도시의 자료관과 미쿠라지마의 미술관에서 소유하고 있습니다. 나머지 다섯 벌의 말의 소유자는 이제부터 찾아낼 생각입니다."

사노의 뒷자리에서 작은 소리로 속삭이는 소리가 들렸다.

"범인이 누군지 의외로 쉽게 드러날지도 모르겠네."

"왜 그렇게 생각하는데?"

"그런 유명한 말이라면 확보한 자료에 소유자에 대한 기록도 있겠지. 더구나 겨우 다섯 벌밖에 없잖아. 시간도 별로 안 걸릴 거 같은데."

사노는 뒤에 앉은 사람들이 눈치채지 않게 조심하면서 숨을 크게 내뱉었다.

명공이 만든 말은 미술품과 같은 취급을 받는다. 액수 큰 돈으로 매매되어 소유자가 바뀌는 경우가 많다. 더구나 초대 기쿠스이게쓰의 작품이라면 제작되고 나서 지금에 이르기까지 상당한 세월이 흘렀을 것이다. 그 사이에 몇 명이 소유했는지 찾는 데만도 꽤 많은 시간이 걸릴 것이다. 개중에는 조부나 증조부에게 물려받은 말의 가치를 몰라서 적당히 팔아치워버린 사람도 있을 수 있다. 그렇게 되면 말의 행방을 좇는 것은 더욱 어려워진다. 사노가 보기에 장기말 소유 이력을 추적하는 일은 장기말을 모르는 수사관 대다수가 생각하는 것만큼 그렇게 쉬운 작업이 아니었다.

한바탕 보고를 끝내고 나서 도리이가 의자에 앉았다.

도리이와 교대한 현경 조사관 이가라시가 수사 방침에 대해 설명했다.

"수사는 크게 4반으로 나눠서 진행한다. 우선은 사체가 발견된 아마기산의 전 소유자와 친척, 관계자에 대한 탐문 수사, 그리고 사체 발견 현장 주변 지역에 대한 탐문 수사, 유류품인 장기말의 소유자 이력에 대한 탐문 수사. 마지막으로 피해자 신원에 대한 탐문 수사. 사체의 조건에 해당할 만한 행방불명자와 가출자를 찾는다. 사체 복안이 완성되면 범위를 더 좁혀 진행한다."

뒤이어 이토타니 형사과장이 수사 팀 구성을 정리해놓은

서류를 보고 발표했다. 수사는 2인 1조로 하는데, 대부분 현경 본부와 관할서의 수사관이 한 조를 이룬다. 자신은 누구와 한 조가 될까.

이토타니가 사노의 이름을 불렀다.

"사노 순사, 자네는 현경 수사1과의 이시바 경부보와 조를 이루도록."

"네?"

예상치 않았던 이름에 사노는 저도 모르게 큰 소리를 냈다.

사이타마 현경 수사1과의 이시바 쓰요시라고 하면 입이 험하고 성격이 괴팍해 대인 관계가 좋지 않은 것으로 유명했다. 상사, 부하 불문하고 자기가 하고 싶은 말을 있는 그대로 뱉어내는 성격이라서 거북해하는 수사관이 많다. 하지만 형사로서의 실력은 1급이라는 소문이 있다. 한마디로 말하자면 괴짜 수사관이다.

그렇지만 이시바가 우수한 베테랑 형사인 것은 틀림없다. 그런 만큼 형사가 된 지 얼마 안 된 초짜인 데다 전문 분야도 다른 말단 수사관이 한 팀이 될 상대는 아니다. 왜 자신이 선택된 걸까.

표정에서 사노가 당황스러워하는 것을 알아차렸는지 이토타니가 이유를 말해주었다.

"자네는 전에 장려회 회원이었다지?"

사노는 마치 숨겨둔 전과를 들킨 것처럼 불편한 감정이 치솟았다.

"아마 여기 있는 수사관 중 자네가 장기에 대해 가장 많이 알고 있을 거야. 이시바 경부보와 한 조가 되어 중요한 유류품인 장기말에 대해 수사해주게."

장려회를 그만뒀을 때, 장기와 관련된 일은 더 이상 하지 않겠다고 결심했었다. 대국은 물론이고 장기라는 이름이 붙은 것은 그것이 무엇이든 가까이하지 않겠다고 생각했었다. 그러나 상사의 명령은 거역할 수 없다. 사노는 당혹스러워하면서도 그러겠다고 대답했다.

수사 회의가 끝난 후 사노는 이시바 쪽으로 다가갔다.

이시바는 앞에서 세 번째 줄에 앉아 있었다. 등을 의자에 기대고 수사 자료를 훑어보고 있었다.

사노는 이사바 앞에 서서 인사를 했다.

"이번에 함께 수사를 하게 됐습니다. 오미야 북부경찰서 지역과 소속의 사노입니다. 잘 부탁드리겠습니다."

이시바는 자료에서 눈을 떼지도 않고 "아아" 하고 건성으로 대답하고는 더 이상 아무 말도 하지 않았다. 입을 다문 채 눈으로 자료만 좇았다.

사노는 어떻게 해야 하나 망설였다. 아무런 지시도 받지 않고 자리를 뜰 수는 없는 일이다. 그렇다고 해서 이대로 우두커니 서 있는 것도 멍청한 짓이다.

"저……."

뭘 해야 할지 지시를 내려달라고 말하려는데, 이시바가 손에 들고 있던 자료를 책상에 난폭하게 내려놓고 사노를 쳐다봤다.

"자네, 전에 장려회원이었다고?"

사노는 숨을 삼켰다. 눈을 치켜뜨고 올려다보는 이시바의 눈은 마치 피의자를 바라보는 시선처럼 날카로웠고, 말투는 심문할 때처럼 가시가 박혀 있었다. 마음 약한 피의자라면 이시바의 기세에 눌려 바로 진상을 털어놓을 것 같았다.

"장려회란 건, 그거지? 프로를 육성하는 기관?"

"그렇습니다."

사노는 똑바로 선 채 대답했다.

"거기서 몇 년이나 있었지?"

"열여섯 살부터 스물여섯 살까지 10년입니다."

"10년이라……."

이시바는 감탄이나 기가 막히다는 표현이라고는 할 수 없는 묘한 목소리로 중얼거렸다.

"10년이나 할 정도로 장기가 좋았다면 왜 거기를 그만뒀지? 계속했으면 결국 프로가 될 수 있었을 텐데. 근성이 없군."

머리에 피가 확 솟았다.

계속할 수 있었다면 몇 년이든 몇십 년이든 계속하고 싶었다. 그러나 연령 제한이라는 벽에 막혀 할 수 없이 그만둔 것이었다. 지금까지 살아온 인생의 태반을 장기에 바쳐온 사람이 한순간에 꿈이 깨졌을 때 느끼는 절망은 경험한 사람이 아니면 알 수 없다.

"이시바 경위님, 장기를 얼마나 아십니까?"

"말 움직이는 법이라면 알지."

장기는 많은 사람들이 즐기는 놀이다. 그러나 그건 동네 장기급 얘기다. 프로가 되기 위한 방법을 아는 사람은 의외로 적다. 말 움직이는 법밖에 모르는 이시바가 장려회의 제도를 모른다는 건 그렇게 이상한 일은 아니다. 이시바는 일부러 얄미운 소리를 하려고 한 것이 아니다. 단지 장기의 세계를 모르는 것뿐이다.

사노는 그렇게 생각하며 뜨거워진 머리를 필사적으로 식혔다. 이시바의 말을 흘려버리고 어디서부터 수사를 시작할지 물었다.

"으음……."

이시바는 신음 소리를 내며 머리를 긁었다.

"유류품인 장기말을 감정한 녀석부터야. 거기서부터 말의 소유자를 찾아간다. 자네는 감식반에 가서 말을 감정한 녀석의 정보를 알아 와."

사노가 감식반으로 가기 위해 자리를 뜨려고 하자 이시바가 다시 불러 세웠다.

"사노."

발을 멈추고 돌아보았다.

"무슨 일이시죠?"

"왕王과 옥玉, 둘 중 센 놈이 쓰는 말이 뭐지?"

사노는 할 말을 잃었다. 장기를 두는 사람 입장에서는 초보 중의 초보나 할 질문이다. 농담으로 묻는 건가 생각했지만, 이시바는 진지한 얼굴이었다.

"왕입니다."

사노가 대답하자 이시바는 만족스럽다는 듯이 턱을 문질 렀다.

"알았어. 가도 돼."

이시바와 한 조를 이루라는 명령을 들었을 때 가라앉았던 기분이 더욱 가라앉았다.

사노는 이시바에게 등을 돌리고 무거운 발걸음으로 회의실 을 빠져나갔다.

앞에서 걸어가는 이시바의 발걸음이 무겁다. 이 더위가 몹 시 짜증 나는 것일 게다. 넌더리난다는 얼굴로 돌아보더니 울 분을 토하기라도 하듯이 불만에 찬 목소리를 내뱉었다.

"어이, 이게 말이 되냐고. 가마쿠라는 피서지로 유명하다며? 그런데 전혀 시원하지가 않잖아."

트집을 잡는 데서 삶의 보람을 찾는 직업적 클레이머 같은 말투다.

사노는 목덜미에 흐르는 땀을 손수건으로 닦으면서 부드러 운 목소리로 달랬다.

"피서지이긴 하지만 다카하라같이 지대가 높은 건 아닙니 다. 게다가 올해는 전국적으로 폭염이 기승을 부리고 있는 터 라……."

이시바는 혀를 차면서 사노의 말을 끊었다.

"시원할 거라고 기대했는데 말이야. 이건 사기잖아."

초등학생도 아니고, 조직폭력배도 쓴웃음 지을 만한 생트집에 사노는 할 말을 잃었다.

팀이 되고 나서 겨우 이틀째인데, 그 사이에 이시바의 안하무인 격인 행동과 제멋대로 뱉어내는 말 때문에 속으로 도대체 몇 번이나 한숨을 쉬었는지 모른다.

아마기산에서 사체와 함께 발견된 장기말을 감정한 사람은 야하기 미쓰루라는 인물이었다. 나이는 예순일곱. 아마 4단의 기력을 갖추었으며 일본장기연맹 히가시가나가와 지부의 사무국장을 맡고 있다. 장기 연구가로도 유명하며 가마쿠라시내 자택에서 아내와 둘이 살고 있다.

감식과에서 야하기의 주소와 전화번호를 들은 다음 바로 야하기에게 전화를 해서 만날 약속을 잡았다. 그게 어제 일이다.

오늘 아침 10시 지나 오미야를 출발해 기차를 갈아타며 가마쿠라까지 왔는데, 오는 내내 이시바의 입에서는 불평불만이 그칠 줄 몰랐다. 역에서 가족 단위 여행객을 보면 "평일에 여행이라니 팔자가 좋구나" 하고 중얼중얼 빈정대고, 기차 안에서 노트북을 두드리는 정장 차림 남자를 보면 "엘리트인 척하는 저런 놈은 마음에 안 들어" 하고 콧김을 거칠게 내뿜었다. 점심을 먹으려고 들른 역 앞의 서서 먹는 메밀국숫집에서는 국물 맛이 너무 진하다고 툴툴거렸다.

그때마다 사노는 이시바의 기분을 맞춰주기 위해 노력했다. 하지만 더운 날씨에 대해서까지 생트집을 잡으면, 정말이지

어찌해볼 도리가 없다. 사노는 달래주고 싶은 마음도 들지 않아 화제를 돌렸다.

"야하기 씨 댁에 거의 다 온 것 같지요."

이시바는 발길을 멈추고 전신주에 붙여놓은 구획 표지판을 봤다.

"오구치초 2초메 3. 어이, 야하기의 집은 2초메 3의 12였지?"

사노는 "네"라고 대답했다.

"사토 청과점이 나오면 그 가게 옆길로 들어서서 세 번째 집이라고 합니다."

"사토 청과점이라⋯⋯."

이시바는 가게 이름을 따라 말하더니 다시 걷기 시작했다.

사토 청과점은 전신주를 두 개 정도 지나서 걸어간 길 끝에 있었다. 가게를 발견한 이시바는 아이같이 들뜬 목소리를 냈다.

"어이, 여기야."

이시바의 걸음걸이가 단숨에 빨라졌다.

사노는 서둘러 뒤를 쫓았다.

좁은 샛길로 들어선 뒤 세 번째 집에서 이시바가 멈춰 섰다. 문패를 보니 나무로 된 문패에 붓글씨로 '야하기'라고 쓰여 있었다.

이시바는 눈앞의 집을 바라보면서 뭔가 알겠다는 듯이 숨을 내쉬었다.

"과연 장기 연구가군. 장기 연구가다운 집이야."

야하기의 집은 일본풍이었다. 부지는 그렇게 넓지 않고 본채도 자그마했다. 문의 격자 창호나 부지를 둘러싸고 있는 대나무 울타리의 바랜 색깔에서 지은 지 상당히 오래된 집이라는 것을 알 수 있었다. 그러나 쇠락한 분위기는 전혀 없었다. 오히려 기품과 운치가 느껴졌다. 자동차에 비유하면 연식이 오래되어 성능이 떨어진 중고차가 아니라, 손질 잘한 아름다운 클래식 카라고나 할까.

이시바의 재촉을 받고 미닫이문 옆에 달린 인터폰을 누르자 스피커에서 여성의 목소리가 흘러나왔다.

"누구세요?"

사노는 인터폰을 향해 대답했다.

"오늘 1시에 야하기 미쓰루 씨와 만나기로 약속했습니다. 사이타마현경에서 나왔습니다."

"잠시만 기다려주세요."

곧 나이 든 여성이 나와 문을 열었다. 레몬색 여름 스웨터와 연한 회색의 여유로운 스커트를 입고 있었다. 여성은 이시바와 사노에게 인사하더니 포동포동한 얼굴에 웃음을 지었다.

"저는 집사람입니다. 멀리서 오시느라 고생 많으셨습니다. 어서 들어오세요."

집 형태는 그 집에서 사는 사람을 닮는다는 말을 어디선가 읽은 적이 있다. 야하기의 아내를 보고 그 말이 생각났다. 부인이 풍기는 인상이 집이 주는 느낌과 닮았다.

부인 뒤를 따라 마당에 깔린 돌을 지나 미닫이문으로 된 현관을 들어서니 현관 마루에 한 남자가 서 있었다. 몸에 걸친 감색의 전통 작업복이 시원해 보였다. 남자는 둥근 테 안경 속에서 눈을 가늘게 뜨고 인사했다.

"처음 뵙겠습니다. 제가 야하기입니다. 날이 덥지요."

이시바에 이어 사노도 소속과 이름을 밝혔다. 이시바가 제시한 경찰 수첩을 형식적으로 훑어본 야하기는 둘을 안으로 맞아들였다.

"자아, 들어오세요. 금방 찬 음료를 준비하게 하지요. 어이, 레이코. 형사님들께 뭐 좀 내와줘."

부인 이름이 레이코인 모양이었다.

레이코는 머리를 살짝 숙이더니 집 안쪽으로 모습을 감추었다.

야하기는 두 사람을 응접실로 안내했다.

방은 4평 정도 되는 다다미방이었다. 한가운데에 흑단으로 보이는 좌탁이 놓여 있었다. 덧문 밖 툇마루 끝에 마당이 보였다. 단풍나무가 멋진 수형을 자랑하며 바람에 흔들리고 있었다.

"편히 앉으세요."

준비돼 있던 방석에 사노가 이시바와 나란히 앉았다.

레이코가 찬 보리차를 가져다놓고 물러가자 이시바가 용건을 꺼냈다.

"오늘 찾아뵌 용건은······."

야하기는 이야기가 나오기를 기다렸다는 듯이 "네, 네" 하면서 고개를 끄덕였다.

"어제 이쪽 젊은 형사님이 말씀하신 기쿠스이게쓰의 장기 말 때문에 오신 거지요? 그 말에 대해 상세하게 알고 싶으시다고."

사체와 함께 발견된 말이 얼마나 귀한 명품인지에 대해 야하기는 눈을 빛내며 이야기하기 시작했다.

기쿠스이게쓰는 본래 서예가였는데 에도 시대 후기에 장기말 제조 장인이 되었다는 것, 글씨를 쓴 종이를 목재에 붙이고 그 종이에 쓴 글씨를 따라서 나무를 파는 본뜨기 말보다 장인의 개성이 짙게 표현되는 직접 쓰는 말을 좋아했다는 것 등은 장기의 세계에 몸담았던 사노에게는 매우 흥미로운 이야기였다.

그러나 장기에 대해 전혀 지식이 없는, 아니 그렇다기보다 관심이 없는 이시바는 장기말 장인의 인생이나 장기말에 대한 예찬은 지루하기만 했는지, 흥에 겨워 근대의 장기말 장인에 대해 설명하려던 야하기를 부드럽게 막았다.

"놀라운 견식이네요. 감식과에서 야하기 씨한테 감정을 부탁드린 이유를 알겠습니다."

입이 험한 이시바라도 수사에 협력해주는 일반인에게는 상식에 맞게 대응하는 모양이었다. 만약 사노가 야하기같이 보고했다면 이야기를 시작한 지 1분도 안 돼서 그런 재미없는 얘기는 아무래도 좋다, 어서 빨리 사건에 관한 정보나 말해라,

하고 쏘아붙였을 게 뻔했다.

자신의 지식을 칭찬하자, 야하기의 얼굴에 억누르려 해도 어쩔 수 없는 희색이 번졌다.

"그런데……."

이시바가 이야기를 본래 주제로 돌렸다.

"사체와 함께 발견된 장기말 말이에요, 말을 만든 기쿠스이 마루…… 아니, 기쿠스이안…… 아니지, 그러니까……."

사노가 옆에서 작은 소리로 도와줬다.

"기쿠스이게쓰입니다."

이시바는 큰 목소리로 "그래 그래" 하고 무릎을 쳤다.

"그 기쿠스이게쓰라는 장기말 장인은 이번에 감정을 부탁 드린 것과 같은 말을 평생 일곱 벌만 만들었다고 하셨는데, 그 건 확실한 건가요?"

자신의 지식을 의심하는 것이 불쾌했는지, 야하기는 부드러 웠던 표정을 지우고 딱 잘라 말했다.

"틀림없습니다."

"그걸 증명할 수 있는 자료 같은 게 있을까요?"

"내 얘기만으로는 믿을 수 없다는 겁니까?"

야하기의 목소리에 험악한 기운이 서렸다.

"아뇨, 아뇨."

이시바는 웃으면서 오해할 만한 말을 해서 미안하다는 듯 이 머리를 긁었다.

"형사란 증거를 중요시하는 직업이라서요. 하나도 증거, 둘도 증거, 셋넷이 없고 다섯도 증거라고 할 만큼 증거가 중요합니다. 저희는 야하기 씨의 지식을 손톱만큼도 의심하지 않습니다. 그러나 무슨 일에든 증거가 필요합니다. 특히 지금 우리가 하고 있는 유류품 수사는 사건 해결과 직접 관련된 가장 중요한 일이라 해도 과언이 아닙니다. 그러니까 아무래도 신중해질 수밖에요. 달리 말하자면, 야하기 씨가 말씀해주신 것은 우리 수사본부에서 없어서는 안 될 귀중한 정보입니다. 기분이 상할지도 모르지만 우리 사정을 이해하고 협력해주시지 않으시겠습니까?"

이시바는 그렇게 말하고는 무릎에 손을 놓고 머리를 숙였다.

사노는 감탄했다.

항상 뻣뻣한 게 아니라 상대에 따라서는 근질거리는 자존심을 억누르면서 저자세를 취하는 데도 능하다.

자신이 마주한 인물이 어떤 사람인지, 그 사람의 마음을 열려면 어디를 건드려야 좋을지, 이시바는 직감으로 아는 것이리라. 조금 전까지 기분 상한 듯한 얼굴을 하고 있던 야하기가 싫지만은 않다는 표정을 지으며 턱 부근을 쓰다듬었다.

야하기의 모습을 보면서 사노는 사람들에게 인기 없는 이시바가, 인기 있는 현경 수사1과에 소속된 이유가 뭔지 새삼 알 것 같았다.

예상대로 야하기는 이시바의 손바닥 위에서 놀았다.

"주인공이 혼자 사건을 해결하는 텔레비전 드라마와 달리 실제 형사는 여러 가지 성가신 일도 많이 해야 하는 것 같군요."

"어차피 공무원이니까요."

이시바가 뺨에 비굴한 웃음을 지으며 상대의 얼굴을 살폈다.

야하기는 뭔가를 결심한 듯이 자신의 양 넓적다리를 손으로 세게 치더니, 다다미에서 일어섰다.

"잠시 기다리십시오."

야하기가 방을 나갔다. 돌아왔을 때는 손에 실로 묶은 재래식 장정을 한 책 같은 것이 여럿 들려 있었다. 모두 일곱 권이었다.

"이것은 제가 전국을 돌아다니며 조사한, 명품이라 불리는 장기말의 기록입니다."

좌탁 위에 놓인 일본식 장정을 한 책자를 이시바가 집어 들었다. 사노는 이시바가 펼치는 페이지를 옆에서 눈으로 좇았다.

기록은 1959년부터 시작되었다.

"지금부터 35년 전, 제가 서른두 살 때부터의 기록입니다."

야하기는 그 시절이 그리운 듯 눈을 가늘게 떴다.

기록에는 말에 새겨져 있는 제작자의 호와 서체, 감정한 날짜, 장소, 소유자, 말의 특징 등이 쓰여 있었다. 그리고 감정한 말을 각도를 바꿔가며 찍은 사진도 몇 장 첨부되어 있었다.

"굉장하네요. 도대체 얼마나 많은 말을 감정한 건가요?"

이시바가 페이지를 넘기면서 감탄스럽다는 듯이 물었다.

야하기는 팔짱을 끼고 "으음" 하며 고개를 갸우뚱했다.

"정확히 기억나지 않지만 아마도 300 가까이는 될 겁니다."

300이라는 숫자를 들은 순간, 이시바는 사노를 보고 눈을 치켜떴다.

"뭘 멍청히 있나. 자네도 그 장기말을 찾으라고."

아마도 생각보다 양이 훨씬 많았기 때문일 것이다. 서두르지 않으면 오늘 중으로 조사를 끝낼 수 없다고 판단한 것이리라.

사노가 황망하게 좌탁에 놓인 책자로 손을 뻗으려 할 때, 야하기가 침착한 목소리로 사노에게 말했다.

"기쿠스이게쓰가 만든 장기말이라면 찾을 것도 없습니다. 언제, 어디서 감정했는지, 제 머릿속에 다 들어 있습니다."

이시바가 눈을 반짝이며 몸을 앞으로 내밀었다.

"그 부분이 어딘지 가르쳐주지 않으시겠습니까?"

야하기는 안경다리를 둘째 손가락으로 가볍게 올리더니 책자를 곁으로 당겨서 차례로 페이지를 펼쳤다.

좌탁 아래 놓여 있던 서찰함 안에서 메모지를 꺼내 페이지 사이에 끼워갔다.

야하기는 메모를 끼운 기록부 네 권을 좌탁 위에 겹쳐 놨다.

"메모를 끼운 부분이 기쿠스이게쓰가 만든 말을 감정한 페이지입니다."

이시바가 훑어본 페이지를 사노가 다시 확인했다.

장기말 일곱 벌에 대한 기록 중 가장 오래된 것은 1960년 것이었다. 그해에 야하기는 두 벌의 말을 감정했다. 수사 회의에서 보고한 덴도시 장기자료관과 미쿠라지마 미술관이 소유하고 있는 그 장기말이다. 내용을 훑어본 사노는, 야하기가 자신의 기록을 감정 기록이라고 말했지만, 엄밀히 말하자면 감정과 확인 기록이라는 것을 알게 됐다.

자료에 기재되어 있는 덴도시 장기자료관과 미쿠라지마 미술관이 소유한 장기말은 야하기 자신이 감정한 것이 아니라 이미 전 대 사람이 감정을 마친 것이었다. 페이지에 첨부된 사진에는 두꺼운 유리 쇼윈도 안에 진열된 장기말의 모습이 찍혀 있었다.

"잠깐, 여쭤봐도 될까요?"

기록부에 얼굴을 향한 채, 이시바가 눈을 치켜뜨고 야하기를 보며 말했다.

"이 기록에 말 감정서에 관한 기술, 혹은 사진이 없는 이유는 무엇이지요?"

야하기는 노골적으로 어이없다는 얼굴을 했다. 장기를 잘 아는 사람 입장에서 보자면 이시바의 질문은 태양은 왜 동쪽에서 뜨냐고 묻는 거나 다름없는 뚱딴지같은 질문이었다.

야하기 대신 사노가 대답했다.

"장기말에는 정식 감정서가 없습니다."

이번에는 이시바가 놀란 표정을 지었다.

야하기가 딱 잘라 말했다.

"지금 하신 말씀대로입니다."

그림이나 보석처럼 고가로 매매되는 물건에는 감정서가 따르기 마련이다. 역사적 가치나 미술품으로서의 평가를 감안해 억 단위 돈이 움직인다. 전 세계에 그것들을 찾는 수집가가 있어 널리 알려진 그림 같은 경우는 수백억 엔에 매매되기도 한다. 이처럼 시장이 형성되어 있는 세계에서는 진짜와 가짜가 같이 다닌다.

명품 백 같은 것이 좋은 예다. 아마추어 눈에는 진짜와 가짜가 구별이 안 될 정도로 정교하게 제작한 가짜 물건이 세상에 수없이 돌아다닌다. 그래서 필요한 것이 감정서다. 이 물건은 틀림없이 진짜라고 표시하는 증명서 혹은 감정서가 중요하다. 감정서나 증명서가 없는 물건은 미술품이나 상품으로서 가치가 없다고 간주되는 경우도 많다.

장기말도 명공이라 불리는 장기말 장인이 만든 것은 미술품으로서 가치도 물론 높지만 장기 애호가 대부분은 장기말을 미술품이라기보다는 실용품으로 본다. 장기말은 바라만 보며 고이 모셔두는 장식품이 아니라, 실제로 장기판 위에 두어야 비로소 제 빛을 낸다고 생각하는 것이다. 장기말 수집가 중에는 '누가 만든 말인가' 뿐만 아니라 '누가 사용한 말인가'에 집착하는 사람도 많다.

"어이 어이, 그렇다면 이 말이 진짠지 아닌지 알 수 없잖아."

이시바가 사노에게 따지듯이 물었다. 야하기의 표정이 다시 험악해졌다.

사노는 서둘러서 설명했다.

"장기말은 그림같이 세계적으로 수집되는 게 아니기 때문에 상품 가치는 그림보다 낮습니다. 그래서 위조품을 만들어 판다고 해도 들인 수고를 생각하면 수지가 맞지 않습니다. 게다가 설령 가짜를 만들려고 해도 그리 쉽사리 할 수 있는 게 아닙니다. 장기말이란, 말에 사용한 목재나 서체, 조각 등, 모든 면에서 그것을 제작한 장기말 장인의 특징이 명확하게 드러납니다. 게다가 장기말 장인은 예술가라기보다는 장인입니다. 장인의 기술은 그리 간단하게 훔칠 수 없습니다. 설령 어느 정도 정교한 가짜를 만든다 해도 야하기 선생님 같은 전문적인 장기 연구가의 손에 걸리면 진짠지 가짠지 여부는 곧바로 드러납니다. 야하기 선생님을 비롯한 장기 연구가들의 인정 여부가 감정서를 대신하는 겁니다."

짧은 시간이었지만 야하기는 감정을 감추지 못하는 타입이라는 것이 분명하게 드러났다. 얼굴에 바로 감정이 나타났다. 사노가 치켜세우며 설명하자 불편했던 그는 심기가 가라앉은 듯 만족스러운 표정을 하고 턱을 쓰다듬었다.

기쿠스이게쓰가 만든 일곱 벌의 말 중 두 벌은 현재 소재가 확실하다. 나머지 다섯 벌의 말 중 한 벌은 교토의 오래된 요정, 또 한 벌은 도야마의 장기말 수집가, 나머지 세 벌은 바둑·장기 전문점이 소유하고 있었다.

교토에 있는 요정의 이름은 '우메노코'. 기록은 1964년 5월로 되어 있다. 비고란에 '요정 주인이 구입'이라고 기록돼 있었다.

도야마의 장기말 수집가 이름은 센다 고타로. 1966년 7월의 기록이다. 당시 센다는 75세. 살아 있다면 103세로, 상당한 고령이다.

바둑·장기 전문점 세 곳은 각각 도쿄와 미야기, 그리고 히로시마에 있었다. 도쿄의 '요시다 기반점'은 1977년 5월, 미야기의 '사사키 기헤이 상점'은 1960년 8월, 히로시마의 '하야시야 본점'은 1981년 11월의 기록이었다.

"훌륭하게 조사하셨네요."

이시바가 진심으로 감탄했다는 듯이 말했다.

야하기는 의기양양한 표정을 지으며 웃었다.

"제 입으로 말하기는 좀 그렇지만, 꽤 고생해서 기록한 거지요. 구전 정보에 의지해서 하나하나 알아냈는데, 어떤 경우에는 찾아가보니 엉뚱한 말인 경우도 있었습니다. 이렇게 기록을 모으는 데는 상당한 시간과 수고가 들어갔습니다."

페이지를 훑어보던 사노는 말 일곱 벌의 정보를 기록한 페이지에 공통점이 있다는 것을 깨달았다. 어느 페이지에나 마지막에 '사가미 다카오 씨'라고 쓰여 있었다.

"이분은 누구신가요?"

사노가 묻자 야하기는 중요한 것을 잊고 있었다는 듯이 크게 한숨 소리를 냈다.

"사가미 씨는 나와 같은 장기말 연구가예요. 지금은 폐관했지만, 옛날에 니가타에 있던 장기박물관의 관장을 하셨던 분입니다. 저 이상으로 장기말에 대해서는 잘 아는 분이었습니다."

야하기의 말에 따르면, 기쿠스이게쓰급 명공의 작품을 감정하는 것은 책임이 막중한 일이다. 그래서 혼자 감정하기가 불안해 기쿠스이게쓰가 만든 장기말을 감정할 때는 반드시 사가미에게 동행을 요청했다는 것이다.

"건강하셨으면 올해로 90세가 되셨을 텐데, 3년 전에 심장병으로 돌아가셨습니다. 장기를 더없이 사랑했던 사람이 세상을 떠나는 것은 정말로 쓸쓸한 일입니다."

장기말 감정가 두 사람이 함께 한 감정이다. 말 일곱 벌이 기쿠스이게쓰의 작품이라는 데는 의심의 여지가 없었다.

"그런데……."

이시바는 야하기를 향해 새삼 자세를 고쳐 앉으며 물었다.

"이 기록은 기재한 당시의 말에 대한 기록이지요?"

"그렇습니다."

"자료관과 미술관 소유의 것은 별도로 하고 나머지 다섯 벌의 말을 현재 누가 소유하고 있는지는 혹시 알고 계십니까?"

야하기는 곤혹스럽다는 듯이 팔짱을 꼈다.

"우메노코와 센다 씨는 아마 지금도 소유하고 있을 겁니다. 곁에 두고 싶어서 비싼 돈을 내고 구입한 거니까 그리 쉽게 남의 손에 넘기지는 않았겠지요. 센다 씨는 연세가 있어서 타계하셨지만 장기말의 가치를 아드님에게 이야기해놨으니까 아마도 아드님이 소유하고 있지 않을까 해요. 다만……."

야하기는 말을 끊더니 이시바와 시선을 맞췄다.

"상점은 모르겠습니다. 상점주가 마음이 가는 장기말을 비매품으로 취급하는 경우도 있지만, 상점이 보유한 물건은 기본적으로는 파는 물건입니다. 원하는 손님이 있으면 팔겠지요. 그랬다면 어디로 갔는지는 저도 알 수 없습니다. 지금 장기말이 어디에 있는지 알고 싶으시다면 직접 가게에 가서 물어보는 수밖에 없지요."

"사체와 함께 발견된 말이 누가 소유하던 말인지는 혹시 알고 계신가요?"

야하기는 역시 고개를 저었다.

"발견된 말은 오랫동안 흙 속에 묻혀 있었기 때문에 나뭇결이 사라졌거나 글자의 돋움 옻칠이 손상된 부분도 있습니다. 게다가 제 기록에 사진이 첨부되어 있지만, 그다지 선명하지 않아서 세세한 나뭇결이나 글자까지는 확인할 수 없습니다. 문제의 말이 누가 갖고 있던 것이고, 어떤 경위로 죽은 사람 손에 들어갔는지는 죄송하지만 저로서는 짐작할 수가 없습니다."

머리를 숙이려는 야하기를 이시바는 손으로 제지했다.

"아니, 아니, 그걸 조사하는 것은 우리 일입니다. 야하기 씨가 송구해하실 필요는 요만큼도 없습니다. 이 기록부는 사건 해결과 관련된 중요한 정보입니다. 대단히 감사하게 생각하고 있습니다. 그런데 부탁만 드려서 죄송합니다만, 이걸 복사해도 되겠지요?"

"물론입니다. 하세요."

야하기의 허가를 얻자 이시바는 사노에게 기쿠스이게쓰의 장기말 페이지를 가까운 편의점에서 복사해 오라고 지시했다.

복사하러 간 사노가 다시 야하기의 집으로 돌아오는 데는 15분도 걸리지 않았다.

목덜미의 땀을 손수건으로 닦으며 현관 미닫이문을 열자,

이시바가 시멘트 바닥에 신발을 신은 채 서 있었다. 현관 마루에 야하기와 레이코도 같이 있었다.

이시바는 사노에게 말했다.

"수고했네. 자네가 돌아오면 바로 가려고 기다리고 있었어."

레이코가 딱하다는 듯이 사노를 바라봤다.

"차가운 차를 한 잔 더 들고 가시라고 했는데, 그만 가겠다고 하셔서 배웅하러 나온 참입니다."

사노는 고개를 저으며 레이코의 배려에 대해 감사하다고 말했다. 그러나 속으로는 편안한 실내에서 조금만 더위를 식히고 갔으면 싶었다. 부하를 전혀 배려하지 않는 이시바에게 사노는 마음속으로 욕을 해댔다.

기록부가 들어 있는 종이봉투를 야하기에게 돌려주고 둘은 야하기의 집을 떠났다.

역까지 가는 길을 걸으면서 이시바는 사노에게 지시를 내렸다.

"수사본부에 돌아가면 장기말 소유자에게 연락을 취해. 지금 말이 수중에 있는지 확인하는 거야. 만약 다른 사람에게 넘겼다면 언제 누구에게 양도했는지 물어서 확인해. 어쨌든 간에 이즈의 미술관 이외의 곳은 다 찾아가보자고. 장기말이 있는지 없는지 내 눈으로 직접 확인해야겠어."

사노는 "네"라고 대답하면서 머릿속에서 지도를 펼치고 어떤 순서로 돌아야 가장 효율적일지 생각해보았다.

"그 전에 서에 돌아가면 바로 조사해줬으면 하는 게 있어."

이시바는 옆에서 걷는 사노를 심각한 얼굴로 쳐다봤다.

사노는 바짝 긴장했다.

"뭔데요?"

이시바가 담담하게 말했다.

"방문할 지역의 명물 도시락이 뭐냐는 거다."

"네?"

잘못 들었나 싶어 자기도 모르게 물었다.

황당해하는 사노를 향해 이시바는 정색을 하고 말했다.

"일하러 가서 술을 마실 수는 없고……. 그렇다면 먹는 것밖에 즐거움이 없잖아. 쥐꼬리만 한 예산으로 요정 같은 데 갈 수는 없는 노릇이지만, 명물 도시락 정도는 먹어도 벌받지는 않겠지."

사노는 마치 관광이라도 가는 사람처럼 말하는 이시바 앞에서 할 말을 잃었다.

"알겠지?"

중요한 수사를 지시하는 것 같은 말투로 이시바가 다시 확인했다.

사건이 해결될 때까지 매일 이시바에게 이런 식으로 휘둘릴 거라고 생각하니 사노는 울적해졌다.

사노가 대답하지 않자 이시바는 기분이 상했는지 걸음을 멈추고 사노를 노려봤다.

"뭐야, 불만 있나?"

사노는 서둘러 얼굴 앞에서 손을 흔들었다.

"없습니다. 서에 돌아가면 바로 알아보겠습니다."

이시바가 다시 걷기 시작했다.

온몸에 허탈감이 엄습했다.

이 나른함은 더위 탓만은 아니었다.

—

제2장

—

얼음으로 덮인 호수 위에는 색색의 텐트가 쳐져 있었다. 대충 봐도 서른 개 가까이 되었다. 호수 반대쪽까지 합하면 예순 팀 이상의 낚시꾼이 나와 있는 셈이다. 넓은 얼음판 위에 삼각 텐트가 일정 간격으로 서 있는 광경이 흡사 갓쇼즈쿠리合掌造リ, 지붕이 급경사를 이루는 일본 건축양식 마을을 보는 것 같았다.

가라사와 고이치로는 자신이 가지고 온 아이스박스 안을 들여다봤다. 물을 채운 양동이 안에서 몸길이가 10센티미터 정도 되는 빙어가 활발하게 헤엄치고 있었다. 40마리는 될까. 이만큼 잡았으면 부부 두 사람의 저녁 반찬거리는 충분하다.

가라사와는 얼음판에 뚫은 구멍에서 낚싯줄을 거둬들여 비닐 륙색에 챙겨 넣었다. 옆에 뒀던 낚싯바늘과 낚싯봉, 미끼용 붉은장구벌레를 담은 용기 등도 륙색 안에 넣었다. 가라사와는 잊은 물건이 없는지 다시 한번 확인한 후 낚시 도구를 넣은 륙색을 메고 의자에서 일어섰다.

그리고 잡은 빙어를 넣은 아이스박스와 접은 아웃도어용 의자를 양손에 들고 호숫가로 걸어 나갔다.

얼어붙은 호수 위를 미끄러지지 않도록 조심조심 천천히 걸었다. 호반 가까이까지 왔을 때, 아이들의 환성이 들렸다. 초등학교 고학년 정도의 남자아이 둘이 아버지로 보이는 남자 주위에서 신이 나서 떠들고 있었다. 남자가 얼음 구멍에서 끌어올린 낚싯대에는 수많은 빙어가 걸려 있었다. 추위에 얼어 빨개진 두 남자아이의 얼굴은 흥분한 탓에 더 빨개졌다.

스와호는 나가노현 내에서도 빙어 낚시로 유명한 호수다. 휴일에는 많은 낚시꾼이 찾아온다. 오늘같이 날씨가 좋으면 낚시꾼이 특히 더 많다. 호수 주변에 주차한 차를 보면 다른 현에서 온 번호판도 적지 않게 눈에 띈다.

"선생님, 가라사와 선생님!"

이름을 부르는 쪽으로 눈길을 돌리니 10미터쯤 떨어진 곳에 있는 텐트에 아는 얼굴이 있었다. 고지마 다케오다. 가라사와가 교감이었을 때 학교에 다니던 제자다. 지금은 가라사와가 교감이었던 당시의 나이와 그리 다르지 않은 나이가 되어 있었다.

고지마는 손에 들고 있던 낚싯대를 내려놓고 가라사와에게

다가왔다.

"선생님, 얼마나 잡으셨어요?"

고지마가 가라사와의 아이스박스를 바라보며 물었다.

"그럭저럭."

가라사와는 아이스박스의 뚜껑을 열고 안을 보여주었다.

"호오, 이거 굉장하네요. 구이에 튀김, 가라아게가루를 묻히지 않고 튀기는 것, 쓰쿠다니어패류·채소·김 등을 간장·미림·설탕 등으로 졸인 보존식품도 할 수 있겠는데요? 사모님도 기뻐하시겠어요. 과연 선생님이네요."

고지마가 꼭 아부만은 아닌 말투로 목소리 톤을 높였다.

가라사와가 쓴웃음을 지으면서 말했다.

"있잖나, 고지마. 선생님이라고 부르는 거, 이제 그만하지그래. 나는 이제 학교 선생님이 아니야. 그런데도 계속 선생님이라고 부르면, 엉덩이가 스멀스멀거린다고."

가라사와는 3년 전에 환갑을 맞았고, 그때 교사를 그만뒀다.

고지마는 가라사와의 부탁을 웃어넘겼다.

"선생님이라는 말에는 교육자라는 의미와 자신보다 먼저 태어난 사람이라는 두 가지 의미가 있는 건 알고 계시지요. 게다가 선생님은 낚시 스승이기도 해요. 저에게 선생님은 지금도 선생님입니다."

말을 잘하는 것은 예나 지금이나 변함이 없다.

말로는 못 당하겠다고 생각한 가라사와는 화제를 딴 데로 돌려 자리를 빠져나가기로 했다.

"어이, 입질이 오지 않았나. 낚싯대가 흔들려."

어, 하면서 고지마가 뒤를 돌아봤다. 그때를 틈타 가라사와는 걷기 시작했다. 등뒤에서 고지마의 목소리가 들려왔다.

"곧 한잔해요. 선생님!"

뒤를 돌아보지 않고, 손을 높이 쳐드는 것으로 대답을 대신했다.

가라사와는 주차장에 세워둔 차로 돌아와 트렁크에 낚시 도구를 챙겨 넣고 운전석에 앉았다.

앞 유리 너머로 하늘을 올려다봤다.

잠시 갠 겨울 하늘은 온통 맑아서, 멀리로는 기타알프스가 선명하게 보였다. 얼어붙은 호수의 얼음 위로 햇빛이 반사해 눈이 아플 정도로 부셨다.

이런 날이면 가라사와는 스와에 마지막 거처를 마련하길 잘했다고 다시 한번 생각하게 된다.

1908년에 나가노시에서 태어난 가라사와는 올해로 만 예순세 살이 된다. 아버지는 동사무소에서 근무하고 어머니는 집에서 재봉을 가르쳤다. 형제는 위로 형이 셋, 누나가 둘 있었다.

남자아이가 넷인 6남매 중 막내로 자란 가라사와는 좋게 말하면 자유롭게, 다르게 말하면 방치되어 자랐다.

가끔 집안일을 도와야 했지만, 그때 해야 할 일이란 게 대개는 강에서 물고기를 잡아 오라든가 논에 가서 메뚜기를 잡아 오라는, 아이에게는 놀이에 지나지 않는 일뿐이었다. 그래서 가라사와는 학교에서 돌아오면 날이 저물 때까지 밖에서 논 셈이었다.

공부는 싫고 노는 것만 무척 좋아하던 아이가 어쩌다 교사가 될 생각을 한 걸까. 그건 심상소학교옛날 초등 보통교육을 실시한 의무교육 학교 5학년 때의 우연한 만남 때문이었다. 그때 담임을 맡았던 교사의 이름은 50년 넘게 지난 지금도 잊지 않고 있다. 다카다 쇼이치. 도쿄부 도요시마 사범학교를 막 졸업하고 부임한 교사였다.

가라사와에게 다카다는 교사라기보다 나이 많은 형 같은 존재였다. 공부를 싫어하는 가라사와에게 다른 교사처럼 숙제를 많이 내거나 방과 후에 남겨서 공부를 시키거나 하지 않고, 배우는 것의 즐거움을 가르쳐줬다.

"세상에는 모르는 것이 많아. 모르는 나라, 모르는 도시, 모르는 사람 등. 지금까지 몰랐던 것을 알게 되면 무척 즐거워져서 여러 가지 것들을 더 알고 싶어진단다. 그 즐거움을 모르다니, 인생의 기쁨의 반 이상을 버리는 거나 같아."

가라사와는 처음엔 다카다의 이야기에 전혀 귀를 기울이려 들지 않았다. 그런 것은 알든 모르든 상관없었다. 논에서 메뚜기를 잡거나 강에서 곤들매기를 잡거나 하는 것보다 즐거운 일이 있다고는 생각되지 않았다.

그러나 다카다는 포기하지 않았다. 얼굴을 마주치면 도망치려고만 드는 가라사와를 붙잡아서 끈기 있게 설득했다. 다카다는 가라사와에게 책을 자주 빌려줬다. 어린아이가 읽을 만한 그림책이나 실로 묶어 장정한 동화책 등 다양한 책을 빌려줬다.

"책은 좋은 거란다. 갈 수 없는 곳에 데려가주기도 하고, 지구 뒤편에 있는 사람의 이야기를 들을 수 있게 해주기도 해. 과거나 미래의 사람과도 만날 수 있고, 전혀 생각지 못한 모험을 할 수도 있단다."

다카다는 토요일 방과 후에는 언제나 집으로 돌아가려는 가라사와를 복도에 불러 세워놓고 몇 권의 책을 떠안겼다.

다카다가 왜 자신에게만 그러는지 가라사와는 전혀 알 수 없었다. 어릴 때 죽은 다카다의 남동생과 자신이 꼭 닮았다는 사실을 안 것은 성인이 되고 나서였다. 사는 기쁨과 즐거움을 모르고 어린 나이에 죽은 남동생에 대한 다카다 나름의 공양이었을지도 모른다.

열심히 독서를 권하는 다카다의 얼굴을 보고 있자니 매몰차게 거부만 할 수도 없어서 가라사와는 늘 무거운 책을 끌어안고 집까지 이어지는 긴 길을 걸었다.

그러던 가라사와가 도감 한 권을 보고 나서 갑자기 책 읽는 데 흥미를 갖게 되었다. 그 도감은 어린이 책을 전문으로 다루는 출판사에서 나온 것이었는데, 제목은 '생물도감'이었다고 기억하고 있다.

당시로는 보기 드문, 반 이상이 컬러로 되어 있는 책이었으며, 생물의 명칭과 간단한 설명과 함께 자세한 부분까지 면밀하게 그려놓은 세밀화가 실려 있었다.

지금 본다면 어린이를 대상으로 한 간략한 일러스트였을지도 모른다. 그러나 교과서조차 제대로 펼쳐 보지 않던, 책이란 것을 도통 읽지 않던 그 당시 어린이의 눈에는 사진처럼 정교한 세밀화가 감탄스러웠고, 책에 그려진 선명한 열대어와 무지개색 하늘소를 보며 정말로 이런 아름다운 생물이 이 세상에 있을까, 궁금해졌다. 그것이 가라사와가 모르던 것을 아는 즐거움에 접하게 된 계기였다.

가라사와는 원래 한 가지에 흥미를 가지면 그 밖에는 아무것도 눈에 들어오지 않을 정도로 열중하는 성격이었다. 생물에서 시작된 가라사와의 탐구심은 그를 과학에 대한 관심으로 이끌었고, 이어서 산수와 국어 등으로 관심의 폭이 넓어졌다.

다카다는 가라사와가 심상소학교를 졸업하는 비슷한 시기에 다른 소학교로 전근 갔다.

학교를 떠날 때 가라사와는 배우는 것의 즐거움을 가르쳐 준 다카다에게 감사 인사를 했다. 이별의 눈물을 참으면서 고개를 떨어뜨린 가라사와에게 다카다가 말했다.

"만약 네가 나에게 감사한다면 그 마음을 간직하고 예전의 네가 그랬듯이 아는 즐거움을 모르는 다른 아이에게 아는 즐거움을 가르쳐주렴. 나도 어릴 때 어떤 사람 덕분에 아는 즐거움이 뭔지 알게 되었단다. 그래서 너에게 아는 즐거움에 대해 가르쳐준 거야. 다음은 네 차례야."

다카다는 그렇게 말하고는 봄빛이 아직 엷은 하늘을 바라보면서 계속 말했다.

"모르는 것만큼 무서운 것은 없어. 무지는 사람에게 두려움을 가져오거나 두려워할 줄 모르게 만들거나, 둘 중 하나야. 바른 지식을 갖지 않으면 바른 판단을 내릴 수 없어. 우리는 더 많이 배워야 해. 그렇게 하지 않으면 일본은 엉망이 돼버릴 거야."

아직 어린 가라사와는 다카다가 무슨 말을 하는지 온전히 이해할 수 없었다. 하지만 자신이 여러 가지를 더 많이 배워서 아는 즐거움을 다른 사람에게 가르쳐줘야 한다는 것만은 알 수 있었다.

가라사와는 그때 교사가 되기로 결심했다.

부모에게 고등소학교일본의 옛 제도에서 심상소학교의 위를 졸업한 뒤 도쿄의 사범학교에 진학하고 싶다고 하자, 부모님은 크게 기뻐했다. 가업을 잇는 일은 결혼한 장남이 하면 되니 걱정할 필요 없었다. 어릴 때 부산하기 그지없던 개구쟁이가 건실한 직업을 갖겠다고 하니 얼마나 안심이 되었겠는가. 가라사와가 자신이 사는 지역이 아니라 도쿄를 선택한 것은 다카다에 대한 동경 때문이었다.

딱 하나 걱정되는 게 있었다. 학비였다. 아버지가 동사무소에서 일한다고는 해도 아이를 여섯이나 키우는 집이 넉넉할 리 없었다. 부모에게 부담을 주고 싶지 않았다. 그러나 교사의 꿈도 포기할 수 없었다. 가라사와는 두 마음 사이에서 고민했다.

그 고통에서 가라사와를 구해준 것은 친척들이었다. 친척들이 학비를 모아주었던 것이다.

도쿄에 가기 전날 집에 와준 친척들에게 가라사와는 다다미에 이마가 닿을 정도로 머리를 깊이 숙였다.

숙부는 가라사와에게 어서 머리를 들라고 했다.

"조카가 선생님이 되다니, 우리도 자랑스럽다. 훌륭한 선생님이 되어 일본을 좋은 나라로 만들어주렴."

이별의 쓸쓸함을 지우듯이 숙모가 큰 목소리로 가라사와를 놀렸다.

"도쿄에는 예쁜 아이가 많다고 하잖아요. 여자아이 엉덩이만 쫓아다니느라 공부를 소홀히 하면 안 돼요."

가라사와의 누나가 말을 받았다.

"어머, 숙모님. 걱정할 거 없어요. 도쿄 아가씨들이 이런 촌놈을 상대나 해주겠어요?"

거실에 웃음이 일었다. 웃음이 가라앉자 아버지가 순한 얼굴로 한마디 했다.

"건강 잘 챙겨라."

아버지는 평소 과묵해서 제대로 대화를 나눈 기억이 없었다. 그랬던 아버지가 서툴지만 격려의 말을 해주는 것을 듣고 가슴이 뜨거워졌다.

"기대에 답할 수 있게 열심히 하겠습니다."

가라사와는 감격에 찬 목소리로 그렇게 대답하고 다시 한 번 친척들을 향해 깊이 머리를 숙였다.

가라사와는 사범학교에 진학한 후 유급하는 일 없이 5년 만에 졸업하고 교원 면허를 취득했다.

첫 부임지는 결국 마지막 거처로 선택하게 되는 스와의 소학교였다. 현 내 소학교를 돌면서 근무하다가 스물일곱 살 때 근무하게 된 초등학교에서 사무원으로 근무하던 아내 요시코를 알게 되었다. 일 년 동안 교제하다가 가라사와가 다른 학교로 전근하게 된 것을 계기로 결혼했다.

가라사와와 요시코는 아이를 원했지만, 아이가 생기지 않았다.

호수 쪽에서 들려오는 어린아이들의 환성에 가라사와는 제정신이 들었다. 핸들을 잡고 차에 시동을 걸었다.

두 사람은 아이가 생기지 않아 고민한 때도 있었지만, 지금은 부부 두 사람만의 생활에 만족했다. 어느 시기인가를 경계로 자신이 가르치는 학생들이 자식 대신일지도 모른다고 생각하게 되었다. 그것은 요시코도 마찬가지였다.

오늘처럼 예전 제자가 말을 걸어오면 자신의 판단이 틀리지 않았다고 생각했다.

'내 인생, 이 정도면 괜찮은 거야.'

가라사와는 액셀을 밟으면서 마음속으로 중얼거렸다.

스와시는 호수와 산으로 둘러싸인 도시다. 시내의 거의 한가운데를 관통하는 철도가 도시를 호수 쪽과 산 쪽, 두 지역으로 나눠놓았다.

호수 쪽은 호텔이나 음식점이 줄지어 있어 관광객으로 북적이지만, 산 쪽은 깨끗이 잊힌 곳인 듯 한적하기만 한 주택가였다.

가라사와의 집은 그 주택가 안에서도 위쪽에 있었다. 급경사진 비탈길을 따라 엔진을 웡웡 대며 천천히 올라갔다.

차 두 대가 겨우 스쳐 지나갈 수 있는 좁은 길을 통과해 조금 큰 도로로 나와 잠시 달리니 집이 보이기 시작했다.

가라사와는 차를 차고에 넣고 운전석에서 내려 트렁크에 있는 낚시 도구를 꺼냈다.

고지대에 있는 집에서는 스와의 거리가 한눈에 들어온다.

지금은 익숙해졌지만 스와에 집을 막 지었을 때는 좌우로 구불구불 돌아 다녀야 하는 도로 때문에 애를 먹어서 살기 힘든 곳에 집을 지었다고 살짝 후회한 적도 있었다. 그러나 지금은 그런 후회는 전혀 없다. 전망이 아름다운 이곳에 집을 지은 건 정말 잘한 일이라고 생각했다.

가라사와는 현관 미닫이문을 열고 안쪽을 향해 말했다.

"어이, 나 왔어."

"네" 하고 대답하는 소리와 함께 집 안쪽 부엌에서 요시코가 나왔다. 젖은 손을 앞치마에 닦고 있었다. 아마도 설거지를 하고 있었던 모양이다.

"누가 왔었나?"

가라사와는 장화를 벗으며 물었다. 이제 곧 점심이다. 아침 설거지는 벌써 했을 것이다. 아마도 손님이 와서 내놓은 찻잔이라도 씻고 있었던 것이리라.

요시코는 가라사와가 현관 어귀에 내려놓은 아이스박스 뚜껑을 열면서 대답했다.

"쇼지 씨가 왔었어요. 방금 돌아갔는데."

쇼지는 이웃에 사는 사람으로, 오랫동안 주민자치회 회장을 맡고 있는 남자다. 나이는 가라사와와 같고, 5년 전에 아내를 병으로 잃었다. 그것을 계기로 시내에서 살던 장남 부부와 같이 살게 됐는데, 막상 살림을 합치자 사소한 불만이 생기는 모양이었다. 그럴 때면 종종 가라사와 집에 찾아와 푸념하곤 했다.

"아들, 며느리한테 말해봤자 좋을 일 없고, 손자가 귀여우니까 약간의 불만은 가슴에 담아둬야지."

가슴에 담아둔다. 그게 쇼지의 입버릇이었다. 입으로는 툴툴거리면서도 아들 부부나 손자 얘기를 할 때면 쇼지의 눈꼬리가 크게 처진다. 그런 쇼지를 볼 때마다 가라사와는 잊고 있던 부러움이 되살아났다.

아이스박스를 들여다본 요시코가 환성을 질렀다.

"많이 잡았네요. 대단해요."

아직 입을 빠끔빠끔거리는 빙어를 보면서 요시코가 웃었다.

가라사와는 아이스박스를 부엌으로 나르고 식탁 의자에 앉았다.

"쇼지 씨, 무슨 일로 왔대?"

요시코는 싱크대에 올려놓은 아이스박스에서 빙어를 꺼내

면서 대답했다.

"늘 하는 동네 한 바퀴지요 뭐. 쇼지 씨를 보면 저절로 머리가 숙여져요. 그토록 열심히 일하는 자치회 회장은 그리 흔치 않을걸요."

쇼지는 거의 매일 동네 집들을 방문해 힘든 일이라든가 사고는 없었는지 물어본다. 가라사와 집에도 일주일에 한 번꼴로 얼굴을 내밀었다.

요시코는 후후 웃더니 가라사와를 돌아봤다.

"쇼지 씨가 당신이 없는 걸 보고 아쉬워했어요."

쇼지가 왜 아쉬워했는지 가라사와는 물어보지 않아도 알 수 있었다.

가라사와와 쇼지는 나이도 같지만 취미도 같다. 둘 다 굉장한 장기 애호가다.

쇼지는 가라사와의 집에 오면 웬만큼 급한 용건이 없는 한 장기를 한 판 두고 간다. 지난번 승부는 가라사와가 이겼다. 오늘은 그것을 되갚아줄 작정이었을 것이다.

가라사와가 장기를 처음 배운 것은 일곱 살 때다. 다섯 살 위인 형에게 배웠는데, 늘 무참히 졌다.

얼마 후 형은 공부하느라 바빠 장기를 둘 여유가 없었다. 가까운 승부 상대를 잃은 가라사와도 자연히 장기에서 멀어져 갔다.

가라사와가 다시 장기에 흥미를 갖게 된 것은 교사가 되고 얼마 안 됐을 무렵이었다. 당시 근무하던 소학교 경비 중에 굉장한 장기 애호가가 있었다. 이름은 사사키였는데, 그 당시 스무 살 중반이던 가라사와에게는 아버지뻘 나이였다.

사사키는 점심시간이나 당직 등 시간이 있을 때 가라사와에게 곧잘 장기를 두자고 했다. 사사키는 장기를 꽤 잘 둬서 가라사와는 맥도 못 추고 당하곤 했다.

어떻게 해서든 사사키에게 반격하고 싶은 마음에서 가라사와는 장기에 관한 책을 몇 권이나 읽으면서 장기의 정석과 수를 공부했다. 그 성과가 나타난 것은 반년 후였다. 경비실에서 가라사와와 승부를 벌이던 사사키가 장기판을 한참 들여다보더니 패배를 인정했다.

"이거 깜빡 놓쳤군" 하고 혼잣말처럼 중얼거렸다. 사사키의 얼굴에는 분하다는 표정이 숨길 수 없게 번져 있었다.

가라사와는 장기에서 이기는 쾌감을 이때 처음 알았다.

가라사와는 다른 소학교로 전학 가서도 독학으로 장기 공부를 계속했다. 장기 잡지를 거르지 않고 읽고, 장기 관련 책은 닥치는 대로 사 모았다.

기력이 부쩍부쩍 늘어나 외통수 장기나 '다음 한 수' 문제를 푸는 데 걸리는 시간으로 보아 지금은 3단급 실력을 갖추었다고 스스로 판단하고 있다.

쇼지도 자칭 3단으로, 가라사와하고는 기력에 거의 차이가 없었다. 늘 이기거니 지거니 하는데, 지난번 승부로 가라사와가 이긴 횟수가 더 많아졌다. 오늘은 기어코 이기겠다며 콧숨을 내뿜으며 거칠게 달려왔을 텐데, 공교롭게도 숙적은 빙어 낚시를 가고 집에 없었다. 쇼지가 어깨를 떨어뜨리고 집으로 돌아가는 모습이 눈에 선해서 웃음이 나왔다.

"그러고 보니……."

두 사람 몫의 차를 내온 요시코가 가라사와 맞은편에 앉아 개운치 않다는 표정을 지었다.

"쇼지 씨가 좀 신경 쓰이는 얘기를 했어요."

찬 손을 찻잔으로 덥히고 있던 가라사와가 요시코를 봤다.

"뭔데, 그게?"

"폐지 수거 관련해서인데……."

가라사와가 소속된 주민자치회에서는 한 달에 두 번 폐지를 수거했다. 신문이나 잡지 등을 공원에 모아서 수거업자에게 건네주고 받은 돈을 자치회 회비로 썼다.

"그래서, 무슨 일이 있었대?"

요시코는 고개를 갸우뚱하면서 대답했다.

가라사와의 집에서 내놓은 잡지는 묶은 끈의 매듭이 느슨해서 늘 다시 묶어야 한다, 수고를 덜 수 있도록 조금 더 세게 묶어주면 고맙겠다고 쇼지가 말했다는 것이다.

"그럴 리 없잖아."

가라사와는 자기도 모르게 큰 소리를 냈다. 가라사와는 지금까지 몇 번이나 전근을 다녔다. 그때마다 이삿짐을 싸다 보니 짐 싸는 일이 손에 익어서 매듭이 풀어지도록 느슨하게 매는 일은 없었다.

요시코도 "그게 말이에요" 하면서 맞장구를 쳤다.

"그래서 쇼지 씨한테 정말로 우리 집 거냐고 물었는데, 몇 번이나 이름을 확인했으니까 틀림없다고 했어요."

수거용 폐지를 내놓을 때는 지역 주민 외의 사람이 못 내놓게 폐지 묶음 위에 내놓는 사람의 이름을 기입하게 되어 있다. 가라사와의 집도 규칙에 따라 매번 폐지를 내놓을 때마다 이름을 써놨다.

가라사와는 팔짱을 끼더니 미간에 주름을 잡았다.

"기분 좋은 일은 아니군."

기억에 없는 일 때문에 지적받은 것도 기분이 언짢았지만, 무엇보다 자치회 사람들에게 자신들이 폐를 끼치고 있다고 여겨지는 것이 화가 났다.

"다음 수거일은 언제지?"

가라사와의 질문에 요시코는 벽에 걸어놓은 달력을 봤다.

"이번 주 금요일이에요."

오늘은 일요일이니까 5일 후다.

"그날 공원에 가서 어떻게 된 건지 살펴보고 올 거야. 이대로는 찜찜해서 안 되겠어."

요시코가 끄덕였다.

"부탁해요."

금요일 아침 폐지를 내놓은 가라사와는 아침밥을 먹기 위해 일단 집으로 돌아왔다가 다시 공원으로 향했다.

공원에 간 가라와사는 자신이 내놓은 폐지 다발을 보고 깜짝 놀랐다. 쇼지가 말한 대로 폐지를 묶은 끈이 느슨해져 있었기 때문이다.

평소에도 끈이 풀리지 않게 단단히 묶었지만, 오늘 아침은 특히 신경 써서 묶었다. 좀 난폭하게 다룰 때도 느슨해지지 않도록 몇 번이나 매듭을 확인했다. 그런데 끈의 매듭이 가라사와가 묶은 모양새와 달랐다. 누군가가 다시 묶은 게 분명했다. 매듭은 조금 들어 올리면 끈 옆으로 신문이나 잡지가 삐져나와 무너져 내릴 것 같을 정도로 느슨했다.

도대체 누가, 무슨 목적으로 이런 짓을 하는 걸까.

화를 억누르면서 끈을 다시 묶던 가라사와는 깨달았다. 오늘 아침에 내놓은 폐지의 양이 줄어 있었다.

가라사와는 낭비하지 않으려고 끈을 묶은 다음 딱 좋은 길이로 자른다. 그러나 지금 다시 묶어놓으니 분명 끈의 길이가 남아돌았다.

누군가가 내용물을 빼냈다는 것을 알 수 있었다.

필요 없는 것을 내놓은 것이니까 누군가가 일부를 가져갔다 해도 특별히 문제 될 건 없지만 자신의 집에서 내놓은 것을 모르는 사람이 가져간다는 것은 께름칙한 일이었다.

도대체 무엇을 빼 갔나.

가라와사는 끈을 다시 풀고 내놓은 것들을 확인했다.

위부터 차례로 확인해가던 가라사와가 순간 움직임을 멈췄다.

── 장기 잡지가 없다.

가라사와는 장기 관련 잡지나 책을 살 때는 같은 것을 두 권 구입했다. 한 권은 읽기 위한 것이고, 또 한 권은 보관해두기 위한 것이다. 장기 책 수집은 가라사와의 몇 안 되는 사치스러운 취미 중 하나였다. 가라사와의 장기 서적 전용 서가에는 실용서부터 유명한 장기말이 소개되어 있는 미술서 등, 다양한 책이 진열되어 있다. 그중 필요 없어진 잡지나 장기 전술 관련 책을 폐지로 내놓았는데, 그것들을 모두 빼 갔다.

가라사와는 폐지를 다시 묶어놓은 후 폐지 묶음을 노려봤다.

아마도 장기에 관심이 있는 사람이 가져간 것 같았다. 가라사와 입장에서는 버리려고 내놓은 책을 누가 어떻게 하든 상관없는 일이었지만, 자기 마음대로 가져가는 것은 기분 좋은 일은 아니었다.

가지고 싶다고 하면 줄 테지만, 두 번 다시 도둑 흉내는 내지 말라고 단단히 주의를 줘야 한다.

가라사와는 보이지 않는 범인을 괘씸해하면서 공원을 빠져나왔다.

다음 수거일에 가라사와는 자명종 소리와 함께 일어나서 재빨리 나갈 채비를 하고 현관을 나섰다.

이른 아침의 냉기가 점퍼를 뚫고 들어와 피부 속으로 파고들었다. 달력상으로는 이미 봄이지만 일본알프스의 산기슭에 안겨 있는 이 동네는 아직 겨울 한가운데였다. 가라사와는 젖은 개가 물기를 털듯이 몸을 떨었다.

가라사와는 뒤뜰에 있는 창고로 가서 헌 신문과 필요 없는 잡지를 끈으로 묶어놓은 것을 꺼냈다. 오늘 재활용품 수거에 내놓기 위해 모아놓은 것이다.

가라사와는 늘 아침 6시가 지나면 재활용품을 들고 공원으로 갔다. 아침 6시에 일어나는 것은 현역 시절부터 몸에 밴 습관이었고, 지금도 변함이 없다. 수거품은 계절에 관계없이 아침 산책도 할 겸 일찍 일어나서 바로 내놓았다.

업자가 수거품을 가지러 오는 것은 아침 9시 전후다. 장기 잡지를 빼 가는 범인은 가라사와가 수거품을 공원에 내놓는 6시 지나서부터 수거 트럭이 오는 시간 사이에 올 것이다.

수거품이 모이기 시작하는 것은 7시 지났을 때쯤부터다. 가라사와는 재활용품을 내놓는 사람들 중에서도 대개 첫 번째로 내놓는 편이었다. 먼저 내놓는 집이 있다 해도 한 집이나 두 집뿐이다.

범인은 아마도 6시에서 7시 사이에 올 거라고 가라사와는 짐작했다. 그 이후에는 사람들 눈이 있다.

수거품을 내놓고 공원 나무 그늘에 몸을 숨기고 지켜보자고 생각했다. 잡지를 가져가는 범인이 나타나면 붙잡아서 앞으로는 그러지 말라고 훈계를 할 작정이었다.

공원에 도착한 가라사와는 양손에 나눠 들고 온 수거품을 입구 쪽에 놨다. 가라사와가 가져온 폐지 외에는 같은 자치회 소속의 아베라는 집에서 내놓은 폐지 묶음이 하나 놓여 있을 뿐이었다.

가라사와는 가져온 폐지 묶음의 끈이 단단히 묶였는지 다시 한번 확인한 후 공원 안쪽에 있는 큰 은행나무 그늘에 몸을 숨겼다.

거기서 범인이 나타날 때까지 기다릴 작정이었다.

스와는 아직도 아침 최저기온이 영하로 떨어진다. 겨우 10분 정도밖에 안 되었는데 가만히 서 있자니 몸이 속부터 얼어오는 것 같았다.

언 손끝을 입김으로 녹이면서 상황을 지켜보고 있자니, 드디어 길 끝에서 사람이 다가오는 기척이 났다.

가라사와는 숨을 죽이고 사람 그림자를 응시했다.

아이였다. 한 소년이 이쪽을 향해 종종걸음으로 달려왔다. 키를 보니 소학교 저학년밖에 안 된 것 같았다.

소년은 옆구리에 뭔가 무거운 것을 끼고 있는 것 같았다. 재활용 수거품을 내놓으러 온 걸까.

가라사와는 자신의 생각이 틀렸음을 바로 알아차렸다.

소년이 옆구리에 끼고 있는 것은 신문 뭉치였다. 반으로 접은 신문 다발을 끈으로 한데 모아 어깨띠에 걸고 있었다. 소년은 신문 배달 중이었던 거다.

가라사와는 나무 그늘에서 긴장의 끈을 늦췄다.

소년이 범인일 리 없다. 어린아이라도 장기를 둘 수는 있다. 그러나 가라사와가 읽는 장기 잡지는 어른용이었다. 해설도 부록도 모두 중급자를 대상으로 한 것이기 때문에 레벨이 높다. 한자도 아직 제대로 못 읽을 만한 어린아이가 이해할 수 있는 수준이 아니었다.

가라사와는 크게 숨을 토해냈다.

추운 데서 더 기다려야 한다. 경우에 따라서는 다음 수거일, 또는 그다음번 수거일에도 이 나무 그늘에서 범인을 가만히 기다려야 할지도 모른다.

겨울의 이른 아침, 곱아드는 손에 입김을 불어가며 몇 시간이나 추운 하늘 아래 서 있는 것은 괴로운 일이겠지만, 가라사와는 범인 찾는 것을 포기할 마음은 없었다. 오명을 벗을 때까지는 이 일을 계속할 각오가 되어 있었다.

가라사와가 긴장의 줄을 다시 조이며 등을 폈을 때 신문 배달 소년이 폐지 뭉치 앞에 멈춰 섰다. 사람이 없는 것을 확인하듯이 주위를 두리번거렸다. 그러더니 그 자리에 웅크리고 앉아 발밑에 있는 수거품에 손을 뻗었다. 가라사와가 내놓은 것이었다. 단단히 묶여 있는 끈을 풀기 위해 필사적으로 손을 놀렸다.

가라사와는 깜짝 놀랐다.

설마 저 어린 소년이 장기 잡지를 빼낸 범인이라는 건가. 아니면 어쩌다가 재활용 수거품 안에서 흥미로운 것을 발견하고 가져가려고 하는 것뿐인가. 그러나 가라사와가 내놓은 수거품 중에는 만화나 동화, 도감처럼 아이가 흥미를 가질 만한 책은 하나도 없었다.

어찌 됐건 확인해야 한다.

가라사와는 그늘에서 나와 소년에게로 달려갔다.

"잠깐!"

별안간 눈앞에 나타난 남자를 보고 소년은 깜짝 놀라 벌떡 일어났다. 그러고는 가라사와에게 등을 돌리고 뛰기 시작했다. 그러나 소년이 도망치기 전에 가라사와의 손이 소년의 어깨를 잡았다.

소년은 가라사와의 손에서 빠져나가려고 필사적으로 몸을 비틀었다.

가라사와는 일부러 온화한 말투로 소년을 달랬다.

"기다려, 기다려. 그렇게 날뛰지 마. 진정해."

빠져나갈 수 없다고 생각해 포기했는지 소년은 저항하는 것을 멈추고는 그 자리에서 고개를 숙였다.

어깨를 붙잡은 채 소년 앞으로 간 가라사와는 움찔했다.

소년은 가슴에 잡지 세 권을 끌어안고 있었다. 모두 가라사와가 버리려고 내놓은 장기 잡지였다.

'설마 이런 어린아이가 가져갔을 줄이야.'

가라사와의 머릿속에서 상상이 시작됐다. 부모나 어른 누군가가 소년에게 장기 책을 가져오라고 시킨 건 아닐까. 그렇다면 질이 안 좋은 인간들이다. 소년에게 도둑질이나 다름없는 일을 시키다니, 용서할 수 없는 일이다.

가라사와는 소년과 시선을 맞추기 위해 허리를 굽혔다.

"이거, 어떻게 할 작정이었니?"

소년은 아무 말도 하지 않았다. 얇은 입술을 꽉 물고 땅바닥만 뚫어져라 내려다보고 있었다.

"장기 책을 빼낸 건 오늘이 처음이 아니지? 지금까지 몇 번이나 수거품에서 가져갔지?"

역시 대답하지 않았다. 소년의 침묵이 그렇다고 인정하고 있을 뿐이었다.

"이 책은 너처럼 어린 아이가 읽을 수 있는 게 아니야. 누가 가져오라고 시켰니?"

소년은 머리를 떨군 채 한동안 움직이지 않았다. 그러나 가라사와가 참을성 있게 답을 기다리자 희미하게 고개를 옆으로 저었다.

아니라는 의미일까. 그렇다면……

가라사와는 설마 하면서 물었다.

"혹시 네가 읽으려고 가져가는 거니?"

소년은 고개를 꺾듯이 끄덕였다.

가라사와는 깜짝 놀랐다. 가라사와는 소년에게 흥미가 솟아올랐다. 수거품을 가져가다가 누군가에게 들키면 집이나 학교에 연락이 가서 야단을 맞는다. 그 위험을 감수하면서까지 소년은 장기 잡지가 갖고 싶었던 거다. 그만큼 장기를 좋아한다는 이야기다.

믿을 수 없어 한 번 더 물어봤지만, 소년은 같은 동작을 반복했다.

가라사와는 소년의 정체가 궁금해졌다.

소년에게 물어보았다.

"신문 배달은 매일 하는 거니?"

소년이 고개를 끄덕였다.

"이름은?"

이번에는 대답하지 않았다.

"어디 사니?"

소년은 입술을 깨물고 고개를 숙인 채 버텼다.

가라사와는 다시금 소년을 바라봤다.

한겨울인데도 얇은 셔츠에 조금 짧은 바지를 입고 있다. 입은 옷 위로도 몸집이 빈약하다는 것이 바로 드러났다.

집이 가난해서 어려서부터 신문 배달을 해서 가계를 돕는 걸까.

나이를 물으려 하는데 소년의 뒤에서 소리가 났다.

"안녕하신가, 가라사와 씨. 오늘도 빨리 나왔군."

쇼지였다. 양손에 끈으로 묶은 폐지를 들고 있었다. 수거품을 내놓으러 나온 거였다. 대답하려고 하는데 소년이 그 틈을 놓치지 않고 가라사와를 힘껏 밀친 후 내달렸다.

"어이, 너!"

순식간이었다. 소년은 돌아보지 않고 길 끝으로 달려 사라졌다.

"저 아이, 누구지? 아는 아인가?"

곁으로 다가온 쇼지가 가라사와에게 물었다.

어떻게 대답할지 망설이고 있자니 쇼지가 발밑을 보고 짧게 소리 질렀다.

"이거, 가라사와 씨 거 아닌가?"

땅바닥에 장기 잡지 세 권이 떨어져 있었다. 소년이 도망칠 때 내던지고 간 거였다.

가라사와는 땅바닥에 떨어진 잡지를 주워 책에 묻은 흙을 털었다.

"이번에 정리하려고 했는데, 막상 버리려니까 아까워져서 말이지. 마침 지나가던 그 애한테 꺼내는 걸 도와달라고 했어."

"그렇군."

쇼지는 가라사와의 말을 믿은 듯 장기 시합으로 화제를 옮겼다.

"언제 시간이 비나?"

"다음 주라면 언제든지."

가라사와가 대답하자 쇼지는 호쾌하게 한 번 웃고는 늘 하는 대사를 반복했다.

"각오해두게."

"그쪽이야말로."

두 사람은 웃음을 교환하고 공원을 빠져나왔다.

가라사와는 그날 잠자리에 누워 소년에 대해 생각했다. 그리고 소년을 찾아보기로 결심했다.

물론 야단치기 위해서가 아니다. 수거품에서 장기 책을 빼 낸 것이 어린아이라는 것을 안 순간부터 책을 빼낸 것을 탓할 마음은 사라졌다. 거꾸로 아무것도 묻지 말고 들려 보냈어야 하는데, 하는 후회가 밀려왔다. 변변치 않은 옷차림으로 볼 때 그 아이의 집 형편이 풍족하다고는 생각할 수 없었다. 장기 잡지를 가슴에 꼭 끌어안고 있던 소년의 모습이 머릿속에 새겨져 사라지지 않았다.

소년이 옆구리에 끼고 있던 신문은 나가노신보였다. 나가노신보 배급소는 근처에 하나밖에 없다. 내일 배급소를 찾아가 보자고 생각하며 가라사와는 잠들었다.

배급소는 스와역 뒷길에 있었다. 가게 앞에 자전거 여러 대가 놓여 있었다.

차를 근처 주차장에 세워두고 배급소로 향했다. 입구 미닫이문을 열자 종이와 잉크 냄새가 났다.

"어서 오십시오."

가라사와가 가게로 들어서자 긴 책상에서 뭔가 쓰고 있던 남자가 얼굴을 들었다. 둥근 테 안경을 코끝에 걸치고 있는 그는 희끗거리는 머리카락과 얼굴에 새겨진 주름을 보건대 가라사와보다 연배가 더 높을 것 같았다. 아마도 점주인 모양이었다.

"업무 중에 죄송합니다. 잠깐 묻고 싶은 것이 있어서 왔는데, 괜찮겠습니까?"

남자는 안경 속 작은 눈을 실처럼 가늘게 뜨고 사람 좋은 웃음을 지어 보였다.

"괜찮아요, 업무 중은 아니니까. 신문 배급소란 곳은 조간을 팔아치우고 나면 석간까지 할 일이 없어요. 지금 내가 하고 있던 건, 이거예요."

남자는 긴 책상 위에 펼치고 있던 신문을 가라사와에게 보이고는 한 곳을 가리켰다.

외통수 장기 문제였다.

"요놈을 푸는 게 일과예요. 그래, 묻고 싶다는 게 뭔가요?"

가라사와는 어제 만난 소년에 대해 물었다.

"여기서 신문 배달을 하는 어린아이가 있지 않습니까? 아마도 소학교 저학년일 텐데요."

남자가 정색을 했다.

"게이스케 놈이 무슨 짓을 저질렀습니까?"

단정적으로 이름을 말하는 걸 보면 이 가게에서 일하는 그 나이대 아이는 한 명뿐인 모양이었다. 분명 어제 그 소년이다. 이 남자는 소년의 친척일지도 모를 일이었다.

가라사와는 찾아온 이유를 말했다.

"얼마 전에 신문 배달을 하는 소년을 봤어요. 아직 어린데 기특하구나 싶어서요."

가라사와는 자신은 전직 교사로, 이 근처에 사는데 아직 현역 때 버릇에서 벗어나지 못해 착실한 아이가 있으면 칭찬해 주고 싶어진다고 말했다.

"그런 일이었습니까."

남자는 안심한 듯 숨을 내쉬더니 자신이 칭찬받은 것처럼 자랑스러운 표정을 지었다.

"혹시 그 아이의 친척 되십니까?"

가라사와의 질문에 남자는 손을 가로저었다.

"나는 여기 점주이고, 그 아이는 3개월 전부터 우리 가게에서 일하고 있습니다. 이름은 가미조 게이스케. 스와시립 남소학교 3학년입니다."

소학교 3학년이면 열 살이다. 게이스케의 빈약한 몸집을 보고 일곱이나 여덟 살쯤 됐겠다고 생각했다.

"거기 있으면 추우니까 이쪽으로 오세요."

점주는 가라사와에게 난로 앞에 있는 의자를 권했다. 가볍게 인사하고 점주의 배려를 감사히 받아들였다.

점주는 턱에 손을 대면서 시선을 먼 곳으로 향했다.

"그놈은 성실하고 착한 아이예요. 아침 일찍 일어나서 신문을 배달하고 학교에 가요. 어른도 하기 힘든 일인데 하루도 일을 쉰 적이 없어요. 쉽게 할 수 있는 일이 아닙니다."

"정말로 기특한 아이군요."

가라사와는 느낀 대로 말했다. 다른 뜻이 없는 척하며 궁금한 점을 물어보았다.

"게이스케 군의 집은 사정이 어떤가요?"

가라사와의 질문에 남자는 얼굴을 흐렸다가 조금 머뭇거리면서 대답했다.

"댁이 생각하는 거랑 그리 다르지 않을 겁니다."

그의 말에 의하면 점주가 게이스케의 아버지를 만난 것은 딱 한 번, 아들에게 일을 시켜달라고 부탁하러 왔을 때뿐이라고 했다.

"아버지란 작자가 언뜻 보기에도 변변찮은 남자예요. 몸은 삐쩍 말랐고 목소리도 작고 비굴할 정도로 굽실거렸어요. 보는 내가 다 가엾고 불쌍할 정도였습니다."

게이스케는 그런 아버지 옆에서 줄곧 고개를 숙이고 있었다고 했다.

"이 일은 아침에 일찍 시작하고 체력도 많이 필요하다, 어린 아이가 하기에는 어렵지 않겠느냐고 했지만, 아버지는 괜찮다는 말만 하더라고요. 승낙하지 않으면 돌아가지 않을 심산인 것 같았고, 나도 일손이 부족했기 때문에 시험 삼아 일주일 동안 시켜봤어요. 그랬는데 이 아이가 의외로 근성이 있더라고요. 무거운 신문 다발을 옆에 끼고 자전거도 없이 온 힘을 다해 배달을 하는 거예요. 힘들지 않을 리 없는데도 약한 소리 한번 안 했어요. 그래서 먹고살 돈도 없는 것 같고 하니, 돕는 셈 치고 고용하기로 했습니다."

"어머니를 만난 적은 없습니까?"

점주는 고개를 저었다.

"한번 물어본 적이 있어요. 어머니는 집에 계시냐고. 그 녀석, 항상 후줄근한 모습을 하고 있잖아요. 걔 어머니가 아이에게 좀 더 신경 써주면 좋을 텐데, 싶어서 물어본 거지요. 그런데 그 녀석, 아무 말도 안 하는 거예요. 끈질기게 물었더니 겨우 한마디, '없어요' 하고 대답하더라고요. 그게 집에 없다는 건지, 이 세상에 없다는 뜻인지 알 수는 없었지만, 없다고 할 때 게이스케가 지은 어두운 표정을 보니 더 이상은 못 물어보겠더라고요."

게이스케가 괴로운 듯이 고개를 숙이는 모습이 눈에 선해 그만 큰 소리를 내고 말았다.

"그래도 아버지는 있잖습니까. 어린 아들에게 힘든 일을 시키고 자기는 뭘 하고 있답니까."

점장은 "글쎄요" 하고 얼굴을 찌푸렸다.

"잘은 모르지만 집에 있는 돈은 거의 술로 탕진할 거예요. 아버지의 얼굴을 봤을 때 바로 알았어요. 피부는 흙색인데 코끝이랑 뺨만은 빨간 거예요. 술독이지요."

점주는 안경을 벗더니 눈을 문질러 피로를 풀기라도 하려는 듯이 눈꺼풀을 손가락으로 집었다.

"어찌 됐건 게이스케가 제대로 보호받고 있지 못하는 것은 분명합니다. 불쌍하기 짝이 없어요."

가게 안에 무거운 공기가 떠돌았다.

안에서 "여보" 하고 점주를 부르는 여자 목소리가 들렸다. 아마도 부인인 모양이었다.

가라사와는 고맙다는 인사를 남기고 신문 배급소를 나와 호코나이마치로 향했다. 그곳에는 옛 제자인 고지마가 경영하는 스포츠용품점이 있다. 주로 야구나 축구, 농구, 테니스 등 학교 동아리 활동에서 사용하는 도구를 취급하는 가게다.

호코나이마치는 스와시 남쪽에 위치한 동네이며, 게이스케가 다니는 스와시립 남소학교가 속해 있는 학구다. 기억이 틀리지 않았다면 고지마의 큰아이가 소학교 3학년일 터였다. 고지마는 PTA 임원을 하고 있다. 어쩌면 게이스케를 알고 있을

지도 모른다.

가게에 도착해 카운터에 있던 젊은 여성 점원에게 "사장님은 계신가?" 하고 물었다. 점원은 가라사와를 보고 활짝 웃으며 말했다.

"선생님, 오늘은 뭘 찾으시나요?"

가라사와가 또 낚시 도구를 사러 온 줄 알았나 보다. 가라사와는 고개를 저었다.

"오늘은 뭘 사러 온 게 아니야. 게다가 선생님이라고 부르는 거, 그만두라고 몇 번이나 말했는데."

가게 사람들은 자기 가게 사장을 따라 가라사와를 선생님이라고 부른다. 점원은 가라사와의 부탁을 흘려듣고는 카운터 안쪽에 있는 사무실 쪽으로 얼굴을 향했다.

"방금 물건을 사 가지고 돌아오신 참이에요. 들어오세요."

점원 뒤를 따라 사무실로 들어가자 고지마가 깜짝 놀라면서 앉아 있던 소파에서 일어났다.

"선생님, 오신다고 미리 말씀해주시지 그러셨어요. 조금만 시간이 어긋났어도 기다리시게 할 뻔했네요."

가라사와는 고지마 맞은편에 앉으며 손을 가로저었다.

"갑자기 올 마음이 들었어. 게다가 나는 은퇴해서 시간이 남아도는 사람이야. 기다리는 건 일도 아니지."

"새 낚싯대라도 찾으시는 건가요?"

가라사와는 고지마가 점원과 같은 질문을 하는 것을 듣고 쓴웃음을 지으며 급히 그 아이 이야기를 꺼냈다.

"자네 큰아이가 지금 3학년이지?"

아이 얘기를 꺼낼 거라고는 생각하지 않았던 고지마가 의외라는 얼굴로 물었다.

"맞습니다. 그런데 신지가 무슨 일이라도?"

"같은 학년에 가미조 게이스케라는 아이가 있을 텐데, 혹시 아나?"

고지마가 잠시 생각하는 듯하더니, 바로 고개를 끄덕였다.

"게이스케는 신지랑 같은 반 아이인데, 걔를 어떻게 아십니까?"

가라사와는 신문 보급소 점주에게 한 것과 같은 거짓말을 했다.

이야기를 다 들은 고지마는 팔짱을 끼더니 미간에 주름을 잡았다.

"게이스케가 등교하기 전에 신문 배달을 한다는 얘기는 들은 적이 있습니다. 학생의 본분은 학업이에요. 하물며 그 애는 아직 어려요. 집안일을 돕는 것 이외의 일을 시키는 것은 바람직하지 않다고 생각합니다. 하지만 그 아이의 집안 사정을 생각하면 뭐라고 말하기가 그래요. 그리고 부모가 아이가 하는 일을 인정하는 이상 학교에서 그만두게 할 권리는 없습니다."

"집안 사정이란 건?"

가라사와가 재촉하듯이 물었다.

"한마디로 말하면 불쌍한 아이예요."

고지마는 안타깝다는 듯이 숨을 내뱉고 게이스케의 가정

사정을 이야기해주었다.

게이스케 아버지의 이름은 요이치이고, 어머니는 하루코라고 한다.

고지마는 아이가 소학교 1학년일 때 수업을 참관하러 갔다가 게이스케의 어머니 하루코를 처음 봤다. 교실 뒤에 서서 수업을 참관했는데, 그때 옆에 서 있던 사람이 하루코였다. 화려한 이목구비는 아니지만 생김새가 정돈되고 기품이 느껴지는 여성이었다.

고지마는 하루코에게 관심이 갔다.

스와시는 그다지 큰 도시가 아니다. 시내에 있는 소학교는 네 곳뿐이다. 각 학구는 규모가 작았고, 신입생은 학교 부설 유치원이나 어린이집을 거쳐서 입학하는 경우가 대부분이었다. 고지마의 집은 조부모 대부터 스와시에 살고 있으며, 고지마도 대학 시절을 빼면 계속 스와시에서 살아왔다. 보호자도 아이도 대개는 얼굴을 안다. 그런 자신이 처음 본 얼굴이라면 아마도 하루코가 최근에 이 학구로 이사 왔기 때문일 것이다. 아는 사람이 없어서 불안할지도 모른다.

고지마는 그런 친절한 마음과 새로 온 사람에 대한 호기심으로 수업이 끝났을 때 하루코에게 말을 걸었다.

"실례입니다만, 스와에 새로 오셨나요?"

불쑥 말을 걸자 하루코는 한순간 겁먹은 듯한 표정을 지었지만, 바로 얼버무리듯 웃음을 머금고 모호하게 대답했다.

"네, 뭐……."

"어디 사시나요?"

"미사키초입니다."

고지마의 호기심은 더욱 부풀었다.

미사키초는 학구 중에서도 오래된 지구로, 그곳 거주민들은 거의 대부분 이 지역 출신 사람들이다. 하루코 가족은 타지에서 이사 온 게 분명했다.

"어디에서 오셨나요?"

하루코는 어떻게 자신이 타지인인 걸 알았는지 신기하다는 얼굴로 고지마를 봤다. 고지마는 이유를 설명했다.

"미사키초는 이 지역 출신 주민이 많기 때문에 분명 타지에서 이사 온 거로구나, 하고 생각했습니다. 특별히 신변 조사를 하는 건 아닙니다."

마지막 말은 농담이었는데, 하루코에게는 통하지 않았던 듯 긴장된 표정을 풀지 않았다.

침묵이 어색해져서 고지마는 화제를 바꾸려 했다. 그때 하루코가 작은 목소리로 대답했다.

"시마네 출신이에요."

고지마는 "그래요?" 하고 소리를 질렀다.

대학 시절 친구가 시마네 출신으로 몇 번쯤 그 집에 놀러 간 적이 있었다.

고지마는 뺨의 긴장을 풀고 말했다.

"그렇군요. 시마네라고요. 거기는 좋은 곳이지요. 친구가 이즈모 출신이에요. 가미조 씨는 시마네 어디 출신입니까?"

그때 하루코가 갑자기 손으로 입을 가렸다. 얼굴색이 좋지 않았다. 기분이 안 좋아 보였다.

"저, 괜찮습니까? 혹시 몸이 안 좋으면 보건실로 안내해드리겠습니다."

하루코는 고개를 옆으로 저었다.

"괜찮아요. 아무 일도 아닙니다."

이마에서 땀이 배어 나오고 입가에 댄 손이 가늘게 떨리고 있었다. 아무래도 괜찮아 보이지 않았다.

고지마는 보건실에 가보는 게 좋겠다고 강력하게 권했다. 그러나 하루코는 고지마의 권유를 완강하게 거절했다.

"정말로 괜찮다니까요."

하루코는 얼굴을 들고 창가 자리에서 돌아갈 채비를 하는 아들을 불렀다.

"게이스케!"

이름을 불린 남자아이가 돌아봤다. 어머니를 닮아서 이목구비가 정돈돼 있었다. 몸 선이 가는 것도 닮았다.

게이스케라고 불린 아이가 책가방을 등에 메고 어머니 곁으로 다가왔다. 오래 쓴 가방이었다. 누군가에게 물려받은 모양이었다.

"집에 가자."

하루코는 고지마에게 등을 보이고 자리를 뜨려고 했다.

고지마는 당황해서 말을 걸었다.

"학급 간담회 시간이예요."

고지마의 목소리가 들렸을 텐데도 하루코는 게이스케의 손을 끌고 교실을 나갔다.

제3장

—

상행 우에노행 신칸센 특급 가가야키가 오미야역에 도착했다.

문이 열림과 동시에 이시바가 내리고, 이어서 사노가 따라 내렸다. 토요일 오후. 중간 역에서 승하차하는 사람은 별로 없었다.

승강장에 선 이시바는 기지개를 펴더니 입에 물고 있던 이 쑤시개를 쓰레기통에 던져 넣었다.

"야아, 역시 도야마의 송어 초밥은 언제 먹어도 맛있어. 난 호쿠리쿠에서 도시락 살 때는 반드시 이걸 사지."

사노는 '그럴 거였다면 나한테 행선지의 명물 도시락이 뭔지 조사시킬 필요가 없었잖아' 하고 속으로 툴툴거렸다.

어제도 그랬다.

가마쿠라에 있는 야하기의 집을 방문한 다음 날, 이시바와 사노는 교토의 아라시야마로 향했다. 아마기산에서 신원불명 사체와 함께 발견된, 몇 벌 안 되는 기쿠스이게쓰의 장기말을 소유하고 있는 유서 깊은 요정 '우메노코'를 찾아가기 위해서 였다.

가마쿠라에서 수사본부가 있는 오미야 북부경찰서로 돌아온 사노는 덴도시 장기자료관과 미쿠라지마 미술관을 제외하고 같은 종류의 장기말을 소유하고 있는 다섯 명에게 연락을 취했다. 경찰임을 밝히고 지금 기쿠스이게쓰의 장기말을 보관하고 있느냐고 묻자 몇 명쯤에게는 가지고 있다는 대답이 돌아왔다. 오래된 요정 우메노코와 도야마의 수집가인 센다 고타로, 도쿄에 있는 바둑·장기 전문점 요시다 기반점, 이렇게 세 곳이었다. 모두 해당 장기말을 구입한 당사자는 이미 세상을 떴지만, 친척이나 관계자가 각각 소중하게 보관하고 있다고 했다.

결과를 전하자 이시바는 세 곳 모두를 찾아가 정말로 소유하고 있는지 직접 알아보자고 했다. 그러면서 또다시 방문지의 명물 도시락을 조사해두라고 지시했다.

바쁜 업무 사이에 시간을 내서 해당 지역의 명물 도시락을 몇 개 찾아냈는데, 막상 목적지로 향하려고 신칸센 승강장에 선 순간, 이시바는 키오스크역 구내에 있는 소형 매점 도시락점에서 망설이지 않고 붕장어밥을 샀다.

나고야의 된장 돈가스 도시락이나 히쓰마부시밥에 잘게 썬 뱀장

어를 뿌린 요리, 오미우시시가현을 대표하는 최고급 흑우黑牛 민스 커틀릿 등 메모해둔 명물 도시락은 한순간에 먼지처럼 내팽개쳐졌다. 시간을 내서 조사했는데……. 더구나 수사와는 전혀 관련 없는 것을 시간을 내서 조사했는데 헛수고가 되어버리자, 부당하다는 생각이 치밀어 올라왔다.

직무 규칙에 충실히 따른다면 수사 외의 일과 관련한 명령은 수행하지 않아도 된다. 그러나 경찰 조직도 일반 회사와 같아서 상사를 뻣뻣하게 대하면 직장 생활이 힘들어진다. 그래서 의미 없는 지시라 하더라도 따르지 않을 수 없다.

오래 함께해서 속마음을 알 수 있는 사이라면 부드럽게 불만을 표현할 수도 있었을 것이다. 그러나 이시바와 사노는 겨우 3일 전에 상사와 부하 관계가 되었다. 게다가 이시바는 이해심 있는 상사와는 상당히 거리가 멀었고, 수사 능력은 뛰어나지만 기본적으로 안하무인이었다. 거역하는 기색이라도 보였다가는 무슨 화를 당할지 몰랐다.

형사가 되고 처음으로 수사본부에 들어간 건데 하필 이런 상사와 짝을 이루다니, 운도 더럽게 없다.

사노는 마음속으로 크게 한숨을 내뱉고는 이시바의 뒤를 따랐다.

개찰구를 나와 택시를 잡은 사노는 운전기사에게 행선지를 말했다.

"사이타마중앙일보요."

택시가 달리기 시작했다.

이시바는 멍하니 앞을 보면서 중얼거리듯이 물었다.

"오늘 조사한 장기말은 틀림없이 진짜인 거지?"

이시바가 말하는 진짜란 사체와 함께 발견된 것과 같은, 기쿠스이게쓰가 만든 장기말이 분명하냐는 의미다.

"네. 좀 시간이 흘러 색상의 차이는 있었지만 제가 보기에는 틀림없었습니다. 만약을 위해 서에 돌아가면 야하기 씨의 기록을 복사한 것과 이번에 찍어온 사진을 대조해보겠습니다."

이시바와 사노는 어제와 오늘에 걸쳐 두 벌의 장기말을 확인했다. 요정 우메노코와 도야마의 수집가 센다 고타로가 소유하고 있는 장기말이다. 둘 다 기쿠스이게쓰가 만든 것이 틀림없었다. 우메노코의 장기말은 선대가 구입했을 때부터 자물쇠가 달린 견고한 유리 케이스에 들어 있었는데, 그 상태로 가게 로비에 전시되어 있었다. 가게를 이어받은 아들이 이따금 손질한다고 했다.

센다의 장기말은 센다 고타로가 10년 전에 타계한 후에는 사업을 물려받은 사위가 보유하고 있었다. 사위는 장기에는 흥미가 없었지만, 그 장기말이 고가인 데다 장인의 유품이기도 해서 지금까지 소중하게 보관하고 있다고 했다.

행방을 추적하고 있는 장기말 다섯 벌 중 두 벌까지는 이렇게 조사가 끝났다. 아직 자신의 눈으로 보지는 않았지만 도쿄의 요시다 기반점에 있는 말도 기쿠스이게쓰의 작품일 거라고 사노는 확신했다. 전화로 장기말에 대해 물어보니, 점주는 자신 있게 가게에 있다고 대답했다. 프로 감정가의 말이니 틀림없을 것이다.

남은 두 벌의 말은 각각 미야기와 히로시마에 있는 장기 전문점이 소유하고 있는 것으로 돼 있다. 당장이라도 확인하고 싶었지만, 아침에 도야마로 가서 센다를 만나보고 오미야로 돌아왔을 때는 이미 오후 3시가 다 되어 있었다. 이 시간에 먼 거리를 방문하기에는 무리라고 판단한 두 사람은 미야기와 히로시마를 방문하는 것은 내일 이후로 하자고 미뤘다.

그렇게 결정한 것까지는 좋았는데, 밤에 예정된 수사 회의에 참석하려면 아직 시간이 남아 있었다. 그 시간 동안 장기와 관련된 일을 잘 알 만한 사람을 만나보기로 했다.

사노가 생각해낸 인물은 도쿠다 요헤이였다.

도쿠다는 지역신문의 장기 전문 기자로, 이쪽에서는 30년 경력의 베테랑이었다. 지금은 현의 아마추어 기전을 담당하고 있다. 이전에는 전국지인 일본공론신문사 문화부에 근무했는데, 5년 전에 상사와 싸우고 퇴직한 후 고향으로 돌아와 사이타마중앙일보에 적을 두고 있었다.

기력은 아마추어 4단. 장기 잡지에 펜네임으로 에세이를 쓰는 수필가이기도 하다. 장기 전문 기자 중에서도 문필가로서 높이 평가되는 인물이다.

곧 정년을 맞이할 나이라고 기억하고 있는데, 정년 퇴임 후에도 계약 사원으로 계속 일할 예정이라고 얼핏 들은 적이 있었다. 사이타마중앙일보가 그만큼 도쿠다의 인맥과 뛰어난 필력을 인정한다는 얘기다.

도쿠다는 장려회 시절에 알게 되어 자주 밥을 얻어먹었다. 도쿠다는 젊은이들을 잘 돌봤는데, 특히 사노를 예뻐했다. 이유를 물어보면 도쿠다는 선행 투자라고 웃으며 말했다.

"네가 명인이 되면 몇 배로 쳐서 돌려받을 거야."

사노의 재능을 인정했다기보다 같은 지역 출신이라는 친밀감이 컸을 것이다. 도쿠다는 사노와 같은 사이타마현 가와고에 출신이었다.

사노가 장려회를 떠날 때는 훌쩍 도쿄의 장기회관까지 찾아와 선술집에 데리고 갔다. 프로가 되지 못한 자기 자신이 한심하여 말도 못하고 있는 사노에게 밤새도록 잠자코 술을 따라줬다. 경찰관이 된 사실을 알린 유일한 장기 관계자이기도 했다.

도쿠다는 얼굴을 못 본 지 벌써 2년이나 되었다. 하지만 도야마에서 오미야로 돌아가는 차 안에서 아마기산에서 발견된 신원불명 사체 유기 사건에 대해 듣고 싶다고 전화하자, 장려회 시절과 다름없이 선뜻 청에 응해줬다.

사이타마중앙일보는 오미야역에서 차로 5분 정도 걸리는 곳의 큰길가에 있었다. 신문사 빌딩 1층 접수대를 통과해 5층에 있는 문화부 응접실에서 이시바와 함께 기다리고 있자니, 곧 도쿠다가 나타났다.

"여어, 나오. 좋아 보이는데."

2년 만에 만나는 도쿠다는 풍채가 좀 좋아진 것 말고는 예전과 전혀 달라진 게 없었다. 깎지 않아 길게 자란 수염도, 귀에 담배를 한 개비 끼우고 있는 습관도 똑같았다.

도쿠다는 테이블을 사이에 두고 맞은편 소파에 앉아서는 밑에서 올려다보듯이 이시바를 봤다.

"이 사람이 나오의 상사군."

이시바는 야하기를 만났을 때와 마찬가지로 사람 좋아 보이는 웃는 얼굴을 했다.

"사이타마 현경 수사1과의 이시바 쓰요시입니다. 이렇게 수사에 협조해주셔서 감사합니다."

도쿠다는 값을 매기는 것 같은 눈빛으로 이시바를 위아래로 훑어보더니 소파에 등을 기대고 마뜩잖다는 듯이 콧소리를 냈다.

"역시 형사군. 나름 붙임성 있는 표정을 짓는다고 하지만, 다른 직장인들하고는 눈빛이 달라. 장기 기사에 비유하자면 장기판 앞에 앉은 오누마 쇼고라고 할까."

오누마 7단은 한창 잘나가는 젊은 기사로 늘 온화한 얼굴에 소년 같은 웃음을 띠고 있다. 그러나 일단 장기판 앞에 앉으면 입꼬리를 올린 채 하늘 위에서 사냥감을 응시하는 매 같은 눈빛을 보이는 것으로 유명했다. 듣고 보니 이시바의 웃지 않는 눈은 오누마가 전투태세에 들어갔을 때의 눈을 닮은 것도 같았다.

이시바는 상대가 한 말의 의미를 모를 것이다. 그는 사노를 바라보고 아니꼽다는 말투로 물었다.

"지금 이야기는 칭찬으로 들어도 되나? 아니면 반대?"

어떻게 대답해야 할지 망설이고 있는데 도쿠다가 끼어들었다.

"반대라면 어떻게 할 거요?"

사뭇 시비를 거는 것 같은 말투였다. 도쿠다는 초면에 별스러운 태도를 취하는 습관이 있었다. 바탕은 선하고 인정 많은 사람인데, 겉으로는 늘 악인인 척하는 나쁜 버릇이 이 자리에서도 나타난 것이다. 이런 습관 때문에 예전 직장에서도 상사에게 미움을 받았을 것이다.

"잠깐만요, 도쿠다 선생님."

사노는 두 사람을 중재하기 위해 끼어들었다.

그것을 도쿠다가 눈으로 막았다.

"협력이란 건 신뢰 관계에서 성립하는 거야. 요놈 눈빛에서는 신뢰라는 두 글자를 느낄 수가 없어. 자신들은 일절 정보를 안 주고 원하는 정보만 낚아채 가는 듯한 눈빛이라고."

사노는 이시바 대신 머리를 숙였다.

"죄송합니다. 우리가 원치 않는데도 억지로 정보를 달라고 하는 건 아닙니다. 폐를 끼쳤다면 다음에 다시 오겠습니다."

도쿠다가 이렇게까지 공격적인 모습을 보이는 것은 처음이었다. 평소와는 다른 그의 험악한 얼굴을 보고 사노는 장려회를 나온 후 딱 한 번 도쿠다에게 연락했을 때 일이 생각났다.

경찰관이 되기 위해 치른 지방 공무원 시험에 합격한 날이었다.

그날 사노는 도쿠다에게 전화를 걸었다. 자신이 장려회를 떠난 뒤 어떻게 사는지 도쿠다가 걱정한다는 것을 알고 있었기 때문이다. 앞으로 살아갈 길이 생겼다는 소식을 전하면 안심할 것이라고 생각해 연락한 건데, 도쿠다는 의외의 반응을 보였다.

사노가 합격했다는 소식을 전하자 도쿠다는 잠시 뜸을 들인 후 "불행한 길을 선택했군" 하고 가라앉은 목소리로 중얼거렸다.

"잘됐군"이라든가 "열심히 해봐" 같은 말이 돌아올 것이라고 생각한 사노는 당황했다. 뭔가 말하려고 했지만 전화는 바로 끊겼다. 그때 일을 잊고 있었는데, 오늘 이시바를 대하는 태도를 보고 있자니 도쿠다가 경찰 쪽 사람들을 좋은 마음으로 보고 있지 않다는 생각이 들었다.

도쿠다는 상대가 어떻게 나오나 탐색하듯이 팔짱을 끼고 이시바를 가만히 노려보았다.

이시바는 어깨에 들어간 힘을 풀듯이 고개를 한번 빙글 돌리더니 도쿠다와 같은 자세를 취했다.

"우리끼리는 이런 경우를 옛날부터 '시미피피'라고 하지. 인간들이 우리를 보면, 뻑하면 시비 걸고 괜히 미워하고 실실 피하거든."

"나머지 하나는 뭐지?"

도쿠다가 물었다.

이시바는 어깨를 움츠렸다.

"윗대가리들이 하도 부려먹어서 늘 피곤하지."

도쿠다는 숨을 내뱉듯이 "홋" 하고 웃었다.

"그런 것에 익숙하다, 이 말이네. 그래서 내가 뭐라고 시비를 걸어도 당신은 얼굴색 하나 안 바꾸는군."

이시바는 끄덕였다.

"내 일은 사건을 해결하는 거요. 남이 날 좋아하건 싫어하건 상관없소."

둘의 눈싸움이 계속됐다.

먼저 힘을 뺀 것은 도쿠다였다. 표정을 풀고 볼품없이 자란 수염을 쓰다듬었다.

"남이 어떻게 보든 개의치 않고 승부에서 이기려 드는 놈은 뭐, 봐줄 만해. 그래서……."

그렇게 말하고 도쿠다는 이시바에게 향했던 시선을 사노에게 옮겼다.

"나한테 뭘 물어보러 온 거지?"

사노는 사건을 대강 설명했다.

"전화로 말씀드렸는데, 열흘쯤 전에 아마기산에서 신원불명 사체가 발견된 것은 알고 계시지요?"

도쿠다가 끄덕였다.

"신문에 큼지막하게 실렸으니까. 먼저 말해두겠는데, 난 아무도 죽이지 않았어."

사노는 도쿠다의 농담을 받아넘기고 방문한 목적을 말했다.

"실은 이건 사건 관계자밖에 모르는 중요 정보이고, 외부에는 알리지 않은 건데, 사체와 함께 한 벌의 장기말이 발견됐어요."

"장기말?"

도쿠다가 한쪽 눈썹을 올렸다. 사노는 말을 계속했다.

"발견된 말이 사망한 인물이 소지했던 것인지, 아니면 사체를 유기한 인물이 놓고 간 것인지는 아직 모릅니다. 다만 그 말이 매우 고가라는 점에서 경찰은 이 사건에 장기와 관련된 사람이 관련됐을 가능성이 높다고 보고 있습니다. 그래서 프로, 아마 포함해서 장기계에 대해 잘 아는 도쿠다 선생님에게 장기 관계자로서 사건에 관계될 만한 인물을 알고 계신지 물어보러 온 겁니다."

팔짱을 끼고 설명을 듣고 있던 도쿠다는 날카로운 눈으로 사노를 주시했다.

"고가의 말이란 게 뭐지?"

사노는 이시바를 돌아보며 장기말에 대한 상세한 정보까지 흘려도 좋을지 눈으로 물었다.

이시바가 끄덕였다.

사노는 시선을 도쿠다에게 되돌리고 한마디 한마디 끊어 말하듯이 천천히 대답했다.

"초대 기쿠스이게쓰가 만든, 긴키 섬회양목 돋움말입니다."

도쿠다의 얼굴에 놀라워하는 빛이 뚜렷이 드러났다.

"어이 어이 어이, 이거 뭐 텔레비전 감정 프로그램 하는 건가? 이래 봬도 난 바쁜 사람이라고. 재미 삼아 놀리러 온 거라면 돌아가줘."

"놀리다니요."

사노가 말을 계속하려 하자 옆에서 이시바가 손으로 제지하고는 엄한 시선으로 도쿠다를 노려봤다.

"장기 전문 기자가 얼마만큼 바쁜지는 모르지만, 이쪽은 사건을 좇고 있는 거라고. 댁처럼 입도 옷차림도 후줄근한 아저씨가 뭐가 좋다고 일부러 시간 쪼개가며 오겠냐고."

"뭐라고?"

모욕적인 소리를 듣고 머리로 피가 솟았을 것이다.

사노는 필사적으로 도쿠다의 분을 가라앉혔다.

"장기말 얘기는 사실입니다. 이시바 경위님과 저는 도쿠다 선생님의 고견을 듣고 싶어서 이렇게 찾아온 겁니다. 부디 화를 가라앉히세요."

옛날에 아끼던 청년이 부탁하자 스스로 어른답지 못했다고 생각한 걸까. 도쿠다는 겸연쩍은 듯 머리를 긁더니 소파에 깊이 앉아 큰 동작으로 다리를 꼬았다. 그러고는 천장을 올려다보고 혼잣말처럼 중얼거렸다.

"기쿠스이게쓰가 만든 긴키 섬회양목 돋움말이라. 어떻게 그렇게 귀한 보물이 그런 묘한 방식으로 발견되었단 말인가."

사노는 찾고 있는 다섯 벌의 말 중 두 벌은 틀림없이 초대 기쿠스이게쓰 작품인 것으로 확인되었다고 말했다. 또 한 벌도 초대 기쿠스이게쓰 작품이 분명할 거라는 이야기도 덧붙였다.

"아직 소재가 확인되지 않은 나머지 두 벌의 행방에서 사건 해결의 단서가 발견될 것 같습니다."

사노는 도쿠다 쪽으로 몸을 내밀었다.

"아무리 사소한 것이라도 괜찮습니다. 사건과 관련이 있을 만한 정보가 혹시 없으신지요?"

도쿠다는 굵은 눈썹을 얼굴 중심으로 모으며 "으음" 하고 소리를 냈다.

"발견된 사체란 게 3년쯤 전에 묻힌 거라고?"

도쿠다가 사건에 관련된 정보를 다시 확인하자, 사노가 대답했다.

"정확한 날짜는 모르지만 감정 결과로는 사후 3년 정도 지났다고 합니다."

도쿠다는 난처한 얼굴을 했다.

"내가 장기 관련 일을 오래 해온 건 분명하지만, 프로 기사라면 몰라도 아마추어 기사는 아주 유명한 사람이 아닌 한 이름도 몰라. 하물며 이번에 발견된 시신은 3년이나 흙 속에 묻혀 있었던 거잖아."

도쿠다의 말에 따르면 일본공론신문사 시절에는 회사가 타이틀전을 주최하기도 해서 나름 취재비가 나왔다. 타이틀전을 따라 전국을 뛰어다니기도 하고, 장래가 기대되는 장려회원의 실전을 보러 뻔질나게 장기회관을 드나들기도 했다. 그러나 사이타마중앙일보로 옮긴 후로는 예산도 현격하게 줄었고, 취재 범위도 현 내의 아마추어 기사에게 한정됐다. 필명으로 쓰는 장기 잡지 칼럼은 취재비도 나오지 않아 모두 자비로 취재해 쓰고 있다. 자신의 주머니에도 한계가 있기 때문에 취재도 한정될 수밖에 없다.

"사건이 일어났을 것으로 보이는 3년 전에는 이미 이쪽으로 옮겨 와 있었어. 옛날하고 지금은 들어오는 정보량이 전혀 달라. 지금 내가 갖고 있는 정보는 예전에 비하면 미미한 것일 뿐이야. 미안하지만 도움이 안 되겠군."

자조적으로 웃는 도쿠다를 향해 이시바가 거칠게 말을 던졌다.

"귀하가 말하는 미미한 정보란 놈이 도움이 될지 안 될지는 우리 경찰이 판단하는 거요. 마음대로 단정하지 마시라고."

잠시 내려갔던 도쿠다의 눈꼬리가 다시 치켜 올라갔다.

아무래도 이 둘은 기질이 안 맞는 모양이었다. 말과 태도가 험한 점도 독단적인 점도 꼭 닮았는데 말이다. 서로 닮아서 무의식중에 미워하고 있는지도 모른다.

사노는 다시 둘 사이에 끼어들었다.

"이시바 경위님이 말하고 싶은 건, 도쿠다 선생님이 스스로 깨닫지 못하고 있을 뿐, 어쩌면 중요한 정보를 갖고 있을지도 모른다는 겁니다."

자신이 윤활유가 되어 두 사람의 마찰을 막지 않으면 이야기가 진전되지 않을 것 같았다.

열심히 둘 사이를 중재하는 사노가 불쌍했는지 도쿠다는 마지못해 자신의 생각을 털어놓았다.

"내가 생각하기로는 발견된 시신은 프로 기사가 아닐 거야. 적어도 현역은 아니야. 프로 기사는 모두 일본장기연맹에 가입되어 있어. 연맹 사무국은 대국 통지나 총회 연락 등을 위해 한 해에도 몇 번씩 회원들과 연락을 취한다고. 연락이 안 되면 가족이나 관계자에게 소재를 물었을 거야. 장기계는 좁아. 만약 연맹 회원인 프로 기사가 행방이 묘연해졌다면 그 소문은 바로 관계자들 사이에 퍼지게 돼 있어. 그러면 비록 일개 지방지의 장기 전문 기자이긴 하지만, 내 귀에 그런 소식이 안 들어왔을 리 없어."

일리 있는 말이라고 생각했는지 이시바가 고개를 끄덕이더니 도쿠다의 정보에 자신의 추론을 더했다.

"프로 기사가 아니라고 한다면 아마추어일 가능성이 높다는 얘기군."

도쿠다는 이시바의 추론을 슬며시 부정했다.

"글쎄, 그럴까."

이시바의 한쪽 눈썹이 올라갔다.

"아니라고 생각하는 이유는?"

"시신과 함께 발견된 장기말 말이야."

도쿠다는 발견된 장기말은 명공 중의 명공이라 불리는 초대 기쿠스이게쓰의 작품이다, 말의 가치도 높지만 말의 역사도 그 이상으로 대단하다, 그림이든 뭐든 역사적으로 가치가 높은 작품은 그것의 무게에 상응하는 사람, 혹은 장소에 보존되는 것이 자연스럽다고 말했다.

"기쿠스이게쓰가 만든 장기말과 함께 묻힌 사람이 평범한 아마추어라는 건, 어울리지 않는다는 뜻인가?"

혼잣말같이 중얼거린 이시바는 옆에 있는 사노를 봤다.

"자네는 어떻게 생각하나?"

사노는 도쿠다의 추론에 동의했다.

"저도 도쿠다 선생님과 같은 생각입니다. 만약 그 말을 순장품이라고 생각한다면 함께 묻힌 사람은 그 가치에 어울리는 명공을 비롯한 타이틀 보유자급이겠지요."

"하지만 타이틀 보유자라면 모두 프로 기사잖아? 그런데 이 양반은 그 사체는 프로 기사가 아니라고 말하고 있지 않나?"

'이 양반'이라는 모욕적인 호칭으로 불린 도쿠다는 화가 불끈 난 듯한 표정을 지었다. 두 사람의 재미없는 언쟁이 또다시 시작되는 건 참을 수 없었다. 사노는 서둘러 말을 이었다.

"그렇습니다. 사체가 프로 기사일 가능성은 제로에 가깝습니다. 평범한 아마추어 기사일 가능성도 한없이 낮습니다. 발견된 말과 사체 사이에 관계가 있다고 한다면 다른 인연이 있어야겠지요."

"다른 인연?"

이시바가 화난 것 같은 얼굴로 사노가 한 말을 되풀이하며 물었다. 이시바가 진심으로 화날 때는 묻는 투의 말을 하지 않고 그냥 와락 화를 낸다. 언짢은 듯 되묻는 것은 이야기에 관심이 있다는 얘기다.

사노는 "네"라고 대답했다.

"인연이라 해서 쌓이고 쌓인 원한 같은 게 아니라 상대를 애도한다고 할까, 공경한다고 할까. 비유하자면 유품 같은……."

말로 표현하기 힘들어 말끝을 흐렸다. 사노는 이런 식으로 근거 없는 설명을 계속해도 좋을지 망설였다.

"계속해봐."

이시바가 퉁명스레 말했다.

사노는 생각하면서 말을 이어갔다.

"이번에 발견된 사체가 어떤 경위로 사망했는지는 아직 모릅니다. 설령 살인 사건이었다 해도 범인과 사체를 묻은 인물이 같은지 다른지도 불명확합니다. 사체 유기라고 해도 마찬가지로 범인이 한 명인지 복수인지, 장기말과 어떤 관계가 있는지, 완전히 수수께끼입니다. 그러나 제가 생각하기로는 사건에 관련된 사람—— 적어도 사체와 사체를 유기한 사람 사이에 원한이나 증오가 있었을 것 같지는 않습니다. 원한을 가진 사람을 묻을 때 이름 높은 고가의 장기말을 함께 묻을까요? 저라면 그렇게 하지 않을 것 같습니다."

사노가 말을 끝내자 이시바는 무거운 숨을 내뱉었다.

"자네의 추론이 옳다면 수사는 난항을 겪겠군."

이번에는 도쿠다가 이시바에게 물었다.

"왜 그렇지?"

이시바는 고개를 갸우뚱하듯이 하면서 비스듬히 도쿠다를 봤다.

"사건이란 원한의 선이 뚜렷할수록 수사하기가 쉬운 법이거든. 인간이란 아무리 착해 보이는 놈도 타인에게 원한을 사는 법이야. 그럴 때는 관계자를 들쑤시면 크건 작건 원망의 소리를 쉴 새 없이 늘어놓게 되는 법이지. 하지만 좋은 이야기는 입에 잘 올리지 않는 게 인지상정이라고."

"호오!"

다음 말을 재촉하듯이 도쿠다가 턱에 손을 가져다 댔다. 장기 전문 기자라고는 하나, 뿌리는 신문기자일 것이다. 호기심이 발동한 모양이었다.

이시바는 달관한 말투로 대답했다.

"인간이란 상대를 헐뜯고 싶어서 못 견디는 동물이야. 입으로는 좋게 말해도 속마음은 달라. 좋은 말 중 태반은 사탕발림이나 아부일 뿐, 속내는 좀처럼 드러나지 않는 법이야. 사람이 누군가에게 진심으로 온정을 느낄 때란 대개 제3자에게는 말할 수 없는 이야기가 뒤얽혀 있을 때인 경우가 많아. 예를 들어 나쁜 짓을 눈감아줬다든가 곤경에 처했을 때 구해줬다든가. 그런 얘기들은 다른 사람에게 알리고 싶지 않은 얘기지. 그런 말을 제3자에게 스스로 말하는 놈은 없어. 이번 사건에 그런 온정이 얽혀 있다고 한다면 정보를 입수하기 어려워져. 내가 수사가 난항을 겪을 거라고 말한 건 그런 뜻이야."

이시바의 말을 가만히 듣고 있던 도쿠다는 테이블 위에 있던 유리 재떨이를 이시바 쪽으로 밀었다.

"피우지?"

도쿠다가 이시바의 가슴께를 턱으로 가리켰다. 이시바의 와

이셔츠 주머니가 담뱃갑 모양으로 부풀어 있었다.

니코틴이 떨어져가고 있을 것이다. 이시바는 곧바로 셔츠 주머니에서 담배를 꺼냈다.

도쿠다도 귀에 끼워놨던 담배를 손으로 옮겨 들었다. 도쿠다는 담배에 불을 붙이고는 연기를 천장을 향해 가득 내뱉으면서 먼 곳으로 시선을 보냈다.

"그런 뜻이라면, 장기의 세계는 원한 덩어리인데."

이시바가 의외라는 듯이 도쿠다에게 물었다.

"그런가?"

왕과 옥, 어느 쪽 말을 상위자가 사용하는지 모를 정도로 이시바는 장기에 어둡다. 프로 기사는 말할 것도 없고, 프로 기사 육성 기관인 장려회의 내막을 알 도리가 없을 것이다.

도쿠다는 손을 뻗어 담뱃재를 재떨이에 털었다.

"원한이라고 한마디로 말할 수 있는 세계가 아니야. 시기, 질투, 분노, 자존심, 강한 열등감, 인생의 절벽으로 떨어질지 모른다는 공포가 끈적끈적하게 바짝 졸아들어 있는 곳이야."

이시바는 뭔가 생각하듯이 도쿠다를 뚫어져라 쳐다보다가 사노에게 시선을 돌리더니 반쯤 진심인 듯한 말투로 감탄의 말을 했다.

"자네는 잘도 그런 무서운 곳에 있었군."

"아니, 그런……."

그런 무서운 곳은 아닙니다. 반사적으로 부정하려 했다. 그렇지만 그다음 말이 입 밖으로 나오지 않았다.

말을 도중에 끊은 채 침묵하는 사노를, 이시바와 도쿠다가 같이 쳐다보고 있었다. 뭔가 말해야 한다고 생각했지만 목소리가 나오지 않았다.

이시바는 담배를 재떨이에 비벼 끄고 소파에서 일어나 도쿠다에게 말했다.

"오늘은 아무 수확도 없을 것 같군. 이 정도로 물러가겠소. 뭔가 생각나면 나나 이 녀석한테 연락 주시오. 현경에 전화하면 바로 연락이 닿도록 조치해놓겠소."

방에서 나와 내려오길 기다리는 엘리베이터 앞까지 오자, 도쿠다는 사노의 어깨를 두 번 두드렸다.

"가까운 시일에 한잔하자고."

도쿠다의 변함없는 옛 습관에 사노의 가슴이 뜨거워졌다. 장려회 시절에도 밥이나 술을 먹자고 할 때 도쿠다는 늘 사노의 어깨를 두 번 두드렸다.

도쿠다는 난폭한 말투로 이시다에게도 권했다.

"나오랑 둘이서 마신 다음 사건에 대한 새로운 정보가 우리 지면에 실리면, 부하에게서 정보를 빼내서 외부에 알렸다느니 수사 방해라느니 하고 트집 잡을 거지? 그러면 우리 회사에 누가 되니까 내가 그런 거 하지 않았다는 걸 증언해줄 증인으로 자네도 동석하지."

도쿠다의 서툰 초대를 이시바는 역시 서툰 말로 받았다.

"잘 알고 있군. 난 옛날부터 신문쟁이를 신용하지 않아. 우리 꼬맹이가 잡아먹히지 않게 감시해야지."

진심으로 하는 말인지 멋쩍은 걸 숨기느라 하는 말인지 알 수 없었다. 어느 쪽이 됐든 비슷한 사람끼리 주거니 받거니 하는 말인 건 분명했다.

이 두 사람은 같이 술을 마시면 의외로 마음이 맞을지도 모른다.

이렇게 생각했을 때 엘리베이터 문이 열렸다.

제4장

—

"게이스케 군의 어머니와 이야기를 나눈 건 그게 처음이자 마지막입니다."

사무실 소파 위에서 고지마는 먼 곳을 바라보며 중얼거렸다.

마지막이라는 말에 가라사와의 머릿속에서는 조금 전에 들른 신문 배급소에서 점주와 나눈 대화가 겹쳐졌다.

"게이스케 군은 자신이 일하는 신문 판매점 점주에게 어머니는 없다고 한 모양인데, 어떤 의미지?"

고지마는 순간 입을 다물더니 이어 툭 하고 말했다.

"죽었습니다."

게이스케가 없다고 말한 것은, 이 세상에 없다는 의미였구나.

"언제?"

가라사와는 재촉하듯 물었다.

"지금부터 일 년쯤 전이에요. 게이스케가 2학년 때 겨울에 죽었습니다."

고지마의 이야기에 따르면 게이스케의 어머니 하루코는 게이스케가 초등학교에 입학하고 첫 수업 참관에 온 이후로 한 번도 학교 행사에 참가한 적이 없었다. 표면적 이유는 볼일이 있어서 시간을 못 낸다는 것이었지만, 주위에서 들리는 말에 의하면 건강이 좋지 않아서라고 했다.

"어디가 안 좋았던 건가?"

가라사와가 묻자 고지마는 오른손 엄지손가락으로 자신의 가슴을 쿡쿡 찔렀다.

"몸이 아니에요. 마음입니다."

정신 질환을 앓던 하루코의 모습은 수많은 사람들에게 목격됐다. 창백한 얼굴로 빗질도 하지 않고 불안한 얼굴로 거리를 배회하기도 했고, 걱정이 돼서 말을 걸면 멍하니 넋이 나간 사람처럼 모호한 대답만 했다.

그렇게 휘청휘청거리는 걸음으로 동네를 방황하는 하루코를 본 사람은 한둘이 아니었다. 학교 관계자 여러 명이 그 모습을 봤고, 그래서 PTA 모임이 있으면 으레 하루코에 대한 얘기가 화제에 올랐다.

고지마가 1학년 수업 참관 이후 처음으로 하루코를 본 것은 아들 신지가 2학년이 된 여름이었다. 아들이 졸라 잡화점에 잠자리채와 곤충 채집통을 사러 갔을 때였다.

아들과 함께 걸어서 가게로 가고 있는데, 하루코가 차도 건

너편 보도를 걷고 있는 모습이 눈에 들어왔다. 뜨거운 날씨에 목적지로 향한다기보다 그저 멍하니 걷고 있는 듯한 모습이었다.

보도 저쪽에서 걸어오는 하루코의 얼굴을 본 고지마의 등이 서늘해졌다.

그녀에게서 생기가 느껴지지 않았기 때문이다. 얼굴은 창백하고 눈은 초점이 흐려져 있었다. 아스팔트에서 올라오는 뜨거운 아지랑이 탓인지 하루코의 윤곽이 희미해져서 마치 이 세상 존재가 아닌 것같이 느껴졌다.

"지금 생각하니 그때 하루코 씨 표정은 죽을 사람의 모습이었던 것 같아요. 그러고 나서 반년 후 하루코 씨는 죽었습니다."

고지마가 기별을 받은 것은 마침 가게 사무소에서 점심을 먹고 났을 때였다. 아내가 학교에서 전화가 왔다고 했다. 전화를 받으니 담임 마쓰모토 아사코였다.

"가미조 게이스케의 어머니가 돌아가셨습니다."

정신이 온전치 않다는 것은 알았지만 몸이 나빠졌다는 이야기는 듣지 못했다. 갑작스러운 소식에 고지마는 놀랐다.

"언제, 어쩌다가 그런 겁니까?"

마쓰모토도 상세히 알지는 못한다고 했다. 오늘 아침 녘에 이불 속에서 몸이 굳은 채 움직이지 않는 하루코를 식구가 발견해서 즉시 병원으로 옮겼지만, 이미 숨을 거둔 상태였다는 것이다.

"뇌일혈이나 급성 심부전 같은 걸까요. 아직 젊은데……."

마쓰모토는 말을 제대로 맺지 못했다.

고지마의 머릿속에 자살인가, 하는 생각이 떠올랐다. 그냥 억측이었다. 하지만 고지마에게는 확신에 가까운 기억이 있었다.

반년 전 여름에 길에서 본 하루코의 모습이다. 하얀 원피스 자락을 흐늘거리며 유령처럼 걷던 그녀의 모습을 떠올려보니 하루코가 이 세상을 떠나는 것은 이미 훨씬 전부터 정해진 일이었던 것 같이 생각되었다. 그 무렵 이미 반은 죽어 있었던 것은 아닐까, 하는 생각도 들었다.

마쓰모토는 하루코의 장례를 가족끼리만 치르기로 했다는 말도 전했다. 게이스케의 아버지가 전화로 그렇게 말했다고 했다.

"그래선데요……."

마쓰모토는 머뭇거리며 전화를 건 용건을 꺼냈다.

"가족끼리만 화장을 하겠다는데 무조건 찾아갈 수도 없고……. 그렇다고 반 아이 부모가 돌아가셨는데 학교로서 아무것도 안 할 수도 없습니다. 저희는 다른 건 몰라도 조의금은 내려고 하는데, 그 비용을 PTA 회비의 조의금 항목에서 내는 게 좋지 않을까 하는데, 어떻게 생각하시는지요."

고지마는 2학년 PTA 학년위원장을 맡고 있었다. 학교 측으로서는 학부모들에게서 모은 PTA 회비를 2학년 학부모 대표인 고지마의 승낙 없이 마음대로 쓸 수 없었다.

PTA 규칙에는 회원의 장례가 있을 경우 조의금으로 5천 엔을 사용하고 임원이 장례에 참석하는 것으로 명기되어 있다. 이번에는 친족끼리만 모여서 장례식을 한다고 하므로 임원이 참석할 수는 없지만, 조의금은 지급하는 것이 당연했다.

"물론입니다. 조의금은 PTA 회비에서 내주십시오."

논의한 결과, 조의금은 학년 주임인 마쓰모토와 PTA 학년 위원장인 고지마가 가져가는 것으로 정해졌다.

장례식은 부고 3일 후에 있었다.

그날 고지마는 마쓰모토가 업무를 끝내길 기다려서 함께 게이스케의 자택으로 향했다.

게이스케의 집은 큰길에서 꽤 들어간 좁은 골목의 막다른 곳에 있었다. 상당히 낡은 단층 목조 가옥이었다. 두 집 사이에 생긴 틈새에 지은 것처럼 협소한 주택이었다. 들은 바에 따르면 그것도 자기 집이 아니라 세 들어 사는 것이라고 했다.

안에 사람이 있는지 현관의 반투명 유리로 불빛이 새어 나오고 있었다.

마쓰모토가 손등으로 현관을 두드렸다.

"계세요, 게이스케 군의 담임 마쓰모토입니다."

두세 번 두드리고 나서야 안에서 사람이 나오는 기척이 났다. 미닫이문이 삐걱거리며 천천히 열렸다.

좁은 현관의 시멘트 바닥에 게이스케가 서 있었다. 검은 스웨터와 검은 바지를 입고 있었다. 집 안에서 향냄새가 났다.

마쓰모토는 허리를 숙여 게이스케와 시선을 맞췄다.

"게이스케, 괜찮니?"

진심으로 걱정해서 묻는 거였다.

'많이 슬프지? 몸은 괜찮니?'라는 뜻을 담아 마쓰모토는 물은 것일 테지만, 아직 어린 아이가 그 뜻을 알 리 없으니, 게이스케는 머리를 떨군 채 아무 대답도 하지 않았다. 말없이 시멘트 바닥에 서 있기만 했다. 보다 못한 고지마가 물었다.

"아버지는 집에 계시지?"

게이스케는 뒤를 돌아보더니 현관 바로 앞에 있는 장지문을 바라봤다. 장지문은 외부 사람을 거부하기라도 하듯 굳게 닫혀 있었다. 그 안이 거실인 모양이었다.

"들어가도 될까?"

고지마가 묻자 게이스케는 꾸벅하고 장지문을 열었다.

안에 들어간 고지마는 방 안을 보고 숨을 삼켰다. 3평짜리 거실에는 벗어 던져놓은 옷과 쓰레기가 어지럽게 뒹굴고 있었다. 둥근 탁자 위에는 쓰다 만 컵과 접시가 흩어진 채 놓여 있었다.

거실 옆으로 이어진 다다미방에는 판자로 만든 작은 제단이 있고, 그 위에 하루코의 영정 사진이 놓여 있었다. 그 옆에는 하얀 보자기에 싼 유골함이 있었다.

제단 앞에는 남자가 누워서 가볍게 코를 골고 있었다. 남자 옆에는 한 되짜리 빈 술병 두 개가 굴러다녔다.

"아버지, 선생님이 오셨어요."

게이스케가 만취한 채 누워 있는 아버지를 깨웠다. 아버지는 몹시 취한 것처럼 보였고, 일어날 것 같지 않았다.

"아버지, 아버지이!"

게이스케가 온 힘을 다해 아버지의 몸을 흔들었다.

아버지는 "으응" 하고 웅얼대더니 게이스케의 손을 매몰차게 뿌리치고 등을 돌렸다.

갑자기 아내를 잃은 터라 마시지 않고는 견딜 수 없었을 것이다. 그 마음이 이해됐다.

고지마는 계속해서 아버지를 깨우려는 게이스케에게 그만두라고 말했다.

"게이스케, 깨우지 않아도 돼. 아버지는 피곤하신 거야. 그냥 주무시게 해드려."

게이스케가 죄송스럽다는 듯한 눈으로 고지마를 보더니 방구석에 있던 담요를 들어 아버지 몸에 덮었다.

마쓰모토가 아버지를 깨우지 않게 발소리를 죽이며 제단앞에 앉았다. 안주머니에서 조의금을 꺼내 불전에 놓고는 요령을 울리고 합장을 했다.

마쓰모토에 이어 고지마도 분향을 마치고 합장했다. 언제사진일까. 영정 사진 속 하루코는 고지마가 본 적 없는 밝은 얼굴에 웃음을 짓고 있었다.

"그즈음부터일 거예요. 게이스케의 아버지가 거칠어진 건."

고지마는 차를 홀짝이며 이야기를 계속했다.

고지마는 하루코가 죽고 나서 2개월이 지났을 무렵, 우연히 게이스케의 아버지, 요이치에 대해 좋지 않은 이야기를 들었다. 마작을 즐기는 이웃 남자로부터였다. 그에 따르면 최근에 괜찮은 봉이 하나 나타났다는 것이었다.

그자는 거의 매일 마작집에 찾아오며, 마작을 하러 오기 전부터 술에 취해 있을 때도 있고, 오자마자 마시기 시작해서 밤이 깊어 갈지자걸음으로 돌아가는 일도 있다고 했다. 봉의 이름은 가미조 유이치. 게이스케의 아버지였다.

고지마는 테이블 위에 찻잔을 내려놓고 안타까운 한숨을 내쉬었다.

"부인이 죽고 자포자기한 거겠지요. 외로움을 술로 달래고 주체하지 못하는 시간을 도박에 빠져서 보내고 있는 거예요."

"하지만 아이가 있잖나."

가라사와가 화난 듯한 목소리로 말했다.

"배우자를 잃은 괴로움은 이해할 수 있어. 하지만 그에게는 아이가 있잖아. 아이와 함께 슬픔을 극복하는 것이 아버지의 도리야. 그런데 아버지가 아이를 보듬어주기는커녕 술과 도박에 빠져서 아이를 내팽개쳐두다니. 그 꼬마, 게이스케, 가엾어서 어떻게 하나."

가라사와의 머릿속에 추운 겨울 날씨에 얇은 옷만 걸친 채 신문을 배달하던 게이스케의 모습이 떠올랐다.

가라사와의 분노에 맞장구라도 치듯이 고지마가 말했다.

"아버지가 게이스케를 내팽개쳐둔다는 것은 PTA도 파악하고 있어요. 며칠이나 똑같은 옷을 입어서 안 좋은 냄새가 난다며 아이들이 게이스케를 따돌린다는 얘기도 들었고요. 그걸 안 담임이 게이스케의 집을 방문해 게이스케에게 조금 더 관심을 가져달라고 부탁했어요. 아버지는 그 자리에서는 머리를 숙이고 용서를 빌었지만 그때뿐이었고, 전혀 달라지지 않았어요. 저도 아이를 둔 부모로서 게이스케가 걱정이 되긴 합니다만, 남의 집 일에 대해 꼬치꼬치 참견할 수는 없잖아요. 결국 게이스케의 아버지가 마음을 바꾸지 않고서는 어떻게 해볼 도리가 없어요."

가라사와는 미간에 주름을 잡고 고지마를 봤다.

"아버지가 마음을 잡을 가능성은 있나?"

고지마는 손들었다는 듯이 어깨를 움츠렸다.

"아니요. 담임 말로는 아버지는 술과 도박에 푹 빠져 있다고 하니까요."

"그럼, 아이는 계속 그렇게 있어야 한다는 거군. 집의……아니, 아버지 술값이랑 마작 비용을 대기 위해 아침 일찍 신문을 배달하고 밥도 제대로 못 얻어먹고 친구한테서도 따돌림 당하는 생활을 계속해야 한다는 거군."

고지마는 난처한 듯 머리를 긁적였다.

"저한테 그러셔도, 어떻게 해볼 수가……."

고지마는 모호하게 말꼬리를 흐리고 그 자리를 마무리 지으려 했다.

엉뚱한 데 분풀이를 한다는 것을 가라사와도 알고 있었다. 나쁜 것은 고지마가 아니라 게이스케의 아버지다.

'어떻게 하면 좋을까.'

궁리하는 가라사와의 머리에 재활용 수거품에서 장기 잡

지를 빼내려 했던 게이스케의 모습이 떠올랐다. 같이 놀아줄 상대가 없이 늘 홀로 있는 아이가 발견한 유일한 놀이가 장기라면…….

"장기군."

"네?"

고지마가 얼빠진 소리를 냈다.

'장기를 가지고 그 아이를 구해줄 수 있지 않을까.'

가라사와는 힘차게 소파에서 일어나서는 "또 오지" 하는 말을 남기고 가게를 나왔다.

다음 날, 가라사와는 아침에 일어나자마자 집 문 뒤에서 게이스케를 기다렸다.

게이스케가 배달하는 나가노신보는 가라사와 집에서도 구독하는 신문이었다. 수거품을 놔두는 공원 주변이 게이스케가 신문을 배달하는 구역이라면 공원에서 그다지 멀지 않은 가라사와의 집도 그 구역 안에 있을 게 분명했다. 다른 사람이 배달한다면 내일부터는 게이스케를 발견한 공원에서 기다리면 된다.

문 뒤에 몸을 숨긴 것은 혹시라도 게이스케가 왔다가 자신이 문 앞에 서 있는 것을 보면 도망쳐버릴지도 모른다고 생각했기 때문이다.

가라와사는 팔짱을 끼듯이 솜을 넣은 웃옷 소매에 양손을 찔러 넣고 덜덜 떨면서 게이스케를 기다렸다.

드디어 도로 끝에서 종종걸음으로 달려오는 경쾌한 발소리가 들렸다. 뒤이어 한 집 한 집 우체통에 신문을 넣는 소리가 들렸다. 집 앞에서 발소리가 멈추자 가라사와는 문 뒤에서 나와 밖으로 나갔다.

그늘에서 갑자기 사람이 튀어나오자 신문 배달부가 깜짝 놀라 가라사와 쪽으로 얼굴을 돌렸다.

게이스케였다. 가라사와를 본 게이스케는 겁먹은 표정으로 뒷걸음질 쳤다. 공원에서 수거품을 훔치려는 모습을 목격한 사람이 별안간 눈앞에 나타났으니 겁먹고 도망치려 드는 것도 무리는 아니었다.

가라사와는 게이스케가 두려워하지 않도록 최대한 온화한 목소리로 말했다.

"너, 게이스케지? 스와시립 소학교 3학년, 가미조 게이스케 맞지?"

자기 이름이 불리자 게이스케는 잼싸게 몸을 돌리더니 굉장한 속도로 달렸다.

"게이스케, 기다려. 너를 잡으려는 게 아니야, 게이스케!"

가라사와는 당황해서 이름을 불렀지만, 아이는 순식간에 아침 안개 속으로 사라져버렸다.

이 일이 있고 나서 다음 날도 그다음 날도 가라사와가 기다리는 것보다 더 일찍 우편함에 신문이 들어 있었다. 경계심을 품은 게이스케가 가라사와 얼굴을 마주치지 않으려고 배달하는 집 순서를 바꾼 거였다.

가라사와는 포기하지 않았다. 게이스케가 시간을 바꿨다면 자신도 거기에 맞추면 되는 거였다.

게이스케가 신문 배달 시간을 바꿨다는 것을 안 다음 날부터 가라사와는 아침 5시에 일어나기로 했다. 신문은 이른 곳에서는 새벽 3시경부터 배달한다. 그러나 게이스케는 아직 어린이다. 배달할 수 있는 집이 그리 많지 않아서 아침 5시부터 배달을 맡긴다고 지난번에 방문했을 때 신문 배급소 점주가 말했다.

게이스케가 맨 먼저 가라사와 집에 들른다고 해도 5시 전에 올 일은 없었다. 그러니 5시부터 꾹 참고 기다리면 반드시 게이스케를 만날 수 있다.

정말 게이스케가 왔다.

5시가 조금 지났을 무렵 길 끝에서 가벼운 발소리가 들려왔다.

문 있는 데서 발소리가 멈추자 가라사와는 이번에는 도망치지 못하도록 잽싸게 문밖으로 나가 게이스케의 어깨를 붙잡았다.

"안녕, 게이스케."

게이스케는 마치 도둑이 경찰관에게 붙잡힌 것 같은 얼굴로 가라사와를 봤다.

그러고는 양손을 휘둘러 어깨에 올린 손을 떨치려고 했다. 가라사와는 게이스케 앞에 서서는 아이의 양어깨를 손으로 잡은 채 그 자리에 쭈그려 몸을 낮췄다.

"자 자, 진정해라. 너를 야단친다든가 붙잡으려고 이러는 게 아니니까."

가라사와의 말을 믿어도 좋을지 망설이는 듯, 게이스케는 여전히 몸을 뻣뻣하게 하고 버텼다. 그러나 가라사와가 한 번 더 안심하라고 말하며 미소를 짓자 겨우 힘을 뺐다.

가라사와는 재활용 수거품에서 장기 잡지를 빼낸 것은 언급하지 않고 게이스케의 수고를 칭찬했다.

"너 참 훌륭하구나. 이렇게 추운 날에 매일 신문을 배달하다니."

평소 누군가에게 칭찬받는 일이 없었는지 가라사와의 말에 게이스케는 놀란 얼굴을 했다.

"이거 너한테 주마."

가라사와는 자신의 목에 걸치고 있던 털실 목도리를 벗어 게이스케의 목에 둘러줬다.

게이스케는 눈을 동그랗게 뜨고 가라사와를 응시했다.

가라와사의 머릿속에서는 처음 게이스케를 본 날부터 추워 보이는 게이스케의 복장이 지워지지 않았다. 지금도 처음 만났을 때와 같은 옷차림이었다. 점퍼 같은 겉옷이 없는지 영하인 날씨에도 얇은 스웨터만 입고 다니는 게이스케가 가엾어서 견딜 수 없었다.

어린아이라 해도 생판 모르는 사람에게서 뭘 받는 것이 꺼려지는 걸까. 게이스케는 자신의 목에서 목도리를 벗어 돌려주려 했다. 가라사와는 게이스케의 팔을 잡아 그러지 못하게 했다.

"이건 열심히 애쓰는 너한테 아저씨가 주는 상이야. 어때? 따뜻하지?"

게이스케는 잠시 망설이는 듯 멍한 표정을 하고 있다가 겸연쩍은 듯 고개를 끄덕였다.

어른용 목도리라 게이스케에게는 커서 목을 여러 번 빙빙 휘감아야 했다. 그 모습이 귀여웠다.

"넌 장기가 좋니?"

가라사와가 자신에게 벌을 줄 작정으로 기다린 게 아니라는 사실을 알았을 것이다. 이번에는 순순히 고개를 끄덕였다.

"이번 일요일에 배달을 마치고 아저씨 집에 와라. 요전번에 네가 갖고 싶어 했던 장기 책을 주마."

게이스케는 숙이고 있던 얼굴을 들고 가라사와를 봤다. 크게 열린 눈꺼풀 안에서 매달리듯이 눈동자가 빛났다.

가라사와는 자신을 마주 보고 있는 게이스케의 몸을 돌려 세우고 등을 가볍게 밀었다.

"자, 이제 가야지, 배달 늦겠다."

그 말에 게이스케는 뜨끔한 듯이 허둥대며 달려갔다.

"일요일, 기다리고 있을게."

가라사와는 게이스케의 등 뒤에 대고 큰 소리로 말했다. 게이스케는 돌아보지도 않고 달려서 사라졌다.

작아져가는 등을 바라보면서 가라사와는 게이스케가 반드시 올 거라고 확신했다. 장기 책을 주겠다는 말을 들었을 때 게이스케의 눈이 반짝였기 때문이다. 그 반짝이는 두 눈동자를 보며 가라사와는 게이스케가 얼마나 장기를 좋아하는지 알 수 있었다.

가라사와는 해 뜨기 전의 하늘을 올려다봤다.

벌써 일요일이 몹시 기다려졌다. 게이스케가 오면 뭘 먹일까. 그 나이대 아이가 좋아하는 요리를 요시코에게 만들어달라고 하자. 맛있어 보이는 요리를 입안 가득 문 게이스케의 얼굴을 떠올렸다. 가라사와는 기분이 좋아져서 저도 모르게 들뜬 발걸음으로 집 안으로 들어갔다.

일요일에 가라사와는 아침 식사를 끝내고 밖으로 나갔다.

게이스케가 몇 시에 올지 모르지만, 밖에서 기다리지 않고는 배길 수가 없었다.

게이스케는 9시가 지났을 무렵에나 모습을 나타냈다. 게이스케는 가라사와가 준 목도리를 목에 감고 있었다.

그것을 본 가라사와는 매우 기뻤다.

"잘 왔구나. 기다렸다. 자, 들어가자."

가라사와는 게이스케에게 집으로 들어가자고 재촉했다. 게이스케는 망설이는 듯한 기색을 보이면서도 가라사와의 뒤를 따라 현관으로 들어섰다.

"네가 게이스케구나. 어서 오렴."

게이스케가 거실로 들어서자 요시코가 부엌에서 나왔다. 가라사와는 요시코에게 게이스케의 처지를 미리 알려놨다. 요시코는 어머니를 잃고 아버지에게 돌봄을 받지 못하고 어린 나이에 일하러 다니는 게이스케를 몹시 가엾게 여겼다.

"자, 어서 먹어. 몸이 따뜻해질 거야."

요시코는 쟁반에 올려서 가지고 온 찻잔을 게이스케 앞에 놨다. 고오리모치였다. 찧은 떡을 풀처럼 걸쭉하게 해서 말린 후 뜨거운 물을 부어서 먹는, 이 지방에 예로부터 전해 내려오는 보존식이다.

게이스케는 처음 보는지 찻잔에 들어 있는 걸쭉한 액체를 신기한 듯 살펴보다가 조심조심 입으로 가져갔다.

한입 들이켠 게이스케의 얼굴이 활짝 빛났다.

"맛있니?"

가라사와가 물었다.

게이스케가 고개를 크게 끄덕였다.

게이스케가 고오리모치를 다 먹자 가라사와는 자신의 서재로 게이스케를 데려갔다.

그러고는 서재에 들어가 책상 위에 준비해둔 장기 잡지를 게이스케에게 내밀었다.

"이거, 갖고 싶었지?"

게이스케는 기쁨을 감추지 못하고 주뼛주뼛 잡지를 받아 들었다.

가라사와는 늘 앉는 가죽 의자에 앉자 게이스케에게 물었다.

"장기를 좋아하니?"

게이스케가 고개를 끄덕했다.

"어디서 배웠니? 누구한테 배웠니?"

이번에는 고개를 가로로 저었다.

"설마 너 혼자 익힌 거니?"

고개를 끄덕였다.

가라사와는 게이스케의 말을 믿을 수 없었다.

소학교 3학년 아이가 누군가의 지도 없이 둘 수 있는 장기라면 장기말 가두기 놀이 정도일 터다. 그러나 게이스케가 수거품에서 가져간 책은 중급자용이었다.

가라사와는 게이스케의 실력이 어느 정도인지 궁금해졌다.

"장기 한번 둬볼까?"

게이스케는 놀란 표정으로 가라사와를 쳐다봤다.

가라사와는 서재 구석에 놔둔 장기판과 말통을 테이블 위에 올려놨다. 말도 판도 자신이 평소에 사용하는 싸구려였다. 가라사와는 판 위에 장기말을 펼쳐놓고 게이스케에게 말을 제 위치에 놓아보라고 했다. 게이스케는 말을 어떻게 배치하는지 알고 있었다. 가라사와도 자신의 말을 늘어놓았다.

"말 움직이는 법도 아니?"

게이스케는 크게 끄덕였다.

"그럼, 너부터 둬봐."

게이스케는 마음을 안정시키듯이 두세 번 심호흡을 하고 7열6행의 보로 각행이 나갈 수 있는 길을 열었다. 선수先手는 보통 이 7열6행으로 보를 나아가게 하거나, 아니면 2열6행의 보로 비차 앞을 찌르거나, 둘 중 하나로 시작한다. 정석대로

다. 아무래도 정말로 장기를 둘 줄 아는 모양이다.

가라사와도 똑같이 각행이 갈 길을 열었다. 게이스케는 6열 6행의 보로 각행의 교환을 피하고 네 칸 비차를 펼쳤다.

초반이 진행됨에 따라 가라사와는 기쁜 마음이 더해갔다. 게이스케는 말 움직이는 법을 알고 있을 뿐 아니라 왕을 세 개의 금장金將과 은장銀將으로 둘러싸는 미노울타리도 알고 있었다.

그렇지만 게이스케는 기껏해야 6급 정도로, 자칭 3단인 가라사와에게는 적수가 될 수 없었다. 후수後手의 봉은封銀을 잘못 받는 바람에 곧바로 자기 진에 적의 비차가 들어오게 하면서 형세가 무너졌다.

중반 이후 승부는 어이없이 끝났다. 금장의 공격을 받아 비차와 각을 빼앗긴 게이스케는 꼼짝없이 졌다. 가라사와의 압승이었다.

가라사와는 상대가 어른이든 아이든 승부를 낼 때는 봐주는 법이 없었다. 대충대충 하는 것은 상대에 대한 결례라고 생각했기 때문이다.

승부에서 진 게이스케는 넓적다리 위에서 주먹을 꼭 쥐고 작은 소리로 말했다.

"한 번 더."

처음 듣는 게이스케의 목소리였다.

우는소리를 하지 않고 신문 배달을 계속하는 근성도 근성이지만, 이처럼 지기 싫어하는 기질도 가라사와의 마음에 들었다.

"좋아, 한 판 더 두자."

결국 이날 가라사와는 여섯 판을 뒀다.

그날 이후 게이스케는 일요일마다 기다렸다는 듯이 가라사와의 집에 왔다. 요시코가 만들어주는 점심을 먹고 싶은 것도 오는 이유 중 하나였겠지만, 가장 큰 이유는 장기 때문인 게 틀림없었다.

게이스케가 장기에 대해 보이는 열의는 놀라울 정도였다. 맞수로는 아무래도 상대가 안 되어 가라사와가 비차와 각행, 그리고 양쪽 계마桂馬와 향차를 빼고 뒀는데도 게이스케는 지고 또 졌다. 하지만 게이스케는 질리는 법도 없이 계속 도전했다. 그러다가 어두컴컴해질 무렵에서야 돌아갔다.

게이스케가 돌아갈 때 요시코는 항상 주먹밥을 들려 보냈다. 처음에는 사양하며 받으려 하지 않던 게이스케도 결국 마음을 열었는지 요시코의 호의를 순순히 받아들였다.

"아이의 아버지가 조금만 더 신경 써주면 좋을 텐데."

게이스케가 돌아가면 요시코는 늘 침울한 얼굴로 그렇게 중얼거렸다.

"옷은 며칠이나 빨지 않은 데다 머리는 더덕더덕 떡이 졌고. 목욕도 제대로 안 한 것 같아요."

부모에게 방치된 채 살아야 하는 게이스케가 요시코는 가엾어서 견딜 수 없었다. 그건 가라사와도 마찬가지였다. 싸구려라도 좋으니 깨끗한 옷을 입혀 깔끔하게 보이도록 해주고 싶었다.

게이스케가 집에 들르게 된 지 한 달이 지났을 무렵, 요시코는 저녁을 먹다가 갑자기 큰 소리로 말했다.

"그래, 그게 좋겠어."

갑작스럽게 큰 소리를 내는 바람에 가라사와는 놀라서 젓가락을 멈췄다.

"뭐가?"

요시코는 식탁 맞은편에 있는 가라사와에게 몸을 내밀었다.

"당신, 이번에 게이스케가 오면 가타쿠라칸에 데려가요."

스와호 옆에 있는 가타쿠라칸은 당일치기로 다녀올 수 있는 온천으로, 한 번에 100명은 들어갈 수 있는 큰 목욕탕이 있었다. 욕조 바닥에는 굵은 자갈이 깔려 있어 걸으면 기분이 좋아진다. 물이 깊어 아이가 들어가면 목까지 잠기는, 다치유 立ち湯. 서서 들어가는 온천로도 널리 알려져 있었다.

"둘이 목욕하는 동안 내가 게이스케 옷을 빨아둘게요. 난로 앞에서 말리면 그날 입혀서 집에 돌아가게 할 수 있어요."

가라사와는 좋은 방법이라고 생각했다.

옷도 깨끗해지고 몸도 청결하게 해줄 수 있다. 목욕을 하고 나와 2층에 있는 휴게소 식당에서 맛있는 것도 사주자.

"좋군. 그렇게 하지."

가라사와는 저녁 반찬인 생선조림을 먹으면서 요시코의 말대로 해보기로 했다.

다음 주 일요일, 게이스케가 오자 가라사와는 온천에 가자고 말을 꺼냈다.

"온천요?"

게이스케는 거실 고타쓰에서 귤을 먹고 있다가 놀란 얼굴로 가라사와를 쳐다봤다.

가라사와가 끄덕였다.

"스와호 근처에 있는 가타쿠라칸이야. 귤을 다 먹으면 거기 가자. 추운 계절에는 온천이 좋단다. 몸이 속까지 따뜻해져."

그때까지 부지런히 입으로 귤을 나르던 게이스케의 손이 멈췄다. 먹으려던 귤을 고타쓰에 놓고 고개를 숙였다.

온천욕하는 걸 기뻐할 거라고만 생각했던 가라사와는 뜻하지 않은 게이스케의 반응에 당황했다.

"왜 그러니? 목욕하기 싫어?"

게이스케는 주저하면서도 고개를 옆으로 흔들었다.

'목욕하는 게 싫지 않다면 게이스케는 왜 침울한 표정을 짓는 걸까.'

가라사와가 그런 생각을 하고 있을 때 요시코가 손에 비닐 백을 들고 거실로 들어왔다.

그러고는 게이스케 옆에 앉아 비닐 백을 내밀었다.

"자, 이거. 이 안에 수건이랑 비누가 들어 있단다. 지금 입고 있는 옷은 둘이 목욕하는 동안 아줌마가 빨아서 말려둘게."

게이스케가 온천에 가는 걸 내켜 하지 않는 게 목욕 도구가 없는 것과 갈아입을 옷이 없는 것을 걱정해서였다고 생각한 것이다.

게이스케는 요시코가 내민 비닐 백을 보려고도 하지 않았다. 고개를 숙인 채였다. 왜 게이스케는 목욕 가는 것을 망설일까.

혹시, 하고 가라사와는 생각했다. 게이스케가 목욕을 가고 싶어 하지 않는 이유는 장기를 못 두기 때문이 아닐까.

가라사와는 게이스케 쪽으로 몸을 내밀었다.

"장기라면 목욕하고 나서 두자. 집에 있는 장기판이랑 말을 가타쿠라칸에 가져가면 돼. 목욕으로 몸을 덥힌 뒤 가타쿠라칸 2층에 있는 식당에서 점심을 먹고 휴게실에서 장기를 두면 되지 않겠니?"

게이스케가 가라사와 집에 오는 가장 큰 이유는 장기를 두고 싶기 때문이다. 목욕을 하기 위해서가 아니다. 목욕한 다음 장기를 둘 수 있다는 걸 알면 순순히 갈 거라고 생각했다.

그러나 의외로 게이스케는 그런 제안에도 선뜻 응하지 않았다. 고집스럽게 입을 다문 채 계속해서 목욕 가는 것을 거부했다.

난처해진 가라사와는 꾀를 냈다. 목욕하는 시간이 아까울 정도로 장기를 좋아한다면 장기를 구실 삼아 목욕할 마음이 들도록 유도하면 된다.

가라사와는 앞으로 내밀고 있던 몸을 뒤로 빼고는 팔짱을 낀 다음 무게를 잡으며 말했다.

"게이스케."

가라사와가 일부러 목소리에 무게를 주며 이름을 부르자

게이스케가 천천히 얼굴을 들었다.

"장기는 여기도 중요하지만 이쪽도 중요하다는 걸 알고 있니?"

가라사와는 여기, 이쪽이라고 하면서 순서대로 자신의 머리와 가슴을 가리켰다.

"여기랑, 이쪽……."

게이스케는 중얼거리면서 가라사와를 흉내 내 자신의 머리와 가슴을 가리켰다.

"그래."

크게 끄덕였다.

"장기를 하려면 머리를 엄청나게 많이 써야 해. 그런데 머리만 좋아서는 이길 수 없어. 장기 실력과 비슷할 정도로 마음도 강해져야 해."

지금까지는 가라사와하고밖에 승부를 겨뤄보지 않았다. 하지만 앞으로는 다른사람하고도 대전할 기회가 올 것이다. 그때 마음이 강하지 않으면 긴장이나 압박감에 짓눌려 실력이 한참 아래인 상대에게도 질 가능성이 있다.

"그래도 좋니?"

가라사와가 묻자 게이스케는 좌우로 격하게 고개를 저었다.

가라사와는 속으로 성공했다고 생각했다.

"그렇지? 아무도 승부에서는 지고 싶지 않을 거야. 내가 너한테 마음이 강해지는 방법을 가르쳐줄게."

게이스케의 눈이 빛났다. 가라사와는 끼고 있던 팔짱을 풀어 자신의 무릎에 손을 놓고는 단호하게 말했다.

"목욕을 하는 거야."

게이스케가 입을 벙긋 벌렸다. 장기와 목욕이 무슨 관계가 있는지 전혀 모르겠다는 듯한 얼굴이었다.

가라사와는 게이스케를 뚫어지게 바라보며 말했다.

"거짓말이 아니야. 승부에서 이기려면 시합하는 내내 평상심을 유지할 수 있어야 해. 신경이 곤두서거나 조바심치거나 해서는 제 실력을 발휘할 수 없어. 자신의 힘을 100퍼센트 발휘하려면 긴장에서 벗어나는 방법을 익혀두어야 하는 거야. 어떻게 하면 그게 가능할까. 답은 목욕을 하는 거야."

목욕을 하면 여유롭고 느긋한 기분이 든다. 그 감각을 몸에 익혀 대국할 때 떠올리는 거라고 가라사와는 설명했다.

시합에서 이기려면 강인한 정신력이 필요하다는 건 분명 맞는 말이다. 하나 그런 정신력을 과연 목욕을 통해 얻을 수 있을지는 가라사와도 확신할 수 없었다. 그냥 억지로 그럴싸한 이론을 늘어놓았을 뿐이다. 하지만 무슨 수를 써서라도 게이스케가 목욕을 하게 만들고 싶었다.

처음에는 의심스럽다는 눈빛을 하고 가라사와의 설명을 들었지만, 게이스케는 역시 아이였다. 그럴듯한 말로 이유를 늘어놓자 완전히 믿는 눈치였다.

가라사와는 자신의 넓적다리를 치고는 고타쓰에서 나와 일어섰다.

"자, 목욕하러 가자. 어물거리다가는 장기 둘 시간이 없어."

게이스케는 여전히 내키지 않는 것 같았지만, 어쨌든 가라 사와를 따라 자리에서 일어섰다.

휴일의 가타쿠라칸은 가족과 함께 목욕하러 온 사람들로 복닥거렸다. 현관 홀 양쪽에 배치된 신발장이 꽉 차 있었다.

가타쿠라칸에는 처음 와봤는지 게이스케는 1928년에 세운 서양식 건물을 신기하다는 듯이 두리번두리번 둘러봤다.

"여기엔 처음 와봤니?"

게이스케는 고개를 크게 끄덕였다.

"그래? 그럼 대욕장에 들어가면 더 깜짝 놀랄 거야. 헤엄칠 수 있을 정도로 큰 목욕탕이 있거든."

"그렇게 커요?"

게이스케가 눈을 동그랗게 뜨며 물었다.

평소 게이스케는 말이 없었다. 뭔가를 물어봐야 할 때나 꼭 필요한 말이 있을 때 외에는 입을 열지 않았다. 그러던 게이스케가 스스로 이야기에 끼어들었다. 큰 목욕탕에 꽤 흥미가 가는 모양이었다. 가라사와는 신이 나서 대답했다.

"그럼, 정말이야. 자, 어서 옷을 벗고 목욕하러 들어가자."

목욕에 대한 흥미와 흥분으로 망설이는 마음이 사라진 듯 게이스케는 종종걸음으로 탈의실로 달려갔다.

탈의실은 수많은 사람들로 혼잡했다.

빈 선반을 발견한 가라사와는 그곳으로 가서 게이스케를 불렀다.

"자, 여기서 옷을 벗어라. 벗은 옷은 이 비닐 봉투에 넣어. 아줌마한테 줘서 빨아달라고 할 거니까."

요시코는 가타쿠라칸 입구에서 가라사와가 게이스케의 옷을 가져오기를 기다리고 있었다.

게이스케는 시키는 대로 옷을 벗기 시작했다.

웃옷을 다 벗은 게이스케의 몸을 본 가라사와는 놀라서 입이 닫히지 않았다.

게이스케의 몸은 멍투성이였다. 배, 등, 팔 등 온갖 곳에 멍이 들어 있었다. 넘어져서 생길 만한 멍이 아니었다. 사람 손으로 때려서 생긴 것이 틀림없었다. 자세히 보니 담뱃불을 갖다 댄 것 같은 흔적도 있었다.

가라사와의 머릿속에 '학대'라는 글자가 떠올랐다.

말을 잃은 채 게이스케의 몸을 보고 있자니 뒤에서 어린 남자아이의 말소리가 들려왔다.

"와아, 저 멍 봐. 무시무시해!"

허리를 숙이고 바지를 벗던 게이스케가 흠칫하더니 동작을 멈췄다. 얼굴이 순식간에 일그러졌다.

남자아이는 한 번 더 게이스케의 멍을 가리키며 말했다.

"있지, 아빠. 저것 좀 봐. 저 아이 몸, 멍투성이야. 왜 그래?"

천진함은 때로 사람에게 상처를 준다. 남자아이의 아버지인 듯한 사람은 겸연쩍은 표정을 하고는 자기 아이를 재촉해 탈의실을 나갔다.

잠깐 사이에 분위기가 숨 막힐 듯이 가라앉았다. 주위의 시선이 게이스케의 몸에 꽂혔다.

겁을 먹어선지 추위 때문인지, 게이스케는 몸을 떨면서 방금 벗은 옷을 다시 입으려고 했다.

가라사와는 정신을 차리고 게이스케의 작은 몸에 준비해 온 목욕 타월을 둘러주고는 억지로 웃으면서 게이스케의 옷을 비닐 봉투에 쑤셔 넣었다.

"넌 생각보다 덤벙대는 것 같구나. 이렇게 멍이 남을 정도로 넘어지다니."

어른이라면 누구나 넘어져서 생긴 멍이 아니라는 것을 알 수 있었다. 그러나 아직 어린 게이스케는 가라사와가 그렇게 말해주자 안심한 듯 작게 숨을 내뱉었다.

가라사와는 게이스케의 아버지에 대한 격렬한 분노가 솟아오르는 것을 느꼈다.

게이스케의 몸을 이렇게 만들 만한 범인은 아버지뿐이다. 아버지가 아이를 학대하고 있는 게 분명하다.

본인이 뭔가 나쁜 짓을 해서 아버지한테 체벌을 받은 게 아니라는 것은 명백했다. 가라사와는 지금까지 셀 수 없을 정도로 많은 어린이를 봐왔다. 조금만 접해보면 어떤 아이인지 쉽게 알 수 있었다.

게이스케는 말수도 적고 좀처럼 웃지 않았다. 그래서 아이다운 귀여움은 없을지 모르지만 자신보다 약한 아이를 괴롭히거나 누군가를 힘들게 하는 나쁜 아이는 아니었다.

가라사와는 서둘러 가타쿠라칸 입구로 가서 거기서 기다리고 있던 요시코에게 게이스케의 옷을 건네주고 탈의실로 되돌아왔다. 그런 다음 자신도 옷을 벗고 게이스케와 함께 큰 목욕탕으로 들어갔다.

게이스케를 몸을 씻는 곳 구석으로 데려가 사람들 눈에 띄지 않게 벽이 되어주었다.

"자, 깨끗이 씻어줄게."

게이스케 뒤에 쪼그리고 앉아 온몸을 씻어줬다. 빈약한 멍투성이 몸을 씻는 동안 눈앞이 흐릿해졌다. 결코 김 탓이 아니었다.

목욕을 마치고 2층에서 점심을 먹었다. 가라사와는 기쓰네우동, 게이스케는 오므라이스를 주문했다. 게이스케는 어른도 다 먹기 힘들어 보일 정도로 수북한 오므라이스를 게 눈 감추듯 먹어치웠다. 핼쑥했던 뺨이 조금 동그스름해진 것처럼 보였다.

요시코가 준비한 옷은 게이스케 몸에 딱 맞았다. 옷차림을 단정하게 하고 나니 게이스케는 무척 이지적으로 보였다.

가라사와는 점심을 다 먹고 휴게실 구석에 자리를 잡은 다음 집에서 가져온 장기판을 펼쳤다. 장기판을 사이에 두고 맞은편에 게이스케가 바른 자세로 앉았다.

게이스케의 실력은 말 여섯 개를 빼는 데서 네 개를 빼는 데까지 늘어 있었다. 말을 빼준 가라사와가 선수를 잡았다.

게이스케는 말을 다 늘어놓고는 한번 가볍게 인사한 후 가라사와가 선수를 두기를 기다렸다.

"오늘도 용서 없다."

가라사와는 왕을 5열1행에 따악 소리가 나게 놓으면서 그렇게 말했다.

대국이 진행되자 구경꾼들이 하나둘 모여들었다.

처음에는 낮잠을 자던 늙수그레한 남자가 지루함을 달래러 보러 왔을 뿐이었는데, 관객이 한두 사람 늘어나 드디어 어느새 원이 만들어졌다.

구경꾼들은 처음에는 할아버지와 손자라고 할 정도로 나이가 많이 차이 나는 두 사람의 승부가 뭐가 재미있겠냐는 표정으로 반상을 바라봤다. 어차피 승부가 뻔한 대국이니 재미있을 리 없다, 얼굴에 그렇게 쓰여 있었다.

그러나 두 사람이 말을 둬나가면서 점점 구경꾼들의 얼굴색이 변했다.

게이스케가 둘 때마다 "그렇지, 제법 하네" 하는 중얼거림이 들려왔다. 가라사와의 공격을 피했나 싶다가도 그 수가 거꾸로 가라사와를 몰아대는 공격의 한 수가 되었다. 아직 정석이나 수를 배우지 않았음에도 게이스케가 두는 수에서는 타고난 재능이 엿보였다.

급속하게 기력을 높여가고 있다고는 하지만, 게이스케의 실력은 기껏해야 6급 수준이었다. 자칭 3단인 가라사와 상대로 말 네 개만 빼 가지고는 아직은 이길 가능성이 없었다.

자신의 각행을 가라사와에게 빼앗기고 적진으로 들어가 용왕龍王으로 승격시킨 비차도 금장 아래 있는 보로 움직임을 봉쇄당했다. 가라사와는 적진에 들어가 용마로 승격한 각행을 자기 진영으로 끌어당겨 진형을 보강하고, 보를 금장으로 승격시켜 공격했다. 가라사와의 승리가 굳어졌다.

그러나 일본인은 늘 시시비비 따지지 않고 약자를 동정한다.

환갑을 넘긴 어른에게 과감하게 도전하는 소년을 응원하는 사람이 생겼다.

"꼬마야, 힘내라."

"아직 승산이 있어. 포기하지 마."

장기판을 둘러싼 구경꾼들이 게이스케 편을 들었다.

승부에 열중하고 있던 게이스케는 사람들이 자신을 응원하는 소리를 듣고 놀란 듯, 반상에 떨어뜨리고 있던 시선을 들어 어떻게 해야 좋을지 모르겠다는 얼굴로 구경꾼들을 올려다보았다.

응원 소리가 차차 커져갔다. 개중에는 "할아범한테 지지 마라" 하고 갈라진 목소리를 내는 사람도 있었다. 가라사와가 완전히 악역을 맡은 셈이 되었다.

그러나 가라사와는 기뻤다. 세상 사람들이 모두 자신의 적이 돼도 그만큼 게이스케 편이 되어주면 된다고 진심으로 생각했다.

물론 승부는 승부이니만큼, 손을 늦추지 않았다. 가라사와가 장군을 부르고 7수 후, 게이스케는 머리를 숙였다.

"졌습니다."

게이스케가 잦아드는 목소리로 판을 접자 구경꾼 중 한 명이 소리쳤다.

"꼬마야, 나랑 한 판 둬보지 않겠니?"

마흔이 넘었을까. 가라사와와 게이스케의 대국을 말없이 지켜보던 남자였다. 남자는 실력에 따라 말을 빼주는 장기의 정석을 모르는 모양으로, 대등하게 승부하기를 바랐다.

게이스케는 겁먹은 표정으로 가라사와를 바라봤다.

장기를 두는 것은 대화를 나누는 것과 비슷하다. 평범한 대화가 아니다. 오로지 본심을 드러내 부딪쳐야 하는 만큼 두려움이 함께하는 대화다. 아버지에게 학대당하고 친구도 없는 고독한 게이스케에게는 처음 보는 사람과 장기를 두는 것이 몹시 두려운 일일지도 몰랐다.

가라사와는 도전을 받아들이라고 게이스케에게 권했다.

"게이스케, 승부를 겨뤄보렴. 네 실력을 알아볼 수 있는 좋은 기회야."

그렇게 얘기하긴 했지만 사실 이기고 지는 것은 아무래도 좋았다. 게이스케에게 사람과 접하는 즐거움을 알게 해주고 싶었다.

게이스케와 남자의 대국은 20분 만에 승부가 났다.

게이스케가 졌다. 하지만 어린아이가 과감하게 어른에게 도전하는 모습은 지켜보는 사람의 가슴을 뜨겁게 만들었다.

다른 구경꾼이 "다음은 나랑" 하고 손을 들었을 때 요시코가 마른 세탁물을 들고 왔다. 게이스케는 안심한 것 같으면서도 조금은 아쉬운 듯한 얼굴을 했다.

자기 옷으로 갈아입은 게이스케의 표정은 몰라볼 정도로
밝아져 있었다.

"게이스케, 목욕을 하고 나니까 기분 좋니?"

요시코가 돌아오는 차 안에서 운전하면서 물어보니 뒷좌석
에서 게이스케는 네, 하고 바로 대답했다.

"장기도 재미있었지?"

조수석에 앉은 가라사와는 뒤를 돌아보면서 게이스케에게
물었다. 가라사와의 질문에도 게이스케는 "네" 하고 고개를 몇
번이나 위아래로 끄덕였다.

처음으로 스타일이 다른 사람과 시합을 하게 되자 게이스
케는 처음에는 손이 떨릴 정도로 긴장했지만, 차차 안정을 되
찾고 본래의 힘을 냈다.

가라사와가 본 바로는 남자의 기력은 게이스케와 거의 같
은 수준이었다. 동네 장기에서는 그럭저럭 이길 수 있는 실력
이지만, 정석을 제대로 공부한 적은 없는 것 같았다. 왕을 둘
러싸 지키지 않는, 자기만의 독특한 방식을 구사하는 혼전형混
戰形 장기였다. 남자의 고정비차에 게이스케는 네 칸 비차로 맞
섰다. 남자는 아마도 평소 자신 있게 사용하는 전법일 봉은으
로 과감하게 공격했지만, 봉은을 받아내는 정석을 알고 있는
게이스케가 정석대로 받아내자, 은장이 오도 가도 못하고 고
전했다.

게이스케는 자신이 말을 움직이는 데 따라 남자가 팔짱을
끼고 신음하는 모습이 재미있었던 듯, 기쁨을 숨기지 않고 얼

굴을 빚냈다.

중반까지는 게이스케가 우세했다. 그러나 종반에 남자가 될 대로 되라, 하고 펼친 한 수에 게이스케가 불필요하게 응수했다. 무시해버리고 공격했으면 이길 수 있었지만, 응수하는 바람에 형세가 역전됐다. 마지막에 접어들어 일진일퇴하는 국면이 전개됐는데, 남자가 거친 기술을 발휘해 게이스케의 왕을 몰아붙였다. 경험을 얼마나 쌓았느냐에 따라 승부가 결정 나는 상황이었다.

게이스케는 분하다는 듯이 입술을 깨물었지만, 얼굴에는 분한 감정을 넘어 기쁨이 어른거렸다.

가라사와는 요시코에게 게이스케의 몸에 있는 멍에 대해서는 아무 말도 하지 않고 게이스케가 어른을 상대로 한 장기에서 얼마나 잘 싸웠는지 들려주었다. 요시코는 운전하면서 연신 대단해, 대단해, 하고 감탄했고, 게이스케는 멋쩍은 듯이 머리를 긁었다.

차가 집에 도착했을 때, 게이스케는 너무 늦었다며 집에 들어가지 않고 돌아갔다.

요시코는 집에 들어가 젖은 수건이 든 비닐 백을 들고 욕실 쪽으로 향했다.

"게이스케가 즐거웠던 것 같아서 다행이에요. 또 데려갑시다."

세탁기가 놓인 탈의실에서 요시코의 목소리가 들려왔다.

고타쓰에 앉아 있던 가라사와는 숨을 한번 내뱉고 요시코를 불렀다.

"요시코, 이리 좀 와봐."

"잠깐만요. 가져갔던 수건을 빨아야 해서."

탈의실에서 요시코가 바삐 움직이는 기척이 났다.

가라사와는 더 큰 소리로 다시 요시코를 불렀다.

"지금 바로 와봐. 하고 싶은 얘기가 있어서 그래."

긴박한 목소리를 듣고 보통 일이 아니라고 생각했는지 요시코는 하던 일을 멈추고 바로 거실로 왔다. 요시코가 고타쓰를 사이에 두고 가라사와 맞은편에 앉아 불안한 얼굴로 물었다.

"무슨 일이에요? 그런 심각한 얼굴을 하고."

"게이스케 말인데, 학대당하고 있어."

순간 요시코의 얼굴에서 핏기가 가셨다.

"설마……."

요시코가 고개를 옆으로 흔들었다. 게이스케가 그토록 힘든 일을 겪고 있다는 것을 인정하고 싶지 않은 것이리라.

가라사와는 요시코에게 자신이 본 것을 그대로 말해주었다.

"오늘, 옷을 벗은 게이스케의 몸을 봤어. 온몸이 상처랑 멍 투성이였어. 부주의해서 넘어졌거나 부딪쳐서 생긴 게 아니야. 분명히 맞아서 생긴 멍이었어."

요시코는 곤혹과 분노가 뒤섞인 표정으로 말했다.

"도대체 누가 그런 짓을……."

가라사와는 뻔한 것을 묻는다며 요시코에게 짜증을 냈다.

"늘 폭력을 가할 수 있는 사람은 한 사람밖에 없잖나!"

가라사와가 화내듯 큰 소리로 말하자 요시코는 움찔 물러났다.

가라사와는 자기 목소리에 정신을 차렸다. 화가 난 나머지 분노의 창끝을 엉뚱한 방향으로 돌렸다. 요시코에게 사과했다.

"큰 소리를 내서 미안해."

요시코는 가라사와와 무릎을 맞대고 그의 눈을 뚫어지게 바라보며 말했다.

"당신, 어떻게 좀 할 수 없어요? 게이스케를 구할 방법은 없나요?"

가라사와는 입술을 깨물고 굳은 결의를 담아 말했다.

"어떻게 해서라도 그 아이를 도와줄 거야."

"어떻게요?"

요시코는 재촉하듯 물었다.

"우선 시 교육위원회에 가봐야겠어."

학대받는 어린이가 있다는 것을 알리고 그 아버지가 그러지 못하게 해달라고 부탁할 작정이었다. 현 교육위원장인 하세가와 가네히토는 가라사와가 나가노시 소학교에서 교감을 했을 때 교장이었던 사람이다.

그러나 요시코는 가라사와의 말에 표정이 어두워졌다.

"교육위원회가 움직여줄까요?"

가라사와도 미덥지 않기는 마찬가지였다.

부모가 자녀를 학대했다고 해도 부모에게서 아이를 떼어놓는 것은 어려운 일이다. 아이가 부모에게 폭행당하고 있다는 것을 관련 기관이 인정하고 부모가 자기 자식을 적정 시설에 맡기겠다는 의사를 표시하지 않으면 자녀를 부모에게서 분리해 보호하는 것은 불가능하다. 친권이란 건 그렇게 강한 것이다.

교사 생활을 하면서 부모에게 폭행당하는 아이를 몇 번이나 봤다. 그러나 게이스케만큼 고독한 아이는 없었다. 보통 아버지가 아이에게 심하게 대하면 어머니가 감싸주거나 형제끼리 서로 의지했다.

그러나 게이스케는 달랐다. 어머니는 이미 세상을 떠났고 형제는 없다. 타지에서 옮겨 왔기 때문에 가까이에 일가친척도 없다. 마음이 통하는 친구도 없다. 학대에서 게이스케를 보호해줄 사람은 가라사와밖에 없었다.

가라사와는 고타쓰에서 발을 빼고 힘차게 일어섰다.

"그쪽에서 움직일지 안 움직일지는 해봐야 아는 거지. 교육위원장 하세가와 씨한테 연락해봐야겠어."

요시코도 결연한 표정을 지었다.

"그래요. 그렇게 해요."

가라사와는 거실에서 나와 현관 앞 복도에 있는 전화 수화기를 들었다. 전화 테이블 서랍에서 손으로 쓴 연락장을 꺼내 하세가와의 자택 번호를 찾아 다이얼을 돌렸다.

전화는 바로 연결됐다.

하세가와는 예전에 같은 직장에 있던 사람에게서 온 전화라는 걸 알고 반가워했다.

"요전에는 바쁜 와중에 와줘서 고마웠네. 오랜만에 만나서 기뻤어."

하세가와가 말하는 요전이란 작년 자신의 고희 축하 자리를 말하는 거였다. 나이를 더하면 시간의 흐름이 더욱 빠르게 느껴진다. 가라사와보다 열 살 가까이 위인 하세가와에게는 일 년 전 일이 바로 요전번 일처럼 느껴지는 모양이다.

가라사와는 곧바로 용건을 전했다.

"실은 어떤 아이에 관한 일로 의논드릴 게 있습니다. 내일 시간 좀 내주실 수 있을까요?"

수화기 너머에서 흔쾌한 답변이 돌아왔다.

"1시부터 회의가 있어. 그 전이라면 비어 있네. 점심이라도 같이 먹으면서 얘기하면 어떨까?"

가라사와는 내일 12시에 교육위원회 사무실로 찾아가겠다고 약속하고 수화기를 내려놨다.

다음 날, 가라사와는 약속 시간에 스와 종합 지청의 서청사를 방문했다. 교육위원회 사무소는 그곳 2층에 있었다.

'교육위원회 사무소'라고 쓰인 팻말이 걸린 문을 여니 바로 앞 책상에 있던 젊은 여성이 맞아주었다.

이름을 말하고 하세가와에게 전해달라고 하려는데, 안쪽에서 가라사와를 부르는 소리가 들렸다.

"오오, 가라사와. 기다리고 있었네."

하세가와는 맨 안쪽 상석에 앉아 있었다. 꼿꼿하게 편 등도,

품위 있는 은발도 작년에 만났을 때와 똑같았다.

하세가와는 자리에서 일어서 가라사와 곁으로 왔다.

"바로 요 근처에 맛있는 메밀국숫집이 있어. 거기 가서 점심을 먹지."

하세가와는 그렇게 말하고 가라사와를 데리고 밖으로 나갔다.

서청사 뒤에 있는 가헤이라는 메밀국숫집이었다. 하세가와가 좋아하는 식당이라고 했다.

연륜이 느껴지는 노렌상점 입구에 드리운 천으로 상점의 격과 신용을 나타냄을 지나 식당 맨 안쪽 테이블에 앉았다. 둘 다 판메밀국수를 시키고, 내준 차를 홀짝였다.

가라사와가 손에 들고 있던 찻잔을 테이블에 내려놓자 하세가와가 물었다.

"아이에 관해 의논하겠다는 게 뭐지? 평소 연락하지 않던 자네가 이렇게 찾아온 걸 보니 꽤 중요한 일인 것 같은데."

가라사와는 양다리에 손을 놓고 자세를 바로 했다.

"스와시립 남소학교에 다니는 가미조 게이스케라는 아이의 일입니다."

가라사와는 게이스케를 알게 된 경위를 이야기하고, 자신이 아는 범위 내에서 하세가와에게 사정 이야기를 전했다.

"어머니가 죽은 이유는 모르지만 딱 하나 확실한 건, 그 아이는 지금 매우 가혹한 환경에 놓여 있다는 겁니다."

가라사와의 이야기가 일단락되었을 때 주문한 메밀국수가

나왔다.

"이야기는 우선 먹은 다음에 계속하지."

하세가와는 그렇게 말하고 메밀국수를 먹었다.

이렇게 먹고 있는 지금도 게이스케는 배를 곯고 있을 것이다. 그렇게 생각하니 가라사와는 음식이 넘어갈 것 같지가 않았다. 하지만 특별히 추천하는 식당에 데려와준 하세가와의 호의를 저버릴 수 없어 젓가락을 집었다. 무슨 맛인지 느껴지지 않았지만 어쨌든 후루룩거리며 국수를 삼켰다.

메밀국수를 다 먹자 하세가와는 국수 삶은 물을 마시면서 타이르듯이 말했다.

"학대 문제는 교육기관과 복지기관은 물론 사회 전체가 함께 생각해야 할 문제야."

사회 전체. 그 한마디로 가라사와는 하세가와가 말하려는 게 뭔지 알아차렸다. 하세가와는 가라사와가 의논해 온 게이스케의 문제를 개인의 문제가 아니라 친족에게 학대당하는 아이들 모두의 문제로 파악한 거였다. 지금 당장 게이스케를 아버지에게서 떼어내 보호하는 것은 어렵다는 이야기를 넌지시 둘러서 말하고 있는 거였다.

아동 학대 문제는 어제오늘 시작된 일이 아니다. 옛날부터 사회적 관심사였다. 제도나 친권을 중시한 나머지 학대받는 아동을 보호하지 못해 최악의 결과로 이어지는 사건도 종종 일어나고 있다.

그러나 부모가 가진, 절대 권력과 비슷한 친권은 쉽게 뒤집을 수 있는 것이 아니었고, 법이 개입하고자 해도 사회적 여건이나 제도가 아직 따라가지 못했다. 교육 관계자나 복지 관계자가 학대당하는 아동에게 해줄 수 있는 것은 자녀를 건강하게 키우도록 부모를 이끄는 것과, 아동의 건강과 성장 상태를 살펴 가능한 한 지원하는 것뿐이다.

가라사와는 무릎 위에 올려놓은 주먹을 꽉 쥐었다.

법으로는 게이스케를 구할 수 없다.

요시코의 염려가 현실이 되어버렸다. 안타까운 마음이 치밀어 올랐다. 그러나 앞에 앉아 있는 하세가와를 탓할 수는 없었다. 하세가와도 고통당하는 아이를 구할 수 없다는 사실이 괴로울 것이다. 웬만한 일로는 표정을 무너뜨리지 않는 하세가와도 그 이야기를 하면서는 얼굴에 고뇌하는 표정이 역력했다.

식당 기둥에 걸려 있는 괘종시계를 봤다. 12시 40분이 지나 있었다.

가라사와가 계산서에 손을 뻗으니 하세가와가 재빨리 가라사와의 손을 막았다.

가라사와는 당황해서 말했다.

"제가 내게 해주세요. 시간을 내주신 데 대한 감사 표시입니다."

"아니, 그건 안 돼."

아무리 가라사와가 버텨도 하세가와는 계산서를 손에서 놓지 않았다. 게이스케를 구하는 데 힘이 되지 못한 것에 대한 최소한의 사과라고 생각하는 것일 게다. 결국 계산은 하세가와가 했다.

식당을 나온 후 하세가와는 게이스케가 다니는 소학교와 학년, 반을 한 번 더 물었다.

"학교 교장에게 연락해 게이스케 군의 반 담임에게 그 아이를 주의해서 살펴보라고 전하지."

"부탁드리겠습니다."

가라사와는 하세가와를 향해 깊숙이 머리를 숙였다.

둘은 서청사 주차장에서 헤어졌다.

차에 시동을 건 가라사와는 게이스케의 집이 있는 미사키초로 핸들을 꺾었다.

가라사와는 하세가와와 담판을 지어서 탐탁한 결과를 얻지 못하면 게이스케의 아버지를 직접 만나자고 마음먹고 있었다. 게이스케에게 폭력을 휘두르지 말라고 설득할 작정이었다. 아버지가 어떻게 나오느냐에 따라서는 치고받으며 싸울 수도 있겠지만, 상관없었다. 오히려 그러는 편이 나았다. 싸움이 나면 경찰이 올 것이다. 경찰은 싸움이 난 원인을 물을 것이다. 그러면 게이스케가 아버지에게 학대당하고 있다는 것을 경찰이 알게 된다. 일이 커지면 복지나 행정 기관이 움직일지도 모른다.

가라사와는 자신의 몸을 희생해서라도 게이스케를 구할 각오였다.

—

제5장

—

　다음 날 아침 수사 회의를 끝내고 경찰서를 나온 사노는 이시바와 함께 오미야역에서 기차에 올라탔다.

　유류품 수사의 일환으로 사체가 가슴에 품고 있던 장기말, 초대 기쿠스이게쓰 작품인 긴키 섬회양목 돋움말의 소재를 확인하러 가기 위해서였다.

　일곱 벌의 말 중 네 벌에 대해서는 이미 확인을 마쳤다. 나머지 세 벌의 행방을 찾아 먼저 도쿄 간다에 있는 요시다 기반점, 다음은 히로시마현 히로시마시에 있는 하야시야 본점을 찾아가고, 마지막으로 비행기로 미야기현 센다이시에 있는 사사키 기헤이 상점으로 갈 예정이었다. 사사키 기헤이 상점에는 늦더라도 오늘 중으로 방문하겠다고 연락해뒀다.

　요시다 기반점에는 가게를 여는 10시보다 한 시간쯤 일찍 도착했다. 전화를 걸어 가게 문을 열기 전에 이야기를 듣자고 했다.

전화를 끊자 곧 가게 셔터가 열리고, 한 남자가 틈새로 얼굴을 내밀었다. 흰 티셔츠에 색이 바래고 구멍 난 청바지를 입은, 10대나 20대 같은 캐주얼한 차림새의 남자였지만, 뒤로 빗어 넘긴 머리에는 흰머리가 꽤 섞여 있었다.

사전에 입수한 정보에 따르면 요시다는 부모에게 기반점을 이어받은 2대 점주였다. 차림새로 보아 본업에는 그다지 관심이 없는 것 같았다.

장기말에 대해 아는 게 있기는 할까, 하는 불안이 머리를 스쳤다.

그러나 얘기를 나눠보니 요시다는 장기에 대한 지식이 풍부했다. 격의 없는 옷차림을 하고 있기는 해도 가업에 대해서는 책임감이나 자부심이 강한 사람이었다. 가게에서 취급하는 상품에 대해서는 그것이 거기에 있게 된 유래에서부터 시장 평가에 이르기까지 정확히 파악하고 있었다.

요시다는 가게 안쪽에 있는 쇼윈도에서 정중하게 말 상자를 꺼내 다다미를 깐 구석 자리에 내려놨다.

사노와 이시바는 무릎을 구부리고 말 상자를 들여다봤다.

요시다는 다다미에 앉더니 초대 점주가 장기말을 입수한 경위와 말의 가치에 대해 한바탕 설명했다.

긴 설명이 끝나자 이시바는 요시다에게 장기말을 자세히 살펴보고 싶다고 했다.

"확인해봐도 괜찮겠습니까?"

요시다가 끄덕였다.

"네, 살펴보세요."

사노는 장갑을 낀 다음 상자를 열고 장기말을 하나하나 살펴봤다. 도드라진 옻칠, 재질, 색상…… 틀림없었다. 기쿠스이 게쓰 작품으로, 사체와 함께 발견된 말과 같은 것이었다.

사노는 이시바를 바라보고 고개를 크게 끄덕였다.

이시바는 으음, 하고 대꾸하고는 요시다 쪽으로 머리를 숙였다.

"시간을 빼앗았습니다."

출구로 향했다.

이시바의 등에 대고 요시다가 물어왔다.

"그런데 이건 무슨 수사인가요?"

이시바는 얼굴만 요시다 쪽으로 돌린 채 말했다.

"미리 말씀드렸다시피 수사 내용에 대해서는 답변해드리기 어렵습니다."

요시다는 아직 뭔가 묻고 싶은 표정을 지었지만 이시바는 잰걸음으로 가게를 나섰다.

"이것으로 또 하나 지웠군."

역을 향해 걸으면서 이시바는 입가를 살짝 올렸다. 남은 단서가 적어진 것을 비관하는 것이 아니라 오히려 좁혀진 것을 기뻐하는 것 같았다.

간다에서 도쿄역으로 가서 곧바로 신칸센을 탔다.

하카타행 자유석은 널널했다.

이시바는 자리에 앉자 곧바로 조릿대잎 초밥을 테이블 위에 펼쳤다. 승강장 키오스크에서 사 온 것이었다. 점심을 먹기엔 아직 일렀지만, 사노도 자신의 가라아게 도시락을 꺼내 포장 끈을 풀었다.

이시바는 말없이 눈 깜짝할 사이에 초밥을 먹어치우더니 좌석을 뒤로 젖히고 안주머니에서 주름투성이 손수건을 꺼내 얼굴에 덮었다. 사노가 도시락을 다 먹을 즈음에는 작게 코고는 소리가 들려왔다.

사노도 빈 도시락 상자를 치우고 좌석에 기대 눈을 감았다.

'만약 나머지 두 벌도 사체와 함께 묻힌 장기말과 같은 것이라면……'

불안감이 고개를 들었다.

그럴 경우 사건 해결의 단서를 어디서 찾아야 좋을지 알 수 없게 된다. 과학수사연구소에서 진행하는 사체 복안에 희망을 걸고 신고된 행방불명자를 확인하는 데 전력을 쏟을 수밖에 없겠지만, 작년에 신고가 들어온 행방불명자는 전국에서 약 8만 1천 명에 이른다. 그중 행방불명자의 상태가 확인된 것은 대략 7만 2천 건. 9천 명 가까운 행방불명자는 어떤 상태인지 확인되지 않았다. 그 행방불명자의 인적 사항 중 이번에 발견한 사체의 성별과 연령에 해당되고 얼굴이 비슷한 사람을 확인하는 데만도 상당한 시간과 수고가 필요하다.

땅바닥을 기어가는 무수한 개미의 영상이 머리에 떠올랐다.

수천 명의 행방불명자 신고 사항 중 한 구의 사체와 특징이 같은 케이스를 추리는 일은 개체를 식별할 수 없는 개미 무리에서 특정한 한 마리를 찾아내는 것과도 같다.

피곤했기 때문일 것이다. 그런 생각을 하는 사이에 졸음이 몸을 덮쳤다.

그러고는 최근에는 꾸지 않던 악몽에 시달리다가 깨어났다.

장소는 장기회관 4층 큰방. 프로 기사가 될 수 있는 장려회의 3단 리그 최종전 대국장이었다.

사노는 여기까지 다른 두 명과 나란히 12승 5패의 동률로 올라왔다. 최종전에서 이기면 4단 승단이 확정된다. 요 몇 년 50퍼센트 전후인 승률을 생각하면 프로 기사가 될 수 있는 처음이자 마지막 찬스였다.

조금만 더 하면 염원하던 프로가 될 수 있다.

중반 이후 사노는 손이 떨리는 느낌이 들었다.

여기서 지면 다시 처음부터 시작해야 했다. 다시 시작하면 연령 제한의 벽 때문에 리그전을 할 수 있는 시간은 앞으로 일 년뿐이다. 기세로 보면 이번 대국에서 이기지 않으면 프로가 되는 길은 거의 끊어진다 해도 좋았다. 실로 운명을 건 중요한 승부다. 긴장이 되는 건 당연했다.

종반에 들어섰을 때 국면은 사노의 우세에서 승세로 바뀌어 있었다.

제한 시간도 아직 남아 있었다.

이 한 판은 질 리 없었다.

읽고 또 읽어둔 100수째, 잡아놨던 금장을 3열2행에 뒀다. 만약에 대비해 자신의 진영에 말을 더해 왕에 대한 수비를 강화한 수였다. 이제는 상대도 포기하겠지, 하고 생각하며 뒀다. 방어의 한 수였다.

그런데 이 한 수가 어처구니없는 큰 악수였다.

그것이야말로 상대방이 제발 '여기에 둬라' 하고 바라는 그 자리에 둔 수였다.

3열2행에 금장을 두고 나서 몇 초 후 자신이 무슨 짓을 저질렀는지 깨달았다. 이제 막 둔 금장의 머리에 상대방이 3열3행에 보를 두는 방식으로 나오면 국면이 뒤집혀 한 수 한 수 몰리면서 방어전을 해야 할 것이다. 수비를 할 것이 아니라 직감대로 공격에 나섰다면 틀림없이 이기는 판을 망친 악수였다.

얼굴에서 핏기가 가셨다. 얼굴이 하얘지는 것이 스스로도 느껴질 정도였다. 대전 상대의 손이 장기판 위의 보를 잡았다. 그 손이 슬로모션같이 느린 움직임으로 사노가 두려워하던 그 3열3행으로 뻗었다.

탁!── 말을 두는 소리가 거칠게 울렸다.

그 순간 얼굴이 화끈 달아올라 새빨갛게 익었다. 관자놀이에서 땀이 방울져 떨어졌다.

그대로 자리에 앉아 있을 수 없어 화장실로 갔다.

여기서부터 전개되는 꿈속 스토리의 패턴은 몇 가지로 정해져 있었다. 화장실에서 변기에 달라붙어 목 놓아 우는 패턴과 변기 앞에서 토하는 패턴. 그리고 장면이 바뀌어 장기말을 던진 후 술집에서 홧김에 술을 들이켜는 패턴 등이었다.

오늘은 목 놓아 우는 패턴이었다.

어깨를 두드리는 느낌에 눈을 떴다. 흠칫 놀라 몸을 일으키니 이시바가 걱정스러운 얼굴을 하고 자신을 들여다보고 있었다.

"괜찮나? 가위눌리는 것 같던데."

이마에 손을 대니 흥건히 땀이 흘러나와 있었다. 바지 뒷주머니에서 손수건을 꺼내 이마를 찍어 눌렀다.

"괜찮, 습니다."

그렇게 대답하고 손목시계를 봤다. 2시 30분. 신칸센이 오카야마를 지났을 시간이다.

"자."

이시바는 사노에게 페트병 녹차를 내밀었다.

"시원해. 맛있어."

이시바의 보기 드문 배려를 받으면서 자신이 자는 동안 꽤 괴로워하는 것으로 보였나 보다고 짐작했다. 사노는 머리를 숙여 이시바의 마음을 받았다.

목적지인 히로시마에는 오후 3시가 지나서 도착했다.

하야시야 본점은 역에서 노면전차로 10분 정도 걸리는 거리의 뒷골목에 있었다. 가게를 찾아가니 자신이 점주라고 밝힌 남자가 바로 나왔다. 도쿄역을 출발할 때 가게에 이미 대략의 도착 시간과 방문 의도를 전해둔 터였다.

"문의하신 장기말은 이쪽에 있습니다."

점잖아 보이는 점주는 가게 안쪽에서 보라색 보자기로 싼 꾸러미를 들고 와 책상 위에 올려놓고 매듭을 풀었다.

보자기 안에서 모습을 드러낸 말은 한눈에 봐도 기쿠스이 게쓰 작품이라는 것을 알 수 있었다.

그래도 혹시 몰라 허락을 얻어 세세히 살폈다.

장갑을 낀 사노가 말을 꺼내 확인하는 동안 점주는 이시바에게 묻지도 않은 이야기를 했다.

10년쯤 전까지는 가게 앞에 팔려고 놔뒀는데, 지금은 자택 응접실 금고에 보관하고 있다고 했다.

이시바가 자택 금고로 옮긴 이유를 묻자, 점주가 쾌활하게 웃었다.

"이 장기말을 팔 마음이 없어졌거든요. 당신 같은 젊은 사람은 이해가 가지 않을지도 모르겠지만, 세상을 뜰 날이 가까워지면 돈 욕심이 없어져요. 저세상에 가져갈 수 있는 것은 아무것도 없죠. 그렇다면 돈 때문에 이 장기말을 팔기보다는 이 세상에 있는 동안 명품 장기말을 소유하는 기쁨을 맛보자고 생각을 바꾼 거라오."

점주에게 젊은이라고 불린 이시바가 쓴웃음을 지었다. 둘은 점주에게 시간을 내줘서 감사하다고 인사하고 가게를 나왔다.

밖으로 나온 사노는 하늘을 올려다보고 한숨을 내뱉었다.

남은 말은 이제 하나. 센다이의 사사키 기헤이 상점이 보관하고 있는 것뿐이었다.

사사키 기혜이 상점이 소유하고 있는 장기말이 사체와 함께 발견된 장기말과 같은 것인지는 아직 알 수 없었다. 어제 전화로 말에 관해 문의했지만, 전화를 받은 가오리라는 여성에게서는 모르겠다는 퉁명스러운 답변만 돌아왔다. 가오리는 사사키가 며느리였다. 가오리의 남편, 가게를 창업한 사사키 기혜이의 손자인 요시노리는 시청에서 근무한다고 했다. 사노는 오늘 가게에 확인하러 가겠다는 뜻을 전하고 전화를 끊었다.

사사키 기혜이 상점에 있는 말이 문제의 말과 같은 것이라면 지금까지 해온 수사는 헛수고로 끝난다. 처음부터 다시 시작해야 한다. 그렇게 생각하니 사사키 기혜이 상점에 있는 말이 제발 초대 기쿠스이게쓰의 말이 아니기를 간절히 바라지 않을 수 없었다.

사사키 기혜이 상점에 도착했을 때는 밤 10시가 되려는 참이었다. 히로시마의 하야시야 본점을 나온 게 오후 4시가 지났을 때였으니까 버스와 비행기를 갈아타며 대략 여섯 시간 걸려서 온 셈이었다.

가게 벨을 누르자 젊은 여성이 사노와 이시바를 맞았다. 여성은 자신을 이 집 며느리 가오리라고 소개했다.

사노는 가게 안을 둘러봤다.

1927년에 개업했다는 가게는 어두컴컴한 조명 때문인지 더 낡아 보였다.

건물, 차, 가구 등은 손질이 잘돼 있으면 오래된 것이라고 해도 낡게 느껴지지는 않는 법이다. 오히려 세월이 주는 무게감이 느껴진다. 그러나 점주가 되어야 할 손자가 공무원이 되어 외양만 유지하고 있는 가게는 완전히 쇠락한 모습 그 자체였다.

가게 구석에 있는 목제 평상에 걸터앉자 가오리가 차를 내왔다.

"3년 전에 시아버님이 돌아가셔서 겉으로는 남편이 가게를 이은 것으로 돼 있지만, 실제로는 전혀 관여하지 않아요. 형사님이 온다고 하는데도 자기가 도움 될 일은 없으니 저더러 얘기를 들으라는 말만 하는 거예요. 그런데 저도 가게를 보기만 할 뿐 장기에 대해서는 아는 게 전혀 없어요. 손님도 거의 없고 언제 가게를 닫을까 고민하는 처지라서……."

이시바는 차를 한 모금 홀짝이더니 바로 본론으로 들어갔다.

"서두르는 감이 있긴 한데, 그 장기말을 좀 보여주시겠습니까?"

가오리는 가게 한쪽 구석에 있는 계산대로 가더니 안쪽 유리 케이스의 자물쇠를 열고 장기말을 담는 말 상자 하나를 가져왔다.

"이겁니다."

가오리는 말 상자를 이시바에게 내밀었다. 이시바는 손을 내밀지 않고 사노를 향해 턱을 추켜올렸다. 확인하라는 의미였다.

장갑을 끼고 말 상자를 양손으로 받아 든 사노는 상자 겉면을 이리저리 살펴봤다. 말 상자의 재질은 미쿠라지마산 섬뽕 나무였다. 에도시대부터 경대나 손거울 등의 재료로 쓰였으며 독특하고 아름다운 무늬 때문에 최고급 재료로 여겨지는 목재였다.

사노는 크게 한숨을 내쉬었다.

명화에는 좋은 액자가 짝을 이루듯이 이름 있는 말에는 대부분 그 물건에 걸맞은 훌륭한 말 상자가 따르는 법이다. 사노가 손에 들고 있는 말 상자는 초대 기쿠스이게쓰가 만든 말과 짝을 이룰 만큼 훌륭한 말 상자였다.

'안에 들어 있는 말은 아마 초대 기쿠스이게쓰가 만든 긴키 섬회양목 돋움말일 것이다.'

그렇게 확신하고 뚜껑을 열었다. 안에 든 말 주머니를 본 순간 사노는 숨을 삼켰다.

말을 노려보며 움직이지 않는 사노에게 이시바가 말을 걸었다.

"왜, 문제 있어? 왜 갑자기 입을 다무나?"

옆을 봤다. 사노는 이시바를 향해 딱 잘라 말했다.

"아닙니다. 이 말은 초대 기쿠스이게쓰 것이 아닙니다."

이시바의 얼굴색이 변했다.

"정말인가?"

이시바는 몸을 앞으로 내밀고 말 주머니를 들여다봤다.

사노는 말 주머니 안에 들어 있는 금장과 비차를 하얀 장갑을 낀 손바닥에 올려놨다.

"보세요."

이시바는 말에 얼굴을 가까이 갖다 대더니, 고개를 갸웃하고 신음하듯이 말했다.

"어디가 그 장기말이랑 다르단 거지? 난 뭐가 다른 건지 도통 모르겠는데."

사노는 이시바가 장기 전반에 관해 잘 모른다는 사실이 생각났다.

장기말 수집가나 전문가가 보면 한눈에 초대 기쿠스이게 쓴 작품이 아니라는 것을 알 수 있다. 그러나 말에 관심이 없는 사람이 봤을 때는 서체가 다르다든가 제작 방법이 다르다든가 하는 명확한 차이가 없는 한 알기 힘들다. 주머니에 들어 있던 말의 서체는 긴키이고, 글씨를 써넣은 방식도 돋움말로, 언뜻 초대 기쿠스이게쓰의 말과 같은 것처럼 보인다. 그러니 이시바가 구분하지 못하는 것도 당연하다.

사노는 안주머니에서 손수건을 꺼내 걸터앉은 평상 위에 펼쳤다. 거기에 말 주머니에서 꺼낸 금장과 비차를 표면이 보이게 놨다. 그러고는 들고 있던 가방에서 진품 장기말을 찍은 사진 두 장을 꺼내 말 옆에 나란히 놨다.

"눈앞에 있는 장기말과 사진 속 장기말을 비교해서 보십시오."

이시바는 평상에서 엉덩이를 들더니 말과 눈높이를 맞추려고 쪼그려 앉았다. 팔짱을 낀 채 말과 사진을 교대로 노려봤다. 드디어 나지막이 중얼거렸다.

"사진 속 말 선이 조금 가는가?"

사노는 끄덕였다.

"그렇습니다. 이 글자는 초대 기쿠스이게쓰와는 다른 인물이 쓴 겁니다."

눈앞에 있는 말의 글자는 사진에 찍힌 것보다 글자 선이 미세하게나마 더 굵었다.

"그럴 리가!"

사노 뒤에서 중얼거리는 소리가 들렸다. 돌아보니 가오리가 곤혹스러운 얼굴을 하고 서 있었다.

"왕장 말 바닥에 기쿠스이게쓰 작이라고 분명히 쓰여 있어요. 그래서 그렇다고만 알고 있었는데, 아닌가요? 이건 가짜라는 건가요?"

사노는 가오리에게 기쿠스이게쓰라는 이름은 한 사람만 쓰는 것이 아니라 5대에 걸쳐 계승되고 있다는 걸 알려줬다.

"제 판단으로 이 말은 2대 기쿠스이게쓰 작품입니다. 2대의 특징은 이 힘찬 글씨입니다. 수집가들은 기쿠스이게쓰의 이름에 부끄럽지 않은 말을 만들어야 한다는 부담 때문에 글씨 쓴 사람이 붓을 든 손에 힘을 준 게 아닐까 추측합니다."

"그럼 이게 가짜는 아닌 거군요."

가오리가 확인하듯 말했다. 사노는 안심시키듯이 웃는 표정을 지었다.

"대가 다를 뿐, 이 말은 틀림없이 기쿠스이게쓰 작품입니다."

가오리는 휴, 하고 안도의 숨을 쉬었다.

"저는 장기는 잘 모르지만 이 말이 고가품이란 것은 알고 있었어요. 생전에 시아버님이 자주 이 말은 가게 간판이니까 소중히 다루라고 하셨거든요. 만약 제 착오로 잃어버리기라도 했다면 아버님을 뵐 낯이 없을 뻔했어요."

장기에 관심은 없지만 가게를 계승한다는 책임감은 있는 모양이었다.

평상 앞에 쪼그리고 있던 이시바는 그 자세대로 가오리에게 물었다.

"그러면 초대 기쿠스이게쓰의 말은 어디 있습니까?"

목소리가 날카로운 게 형사의 신문 조로 변해 있었다.

안도의 한숨을 쉬며 풀어졌던 가오리의 얼굴은 다시 불안하고 일그러진 표정으로 변했다.

"가게에 있는 기쿠스이게쓰의 말은 이것뿐인데요."

이시바가 추궁하듯 더 강한 어조로 말했다.

"아니, 여기에 초대 기쿠스이게쓰가 만든 말이 있는 건 틀림없습니다. 신뢰할 수 있는 장기 연구가의 기록에 의하면 1960년 시점에서 이 가게에 초대 기쿠스이게쓰가 만든 말이 있다고 기재되어 있거든요."

가오리는 용의자처럼 혐의를 받는 게 억울하다는 듯 강하게 고개를 흔들었다.

"제가 이 집에 시집온 것은 5년 전이에요. 30년도 더 전에 있었던 일 같은 거 전 모릅니다."

"남편분은 집에 계신가요?"

이시바가 묻자 가오리는 가게 안에서 들어가게 되어 있는 살림집 쪽을 흘깃 보더니 난처한 듯이 얼굴을 숙였다.

"있지만, 잘 거예요."

아마 적당히 상대해 얼른 돌려보내라고 한 모양이었다. 가오리의 표정에서 남편을 수고스럽게 하는 것은 피하고 싶은 마음이 역력히 드러났다.

"죄송하지만, 남편분을 깨워주실 있을까요? 장기말에 대해 말씀을 듣고 싶습니다. 폐가 된다는 것은 잘 알고 있습니다만, 어쨌든 긴급한 일이라서요."

말투는 정중했지만 목소리에는 막무가내로 밀어붙이려는 데가 있었다.

가오리는 주저하는 표정을 지으며 이시바에게 물었다.

"긴급하다는 게……. 도대체 무슨 사건을 조사하고 계신 건가요?"

자신의 가게에 있다고 알려진 장기말이 경찰에서 수사하는 사건에 관련되었다는 사실에 걱정이 되었을 것이다. 그 기분은 이해가 되지만 언론에도 알리지 않은 비밀 정보를 얘기해줄 수는 없는 일이다.

"그건 알려드릴 수 없습니다."

이시바의 단호한 답변을 듣고 가오리는 겁먹은 듯 어깨를 떨더니 서둘러 살림집 쪽으로 들어갔다.

잠시 후 미닫이문으로 막아놓은 집 안쪽에서 남녀가 다투는 소리가 들려왔다. 남편 요시노리가 형사를 만나지 않겠다고 버티는 것 같았다. 그러나 잠시 후, 아내가 이겼는지 요시노리가 잠옷에 카디건을 걸친 모습으로 나타났다. 눈에 분노와 반발의 빛이 어려 있었다. 또렷한 눈빛이 자다 일어난 눈은 아니었다.

"저도 부르셨다는데, 저에게는 형사님에게 도움이 될 만한 게 하나도 없습니다. 이런 시간에 찾아오다니, 비상식적인 일 아닌가요?"

이시바가 말을 꺼내기 전에 요시노리는 노골적으로 비협조적인 태도를 드러냈다.

형사가 찾아오는 걸 좋아할 사람은 없다. 이시바도 이런 식의 반응에 익숙한 듯, 요시노리의 거절을 가볍게 받아넘겼다.

"거 참, 그렇게 말씀하지 마세요. 무례를 사과드립니다만, 우리는 어떤 사건을 수사하기 위해 초대 기쿠스이게쓰가 만든 말을 찾고 있는데, 그게 이곳에 있다는 정보를 알아내 찾아왔어요. 그런데 부인이 보여주신 말은 2대가 만든 것 같아서요. 남편분께서는 혹시 초대 기쿠스이게쓰가 만든 말의 행방에 대해 아시는 게 있나요?"

요시노리는 노골적으로 불쾌한 표정을 지으며 말했다.

"아내한테 들으셨을 텐데요. 이 가게는 내 이름으로 돼 있는 게 사실입니다만, 명목만 경영자일 뿐입니다. 장기말에 대해서는 아무것도 몰라요. 게다가 우리는 경찰 신세를 질 만한 일에는 일절 관여하지 않았습니다."

요시노리는 딴 데를 바라보며 중얼거리듯이 말했다.

"이상한 소문이 나면 어떡하냐고."

누군가에게 경찰이 찾아왔다는 것만으로 그가 사건에 관여했으리라고 짐작하는 사람이 있을 수 있다. 게다가 경찰이 늦은 밤에 방문했다고 하면 상상과 억측은 더 부풀어 오를 것이다. 소문은 꼬리에 꼬리를 물고 퍼져나가는 것이 세상의 이치다. 쌀알 정도의 이야기가 어느샌가 주먹밥이 되는 일도 드물지 않다.

요시노리 부부가 사는 곳은 센다이시 변두리에 있는 작은 동네였다. 대도시에서는 사라져가는 이웃 간의 친분 관계가 이곳에는 아직 남아 있나 보다고 사노는 생각했다. 집에 형사가 왔다는 이야기가 살을 보태면서 지역에 퍼지고, 조만간 요시노리의 직장에도 알려질 것이다. 그렇게 생각하니 요시노리 부부가 이시바와 사노의 방문을 꺼리는 것도 이해가 되었다.

시골 특유의 울타리 속에서 사는 요시노리를 안됐다고 생각하는 사노 옆에서 이시바는 눈썹 하나 까딱하지 않고 냉정하게 계속 질문했다.

"우리가 조사한 바에 의하면 1960년에는 이쪽에 초대 기쿠스이게쓰가 만든 말이 있었습니다. 당시 이 가게는 어느 분이 관리하셨나요?"

"아버지입니다."

요시노리는 곧바로 대답했다.

"가게를 연 할아버지는 아버지가 스물다섯 살 때 결핵으로 돌아가셨습니다. 그때 아버지가 가게를 이었지요."

"자신의 가게에 명공이 만든 고가의 장기말이 있다는 것을 알고 계셨나요?"

요시노리는 귀찮다는 듯 고개를 저었다.

"저는 1959년생입니다. 한 살 때 기억 같은 게 남아 있을 리 없지요. 게다가 저는 할아버지나 아버지와 달리 장기에 아무런 관심이 없습니다. 옛날이나 지금이나 가게에 어떤 장기말이 있는지 알 바 없습니다."

요시노리는 빠른 말투로 거침없이 대답했다. 빨리 돌아가기를 바라는 거겠지.

둘이 주고받는 이야기를 듣고 있던 사노는 이야기가 끊긴 틈을 타 가게에 들어온 뒤 쭉 신경 쓰였던 것에 대해 가오리에게 물었다.

"가게 카운터는 지금도 저걸 쓰고 있나요?"

사노는 가게 한쪽 구석을 바라봤다. 시선이 가리키는 곳에 오래된 목제 책상이 있었다. 그 위에 책상만큼이나 오래돼 보이는 금전등록기가 있었다. 상품 가격을 두드리고 합계 버튼을 누르면 현금이 들어 있는 서랍이 열리는 타입의 등록기였다.

가오리는 사노가 갑자기 장기말과 아무 관계 없는 계산기에 관심을 보이는 게 당혹스러운지 대답하지 못하고 머뭇거렸다. 그러고는 남편의 얼굴을 흘끗 봤다. 아내 대신 요시노리가 대답했다.

"우리는 많은 손님이 몰려와 많은 물건을 사 가는 슈퍼랑 달라요. 쓸데없는 기능을 갖춘 최신 계산기 같은 건 쓸 일이 없어요. 저 계산기는 제가 어릴 때부터 써온 겁니다."

"그럼 영수증은 손으로 쓰겠군요."

일반 구식 계산기는 금액이 인쇄된 영수증이 나오지 않는
다. 요시노리는 그게 어때서, 라고 따지기라도 하듯 거칠게 대
답했다.

"네, 그래요. 가게 운영에 대해서는 놔둔 비품부터 회계 방
식까지 몽땅 그대로 이어받았습니다. 이어받지 않은 건 장기
에 대한 애착뿐이에요."

마지막은 내던지는 것 같은 말투였다. 요시노리의 얼굴에
떠오른 고뇌의 빛에서 가게 후계자 문제로 부자 사이에 불화
를 겪었다는 것을 알 수 있었다.

사노는 이시바에게서 눈짓으로 허락을 구하고 질문을 계속
했다.

"그렇다면 가게 장부, 즉 매매 기록도 이어받았겠네요."

사노가 무엇을 알고 싶어 하는지 알아차린 듯 요시노리는
노골적으로 귀찮다는 표정을 지었다.

"분명히 장부는 할아버지 때 것부터 다 남아 있지만, 할아버
지와 아버지가 상품 거래 내역을 모두 손으로 써서 남겼는지
는 알 수 없어요. 빼먹고 안 쓴 게 있을지도 모릅니다."

"아니요."

사노는 요시노리의 추측을 딱 잘라 부정했다.

"그렇지는 않을 겁니다. PC로 하는 장기 게임이 생긴 요즈
음에는 이곳 가게에 오는 손님이 줄었는지 모르지만, 아버지

190

께서 가게를 보던 무렵에는 손님이 꽤 많았을 겁니다. 그중에는 특정한 장기말에 애착을 가진 호사가도 있었겠지요. 그런 손님을 상대하던 분이 장기말을 허투루 다뤘을 리 없어요. 사장님 이야기로 보자면 아버님은 상당한 장기 애호가였던 것 같던데, 그런 분이 대량생산한 싸구려 장기말이라면 몰라도 명인이 만든 고가의 말에 대해 구입처나 판매한 상대에 대한 기록을 남기지 않았을 리 없습니다."

사노의 말이 그럴싸하다고 생각했는지 이시바는 흡족한 얼굴로 고개를 끄덕이더니 요시노리 쪽으로 얼굴을 돌렸다.

"그러니, 가게의 거래 장부를 창업 당시 것부터 현재 것까지 모두 봤으면 합니다."

거절하겠다는 뜻을 나타내기라도 하듯이 요시노리가 미간에 깊은 주름을 잡았다.

틈을 주지 않고 이시바가 다그쳤다.

"시청에서 근무하고 있으니 알 거 아닙니까. 공무원이란 융통성이 없는 법이지요. 해야 할 일을 안 하면 안에서는 무능하다고 매도당하고, 밖에서는 세금 도둑이라고 얻어맞아요. 우리 둘 다 어려운 일을 하네요."

동료 같은 말투를 듣자 거절하기 괴로웠던지, 아니면 장부를 보기 전에는 이 인간들이 돌아가지 않을 거라고 판단한 건지, 요시노리는 무거운 한숨을 내뱉고는 언짢은 듯이 아내를 봤다.

"이봐, 도와줘."

요시노리는 빠른 걸음으로 살림집 안으로 들어갔다. 가오리가 당황한 모습으로 뒤를 따랐다.

두 사람이 돌아온 것은 10분 가까이 지나서였다.

"이것이 우리가 갖고 있는 장부 전부입니다."

요시노리는 양손에 안고 있던 장부를 평상 위에 내려놨다. 가오리도 자신이 안고 있던 대장을 놓았다.

"벽장 안에 잠들어 있던 겁니다. 내오느라 고생 좀 했습니다."

요시노리가 생색내듯 말했다.

"죄송합니다."

머리 숙여 사과하는 사노에게 이시바가 명령했다.

"어이, 빨리 확인해."

사노는 서둘러 평상에 앉아 장부를 펼쳤다.

거래 대장은 창업한 1927년부터 올해인 1994년까지 대략 2년 기간 단위로 나뉘어 철해 있었다. 그렇게 묶었다면 33~34권이 있어야 하지만, 세어보니 31권밖에 없었다. 1941년부터 1945년까지 5년 분량이 없었다. 이유를 물으니 요시노리는 제2차 세계대전의 혼란 속에서 유실됐든가 장사가 안 돼 기록하지 않았을 거라고 대답했다.

거래 대장은 모두 전통 방식으로 묶여 있었다. 역사 드라마 같은 데서나 볼 수 있는 오래된 형태의 거래 장부를 지금도 사용하는 것을 보고 놀랐다. 요시노리가 장기에 대한 애착 말고는 모든 것을 계승했다고 한 말은 거짓이 아닌 모양이었다.

사노는 가장 오래된 1927년 장부를 펼쳤다. 1월부터 차례로 구입과 매매 기록을 눈으로 좇아갔다.

연대에 따라 차례로 훑던 사노가 1947년 7월 페이지에서 손을 멈췄다. 그 페이지에서 초대 기쿠스이게쓰의 이름을 발견했기 때문이다.

가오리가 건넨 세 잔째 녹차를 마시던 이시바는 페이지를 펼친 채 갑자기 움직임을 멈춘 사노에게 서둘러 물었다.

"뭐 좀 찾았나?"

사노는 무릎 위에서 펼친 대장을 이시바에게 보였다.

"여기를 봐주세요. 초대 기쿠스이게쓰의 말을 구입한 경위가 기록되어 있습니다."

이시바는 사노가 내민 장부에 얼굴이 붙을 정도로 눈을 가까이 갖다 댔다. 그러고는 그 부분의 기록을 중얼거리듯이 읽었다.

"1947년 7월 21일, 초대 기쿠스이게쓰가 만든 긴키 섬회 양목 돋움말, 쌀 세 가마, 감자 5킬로그램, 미숫가루 2킬로그램……이라. 구입처는 쓰여 있지 않군. 아마 전후의 식량난으로 배를 곯던 사람이 먹을 것과 교환하려고 내놓았겠지."

그런 추론에 요시노리도 동의했다.

"돌아가신 할머니의 친정은 의외로 큰 농가였다고 들었습니다. 한때는 소작인도 고용할 정도로 논이랑 밭이 많았던 모양입니다. 전후 먹을 것이 없던 시절에 할머니 덕분에 당시로서는 보기 드물게 흰쌀밥을 먹을 수 있었다고 아버지께서 자주 말했습니다."

거래 장부에 구입처는 기재되어 있지 않았지만, 어떤 경위로 말을 내놓았는지는 쉽게 상상할 수 있었다. 전쟁이 나기 전에는 명인의 장기말을 소유할 정도로 유복했거나 명문가라 불리는 집안이었지만, 패전으로 몰락해 내일 먹을 식량도 간당간당했다. 그래서 자신과 가족이 살아남기 위해 값나가는 이름 있는 장기말을 쌀과 감자로 바꾸었을 것이다.

패전 직후 장부에는 초대 기쿠스이게쓰가 만든 말 외에도 누군가가 가져온 장기말과 쌀이나 채소를 교환한 기록이 몇 갠가 있었다. 그중 2대 기쿠스이게쓰가 만든 말에 대한 사항도 찾을 수 있었다. 후쿠시마현 고리야마시에 사는 사람이 가져와 쌀 한 가마와 감자 2킬로그램으로 교환했다. 초대만큼은 아니지만 2대 기쿠스이게쓰가 만든 말도 고가로 사들인 것이다. 고가 말을 구입하는 사람은 좀처럼 없었던 듯 2대 기쿠스이게쓰가 만든 말은 40년 이상 지난 지금도 가게에 그대로 남아 있다.

이시바는 장부에서 얼굴을 들고 사노를 향해 재촉하듯이 말했다.

"그러고 있지 말고 중요한 말이 누구 손으로 넘어갔는지 기록을 빨리 조사해봐."

사노는 1960~1961년 장부를 집어 들었다. 이 가게에서 초대 기쿠스이게쓰가 만든 장기말을 손에 넣은 것은 1947년이었다. 장기 연구가 야하기는 1960년 현재에도 그 장기말이 이 가게에 있었다는 것을 확인했다. 1947년부터 1960년까지

13년간은 이 가게에 그 장기말이 보관되어 있었다. 말을 다른 사람 손에 넘긴 것은 그 뒤였다.

1960년 1월부터 차례로 기록을 조사해나갔다.

초대 기쿠스이게쓰의 장기말이 매매된 기록은 1961년 장부에서 발견되었다. 야하기가 확인한 다음 해다. 그해 10월 5일에 요시노리의 아버지는 오쿠라 스스무라는 사람에게 40만 엔을 받고 말을 팔았다. 주소는 이바라기현 미토시로, 번지까지 상세하게 기록되어 있었다.

1961년 당시 공무원 초임은 1만 몇천 엔 정도였다. 40만 엔을 지금 화폐 가치로 환산하면 대략 500만 엔 이상이 된다.

사노가 그렇게 말하자 이시바는 웅얼거리는 것 같은 투로 말했다.

"쌀과 감자를 받고 구입한 말이 500만 엔으로 바뀌었구나. 떼돈을 벌었군."

가족을 수전노인 것처럼 말한 것이 신경에 거슬렸는지 요시노리는 이시바를 노려봤다.

"저는 장기에 대한 지식은 없지만 아버지와 할아버지는 두 분 다 성실하고 정직한 사람이었습니다. 정당한 거래를 했다고 생각합니다."

말이 지나쳤다고 생각했는지 이시바는 순순히 사과했다.

"거, 죄송합니다. 제가 입을 함부로 놀렸네요. 우리 집이 사이타마의 시골이었는데, 전후 식량난 얘기는 잘 알고 있어요. 도쿄에 사는 백부에게 늘 듣던 말이니까요. 당시 고가품이라고는 하지만 고픈 배를 채워줄 수는 없었던 장기말을 귀중한 식료품과 비꿔준 댁의 할아버지는 사려 깊은 분이었다고 생각합니다."

요시노리의 눈에서 적의가 사라졌다. 표정의 변화를 감지한 듯 이시바가 물었다.

"그런데 혹시 복사기 좀 쓸 수 있을까요? 혹시 있다면 이 부분을 복사해주실 수 없을까요?"

이시바는 사노가 손에 들고 있는 오쿠라 스스무의 주소가 실려 있는 페이지를 가리켰다.

이번에는 요시노리가 사과했다.

"죄송합니다. 보시는 바와 같이 우리는 이런 가게입니다. 복사기 같은 건 없습니다."

이시바가 손목시계를 봤다. 사노도 덩달아 자신의 손목시계를 봤다. 11시가 지났다. 이시바가 혼잣말처럼 불평을 했다.

"운이 없군. 이런 시간이면 복사할 수 있는 가게는 문을 닫았겠지?"

이시바는 굳은 어깨를 풀듯 고개를 좌우로 돌렸다.

"어이, 10월 5일 기록을 메모하도록 해."

사노에게 명령했다.

사노는 네, 하고 대답한 후 안주머니에서 수첩을 꺼내 오쿠라의 정보를 꼼꼼히 메모했다.

사노가 수첩을 안주머니에 넣자 이시바는 평상에서 일어섰다.

"밤늦게까지 수사에 협조해주셔서 감사합니다. 덕분에 살았습니다."

마침내 번거로운 일에서 해방된다고 생각했는지, 요시노리는 안도한 얼굴로 한숨 돌린 듯 숨을 내뱉었다. 옆에서 가오리도 같은 표정을 지었다.

이시바는 두 번째 손가락으로 코 밑을 문지르더니 누그러진 공기에 찬물을 끼얹었다.

"한숨 돌린 상황에 죄송합니다만, 하나만 더 협조를 부탁드려도 될까요? 내일 한 번 더 이쪽으로 찾아뵐 텐데, 그때 이 장부를 잠시 빌려주셨으면 합니다. 오쿠라란 인물의 기록이 실려 있는 부분을 복사하고 바로 돌려드릴 테니까요."

요시노리는 마치 눈앞에 저승사자라도 서 있는 것 같은 표정으로 이시바를 봤다.

낙담의 한숨을 내뱉더니 요시노리는 툭 말했다.

"그러면 더 이상 안 오는 거지요?"

이시바가 끄덕였다.

"아마도요."

"아마도?"

요시노리가 되물었다. 이시바가 설명했다.

"우리는 장기말의 행방을 좇고 있습니다. 그 장기말이 이쪽에 없다는 걸 안 이상 앞으로 폐를 끼치는 일은 없겠지요. 그러나 일이란 어떻게 흘러갈지 모릅니다. 또 뭔가 묻고 싶은 게 생겼을 때는 다시 협조를 부탁드리러 올지도 모릅니다."

이시바의 태연한 말투에 오지 말라고 해도 소용없다고 생

각했는지, 요시노리는 체념한 듯 어깨를 늘어뜨렸다

"복사 말인데, 되도록 사람 눈에 띄지 않게 해주세요. 가능하면 이 근처가 아니라 조금 떨어진 가게에 가서 해주셨으면 합니다."

사노는 요시노리를 안심시키기 위해 큰 목소리로 대답했다.

"물론입니다. 수사에 협조해주신 분께 폐가 되는 일은 절대로 하지 않습니다."

사람 눈이 적은 이른 아침에 가게를 방문하겠다고 약속하고 이시바와 사노는 사사키 기헤이 상점을 나왔다.

—

제6장

—

공터에 차를 세운 가라사와는 운전석에서 내려 골목으로
들어서 걷기 시작했다.

게이스케의 집이 위치한 미사키초다. 미사키초는 스와시 중
심을 가로질러 달리는 기찻길과 시 남쪽에 있는 마을 숲 사이
에 위치한 작은 동네였다. 게이스케의 집은 기찻길을 따라 나
있는 큰 도로에서 옆으로 난 골목길로 꺾어 들어가면 골목 막
다른 곳에 있다고 고지마에게 들었다. 집이 어디쯤인지 대충
짐작이 갔다.

골목길을 따라 서 있는 낡은 연립주택들의 베란다에는 널
어놓은 빨래가 찬 겨울바람을 맞아 흔들리고 있었다. 가라사
와는 옷깃을 여미면서 게이스케의 집을 찾았다. 집마다 붙어
있는 문패를 하나씩 확인해나갔다.

그렇게 10분쯤 찾아가다 드디어 게이스케의 집으로 보이는 집을 발견했다.

미닫이문 현관 옆에 플라스틱으로 된 문패가 걸려 있고, 그 안에 '가미조'라고 쓴 종이가 들어 있었다. 가미조 게이스케의 집이다.

집은 무척 낡은 목조 단층집이었다. 예전에는 선명한 파란색이었을 함석지붕은 색이 바래 부예졌고, 벽 여기저기에는 적갈색으로 녹슨 수도 배관이 드러나 있었다. 그렇잖아도 좁은 단층집은 양옆 이층집에 끼어 더욱 옹색해 보였다.

가라사와는 길에 면한 현관의 미닫이문을 손등으로 두드렸다.

"실례합니다. 가라사와라고 합니다. 가미조 씨, 계십니까?"

사람이 나오는 기척이 없었다.

"가미조 요이치 씨, 실례합니다."

가라사와는 조금 전보다 더 세게 노크하고 반복해서 이름을 불렀다. 역시 아무도 나오지 않았다. 집 안에 아무도 없는 걸까.

어떻게 해야 하나 하고 망연히 서 있는데, 등 뒤에서 창문 여는 소리가 났다. 돌아보니 나이 든 여성이 2층 창에 늘어진 빨래를 걷어 들이고 있었다. 가라사와가 아래에서 말을 걸었다.

"죄송합니다. 좀 여쭤보고 싶은 게 있는데요."

여성은 움직이던 손을 멈추고 가라사와를 내려다봤다.

"뭔데요?"

"여기 가미조 씨 댁 맞지요? 게이스케라는 스와시립 소학교에 다니는 아이가 있는 집인데요."

여성은 귀찮다는 듯이 대답했다.

"맞아요. 하지만 지금은 아무도 없어요."

평일 낮이니까 게이스케는 학교에 있을 것이다. 그 아버지 가미조 요이치는 어디 있는 걸까. 아무리 그래도 이 시간부터 마작을 하는 건 아닐 테지.

"가미조 씨는 어디 외출하셨을까요?"

"외출이라니, 무슨."

여성이 어이없다는 듯 말했다.

"다 큰 남자가 낮부터 빈둥빈둥거리면 먹고살 수가 없잖아요. 일 나갔지요, 일."

거기까지 말하고 여성은 뜨끔했는지 입가를 손으로 눌렀다.

"댁도 그 사람한테 돈 빌려줬나요?"

돈 빌려줬나요— 빚쟁이가 자주 찾아온다는 얘긴가.

가라사와는 고개를 옆으로 흔들었다.

"아뇨, 아닙니다."

여성이 의아한 표정으로 가라사와에게 물었다.

"댁은 누구죠?"

"말씀드리는 게 늦었습니다. 가라사와라고 합니다. 우에모리초에 사는 가라사와 고이치로입니다."

여성은 여전히 미심쩍어하는 눈으로 가라사와를 살폈다. 사정을 이야기하지 않으면 대화가 끊어질 것 같았다.

"저는 게이스케하고 아는 사이입니다. 실은……."

가라사와는 자신의 신원을 포함해 간략하게 지금까지의 경위를 이야기했다.

"그랬군요."

경계심이 풀렸는지 여성은 표정을 누그러뜨렸다.

"게이스케는 정말 가엾은 애예요. 어머니가 살아 있었을 때는 그래도 괜찮았는데, 죽고 나서는……."

그 이상은 불쌍해서 말로 표현할 수 없다는 식으로 여성은 말을 흐렸다.

"저……."

가라사와는 결심하고 여성에게 부탁했다.

"괜찮으시면 시간을 조금만 내주시겠습니까? 게이스케에 대한 이야기를 듣고 싶습니다."

여성은 조금 망설이는 기색을 보였지만 잠깐이라면, 하고 허락했다.

"중풍 걸린 할아버지가 있어서 집에 들어오시라고는 못하겠고, 현관에서라도 괜찮나요?"

"물론입니다. 고맙습니다."

"이거 다 걷으면 내려갈 테니 현관 앞에서 기다리세요."

가라사와는 머리를 숙이고 여성의 집 현관 앞으로 갔다.

현관 옆에 걸린 문패에는 '무카이다'라고 쓰여 있었다.

거기서 기다리고 있자니 계단을 내려오는 소리가 들리고 유리문이 열렸다.

여성은 자신을 무카이다 리쓰코라고 소개하고 이 집 며느리라고 말했다.

가라사와는 곧바로 가미조 요이치에 대해 물었다.

"게이스케의 아버지는 무슨 일을 하고 있나요?"

"일본 된장 제조장이요."

"일본 된장 제조장이요?"

리쓰코가 고개를 끄덕였다.

"스기타 씨네서 일본 된장을 만들고 있어요."

스기타의 일본 된장 제조장이라고 하면 신슈 된장을 대표하는 유명한 제조장이었다. 리쓰코는 요이치가 거기서 일한다고 하지 않고 일본 된장을 만든다고 했다. 요이치는 경리나 배달을 담당하는 종업원이 아니라 된장을 만드는 장인이란 얘기가.

물어보자 리쓰코는 그렇다고 대답했다.

"놀랐죠? 자기 아이도 제대로 못 키우는 사람이 아이 키우는 것보다 더 손이 많이 갈 것 같은 일을 하다니."

일본 청주와 마찬가지로 일본 된장을 만들기 위해서는 누룩을 다루는 장인이 필요하다. 그래서 술을 빚는 기술자가 그렇듯이 일본 된장 장인도 아무나 할 수 없다. 누룩 빚어 넣기, 발효, 숙성 등 모든 작업을 익히려면 긴 세월과 그 세월 속에서 습득한 감이 필요하다. 누룩을 자라게 하는 온도나 습도를 조금이라도 잘못 조절하면 제맛을 잃는다.

장인이라고 불리는 일이 모두 마찬가지지만, 일본 된장 장인이 되기 위해서는 끈기와 오기가 필요하다. 더군다나 요이치가 일하는 스기타야 양조는 생긴 지 200여 년이나 되는 유서 깊은 양조장이었다. 창업한 이래 맛을 지키기 위해 물도 선별해 쓰고 있으며, 수작업을 고집하고 고용한 종업원과 장인에 대한 지도도 철저히 한다는 평판이 자자한 곳이었다.

가라사와의 머리에 의문이 떠올랐다.

그런 엄격한 일을 하는 사람이 왜 자신의 생활은 소홀히 할까. 돈 문제만 해도 납득이 가지 않았다. 다른 사람으로 쉽게 대체해서 할 수 없는 일일수록 좋은 보수를 받는 법이다. 요이치도 스기타야에서 상당한 봉급을 받고 있을 터였다. 그것을 몽땅 술과 도박에 쏟아붓고, 그것으로도 부족해 어린 아들에게 일을 시키는 게 말이 되는가.

가라사와의 가슴에 격렬한 분노가 치밀어 올랐다.

"들은 바로는 가미조 씨가 마작집에 틀어박혀 있다던데, 그게 정말입니까?"

리쓰코는 조금 놀란 듯 눈을 동그랗게 떴다.

"맞아요. 잘 알고 있네요."

리쓰코는 요이치가 '덴호'에 틀어박혀 있다고 했다. 역 앞 큰길 끝에 있는 마작집이다. 선로에 면해 있으면서 1층과 2층 창은 반투명 유리로 되어 있었다. 번화가도 아닌 어두컴컴한 길에서 거기만 휘황찬란한 불빛이 새어 나오는 것이 꼭 날파리를 꾀어 들이는 유아등誘蛾燈처럼 보인다고 했다. 가라사와도 거기가 예전에는 요정이었다고 누군가에게 들은 기억이 있었다. 2층 목조건물의 큰 창을 모두 격자문으로 해두었으니 그랬을 법해 보이는 집이었다.

"일이 끝나면 거의 매일 들르는 것 같아요."

"게이스케를 내팽개쳐놓고 말입니까?"

자기도 모르게 목소리가 날카로워졌다.

질책당한 것처럼 느꼈는지 리쓰코는 변명하듯이 손사래를 쳤다.

"우리도 몇 번이나 말했어요. 게이스케가 불쌍하니까 적당히 하라고. 그랬더니 그 사람이 말을 듣기는커녕 남의 집안일에 참견하지 말라고 길길이 날뛰며 소리소리 지르는 거예요. 말해봤자 소용없구나 싶어서 저도 그냥 놔두게 됐죠."

리쓰코가 체념한 투로 말했다.

"손자 예쁜 거랑 정강이 아픈 거는 참을 재간이 없다는 속담이 있잖아요. 그거나 같아요. 술이 맛있고 도박이 재미있으면 못 참잖아요. 병이에요, 걔 아버지는."

그렇게 말하고 리쓰코는 손목시계를 봤다.

"어머, 시간이 벌써 이렇게 됐네. 미안하지만 할 일이 있어서……."

리쓰코는 서둘러 문을 닫고 집 안으로 사라졌다.

가라사와는 차로 돌아와 리쓰코가 말한 덴호로 향했다. 그곳 사람에게 요이치에 대한 이야기를 듣고 싶었다.

가게에 도착하자 가라사와는 미닫이문을 열고 안에 대고 말했다.

"실례합니다."

문을 연 순간, 패를 섞는 소리와 함께 숨이 막힐 것 같은 담배 연기가 밀려 나왔다. 아직 해가 높이 떠 있는데도 손님이 꽤 있었다.

입구 흙바닥에 놓인 긴 책상 앞에 둥근 안경을 끼고 전통 작업복 차림을 한 남자가 앉아 있었다. 이 가게 주인인 모양이었다. 흰머리가 섞여 있는 것으로 보아 나이는 가라사와와 그리 크게 차이 나지 않는 듯 했다. 남자는 품평하듯이 가라사와의 몸을 위아래로 훑었다.

"우리 마작집에는 처음이지요?"

가라사와는 손님이 아니라고 대답했다.

"어떤 사람에 대해 묻고 싶은 게 있어서 왔습니다."

점주의 태도가 눈에 보이게 험악해졌다. 피우던 담배의 연기를 천장을 향해 크게 내뱉었다.

"귀찮은 일은 싫은데."

"귀찮게 하지 않을 겁니다. 좀 알고 싶은 게 있어서 찾아온 것뿐입니다."

남자가 미심쩍어하는 눈으로 가라사와를 올려다봤다.

가라사와는 솔직히 물었다.

"이곳에 가미조 요이치라는 사람이 자주 온다고 들었습니다. 그 손님에 대해 알려주셨으면 합니다."

요이치의 이름을 들은 순간 남자의 안색이 변했다. 얼굴에 떠올랐던 위협적인 표정이 당황한 빛으로 바뀌었다. 뭔가 걸리는 게 있는 모양이었다.

입을 열까 말까 망설이듯 남자의 시선이 잠시 허공을 헤맸다. 그러더니 결국 깊은 한숨을 내뱉으며 손에 들고 있던 신문을 책상 위에 내려놨다.

"나는 여기 주인인데, 댁은 누구시오?"

가라사와는 거짓말이라고도 사실이라고도 볼 수 있는 대답을 했다.

"가미조 씨 아이의 관계자입니다."

"PTA의?"

"네, 뭐."

모호하게 끄덕였다.

"역시……."

점주는 될 대로 되라는 듯 중얼거렸다.

"단정한 차림새랑 말투를 보니 그럴 거 같았어. 그래서 묻고 싶은 건, 그 아버지가 얼마나 변변치 않은 인간인가에 대해서 인가?"

점주는 책상에 한쪽 팔꿈치를 대고 턱을 올려놓더니 얘기를 듣는 자세를 취했다. 가라사와는 책상 앞에 놓인 둥근 나무 의자에 앉았다.

"가미조 씨가 언제부터 여기 드나들었나요?"

고객에 관련한 정보는 머릿속에 똑똑히 새겨두고 있는지 점주는 곧바로 대답했다.

"일 년쯤 전부터지. 부인이 죽었을 때쯤이야."

미사키초는 좁다. 동네에서 일어난 일은 바로 퍼진다. 하물며 사람이 모이는 장사라면 더욱더 그럴 것이다.

점주의 얘기에 의하면 요이치는 사흘이 멀다 하고 마작집에 온다고 했다. 시간은 대충 저녁 6시, 늦어도 7시를 넘기는 일은 없다고 했다.

스와호 부근에 있는 스기타야 양조에서 덴호까지는 걸어서 30분 정도 걸리는 거리였다. 요이치의 집은 덴호에서 다시 15분은 더 걸어간 곳에 있었다. 일본 된장 제조장에서 하는 일이 보통 회사처럼 5시 지나서 끝난다고 생각하면 요이치는 근무처에서 곧장 마작집으로 온다는 얘기였다.

"아이 저녁밥은 어떻게 하는 걸까요?"

가라사와는 질문이라고 할 수도 없는 질문을 했다. 점주는 글쎄, 하면서 팔짱을 꼈다.

"우리도 장사치야. 손님 사정 같은 건 알 바 없어. 그래도 말이지, 아버지가 나오기를 기다리는 건지 아이가 가끔 가게 밖에 와서 쭈그리고 앉아 있을 때가 있어. 배가 고픈 것 같아서 배달하고 남은 주먹밥을 나눠주기도 하지만, 그 이상은 못해. 손님 사생활에 간섭할 수는 없다고."

어두컴컴한 골목에 게이스케가 오도카니 쭈그리고 앉아 있는 모습을 상상해보았다.

"가미조 씨는 여기에 오면 보통 몇 시쯤까지 있나요?"

"때에 따라 달라."

점주는 대답했다.

"상태가 좋을 때는 새벽 1시 정도에 끝내고 가지만, 계속 지면 아침 녘까지 테이블에 달라붙어 있어. 하긴 상태가 좋을 때가 드물기는 하지만 말이야."

점주는 마작 테이블 쪽을 돌아보고 손님이 둘의 얘기를 듣고 있지는 않은지 확인하고는 가라사와에게 몸을 가까이 기울인 후 귓속말을 했다.

"그 사람 말이야, 타고난 도박꾼은 아니야. 난 이 일 오래 했어. 척 보면 알아. 원래 약한 인간이 벌컥벌컥 술까지 마시면서 두니까 이길 수가 없지. 손님들은 좋은 봉이 나타났다고 좋아들 하고 말이야."

점주는 얼굴을 찌푸리고 오른손 새끼손가락으로 귀를 후볐다.

"마누라를 먼저 보내고 나서 괴로움을 잊으려고 술과 도박으로 도망친 거겠지. 그 마음은 이해가 돼. 난 장사치니까 좋긴 한데, 꼬맹이가 힘들어하는 모습을 보면 마음이 좋지는 않아."

가라사와는 의자에서 힘차게 일어섰다.

점주에게서 더 이상 들을 얘기는 없었다. 요이치는 술과 마작에 빠져들어 게이스케를 팽개쳐두고 있었다. 그 사실을 안 것만으로 충분했다.

"폐를 끼쳤습니다."

고맙다는 인사를 하고 입구로 향했다. 가게 문을 열고 나가려고 하는 가라사와의 등에 대고 점주가 말했다.

"쓸데없는 짓은 안 하는 게 좋아."

분위기가 진지해서 가라사와는 엉겁결에 뒤를 돌아봤다.

점주는 책상 위에 내려놨던 신문을 손에 들고 얼굴 앞에 펼치고 있었다. 그는 지면에서 눈을 떼지 않은 채 가라사와에게 충고했다.

"전에 어떤 손님이 보다못해 아이에게 좀 더 관심을 가지라고 아버지를 나무란 적이 있어. 그런데도 그 작자는 손님의 말은 귓등으로 흘리고 마작 테이블을 계속 붙잡고 늘어졌지. 그러고 있는데 아이가 가게로 들어왔어. 그런 일은 거의 없는데, 아이에게도 뭔가 사정이 있었겠지. 그랬더니 그 자식이 어떻게 했을 거 같아? 아이한테 손을 치켜들었어. 네가 꼬질꼬질한 얼굴을 하고 있으니까 내가 나쁜 놈 소리를 듣는다면서 말이지. 그 자리에 있던 손님들이 놀라서 말렸지만, 그 이후로는 아무도 그 작자한테 아이 얘기는 안 하게 됐어. 친절한 마음이 해가 된다는 걸 알았으니까."

점주는 다짐하듯이 덧붙였다.

"세상에는 좋으라고 한 일이 엉뚱한 결과를 낳는 경우가 있어. 내 말 흘려듣지 말라고."

가라사와는 대꾸를 하려고 했지만, 입이 떨어지지 않았다. 지금부터 자신이 하려고 하는 일을 꿰뚫어 보고 못을 박는 것 같았다.

차로 돌아가 시동을 걸었다. 핸들을 잡고 사이드브레이크를 내린 다음 액셀 페달에 발을 올렸다.

마작집을 나올 때 점주가 한 말이 귓가를 맴돌았다.

'세상에는 좋으라고 한 일이 엉뚱한 결과를 낳는 경우가

있어.'

게이스케의 집 맞은편에 사는 여성과 마작집 주인에게 들은 이야기에서 게이스케의 아버지가 얼마나 변변치 못한 작자인지 확실히 알게 되었다. 그걸 알게 된 이상 모른 척하고 그냥 있을 수는 없다. 지금 당장 요이치가 근무하는 스기타야 양조로 쳐들어가 멱살을 잡고 호통을 쳐주고 싶다. 하지만 감정에 휘말려서 움직이면 게이스케를 더 힘들게 할지도 모른다. 거기에 생각이 미치자 가라사와는 액셀 페달에 올려놓은 발에서 힘을 뺐다.

그런 상태로 어떻게 해야 할까, 궁리하고 있는데 누군가 차창을 두드렸다. 놀라서 얼굴을 드니 나이 많은 남자가 가라사와를 노려보고 있었다.

가라사와가 창문을 내리자 남자는 목이 잠긴 목소리로 항의했다.

"여기 빈터는 내 땅이야. 잠깐이면 차를 세워도 상관없지만 시동은 꺼주지 않겠나. 시끄러워 못 살겠어."

빈터 옆에 남자 집이 있는 것 같았다. 오랫동안 시동을 걸어놓은 채 멍하니 있었던 모양이었다. 가라사와는 남자에게 사과하고 서둘러 차를 출발시켰다.

큰 도로로 나와 스와호 방면으로 핸들을 꺾었다. 요이치가 근무하는 스기타야 양조는 스와호 옆에 있었다. 게이스케 문제를 놓고 요이치와 이야기를 할지 안 할지 하는 판단은 아직 내리지 않았다. 일단 스기타야 양조로 가보자고 마음을 정했다. 자기 아이에게 손을 대는 인간 같지 않은 자의 얼굴을 직접 봐주자고 생각했다.

　스기타야 양조에 도착한 가라사와는 방문객용 주차장에 차를 세웠다.

　주차장 옆에 목조건물이 있었다. 스기타야 양조 본채였다. 그 안에 된장을 만드는 제조장이 있다. 위엄 있어 보이는 검은 기와지붕이 다섯 개가 눈에 들어왔다. 제조장의 지붕이다. 부지 넓이로 추측건대 지금 보이는 제조장 안쪽으로도 제조장이 더 있을 것이다. 과연 스와시의 일본 된장업계를 대표하는 곳이라고 할 만했다. 대단한 규모의 제조장을 소유하고 있었다.

　본채 현관 위에는 '스기타야 양조'라고 조각된 오래된 나무 간판이 걸려 있었다. 가라사와는 미닫이문을 열고 안으로 들어갔다.

　현관 안은 흙바닥으로 되어 있고, 구석에 책상이 놓여 있었다. 감색 사무복을 입은 젊은 여성이 의자에 앉아 있었다.

　가라사와는 여성에게 말을 걸었다.

　"업무 중에 죄송합니다. 문의하고 싶은 게 있어서 왔는데요."

　아래를 보고 펜을 움직이던 여성이 머리를 들었다.

　"네, 무슨 용건이신지요?"

　"여기에 가미조라는 장인이 있다고 들었습니다만."

　여성의 얼굴에 경계의 빛이 떠올랐다. 대답해야 하나 말아야 하나 망설이는 것처럼 보이기도 했다.

여성의 표정을 보고 가라사와는 가미조 집에 빚쟁이가 찾아온다고 한 앞집 여자의 이야기가 떠올랐다. 그런 종류의 사람이 직장에 찾아왔다고 해도 이상한 일이 아니었다. 여성은 가라사와를 가미조에게 돈을 빌려준 빚쟁이가 아닐까 의심하는 것 같았다.

가라사와는 적당한 핑계를 댔다.

이곳 일본 된장이 마음에 들어 알아보던 중 가미조라는 솜씨 좋은 장인이 있다고 들었다. 그 사람이 일하는 것을 보고 싶어 들렀다고 둘러댔다.

그렇게 거짓말한 것은 요이치가 난처해질까 봐서가 아니었다. 자기 아이를 학대한다는 것이 가게에 알려져 해고당하기라도 하면 게이스케가 져야 할 경제적 부담이 더 커질지 모른다고 생각했기 때문이다.

"일을 방해하지는 않을 겁니다. 가미조 씨가 일하는 모습을 멀리서 바라보기만 하면 됩니다."

여성의 얼굴에서는 여전히 긴장한 표정이 가시지 않았다. 하지만 자기 회사의 일본 된장을 칭찬해주는 손님을 쌀쌀맞게 돌려보낼 수도 없다고 생각했는지, 잠시 기다려달라는 말을 남기고 건물 안쪽으로 들어갔다.

잠시 후 여성은 한 남자를 데리고 돌아왔다. 남자는 양복 위에 스기타야라는 회사 이름이 새겨진 덧옷을 걸치고 있었다. 남자는 흙바닥에 비치된 샌들을 신더니 가라사와 앞으로 걸어와 붙임성 있는 웃음을 지었다.

"저희 회사 제품을 마음에 든다고 해주셔서 참으로 감사합니다. 저는 지배인인 사토라고 합니다. 사원을 대표해 감사드립니다."

머리를 숙이는 모습이 그럴싸해 보였다.

사토는 스기타야 양조가 좋은 일본 된장을 만들기 위해 얼마나 오랜 세월 정성을 들여왔는지 한바탕 설명해댔다.

"본래 일반인을 된장 제조장 안으로 안내하지는 않습니다. 하지만 모처럼 오셨는데 이대로 돌아가시게 하는 것은 죄송한 일이라서요. 장인의 손을 멈추게 할 수는 없습니다만, 작업하는 모습을 멀리서 보는 것만으로도 괜찮으시다면 안내하겠습니다."

가라사와는 사토에게 다시 물었다.

"가미조 씨도 지금 제조장에서 일하고 계십니까?"

가미조에게 집착하는 가라사와에게 사토는 한순간 경계의 시선을 보냈지만, 바로 표정을 되돌리고 질문에 대답했다.

"네, 평소대로 일하고 있습니다. 오늘은 찌는 작업을 하고 있을 겁니다."

가라사와는 사토에게 안내해달라고 했다. 장인과 얘기를 나눌 수 없어 아쉽지만 일하는 모습은 보고 싶다고 말했다.

가라사와는 고개를 끄덕이고 돌아서서 걷기 시작했다. 사토의 뒤를 따랐다.

일본 된장 제조장은 본채 밖에 있는 좁은 길을 따라 쭉 걸어 나간 곳에 있었다. 제조장 하나의 높이는 일반 주택의 3층 정도였다. 제조장마다 격자무늬가 들어간 작은 창 위에 갖은자로 일흐부터 차례로 번호가 쓰여 있었다. 사토는 '삼參' 제조장으로 가라사와를 안내했다.

제조장에 들어서자 열기가 느껴짐과 동시에 구수한 냄새가 났다.

"여기는 콩을 찌는 제조장입니다."

사토는 제조장 안으로 걸음을 옮겼다. 흙바닥으로 이루어진 지면을 밟고 들어가니 넓은 작업장에서 남자 여러 명이 큰 나무통에서 소쿠리로 대량의 콩을 꺼내 가마솥에 넣고 있는 참이었다. 모두 흰옷을 입었고, 머리에도 하얀 모자를 쓰고 있었다. 사토는 물에 담가뒀던 콩을 찌기 위해 솥으로 옮기는 중이라고 했다.

"저 사람이 가미조입니다."

사토가 그렇게 말하면서 먼 곳을 바라봤다.

가라사와는 사토의 시선을 좇았다. 사토의 시선 끝에 한 남자가 있었다. 고개를 숙인 자세로 묵묵히 작업을 하고 있었다.

'저 남자가 가미조 요이치군.'

가라사와는 멀리서 요이치를 노려봤다.

시선을 느꼈을까. 요이치가 움직이던 손을 멈추고 이쪽을 봤다.

눈이 마주쳤다. 가라사와의 몸이 경직됐다.

요이치는 바로 시선을 돌리고 아무 일 없었다는 듯 작업을 계속했다.

가라사와가 사토에게 말했다.

"무리한 요구를 해서 죄송했습니다. 이제 됐습니다. 감사합니다."

가라사와는 그렇게 말하며 깊이 머리를 숙이고 이만 돌아가겠다고 하고는 황당해하는 사토에게 등을 돌려 서둘러서 제조장을 나왔다.

가라사와는 차로 돌아오자 핸들에 팔을 올리고 참고 있던 숨을 내뱉었다.

방금 본 요이치의 눈을 떠올렸다.

눈이 마주친 것은 1초도 안 되는 아주 짧은 순간이었다. 그러나 그 한순간에 가라사와는 요이치라는 인간을 다 본 것 같은 기분이 들었다.

머리에 쓴 하얀 모자와 입가를 덮은 마스크 사이로 보이는 눈은 진흙같이 흐렸다. 음울하고 흐리멍덩하고 생기가 없는 그 눈에 될 대로 되라는 광기가 숨어 있었다. 평소에는 몸을 숨기고 있지만, 조금이라도 신경을 건드리면 주저하지 않고 상대에게 송곳니를 드러낼 만한 광기였다. 상대가 자신의 어린 자식이라 하더라도 말이다. 요이치의 눈에는 그렇게 느끼게 하는 위태로움이 있었다.

가라사와의 가슴속에서 결기가 솟아올랐다.

지금까지 유령같이 희미했던 존재가 모습을 드러내자 망설임이 사라졌다.

'이대로 못 본 척할 수는 없어.'

가라사와는 다시 각오를 다졌다.

다들 어정쩡한 태도로 대했기 때문에 요이치 그 작자가 가슴속 울화를 엉뚱하게도 게이스케를 향해 쏟아내는 거였다. 요이치가 더 이상 그러지 못하게 만들 방법을 하루빨리 찾아야 한다. 게이스케에게 손을 대면 경찰에 알려서 잡아가게 하는 방법도 좋다. 자기 아이를 제대로 양육하지 않는 것에 대해 시 복지과에 전화해 조처를 요청하는 것도 좋을 것이다. 아이에게 함부로 하면 이 도시에서 더 이상 살 수 없게 된다고 위협하는 것도 방법이다. 거짓말이든 협박이든 상관없다. 게이스케를 괴롭히면 힘들어질 것이라고 생각하게 만들 만한 거라면 아무거나 좋다.

가라사와는 스기타야 양조의 주차장에서 차를 빼서 덴호 근처까지 돌아왔다. 요이치를 붙잡기 위해서였다. 집으로 돌아가든 마작집으로 가든 요이치는 반드시 이 길을 지나갈 것이다. 회사 근처에서 다투다가 회사 사람에게 목격당하는 것은 게이스케를 생각하면 바람직하지 않았다.

가라사와는 시계를 봤다. 3시를 지난 참이었다. 일이 끝나는 시간이 5시라고 해도 시간 외 일을 한다면 퇴근은 더 늦어질 것이다. 요이치가 이곳에 나타나기까지 적어도 두 시간 이상은 걸릴 것이다. 그래도 상관없다고 가라사와는 생각했다. 요이치를 붙잡아서 두 번 다시 게이스케에게 손대지 말라고 경고할 작정이었다.

길 옆 빈터에 차를 세운 가라사와는 오로지 요이치가 나타나기만 기다렸다.

아까 빈터 주인에게 엔진 소리가 시끄럽다고 주의를 받았으니 시동을 걸 수는 없었다. 히터를 켜지 않은 차 안은 내쉬는 숨이 하얘질 정도로 추웠다.

하지만 지금 가라사와에게 이 정도 추위는 아무것도 아니었다. 게이스케를 구하기 위해서라면 하루 종일 기다려도 좋다고 생각했다.

길가 가로등에 하나둘 불이 켜지기 시작했다.

시계를 보니 5시 30분이 지났다. 해가 지면 사람 얼굴을 구별할 수 없다.

밖에 나가서 기다려야 할까, 망설일 때 길 건너에서 누군가가 걸어오는 것이 보였다.

요이치였다. 점퍼 주머니에 양손을 찔러 넣은 채 앞으로 기울어진 구부정한 자세로 이쪽을 향해 걸어오고 있었다.

요이치는 걸으면서 주머니에서 담배를 꺼내 라이터로 불을 붙였다. 깊이 들이마신 연기를 주위를 향해 크게 토해냈다. 그 태도를 보니 요이치라는 인간이 더욱 불온해 보였다.

가라사와는 차에서 내려 요이치가 가까이 다가올 때까지 기다렸다. 가슴속은 요이치에 대한 분노로 가득했다. 한껏 패주고 싶은 충동을 필사적으로 누르면서 요이치가 다가오는 모습을 보고 웃었다.

불러 세울 타이밍을 엿보고 있는데, 작은 그림자 하나가 눈앞을 가로질러 달려갔다. 게이스케였다.

게이스케는 요이치 옆으로 달려갔다.

"아버지!"

아버지를 여기까지 마중 나온 것이었다.

"여어!"

요이치가 대답했다.

가라사와는 차 그늘에서 두 사람의 모습을 살폈다.

게이스케는 요이치 앞에 서서는 잠자코 아버지를 올려다봤다.

"뭐야, 돈 달라고?"

게이스케가 끄덕였다.

"먹을 건, 집에 남은 게 없어?"

게이스케는 다시 끄덕였다.

"그저께 빵을 산 걸로 아는데. 그건 어떻게 했니?"

"이제 없어."

요이치가 혀를 찼다.

"오래 두고 먹으라고 했을 텐데. 몸집은 작은 주제에 먹을 것 욕심은 가득하구나. 너 같은 걸, 식충이라고 해."

요이치는 땅바닥에 침을 뱉고 점퍼 주머니에서 뭔가를 꺼냈다. 돈인 것 같았다.

"하나, 두울, 세엣……."

요이치는 손바닥 위에서 돈을 세더니 그 손을 게이스케에게 내밀었다.

"이것으로 2, 3일 버텨라. 늘 하는 말이니 잘 알겠지. 과자 같은 거 사지 말고 먹으면 든든하고 오래가는 걸로 사."

게이스케가 돈을 받아 들었다. 요이치 손에 지폐가 쥐어져 있는 것 같지는 않았다. 얼마 안 되는 잔돈으로 며칠 버티라고 하는 것이 분명했다.

가라사와는 자신도 모르는 사이에 주먹을 꽉 쥐었다. 분노로 몸이 떨려왔다.

게이스케는 한창 클 나이였다. 한창 성장하는 나이에는 아무리 먹어도 부족할 정도로 많은 영양이 필요하다. 그런데 요이치는 거의 모든 돈을 자신의 향락에만 쏟아붓고 아이는 배를 곯게 하고 있다. 게다가 폭력을 휘둘러 신체뿐 아니라 마음에까지 상처를 입히고 있었다. 요이치에게는 아버지 자격이 없다.

"너 먼저 가라. 난 볼일이 있어."

그 말을 남기고 요이치는 걷기 시작했다. 마작집에 갈 작정인 것 같았다.

게이스케는 뒤돌아서 아버지의 등을 응시했다. 외로워 보이는 눈이었다. 멈춰 세워도 소용없다는 걸 아는지 마작집으로 향하는 아버지를 잠자코 배웅했다.

가라사와는 당장이라도 뛰쳐나가고 싶은 마음을 억지로 누르고 게이스케가 자리를 떠나기를 기다렸다. 어른끼리 다투는 모습을 어린 게이스케에게 보일 수는 없었다.

게이스케가 아버지 뒤를 따라가는 모양새로 걷기 시작했다.

마작집을 지나서 있는 집을 향해 가는 것일 게다.

요이치는 마작집 앞까지 오자 무슨 생각이 났는지 멈춰 섰다. 뒤를 돌아보고 아들 이름을 불렀다.

"게이스케!"

게이스케는 그 자리에 발걸음을 멈추고 숙이고 있던 얼굴을 들었다.

"누가 준 거야."

그렇게 말하더니 요이치는 주머니에 찔러 넣었던 오른손을 꺼내 게이스케를 향해 뭔가를 던졌다.

알사탕이었다.

비닐로 싼 알사탕이 공중에서 포물선을 그렸다. 게이스케는 몸을 앞으로 고꾸라뜨리듯이 하면서 양손으로 그것을 잡았다.

손안을 본 게이스케의 얼굴에 금세 화색이 돌았다. 뺨을 붉게 물들이고 기쁜 듯이 아버지에게 외쳤다.

"고마워요, 아버지!"

요이치는 아무 대답 없이 재빨리 마작집으로 들어갔다.

게이스케는 또다시 손안의 알사탕을 바라보더니 마치 보물이라도 얻은 듯 그것을 가슴에 품고 집을 향해 달렸다.

차 그늘에 몸을 숨기고 상황을 지켜보고 있던 가라사와의 몸이 굳어버렸다. 방금 본 게이스케의 얼굴이 눈에 달라붙어 떨어지지 않았다.

가라사와는 눈을 꼭 감았다. 눈시울이 뜨거워졌다. 눈에서 눈물이 방울져 떨어질 것 같아 필사적으로 참았다.

숨을 한 번 내쉬고 얼굴을 힘차게 들었다.

아버지에게 알사탕을 받아 든 게이스케의 얼굴을 보기 전까지는 아동 상담소나 복지시설 관계자에게 알리자고 생각했다. 그 어느 쪽도 움직이지 않는다면 자신의 양자로 들이자는 생각도 했다.

그러나 게이스케의 얼굴을 보고 그것이 진정한 의미에서 게이스케를 구하는 방법은 아니라는 것을 깨달았다.

아버지가 준 알사탕을 받아 든 게이스케의 표정은 지금까지 가라사와가 본 적 없는 것이었다. 어둡게 가라앉아 있던 얼굴이 알사탕을 받아 든 순간 찬란한 빛을 반사하듯이 확 빛나면서 온몸에서 소리 없는 기쁨의 함성이 흘러나왔다.

가라사와의 집에서 과자나 밥을 먹을 때도 그런 얼굴을 한 적은 없었다. 게이스케에게는 맛있는 과자나 손수 만든 요리보다 아버지가 준 알사탕이 더 기쁜 것이었다. 게이스케가 진짜로 원하는 것은 가라사와도 요시코도 줄 수 없었다. 그것을 줄 수 있는 것은 아버지뿐이었다.

타인이 보면 어쩔 도리 없는 변변치 못한 아버지지만, 어머니를 잃은 게이스케에게는 단 한 사람의 육친이었다. 게이스케가 아버지를 원하는 이상 요이치에게서 게이스케를 떼어놓는 것이 게이스케를 위한 일이라고 단정할 수는 없었다. 그렇다면 게이스케를 뒤에서 지켜주는 수밖에 없다.

그렇게 생각한 가라사와는 게이스케의 뒤를 쫓았다.

마작집에서 게이스케의 집까지 가는 길에 식료품을 파는

가게는 하나밖에 없었다. 일용품이랑 빵, 반찬거리를 파는 사토 상점이다. 게이스케는 거기서 오늘 저녁거리를 살 것이다.

가라사와는 가게에 도착해 미닫이문을 열었다. 짐작한 대로 게이스케가 거기 있었다. 게이스케가 가게에 들어온 가라사와를 보고 놀라자, 가라사와는 자신이 뒤를 따라왔다는 것을 알아채지 못하도록 우연을 가장했다.

"어? 너도 뭘 사러 왔니? 나도 살 게 있어서 들어온 건데."

게이스케는 의심하는 기색 없이 가라사와를 맑은 눈으로 쳐다봤다.

"뭘 살 거니?"

게이스케는 잠시 생각하더니 여덟 장들이 식빵과 크로켓이 두 개 들어 있는 비닐봉지를 집었다. 그것이 가지고 있는 돈으로 살 수 있는 최대한의 것일 게다.

게이스케는 고른 물건을 가게 안쪽에 있는 노파에게 가져갔다. 노파는 돈을 받자 산 물건들과 옆에 있던 귤 두 개를 종이 봉지에 함께 넣어 건넸다. 봉지를 받을 때 게이스케가 뭔가 말을 하려 했지만 노파는 아무 말 말라는 듯 고개를 저었다.

가라사와는 물품대 위에 진열된 팥빵과 된장 주먹밥, 고래 고기로 만든 빨간 다쓰타 튀김을 샀다.

노파에게 돈을 내고 게이스케와 함께 가게를 나왔다.

밖에 나오자 가라사와는 자신이 산 것을 봉지째 게이스케에게 건넸다.

"가져가거라."

게이스케는 놀란 얼굴로 가라사와를 봤다. 받을 수 없다고 말하듯 고개를 저었다.

"괜찮아. 아이는 사양하는 거 아니야."

가라사와는 게이스케에게 억지로 종이 봉지를 안겼다. 게이스케는 망설이면서도 종이 봉지를 받아 들었다. 거절하는 기색을 보였지만 사실은 기뻤을 것이다. 숨기려 해도 숨길 수 없는 희색이 떠올라 있었다.

가라사와는 허리를 구부려 게이스케와 눈높이를 맞추고는 얼굴을 지긋이 바라봤다.

"나랑 한 가지 약속해줬으면 한다."

평소와 다른 진지한 가라사와의 목소리에 게이스케가 긴장한 표정으로 가만히 듣는 자세를 취했다.

"매주 일요일에 우리 집에 오너라."

그러잖아도 가라사와와 알게 된 후 게이스케는 거의 매주 일요일이면 가라사와의 집에 갔다. 새삼 왜 약속 같은 걸 하라고 하나. 게이스케의 눈이 그렇게 묻고 있었다.

"너는 장기를 좋아하지?"

게이스케가 끄덕였다.

"더 잘 두고 싶지?"

조금 전보다 더 크게 끄덕였다.

"너는 소질이 있어. 제대로 배우면 분명 잘 둘 거야. 어른도 이길 수 있게 될 거야."

게이스케의 눈이 빛났다.

"네가 그렇게 될 수 있도록 내가 도와줄 테니까 앞으로 매주 우리 집에서 장기를 두자. 좋지?"

게이스케가 장기에 소질이 있다는 얘기도, 게이스케가 장기를 더 잘 두게 하고 싶은 마음이 있다는 것도 거짓은 아니었다. 그러나 게이스케에게 새삼 강하게 집에 오라고 한 진짜 이유는 다른 데 있었다.

게이스케를 더 흔들림 없이 돌보기 위해서였다.

매주 한 번, 게이스케와 함께 목욕을 해 아버지가 도를 넘긴 폭력을 휘두르지 않나 확인하고, 게이스케가 건강하게 성장하는 데 필요한 영양을 제공하고, 그가 좋아하는 장기를 가르쳐서 마음이 건전하게 자라도록 이끌기 위해서였다.

가라사와는 게이스케의 어깨를 잡았다.

"약속한 거다."

어깨를 잡은 힘 센 손에서 굳은 의지를 느꼈는지 한순간 주저하던 게이스케는 가라사와의 눈을 똑바로 응시하며 고개를 끄덕였다. 가라사와는 게이스케의 어깨를 툭 치더니 숙이고 있던 허리를 폈다.

"자, 이제 그만 집에 가보렴."

게이스케는 종이 봉지 두 개를 양손으로 꼭 쥐더니 가라사와에게 등을 돌리고 뛰어갔다.

"모르는 사람이 말을 걸어도 따라가면 안 된다. 그리고 차 조심하고."

길 끝으로 달려가는 게이스케가 어깨 너머로 돌아보는 것 같았다.

"아저씨, 고마워요."

게이스케의 목소리가 들렸다.

가라사와는 입에 양손을 대고 외쳤다.

"앞으로는 나를 선생님이라고 불러라."

아저씨라고 불리는 것은 서먹서먹해서 싫었다. 현역이 아닌 지금, 다른 사람이 자신을 선생님이라고 부르는 것은 달갑지 않았지만, 게이스케라면 좋다고 생각했다.

"네, 선생님!"

멀리서 게이스케가 대답했다. 이미 모습은 보이지 않았다. 마지막 남은 기척도 어둠 속으로 사라졌다.

가라사와는 잠시 그 자리에 가만히 서 있었다. 내뱉는 숨이 하얬다. 몸은 추위로 얼어붙었지만 가슴속은 강한 사명감으로 뜨겁게 달아올라 있었다.

게이스케는 내가 지킨다.

굳게 움켜쥔 양손에 게이스케의 여린 어깨에서 느껴진 감촉이 남아 있었다.

제7장

이시바와 사노는 이른 아침 이웃 동네 편의점에 가서 장부를 복사한 후 사사키 기혜이 상점에 돌려주고, 다시 센다이역으로 가서 곧바로 이바라키현 미토시를 향해 떠났다. 요시노리의 아버지에게 문제의 장기말을 샀다고 장부에 기재되어 있던 '오보라'라는 사람을 찾아보기 위해서였다.

현경에는 어젯밤 당직에게 전화해 출장 허가를 요청해두었다. 오늘 아침 수사본부에 확인하니 이가라시 수사본부장이 정식으로 허가를 해주었다.

센다이역에서 신칸센 야마비코를 타고 후쿠시마의 고오리야마역에서 스이군선으로 갈아탔다. 센다이에서 미토까지는 대략 네 시간이 걸릴 예정이었다.

이시바는 센다이역에서 소 혀 도시락과 광어 지느러미살

초밥을 샀다.

아무리 맛있다고 이름난 지역의 특산 도시락이라 해도 이른 아침부터 두툼하게 썬 소 혀니, 광어 지느러미살 초밥 같은 묵직한 식사를 우적우적 해치우려는 이시바를 보고, 사노는 그 튼튼한 위장에 감탄스러움을 넘어 어이가 없어질 지경이었다. 먹는 모습을 보고 있는 것만으로도 속이 거북해질 듯했다.

"저쪽에 도착하면 느긋하게 밥 먹을 여유가 없어. 자네도 두둑이 먹어둬."

그런 말을 들어도 식욕이 솟지 않았다. 사노는 망설인 끝에 샌드위치와 캔 커피를 샀다.

아니나 다를까 이시바는 신칸센에 타자마자 도시락을 눈 깜박할 사이에 먹어치우고 의자를 뒤로 젖힌 후 코를 골았다.

빨리 먹고 빨리 싸고, 아무 데서나 잔다. 이것이 형사의 필수 조건이라고 이시바는 늘 강조했다. 그 가르침에 따라 사노도 샌드위치를 다 먹고 나서 의자를 젖히고 잠시 눈을 붙이려 했다.

꾸벅꾸벅 졸기 시작했을 때 상의 안주머니에서 휴대전화가 진동했다. 이번 사건에서 수사본부장을 맡고 있는 이가라시 경정에게 온 전화였다. 전화는 수사본부장 직통 고정 전화에서 걸려왔다.

사노는 서둘러 덱으로 나가 전화를 받았다.

"안녕하십니까. 사노입니다."

휴대전화 저편에서 이가라시의 활기찬 목소리가 들렸다.

"수고가 많군. 지금 이동 중인가?"

"센다이에서 미토시로 향하는 중입니다."

수사본부장 직통전화라 긴장해서 목소리가 높아졌다.

이가라시는 사노에게 이바라키현경에 협조를 얻을 수 있게 됐다는 말을 전했다.

사노는 안도의 숨을 쉬었다. 사건 수사가 타 현에 걸쳐 있을 경우 해당 현의 경찰 기관에 연락하는 것이 예의였다. 같은 경찰이라 해도 각자 수사 관할이 다르기 때문이다.

사안과 경과에 따라서는 이번 같이 수사 협력을 얻는 경우도 있었다. 타 현의 수사관보다 해당 지역의 수사관이 더 많은 정보를 쥐고 있는 것은 당연한 일이었다. 그래서 그 지방 사정과 지리에 밝은 수사관이 함께 움직이면 자신들끼리만 움직일 때보다 수사가 더 순조롭게 진행된다.

실제로 문제의 장기말을 산 오보라의 주소는 확인했지만 그것이 매매된 것은 30년도 더 된 일이었다. 그 당시 주소가 지금까지 남아 있는지도, 오보라라는 인물이 현재 그곳에 사는지도 알 수 없었다. 그러므로 지역의 세세한 정보를 가지고 있는 그 지역 수사관이 협조해준다면 더할 나위 없이 고마울 일이었다.

아마 어젯밤 출장 경위를 알게 된 이가라시 수사본부장이 형사총무과를 통하지 않고 직접 해당 관할과 교섭해주었을 것이다.

"미토시 중앙서의 서장이 대학 동기라서, 사정을 전했더니 흔쾌히 인원을 내줬어. 자네들이 미토역에 도착할 시간에 맞춰서 그 사람이 차로 마중 나올 거야."

마중 나올 사람의 이름은 아다치. 개찰구에서 기다리고 있을 거라고 했다. 물색 와이셔츠를 입고 지역신문을 들고 있을 거라고 했다. 제복 경찰을 피한 것은 서장의 배려일 것이다.

"그런데 이시바하고는 잘 지내나?"

이가라시가 물었다.

사노는 순간 말문이 막혔다.

어떻게 대답해야 좋을지 몰라 되물었다.

"전화, 이시바 경위 바꿀까요?"

"아니, 됐네. 그놈이야 뭐, 어차피 역에서 산 도시락 먹어치우고 좌석에 푹 처박혀서 쿨쿨 자고 있겠지."

모두 꿰뚫어 보고 있었다.

이가라시는 사노를 달래는 것 같은 말투로 말했다.

"그놈은 옛날부터 내 길을 간다, 하는 놈이야. 수사하다가 상대랑 싸워서 문제가 된 적도 있어. 하지만 수사 실력은 현경 수사1과에서도 가장 알아주는 놈이야. 자네는 힘들겠지만 이시바를 잘 따라서 수사가 잘 풀리게 해주게."

이가라시 수사본부장이 사이타마현경 수사1과의 관리관으로 취임한 지는 아직 일 년이 채 안 됐다. 이시바와 함께 지낸 것도 그리 오래되지는 않았을 것이다. 그런데도 이시바에 대해 이렇게 잘 알고 있다는 건 이시바의 탁월한 수사 능력과 막돼먹은 성격이 그만큼 현경에 두루 알려졌다는 얘기였다.

솔직히 이시바의 수사 실력이 얼마나 뛰어난지, 사노는 아직 알 수 없었다. 그러나 수사본부장이 인정하니 그 말에 무게감이 느껴졌다.

사노는 자세를 바로 하고 힘차게 대답했다.

"알겠습니다. 이시바 경위의 지시에 따라 수사에 전력을 다하겠습니다."

미토역에 도착해 개찰구를 나오자 물색 와이셔츠 차림에 지역신문을 옆구리에 끼고 있는 젊은 남자가 눈에 들어왔다. 아다치였다.

사노와 이시바의 나이와 특징을 아다치도 들어서 알고 있었을 것이다. 두 사람의 모습을 확인하자 곧장 달려왔다.

아다치는 둘 앞에 서서 검은 가죽구두의 뒤꿈치를 맞추고 등을 폈다.

"오미야 북부경찰서 지역과의 사노 순경님과 사이타마현경 수사1과의 이시바 경위님이시죠. 미토 중앙서 지역과의 아다치 나오토 순경입니다. 오늘은 제가 안내하겠습니다."

아직 20대 초반일까. 사노를 응시하는 반듯한 시선이나 긴장한 말투에서 앳된 경찰 느낌이 났다.

아다치는 이시바가 보기에 계급, 나이 모두 상당히 아래였다. 자신의 부하라면 머리를 숙이는 행동 같은 건 하지 않을 것이다. 그러나 타 지역 경찰이다 보니 이야기가 달랐다. 그런 식의 예의는 중시하는 듯, 이시바는 아다치를 향해 머리를 숙였다.

"바쁘실 텐데 폐를 끼치게 됐습니다. 수사 협조 감사드립니다."

이시바의 정중한 인사를 받은 아다치는 당황해서 어쩔 줄 몰라 하며 머리를 숙였다.

역 주차장에 세워둔 차에 올라타자 아다치는 시동을 걸면서 말을 꺼냈다.

"서장님 말씀에 의하면 두 분은 1961년 당시 시내의 타이시마치에 살던 오보라 스스무라는 사람을 찾아오셨다고요."

사노는 뒷좌석에서 아주 조금 몸을 앞으로 내밀었다.

"지난번에 아마기산에서 발견된 사체와 관련해서 그 사건과 관련된 어떤 장기말의 행방을 찾고 있습니다. 미토시에 사는 오보라라는 인물이 그 말을 구입했다는 정황이 있어서요. 오보라 씨를 만나면 정보를 얻을 수 있지 않을까 싶어서 왔습니다."

아다치는 상의 안주머니에서 수첩을 꺼내더니 뒤를 돌아보고 사노에게 내밀었다.

"서장님께 들은 오보라 씨의 주소입니다. 틀림없는지 지금 확인을 부탁드립니다."

사노는 펼쳐 있는 수첩 페이지를 확인한 후 자신의 수첩에 메모해둔 오보라의 주소와 대조했다. 같았다. 틀림없었다.

사노는 수첩을 덮고 아다치에게 대답했다.

"그 주소가 틀림없습니다. 수고스럽겠지만 그곳으로 좀 가주시겠습니까?"

"그 일 말인데요."

아다치는 손을 뻗어 조수석의 대시보드를 열더니 안에서 갈색 서류 봉투를 꺼냈다.

"1961년 당시에 오보라 스스무 씨가 살던 주소의 집은 1970년에 도로 확장 공사 때문에 헐렸습니다. 예전에 다이시마치였던 주소명은 다이시신마치로 바뀌어서 지금은 간선도로가 지나가는 상업지역이 되었어요."

1970년이면 일본의 고도성장기 후반기다. 철도나 고속도로 등, 지역과 지역을 잇는 간선 교통 시설이 많이 늘어났고, 지역마다 거리 정비 사업이 연이어 진행되던 때였다. 다이시마치도 그 흐름에 휩쓸려 사라진 것이리라.

그때까지 사노 옆에서 잠자코 있던 이시바가 아다치에게 물었다.

"도로를 확장한 후 이사한 곳을 압니까?"

아다치는 대답 대신 손에 들고 있던 서류 봉투를 이시바에게 건넸다.

"그 안을 봐주세요. 오전 중 시청에 가서 이사한 기록에 대해 조사한 내용이 들어 있습니다."

이시바는 서류 봉투에서 내용물을 꺼내 대충 훑어보더니 옆에 있는 사노에게 건넸다. 사노도 서둘러 서류를 읽었다.

오보라 스스무는 1970년 도로 확장 후 쓰카노마치라는 지역으로 이사했다.

아다치의 이야기에 의하면 쓰카노마치는 시내 서쪽 변두리에 있으며 산을 개간해 택지로 만든 곳이었다. 당시는 인기 있는 신흥 주택지였지만, 시 중심지에서 많이 떨어져 있는 데다 언덕이 많아 고령자가 살기는 부적합해서 지금은 주민이 당시의 반 정도로 줄었다고 했다.

아다치는 설명을 계속했다.

"조사한 바로는 오보라의 집이 쓰카노마치에서 다른 곳으로 이전했다는 기록은 없습니다. 현재 세대주의 성명은 오보라 스스무는 아니지만, 성이 같은 오보라 다다시라는 사람입니다. 스스무 씨 본인이 그 주소에 사는지 아닌지는 나중에 주민등록표를 보면 알겠지만, 적어도 스스무 씨 가족이 사는 것은 확실하다고 생각합니다. 그래서 쓰카노마치로 갈까 하는데, 어떠신지요?"

이시바는 얼굴에 만족스러운 웃음을 떠올렸다.

"그렇게 해주세요. 야아, 일 처리 속도가 빠르네요. 큰 도움이 되었습니다. 우리 부하도 이 정도로 세심하면 좋겠는데요."

정확히는 수사본부가 활동하는 동안만 부하지만, 그런 사정을 구구하게 밝혀봤자 의미가 없었다. 이시바의 입에서 튀어나온 기분 나쁜 소리를 귓등으로 흘려버리고 사노는 서류를 아다치에게 돌려줬다.

"나중에 그 서류를 복사해도 될까요."

사노가 부탁하자 아다치는 대시보드에서 다른 서류 봉투를 꺼내 사노에게 내밀었다.

"그렇게 말씀하실 거 같아 사본을 준비해뒀습니다. 가져가세요."

고맙다는 말이 나오기까지 몇 초 걸렸다.

확실히 세심했다.

자신보다 우수한 부하를 두면 이런 기분이 들까. 왠지 어색했다. 복사본이 들어 있는 서류 봉투를 받아 들면서 곁눈으로 옆을 보니 이시바가 너도 좀 본받으라는 듯한 얼굴로 사노를 노려보고 있었다.

쓰카노마치는 역에서 서쪽으로 차로 20분쯤 달려간 곳에 있었다. 이제 막 오후 1시를 지난 참이었다.

아다치는 텅 빈 무인 주차장에 차를 세웠다. 셋은 차에서 내려 각자 주위를 둘러봤다.

20년쯤 전에는 번화했을 것으로 보이는 동네는 아다치의 얘기대로 쇠퇴한 기색이 완연했다. 산 경사면에 서 있는 집들은 대부분 지붕이나 벽의 색이 바랬고, 빈집으로 보이는 곳도 눈에 띄었다.

"이쪽입니다."

아다치가 앞장서서 걸었다.

가파른 언덕을 올라가 두 갈래 길이 나오는 곳에서 왼쪽으로 꺾어 걸어갔다. 길게 계속되는 콘크리트 벽을 따라서 앞으로 걸어가던 아다치는 네 번째 전신주 옆에서 걸음을 멈췄다.

손에 들고 있는 수첩과 전신주에 붙어 있는 거리 구역 표지판을 번갈아 바라봤다. 그리고 다시 걷기 시작하더니 전신주에서 세 집 더 간 곳에 있는 집 앞에 멈춰 서서 두 사람을 돌아봤다.

"이 집입니다."

사노는 도로에 면한 입구의 기둥을 봤다. 기둥에 '오보라 다다시'라고 쓰인 문패가 붙어 있었다.

"자!"

아다치가 사노와 이시바를 재촉했다. 자신은 어디까지나 안내하는 역할이라고 생각하는 모양이었다.

이시바가 입구의 기둥을 지나 대문 안으로 들어섰다.

대문에서 건물 현관 사이에는 마당이 있었는데, 걷기 좋게 일정 간격으로 깔아놓은 돌 옆으로 철쭉이랑 금목서 등 정원수가 서 있었다. 정원수는 줄기에도 잎에도 윤기가 없었다. 나무를 잘 모르는 사노가 봐도 약해졌다는 것을 바로 알 수 있었다. 조금만 손보면 훌륭한 정원이 될 테지만, 지금 이 집에 사는 사람은 정원 손질에는 관심이 없는 모양이었다.

이시바는 현관문까지 다다르자 사노에게 벨을 누르라고 턱으로 지시했다.

"누구든 나오면 자네가 얘기해."

귀찮은 설명이나 조사는 부하에게 맡기는 것이 이시바의 방식이었다.

사노는 문 옆에 있는 벨을 눌렀다. 문 너머에서 경쾌한 멜로디가 흘렀다.

아무도 나오는 기색이 없었다. 한 번 더 벨을 누르려고 하는

데, 안에서 무거운 발소리가 다가오는 기척이 났다. 문이 천천히 열렸다.

"누구십니까?"

문 틈새로 남자가 얼굴을 내밀었다. 머리에 흰 머리카락이 섞였고 얼굴에는 노화를 말해주는 검버섯이 있었으며, 몸에 걸치고 있는 상하 트레이닝복은 몹시 낡은 것이었다.

스스무는 아니었다. 살아 있다면 스스무는 지금 여든다섯 살이다. 늙었다고는 하나 남자는 그렇게까지 나이 들어 보이지 않았다.

이 더위에 양복 차림으로 느닷없이 찾아온 세 사람을 보고 방문판매원이라고 생각했는지 남자는 지겹다는 표정을 지으며 힘껏 문을 닫으려 했다.

"강매라면 거절이야."

사노가 당황해서 문에 손을 걸치고 잽싸게 몸의 반을 들이밀었다.

"강매가 아닙니다. 경찰입니다."

문을 닫으려던 힘이 느슨해졌다.

"경찰이라니, 순경 아저씨?"

제복을 입고 있으면 바로 믿었을지 모르지만, 공교롭게도 사노 일행은 사복 차림이었다. 믿어도 좋을지 어떨지 판단이 안 서는 듯, 남자는 사노 일행을 수상쩍다는 듯이 위아래로 훑어보았다.

사노는 도난을 방지하기 위해 벨트에 끈으로 연결해놓은

경찰 수첩을 바지 뒷주머니에서 꺼내 남자에게 보여주었다.

"저는 사이타마현 오미야 북부경찰서에서 나온 사노 나오야라고 합니다. 뒤에 있는 두 분은 사이타마현경 수사1과의 이시바 경위와 미토 중앙서의 아다치 순경입니다. 좀 여쭙고 싶은 것이 있어서 왔습니다."

경찰 수첩을 본 남자는 비로소 세 사람이 경찰 관계자라는 말을 믿겠다는 듯, 반만 열었던 문을 활짝 열었다.

"물어보고 싶다는 게 뭡니까?"

귀찮은 건 얼른 끝내고 싶다. 그런 말투였다.

사노는 수첩을 뒷주머니에 다시 넣으며 물었다.

"여기는 전에 다이시마치에 살던 오보라 스스무 씨 댁이 틀림없지요?"

남자가 미간을 찌푸렸다.

"네, 그런데요……."

"실례입니다만, 당신은?"

사노의 질문이 당혹스럽다는 표정을 지으며 남자가 대답했다.

"아들 다다시입니다."

집을 아들이 물려받은 모양이었다.

사노는 찾아온 이유를 말했다.

"여쭤보고 싶은 것은 스스무 씨가 30년쯤 전에 어떤 장기말을 구입했는데, 그 말이 이후 어떻게 되었는지 하는 것입니다."

사체 유기 건은 숨기고 간략하게 사정을 전했다.

"어떤 사건이 일어났는데 거기에 스스무 씨가 구입한 장기말이 관련되었을 가능성이 있습니다. 스스무 씨에게 이야기를 듣고 싶은데, 아버님은 댁에 계신가요?"

다다시는 곤혹스러운 표정으로 대답했다.

"아버지는 6년 전에 돌아가셨습니다."

놀랄 일은 아니었다. 세상을 떠나도 이상하지 않을 고령이었다. 다다시 이야기로는 폐가 나쁘다는 진단을 받고 나서 일 년도 안 되어 사망했다고 했다.

사노는 고개를 돌려 뒤에 있는 이시바를 봤다. 지시를 받기 위해서였다.

이시바는 말없이 턱을 추켜올렸다.

계속 물어보라는 의미였다. 얼굴을 다시 다다시에게 돌리고 질문을 계속했다.

"스스무 씨가 돌아가셨다는 사실은 몰랐습니다. 갑자기 고인에 관한 일을 들추어 기분 상하셨다면 사과드리겠습니다. 그러나 조금 전에 사정을 말씀드렸다시피 수사를 위해 실례를 무릅쓰고 질문을 드려야 합니다. 문제의 장기말 말인데, 스스무 씨가 장기말을 구입했다는 사실을 알고 있습니까?"

"그건……."

대답하려던 다다시는 사노의 등 뒤를 흘끔 보더니 흠칫 놀란 듯이 입을 다물었다.

다다시의 시선을 따라 돌아보니, 나이 든 여성이 이쪽 상황을 살피듯 대문에서 들여다보고 있었다. 이웃에 사는 사람일까. 사노와 시선이 마주치려 하자 서둘러 그 자리를 떠났다.

다다시는 괴로운 표정을 지으면서 사노 일행에게 집 안으로 들어오라고 했다.

"사람 눈이 있으니까 안으로 들어오세요."

사노는 옆으로 비켜서서 이시바가 먼저 들어갈 수 있게 했다. 이시바가 들어간 다음 사노와 아다치가 따라 들어갔다.

집 안으로 들어간 다다시는 짧은 복도 맨 끝 방으로 세 사람을 안내했다.

그곳은 거실이었다. 들어가서 바로 오른쪽에 불단이 놓여 있고, 한가운데에 좌탁이 있었다.

마당과 마찬가지로 방 안도 황량했다. 마당에 면한 장지문 군데군데는 찢어져 있고 다다미는 표면이 가늘게 갈라져 거슬거슬했다. 좌탁 위에는 씻지 않은 밥그릇과 접시가 지저분한 채로 놓여 있었다.

다다시는 방구석에 쌓여 있던 방석을 가져오더니 좌탁 주위에 늘어놨다.

"적당히 앉으세요."

다다시가 좌탁 위에 어질러져 있던 식기를 거두어 거실과 연결된 부엌으로 가져갔다. 그 사이에 사노는 방석 겉에 쌓인 먼지를 손으로 털었다.

다다시는 부엌에서 돌아와 좌탁을 가운데 두고 세 사람과 둘러앉듯이 앉았다.

"홀아비다 보니 지저분해서 죄송합니다."

다다시의 말에 사노는 옆에 있는 불단을 봤다. 위패 옆에는 사진을 끼운 나무 액자가 두 개 놓여 있었다. 사진 하나는 눈매가 다다시와 많이 닮은 나이 든 남성, 또 하나는 온화하게 웃음 짓고 있는 중년 여성이었다.

사노의 시선을 눈치챘는지 다다시가 툭 던지듯 말했다.

"아버지와 아내입니다."

액자에 들어 있는 사진 속 여성은 다다시와 나이가 비슷해 보였다. 액자 틀도 새것이었다. 아마 최근에 죽은 것일 게다. 살림이 엉망인 이유는 연이어 가족을 잃은 상실감 때문일지도 몰랐다.

"그런데……."

다다시의 집을 방문했을 때부터 계속 침묵하고 있던 이시바가 입을 열었다. 목소리의 무게감으로 보아 본론으로 바로 들어가는 모양이었다. 사노는 셔츠 포켓에서 메모용 수첩을 꺼내고 펜을 들었다.

"우리가 찾고 있는 문제의 장기말, 그러니까 스스무 씨가 구입한 말은 지금 댁에 있습니까?"

다다시는 힘없이 고개를 옆으로 저었다.

"없습니다."

"확실합니까?"

이시바의 목소리가 매우 날카로워졌다.

의심하는 말투가 어이없었는지 다다시는 이시바를 노려보고 단호하게 말했다.

"그 장기말은 이미 옛날에 아버지가 팔았어요. 제가 결혼한 해니까 잘 기억하고 있습니다."

"결혼하신 건 언제지요?"

이시바가 틈을 주지 않고 질문했다.

"1965년입니다. 제가 스물아홉 살이고, 아내가 스물여섯 살 때였습니다."

계산해보니 다다시는 지금 쉰여덟 살이었다. 나이보다 훨씬 더 늙어 보였다. 환갑이 지났다고 해도 아무도 의심하지 않을 것이다.

다다시는 자기 아버지의 성장 과정에 대해 이야기했다.

오보라가는 3대째 이어오는 화과자집을 운영했으며 미토시에서는 이름이 알려진 전통 깊은 가게였다. 아버지 스스무는 4대째였지만 장남에 아들 하나라서 오냐오냐 키운 탓인지 뭐든 자신의 뜻대로 되지 않으면 짜증을 부리곤 하는 아이였다. 중학교를 졸업한 후 선대가 친하게 지내던 가나자와의 화과자집에 일을 배우라고 보냈는데, 술과 여자에 정신을 빼앗겨 도중에 되돌려 보내졌다고 했다.

"아버지는 그때 일을 무용담처럼 얘기했지만, 아들인 제가 보기에는 어쩔 도리 없는 쓰레기였습니다. 생김생김도 웬만했고 옷도 잘 입었고, 게다가 전통 있는 화과자점의 후계자라고 하면 여자들한테 인기가 없을 수 없지요. 이런저런 소문이 퍼진 뒤 저를 임신한 어머니와 결혼했습니다. 아버지가 난봉꾼이라는 것은 어머니도 알고 있었던 것 같은데, 결혼해서 가정을 꾸리면 건실해진 거라고 생각한 모양입니다. 하지만 사람은 그렇게 쉽게 변하지 않지요. 아버지의 방탕은 계속되어 오래 이어오던 가게까지 망해버렸습니다."

다다시는 불단 쪽을 보며 자조하듯 웃었다.

"유일하게 아버지를 칭찬할 부분이 있다고 한다면 긴 병을 앓지 않고 갔다는 것 정도죠."

세상에는 가까운 사람에게는 말할 수 없지만 생판 모르는 타인에게는 말할 수 있는 것이 있다.

다다시는 자신의 아버지가 인간으로서는 얼마나 자격이 없었는지 줄줄이 늘어놓더니, 심지어 아내가 일찍 죽은 것도, 그리고 다다시 자신이 지독한 당뇨병으로 요절할 수밖에 없는 몸이 된 것도 모두 아버지 탓이라고 했다.

사노는 다다시가 하는 원망의 말을 어디까지 기록해야 하나, 망설였지만, 혹시라도 그런 말을 하다 장기말의 행방에 관한 정보를 흘릴 수도 있다는 생각에서 그가 하는 이야기를 하나도 빼놓지 않고 수첩에 메모했다. 무엇보다 상사인 이시바가 잠자코 듣고 있는데, 옆에서 요점만 말하라고 참견할 수는 없었다.

지금까지 가슴에 담아뒀던 울분을 한바탕 토해내고 나서 기분이 풀렸는지 다다시는 겨우 장기말 이야기를 꺼냈다.

"당신들이 찾고 있는 장기말도 아직 돈이 궁하지 않던 무렵에 아버지가 문득 생각나서 산 것이었습니다."

이시바가 느긋한 말투로 이야기 줄거리를 맞췄다.

"말씀하신 대로라면 스스무 씨는 장기말을 1965년에 팔았지요. 그 장기말은 명공이 만든 고가품이었습니다. 그 말을 겨우 4년 만에 남의 손에 넘긴 이유는 뭘까요?"

다다시는 자조 섞인 웃음을 흘렸다.

"조금 전에 얘기한 대로 아버지는 쉽게 싫증을 내는 성격이거든요. 여자도 취미도 쉽게 바꿨지요. 그 말을 산 이유도 딱히 장기에 특별한 마음이 있어서가 아니었어요. 어쩌다 훌륭한 장기 기사 선생님의 대전을 볼 기회가 있었고, 그 덕에 장기에 흥미를 갖게 돼서 일류 말과 장기판을 갖춰 샀던 겁니다. 하지만 늘 그랬듯이 바로 싫증이 났지요. 그냥저냥 하는 사이에 도로 확장이랑 제 결혼 얘기가 나왔고, 그것을 기회로 집을 새로 짓게 됐습니다. 그때 아버지는 명공이 만든 그 고가의 말을 팔고 이토 신스이의 미인화를 구입했습니다. 뭐, 지금은 그 그림도 없지만요."

태어나면서부터 방탕한 사람을 아버지로 둔 탓에 다다시도 고생했을 것이다. 다다시가 스스무에 대해 하는 말 한마디 한마디에 원망이 촘촘히 배어 있는 것 같았다.

이시바가 쓴웃음을 지으며 목 뒤를 손으로 두드렸다.

"아드님이 보기에는 어쩔 도리 없는 아버지였을지 모르지만, 타인인 제가 보기에는 매우 매력적인 인물이네요. 호쾌하달까 대담하달까, 지금 시대에는 그런 사람을 만나고 싶어도 좀처럼 찾을 수가 없어요. 여자들한테 인기가 있었던 것도 이해가 갑니다."

자기 자신은 아버지를 아무리 증오하고 있다 하더라도 타인이 자신의 육친을 칭찬해주는 소리를 들으면 기분이 나쁘지는 않은 법일까. 다다시의 얼굴에 번졌던 험악한 기운이 누그러들었다. 사람의 마음을 달래는 이시바의 솜씨는 대단하다고 말할 수밖에 없었다.

다다시는 이시바와 눈을 정면으로 마주치면서 이야기를 본론으로 되돌렸다.

"여러분은 사건과 관계가 있을지도 모를 장기말의 행방을 좇고 있는 거지요. 그렇다는 건, 아버지가 누구에게 그 말을 팔았는지 알고 싶다는 거군요."

이시바가 크게 끄덕였다.

"네, 그렇습니다. 아버님이 장기말을 누구에게 팔았는지 아십니까?

다다시는 아니요, 하고 고개를 옆으로 저었으나, 곧 말을 이었다.

"장기말 매매를 중개한 사람은 압니다."

"그게 누굽니까?"

이시바가 상대의 말이 미처 끝나기가 무섭게 물었다. 사노 또한 펜을 든 손에 저도 모르는 사이에 힘이 들어갔다.

"기쿠타라는 사람입니다. 오사카에서 부동산업을 하고 있었습니다."

"그 사람의 이름과 주소는 기억하고 있습니까?"

이시바가 곧바로 물었다.

"죄송합니다."

다다시는 모른다고 하는 대신 그런 식으로 대답했다.

"기쿠타 씨는 여러 번 우리 집에 왔는데, 그중 제가 그 사람의 얼굴을 본 것은 두 번뿐이었습니다. 집에 돌아왔다가 거실에서 아버지가 모르는 사람과 함께 있는 것을 봤는데, 그때마다 저는 가벼운 인사만 나누고 바로 제 방으로 가서 틀어박혔습니다. 그 사람은 오사카에서 부동산업을 하는 기쿠타라는 사람이고, 장기말에 대해 상담하고 있다고 나중에 아버지한테서 들었습니다."

"부동산?"

어미를 올려서 기억이 잘못된 게 아니냐고 이시바가 은연중에 물었다.

다다시는 난처한 표정을 지었다.

"저도 아버지에게 기쿠타 씨가 부동산 일을 한다고 들었을 때는 장기말하고 부동산업이 무슨 관계가 있는지 알 수 없었습니다. 더구나 멀리 오사카에서까지 찾아오다니 어째서일까, 하고요. 하지만 거기에는 이유가 있었습니다."

다다시의 이야기에 의하면 스스무와 기쿠타는 지인을 통해서 알게 된 사이였는데, 스스무가 장기말을 팔 작정이라고 하자, 기쿠타는 그 일을 자신에게 맡겨달라고 부탁했다는 거였다.

"부동산업이라는 일의 성격상 여러 이유로 가재도구를 파는 사람들도 알고 있었던 거겠지요. 처분할 물건 중에는 자동

차나 가전 등 일상에서 사용하는 것 말고도 그림이나 골동품 같은 취미용품도 있었고, 그중 간혹 고가의 것이 나오기도 하는데, 그럴 때 기쿠타 씨는 그런 물건을 직접 소유하기도 했던 것 같습니다. 아버지는 기쿠타 씨와 상담한 후에 기쿠타 씨가 갖고 있던 이토 신스이의 미인화와 그 장기말을 교환했던 거고요."

"기쿠타라는 사람이 경영하던 부동산 회사 이름은 아니요?"

이시바가 물었다.

다다시는 아니요, 하고 고개를 흔들었다.

"조금 전에도 대답했습니다만, 기쿠타라는 이름과 오사카에서 부동산업을 했다는 것밖에 모릅니다. 아버지와 저는 사이가 나빠서 평소에 대화도 거의 없었고 되도록 아버지 일에는 관여하지 않으려고 했으니까요."

"기쿠타라는 사람은 몇 살 정도였을까요?"

이시바가 질문을 바꿨다. 다다시는 오랜 기억을 끌어당기듯 팔짱을 끼고 먼 곳을 바라봤다.

"당시 제 나이가 서른 직전이었는데, 저보다 조금 더 위로 보였습니다. 30대 중반 정도 아니었을까요."

사노는 수첩에 펜을 내달리면서 머릿속으로는 나이를 계산했다. 다다시의 추측이 맞는다면 기쿠타라는 사람은 지금은 60대 중반 정도의 나이다. 은퇴하기에는 아직 이른 나이였다. 지금도 부동산업을 계속하고 있을 가능성이 있었다.

이시바가 힐끗 사노를 봤다. 다다시의 이야기를 모두 수첩에 기록했나, 하고 묻는 눈이었다. 사노는 이시바만이 알 수 있게 작게 끄덕였다.

더 들을 얘기는 없다. 그렇게 판단했을 것이다. 이시바는 시간을 내줘서 고맙다고 말하고 자리에서 일어났다.

현관 앞까지 배웅하러 나온 다다시는 조금 외로운 듯이 눈을 내리깔았다.

"아버지 이야기를 한 것은 오랜만이었습니다. 당신이 살아 있는 동안에는 싫어서 견딜 수 없었던 아버지지만 추억을 얘기하니 그리워지네요. 오늘은 불단에 아버지가 좋아하던 물양갱이라도 올려야겠습니다."

다다시는 그렇게 말하고 조용히 현관문을 닫았다.

역까지 데려다준 아다치에게 정중하게 감사 인사를 한 다음 사노와 이시바는 미토를 떠났다. 두 사람이 오미야 북부경찰서로 돌아온 날 밤 수사 회의가 열렸다.

3층에 있는 대회의실에 50명 정도의 수사관이 모였다. 사노와 이시바도 늘 앉는 창가 자리에 앉았다.

진행을 맡은 혼마가 회의 시작을 알렸다. 혼마는 과학수사연구소에 의뢰한 복안의 진행 상태, 현장 탐문 수사, 사노와 이시바에게 맡긴 유류품 수사 순서로 수사 상황을 보고하라고 지시했다.

우선 복안 정보를 담당한 관할 강력 팀의 도리이가 보고했다. 상황에 특별한 진전은 없었다. 사체 복안은 아직 작업 중이며 완성되려면 원래 예정대로 보름 정도 더 걸린다는 것이었다.

이어서 현장 주변 탐문 수사반이 보고했는데, 역시 이렇다 할 만한 새로운 정보는 없었다.

회의실 앞쪽 단상에서 수사관들과 대치하는 모양새로 앉아 있는 다치바나 서장이 신경질적으로 둘째 손가락으로 책상을 쿡쿡 찔렀다.

"사체가 발견된 지 벌써 보름이나 지났는데 수사가 진척되지 않는 것은 심히 유감이다. 수사 방법에 무슨 문제가 있는 건 아닌가."

수사본부의 지휘선에 있는 사람이 불만을 표하자 회의실 전체 분위기가 무겁게 가라앉았다. 수사관 대부분은 다치바나와 시선을 마주치지 않으려고 서류에 눈길을 주는 척했다.

다치바나가 그렇게 초조해하는 이유는 상상하기 어렵지 않았다.

수사를 지휘하는 것은 현경 수사1과 관리관인 이가라시지만 실질적인 책임자는 관할 서장인 다치바나다. 중앙으로 진출하길 꿈꾸며 지방에서 일하고 있는 커리어에게는 관할 지역에서 올린 실적이 중앙으로 올라갈 때의 평가에 직결된다. 평가가 높으면 중앙의 좋은 자리를 확보할 수 있지만 뭐든 과오가 있으면 출세 길에서 밀려날 가능성이 컸다.

실점하게 되는 가장 큰 경우는 불미스러운 일이 일어났다든가 하는 것이지만, 사건이 미궁에 빠지는 것도 당연히 실점

요인이 된다. 다치바나로서는 관할 지역에서 일어난 사건이 해결의 길에서 멀어지는 것은 곧 출세 길에서 멀어지는 것과 다름없는 일이었다.

다치바나의 오른쪽에 앉아 있는 수사본부장 이가라시가 수사관을 비호하듯 옆에서 의견을 말했다.

"사체의 신원이 밝혀지지 않은 상태에서는 수사를 진척시키기가 쉽지 않지요. 다시 말해서 사체의 신원만 확인되면 수사가 단숨에 진행될 가능성이 높다는 얘깁니다. 수사관을 재촉하기보다 복안 작업을 조속히 끝내라고 과학수사연구소를 독촉하는 편이 수사를 진전시키는 데 더 필요한 일이라고 보는데요."

나이라면 서장 다치바나보다 수사본부장 이가라시가 위였지만, 이가라시는 실질적인 책임자인 다치바나에게 경어로 말했다.

다치바나는 언짢은 표정을 지은 채 고개를 끄덕여서 이가라시의 의견에 동의한다는 뜻을 표시했다.

그걸 받아서 이가라시는 도리이를 향해 과학수사연구소에 더 속도를 내도록 독촉하라고 지시했다.

혼마가 이시바와 사노 쪽으로 시선을 돌렸다.

"다음은 유류품 수사반."

이시바는 회의 때 좀처럼 입을 열지 않았다. 보고는 사노의 역할이었다.

사노는 의자에서 일어나 자신의 수첩을 펼쳤다.

"이시바 경위님과 제가 행방을 좇고 있는 문제의 장기말에 대해 보고 드리겠습니다. 총 일곱 벌의 장기말 중 기관이 보관하고 있는 두 벌을 빼고 개인이 소유한 다섯 벌 중 네 벌까지는 현재의 소유자를 확인할 수 있었습니다. 나머지 하나의 행방을 지금 찾는 중입니다."

사노는 행방을 좇는 마지막 장기말의 탐문 상황을 요약해 설명했다. 사사키 기헤이 상점에 있던 말은 사체와 함께 발견된 초대 기쿠스이게쓰의 작품이 아니라 2대의 것이었다는 것. 사사키 기헤이 상점이 애초에 소유하고 있던 초대 기쿠스이게쓰의 장기말은 이바라키현 미토시의 오보라 스스무라는 인물에게 팔렸다는 것. 오보라는 말을 구입한 4년 후인 1965년에 다시 그 말을 다른 사람에게 팔았다는 것 등.

"문제의 장기말이 오보라 스스무에게서 당시 오사카에서 부동산업체를 경영했던 기쿠타라는 남자에게 건너간 데까지 확인했습니다. 지금 기쿠타라는 남자의 소재를 찾고 있는데, 소재가 파악되는 되는 대로 그를 찾아갈 예정입니다."

보고를 마친 사노가 수첩을 덮었다.

다치바나 서장의 왼쪽 옆에 앉아 있는 관할 형사과장 이토타니가 비위를 맞추듯이 다치바나 쪽으로 몸을 기울였다.

"사체의 신원이 확인된다면 말할 것도 없고요, 유류품의 소지자만 밝혀져도 수사가 단숨에 풀릴 수 있습니다."

아주 조금이나마 수사가 진척되고 있다는 것을 확인하고 기분이 약간 좋아진 모양이었다. 다치바나의 험악했던 얼굴이 조금은 풀렸다.

자리에 앉은 사노에게 수사본부장 이가라시가 물었다.

"기쿠타란 남자에 대한 조사는 어디까지 되어 있나?"

사노는 순간 당황했다. 장기말이 기쿠타라는 남자에게 건너갔다는 얘기는 바로 몇 시간 전에 알게 된 것이었다. 기쿠타 본인에 대해서는 아직 아는 것이 아무것도 없었다. 살아 있는지 죽었는지조차 불명확했다. 그런 점에서 수사에 아직 실질적인 진전이 없다는 것을 알면 다치바나의 기분이 다시 나빠질 것이었다. 그렇다고 해서 사실대로 보고하지 않을 수는 없었다.

사노는 한번 의자에 되돌렸던 엉덩이를 다시 들어 올렸다.

"기쿠타 건은 출장에서 돌아오기 직전에 파악하게 된 것이라서 실질적인 수사는 이제부터 해야 합니다."

아니나 다를까 다치바나의 얼굴이 다시 일그러졌다.

다치바나의 입에서 불만의 말이 나오는 것을 가로막듯이 이가라시가 재빨리 제안했다.

"오사카부의 부경찰청에 협조를 부탁하는 게 좋겠습니다."

다치바나는 이가라시의 말을 듣고 사노를 노려보며 물었다.

"오보라 스스무가 기쿠타라는 남자에게 장기말을 양도한 게 1965년이 틀림없나?"

서둘러 수첩을 넘기며 메모를 확인했다.

얼굴을 들고 다치바나의 질문에 대답했다.

"오보라 다다시의 기억에 문제가 없다면 1965년이 틀림없습니다."

다치바나가 이가라시와 이토타니를 교대로 쳐다봤다.

"바로 오사카 부경에 수사 협조를 구하게."

"제가 연락하겠습니다."

이토타니 형사과장이 그 자리에서 대답했다.

"오사카 부경은 이전에 호스티스 살해 건으로 우리에게 빚을 진 게 있습니다. 이 기회에 그 빚을 돌려받으면 될 것 같습니다."

2년 전 오사카에서 호스티스가 살해당하는 사건이 발생했었다. 도망친 피의자가 오미야시에 잠복 중이라는 정보가 경찰청으로 들어가자 오미야 지역을 관할하는 사이타마현경과 오미야 북부경찰서는 수사관을 대대적으로 동원해 오사카부경이 피의자의 은닉처를 찾아 신병을 확보하는 데 도움을 주었다. 이토타니가 받을 빚이 있다고 말한 것은 그때 일을 두고 한 말이었다.

이토타니는 사노를 쳐다보더니 소리를 높였다.

"부경과 얘기가 되면 일의 순서를 전하겠다. 내일은 이른 아침부터 오사카로 가게 될 것이다. 회의가 끝나면 잽싸게 출장 허가를 받도록."

사노는 속으로 한숨 돌리면서 이토타니에게 머리를 숙였다.

회의가 끝나고 회의실을 나서자 뒤에서 누가 말을 걸었다.

"고생들 하는군."

돌아보니 이가라시 수사본부장이었다. 현경에서 가장 키가 크다고 하는데, 가까이에서 보니 한층 더 커 보였다.

이가라시는 사노 앞에서 걷고 있는 이시바를 보고 있었다. 이가라시가 말을 걸어온 것을 눈치채지 못했는지 눈치채지 못한 척하는 것인지, 이시바는 멈춰 설 생각을 하지 않았다. 등을 구부린 자세로 복도를 계속 걸어갔다. 부하 앞에서는 제멋대로 굴어도 통하지만 상사에게는 통하지 않는다. 사노는 급히 이시바를 불러 세웠다.

"이시바 경위님."

이름이 불리자 돌아본 이시바는 그냥도 언짢아 보이는 얼굴을 더욱 찌푸리며 사노를 봤다.

"왜? 난 피곤해. 오늘은 그만 들어가서 잘 거야."

"아니, 제가 아니라 이가라시 수사본부장님이⋯⋯."

그 말에 이시바는 사노 뒤에 있는 이가라시에게 시선을 옮겼다. 아무렇게나 보는 것 같은 눈길이었다. 사노는 상사에게 불손한 태도를 취하는 이시바를 보고 이가라시가 화를 내지 않을까 불안했다. 하지만 그런 걱정이 무색하게 이가라시는 얼굴에 온화한 웃음을 띠고 있었다.

"피곤한데 미안하군. 위로의 말을 한마디 하고 싶어서 말이야."

이시바는 이가라시를 노려보면서 퉁명스럽게 말했다.

"피곤한 건 본부장님도 마찬가지겠죠. 현장을 모르는 고시 출신 상관을 달래가며 일한다는 게 쉬운 건 아니지요."

사노는 놀라서 주위를 둘러봤다. 서장이 고시 출신이라고 깔보듯 하는 말을 누군가가 듣는다면, 본인 귀에까지 들어갈지도 모를 일이었다. 술자리라면 몰라도 서 내에서, 그것도 근무 중에 말한 게 제3자에게 새어 나갔다가는 징계감이었다.

이가라시는 진심으로 재미있다는 듯이 소리 내서 웃었다.

"그것도 내가 해야 할 일 중 하나야."

이시바의 말에 장단을 맞춘 이가라시를 향해 사노는 눈을 동그랗게 떴다. 이가라시는 현경의 간부였다. 같은 입장인 다치바나 편을 드는 것이 당연했다. 그러나 이가라시가 지금 한 말은 현장 사람 편에 서서 한 말이었다.

이가라시가 그렇게 가볍게 받아넘기는 것 역시 마음에 들지 않았던지 이시바는 빈정거리는 말투로 되돌려줬다.

"그쪽 일이 늘어나지 않기를 빌겠습니다."

"어어, 나도 그러길 바라고 싶군."

이번에는 이시바가 훗, 하고 웃었다.

분위기가 부드러워지기를 기다렸다는 듯이 이시바는 이가라시에게 자신을 불러 세운 진짜 이유가 뭔지 물었다.

"그런 말을 하고 싶어서 나를 불러 세운 건 아니겠지요. 이유가 뭡니까?"

이가라시의 얼굴에서 웃음이 사라졌다.

"자네의 판단을 듣고 싶네."

이시바가 미간을 찌푸렸다. 이가라시는 말을 계속했다.

"지금 시점에서 이 사건을 해결할 큰 열쇠가 두 개 있어. 사체의 신원과 유류품인 장기말이지. 회의에서도 말했듯이 사체의 신원에 관해서는 복안이 끝나기를 기다릴 수밖에 없어. 그러나 장기말에 관해서는 이쪽에서 주도적으로 파고들 수 있지. 수사를 공사에 비유한다면 자네들은 현장에서 불도저를 몰고 있는 거나 같아. 그래서 말이야, 자네의 느낌이 뭔지 듣고 싶네. 이 사건, 캐낼 수 있을 것 같나? 아니면 바위에 부딪칠 것 같나? 캐낼 수 있다고 한다면 앞으로 얼마나 걸릴 것 같나?"

이시바는 잠깐 뭔가를 생각하듯이 눈을 내리깔고 물끄러미 복도 바닥을 내려다보다가 뭉친 어깨를 풀기라도 하듯이 고개를 빙그르 돌리며 이가라시에게 말했다.

"지금은 딱 이거라고 말할 수는 없지만, 기쿠타 이후를 파면 머지않아 빛이 보일 것 같습니다. 말 소유자가 누구였는지 특정할 수 있지 않을까 생각합니다."

"그런가."

이가라시가 안심했다는 듯 숨을 내뱉었다.

"다만, 신경 쓰이는 것이 있습니다. 계속 목에 걸려서 안 넘어가는 듯한 것 말이지요."

"뭐지?"

이가라시가 물었다.

이시바가 툭 던지듯 말했다.

"이유입니다."

"이유?"

이시바가 끄덕였다.

"고가의 장기말을 왜 사체와 함께 묻었을까. 그 이유에 이 사건의 모든 것이 걸려 있어요. 그 이유만 알 수 있다면 사건은 90퍼센트 해결된다고 생각합니다."

사건의 본질을 짚는 이시바의 말을 들으며 사노는 숨을 삼켰다.

사건 수사가 길어지면 길어질수록 수사관들은 사소한 정보도 놓쳐서는 안 된다고 더욱 기를 쓰게 된다. 언뜻 관계가 없어 보이는 작은 정보가 사건 해결의 단서가 되는 경우가 있기 때문이다. 하지만 무엇보다 잊어서는 안 되는 것은 사건의 동기나 중심이 되는 부분이다. 왜 이 사건이 일어났는가. 거기서 시선을 돌려서는 안 된다.

이가라시는 침묵한 채 이시바를 응시하고 있었으나, 이내 눈을 내리뜨고 이해한 듯 크게 끄덕이더니 불러 세웠을 때와 같은 웃음을 지으며 이시바를 봤다.

"수사 실력이 현경 수사1과에서 최고라는 소문이 역시 정말인가 보군."

이시바는 무뚝뚝하게 말했다.

"소문 같은 건 믿을 게 못 돼요."

이가라시는 이시바의 말에 손을 쳐들었다.

"뭐, 됐어. 자네는 자네가 생각하는 대로 수사를 계속해주게. 필요한 게 있으면 나한테 말하면 돼. 어려운 부탁이라도 할 수 있는 것은 뭐든 하겠네."

이시바는 가볍게 고개 숙여 인사하고 걷기 시작했다.

사노는 이가라시에게 머리를 숙이고 서둘러 이시바의 뒤를 쫓았다. 그러다 도저히 참을 수 없어 이시바에게 말했다.

"수사본부장님께 그런 태도를 취하다니 실례입니다. 모처럼 이시바 경위님을 칭찬해주셨는데."

이시바는 숨을 짧게 내뱉듯이 웃었다.

"형사가 칭찬받는 건 범인을 체포했을 때뿐이야. 그 이외의 칭찬은 아부거나 뭔가 뒤가 있는 거야."

사노는 불쾌해졌다. 이 사람은 왜 칭찬받을 때조차 순순히 기뻐할 수 없는 걸까. 그렇게 생각하면서 이시바를 본 순간, 불쾌했던 기분이 말끔히 사라졌다.

일부러 말해주지 않으면 알 수 없을 정도로 아주 희미했지만, 이시바의 얼굴에 흡족해하는 표정이 번져 있었다.

제8장

∞∞∞ **1973년 4월**

게이스케가 둔 수를 본 가라사와는 팔짱을 끼고 신음했다.

게이스케가 장기판 위를 쏘아보며 탁 하고 둔 계마는 가라
사와의 공격을 방어할 뿐 아니라 반격을 준비한, 절묘한 공수
겸장의 한 수였다.

가라사와의 수읽기에 따르자면 10수 후 가라사와의 은장으
로 게이스케의 왕이 외통수에 몰릴 게 확실했다. 그러나 게이
스케가 계마를 두면서 승부는 호각으로 돌아갔고, 형세는 혼
란에 빠졌다.

가라사와는 게이스케의 표정을 흘낏 훔쳐봤다. 게이스케의
시선은 자신이 방금 둔 계마에 고정되어 있었다. 눈가는 열기

를 띤 것같이 붉게 물들었고 입술은 일자로 굳게 닫혀 있었다. 아이의 얼굴이 아니라 승부사의 얼굴이었다.

가라사와는 세심한 주의를 기울여서 살핀 후 방어로 돌았다.

그러나 게이스케는 가라사와의 수를 읽고 있었다는 듯이 노타임으로 쓱 하고 가장자리의 보를 내밀었다. 왕의 품을 넓히면서 상대에게 수를 넘기는, 침착한 한 수였다.

저절로 긴 숨이 새어 나왔다.

'이 아이는 도대체 얼마나 더 강해질까.'

마당으로 눈길을 옮겼다. 집을 샀을 때 심은 벚나무는 크게 자라나 지금은 만개한 꽃을 피우고 있었다. 가라사와는 흩날리는 벚꽃을 보면서 장기판 옆에 놓인 보리차를 입에 가져갔다.

게이스케와 처음 만난 겨울로부터 2년여가 지났다. 게이스케는 6학년이 되었고, 키도 컸다.

이 2년여 동안 가라사와는 아내 요시코와 함께 게이스케를 뒤에서 도와왔다. 식사, 세탁 등 생활은 요시코가, 학업에 대한 어드바이스나 장기 지도는 가라사와가 맡았다.

게이스케에게 장기를 가르치기 시작한 지 일 년이 지났을 무렵 가라사와는 게이스케가 지닌 특별한 재능을 알아차렸다.

처음부터 게이스케가 장기에 소질이 있다고 생각하기는 했다. 한번 가르친 전법은 절대 잊지 않고 다음 실전에서 바로 사용했다. 읽어보라고 건네준 외통수 문제집도 다음에 가라사와의 집에 올 때 모두 풀어 가지고 왔다. 돌아갈 때 새 문제집을 주면 맛있는 과자를 받았을 때보다도 더 기뻐했다.

단지 소질이 있는 정도가 아니었다. 가라사와는 차차 게이스케가 장기에 천재적인 자질이 있다는 것을 깨달았다. 게이스케의 기력이 향상되는 속도는 소질이 있다는 것만으로는 설명할 수 없을 정도로 빨랐다. 장기에 대한 센스가 좋을 뿐인 사람은 어디에나 있다. 일류와 이류의 차이는 앞을 읽는 힘이다. 몇 수 앞까지 정확히 읽는지 여부가 프로가 될 수 있을지 없을지 갈림길이 된다.

장기 프로는 한 번에 100수 이상을 읽는다. 유망한 수를 3수에서 5수 정도로 좁히고 각각에 따라 수십 수 앞까지 검토한다. 그러려면 탁월한 기억력이 필요하다. 머릿속에 장기판을 그리고, 말의 배치를 순식간에 도형화해 파악하는 능력이 반드시 필요하다. 게이스케에게는 그런 능력이 있었다.

가라사와는 사사모토 게이코와 나눈 말이 생각났다.

사사모토는 작년에 이어 올해에도 게이스케의 담임이 된 교사였다. 나이는 30대 초반으로 작년에 결혼해 신혼 생활을 하고 있었다.

그는 게이스케의 집안 사정도 알고 있었고, 가라사와가 부모 대신으로 돌보고 있다는 것도 알고 있었다. 가라사와는 고지마의 가게에서 사사모토를 우연히 만나 거기서 게이스케와 자신의 관계를 알려주었다.

그런데 며칠 전 시내 마트에서 우연히 사사모토와 마주쳤다.

"안녕하세요, 가라사와 씨. 장 보러 나오셨나요?"

먼저 말을 걸어온 것은 사사모토였다. 일요일 저녁의 마트

안은 저녁 장을 보러 나온 손님들로 붐볐다. 사사모토도 장을 보러 나왔는지 팔에 걸친 바구니 안에는 고기와 채소 등 식재료가 들어 있었다.

사사모토는 가라사와의 바구니 안을 들여다보고 쿡, 하고 웃었다.

"저녁 반줏거리를 사러 나오셨어요?"

가라사와의 바구니 안에는 맥주와 소주가 들어 있었다. 웃으며 끄덕였다.

"나이 들어서 유일한 즐거움은 야구 중계를 보면서 반주를 하는 거지요."

사사모토는 재미있다는 듯 웃으며 가라사와를 봤다.

"하나 더, 즐거움이 있잖아요."

무슨 소리를 하는지 알 수 없었다.

"게이스케 말이에요."

그제야 무슨 말인지 알아들은 가라사와의 입에서 아아, 하는 소리가 새어 나왔다.

"그래요. 그 애도 제 즐거움 중 하납니다."

가라사와에게 게이스케와의 관계는 즐거움이라는 한마디로 표현할 수 있는 것은 아니었다.

게이스케는 아버지에게서 마음과 몸에 상처를 입고 있었다. 최근에는 신체적으로 학대받는 일은 줄어든 것 같았지만, 자신이 아버지에게서 방치되고 있다는 사실 때문에 받는 마음의 고통은 여전했다. 그런 흔적을 볼 때마다 가라사와는 자신의 인생을 걸고 게이스케를 지키자고 새삼 마음먹곤 했다. 가라사와에게 게이스케는 소중한 삶의 보람이 되었다.

웃음 짓던 사사모토의 표정이 문득 어두워졌다. 그 미세한 변화를 가라사와는 놓치지 않았다.

"무슨 일이 있나요?"

사사모토는 잠시 머뭇거리다가 결심했다는 듯 가라사와의 팔을 잡아당겨 통로 그늘로 데려갔다.

주위에 사람이 없는 것을 확인하자 사사모토는 소리 죽여 말했다.

"게이스케 말인데요, 좀 걱정되는 것이 있어서……."

가라사와의 심장이 뛰었다.

"그 애한테 무슨 일이 있었나요?"

"예전에 선생님이셨으니까 잘 아시겠지만, 이런 일은 설령 잘 아는 사이라고 하더라도 제3자에게는 함부로 말해서는 안 되는 것이 규칙입니다. 그래서 본래는 보호자인 아버지께 알려야 한다고 생각합니다만, 게이스케의 아버지는 자녀에게 관심이 없다고 할까, 말해도 이해하지 못하시는 건 아닐까 싶어서……."

죽이고 있던 목소리가 더욱 작아져갔다.

가라사와는 사사모토를 재촉했다.

"무슨 일인지 말해보세요. 다른 데는 말하지 않겠습니다."

사사모토는 그렇다면 믿지요, 하는 얼굴로 숨을 내뱉고 말했다.

"실은 게이스케가 무척 머리가 좋거든요."

가라사와는 맥이 빠졌다. 그런 건 사사모토보다 만나온 시간이 긴 자신이 더 잘 알고 있었다. 일부러 목소리를 죽여서 할 말도 아닐 터였다.

가라사와의 얼굴색으로 그의 속마음을 눈치챘는지, 사사모토는 당황하며 말을 덧붙였다.

"시험 점수가 좋다든가 그런 차원이 아니에요. 좀 더 근본적인 데서 다른 아이랑 달라요."

사사모토는 5학년 가을에 실시한 지능 테스트 결과를 말해주었다.

"놀랍게도 게이스케의 지능지수가 140이 넘더라고요."

사사모토가 말한 숫자에 가라사와는 설마 하면서도 역시 하는 마음이 들었다.

사사모토는 이야기를 계속했다.

"IQ140이라는 숫자를 믿을 수 없어서 봄방학 중에 게이스케만 한 번 더 테스트를 받게 했어요. 결과는 같았습니다."

지능 테스트 결과는 받는 사람의 집중력이나 당시 정신 상태, 나이에 따라 달라진다. 다섯 살 때 IQ가 120이었다고 해서 그 결과가 평생 유지되는 것이 아니다.

지능지수는 일반적으로 두 살 아이가 네 살 문제를 풀 수 있을 경우 IQ200, 여섯 살 아이가 열 살 문제를 풀 수 있으면 IQ170 하는 식으로 실제 연령과 테스트 결과의 차이가 어느 정도인가로 산출한다. 다섯 살일 때 열 살 문제를 풀 수 있었다 하더라도 열 살이 되었을 때 여전히 열 살 문제밖에 못 푼다면 IQ는 상대적으로 낮아진다.

사춘기에는 특히 IQ를 산출하기 어렵다. 나이에 따른 신체의 변화가 급격해 정신 상태가 안정되지 않은 경우가 많기 때문이다. 가라사와도 제자가 중학교 1학년 때 IQ에 문제가 있다는 결과가 나와 집중 관찰 지도를 했지만, 일 년 후에 실시한 테스트에서는 문제없는 수치가 나온 적이 있다.

지금까지 지능검사와 관련된 다양한 경험이 있었기 때문에 IQ140이란 숫자를 그대로 받아들이지는 않았다. 그러나 게이스케의 남다른 기억력을 가까이에서 지켜보고 있자면 충분히 그럴 수 있다는 생각이 들기도 했다.

말을 끝낸 사사모토는 무거운 숨을 내뱉었다.

"가라사와 씨도 아시는 대로 게이스케는 문제가 많은 가정에서 자라고 있습니다. 학교에서는 주위 아이들하고 잘 섞이지 못하고 담임인 저한테도 좀처럼 마음을 열려고 하지 않아요. 만약 지능 테스트 결과가 맞는다면 그 아이의 좋은 머리가 나쁜 방향으로 이어지지 않으면 좋겠는데, 그게 불안해서 말이지요."

가라사와는 사사모토에게 물었다.

"그 애…… 게이스케가 웃는 얼굴, 본 적 있습니까?"

사사모토는 조금 생각하고 나서 고개를 옆으로 저었다.

"없습니다."

가라사와의 머릿속에 게이스케가 웃는 얼굴이 떠올랐다. 게이스케는 가라사와 앞에서는 웃음을 지었다.

가라사와는 먼 곳을 바라보면서 혼잣말처럼 중얼거렸다.

"저는 그 애가 웃는 얼굴을 늘 봅니다. 큰 소리로 웃는 일은 없지만 수줍은 듯이 웃는 모습은 무척 사랑스러워요."

"네에……"

가라사와가 무슨 말을 하는지 가늠하지 못한 듯, 사사모토는 모호하게 대꾸했다.

가라사와는 사사모토에게 조언했다.

"선생님은 그 애와 너그럽게 마주하는 게 좋겠어요. 아이들은 민감합니다. 특히 게이스케는 섬세한 데가 있어요. 선생님이 불안한 마음을 품은 채 그 애를 바라보면 그 애는 선생님의 마음을 감지할 겁니다. 괜찮아요. 그 애는 나쁜 애가 아니에요. 구김살 없이 잘 자랄 겁니다."

가라사와의 확신에 찬 말을 듣고 기운이 났는지, 사사모토의 얼굴에 웃음이 돌아왔다.

가라사와는 게이스케의 건강 상태만은 잘 살펴봐줬으면 좋겠다고 덧붙이고 사사모토와 헤어졌다.

집에 돌아오자 가라사와는 부엌에 있는 요시코를 거실로 불렀다.

"무슨 일인데요? 저녁을 준비하는 중이었는데."

요시코는 앞치마 자락에 손을 닦으면서 가라사와의 맞은편에 앉았다. 가라사와는 자신의 무릎을 잡고는 요시코의 눈을 똑바로 봤다.

"게이스케를 장려회에 입회시킬 거야."

요시코가 숨을 삼켰다.

게이스케의 실력이 하루가 다르게 놀라운 속도로 늘고 있다는 것은 이미 요시코에게 말했다. 그러나 프로 기사로 만들고 싶다는 말은 한 적이 없었다.

가라사와가 마음속에 쭉 간직하고 있던 바람이었다. 게이스케 정도의 실력이라면 프로 기사도 단지 꿈만은 아니었다. 그러나 장기 관련 책을 많이 읽은 가라사와는 장려회의 가혹함을 잘 알고 있었다. 장려회 입회 시험에도 엄격한 조건이 붙는다는 것을 알고 있었다.

장려회 입회 시험을 보려면 초등학생 명인 타이틀 획득 같은 실적도 있어야 하고, 거기에 더해 현역 프로 기사의 제자로 들어가 추천장을 받아야 했다. 만에 하나 장려회에 들어갈 수 있다 해도 회원끼리 대국도 해야 해서 센다가야에 있는 장기 회관에 출근하듯이 드나들지 않으면 실력 향상은 바랄 수 없다. 그래서 장려회에 들어간다면 지금 살고 있는 스와시를 벗어나 도쿄에 가서 하숙을 해야 할 것이다. 그런 조건을 모두 갖출 수 있을까, 하고 가라사와는 쭉 고민했다. 그러나 사사모토에게 게이스케의 IQ 이야기를 듣고 결심을 굳혔다. 게이스케의 능력을 이대로 버려둘 수 없다, 뛰어난 재능을 세상에 내놓아야 한다는 사명감과도 같은 마음이 부풀어 올랐다. 무엇보다 게이스케가 자신의 삶에 보람을 느끼게 하고 싶었다.

가라사와는 요시코를 향해 단정하게 앉았다.

"장려회에 넣으려면 상당한 비용이 들어. 돈만이 아니야. 생활의 세세한 부분까지 돌봐줘야 해. 그런 일을 그 아버지가 할 수 있을 거라고는 생각할 수 없어. 당신을 여러 가지로 성가시게 할 테지만, 긍정적으로 대답해주지 않겠어? 이렇게 부탁할게."

가라사와는 요시코를 향해 깊이 머리를 숙였다.

머리를 숙인 채 요시코의 대답을 기다리는 가라사와의 어깨에 손이 닿았다.

천천히 머리를 드니 눈앞에서 요시코가 웃고 있었다. 그렇게 생각해서인지 눈물을 글썽이고 있는 것처럼 보이기도 했다.

"그 애를 위한 일에 내가 반대할 리 없잖아요. 대찬성이에요."

요시코라면 승낙해줄 거라고 믿고는 있었지만 그래도 불안했다. 아무리 귀여워한다고는 하나, 게이스케는 남의 아이다. 게다가 장려회에 들어간다면 지금처럼 식사나 목욕을 같이 하는 것하고는 차원이 다른 지원이 필요하다. 돈도 많이 들고 수고도 엄청나게 들 것이다. 어설픈 각오로는 불가능했다. 그 각오를 요시코가 받아들일지 알 수 없었다.

"미안하오."

가라사와는 요시코에게 그렇게 말했다. 요시코는 고개를 옆으로 저었다.

"그런 말 하지 마세요. 당신이 그 애를 자신의 아이라고 생각하듯이 나도 그 아이를 내 아이라고 생각하고 있어요. 그 애의 재능을 키워줍시다."

고맙다고 말하고 싶었지만, 그런 얘기는 하지 말라고 하는 것 같았다. 가라사와는 대신 어깨에 놓인 요시코의 손을 꼭 쥐었다.

　가라사와는 요시코와 이야기를 나눈 다음 일요일에 집에 온 게이스케를 자신의 방으로 데리고 들어갔다.

　게이스케는 평소대로 장기를 둘 거라고 생각했는지, 방구석에 있는 장기판과 말을 가져와 준비하려고 했다. 가라사와가 그런 게이스케를 멈춰 세웠다.

　"오늘은 장기를 두기 전에 중요한 얘기를 해야겠다."

　평소와는 다른 진지한 목소리에 게이스케는 긴장한 기색으로 돌아보고 가라사와 앞에 무릎을 가지런히 하고 앉았다.

　"너는 장기가 좋니?"

　뻔한 것을 왜 묻냐는 듯이 게이스케가 눈을 동그랗게 떴다. 가라사와는 반복해서 물었다.

　"장기를 좋아하냐고 묻고 있는 거야."

　놀리는 게 아니라는 것을 확인한 게이스케는 진지한 얼굴로 대답했다.

　"좋아합니다."

　"학교 공부랑 장기 중 어느 게 좋니?"

　"장기."

　"목욕이랑 장기 중에는?"

　"장기."

게이스케는 망설이지 않고 대답했다.

"앞으로도 계속, 어른이 되어서도 장기를 하고 싶니?"

이 물음에도 게이스케는 곧바로 대답했다.

"쭉, 계속하고 싶습니다."

가라사와는 끄덕이더니 본론으로 들어갔다.

"너, 장려회라는 게 있다는 것은 알고 있겠지?"

게이스케는 고개를 끄덕였다. 둘 사이에서 그곳에 대한 이 야기를 나눈 적은 없지만 게이스케가 읽는 장기 잡지 같은 것에 관련 기사가 실려 있었으니, 그곳이 프로 기사 육성 기관이 라는 것은 알고 있을 터였다.

가라사와는 단도직입적으로 말했다.

"장려회 입회 시험을 쳐보지 않을래?"

게이스케는 시간이 멈춘 듯 미동도 하지 않았다. 갑작스러 운 얘기에 몹시 놀란 모양이었다.

가라사와는 게이스케에게 너는 프로 기사가 될 가능성이 있고 장려회의 엄격한 제도에 적응할 근성도 있고 무엇보다 장기에 대한 강한 열의가 있다고 말했다.

"너에게는 다른 사람한테는 없는 재능이 있어. 어떠니? 프로 기사가 되어보지 않을래? 프로 기사가 되고 싶지 않니?"

게이스케는 고개를 숙인 채 잠시 생각하고 나서 중얼거렸다.

"프로 기사가 되고 싶어요. 하지만……."

뒤에 어떤 말이 이어질지 알고 있었다. 가라사와는 앞질러서 말했다.

"돈 걱정은 안 해도 돼. 장려회에 관련된 비용이나 생활비도 모두 내가 준비할 거다. 너는 오로지 프로 기사가 되는 것만 목표로 하면 돼."

그래도 게이스케는 고개를 끄덕이지 않았다. 그저 고개를 숙인 채 침묵하고 있었다.

가라사와는 초조했다. 게이스케에게는 꿈에도 생각하지 않던 이야기가 별안간 현실이 되어 나타난 셈이었다. 그러니 너무 갑작스러워서 당황했을 수 있다. 그러나 게이스케에게는 길게 고민할 시간이 없었다. 프로를 목표로 할 거라면 결정이 빠르면 빠를수록 좋았다. 중학생이 된 뒤부터 시작하면 너무 늦다.

장려회 입회 시험은 8월 말에 있었다. 4개월밖에 남지 않았다. 그 사이에 대회에 나가 결과를 남겨야 하고, 아는 줄을 찾아서 프로 기사 밑에 제자로 들어갈 준비를 해야 했다. 무엇보다 게이스케의 아버지를 설득해야 했다. 하루라도 시간이 아쉬웠다.

가라사와는 압박하듯 말했다.

"너는 계속 지금까지처럼 살아도 괜찮다고 생각하니?"

게이스케가 뜨끔해서 얼굴을 들었다.

"그 집에서 매일매일 아버지와 둘이 살아가는 거 좋아? 배를 곯고 무서움에 떨면서 살아가도 좋아?"

게이스케는 하루하루 견디기 힘든 생활을 하고 있었다. 그 부분을 건드린 것은 처음이었다. 아마 게이스케도 가라사와가 자신이 아버지에게 학대받는다는 사실을 알고 있을 거라고 어렴풋이 생각은 하고 있었을 것이다.

그러나 가라사와가 그 점을 분명하게 짚자 그동안 발휘해 온 인내심이 바닥난 모양이었다. 게이스케의 눈에 눈물이 차올랐다. 가라사와는 아이의 작은 어깨를 꽉 잡았다.

"너는 프로 기사가 되는 거야. 강한, 누구에게도 지지 않는 프로 기사가 되는 거야. 너라면 할 수 있어."

게이스케는 가라사와의 눈을 정면으로 바라보고 고개를 끄덕였다.

가라사와는 게이스케의 집 현관 미닫이문을 손등으로 두드렸다.

"실례합니다. 가라사와라고 합니다만."

안에서 작은 발소리가 들리고 문이 천천히 열렸다. 현관에 게이스케가 서 있었다. 죄송스럽다는 듯 어깨를 늘어뜨리고 있었다.

가라사와는 한숨을 내쉬었다.

"오늘도 안 계시는구나."

게이스케가 고개를 깊이 숙였다.

가라사와는 게이스케의 머리를 쓰다듬으면서 허리를 숙여 눈높이를 맞췄다.

"아버지를 만날 때까지 매일 올게."

게이스케에게 장려회에 들어가자고 한 다음 날부터 가라사와는 매일 게이스케의 집을 오갔다. 아버지 요이치에게 장려회 입회 시험 보는 데 대한 승낙을 얻기 위해서였다. 게이스케를 제대로 양육하지 않고 가끔 폭행까지 하는 요이치에게 아버지 자격이 있을 리 없다고 가라사와는 생각했다. 하지만 호적상으로는 어엿한 아버지였다. 비용이나 수고는 자신이 책임진다고 해도 게이스케의 장래에 관계된 중대한 일을 제3자가 멋대로 추진할 수는 없었다.

저녁 6시 30분에 게이스케 집을 방문하기로 했다. 일을 끝낸 요이치가 마작집으로 가기 전에 집에 들른다면 그때쯤이라고 생각했기 때문이다.

요이치를 그가 일하는 직장에서 기다렸다가 만나볼까도 생각했지만, 그만뒀다. 중요한 이야기를 길거리에서 주고받아서는 안 된다. 게다가 요이치가 이 일을 반대한다고 해도 게이스케 본인이 하고 싶다고 굳은 결심을 내보인다면 요이치가 바라는 바가 아니더라도 허락할 수밖에 없을 거라는 계산도 있었다.

게이스케의 집을 오간 지 오늘로 나흘째인데, 아직 요이치를 못 만났다. 요이치를 만날 때까지 일주일, 아니 한 달이라도 찾아갈 각오는 되어 있었다.

가라사와는 숙였던 허리를 펴고 가지고 온 종이 봉지를 게이스케에게 건넸다.

안에는 주먹밥 세 개와 닭고기 가라아게, 감자로 만든 샐러드가 들어 있었다. 요시코가 만든 거였다.

"식기 전에 먹어라."

종이 봉지를 받아 든 게이스케는 기쁜 듯이 끄덕였다.

"그럼, 내일 또 보자."

가라사와는 현관문을 닫았다.

조금 걷고 나서 가라사와는 밤길을 돌아봤다. 어두컴컴한 골목길 이 집 저 집에서 불빛이 새어 나오고 있었다.

어디에선지 어린아이가 신이 나서 떠드는 소리가 들렸다. 그 뒤에 어른 웃음소리가 이어졌다.

가라사와는 얇은 점퍼의 칼라를 세우고 앞을 향해 걸었다.

신슈의 봄은 늦게 온다. 벚꽃이 피는 때라고 해도 밤이 되면 추웠다.

계절이라면 시간의 흐름이 빠르건 완만하건 상관없었다. 한 바퀴 돌면 다시 봄이 온다. 그러나 게이스케는 달랐다. 프로 기사의 길을 선택한다면 하루라도 빨리 장려회에 입회해야 했다. 프로 기사로 가는 길에서는 다음 해에 봄이 온다고 해서 반드시 벚꽃이 핀다고는 할 수 없기 때문이다.

장려회에는 매우 엄격한 나이 제한이 있다. 만 스물한 살 생일까지 초단, 만 서른한 살 생일까지 4단으로 승격하지 못하면 퇴회해야 한다. 프로 기사를 목표로 삼은 대부분의 사람들이 이 나이 제한의 벽을 극복하지 못하고 장려회를 떠났다.

장려회 입회 시험은 일 년에 한 번, 8월 말에 있다. 만약 올해 시험을 놓치든가 시험에 떨어진다면 장려회 입회는 일 년이 지연된다. 그러면 큰 대가를 치러야 한다. 그러잖아도 좁고 엄격한 프로 기사의 길이 더더욱 험해진다.

게이스케는 올해로 열두 살이다. 여름에 치르는 시험에 합격하면 초단 연령 제한까지 9년이 남았다. 그 시간을 길다고 느끼는 사람이 있을지 모른다. 그러나 진짜 고난은 초단이 된 뒤에 기다리고 있다.

4단 승격을 목표로 하는 3단 리그가 그것이다.

대부분의 재능 있는 청년들이 초단이 되긴 하지만, 3단 리그에서 차례차례 이겨 통과하지 못한 채 사라져간다. 하루라도 일찍 초단이 되면 3단 리그에 도전할 시간이 길어진다. 프로 기사가 될 수 있는 확률도 그만큼 높아지는 것이다.

프로 기사가 되는 길은 시간과 벌이는 싸움이라고 해도 과언이 아니었다. 어떻게 해서라도 게이스케가 올해 장기 대회에서 입상해 장려회 시험을 보도록 하고 싶었다. 시험만 볼 수 있다면 장려회에 들어갈 수 있다. 가라사와는 그렇게 확신했다.

공터에 세워둔 차로 돌아간 가라사와가 열쇠로 문을 열려는 참에 길 끝에서 사람 그림자가 나타났다. 큰길 쪽에서 누군가가 이쪽을 향해 오고 있었다. 고개를 숙인 채 나른하게 걷는 모습이 언젠가 본 기억이 있었다.

요이치였다.

술에 취했는지 몸을 흔들흔들거리면서 걸어오고 있었다.

'겨우 잡았다.'

요이치가 집에 들어간 것을 확인하자 가라사와는 다시 현관문을 두드렸다.

"실례합니다. 가라사와라고 합니다. 가미조 씨, 계십니까?"

바로 미닫이문이 열렸다. 눈앞에 요이치가 서 있었다. 끈적한 눈으로 가라사와를 보면서 말했다.

"그러니까 조금만 기다려달라고 했잖아. 거짓말 아니야. 꼭 갚을 거야."

가라사와를 빚쟁이라고 착각한 모양이었다.

조금만 기다려달라, 꼭 갚을 거다. 상습적으로 빚을 지는 사람이 말하는 투였다.

요이치의 숨결에서 술 냄새가 났다. 밤중에 귀가하는 일이 많은 요이치가 이 시간에 돌아왔다는 것은 마작에 져서 주머니가 비었다는 뜻이었다.

마작집에서 주머니가 털리는 장면은 쉽게 상상이 됐다. 요이치는 그저 마작을 좋아하는 봉이었다. 이겼을 때는 테이블을 떠나지 않는다. 아니, 못 떠난다. 주머니에 돈이 있으면 상대가 있는 한 계속한다. 지금은 빈털터리가 돼서 더 이상 할수 없게 되었기 때문에 집에 온 거였다. 그러니 빚을 갚겠다는 소리는 빈말일 뿐이었다.

그 자리를 넘기기 위해 태연히 거짓말을 내뱉는 요이치에게 새삼 비루한 인간성을 느꼈다.

이렇게 취한 상태에서는 제대로 된 대화를 기대할 수 없었다. 그러나 이 기회를 놓치면 또 언제 요이치를 만날 수 있을

지 몰랐다.

가라사와는 마음을 먹었다.

"저는 돈을 받으러 온 게 아닙니다. 게이스케와 관련된 일로 왔습니다."

"게이스케라고?"

요이치의 얼굴에 아까와는 다른 경계의 빛이 떠올랐다.

"게이스케와 관련해서 중요한 이야기가 있습니다. 들어주세요."

요이치가 뒤를 돌아봤다. 현관과 거실을 구분 짓는 장지문 틈새로 게이스케가 두 사람을 보고 있었다. 겁에 질린 눈이었다.

"게이스케! 너, 무슨 짓 저질렀어?"

아들이 문제를 일으켜 가라사와가 항의하러 왔다고 생각한 모양이었다.

"뭘 훔쳤어? 누구를 때린 거야? 이놈이!"

요이치는 난폭하게 신발을 벗고 안으로 들어가더니 게이스케에게 달려들었다.

깜짝 놀라 달려간 가라사와가 요이치의 겨드랑이 밑으로 손을 넣어 꽉 조였다. 구두를 벗을 틈도 없었다.

"기다리세요. 게이스케는 아무 짓도 하지 않았습니다. 침착하세요!"

요이치는 얼굴만 뒤로 향한 채 가라사와를 노려봤다.

"뭐라고? 그럼 왜 온 거야?"

"게이스케의 장래에 대해 이야기하러 온 겁니다."

장래라는 말을 들은 요이치는 뭔 소리냐는 듯이 미간에 주름을 잡았다. 그러더니 몸의 힘을 풀고 가라사와를 빤히 봤다.

"당신, 누구야?"

"저는 가라사와 고이치로라고 합니다. 우에모리초에 살고 있습니다."

가라사와는 요이치의 몸에서 팔을 풀고는 현관으로 돌아가 요이치와 얼굴을 마주했다.

"저는 최근 2년쯤 게이스케에게 장기를 가르치고 있습니다."

가라사와는 게이스케와 자신의 관계를 간략하게 말했다. 식사나 세탁 등 생활을 돌보고 있다는 얘기는 하지 않았다. 은혜를 베풀기 위해 게이스케를 도운 것은 아니었다.

잠자코 듣고 있던 요이치는 가라사와의 이야기가 일단락되자 얼굴을 홱 돌렸다.

가라사와의 용건이 귀찮은 일이 아니라는 것을 알고 마음을 놓은 것이다. 요이치는 크게 숨을 내쉬고 딸꾹질을 한 번 하더니 가라사와에게 물었다.

"그래서 뭔데? 게이스케의 장래란 게?"

가라사와는 본론을 꺼냈다.

"게이스케를 장려회에 넣고 싶습니다."

"장려회?"

그게 뭔데, 하는 목소리였다. 장려회를 모르는 모양이었다.

장려회 제도를 상세하게 설명해도 취한 상태에서는 머릿속에 들어가지 않을 것이다. 가라사와는 구체적인 얘기는 생략

하고 장려회가 프로 기사를 키우는 곳이라는 것만 말했다.

"시험 비용이나 회비, 도쿄에서 쓸 생활비 모두 제가 내겠습니다. 책임지고 돌볼 테니 부디 아드님을 저에게 맡겨주십시오."

요이치는 눈꺼풀이 반쯤 내려와 있던 눈을 확 하고 크게 떴다. 좁은 현관에 분노의 고함 소리가 울렸다.

"나가! 나가! 어서 나가!"

요이치의 노기등등한 태도에 놀란 가라사와는 엉겁결에 뒤로 물러났다. 요이치는 소리를 지르는 데 그치지 않고 물러나는 가라사와에게 달려들어 온몸으로 밀어냈다.

가라사와는 다리에 힘을 주고 버텼다.

이 기회를 놓치면 요이치는 두 번 다시 가라사와의 이야기를 들으려 하지 않을 것이다. 가라사와는 요이치에게 따지고 들었다.

"제 말 좀 들어보세요. 게이스케에게는 뛰어난 재능이 있습니다. 반드시 역사에 이름을 남길 프로 기사가 될 겁니다. 자녀분의 장래를 생각해주세요."

"시끄러워! 게이스케는 내 자식이야!"

요이치는 핏발이 선 눈으로 가라사와를 노려봤다.

"이놈의 장래? 이놈의 장래는 이미 정해져 있다고."

요이치는 오싹하도록 차가운 표정을 지었다.

"이놈은 나를 돌볼 거야."

가라사와는 절망했다.

돈 문제만 해결되면 게이스케의 장려회 입회를 승낙하지 않을까. 처음엔 반대했다가도 꾸준히 설득하면 마지못해 끄덕이지 않을까. 그런 가라사와의 어렴풋한 희망은 산산조각이 났다.

이 사람은 자기 아이를 자신을 부양할 도구로만 본다. 아이가 부모를 위해 희생하는 것을 당연한 일로 생각한다.

지금까지 참아왔던 것이 안에서 폭발했다.

'이런 인간 말종에게 게이스케의 미래가 짓밟히게 놔둘 수 없다.'

가라사와는 요이치의 멱살을 잡아 올렸다.

"아이는 부모의 소유물이 아니야!"

요이치는 가라사와의 분노에 압도됐는지 아주 조금 겁을 먹은 듯했다.

"당신은 당신 자식이 예쁘지 않나? 아이에게는 밥도 제대로 먹이지 않고 자신은 술과 도박에 빠져 돌아다니면서, 그러고도 부모라고 할 수 있냐고!"

가라사와가 잘라 말했다.

"게이스케는 반드시 프로 기사가 될 거야. 그럴 능력이 있어. 아이의 미래를 짓밟아서는 안 돼."

게다가, 하고 말하면서 가라사와는 게이스케에게 시선을 보냈다.

"게이스케 본인이 프로 기사가 되고 싶어 한다고."

요이치는 놀란 얼굴로 자신의 등 뒤를 쳐다봤다.

게이스케는 현관과 거실 사이의 칸을 막는 장지문에 매달려 떨고 있었다.

가라사와는 게이스케를 향해 소리를 높였다.

"게이스케, 네 바람을 아버지한테 말해봐라."

게이스케가 아버지를 두려워하는 마음은 알고 있었다. 그러나 지금 여기서 자신의 의사를 분명하게 밝히지 않으면 게이스케에게는 미래가 없다.

게이스케는 아무 말도 하지 않았다. 두 사람을 바라보면서 그저 떨고 있을 뿐이었다.

게이스케는 늘 아버지를 두려워하면서 자신을 죽이며 살아왔다. 그런 게이스케가 아버지에게 자신의 의사를 말하기 위해서는 상상 이상의 용기가 필요할 것이다.

떨고 있는 게이스케를 향해 가라사와가 힘주어 말했다.

"무서워할 것 없어. 네가 어떻게 하고 싶은지, 똑바로 말하는 거야."

게이스케는 잠시 가라사와를 가만히 바라보다가, 결심한 듯 입술을 깨물고는 작지만 분명한 목소리로 말했다.

"나, 프로 기사가 되고 싶어요."

"이 나쁜 놈!"

요이치는 게이스케에게 달려들었다.

"네가 뭘 안다고 멋대로 지껄이는 거야. 프로 기사? 그런 거, 난 몰라!"

"가미조 씨, 흥분하지 마세요. 가미조 씨!"

가라사와는 요이치에게 덤벼들어 게이스케에게서 떼어놓으려 했다. 그러나 요이치의 화는 가라앉지 않았다. 더욱 강한 힘으로 게이스케의 목을 졸랐다.

"이 자식, 뭐가 어째? 난 허락 안 해!"

아이지만 자신의 운명을 결정하는 중요한 순간이라는 사실을 깨달았는지, 게이스케는 아버지 손을 뿌리치고는 크게 외쳤다.

"아버지, 나, 프로 기사가 되고 싶다고요!"

게이스케가 아버지에게 대든 것은 처음이었을 것이다. 요이치는 어리둥절한 표정을 하고 서 있었다.

방 안이 쥐 죽은 듯 조용해졌다.

"가미조 씨."

가라사와가 다시 요이치를 불렀다.

이름을 부르는 소리에 정신을 차렸는지, 요이치는 어깨를 움찔하더니 당황한 눈으로 가라사와를 봤다.

가라사와는 다시 간절히 말했다.

"부탁입니다. 게이스케를 제게 맡겨주십시오."

가라사와는 머리를 숙였다. 그 모습을 본 게이스케는 자리에 앉아 아버지를 향해 무릎을 꿇었다.

"저를 장려회에 보내주세요."

진심이란 것을 알아서였는지 요이치는 조금 전보다도 훨씬 강하게 분노를 터뜨리며 외쳤다.

"시끄러워, 난 절대로 허락하지 않을 거야!"

그러자 게이스케는 얼굴을 들고 분노와 슬픔이 뒤섞인 눈으로 아버지를 봤다.

요이치는 떡 버티고 선 채 게이스케를 내려다봤다.

"너, 누구 덕에 컸다고 생각하는 거냐. 나야. 내가 널 키웠어. 내가 있었기 때문에 넌 살 수 있었어. 그 생명의 은인을 저버릴 거냐?"

한바탕 소리를 지르고 나더니 요이치는 게이스케 앞에 쭈그리고 앉아 겁먹은 아들에게 얼굴을 가까이 갖다 댔다.

"넌 나랑 있는 거야. 평생……!"

땅 밑바닥에서 들려오는 것 같은 속삭임이었다. 가라사와의 등줄기로 공포와 분노가 내달렸다.

정신을 차리고 보니 요이치의 어깨를 잡아서 세게 잡아당기고 있었다.

돌아본 얼굴을 있는 힘껏 때렸다.

요이치가 다다미 위에 벌러덩 넘어졌다.

위에 올라타려 했다.

그러는 가라사와의 배에 요이치의 오른발이 파고들었다.

이번에는 가라사와가 공중제비를 돌며 쓰러졌다.

"이 자식이!"

요이치가 덮쳐 왔다.

가라사와는 돌아눕듯이 해서 재빨리 몸을 비켰다. 요이치가 머리부터 바닥에 처박혔다.

뒤에서 잡으며 달려들자 요이치가 돌아보는 모양새로 팔꿈치로 가격했다.

안면에 맞았다.

눈앞에 불꽃이 튀고 격한 통증이 느껴졌다.

코에서 액체가 흘렀다. 바닥에 떨어졌다. 피였다.

"으아아!"

요이치가 온몸으로 돌진해 왔다. 온몸으로 받았다.

바닥 위에서 뒤엉켜 뒹굴었다. 숨이 찼다. 가라사와는 목소리를 짜냈다.

"아이는 부모의 소유물이 아니야!"

그렇게 말하면서 얼굴을 때렸다.

"시끄러워!"

요이치의 주먹이 올라왔다.

그러나 취기에 맡긴 주먹은 헛나가 허공을 갈랐다. 요이치는 가라사와 이상으로 숨이 가빴다.

자세를 무너뜨린 요이치의 멱살을 잡았다.

"뭐가 내가 키웠어야. 뭐가 생명의 은인이야. 제대로 돌보지도 않은 주제에. 자식한테 고생만 시키는 주제에!"

손을 떨쳐내려고 요이치가 팔을 돌렸다.

"그래서 뭔데! 저놈은 내 거야. 내 걸 내가 어떻게 하든 내 맘이야!"

"이 인간 말종 같은 놈!"

고함과 함께 몸싸움이 계속됐다.

요이치의 숨결이 더 이상 갈 데 없이 가빠졌다. 공기를 찾아

헐떡였다.

바닥에 대자로 뻗은 상태로 요이치는 목소리를 짜냈다.

"저놈은 어디에도 안 보내."

"아이가 불쌍하지 않나?"

"남이 나설 자리가 아냐."

"가족이든 남이든, 사람이면 아이를 먼저 생각해야지."

"그런 주제넘은 말, 듣고 싶지 않아."

요이치는 남의 말을 들을 귀가 없었다.

가라사와는 마음을 정했다.

지금 이자에게서 아이를 떼어놓지 않으면 게이스케의 인생은 여기서 끝나버릴 것이다.

가라사와는 바닥에 뒹굴고 있는 요이치를 내려다보면서 말했다.

"당신 같은 인간한테 게이스케를 맡길 순 없어. 저 애는 내가 데려갈 거요."

요이치는 놀란 얼굴로 고개를 들어 가라사와를 봤다.

가라사와는 요이치에게 한 번 더 딱 잘라 말했다.

"게이스케를 양자로 들이겠소."

상대가 진로뿐 아니라 게이스케의 친권까지 언급할 줄은 생각하지 못했을 것이다. 요이치는 말을 잃었다.

가라사와는 게이스케를 봤다. 게이스케도 요이치와 마찬가지로 깜짝 놀랐는지 눈을 동그랗게 뜨고 있었다.

가라사와는 게이스케에게 물었다.

"게이스케, 내 양자가 되지 않겠니?"

게이스케는 눈을 크게 뜬 채 가라사와를 바라보았다.

"너를 내 아들로 삼고 싶다."

가라사와는 게이스케의 대답을 기다렸다. 장려회 얘기는 했지만, 게이스케 앞에서 양자 얘기를 꺼낸 것은 처음이었다.

게이스케의 눈에 놀라움 대신 다른 감정이 떠올랐다. 그것은 희망이나 기쁨 같은 것이었다.

그때 분노에 찬 요이치의 목소리가 울렸다.

"대답하지 마!"

게이스케는 움찔하며 요이치를 봤다.

가라사와는 시선을 되돌렸다.

요이치는 바닥에서 몸을 일으키더니 기듯이 해서 게이스케에게 다가갔다.

"넌 내 자식이야. 누가 뭐라 해도 내 자식이야. 하루코가 낳은 내 자식이야."

요이치는 혼잣말같이 중얼거렸다.

"하루코는 죽어버렸어. 나를 두고 가버렸어. 넌…… 하나뿐인 내 자식이야."

게이스케는 눈을 크게 뜬 채 요이치를 응시하고 있었다. 도망치려 해도 발이 움츠러들어 움직일 수 없는 걸까.

요이치는 게이스케 앞으로 가서 바닥에서 천천히 일어나며 게이스케를 향해 외쳤다.

"넌 내 자식이야!"

가라사와는 퍼뜩 제정신이 들었다. 게이스케에게 달려드는 요이치를 말리려 했지만 이미 늦었다. 요이치는 양손으로 게이스케의 멱살을 잡더니 기둥에 세게 부딪쳤다.

"내가 있어서 넌 오늘까지 살 수 있었어! 내가 없었으면 넌 벌써 옛날에 뻗었다고!"

게이스케는 손을 뿌리치려고 발버둥 쳤다. 그러나 요이치의 손은 꼼짝도 하지 않았다. 게이스케가 고통스러운 듯 신음 소리를 냈다.

"그만둬!"

가라사와는 온 힘을 다해 요이치를 잡아뗐다. 그 기세에 둘 다 바닥에 쓰러졌다. 게이스케는 그 자리에 주저앉아 격렬하게 기침을 했다.

가라사와는 몸을 일으켜 바닥에 앉은 채 요이치를 봤다. 요이치는 대자로 넘어진 채였다. 반격할 기색은 없었다. 일어날 힘도 없을 것이다. 그것은 가라사와도 마찬가지였다. 입안에서 통증이 느껴져 손등으로 입가를 닦자 피가 묻어났다.

좁은 현관에서는 요이치와 가라사와의 바튼 숨소리만 들렸다.

마침내 요이치의 숨소리가 불규칙하게 흐트러지기 시작했다. 요이치가 손등을 눈가에 대고 오열하고 있었다.

"게이스케에⋯⋯."

요이치가 이름을 불렀다.

"게이스케⋯⋯ 너도 가버릴 거냐. 하루코도 그랬는데, 너도 나를 남겨두고 가버릴 거냐. 나를 외톨이로 놔두고."

아버지가 우는 모습을 처음 보는지 게이스케는 낯선 타인을 대하는 듯한 시선으로 요이치를 바라봤다.

요이치의 입에서 새어 나오는 오열은 마침내 엉엉 우는 울음소리로 바뀌었다. 손등으로 가리고 있는 요이치의 눈꼬리에서 눈물이 흘러내렸다.

게이스케도 울고 있었다.

"게이스케……."

가라사와는 겨우 말을 짜냈다.

하지만 그 이상 아무 말도 할 수 없었다.

요이치를 바라보는 게이스케의 눈에 동정심이 떠올라 있었다.

요이치는 결코 좋은 아버지라고는 할 수 없었다. 그러나 단 하나뿐인 부모였다. 울며 매달리는 아버지를 외면할 수는 없다.

게이스케의 눈은 그렇게 말하고 있었다.

가라사와는 바닥에서 일어나 게이스케 곁으로 갔다.

게이스케는 어깨를 떨면서 가라사와에게 말했다.

"죄송해요."

게이스케는 프로 기사가 되는 길을 포기하고 요이치의 아들로 살아가는 길을 선택했다.

가라사와는 게이스케의 머리를 부드럽게 쓰다듬고 현관으로 돌아와 언제 벗어졌는지도 모를 구두에 발을 넣었다.

현관을 나서려 할 때, 등 뒤에서 게이스케가 불렀다.

"선생님······."

가라사와는 게이스케를 돌아보며 말했다.

"아버지 얼굴에 냉찜질해드려라. 내일이면 꽤 부어오를 거야."

게이스케는 아무 말도 하지 않았다.

잠자코 머리를 숙였다. 지난 2년여 동안의 시간에 대해 감사를 표하는 듯한, 깊이 머리를 숙여 하는 인사였다.

"언제든 오렴. 또 장기 두자."

그 말을 남기고 가라사와는 현관을 나섰다. 아직 찬 기운이 남아 있는 밤바람이 입술에 난 상처에 스며들었다.

그날 밤 얼굴에 푸른 멍이 들어 돌아온 가라사와를 본 요시코이 얼굴색이 파랗게 질렸다.

요시코의 치료를 받으면서 가라사와는 게이스케의 집에서 있었던 일을 전했다.

많은 얘기는 하지 않았다. 게이스케는 장려회에 가지 않게 됐고, 가라사와 부부의 양자가 될 일도 없게 됐다고만 이야기했다.

요시코는 이야기를 듣지 않아도 가라사와의 상처를 보고 모든 것을 헤아린 것 같았다. 게이스케의 결단이 본심에서 나온 것이 아니라 고뇌 끝에 한 선택이었다는 것도 이해했을 것이다. 요시코는 입고 있던 앞치마 자락으로 눈시울을 눌렀다.

치료를 끝낸 가라사와는 어깨를 늘어뜨린 채 요시코를 위로했다.

"그 애가 선택한 길이야. 존중해주자고."

요시코는 흐느껴 울면서 몇 번이나 고개를 끄덕였다.

그날 이후 게이스케는 가라사와의 집에 더 이상 오지 않았다.

가라사와가 내민 손을 잡지 않은 이상 이제 어리광을 피울 수 없다고 생각한 걸까, 장기에 대한 열의가 식은 걸까.

어느 쪽이든 게이스케는 장려회에 입회하지 않았고, 더 이상 가라사와에게 의지하지 않았다. 게이스케가 그렇게 결정한 이상, 가라사와가 할 수 있는 일은 없었다.

게이스케를 다시 만난 것은 일 년이 지났을 무렵이었다.

필요한 책이 있어 역 근처에 있는 서점에 들른 가라사와는 거기서 게이스케를 봤다. 게이스케는 혼자였다. 벽에 비치된 서가 앞에 서서 열심히 잡지를 읽고 있었다.

게이스케는 중학교 교복을 입고 있었다.

누가 입던 걸 받아 입었는지 새 교복은 아니었다. 등에 멘 학교 지정 학생 가방도 새 가방이 아니었다.

그러나 게이스케의 얼굴에는 비굴함이 없었다. 잡지를 눈으로 좇는 옆얼굴에서는 강인한 기운이 느껴졌고, 훌쩍 큰 키에서는 초등학생 때는 없었던 씩씩함이 느껴졌다.

가라사와는 눈가가 뜨거워졌다.

아버지에게 맞으며 겁에 질려 하던 게이스케가 아니었다. 혹시 아버지가 아직까지 게이스케에게 폭력을 휘두른다 해도 중학생이 된 게이스케는 무방비로 맞고 있지는 않을 것이다. 목욕도 빨래도 스스로 할 수 있다. 식비나 수업료도 신문 배달로 번 돈으로 꾸려나가고 있을 터였다. 아직 남들과 같지는 않더라도 예전보다 제대로 된 생활을 하고 있다는 것을, 늠름한 모습에서 엿볼 수 있었다.

가라사와는 게이스케에게 다가가 말을 걸었다.

"오랜만이구나. 많이 컸구나."

게이스케가 놀라서 가라사와를 돌아봤다. 멀리서는 상당히 어른스러워 보였지만, 눈에는 아직 그리운 어린 모습이 남아 있었다.

"지금 집에 가는 길이니? 아직 시간이 많이 이른데."

게이스케는 자세를 바로 했다.

"오늘은 동아리가 쉬는 날이라서 평소보다 일찍 끝났습니다."

"어느 동아리에 들어갔니?"

게이스케는 입을 닫고 시선을 아래로 떨어뜨린 채 머뭇거렸다.

게이스케가 손에 들고 있는 잡지를 본 가라사와는 더 이상 묻지 않았다. 게이스케의 어깨를 가볍게 두드렸다.

"시간이 나면 언제든 오렴. 오랜만에 한 판 두자."

게이스케는 아무 말 없이 머리를 숙였다.

구하던 책을 산 가라사와는 서점을 나서서 도로 맞은편에 있는 공원을 바라봤다.

공원에는 부지를 둘러싸듯이 벚나무가 심어져 있었다. 꽃이 진 나무에는 푸릇푸릇한 잎이 무성했다.

가라사와는 푸른 잎을 바라보고 눈을 가늘게 뜨면서 방금 게이스케가 서서 읽고 있던 잡지를 되짚었다. 상급자용 장기 월간지 〈장기월드〉였다.

게이스케가 다니는 중학교에는 장기부가 있을 것이다. 게이스케는 분명 장기부에 들어갔을 것이다. 가라사와에게 그런 사실을 말하지 않은 것은, 프로 기사에 대한 꿈을 포기했는데 아직 장기에 미련을 두고 있다는 것을 드러내는 게 부끄러웠기 때문이리라.

게이스케가 상급생을 상대로 장기를 두는 모습을 그려보았다. 상급생들은 올봄 장기부에 들어온 신입생의 실력에 혀를 내두르겠지. 수줍은 듯이 웃는 게이스케의 얼굴이 눈에 어른거렸다.

게이스케, 힘내라. 파이팅.

가라사와는 푸른 잎을 응시하면서 마음속으로 중얼거렸다.

———

제9장

———

○○○○ **1980년 3월**

뭔가가 떨어지는 소리에 가라사와는 얕은 잠에서 깼다.

침대 옆을 보니 읽던 책이 바닥에 구르고 있었다. 선잠을 잔 모양이었다.

가라사와는 몸을 일으켜 책을 집기 위해 바닥으로 손을 뻗었다. 그 순간 배에 강한 통증이 느껴졌다.

가라사와는 작년 가을에 위 수술을 했다.

스와호 주변 산들이 단풍으로 물들기 시작하던 무렵 가라사와는 위에 불쾌감을 느꼈다. 무엇을 먹든 맛이 없고 늘 위액이 치밀어 오르는 듯한 느낌이 들었다. 처음에는 여름의 피로 때문이라고 생각하고 상태를 지켜보았다. 그러나 전혀 좋아지지 않았고, 도리어 불쾌감이 심해져갔다.

요시코의 설득에 떠밀려 가까운 종합병원에 가서 진찰을 받았다. 의사의 진단은 위궤양이었다. 빨리 수술을 하면 좋아진다고 했다.

의사의 말이 거짓이라는 것을 가라사와는 알고 있었다. 70년 이상 함께해온 몸에 대해서는 자신이 가장 잘 알고 있었다. 무엇보다 억지로 밝은 척하는 요시코의 모습을 보니 더 위중한 병임이 분명했다.

수술한 지 5개월이 지나 상처의 통증은 꽤 가라앉았다. 일상생활을 방해할 만한 통증은 아니었다. 그러나 몸에 무리한 힘을 주거나 자세를 꼬거나 하면 극심한 통증이 밀려왔다.

가라사와는 읽기 시작한 책을 바닥에서 주워 올리고 나서 창밖을 봤다.

정원수 너머로 스와호가 보였다. 얇게 얼음이 얼어 있는 호수 수면이 봄 햇살을 받아 빛나고 있었다.

가라사와는 게이스케와 처음 만난 날을 회상했다.

지금으로부터 9년 전, 게이스케는 초등학교 3학년이었다. 아버지의 돌봄을 받지 못해 거지나 다름없는 차림에 늘 배를 곯았다. 장기에 재능이 있다는 것을 알아차리고 장래 프로 기사가 될 수 있도록 장려회에 넣으려고 했지만, 아버지의 반대와 게이스케의 선택으로 무산되었다.

그 어렸던 소년이 올해 대학에 들어간다.

게이스케가 발길을 끊은 지도 이제 곧 7년이 된다. 게이스케는 중학교를 졸업한 다음 장학금을 받고 나가노시에 있는 현 내 톱 클래스 고등학교에 입학했다. 그리고 다시 3년간 열심히 공부해 올봄 도쿄대학에 합격했다. 일주일 뒤면 게이스케는 스와를 떠난다.

대학 합격 발표 날 게이스케가 돌연 가라사와의 집으로 찾아왔다.

벨 소리에 뛰쳐나간 가라사와와 요시코에게 게이스케는 숨을 헐떡이며 수험 결과를 알려주었다.

"저, 도쿄대에 합격했습니다."

게이스케가 도쿄대 입시를 치렀다는 것은 모리오카에게 들어 알고 있었다. 모리오카는 게이스케가 다니는 고등학교의 교감이었고, 가라사와의 옛 제자였다. 가라사와는 게이스케와의 구체적인 관계는 말하지 않은 채 근처에 살아 안면이 있다면서, 넌지시 게이스케의 학교생활을 모리오카에게 묻곤 했다.

게이스케는 늘 최상위권 성적을 유지했다. 게이스케의 IQ가 높다는 것은 그가 초등학교 때 담임에게 들어서 이미 알고 있었다. 그래서 게이스케의 머리가 좋다는 얘기를 들어도 모리오카처럼 놀라지는 않았다.

게이스케의 두뇌라면 어렵지 않게 도쿄대에 합격하리라고 생각했다. 그러나 조금 불안했던 것은 사실이다. 게이스케의 머리가 좋다는 것은 잘 알고 있었지만, 전국에는 비슷한, 혹은 그 이상 머리 좋은 사람들이 있다는 것도 가라사와는 알고 있었다.

　도쿄대는 누구나 알고 있는 대로 일본에서 가장 들어가기 어려운 대학이었다. 지방 고등학교에서야 남달리 두뇌가 명석한 학생이었지만, 전국 규모의 경쟁을 뚫어야 하는 도쿄대의 문은 넓지 않았다. 게이스케가 도쿄대를 목표로 공부한다는 얘기를 듣고 나서는 집에 있는 신단 앞에서 매일 합격을 빌었다.

　현관에서 가슴을 펴고 그 소식을 전해준 게이스케의 늠름한 모습을 본 가라사와는 눈시울이 뜨거워졌다. 옆에 있는 요시코도 참지 못하고 눈물을 흘렸다.

　오랜만에 집 안으로 들어온 게이스케는 거실 방석에 무릎을 가지런히 하고 앉아서 3월 말에 도쿄에 간다고 두 사람에게 이야기했다.

　요시코는 기쁨의 눈물을 닦으며 부엌으로 갔다.

　가라사와는 감격해서 말이 안 나왔다.

　차를 한 모금 마시고 나서 도쿄에서는 어디에 살 건지 물었다. 싼 하숙을 구할 거라고 게이스케는 대답했다.

　"대학에는 학자금 대출로 다닐 겁니다. 아르바이트를 하면 어떻게든 해나갈 수 있습니다."

　가라사와는 망설이면서 게이스케에게 물었다.

　"아버지는 뭐라고 하시냐?"

　거리에서 때때로 요이치의 모습을 볼 수 있었다. 지금도 옛날과 변함없이 마작집에 드나드는 모양이었다.

게이스케는 초월한 표정으로 대답했다.

"처음에는 굉장히 화를 내면서 반대했습니다. 학비는 학자금 대출로 해결할 거고 생활비도 내 손으로 어떻게든 마련할 거라고 몇 번을 말해도 들으려고 하지 않았는데, 제가 가출을 해서라도 대학에 가겠다고 했더니 마지못해 승낙했습니다. 제가 좋은 대학에 들어가면 좋은 취직자리를 구해서 돈을 벌 수 있다고 말했더니, 그게 효과가 있었던 것 같습니다."

옛날에는 무서워하기만 했던 아버지를 이제는 요령껏 다룰 수 있게 된 게이스케에게서 세월의 흐름이 느껴졌다.

"아르바이트는 역시 신문 배달인가?"

가라사와의 질문에 게이스케는 고개를 옆으로 저었다.

"도쿄는 너무 넓어요. 지리 감각이 없는 저한테는 무리기도 하고, 대학생에게는 좀 더 벌이가 좋은 아르바이트가 있는 모양이에요. 학원 강사라든가 가정교사라든가."

그렇지, 도쿄대생이라면 가정교사 아르바이트 자리는 많을 것이다. 게다가 게이스케는 붙임성이 좋다. 분명 학생이나 그 집 식구들이 좋아할 것이다.

그러나 좋은 아르바이트 자리를 찾더라도 생활이 어려울 것이다.

아르바이트를 하면서 대학에 다니는 학생은 많다. 하지만 대부분은 집에서 보내주는 생활비가 따로 있고 모자라는 부분만 아르바이트비로 메우는 식이다. 게이스케는 집에서 생활비를 보내주기는커녕, 학자금도 졸업한 뒤 자신이 갚아야 한다. 도쿄대에 합격했다고 해서 편한 삶이 보장되는 것은 아니었다.

"힘들겠구나."

가라사와는 내뱉듯이 중얼거렸다.

게이스케는 가라사와가 무엇을 걱정하는지 헤아린 모양이었다. 가라사와를 안심시키기 위해선지 진심으로 그렇게 생각해서인지는 모르겠지만 자신감에 찬 얼굴을 하고 말했다.

"일하는 건 익숙해요. 괜찮습니다."

가라사와는 고개를 깊이 끄덕였다.

"물론 너라면 괜찮지. 그건 내가 알지."

게이스케는 가라사와의 마음이 전혀 편해지지 않았다고 느꼈는지 난감해하는 얼굴로 웃었다.

그러나 가라사와는 게이스케의 말을 믿었다. 어린 시절 어머니를 잃고 아버지의 폭력과 허기를 견뎌온 아이니까 앞으로 어떤 난관이 있더라도 씩씩하게 살아갈 것이다.

요시코가 거실로 돌아와서 세 명 분의 찻잔과 과자를 좌탁에 놨다. 게이스케가 좋아하는 흑설탕 만주였다.

게이스케는 아이같이 소리를 지르며 기뻐했다. 오랜만에 보는 게이스케의 웃는 얼굴에 가라사와와 요시코는 마음이 따뜻해졌다.

게이스케는 과자를 다 먹고 자리에서 일어났다.

"해야 할 일이 많아서 오늘은 이만 가봐야겠습니다."

요시코가 아쉬워하면서 현관까지 배웅했다. 가라사와도 뒤를 따랐다.

현관에서 신발을 신는 게이스케에게 가라사와가 말했다.

"바쁘긴 하겠지만 도쿄에 가기 전에 한 번 더 집에 와주겠니?"

게이스케는 가라사와를 돌아보고 웃는 얼굴로 말했다.

"물론입니다. 도쿄에 가기 전에 인사하러 오겠습니다."

처음 만났을 때는 가라사와의 가슴께까지 오던 키가 지금 은 가라사와보다 머리 하나만큼 더 크게 자랐다. 게이스케는 깊이 머리를 숙이고 현관을 나갔다.

창밖을 바라보던 가라사와는 게이스케를 빙어 낚시에 데 려갔던 때를 회상했다. 처음 빙어 낚시를 해본 게이스케는 낚 싯줄에 걸려 올라온 작은 물고기를 보고 눈을 동그랗게 떴다. 가라사와는 그 자리에서 빙어 튀김을 만들어 같이 맛있게 먹 었다.

가라사와는 쓴웃음을 지었다.

최근에 옛일을 돌아 보는 일이 잦아졌다. 그만큼 죽을 날이 가까워졌다는 얘기일 거다. 게이스케가 스와를 떠나면 다시 만날 가능성은 거의 없었다.

가라사와는 침대에서 일어나 책상으로 향했다.

책상 위에는 보라색 보자기에 싸인 물건이 있었다. 매듭을 풀었다. 안에는 오동나무 상자가 들어 있었다.

가라사와는 조심스럽게 상자 뚜껑을 열었다. 안에 들어 있 는 니시진오리교토 니시진에서 짠 직물 장기말 주머니를 열고 맨 위에 있는 말을 하나 꺼냈다. 왕장. 초대 기쿠스이게쓰 작품, 긴키 섬회양목 돋움말이었다.

교사를 그만둘 때 오랜 기간 일한 데 대한 훈장이라고 생각하고 구입한 것이었다.

그림, 골동품, 가구 등, 그 밖에 여러 가지를 생각했지만, 결국 장기말을 사기로 마음먹었다.

그림이나 항아리, 산호 장식품 등도 모두 그 나름의 아름다움이 있지만 가라사와에게는 명공이 만든 장기말이 가장 우아하고 아름답게 느껴졌다.

나뭇결의 모양이나 말에 쓰인 글자의 섬세함도 그렇지만 명공이 심혈을 기울여 만든 말에서는 다른 미술품에는 없는 기운이 느껴졌다. 최고의 기사가 타이틀전에서 실제로 사용하면서 온 힘을 쏟아부은 내력이 쌓여 있기 때문일 것이다. 마치 장기말에 기사들의 투혼이 그 안에 담겨 있다가 보는 이에게 전달되어 오는 것 같았다.

그렇게 마음을 정한 가라사와는 이거다 싶은 말을 찾아다녔다. 아름다운 것만으로는 안 됐다. 그냥 이름만 있는 것도 안 됐다. 역사적 가치와 미려함, 무게가 있는 말이어야 했다.

바라는 말을 만날 수만 있다면 아무리 많은 비용이 들더라도 기꺼이 지불할 생각이었다.

그러던 가라사와가 드디어 초대 기쿠스이게쓰가 만든 말을 만났을 때 그는 이는 필시 신이 이끌어준 것이라고 생각했다.

구하던 말은 아주 우연히 가라사와의 눈앞에 나타났다. 오랜 지인이 어떤 말을 살 사람을 찾고 있다고 해서 이야기를 듣고 보니 그 말은 틀림없이 가라사와가 찾던 그 장기말이었다.

가라사와는 그 말을 직접 눈으로 보고 싶다고 간절히 청했다. 그러나 상대가 거절했다. 이미 살 사람을 찾았다는 것이다.

가라사와의 낙담은 컸다. 초대 기쿠스이게쓰의 작품 같은 명 장기말은 그리 쉽게 만날 수 있는 게 아니었다.

포기하지 못하고 우울하게 지내던 중 지인에게서 다시 연락이 왔다. 말을 사기로 한 사람이 갑자기 세상을 떠나 그 얘기가 깨졌다는 거였다.

다시 상담을 시작했고, 가라사와는 직접 말을 확인하고 그 자리에서 사들이기로 결정했다. 가격은 400만 엔. 결코 싸지 않은 가격이었다. 하지만 이 이상의 말은 평생 만날 수 없을 것이다, 지금 이 말을 손에 넣지 않으면 반드시 후회할 것이라고 가라사와는 생각했다.

초대 기쿠스이게쓰가 만든 긴키 섬회양목 돋움말과의 만남이 운명이라면 게이스케와의 만남도 운명이었다고 가라사와는 생각했다.

게이스케와 함께 보낸 시간은 2년이라는 짧은 기간일 뿐이었다. 그러나 가라사와에게 그 기간은 무엇과도 바꾸기 힘든 소중한 시간이었다.

가라사와는 손바닥에 올려놓았던 왕장을 다시 말 주머니에 넣었다.

게이스케와의 만남이 자신의 인생에서 운명과 같은 것이었다고 한다면, 역시 알 수 없는 운명에 인도되어 손에 넣은 이 장기말이 게이스케에게 가는 것은 필연이라고 생각했다.

가라사와는 초대 기쿠스이게쓰가 만든 말을 게이스케에게 물려줄 작정이었다.

이 말은 예술품으로서의 가치도 높지만, 말 자체의 값도 비쌌다. 팔면 당장은 견딜 만한 돈이 될 터였다.

상대는 게이스케다. 이별 선물이라며 현금을 주겠다고 해봤자 절대 받지 않을 것이다. 또 은혜를 갚아야 한다는 부담감을 떠안길 수도 있었다.

가라사와 부부는 게이스케에게 보답을 바라고 은혜를 베푼 것이 아니었다. 자선을 베풀었다고 생각한 적도 없었다. 오히려 이렇게 사랑스러운 소년을 만날 수 있었던 것에 감사하는 마음뿐이었다.

앞으로 게이스케는 여행을 떠난다. 언제까지나 지켜주고 싶다. 무슨 일이 있을 때는 모든 것을 바쳐서라도 힘이 돼주고 싶다. 그러나 그것이 이룰 수 없는 희망이라는 것은 가라사와 자신이 잘 알고 있었다. 게이스케가 어려운 일에 맞닥뜨렸을 때 가라사와는 이 세상에 없을 것이다. 가라사와는 그런 사실을 알게 된 후, 장기말을 게이스케에게 주자고 마음먹었다. 이 말은 분명 게이스케를 지켜줄 것이다.

가라사와는 벽에 걸린 시계를 봤다. 오후 2시. 게이스케에게서 오늘 오후 2시에 집으로 찾아오겠다고 전화가 왔다.

현관 벨이 울렸다. 계단 아래에서 요시코가 부르는 소리가 났다.

"여보, 게이스케가 왔어요."

"지금 갈게."

가라사와는 말 주머니를 다시 오동나무 상자에 담고 보자
기로 정성스럽게 쌌다.

제10장

―

역 승강장에 내린 이시바는 미간에 주름을 잡고 주위를 노려봤다.

"어이 어이, 뭐야, 왜 이렇게 더워? 더위가 심상치 않군."

투덜투덜 불평을 하면서 빠른 발걸음으로 승강장에서 개찰구 계단으로 내려갔다.

사노는 서둘러 뒤를 쫓았다.

사노와 이시바는 첫 전철과 신칸센을 갈아타며 오미야에서 신오사카로 왔다. 오사카에서 부동산업을 했다는 기쿠타라는 사람을 찾기 위해서였다. 그러나 오보라가 문제의 장기말을 기쿠타에게 판 것은 29년이나 된 일이었다. 기쿠타가 지금까지 부동산업을 계속하고 있을지 어떨지도 알 수 없었다. 무슨 일을 하고 있는지는커녕 살아 있는지 죽었는지조차 분명치 않았다.

기쿠타 건에 대해서는 어젯밤에 이토타니가 오사카부경에 지원을 요청해놓았다.

이토타니에게 수사 협조를 부탁받은 오사카부경 수사 공조과는 수사관에게 1965년 당시의 사업체 기록을 조사하게 해서 기쿠타가 관계됐을 법한 부동산 회사를 리스트 업해놓고 있었다.

오보라 때도 그랬지만 수사 범위가 광범위하게 걸쳐 있을 때는 해당 지역 경찰의 협조가 반드시 필요하다. 해당 지역 경찰은 그 지역 수사관이 아니면 알아낼 수 없는 정보를 갖고 있는 것은 물론이고 타 지역 사람이라면 서류 제출이니 어쩌니 해서 번거로울 일을 전화 한 통으로 해결할 수 있기 때문이다.

계단을 내려가던 이시바가 갑자기 뒤를 돌아보고 말했다.

"어이, 오사카부경에서 지원 나올 사람하고는 어디서 만나기로 했지?"

사노는 셔츠 포켓에서 수첩을 꺼내 만나기로 한 장소를 확인했다.

"남쪽 개찰구입니다."

"틀림없겠지? 이 지랄 같은 더위에 여기저기 헤매게 하면 가만 안 있을 거야. 노인한테는 더위가 쥐약이라고."

사노는 또 시작이군, 하고 생각했다.

이시바는 자신에게 유리할 때만 스스로를 노인이라고 말했다. 처음 콤비가 되었을 때는 이시바의 건강에 신경 쓰려고 했다. 그러나 그럴 때마다 이시바는 노인 취급 하지 말라고 나무랐다.

지금은 이시바에게 조금 익숙해져서 그가 어떻게 말하든 가볍게 받아넘길 수 있게 됐다.

이시바와 콤비가 된 지 오늘로 일주일이 됐다.

겨우 일주일이지만, 그래도 일주일이었다. 사노 입장에서는 이시바가 어떤 사람인지 알기에 충분한 시간이었다.

이시바는 조직 외부 사람들에게는 마음을 쓰지만, 자기 쪽 사람에 대해서는 일절 배려가 없었다. 부하는 머슴 부리듯 하고 윗사람도 막 대하는 경향이 있었다.

현경 조직 내부에서 누구에 대해서든 좋은 건 좋다, 나쁜 건 나쁘다고 말할 수 있는 것은 장점일지 모르지만, 결국은 유아독존이었다. 사안의 좋고 나쁨을 판단하는 것은 자신이라는 자기중심주의가 강해 타인으로부터 말을 듣는 것을 무엇보다도 싫어했다.

처음에는 생각나는 대로 거침없이 내뱉는 아이 같은 말투에 당황했지만, 지금은 그것이 오히려 편할지도 모른다고 생각하게 됐다. 파트너가 된 상사가 말이 없어 무슨 생각을 하는지 알 수 없는 사람이었다면 거기 신경 쓰느라 심신이 더 피곤했을지도 모른다. 그렇게 생각하면 이시바의 거친 입담도 받아들일 수 있었다.

더워서 힘들다고 하면서도 이시바의 발걸음은 터프했다. 곁눈질도 하지 않고 성큼성큼 남쪽 개찰구를 향해 갔다. 젊은 사노 쪽이 숨이 찰 지경이었다.

개찰구를 나서자 자동판매기 옆에 서 있는 젊은 남자가 눈에 띄었다. 감색 바지에 흰 와이셔츠. 넥타이는 하지 않았다. 옆구리에 오사카의 식도락 잡지를 끼고 있었다. 오사카부경 난바 남부경찰서 지역과의 니제키 뎃페이 순경이었다. 20대 후반쯤 됐을까. 사노와 비슷한 나이로 보였다.

사노는 다가가 이름을 확인했다.

"실례입니다만, 니제키 씨입니까?"

자신과 비슷한 냄새가 난다는 걸 알아챘을 것이다. 니제키는 사노와 이시바를 향해 차려 자세를 취했다.

"이시바 님과 사노 님이시지요? 오늘 동행할 니제키 뎃페이입니다. 오사카에서 나서 오사카에서 자랐기 때문에 이곳 지리에는 자신 있습니다. 무엇이든 말씀해주십시오."

니제키는 행인들의 귀를 의식해 두 사람이 파견 온 현경의 이름이나 계급을 소리 내어 말하지 않았다. 사람들이 북적이는 곳임을 의식해서였을 것이다. 그러나 어찌하랴. 취한 자세가 경찰학교에서 길든 부동자세였다.

이시바는 빙긋 웃더니 니제키의 등을 다정스레 두드렸다.

"뭐, 그렇게 딱딱하게 굴지 맙시다. 우선은 차를 세워둔 곳으로 갈까요? 이 더운 날씨에 인파 속에 있는 건 나이 든 사람한테는 힘든 일이거든요."

니제키는 당황해서 이시바를 향해 머리를 숙였다.

"미처 신경 쓰지 못해 죄송합니다. 나이 드신 분께는 오사카의 더위가 힘들지요. 바로 차로 안내하겠습니다."

자기 입으로 나이 든 사람이네, 하고 말하는 것은 상관없지만 남에게 노인 취급을 당했으니 기분이 좋지 않았을 것이다. 이시바가 조금 부루퉁했다. 이시바 옆에서 두 사람이 주거니 받거니 하는 것을 보고 있던 사노는 웃음이 나오려고 하는 걸 참았다. 이시바가 가장 상대하기 힘들어하는 것은 꾸밀 줄 모르는 순박한 사람일지도 몰랐다.

주차장에 세워둔 차량 뒷좌석에 올라타자 이시바는 바로 본론으로 들어갔다.

"그래, 부탁드린 것 좀 볼 수 있을까요?"

니제키는 조수석에 뒀던 열쇠 달린 서류 케이스에서 A4 용지를 꺼내 어깨 너머로 돌아보면서 이시바에게 건넸다.

"어제 말씀하신 조건에 해당될 법한 인물의 리스트입니다. 더 좁혀 들어가는 것은 두 분께 맡기겠습니다. 저는 지시하시는 대로 움직이겠습니다."

이시바가 리스트가 적힌 종이를 넘겨가며 내용을 훑었다. 옆에서 사노도 고개를 뻗어 리스트를 살펴봤다.

리스트에는 이름이 기쿠타인 다섯 명에 대한 기록이 있었다. 각각의 성명 옆에 부동산 회사 이름, 회사 설립 등기 연월일이 쓰여 있었다. 그중 세 곳은 이미 등기가 말소돼 있었다. 부동산업이 그만큼 부침이 심하다는 이야기일 것이다.

리스트를 보면서 복잡한 얼굴을 하고 있던 이시바는 용지를 사노에게 내밀었다.

"자네라면 어디를 먼저 가보겠나?"

사노는 받아 든 리스트를 보면서 대답했다.

"두 번째 기쿠타 이사오와 다섯 번째 기쿠타 에이지로입니다."

"이유는?"

"회사가 등기된 연도입니다."

기쿠타 이사오가 경영하는 세이호 부동산이 등기된 해는 1955년. 기쿠타 에이지로가 경영하는 에이코 부동산이 등기된 것은 1950년이었다.

오보라 다다시는 아버지 오보라 스스무에게 문제의 장기말을 입수한 기쿠타라는 사람은 다양한 이유로 부동산을 파는 사람들의 가재도구를 떠맡았다고 말했다.

가재도구를 떠맡는 건 어려운 일이 아니지만, 되파는 것은 쉬운 일이 아니다. 특히 고가의 미술품이나 골동품 등을 거래하려면 인맥과 신용이 필요하다. 하지만 인맥도 그렇고 신용도 그렇고 짧은 시간에 얻을 수 있는 것이 아니다.

"그렇기 때문에 영업을 시작한 지 오래된 곳을 찾아야 한다고 생각합니다."

사노는 리스트에 있는 이름을 가리키면서 설명을 계속했다.

세이호 부동산과 에이코 부동산 외의 세 곳은 회사를 등기한 해가 1962년, 1964년, 1965년으로 돼 있었다. 문제의 장기말을 기쿠타에게 판매한 것은 1965년이었다. 등기한 지 겨우 2, 3년 밖에 안 된 부동산업자가 고액의 물건을 거래할 만한 인맥이나 신용을 쌓아놓았다고는 생각할 수 없다.

"장기말이 매매된 1965년 당시 세이호 부동산은 10년, 에이코 부동산은 영업한 지 15년이 된 상태였습니다. 나름의 연줄과 신용을 쌓았을 겁니다."

사노가 계속 설명하려 하니, 이시바가 말을 막았다.

"나이는 어떡하지? 오보라 다다시의 얘기로는 당시 기쿠타는 30대 중반 정도였다고 했어. 만약 우리가 찾는 기쿠타가 자네가 지목한 두 사람의 기쿠타 중 하나라면 그 둘은 스무 살 안팎하고 20대 중반에 회사를 만든 게 돼. 법률상으로는 가능하지만 현실적으로는 너무 젊어."

"가족에게 이어받았다면 가능한 일 아닐까요."

사노는 이어서 말했다.

"부모, 혹은 친척이라도 좋습니다. 오보라에게서 말을 산 기쿠타가 성이 같은 다른 사람에게 부동산 회사를 물려받았다고 생각하면 추론은 성립됩니다."

이시바는 빙긋 웃었다.

"동감이야."

칭찬받은 거였다. 저도 모르게 표정이 풀어질 뻔했다.

이시바는 남의 의견을 참고하지 않는다고 확신했는데 그렇지 않았다. 부하의 생각을 시험한 거였다.

"그래, 이 두 사람으로 좁혀질 거 같은데……."

사노의 감정 같은 것은 안중에도 없다는 듯이 이시바가 담담히 이야기를 이어갔다.

"세이호 쪽은 5년 전에 점포 문을 닫았지만 에이코는 계속 하고 있군. 좋아, 에이코부터 가보자고."

사노는 짧게 대답하고 뒷좌석에서 몸을 내밀어 운전석에 있는 니제키에게 부탁했다.

"다섯 번째에 있는 에이코 부동산으로 가주세요."

자신의 목소리가 들떠 있다는 것을 스스로도 느낄 수 있었다.

"알았습니다."

니제키는 그렇게 대답하고는 시동을 걸었다.

"여기네요."

니제키는 자신의 수첩과 눈앞의 빌딩을 번갈아 보면서 말했다.

에이코 부동산은 와쓰카에 있었다. 와쓰카는 역 주변 번화가에서 서쪽으로 차로 20분 정도 거리에 있는 지역이었다. 상업 지구로 알려졌지만 역 주변 번화가와는 달리 현대적인 상업 빌딩이나 전국 규모 대기업이 줄지어 있는 거리는 아니었다. 태반이 그 지역을 대상으로 한 점포였다. 지금 사노가 올려다보는 하치우마 빌딩도 벽의 색은 바래 있었고, 벽에 설치된 에어컨 실외기에서 괴로운 신음 소리가 흘러나오는 오래된 빌딩이었다.

에이코 부동산은 4층 건물 1층에 있었다. 도로에 면한 입구는 섀시 미닫이문으로 돼 있었다. 유리에는 부동산 매물 정보가 빼곡하게 붙어 있었다.

"그럼 저는 차에서 대기하고 있겠습니다."

니제키는 그렇게 말하더니 차를 세워놓은 근처 무인 주차장으로 돌아갔다.

사노는 미닫이문을 열고 안으로 들어갔다.

외관을 보고 이미 짐작했지만, 점포 안은 역시 생각한 대로 좁았다. 어른 둘이 들어가면 겨우 나란히 설 정도밖에 안 되는 협소한 접수대가 있는 것 말고는 다다미 두 장 정도 공간에 간이 테이블과 둥근 의자가 놓여 있는 게 전부였다.

접수대에는 감색 사무복을 입은 30대 중반의 여성이 앉아 있었다. 사노 일행을 손님으로 착각했는지 여성은 밝은 목소리로 응대했다.

"어서 오세요. 무슨 일로 오셨나요?"

사노는 아뇨, 하면서 얼굴 앞에서 손을 흔들었다.

"손님이 아닙니다. 실은 좀 여쭤보고 싶은 것이 있어서요."

사노는 바지 벨트에 끈으로 묶어놓은 경찰 수첩을 빼내 여성에게 내밀었다.

경찰 수첩을 펼쳤을 때 상대방이 보이는 반응은 크게 세 가지다. 흥미로워하든가, 귀찮은 표정을 짓든가, 겁을 먹든가. 여성의 반응은 첫 번째에 해당했다. 형사 드라마 촬영 장면이라도 본 것처럼 눈을 빛냈다.

"두 분 다 형사님? 사이타마현경? 정말로?"

흥분해서인지 반듯한 접객용 말투에서 그 지역 사투리로

바뀌었다. 사노는 지금까지 했던 것처럼 중요한 부분은 감추고 수사 협조를 부탁했다. 여성은 신이 난다는 듯이 접수처 앞에 있는 파이프 의자를 두 사람에게 권했다.

"앉으세요. 기쁜 마음으로 협조하겠습니다. 경찰에 협조하는 것은 국민의 의무니까요."

이시바가 말없이 털썩 앉았다.

이시바에 이어 의자에 앉은 사노가 여성에게 정중하게 말했다.

"업무 중에 죄송합니다."

여성은 밝은 목소리로 깔깔 웃었다.

"분명히 업무 중이긴 하지만 보시는 대로 오래된 점포예요. 손님은 거의 없어요. 업무 중 대부분이 퇴거나 갱신 서류 작업이지요. 그다음은 전화 받는 일. 전화도 대부분은 집주인하고 세 든 사람 사이에서 일어나는 트러블을 중개하는 역할. 이것도 물론 꽤 힘든 일이긴 하지만요. 요전번에도 소음 문제로 나가라 안 나간다, 하고 소동이 일어나서……."

여성은 말하는 걸 아주 좋아한다기보다 소문 같은 것을 놓고 수다 떠는 것을 좋아하는 듯, 이시바와 사노를 앞에 앉혀놓고 끊임없이 이 얘기 저 얘기를 늘어놓았다.

여성은 두 사람에게 찬 보리차를 내오고 나서야 겨우 하던 말을 멈추고 명함을 내밀었다. '에이코 부동산 스태프 오모리 에미'라고 쓰여 있었다.

이시바가 에미에게 물었다.

"이곳 사장님은 기쿠타 에이지로 씨라는 분인 거 같은데, 맞습니까?"

에미는 네, 하고 대답했다.

"에이지로 삼촌이 여기 사장님이에요."

"삼촌이라면, 가족이신가요?"

사노의 질문에 에미는 고개를 끄덕였다.

"삼촌은 우리 어머니의 오빠예요. 제가 대학을 나온 건 좋았는데 좀처럼 취직자리를 찾지 못하니까 보다 못해 임시직이라도 괜찮다면 여기 와서 일하라고 고용해줬어요. 바쁘지 않고 정시에 퇴근할 수 있고 휴일도 제대로 있고. 삼촌만 좋다면 계속 여기서 일할까 생각 중이에요."

에미가 하는 일은 사무직이라기보다 가게 지키는 일에 가까울지도 몰랐다.

혼자 있는 시간이 꽤나 지루했던지 에미의 수다는 한없이 이어졌다.

이대로라면 정작 중요한 이야기는 꺼내지도 못한 채 시간만 갈 것이다. 이야기가 끊기는 순간을 가늠해서 사노는 잽싸게 이야기를 원래 주제로 되돌렸다.

"지금도 에이지로 씨가 사장님입니까?"

"그래요. 옛날부터 쭉 삼촌이 사장이에요. 잘은 모르지만 제가 어릴 때 삼촌 건강이 안 좋아진 적이 있어서 가게를 누군가에게 넘기려고 생각한 적도 있었던 모양이에요. 삼촌은 독신이라서 병간호해줄 자식도 없었는데, 혼자서 용케 버텨서 병이 나왔나 봐요. 지금은 완전히 건강해져서 매일 놀러 다니고 있어요."

거기까지 말한 에미는 넌더리 난다는 듯 숨을 내뱉었다.

"삼촌은 술을 마시면 늘 옛날 얘기를 해요. 대부분은 고생한 얘기지요. 외울 정도로 많이 들었어요."

고용해준 은혜를 생각하면 옛날 일을 들어주는 건 아무것도 아닐 것이라고, 이시바의 싫은 소리를 매일 들어야 하는 사노는 생각했지만, 물론 그런 생각을 입 밖으로 내서 말하지는 않았다. 셔츠 포켓에서 수첩과 펜을 꺼내서 질문을 계속했다.

"에이지로 씨 말인데, 나이가 얼마나 되었나요?"

에미는 생각하듯이 고개를 갸우뚱했다.

"삼촌이랑 엄마는 남매인데, 네 살 차이 나요. 우리 엄마가 올해 고희니까 삼촌은 일흔넷이겠네요."

에이코 부동산이 등기된 것은 1950년으로, 44년 전이다. 그렇다면 에이지로는 서른 살에 회사를 경영하기 시작했다는 계산이 나온다. 장기말이 매매된 1965년 당시 에이지로는 마흔다섯 살이었다. 사회적으로 나름 입지를 다졌을 나이다.

"에이지로 씨는 부동산업 외에 미술품이나 골동품도 취급하지 않나요?"

에미는 작은 눈을 더 이상 크게 뜰 수 없을 정도로 동그랗게 뜨더니 풋, 하고 내뿜듯이 말했다.

"삼촌이 미술품을요? 그거 무슨 농담인가요? 그런 거 없어요, 없어."

에미는 그게 말이나 되는 얘기냐는 듯한 표정을 짓고 웃으면서 손바닥을 얼굴 앞에서 흔들었다.

"삼촌이랑 미술품이라니, 그거야말로 돼지에 진주지. 미술품 중에서 삼촌이 흥미를 보일 만한 게 있다고 하면 여자 나체 정도일걸요. 누드화라고 해도 그런 고상한 거 말고요. 흥미 있어 하는 건 에로 책에 실린 사진 같은 것뿐이에요."

에미는 한바탕 웃더니 어이없다는 얼굴로 사노를 봤다.

"그거, 어디서 얻은 정보인가요? 형사님, 생각보다 유능하지 않은 분인가 봐요."

사노는 에미의 오사카인 특유의 숨김없는 말투에 쩔쩔맸다.

어떻게 받아쳐야 좋을지 몰라 허둥대고 있자니, 보다 못했는지 옆에서 이시바가 도와줬다.

"이 녀석의 능력과는 별도로, 경찰이란 여러 방향에서 수사를 진행하는 법입니다. 당신이 보기엔 터무니없는 것으로 보일지 몰라도 우리한테는 중요한 질문이에요."

좋든 나쁘든 솔직한 사람일 게다. 에미는 이시바의 설명을 듣고 수긍이 갔는지 고개를 크게 끄덕였다.

"어머, 그런 거였군요."

이야기의 흐름을 이어 이시바가 에미에게 질문을 계속했다.

"에이지로 씨는 그림이나 항아리 같은 미술품에는 흥미가 없었던 것 같은데, 장기 같은 건 어떨까요?"

"장기?"

에미가 괴상한 목소리를 냈다. 미술품에서 장기로 넘어가니 범위가 너무 넓다고 느낀 모양이었다. 이시바가 설명을 덧붙였다.

"장기라고 해도 두는 쪽이 아니라 장기말이나 장기판 쪽입니다. 에이지로 씨는 장기 도구 같은 데 흥미가 없었나요?"

에미는 정색을 하고 다시 손을 휙 휙 저었다.

"없어, 없어. 없어요. 여기 온 손님이 청해서 심심풀이로 두는 경우는 어쩌다 있지만, 흥미가 있다고는 말할 수 없어요. 게다가 심심풀이라면 삼촌의 경우 이쪽이니까요."

이쪽이라고 하면서 에미는 뭔가를 움켜쥐는 동작을 했다. 파친코 핸들을 쥐는 시늉이었다.

"에이지로 씨가 지금까지 집이나 토지를 판 사람에게 그 사람의 그림이나 골동품 같은 물품을 인수했다는 얘기는 들은 적 없나요?"

"그것도 없어요."

에미는 한숨을 섞어가며 말했다.

에미의 이야기로는 에이지로는 부동산 회사를 경영하고는 있지만 다루는 물건은 임대가 주이고 야반도주나 파산 신청에 따른 가재도구 처분 같은 일은 하지 않는다는 얘기였다.

"조금 전에도 말했지만 삼촌은 독신이에요. 자기 하나 먹고 살 것만 벌면 된다고 생각하기 때문에 규모가 큰 사업은 할 생각이 별로 없어요. 삼촌을 보고 욕심이 없다고 하는 손님도 있지만, 가족 입장에서 말하자면 삼촌은 그냥 귀차니스트예요. 귀찮아서 결혼도 안 한다고 엄마가 그랬어요."

이시바가 옆에 있는 사노에게 흘낏 눈길을 줬다. 더 들을 게 없다는 사인이었다.

사노는 재빨리 의자에서 일어섰다.

"바쁘신 중에 감사합니다. 무척 참고가 됐습니다."

에미는 네에, 하고 어미를 끌듯이 대꾸하며 아쉬운 얼굴을 했다.

"이제 취조는 끝났나요?"

형사 드라마를 무척 좋아하는 모양이었다. 정확하게 말하자면 지금 한 것은 취조가 아니라 청취다.

사노는 만약을 위해 뭐든 생각난 게 있으면 연락해달라고 말하면서 자신의 명함을 에미에게 건넸다. 관할서 대표 번호가 쓰여 있는 명함이었다. 형사의 명함을 받게 된 것에 꽤 흥분됐는지 에미는 환성을 지르면서 양손으로 받아 들었다.

차를 세워놓은 주차장으로 돌아오니 니제키가 차 안에서 기다리고 있었다. 운전석 쪽 창문을 노크하자 니제키는 놀란 얼굴로 사노를 보고 잠금장치를 풀었다.

"수고하셨습니다. 어떠셨나요?"

이시바와 사노가 뒷좌석에 타자 니제키가 물었다. 사노는 백미러 너머로 대답했다.

"다음으로 가지요."

그 한마디로 허탕 쳤다는 것을 알아차린 모양이었다.

사노의 지시를 받은 니제키는 와이셔츠 포켓에서 수첩을 꺼냈다.

"부탁받은 기쿠타 이사오의 주소인데, 시청 주민표에서 전출 간 곳을 확인할 수 있었습니다. 야부메초입니다."

아까 에이코 부동산으로 오던 중에 사노는 니제키에게 세이호 부동산을 경영했던 기쿠타 이사오의 현 거주지 주소를 조사해봐 달라고 부탁했다.

리스트에 기록된 정보에 의하면 세이호 부동산은 5년 전에 문을 닫았다. 방문할 점포가 없다면 경영자이던 기쿠타 이사오 본인의 현 주소지를 방문할 수밖에 없었다. 그래서 에이코 부동산을 탐문하고 있는 동안 기쿠타 이사오에 대해 알아봐 달라고 했던 것이다.

니제키는 자신과 같은 지역과의 수사관에게 부탁해 기쿠타 이사오의 현재 주소를 확보했다.

니제키는 주차장을 빠져나오면서 설명했다.

"야부메초는 오사카시내의 주택지 중에서도 최고로 불리는 곳입니다. 고층 맨션도 있지만 단독주택도 많고, 가까운 역에서 택시 기본요금으로 오갈 수 있는 편리성도 갖추어서 땅값이 상당히 비쌉니다. 부모에게 집을 상속받은 사람이든가 회사 사장 등 사 자 들어가는 직업을 가진 사람, 혹은 국회의원 같은 인간들밖에 못 사는 동네예요. 우리하고는 어차피 인연이 없는 곳이지요."

니제키는 기쿠타가 현 주소지로 전입한 것은 24년 전인 1970년이라고 했다.

"그때까지는 미나미안토에 살았습니다. 그곳은 오사카시에서도 땅값이 아래서부터 세는 게 더 빠른 편인 지역이지요. 옛날부터 일용직 노동자가 많이 사는 곳으로 치안이 별로 좋지 않아요. 신입이 가장 가고 싶어 하지 않는 파출소가 미나미안토예요. 취객의 싸움이나 좀도둑과의 실랑이, 어깨를 부딪쳤네, 아니네 하는 식의 다툼이 늘 벌어지는 곳입니다."

니제키의 얘기로 계산해보면 기쿠타 이사오는 자신의 회사를 세운 지 15년 만에 한 재산을 마련했다는 이야기다. 부동산으로 돈을 벌려면 땅을 굴리는 것이 최고다. 물론 기쿠타 이사오가 벼락부자가 되기 위해서는 기쿠타와는 반대로 천국에서 지옥으로 떨어진 사람이 필요했을 것이다.

앞을 보고 있던 이시바가 사노 옆에서 툭 하고 한마디 했다.

"세상이란 게 파렴치한 놈이 크게 웃게 돼 있어."

다른 사람이 한 말이라면 괜히 샘이 나서 억지 부리는 거라고 볼 수도 있는 말이었다. 하지만 다양한 사건을 지켜울 정도로 겪어온 이시바가 그렇게 말하니 왠지 모르게 그 말에 무게감이 느껴졌다.

운전석에 앉은 니제키의 귀에는 이시바가 중얼거린 말이 들리지 않았는지, 얌전하게 끄덕이지도 끄응, 하고 한숨을 쉬지도 않고, 시원시원한 목소리로 계속했다.

"야부메초까지는 30분쯤 걸립니다. 피곤하실 테니까 편히 쉬세요."

그 말을 기다렸다는 듯이 이시바는 머리를 뒷좌석 시트에 깊이 파묻었다.

"그렇게 말해주니 고맙군. 아침부터 쉬지 않고 움직이는 건 나이 든 사람한테는 좀 힘든 일이거든. 덕분에 좀 쉬겠네."

그렇게 말하고 이시바는 팔짱을 끼고 눈을 감았다.

"사노 순경님도 쉬세요."

상사가 옆에 있는데, 그리고 도와주는 사람을 앞에 두고 있는데 그럴 수는 없다고 사노는 생각했다.

사노는 짧게 고맙다고 말하고 목적지에 도착할 때까지 쭉 창밖을 바라보고 있었다.

야부메초는 과거와 현재가 공존하는 동네였다.

현대적인 고층 빌딩 사이에 가로수와 공원 나무의 초록이 균형 있게 배치되어 있었다. 건축 연수가 수십 년은 되어 보이는 일본 가옥도 눈에 띄었지만, 그런 건물도 낡고 손상됐다는 인상은 없었다. 전통 있는 주택가라는 느낌이었다. 부지를 둘러싼 담장이나 정원수 등 손질이 구석구석 잘되어 있는 집들을 바라보고 있자니 사노는 머리에 상류계급이라는 말이 저도 모르게 떠올랐다.

니제키는 기쿠타 이사오의 현 주소지에 있는 저택 앞에서 일단 차를 세웠다. 이시바와 사노를 그 자리에 내려주고는 가까운 곳에 있는 지역 도서관 주차장에서 대기하고 있겠다며 두 사람을 남기고 떠났다.

"이거 참, 엄청 크군."

이시바는 손을 이마 앞으로 올려 햇빛을 가리고 눈앞의 집을 올려다봤다.

고층 맨션에 둘러싸인 2층짜리 단독주택은 도심의 빌딩군 사이에 크게 펼쳐진 유서 깊은 자연공원을 연상시켰다. 마당만 해도 300평은 돼 보였다. 거뭇거뭇한 기와를 이어 붙인 일본식 가옥은 주위를 압도하는 품격을 갖추고 있었다.

대문을 말끄러미 바라보던 이시바는 입 끝을 아주 조금 일그러뜨리고 마른 웃음을 내비쳤다.

"마치 무사 집안의 저택 같군."

격자무늬에 미닫이식으로 되어 있는 대문 위에는 기와지붕이 얹혀 있었다. 이시바가 말한 대로 시대극에 흔히 나오는 문이었다. 문기둥에 나무로 된 문패가 걸려 있었다. 붓글씨 서체로 '기쿠타'라고 되어 있었다. 돈을새김이었다.

"이봐, 부탁할게."

이시바가 턱으로 사노에게 벨을 누르라고 했다. 사노는 고풍스러운 가옥하고는 어울리지 않는 인공적인 인터폰을 손가락으로 눌렀다.

바로 응답이 돌아왔다.

"누구시죠?"

남성 목소리였다. 굵고 갈라진 것으로 보아 나이가 있는 사람이었다.

사노는 신원을 밝히고 찾아온 목적을 전했다. 늘 그렇듯 상세한 사건 내용은 말하지 않았다.

"여기 기쿠타 이사오 씨라는 남자분이 계십니까? 그분께 여쫍고 싶은 게 있는데요."

인터폰이 끊기고 얼마 뒤 대문에서 현관으로 이어지는 정원 길 안쪽에서 남성이 나타났다. 감색 무지 진베통소매에 무릎까지 오는 여름용 남자 실내복에 대나무 조리를 신었고. 흰 머리카락이 섞인 머리를 짧게 깎았다.

남성은 대문 자물쇠를 풀어 문을 열고는 이시바와 사노를 위아래로 훑어봤다. 값을 매기는 감정사의 눈빛이었다.

"사이타마의 형사님이 나한테 무슨 볼일인가요? 경찰관과 얘기할 만한 건 아무것도 짚이는 게 없습니다만."

이 사람이 기쿠타 이사오였다.

의외였다. 이렇게 넓은 저택의 주인이 직접 나올 줄은 몰랐다. 틀림없이 고용인이나 가족이 나와서 응대할 거라고 생각했다.

놀란 사노의 표정을 아랑곳하지 않고 기쿠타 이사오는 두 사람을 불만스러운 표정으로 바라보았다. 귀찮다는 표정을 숨기려고도 하지 않았다. 미간에 새겨진 주름이 두 사람을 환영하지 않는다고 얘기하고 있었다.

기쿠타 이사오의 기분이 더 이상 나빠지지 않도록 하기 위해 사노는 신경 써가며 설명했다.

"기쿠타 씨께 폐를 끼칠 만한 얘기는 아닙니다. 5년 전까지 기쿠타 씨가 경영했던 부동산업에 대해 어떤 사건과 관련해서 참고로 여쭤보고 싶은 것이 있어서 온 것뿐입니다."

기쿠타 이사오의 언짢아 보이는 얼굴에 분노가 덧붙었다.

"그게 바로 민폐라는 걸, 몰라서 그러나!"

기쿠타 이사오는 화를 내며 소리를 질렀다.

상대가 별안간 소리를 지르자 사노는 당황해서 엉겁결에 한 걸음 물러났다.

조금 큰 소리를 낸 것뿐인데, 바로 움츠러드는 젊은 형사와 좀 모자라는 모습으로 우두커니 서 있는 중년 형사를 기쿠타 이사오는 모멸감을 담은 시선으로 번갈아 바라봤다.

"당신들 경찰한테는 이렇게 남의 집에 와서 사정을 묻는 일 같은 게 세끼 밥 먹는 거나 마찬가지로 당연한 일이겠지. 하지만 당신들이 그렇게 당연하다고 생각하는 걸 토할 만큼 싫어하는 사람이 있다는 것 정도는 알아두라고."

기쿠타 이사오는 온몸으로 경찰에 대한 분노를 드러냈다.

예전에 기쿠타 이사오와 경찰 사이에 뭔가 안 좋은 일이 있었던 듯했다. 그것이 뭔지는 알 수 없지만, 기쿠타 이사오가 경찰에 대해 품은 증오는 쉽게 누그러질 것 같지 않았다.

기쿠타 이사오는 대문을 막아 선 채 침을 내뱉듯이 말했다.

"좀 전에도 말했듯이 당신들한테 할 말은 하나도 없어. 냉큼 돌아가라고."

문 안으로는 한 걸음도 들이지 않겠다는 태도였다.

단순한 조사일 뿐이니 상대가 응하기 싫다고 하면 그만이었다. 그러나 사노 입장에서는 이대로 네 그렇습니까, 하고 순순히 물러날 수는 없었다. 어떻게 해서라도 기쿠타 이사오에게 이야기를 들어야 했다.

그러나 이처럼 완강한 이사오의 태도를 누그러뜨릴 방법이
바로 떠오르지 않았다.

어떻게 하면 기쿠타 이사오의 입을 열 수 있을까, 하고 사노
가 열심히 실마리를 찾고 있는데, 옆에서 이시바가 느긋한 목
소리로 한마디 했다.

"훌륭한 정원이군요. 특히 저 소나무, 저 정도로 관록이 있
는 정원수는 여간해서는 볼 수 없지요."

이시바는 대문 안쪽으로 눈길을 주고 있었다. 시선 끝에는
푸르른 초록을 감은 소나무 가지가 보였다. 틈새로 보이는 가
지만 봐도 수령이 상당히 오래된 나무라는 것을 알 수 있었다.

이시바는 소나무 가지를 보면서 감탄한 듯 중얼거렸다.

"흑송이 아니라 적송이라는 점이 또 대단하네요."

기쿠타 이사오는 저 인간이 무슨 말을 하고 싶은 건가, 가늠
해보는 것 같은 눈으로 이시바를 살폈지만, 나이가 있는 형사
가 정원수에 대해 잘 안다고 생각했는지 띄엄띄엄 소나무의
내력을 이야기하기 시작했다.

"이 집을 지을 때 흑으로 할지 적으로 할지 망설였지만, 적
송으로 했어. 지붕을 노토검은 기와지붕이 유명한 이시카와현의 옛 이름 기
와로 했으니까 정원까지 검으면 너무 무겁다고 생각해서 말
이지."

이시바가 크게 끄덕였다.

"과연, 정말 그러네요. 본채도 정원도 검은색이면 좀 지나치
게 무겁지요. 거 참, 감각이 훌륭하십니다."

험악했던 기쿠타 이사오의 표정이 아주 조금 풀렸다.

이시바는 소나무 가지에서 기쿠타 이사오에게로 시선을 옮겼다.

"정원이 넓어서 손질하기 힘들겠습니다."

기쿠타 이사오가 고개를 흔들었다.

"내 즐거움은 예나 지금이나 정원 가꾸기뿐이야. 물론 정원을 만들 진짜배기 마당을 갖게 된 건 이 집을 짓고 나서였지만 말이야. 젊을 때는 하코니와일정한 틀 안에 토사를 넣고 정원·산수·명승 등을 본떠서 작은 나무나 집·다리·배·수차 등을 배치한 설치물로 갈증을 해소했지."

이시바가 감탄했다는 듯이 신음 소리를 흘렸다.

"호오, 젊을 때부터 정원 가꾸기가 취미였다니, 참 운치 있는 취미를 갖고 계셨군요. 정원 말고는 달리 관심 있는 게 없었나요? 차라든가 여행이라든가, 뭔가를 수집한다든가."

"없어요."

기쿠타 이사오가 곧바로 대답했다.

이시바는 턱을 문지르더니 본래 이야기로 유도했다.

"저는 한때 장기에 열중한 적이 있어서요."

사노는 능수능란하다고 생각하며 감탄했다. 취미를 화제 삼아 필요한 정보를 끌어내려 하고 있었다.

이시바는 잡담을 가장해 이야기를 계속했다.

"실력은 동네 장기 수준이었지만, 이쪽에는 자신이 있었지요."

이쪽이라고 하면서 이시바는 둘째 손가락으로 자신의 눈을 가리켰다.

"두는 것도 좋아했지만 장기판이나 말에 푹 빠진 때가 있었어요. 물론 얄팍한 월급으로는 살 수 있는 것에 한계가 있었지요. 그래도 인간이란 게 뭔가를 손에 넣지 못하면 쓸데없이 집착하는 법이잖아요. 보는 것만으로도 좋아서 기반점이니 장기 자료관 같은 데를 제법 뻔질나게 다녔지요. 그 덕에 지금도 장기 도구를 보는 눈은 주변의 전당포보다 낫다고 생각합니다."

사노는 이시바의 능수능란한 말주변에 감탄하면서 동시에 속으로 쓴웃음을 지었다. 왕과 옥 중 어느 쪽을 상수가 사용하는지조차 모르는 사람이 장기 도구를 딱 보면 알아본다고 말하다니 뻥이 지나치다고 사노는 생각했다.

정원에 대해 칭찬을 들은 직후라서 상대를 해줘야 한다고 생각했는지 기쿠타 이사오는 얌전히 얘기를 듣고 있었다.

"그런데……."

이시바는 얘기를 다시 시작하려는 듯 분명하게 말했다.

"아까 이 녀석이 여쭙고 싶다고 한 것 말인데요. 그게 실은 그 장기말에 관해서입니다."

이야기가 잡담에서 별안간 수사 이야기로 바뀌자 당황했을 것이다. 기쿠타 이사오는 황급히 고개를 저었다.

"그러니까 그 얘기는 벌써 끝난 것 아니었나. 아무것도 할 말이 없고 난 장기말 같은 거 원래 흥미가 없어."

"자 자, 그러지 마시고……."

이시바는 달래듯 양손을 기쿠타 이사오에게 내밀었다.

"어떤 장기말을 찾고 있는데, 그 말을 이전에 기쿠타 씨가 취급한 적이 없는지 알고 싶은 겁니다."

"취급하다니, 무슨 소린지?"

기쿠타 이사오가 물었다.

"내가 취급한 건 땅이랑 건물뿐이야. 그 이외의 것은 손을
대본 적이 없어."

"확실한가요?"

이시바가 물고 늘어졌다.

"없어."

기쿠타 이사오는 거리낄 게 없다는 듯 단호하게 말했다.

"엄청난 사건을 취급해온 당신들이라면 알겠지. 부동산업이
란 남이 생각하는 것 이상으로 불행한 장사거든."

기쿠타 이사오는 숨을 내뱉더니 땅바닥으로 시선을 떨어뜨
렸다.

"조상한테 받은 땅이랑 가옥을 팔거나 사는 데는 나름의 사
정이란 게 있어. 그래서 땅이나 건물을 주고받는 걸 중개하다
보면 남의 인생을 건드릴 때가 있거든. 자신이 굴리는 주판알
하나로 사람을 행복하게도 불행하게도 할 수 있지."

기쿠타 이사오는 될 대로 되라는 식으로 웃더니 이시바와
사노를 비스듬히 바라봤다.

"나도 엉뚱한 일로 이 사업을 시작했지만, 이런 불행한 일을
당장이라도 그만두고 싶다고 늘 생각했어. 하지만 인생이란
게 내 뜻만으로 되는 게 아니지. 돈을 벌면 그만큼 얽매이는
것도 늘어난단 얘기야. 꼼짝달싹 못하게 묶여서 지내다가 정

신을 차리고 보니 결국 30년이나 지났어. 그 사이에 여러 가지 일들이 있었지. 지금은 이런 넓은 저택에 혼자 살아. 외로워, 정말."

그 말은 이전에는 함께 살던 사람이 있었다는 얘기일 것이다. 그렇게 생각하니 넓은 부지와 저택이 묘하게 살풍경해 보였다.

기쿠타 이사오는 또렷이 들리게 한숨을 흘리더니 눈을 내리뜨고 말했다.

"장기말을 취급한 적은 없어. 도움이 안 돼서 미안하지만 이제 돌아가주게."

완전히 헛걸음이었다.

사노는 이시바의 기색을 곁눈으로 살폈다. 이시바도 같은 생각이었을 것이다.

"폐를 끼쳤습니다. 시간 내주셔서 고맙습니다."

이시바가 발길을 돌리자, 사노는 기쿠타 이사오에게 머리를 숙이고 뒤를 쫓았다. 등 뒤에서 대문이 닫히는 소리가 쓸쓸히 울렸다.

니제키가 기다리는 주차장으로 향하는 길을 걸으면서 사노는 이시바의 등에 대고 말을 걸었다.

"죄송합니다, 이시바 경위님."

사노 앞에서 걷던 이시바가 돌아보지 않고 말했다.

"뭐야, 소변이 마렵다는 말인가? 분명 이 앞에 편의점이 있었을 텐데. 거기까지 참아. 이 주변에선 안 돼. 경범죄법 제1조 26호로 끌려갈걸."

얼굴이 뜨거워졌다.

"그런 얘기가 아닙니다!"

놀리는 말이라는 걸 알면서도 저절로 큰 소리가 나왔다.

그렇지만 이시바는 아무 일 없었다는 듯 시치미를 떼고 걸어갔다.

사노는 뛰어서 이시바를 쫓아가 옆에서 걸으면서 숨을 크게 내쉬고 나서 자신이 판단을 잘못한 데 대해 용서를 구했다.

"제 수읽기가 틀렸습니다."

니제키가 만든 리스트에서 기쿠타 에이지로와 기쿠타 이사오를 고른 것은 자신이었다. 이시바도 동의했지만 지금 생각하면 이시바에게는 다른 판단이 있을 수도 있었다. 소가 뒷걸음질 치다 쥐 잡는다는 말도 있다. 이 건은 어디 한번 신참의 생각에 맞춰 움직여볼까, 어쩌다 맞을 수도 있지, 하고 생각한 것뿐이었을지도 모른다. 그런 줄도 모르고 상관에게 칭찬을 들었다고 기뻐했던 자신이 부끄러웠다.

고개를 숙이고 이시바의 뒤에서 걷고 있자니 이시바가 갑자기 발을 멈췄다. 길바닥에 시선을 주고 걷던 사노는 이시바의 등에 거의 부딪칠 뻔했다.

주차장까지는 아직 더 가야 했다.

"무슨 일입니까?"

묻자 이시바는 사노를 돌아보고 길옆을 가리켰다.

"잠깐 들렀다 가지."

이시바의 가리키는 손끝에는 편의점이 있었다.

한번 가라앉았던 뺨이 화끈 달아올랐다. 이시바는 아직 부하를 놀리고 있는 건가. 열이 오른 사노가 되받아쳤다.

"그러니까 소변이 아니라고 하잖습니까."

이시바는 사노의 말을 무시하고 편의점으로 향했다. 사노는 뒤를 쫓으면서 말리려고 했다.

"기다리세요, 이시바 경위님. 들으셨죠. 화장실에 갈 필요는 없습니다. 빨리 니제키 순경 있는 데로 돌아가서 다음 대책을 생각하자고요."

사노가 열이 올라 목소리를 높이자 이시바가 반응했다. 어이없다는 얼굴로 돌아봤다.

"혼자서 뭘 그렇게 언성을 높이나. 난 이걸 피우고 싶은 거야."

이시바는 담배가 들어 있는 셔츠 포켓을 손으로 가볍게 두드리더니 편의점 밖에 있는 흡연 장소로 걸어갔다.

사노는 조금 전과는 다른 의미에서 얼굴이 뜨거워졌다. 완전히 이시바의 페이스에 말려들었다. 자신은 이시바의 손바닥 위에서 이리저리 굴려지고 있었다.

사노는 크게 숨을 들이켰다. 열패감을 어떻게 해야 할지 몰랐다. 난폭하게 자신의 머리를 긁으며 이시바의 뒤를 따라갔다.

흡연 장소에 마련된 재떨이 앞에서 이시바는 맛있다는 듯 담배를 피웠다. 만족스러워 보이는 얼굴로 심기가 언짢은 부하를 쳐다봤다.

"자네, 그런 얼굴을 하고 있으면 아무리 세월이 흘러도 여자가 안 따라. 본래는 그럭저럭 괜찮은 면상이니까 조금만 붙임성 있게 굴어보라고. 뭐, 애써봤자 어차피 그럭저럭은 그럭저럭일 뿐이겠지만 말이야."

스스로 재치 있게 말했다고 생각했는지 이시바는 호쾌하게 웃었다.

사노는 쓴웃음조차 나오지 않았다.

장려회에 막 입회했을 때 상대가 자신을 능숙하게 요리하는 대로 이리저리 끌려 다니다가 제대로 대응도 못한 채 완패했던 장기가 생각났다. 대국 후 복기하며 감상을 얘기할 때 자신이 얼마나 철저하게 당했는지 되짚어보면서 한 번 더 패배한 기분이 들었다. 지금 느낀 기분은 그것에 가까웠다.

이시바는 두 개비째 담배에 불을 붙이고는 위를 향해 연기를 크게 내뱉었다.

"지금의 젊은 녀석들은 이놈이나 저놈이나 포기하는 게 빨라. 내가 젊었을 땐 낫토를 100번, 200번 뒤섞을 정도로 끈기가 있었는데 말이야."

그게 어떤 의미로 한 비유인지는 잘 알 수 없었지만 이시바 나름대로 자신을 위로해주려고 한 말이라는 것은 알 수 있었다.

상사의 배려를 무조건 무시할 수도 없어서 사노는 억지로 입술 끝을 올렸다. 일그러진 표정으로 보일 수도 있겠지만 웃는 표정을 지으려고 노력한 점은 인정해주겠지.

사노는 자신의 발밑을 봤다.

"처음부터 두 사람의 기쿠타 중 어느 한쪽이 해당 인물일 거라고 믿었습니다. 하지만 틀렸던 거지요. 차에 돌아가면 니제키 순경에게 다시 지시해야 합니다. 그렇지만 다음에 어디를 찾아가면 좋을지 모르겠습니다. 예측이 빗나갔을 경우 다음은 누구를 찾아갈지 생각해뒀어야 했습니다."

이시바는 담배를 입에 물고는 양손으로 천천히 박수를 쳤다.

"네 네, 잘했습니다."

놀리는 태도가 확실했다. 사노는 저도 모르게 이시바를 노려봤다.

이시바는 결린 어깨를 풀듯 고개를 빙그르 돌렸다.

"시험이라면 모범 답안이야. 하지만 말이지……."

이시바는 말을 끊더니, 사노를 되받아 노려봤다.

"현장에선 낙제다."

사노는 대답할 말이 떠오르지 않았다.

이시바는 담배를 피우면서 먼 곳을 바라봤다.

"난 젊을 때부터 나쁜 데뿐이었어. 머리, 얼굴, 입. 게다가 성깔도 나쁘지. 좋은 데라곤 하나도 없었어. 그래도 말이지, 나쁜 데 중에서 딱 하나 칭찬받은 게 있어."

"그게 뭔데요?"

이시바는 빙긋 웃었다.

"포기를 모르는 거야."

이시바는 담배를 손으로 튕겨 재떨이에 재를 떨어뜨렸다.

"형사한테 가장 필요한 것은, 포기하지 않는 거야. 머리가 좋고 예측을 잘해도 작은 실수 하나에 포기하고 마는 놈은 형사로는 낙제야."

이시바는 짧아진 담배를 재떨이에 비벼 끄고는 뒤에서 사노의 허리를 세게 쳤다.

"넌 소질은 있는데 허리가 약해. 어떤 공격에도 끄떡없는 강한 허리를 만들어야 한다고. 그게 좋은 형사의 조건이야. 게다가 허리가 강해지면 더 좋은 일이 있어."

"그게 뭔데요?"

묻는 사노를 보면서 이시바는 입가에 짓궂은 웃음을 지었다.

"여자가 좋아해."

천박한 농담이라고 생각한 사노는 목소리를 높였다.

"전 진지하게 얘기를 듣고 있다고요!"

이시바가 소리 높여 웃었다.

한바탕 웃고 나더니 정색을 하고 사노를 바라봤다.

"내 말 허투루 듣지 마. 둘 다 진짜라고. 허리에 끈기를 붙여. 그렇지 않으면 형사로도 남자로도 구실을 제대로 못해."

담배를 다 피운 이시바는 흡연 장소를 빠져나갔다.

앞에서 걷는 이사바의 등이 탄탄해 보였다.

하늘을 올려다봤다.

뜨거운 여름 햇살이 바로 위에서 쏟아져 내렸다. 정신을 차리고 보니 기쿠타 이사오의 집에서 나온 뒤로 느꼈던 답답함이 사라졌다. 사노는 숨을 깊이 들이마시고 이시바의 뒤를 쫓았다.

지역 도서관 주차장에 도착해 니제키의 차를 찾았다. 건물에서 좀 떨어진 곳에 서 있었다. 니제키는 운전석 문을 열어놓고 시트에 기대 있었다.

"많이 기다렸지요?"

사노가 말을 걸자 니제키는 뉘어놨던 시트를 서둘러 세웠다. 사노와 이시바가 뒷좌석에 올라탔다.

니제키는 문을 닫고 시동을 걸더니 냉방을 켰다.

"수고하셨습니다. 이제 어디로 움직일까요?"

니제키의 물음에 사노는 어떻게 대답해야 할지 고민스러웠다. 이시바에게 형사가 명심해야 할 사항에 대한 설교를 들은 것까지는 좋았는데, 앞으로 어떻게 수사를 진행할지는 아직 결정하지 못했다.

어떻게 해야 좋을지 몰라 망설이고 있자니까 옆에서 이시바가 지시를 내렸다.

"에이코 부동산에 한 번 더 가봤으면 합니다만."

사노는 놀랐다. 니제키도 마찬가지인 듯 백미러 너머로 이시바를 봤다.

"와쓰카로 돌아갑니까?"

이시바가 끄덕였다.

뭔가 묻고 싶어 하는 얼굴이었지만 니제키는 더 이상 아무것도 묻지 않았다. 잠자코 차를 출발시켰다.

차의 흔들림에 몸을 맡기면서 이시바가 말했다.

"흔히 현장 백 번이라고 하잖나. 그것과 같아. 관심을 갖고 본 곳은 열 번이든 백 번이든 가보는 거야."

에이코 부동산에서 응대해준 오모리 에미에게 오늘 오전에 얘기한 것 이상의 정보가 있을 거라고는 생각되지 않았다. 그러나 지금은 순순히 이시바의 의견에 따르기로 했다. 설령 에이코 부동산에서 한 탐문이 다시 허사로 끝난다 하더라도 그때는 그때였다. 지금은 오로지 끈기 있는 정신으로 버틸 수밖에 없었다.

차가 얼마 안 있어 고속도로 인터체인지를 빠져나가려 할 때 사노의 가슴께에서 휴대전화가 진동했다. 화면을 보니 사이타마현경의 교환에게서 온 것이었다.

사노는 급히 전화를 받았다. 여성 교환원은 사노에게 오미야 북부경찰서에서 전언을 받았다고 했다.

"오사카시 와쓰카에 있는 에이코 부동산이라는 이름을 아시는지요? 그곳 사무원이라는 여성이 오미야 북부경찰서로 전화를 해서 사노 순경에게 급히 연락을 취하고 싶다고 했답니다."

사노는 당황했다. 지금 다시 방문하려고 한 상대에게 먼저 연락해달라는 부탁을 받으리라고는 생각지도 못했다.

점포를 나설 때 건넨 명함에 새겨져 있는 오미야 북부경찰서 대표번호로 전화했을 것이다.

"여보세요, 듣고 계신가요?"

반응이 없자 교환원은 전화가 끊겼는지 불안해진 모양이었다. 사노는 서둘러 대답했다.

"들립니다. 알겠습니다. 지금 바로 그쪽으로 연락하겠습니다."

그렇게 대답하고 사노는 휴대전화를 끊었다.

절박한 사노의 말투를 듣고 중요한 연락을 받은 거라고 생각했는지 이시바가 감고 있던 눈을 엷게 뜨고 물었다.

"무슨 일인가?"

사노는 가슴께에서 수첩을 꺼냈다. 에이코 부동산 전화번호를 적어둔 페이지를 펼치면서 대답했다.

"에이코 부동산의 오모리 에미에게 전화가 왔습니다. 바로 연락해달라고 했다네요."

"호오!"

이시바가 눈을 크게 뜨고 가라앉아 있던 시트에서 몸을 일으켰다.

"구체적인 이유는 모르겠지만 뭔가 잊어버린 것이 생각난 건 아닐까요?"

이시바는 얼굴에 짓궂은 웃음을 떠올렸다.

"단지 잊고 온 물건 때문에 연락한 걸지도 몰라. 자네, 거기 두고 온 건 없나?"

사노는 조바심이 나서 자신의 소지품을 확인했다. 양복 주머니를 두드리고 옆의 가방을 열고 내용물을 들여다봤다.

당황하면서 웃옷 주머니와 자신의 가방 속을 들여다보고 있는 사노를 보고 이시바가 씩 웃었다.

"농담이야, 농담."

단숨에 식은땀이 솟았다. 이시바는 언제까지 자신을 놀려야 속이 시원한 걸까.

갑자기 피로가 느껴지면서 동시에 불안감이 스쳐 지나갔다.

"어쩌면 사건하고는 관계없는 얘기일지도 모릅니다."

이시바는 소리를 억누르며 웃었다.

"바보 같으니라고. 오모리 에미가 연락한 건 100퍼센트 사건에 관한 얘기를 하기 위해서야. 아무래도 좋을 이유라면 교환한테 용건을 전하면 그만이야. 일부러 조사하러 온 형사 본인이 연락해줬으면 좋겠다고 한 건 전해야 할 정보가 있어서겠지."

과연. 이사바의 말은 설득력이 있었다.

"에이코 부동산으로 전화하겠습니다."

사노는 조급해지는 마음을 누르면서 에이코 부동산 전화번호를 눌렀다.

전화는 바로 연결됐다. 팔팔한 목소리가 "에이코 부동산입니다" 하고 말했다. 오모리 에미였다.

"조금 전에 찾아갔던 사이타마현경 오미야 북부경찰서의 사노입니다. 오모리 씨가 연락해달라고 했다고 서에서 듣고 전화한 겁니다."

사노가 그렇게 말하자 에미는 반가운 목소리로 대답했다.

"저, 경찰서에 전화하는 건 처음이라서 긴장했어요. 생각보다 더 정중하게 응답하더군요. 좀 더 딱딱하고 무뚝뚝한 느낌일 거라고 상상했기 때문에 좀 놀랐어요."

에미가 처음으로 경찰서에 전화를 건 감상 같은 건 아무래도 좋았다. 어서 용건을 알고 싶었다. 사노는 상대의 말을 끊듯이 하면서 물었다.

"연락해달라고 하셨는데, 무슨 일 때문이지요?"

에미는 거드름 피우듯이 조금 사이를 두고 자랑스러운 목소리로 대답했다.

"형사님들이 돌아간 다음에 삼촌한테 전화를 했거든요. 조금 전에 점포에 사이타마의 형사님들이 왔다 갔다고 말이에요. 삼촌이 깜짝 놀라서 이유를 묻길래 형사님들하고 주고받은 얘기를 대충 전했어요. 그랬더니 삼촌이 뭐라고 했는지 알아요?"

일부러 애를 태우는 것 같은 말투에 속이 탔다. 그러나 애써 냉정을 가장하고 말했다.

"뭐라고 하셨는데요?"

휴대전화 너머에서 에미는 삼촌의 말투를 흉내 내며 말했다.

"딱 한 번 장기말을 취급한 적이 있다고 말했어요."

"정말입니까? 잠깐 기다려주세요."

사노는 휴대전화를 움켜쥐고 이시바를 봤다. 자신의 눈에 힘이 들어가 있다는 것을 스스로 느낄 수 있었다. 이시바는 곁눈으로 사노를 보고 있었다. 사노의 날카로운 눈빛을 보고 에미가 뭐라고 말했는지 눈치챈 모양이었다. 이시바는 뒷좌석 시트에서 운전석으로 몸을 내밀고는 니제키에게 물었다.

"얼마 정도면 에이코 부동산에 도착할 수 있을까요?"

사노와 이시바의 분위기에서 증거를 잡았다는 것을 눈치챘는지 니제키는 흥분한 목소리로 크게 말했다.

"20분 정도면 충분할 겁니다."

니제키의 대답을 들은 사노는 에미에게 전했다.

"앞으로 20분 정도면 찾아뵐 겁니다. 그때 에이지로 씨 본인에게 직접 말씀을 들을 수 있을까요?"

"물론이에요."

곧바로 대답이 돌아왔다.

형사님들이 오신다면 알려달라고 했어요. 도착하실 시간에 맞춰 삼촌도 점포에 들르겠다고 했어요."

사노는 전화기를 손으로 덮고 옆자리의 이시바에게 얼굴을 가까이한 후 목소리를 낮췄다.

"본인에게 얘기를 들을 수 있답니다."

이시바가 앞을 보면서 크게 끄덕였다.

사노는 전화로 돌아갔다.

"곧 그쪽에 도착한다고 에이지로 씨께 전해주십시오."

그렇게 말하고 전화를 끊으려는 사노를 에미가 허둥지둥 제지했다.

"잠깐만요, 형사님. 하나만 부탁이 있어요."

에미가 갑자기 온순한 목소리로 말했다. 사노는 방어 자세를 취했다.

"뭐지요?"

에미는 목소리를 낮춰 사노에게 말했다.

"내가 삼촌이랑 미술품이라니 돼지에 진주라고 말한 거, 비밀로 해주세요."

에이코 부동산에 도착한 것은 전화를 끊고 나서 15분 후였다.

차에서 내리자 점포 안에 있던 에미가 눈치 빠르게 두 사람을 발견하고 어서 오라는 듯 손짓해서 안으로 불러들였다.

"형사님, 이분이 제 삼촌이에요."

한 남자가 손님용 둥근 의자에 앉아 있었다. 윗머리 머리카락은 숱이 많이 빠졌고 배가 앞으로 크게 나와 있었다. 에미는 에이지로가 일흔네 살이라고 했지만, 피부가 말끔해서 그런지 나이보다 더 젊어 보였다.

에이지로는 의자에서 일어나 머리를 숙였다.

"기쿠타 에이지로요. 기다리게 하면 안 될 거 같아 집에서 자전거를 타고 달려왔소."

사는 곳은 같은 동네가 분명했다.

"바쁘신데 죄송합니다. 사이타마현경의 이시바입니다."

"같은 소속 사노라고 합니다."

딱딱한 분위기가 싫었는지 에미는 화제를 바꾸기라도 하려는 듯 두 사람에게 의자를 권했다.

"여기 앉으세요. 곧 차가운 음료를 내올 테니까요. 와아, 다시 뵐 수 있어서 반가워요."

에미는 신이 나서 접수대 안쪽에 있는 냉장고로 향했다.

이시바가 테이블을 사이에 두고 에이지로 맞은편에 앉았다. 사노는 그 옆에 앉았다.

두 사람이 앉자 에이지로는 앞으로 몸을 내밀고 테이블 위에서 손을 맞잡았다. 혈통인 걸까. 에미와 마찬가지로 호기심이 많아 보이는 눈을 하고 있었다.

사노는 불러낸 모양새가 된 것에 대해 죄송하게 생각한다고 말하고는 곧장 본론을 꺼냈다.

"저희가 찾아뵌 것은 어떤 사건에 대해서 여쭙고 싶은 것이 있어서입니다. 자세한 것은 말씀드릴 수 없지만, 어떤 사건이란 건……."

거기까지 말했을 때 에이지로는 한 손을 얼굴에 앞에서 크게 흔들며 사노의 설명을 막았다.

"괜찮아요. 괜찮아. 이야기는 대충 에미에게 들었습니다. 댁들이 찾고 있는 건 장기말이지요?"

아무래도 성격이 급한 모양이었다. 쓸데없는 설명을 할 수고를 덜 수 있어 편했다. 사노는 고개를 끄덕이고는 이야기를 계속했다.

"그렇습니다. 우리가 쫓는 장기말이 1965년, 지금부터 29년 전에 당시 오사카에서 부동산업체를 경영하던 기쿠타 씨라는 분에게 건너간 데까지는 조사를 통해 확인할 수 있었습니다.

그때 그 장기말을 산 기쿠타 씨를 찾고 있는 겁니다."

사노는 기도하는 마음으로 말 이름을 말했다.

"그 말은 초대 기쿠스이게쓰가 만든 긴키 섬회양목 돋움말입니다. 짚이시는 게 없습니까?"

에이지로는 맞잡고 있던 손을 풀고 옛날 일을 기억해내듯이 공중을 바라봤다.

"댁들이 찾고 있는 기쿠타는 분명 나일 겁니다."

사노의 심장이 크게 뛰었다.

"내가 말이요, 옛날에 부탁을 받아서 부동산 이외의 장사를 몇 건쯤 한 적이 있어요. 그중 하나가 장기말이었습니다. 엄청 비싼 말이었지요. 만든 사람 이름이 기쿠스이라든가 쓰키스이라든가, 하여튼 지금 형사님이 말씀하신 이름이었어요."

에이지로는 돈을 빌려준 오랜 지인이 울며 매달려서 부동산 매매 대금을 빌려주고 대신 이름 있는 미인도를 받아둔 적이 있었다고 했다.

"이름은 기억나지 않지만, 그 미인도도 엄청 유명한 화가의 것이었어요. 좋아하는 사람은 말할 수 없이 좋아하는 물건이겠지만 나같이 그림이나 항아리 같은 거 털끝만큼도 흥미가 없는 사람한테는 당치도 않은 일이었지요. 하지만 옛날에 신세를 진 은인이다 보니 모른 척할 수도 없어서 할 수 없이 받아뒀는데, 역시 그 사람 회사는 도산해버렸고요. 담보로 받은 미인도를 처분하려 해도 어디에 어떻게 가져가야 좋을지 모르겠더라고. 난감했지요, 정말이지."

찬 보리차를 세 사람 앞에 놓은 에미가 흘낏 사노를 봤다. 에미의 눈이 '삼촌이랑 미술품이라니, 돼지에 진주라는 말이 맞았지' 하고 말하고 있었다.

에이지로는 조카가 눈앞에 놔둔 보리차를 꿀꺽 마셨다.

"그래서 이건 내가 갖고 있어봤자 썩힐 게 분명하다. 어떻게 든 돈으로 바꿀 수 없을까 싶어 연줄을 찾아서 이리저리 물으 며 돌아다녔더니 엉뚱하게도 그 미인도와 장기말을 교환하고 싶다는 사람이 있다는 거예요. 가져온 사람한테 그 얘기를 자 세히 물었더니 그 말은 감정서가 딸린 최상급품이고 돈으로 환산하면 400만 엔은 확실해, 당신 엄청 득이야, 이러잖아요. 나도 반신반의하며 알아봤더니 분명히 그자가 말한 대로였어 요. 도산한 지인에게 빌려준 돈이 350만 엔이니까 50만 엔 버 는 거잖아요."

거기서 에이지로는 장사꾼답게 씨익 웃었다.

다시 보리차로 입을 적시고는 이야기를 계속했다.

"정말이라면 그야말로 횡재였지. 여하튼 당사자를 만나러 갔습니다."

사노는 참지 못하고 끼어들었다.

"어디 사는 분이었습니까?"

에이지로는 사노를 쳐다보며 대답했다.

"이바라키였소. 이름은 오보라 스스무. 당시 이바라키의 미 토에 살고 있었습니다. 이쪽 지방에서는 흔히 들을 수 없는 성 이라 기억하고 있는 거요."

사노는 자신의 무릎을 꽉 움켜쥐었다. 드디어 실이 이어졌다. 고액 복권에 당첨되었을 때의 기분이 바로 이런 거겠지. 당첨 번호를 확인하듯이 에이지로에게 물었다.

"기쿠타 씨가 입수한 장기말 주인이 틀림없이 미토의 오보라 스스무 씨라는 거지요?"

에이지로는 가볍게 혀를 찼다.

"뭐야, 못 믿는 건가. 내 비록 나이는 먹었지만 이 기억만큼은 확실하오."

변명하려는 사노를 이시바가 손으로 제지했다.

"아니 아니, 못 믿는 게 아닙니다. 우리 일은 하나도 확인, 둘도 확인이라서요. 기분 상하셨다면 사과하겠습니다."

에이지로는 여전히 불만스러워 보이는 얼굴을 하고 있었다.

"삼촌!"

나무라듯이 에미가 끼어들었다.

"형사님들은 나쁜 뜻이 있어서 그렇게 말하는 게 아니에요. 기분 푸세요."

이시바는 안주머니에서 담배를 꺼내더니 한 개비만 머리가 나오게 해서 에이지로에게 내밀었다.

"피우시겠습니까?"

자세히 보니 에이지로는 이가 누랬다. 담뱃진 때문일 것이다.

에이지로는 마지못한 얼굴로 담배를 받아 들고 입에 물었다.

이시바는 한 개비를 입에 물고 100엔짜리 라이터로 에이지로의 담배에 불을 붙여주고, 자신의 담배에도 불을 옮겼다. 그러고는 담배를 크게 빨아들이고 연기를 내뱉었다.

한 모금 피우고 기분이 가라앉았는지 에이지로의 표정이 겨우 풀렸다.

그런데, 하고 이시바가 얘기를 원래대로 되돌렸다.

"그 장기말 말이에요, 그 후 어떻게 하셨습니까? 지금도 곁에 두고 계신지요?"

에이지로가 얼굴 앞에서 손을 흔들었다.

"설마. 좀 전에도 말했지요. 가치를 모르는 사람이 갖고 있어봤자 썩힐 뿐이라고. 돈 받고 팔았지요. 장사 중개를 하는 지인에게서 장기말을 사고 싶어 하는 사람이 있다는 말을 듣고 그 사람한테 팔았습니다. 400만 엔에. 그 사람 엄청 좋아했어요. 바가지를 더 씌워도 됐을 것을, 하고 생각할 정도였으니까."

30년 가까이나 전에 했던 거래를 에이지로는 마치 어제 일처럼 말했다.

이시바는 담뱃재를 재떨이에 털었다.

"기쿠타 씨에게서 그 말을 산 사람을 기억하고 있나요?"

에이지로는 자신의 머리를 가리켰다.

"좀 전에도 말했지요. 내가 기억력은 좋다고."

한 박자 쉬고 이시바가 물었다.

"어디의, 누구입니까?"

에이지로는 담배를 재떨이에 비벼 끄더니 거드름 피우듯이 사노와 이시바를 번갈아 쳐다봤다.

"나가노현 스와시의 오가와라라는 사람이요. 이름은 분명, 믿을 신에 숫자 이를 써서, 신지였소."

제11장

—

　어머니의 옛 모습을 더듬어가니 마지막은 해바라기에 와서 멈췄다.

　아이 키보다 크고, 맑은 하늘을 우러르며 한여름 쨍쨍 내리쬐는 태양 아래 커다랗게 피어나는 꽃. 어머니는 이 꽃을 좋아했다.

　어머니는 단아하고 얌전한 사람이었다. 호리호리한 몸에 언제나 부드러운 무늬의 원피스를 입고 온화한 웃음을 입가에 머금고 있었다. 웃음이라고는 하나 즐겁게 웃는 느낌은 아니었다. 뺨을 느슨하게 하고 입 가장자리를 아주 조금 올린 표정이 버릇으로 굳어버린 웃음이었다.

　어머니의 조용한 웃음을 선명하게 기억하는 계절은 여름이었다.

어머니는 늘 양산을 쓰고 있었다. 볕이 따가워지는 초여름부터 햇빛이 평온해지는 가을까지 밖에 나갈 때는 반드시라고 해도 좋을 만큼 양산을 들고 나갔다.

미친 듯이 우는 매미 소리에 휩싸여 강한 햇살 아래 하얀 양산을 쓰고 가만히 서 있는 어머니의 모습은 마치 한 장의 그림 같았다.

길가에 우두커니 서 있는 어머니의 시선 끝에 있는 것은 무리 지어 핀 해바라기였다. 관자놀이를 타고 흐르는 땀을 닦으려고도 하지 않고 물끄러미 노란 해바라기꽃을 응시하는 어머니는 기억 속 뭔가를 떠올리고 있는 것 같은, 먼 곳을 바라보는 듯한 눈을 하고 있었다.

어릴 때는 어머니가 왜 해바라기를 좋아하는지 몰랐다. 어머니는 해바라기의 밝고 강인한 인상하고는 정반대 분위기를 풍기는 사람이었다. 약하고 덧없어 보이는, 어슴푸레한 모습의 사람이었다.

언젠가 여름 낮에 장 보러 나가는 어머니의 뒤를 따라갔다. 개미 떼에게 정신을 빼앗겨 땅바닥에 웅크리고 있다가 문득 얼굴을 드니 어머니는 저 멀리 앞에서 걷고 있었다.

따라잡아야지. 그렇게 생각하고 하얀 원피스의 뒷모습을 쫓았다. 그런데 달려가면서 불안한 마음이 들기 시작했다. 도로의 아스팔트에서 올라오는 아지랑이 탓인지 어머니의 모습이 무척 공허하게 느껴졌다. 흔들리는 대기 너머에 있는 어머니의 윤곽은 신기루처럼 모호해서 실체가 느껴지지 않았다. 지금 자신이 뒤쫓고 있는 어머니는 환상이고, 결국 주위 경치에 녹아 들어가 사라져버리는 게 아닐까. 그런 무서운 생각이 들 만큼 어머니는 존재가 희미한 사람이었다.

왜 어머니는 해바라기를 좋아했을까. 그 이유에 생각이 미친 것은 대학에 들어가고 나서였다.

1지망인 도쿄대에 합격하고 하숙집의 새로운 생활에도 익숙해졌을 무렵 신주쿠에 갔다.

골든 위크가 끝난 평일이었다. 사람이 많은 신주쿠라고는 하나 평일이라면 인파가 좀 적겠지, 하고 생각해서 나간 거였다. 그러나 게이스케가 살던 신슈의 시골과 도시 한복판은 전혀 달랐다. 평일인데도 지하철이나 역 주변은 사람에 치일 정도로 혼잡했다.

신주쿠는 게이스케가 사는 곳과 아르바이트를 하는 요요기 사이에 위치해 전철로 늘 지나치는 곳이었다.

대학 게시판에는 장학금이나 부모가 보내주는 돈만으로는 생활할 수 없는 학생을 대상으로 하는 아르바이트 정보가 붙어 있었다. 아르바이트 자리의 거의 대부분이 가정교사나 학원 강사였는데, 게이스케는 그중에서 요요기에 있는 중학생 대상 입시 학원을 골랐다. 아르바이트비가 가장 많았기 때문이었다.

학원에 연락하고 일주일 후 테스트와 면접을 봤다. 다행히 합격해 중 1 수학과 국어를 한 타임씩 맡게 됐다. 월말에 처음으로 아르바이트비를 받아 주머니가 두둑하기도 해서 일을 마치고 돌아가는 길에 신주쿠역에 내린 것이었다.

동쪽 출구로 나가 대각선 횡단보도를 건너자 눈앞에 서점이 보였다. 1층에서 8층까지 빌딩 모두를 사용하는 대형 서점이었다.

가벼운 마음으로 서점으로 들어갔다.

장기 관련 서적이 있는 층으로 올라가려는데, 1층 엘리베이터 옆에 붙어 있는 포스터가 눈에 들어왔다. 예술 관련 서적을 취급하는 7층에서 서양화와 관련된 책 전시회를 개최하며, 전시회는 5월 중순까지 열린다는 내용의 행사 포스터였다.

서양화에 특별히 흥미가 있던 건 아니었지만 그냥 들여다보기나 하자는 가벼운 호기심이 일었다.

좁은 엘리베이터를 올라타고 7층에서 내리니 책 특유의 냄새가 코를 찔렀다. 잉크와 접착제가 뒤섞인 것 같은 냄새였다.

플로어에 들어서자 정면에 위치한 서가에 수많은 미술서가 겉표지가 보이게 가득 진열돼 있었다. 서양화를 시대별로 분석한 책도 있었고, 특정 화가를 평론한 책도 있었다.

그중 한 권에 눈길이 갔다. 노트 두 권 분량의 크기로 책표지도 두꺼웠고 책 자체의 두께도 상당했다. 모르는 출판사에서 발행한 것이었다.

책 표지에 그림 한 점이 들어가 있었다. 그 그림을 본 순간 표지에서 눈을 뗄 수 없었다. 그림은 빈센트 반 고흐의 '해바라기'라고 알려진 작품이었다.

나중에 알았지만 고흐는 해바라기를 모티브로 한 그림을

살아 있는 동안 열두 점 그렸다. 그중 일곱 점은 꽃병에 꽂은 것이었다.

그 책 표지에 사용된 것은 꽃병에 들어 있는 해바라기 열두 송이를 그린 그림이었다. 나중에 꽃병에 꽂은 해바라기를 그린 일곱 점 모두를 화집에서 봤지만, 역시 가장 좋았던 것은 맨 처음에 본 열두 송이의 해바라기를 그린 그림이었다.

표지에는 그림의 일부만 나와 있었다. 책을 집어 들고 편저자가 쓴 서문을 읽으니 굳이 그림 일부만 사용한 것은 되도록 원화에 가까운 크기로 재현하고 싶었기 때문이라고 되어 있었다.

편집자는 붓의 흔적을 알 수 있을 만큼 두껍게 칠한 물감, 여러 겹으로 칠한 무거운 색채에서 작가의 기쁨과 고뇌, 재능이 뛰어난 작가였기에 감당해야 했던 파란만장한 인생을 느껴보기 바란다고 썼다.

무언가에 사로잡힌 듯 페이지를 넘겨 표지에 나온 해바라기 그림을 찾았다.

찾던 그림은 책 중간쯤에 있었다. 그림 전체와 일부분에서 따온 이미지를 같이 사용해 4페이지에 걸쳐서 그림을 설명하고 있었다.

해바라기 전체를 봤을 때 가벼운 현기증을 느꼈다. 슬픈 듯 그리운 듯 눈물이 넘쳐흐를 것 같은 애달픔이 느껴졌다.

고흐가 그린 해바라기는 죽은 어머니 그 자체였다.

배경의 흰색에 가까운 연두색은 어머니의 덧없음이었고 캔

버스 중앙에 핀 꽃은 어머니의 아름다움이었다. 그러나 무엇보다도 어머니와 닮은 것은 그 어두침침함이었다. 해바라기라는 꽃의 모티브, 노란 물감을 주로 한 밝은 톤의 색조, 꽃을 돋보이게 하는 옅은 색 배경. 그것들만 있었다면 햇빛 같은 광채를 지닌 그림이 되었을 텐데도, 고흐가 그린 해바라기는 어두침침했다. 그림을 밝게 할 만한 요소들이 거꾸로 그림에 진한 음영을 드리우는 것처럼 보였다. 그 역전의 변이가 얼굴에는 늘 웃음을 짓고 있는데도 지독하게 외롭게 느껴지던 어머니의 모습과 꼭 닮았다.

그리고 하나 더, 고흐가 그린 해바라기가 강하게 마음을 끈 이유가 있었다.

붓의 터치.

고흐는 물감을 기름을 섞어 묽게 하지 않고 그대로 붓에 묻혀 캔버스에 칠했다. 붓질은 어떤 지점에서는 폭력적이었고 다른 지점에서는 섬세했다. 해바라기 중앙에 이르러서는 꼼꼼히 붓질을 거듭해 물감이 돋아 오를 정도로 힘찬 느낌을 주었다. 마치 촘촘하게 짠 수직 융단을 보는 것 같았다.

붓질 하나하나에 목숨을 깎아내듯 칠을 더해간 고흐의 붓 자국은 장기를 깨우친 명인의 일생일대 기보를 생각나게 했다.

새하얀 캔버스를 앞에 놓고 시선 끝에 있는 대상을 어떻게 그릴지 상상한다. 그 작업은 기사가 반상을 응시하고 다음 한 수로 50수 앞에 어떤 국면을 끌어낼지 구상하는 모습과 닮았다는 생각이 들었다.

책을 선반에 돌려놓고 서둘러 지갑을 꺼냈다. 아르바이트비를 받은 지 얼마 안 된 것에 감사했다. 지갑 안에는 책을 사고 나면 돌아갈 전철비가 겨우 남을 만큼의 돈이 들어 있었다.

그때 설령 책을 사고 나면 돌아갈 전철비조차 남지 않았다 하더라도 책을 샀을 것이다. 몇 시간 걸리든 걸어서 하숙으로 돌아가면 된다고 생각하고 책을 샀을 것이다. 밥은 당분간 안 먹어도 된다고 생각하고 책을 샀을 것이다. 그렇게 생각할 만큼 게이스케는 고흐의 해바라기에 마음을 빼앗겼다.

계산대에서 가지고 있는 돈을 다 털듯이 내고 화집을 가지고 나왔다. 올 컬러로 300페이지에 이르는 책은 매우 무거웠다. 그러나 책을 안은 팔에 느껴지는 무게는 물리적인 무게만은 아니었다. 광기 어린 세월을 보낸 고흐의 인생과 덧없이 끝난 어머니의 짧은 인생, 그리고 기사가 자신의 인생을 걸고 도전하는 가혹한 장기의 세계가 팔 안에 있다. 게이스케에게는 책의 무게가 그렇게 느껴져서 견딜 수 없었다.

도쿄에 와서 보낸 첫해의 가을, 그 남자를 만났다.

가을이라고는 하지만 게이스케의 기억에 어렴풋이 그렇게 남아 있는 것일 뿐이었다. 가을 중반쯤이었을 수도 있고 늦가을쯤이었을지도 모른다.

여기나 저기나 온통 콘크리트투성이인 도시는 사계절의 경계가 희미했다. 태어나 자란 신슈라면 산이 노란색이나 빨강으로 물들어가거나, 어딘가에서 탈곡한 왕겨 태우는 냄새가 바람을 타고 실려 오면 가을이 왔다는 것을 알았다.

그러나 도시에는 그거다, 하고 알아차릴 만한 기준이 없었다. 단풍이 선명하게 든 아름다운 산이나 들이 없고 곡식이 누렇게 익어가는 논이나 밭도 없었다. 바람도 그랬다. 사계절의 냄새가 없었다. 일 년 내내 배기가스나 먼지가 뒤섞인 냄새가 났다.

게이스케가 거리에서 계절을 느낄 수 있는 것은 가로수를 볼 때뿐이었다. 튤립나무가 꽃을 피우면 초여름이 왔구나, 생각하고 은행잎이 물들면 가을이 왔구나, 생각했다.

먹을 것에서는 사계절의 변화를 전혀 알 수 없었다. 평소에는 대학 학생식당이나 폐점 시간 직전 슈퍼에서 할인 스티커가 붙은 도시락으로 끼니를 해결했다. 가끔 대학 근처에 있는 커피숍이나 정식을 파는 식당에 갈 때도 있었지만, 그것은 아르바이트비가 들어오고 나서 얼마 안 되었을 때뿐이었다. 학생을 상대로 하는 식당에서는 늘 싸고 양이 많은 튀김이나 덮밥 같은 것을 내올 뿐 제철 재료를 사용한 요리 같은 게 있을 리 없었다.

학원에서 게이스케에 대한 평판은 아주 좋았다.

게이스케가 아르바이트를 하는 입시 학원에는 열혈 강사가 많았는데, 게이스케는 그들에 비해서는 차분한 강사였다.

어떤 학생들은 게이스케가 가르치는 방식을 열의가 없다고 느꼈을지 모르지만, 반대로 내몰리는 느낌이 없고 안정되게 수업을 들을 수 있어 내용이 머리에 잘 들어온다고 좋게 평가하는 학생들도 있었다. 게이스케의 수업을 신청하는 학생이 서서히 늘었고, 지금은 학원에서 수업 수를 늘리지 않겠냐고 제안할 정도가 됐다. 수업 수가 많으면 그만큼 아르바이트비가 늘어난다. 게이스케는 잠자는 시간을 줄여서 대학 수업과 아르바이트를 병행했다.

그날은 지난달 수업 수가 많아 아르바이트비가 평소보다 많이 들어온 날이었다.

아르바이트하는 학원에서 역으로 향하는 도중, 인파 속에서 문득 멈춰 서서 가로수를 올려다봤다. 왜 그랬는지는 생각나지 않았다. 뭔가 의미가 있었을 수도 있고, 아니면 단지 걷다 피곤해서 그랬던 것일 수도 있다.

은행나무 가로수의 노랗게 물든 나뭇잎을 물끄러미 보고 있자니 갑자기 멀리 돌아가고 싶은 마음이 생겼다. 하숙과 대학, 아르바이트를 오갈 뿐인 나날에서 조금은 벗어나고 싶었던 것일지 모른다.

교통이 불편한 시골과 달리 도시에서는 길을 잃어도 그다지 곤란할 일은 없었다. 조금 걸으면 국철이나 지하철역이 있다. 거기서부터 전철을 타고 하숙집에서 가까운 역으로 가기만 하면 됐다.

큰 거리에서 옆길로 새어 정처 없이 뒷골목을 헤맸다.

걷다 보니 발길이 가로등이 빛나는 공원에 닿아 있었다. 공원 벤치에 앉았다. 번화가에서 꽤 떨어져 있는 공원에는 인적이 없었고, 멀리서 전철이나 차가 오가는 소리만 들릴 뿐이었다.

흐린 것도 아닌데 별이 하나도 없는 하늘을 올려다보면서 게이스케는 숨을 내쉬었다. 태어나서 자란 스와시를 떠난 지도 반년이 더 넘었다.

아버지와는 연락하지 않았다. 스와를 나설 때 하숙집 주소와 전화번호를 가르쳐주지 않았기 때문에 그쪽에서 연락이 올 일도 없었다.

도쿄에 있는 대학에 가겠다고 결정했을 때, 동시에 아버지를 버리겠다고 결심했다.

지금은 아버지에게 원망도 분노도 없었다. 바람이 있다면 앞으로 관계를 끊어줬으면 좋겠다는 것뿐이었다.

밤하늘을 올려다보며 멍하니 있자니 어디선가 익숙한 소리가 들려왔다. 장기를 둬본 적 없는 사람이라면 들어도 들리지 않았을 작은 소리였다.

"탁."

반상에 장기말을 내려놓는 소리였다.

무의식적으로 몸이 반응했다.

게이스케는 벤치에서 일어나 장기 두는 소리가 나는 쪽을 향해 걸었다. 생각해서 한 행동은 아니었다. 본능에 의한 행동이라고나 할까. 비유하자면 갈증 난 몸이 물을 찾아가는 것 같았다.

소리는 공원 옆에 있는 빌딩 2층의 아주 조금 열린 창문 틈새에서 새어 나오고 있었다.

장기말 소리에 이끌리듯 게이스케는 좁은 계단을 올라갔다.

2층 입구에 오래된 나무로 만든 간판이 매달려 있었다. 붓 글씨로 '사카베 장기 도장'이라고 쓰여 있었다.

게이스케는 반투명 유리가 끼워져 있는 무거운 문을 밀었다.

경첩이 삐걱거리면서 문이 열렸다. 담배 연기가 밀어닥쳤다. 연기가 너무 자욱해 숨이 막혔다.

학교 교실 정도 넓이의 실내에는 긴 책상이 여러 개 놓여 있었다. 책상은 가로로 두 줄, 세로로 여섯 줄, 다 해서 열두 개였다.

책상 하나에 장기판이 세 개씩 놓여 있었다. 빈 자리가 거의 없었다. 수많은 사람들이 긴 책상을 사이에 두고 앉아 장기를 두고 있었다.

문 옆에는 대국장과 마주 보는 방향으로 접수대가 있었다. 접수대에는 10대 후반 청년과 60대로 보이는 초로의 남성이 앉아 있었다. 청년은 장려회 2급인 야구치 다카히코, 초로의 남성은 세키슈席主인 요코모리 세이지 아마추어 5단이라는 사실을 나중에 알았다. 세키슈란 장기 도장의 경영자, 혹은 책임자를 가리키는 말이다.

"어서 오십시오."

접수처에 앉아 고개를 숙이고 있던 요코모리가 얼굴을 들고 게이스케를 봤다. 코까지 떨어진 안경을 둘째 손가락으로 밀어 올리면서 물었다.

"여긴 처음?"

"네, 그렇습니다."

장기를 둘 작정으로 온 건 아니었지만 자연스레 그렇게 대답했다.

"어느 정도 두나?"

기력을 묻는다는 건 알았지만 어떻게 대답해야 좋을지 몰랐다.

"단은 있을 텐데요……."

게이스케는 자신이 최소한 4단급 실력은 된다고 확신했지만, 정확한 단수를 딴 건 아니었다. 혹시라도 창피당하는 게 싫어서 모호하게 대답했다.

"그래. 그럼 대국할 상대를 붙여줄 테니 우선 우리 유단자랑 둬보게."

요코모리는 그렇게 말한 후 "야구치 군" 하고 옆에 앉은 청년에게 말을 걸었다.

"이 사람, 초단으로 간주하고."

가늘고 긴 종이 카드의 기력란에 초단이라고 써서 야구치에게 건넸다. 카드를 받아 든 야구치는 그 카드와 함께 연필을 게이스케에게 내밀었다.

"풀 네임으로 부탁드립니다."

카드에 이름을 써서 야구치에게 돌려줬다.

"지금 시간이라면……."

야구치는 뒤에 있는 벽시계를 보면서 말했다. 6시 10분이 된 참이었다.

"자리 값은 400엔이네요."

벽시계 아래 요금표가 붙어 있었다. 자리 값——종일 750엔, 오후 5시 이후 400엔으로 돼 있었다. 종일 10회권은 6천 엔으로, 1500엔 득을 본다는 계산이었다. 학생은 20퍼센트 할인이라고 되어 있었다.

"저, 학생인데요."

"학생증 부탁드립니다."

게이스케는 정기권 지갑에서 학생증을 꺼내 야구치에게 건넸다.

"도쿄대학……입니까?"

야구치가 중얼거리듯 말했다.

요코모리가 얼굴을 들어 힐끗 게이스케를 봤다.

"그럼, 나중에 이름을 부를 테니 앉아서 기다리세요."

요금을 내고 구석에 있는 의자에 앉았다.

밖은 벌써 귀뚜라미가 우는 계절인데 실내에는 이상하게도 열기가 가득했다. 아래로는 자신과 비슷한 나이의 젊은이들이, 위로는 환갑을 지난 것으로 보이는 남자들이, 제각각 다른 표정으로 장기판을 응시하고 있었다.

어떤 사람은 상대를 위에서 내려다보는 것 같은 무례한 태도로, 어떤 사람은 장기판에 얼굴이 닿을 정도로 고개를 숙이고 고민하는 얼굴로 판을 살피고 있었다. 표정은 다양했지만 눈은 모두 진지했다.

게이스케는 가슴이 두근거렸다.

이렇게 가슴이 뛴 게 얼마 만일까.

도쿄대학에 진학하고 얼마 안 됐을 때 대학 장기부를 들여다본 적이 있었다. 아르바이트를 해야 해서 동아리 활동을 할 여유는 없었다. 그래서 동아리에 들어갈 생각은 없었지만, 입시 공부로 한동안 장기에서 멀어져 있던 터라 장기가 몹시 그리웠다.

동아리실을 찾아온 신입생을 선배들은 크게 환영했다. 동아리실에서 대국하던 청년들은 대국하던 손을 놓고 게이스케에게 의자를 권하고 하나같이 질문을 퍼부었다.

소학교와 중학교, 고등학교에서의 공식전 기록은 어떤가, 다니던 학원이나 도장은 어딘가, 일본장기연맹 면장을 갖고 있는가 등등의 질문이 연달아 날아왔다.

게이스케는 모든 질문에 고개를 좌우로 저었다.

처음으로 장기말을 쥔 것은 소학생 때였다. 그 뒤로 지금까지 누군가에게 돈을 내고 가르침을 받은 적이 없었고 학원이나 도장에도 물론 다닌 적이 없었다. 중학생 때 학교 동아리 활동으로 장기를 했지만, 공식전에 나간 경험은 없었다. 물론 면장도 갖고 있지 않았다.

게이스케의 대답을 들은 5, 6명의 학생이 말없이 얼굴을 마주 봤다. 그들의 얼굴에는 실망과 조소가 떠올라 있었다.

말을 움직이는 방법밖에 모르는 것으로 보이는, 생짜 아마추어가 왔다. 동아리 회원이 늘어서 회비가 들어오는 것은 바람직하지만, 가능하면 대학 간 대회 등에 바로 투입할 수 있는 회원이 필요하다. 그들의 눈이 그렇게 말하고 있었다.

그들의 마음을 눈치챈 게이스케는 의자에서 일어나 몸을 돌렸다.

모처럼 왔는데 대국도 안 해보고 돌려보내는 것은 안됐다고 생각했는지, 도움이 안 되는 회원이라도 회비가 늘어날 것을 생각하면 놓쳐서는 안 된다고 생각했는지, 동아리에서 결정권을 가지고 있는 것으로 보이는 상급생이 출구로 향하는 게이스케를 멈춰 세웠다.

"한 판 부탁해도 될까? 요즘 동아리 회원들하고만 두다 보니 신선한 맛이 떨어진 참이었거든. 그리 많은 시간을 빼앗지는 않을게. 어때?"

그리 많은 시간을 빼앗지는 않겠노라고 말했지만, 정확하게 말하자면 네가 말을 던질 때까지 그리 오랜 시간이 걸리지 않을 거라는 뜻이었다.

가는 테 안경 안에서 영리해 보이는 눈이 게이스케를 응시했다.

게이스케는 대국 중간에 멈춘 상태로 있는 장기판을 봤다. 게이스케에게 승부를 가리자고 도전해온 상급생이 두던 것이었다. 망루울타리의 중반이었다. 게이스케가 익히 아는 전법 중 하나였다.

잠시 생각하고 나서 게이스케는 의자로 돌아가 앉았다.

"부탁드리겠습니다."

안경을 향해 머리를 숙였다.

갑자기 동아리실 안에 활기가 돌기 시작했다. 생각지도 않게 시작된 여흥에 흥분하고 있는 것일 게다. 안경의 후배인 듯한 두 사람이 서둘러 준비를 갖추었다.

준비를 하는 후배들 옆에서 데님 셔츠를 입은 청년이 안경의 귓가에 입을 가까이 대고 말했다.

"적당히 해."

신입생에게 들리지 않게 말한 것이겠지만 낭랑한 목소리가 게이스케의 귀에도 똑똑히 와 닿았다.

준비가 갖춰지고 쌍방이 장기말을 늘어놨다. 안경은 당연하다는 듯이 왕장을 집었다. 옥장과 왕장 중 더 강한 쪽이 왕장을 잡는 게 장기의 관례였다.

"난 이학부 3학년 후지사와. 넌?"

후지사와가 물었다.

"문 2에 들어온 가미조 게이스케입니다."

"출신은?"

"나가노입니다."

"나가노 어디?"

"스와시입니다."

후지사와는 별로 상관없는 대화를 이어가면서 장기말을 하나하나 장기판 위에 놓았다. 그때마다 기분 좋은 소리가 들렸다. 능숙한 손놀림이었다. 4단, 어쩌면 5단 정도는 될지도 몰랐다.

후지사와는 왕장을 중심으로 금은계향을 좌우 교대로 놓고 각행과 비차를 놓은 다음 보를 중앙부터 차례로 좌우 번갈아 늘어놓았다. 오하시류의 작법이었다.

게이스케는 소리 내지 않고 말을 조용히 늘어놓았다. 마지막으로 향, 비, 각을 놓는 이토류였다. 오하시류는 보를 마지막에 늘어놓기 때문에 도중에 비, 각, 향이 적진을 직사하는 형태가 된다. 이는 상대를 도발하겠다는 의미가 된다 하여 그것을 피하기 위해 고안된 것이 이토류다.

게이스케가 말을 늘어놓자 동아리 회원들의 얼굴색이 변했다. 생짜 아마추어라면 이토류를 알 리 없다. 최소한 2, 3단급 실력은 있다고 판단했을 것이다.

두 사람이 마주 보고 있는 책상 옆으로 데님 셔츠가 의자를 가져와 앉았다. 제한 시간을 재기 위한 타이머를 책상에 놨다. 데님 셔츠는 후지사와가 판 위에 놓은 보 다섯 개를 집어서 손에 들고 두 사람의 얼굴을 번갈아 봤다.

던져서 겉면이 셋 이상 나오면 후지사와가 선수, 뒷면이 셋 이상 나오면 게이스케가 선수다.

선수를 정하는 의식을 시작하는 데님 셔츠를 후지사와의 손이 막았다.

"선수는 저 친구가 해도 돼. 손님은 정중하게 대해야지."

일반적으로는 선수가 유리하다고들 한다. 게이스케를 깔봤다기보다 잘할 게 확실한 자신의 위엄을 세우고 싶어서 그렇게 말했을 것이다.

데님 셔츠는 게이스케의 얼굴을 봤다. 대답을 기다리고 있었다. 게이스케는 호의를 순순히 받았다.

"그럼, 말씀대로 하겠습니다."

데님 셔츠가 후지사와의 보를 제자리로 되돌려놓기를 기다리면서 게이스케가 등을 쏙 폈다.

둘째 손가락과 가운데손가락 끝에 말을 끼우고 장기판 위에 탁 하고 뒀다.

게이스케가 말을 반상에 둔 순간 동아리실 공기가 팽팽하게 긴장했다. 게이스케 자신도 놀랄 만큼 아름다운 소리였다.

갑작스레 벌어진 혼전에서는 예상치 못한 만에 하나가 있을 수 있다고 생각했는지 후지사와는 네 칸 비차의 지구전을 선택해 신중하게 포진했다. 그러나 게이스케는 초반부터 봉은 즉, 은장을 전면에 내세워 공격하는 방식으로 상대방에게 도전했다. 상대가 공격을 모두 받아내 혼란이 정리되면 자신의 옥 주위가 허술해져 불리한 면이 있지만, 주도권은 쥘 수 있다.

게이스케는 공격하고 공격하고, 또 공격하는 것으로 일관했다.

종반은 한 수 한 수 공방이 이어졌으나 게이스케는 항상 상대보다 앞서갔고, 선수를 한 번도 놓치지 않았다. 드디어 모든 수를 읽어낸 후 마지막으로 둔 한 수로 게이스케는 승리를 굳혔다.

반상을 응시하는 후지사와의 얼굴에 경련이 일었다. 팔짱을 끼고 있는 입회 역할의 데님 셔츠의 표정도 더할 수 없이 험악하게 바뀌었다. 승부를 주시하는 다른 동아리 회원들도 침묵 속에서 판세를 살폈다.

데님 셔츠가 초읽기에 몰린 후지사와의 얼굴색을 살피면서 남은 시간을 읽어나갔다.

"10초…… 20초, 1, 2, 3……."

남은 시간이 앞으로 3초면 끝나는 상황에서, 후지사와는 잡은 말을 올려놓는 받침대에 오른손을 놨다. 패배를 인정한다는 사인이었다. 입술을 떨면서 말했다.

"이건……."

졌다고 말하고 싶지 않았을 것이다. 말이 목구멍에 달라붙기라도 한 듯 그다음 말이 나오지 않았다.

실력을 인정받던 상급생이 신입생에게, 그것도 아무런 실적도 없는 1학년에게 졌다. 망연자실한 후지사와의 얼굴에서는 충격받은 기색이 사라지지 않았다. 동아리 회원들도 할 말이 없는 모양이었다.

도쿄대 장기부는 일본에서도 유명한 대학생 장기 서클이었다. 대학 장기 서클 중에서는 일본 최고이며 학생 명인도 여럿 배출했다. 상급생 대부분은 4, 5단급이라고 들었다.

하지만 게이스케로서는 내심 별다른 감흥이 느껴지지 않은 대국이었다. 장기 두는 방법은 논리 정연하지만 장기를 두뇌 게임 정도로밖에 생각하지 않는 것 같은 유약한 장기였다. 그것은 자신이 잡지나 책에서 봐온 프로들의 장기와는 근본적으로 달랐다.

게이스케는 채워지지 않는 허탈한 마음을 품은 채 조용히 의자에서 일어섰다.

"고맙습니다."

동아리실에 있는 사람들에게 머리를 숙였다.

아무도 대답하지 않았다. 하나같이 당황한 빛을 얼굴에 떠올리면서 승자를 쳐다봤다. 게이스케에게 말을 건네지 않는 것은 시합에 진 후지사와를 의식해서였을 수도 있고, 자존심에 상처를 받아서였을 수도 있었다. 어느 쪽이든 더 머물 필요는 없었다.

게이스케는 발길을 돌려 동아리실을 나왔다.

도쿄대 장기 서클에서 있었던 일을 떠올리면서 게이스케는 도장 안을 둘러봤다.

도장에 있는 사람들은 모두 신중한 시선으로 앞에 놓인 장기판을 주시하고 있었다. 이곳에는 대학 장기부에서처럼 게임을 한다는 기분으로 장기를 두는 사람은 없었다. 모두 진지했다.

게이스케의 가슴속에서 가라사와와 장기를 두던 나날이 되살아났다. 가라사와는 기력이 약한 게이스케와 장기를 둘 때 비록 말을 떼고 두기는 했지만 승부는 늘 진지하게 임했다. 게이스케가 조금이라도 방심하면 엄하게 꾸짖었다. 승부는 늘 진지해야 하고, 그것이 장기에 대한, 싸우는 상대에 대한 예의라고 게이스케에게 가르쳤다.

가라사와와 장기를 둘 때 느낀 긴장감. 얼얼한 가슴속 두근거림이 이 도장에서도 느껴졌다.

한동안 게이스케의 이름이 불리지 않았다. 딱 알맞은 대국 상대를 찾지 못한 모양이었다. 접수처 가까이에서 기다리는 남자들이 먼저 지명을 받아 대국에 들어갔다. 그렇게 10분 가까이 지났을 때 요코모리가 접수처에서 소리를 질렀다.

"미키모토, 앞으로 얼마나 걸릴 것 같은가?"

미키모토라고 불린 남자는 장기판 위로 숙이고 있던 얼굴을 들더니 요코모리에 지지 않는 큰 소리로 대답했다.

"앞으로 여덟 수면 외통수로 몰 수 있어!"

미키모토와 같이 두던 남자가 화를 내며 꽥 소리를 내질렀다.

"뭐라고, 이 자식. 사람을 우습게 보네!"

하지만 미키모토는 반상의 말을 잽싸게 움직이고는 상대방을 봤다. 남자가 분하다는 듯이 고개를 숙였다. 아마 그 사이 말을 움직여 자신이 말한 대로 여덟 수만에 상대 말을 외통수로 몬 모양이었다.

대국이 끝나자 미키모토가 접수대로 와서 손에 든 카드 두 장을 접수대 위에 놓았다. 이긴 쪽 카드를 위로 해서 접수대에 돌려주는 시스템인 것 같았다. 풀 네임은 미키모토 간지. 3단이라고 돼 있었다. 카드를 보니 3연승의 흰 동그라미가 찍혀 있었다. 이제 4연승을 거두었다는 얘기였다.

벽에 붙어 있는 규정에 의하면 5연승을 거둔 사람은 연승권을 한 장 받을 수 있었다. 그것을 세 장 모으면 자리 값이 한 번 공짜인 시스템이었다.

"오늘은 제대로 둘 줄 아는 놈이 없군. 이놈이나 저놈이나 실력 미달이야."

"그런가. 그럼 5연승째는 재미있는 대국 상대를 붙여주지. 오늘 처음 왔어. 어떻게 응수하는지 시험해보게나."

요코모리가 게이스케의 이름을 불렀다.

"가미조 게이스케 씨. 이쪽 미키모토 씨와 맞장기, 선수 후수 정해서."

미키모토가 자신과 게이스케의 카드 두 장을 받아 들었다. 그러고는 게이스케의 카드를 확인하면서 말했다.

"이러면 내가 연승권을 너무 쉽게 따겠는데, 그래도 괜찮아? 상대는 초단인데."

3단인 자신하고는 상대가 안 된다고 말하고 싶은 것일 게다.

"진짜 실력은 몰라. 어쨌든 도쿄대 학생이니까."

요코모리는 그렇게 말하면서 희미하게 입꼬리를 올렸다.

미키모토는 흐응, 하고 콧소리를 내더니 게이스케를 향해 턱을 추켜올렸다.

"어이, 학생. 이쪽이야."

미키모토는 빈자리로 향했고, 게이스케가 그 뒤를 따랐다.

창가 자리에 와 앉자 미키모토는 자리에 마련되어 있던 말을 반상에 늘어놓았다. 장기판 두께는 3센티미터도 안 되지만, 그래도 이음매 없이 나무를 깎아 만든 장기판이었다. 말은 플라스틱이고 판과 마찬가지로 손때가 묻어 거무스레했다.

"요코모리 씨한테는 미안하지만 빨리 끝내서 연승권을 받을 거야. 앞으로 한 장이면 자리 값이 공짜거든."

미키모토는 긴소매 셔츠의 소매를 말아 올리면서 입맛을 다셨다.

게이스케는 상대에 맞춰 말을 배치하는 예법을 무시하고 말을 일부러 대충 늘어놓았다. 이런 데서 예법을 과시하면 건방져 보일 거라고 생각했기 때문이다.

게이스케는 손을 움직이면서 미키모토를 관찰했다.

햇볕에 탄 건강해 보이는 피부 때문에 언뜻 30대 같기도 했지만, 가까이서 보니 광대뼈 부근에 기미가 끼어 있었다. 눈꼬리의 주름도 생각 외로 깊었다. 아마 마흔은 넘었을 것이다.

편한 방식으로 말을 배치하자 미키모토는 팔짱을 꼈다.

"야구로 말하자면 이 도장에서 자네는 원정 팀이야. 그러니 자네가 선수를 해도 돼."

선수를 정하는 수고조차 귀찮다는 말이었다.

"고맙습니다."

게이스케는 미키모토의 제의를 순순히 받아들이고 자신의 말에 손을 뻗었다.

도장 단골인 만큼 미키모토는 실전파의 힘 장기가 특기인 모양이었다.

수법에 구애되지 않고 초반부터 공중전을 시작했다. 비차와 각행, 대마끼리 부딪쳤고, 중반을 마구 달려 단숨에 종반으로 갈 듯한 기세였다. 서로 왕을 수비할 여유 따위는 없었다. 왕은 한 번도 움직이지 않고 처음 위치 그대로인 채 진행됐다.

게이스케는 미키모토가 자신의 비차를 잡은 순간 수리검手裏劍을 날렸다. 잡아놨던 보를 5열2행에 둬서 상대 왕의 머리를 위협했다. 이 보를 상대가 비차로 잡으면 그 비차를 되잡아와서 왕과 각행 양쪽을 노릴 수 있다. 선수를 잡게 되는 것이다. 상대가 어디로 도망치든 비차가 공격해 들어갈 여지가 생긴다는 계산이었다. 이 수를 두지 않았다면 상대에게 먼저 공격당해 기선을 빼앗기고 계속 후수로만 돌게 될 터였다.

미키모토는 잠시 판을 노려보더니 화가 났는지 게이스케가 둔 보를 잡아 뽑듯 집어 들었다. 입에 문 담배에 불을 붙일 여유도 없는 듯했다.

게이스케는 가만히 비차를 되찾아 왔다. 미키모토가 왕과 각행 양쪽을 동시 공격하는 게이스케의 수를 막을 수단은 여럿이었지만 최선의 수는 각행을 3열3행으로 하나 올려서 잡혔을 때 계마로 공격할 수 있도록 대비하는 수였다. 그거라면 게이스케가 조금 전에 잡아둔 비차를 둘 여지가 없었다.

그러나 미키모토는 각행으로 7열7행에 있는 은장을 잡고 장군을 불렀다. 단숨에 공격해서 무너뜨리자는 속셈이었다.

게이스케는 당연히 계마로 미키모토의 각행을 잡았다. 미키모토가 그에 대응해 잡아놓았던 비차를 8열9행에 두자, 게이스케도 비차를 7열9행에 둬서 대응했다. 미키모토는 당연히 게이스케의 비차를 잡았고, 게이스케는 금장을 한 칸 뒤로 물려 미키모토의 비차를 잡아서 자기 진의 약점이 사라지는 모양새로 가져갔다.

각행과 은장을 교환했으니 게이스케의 이득이었다. 이렇게 말 교환에서 이득을 하나하나 쌓아가면 형세가 점차 유리해진다. 그러나 게이스케는 안정적으로 두기보다는 적극적으로 나섰다. 느슨한 수는 절대 두지 않는다. 그것이 게이스케 기풍의 기본이었다.

"느슨한 수는 최대의 적이야."

게이스케가 안전한 수를 두려고 하면 가라사와는 온화한 얼굴에 어울리지 않는 큰 소리로 꾸짖었다. 그럴 때는 평소의 다감한 성격과는 너무나 다르게 가라사와의 목소리에 화난 기색이 서리는 게 느껴졌다. 안전하게 가자는 약한 마음이 들 때마다 몇 번이고 쏟아지는 꾸중을 들어야 했다.

'상대에게 가장 힘든 수는 무엇인가.'

가라사와에게 야단맞을 때마다 게이스케는 그것을 생각하게 됐다.

같은 승리라도 안전한 수를 계속 둬서 상대가 더 이상 공격할 수 없는 상태로 몰고 가는 미지근한 방식은 취하고 싶지 않았다. 서서히 체력을 소모시키면서 괴롭히는 싸움은 성미에 맞지 않았다. 자신도 큰 고통을 받지만, 적에게는 그 이상의 타격을 주어 이기는 것이 승부의 기본이라고 생각했다.

선수를 잡은 게이스케는 상대의 왕을 외통수로 모는 공격을 계속했다.

공격은 최대의 방어다. 미키모토는 자신의 왕이 외통수에 몰리지 않도록 방어하는 데에 급급했다.

59수째, 게이스케가 펼친 7열5행의 향차로 마침내 '필지必至'가 걸렸다.

다음 수를 어떻게 돼도 외통수에 걸리는 국면을 필지라고 하는데, 필지가 걸린 상대는 계속 상대방의 왕에 대해 장군을 부를 수밖에 없다.

장기판을 노려보던 미키모토는 이마에서 진땀을 흘리면서 담배를 조급하게 피워댔다.

그러고는 헛기침을 하고 목구멍에 꽉 찬 가래를 재떨이에 뱉어내고는 말을 모두 투입해 될 대로 되라는 식으로 장군을 계속 불렀다. 하지만 장군은 모두 허사로 끝났다. 두는 수마다 모두 게이스케의 옥이나 금은으로 맥없이 잡혀나갔다.

가진 말이 다 떨어지자 미키모토는 반상의 말을 손으로 마구 흐트러뜨렸다.

그것이 미키모토가 패배를 시인하는 사인이었다.

게이스케는 가볍게 머리를 숙였다.

"정말……."

고맙습니다, 라는 말이 끝나기도 전에 미키모토가 험악한 표정으로 의자에서 벌떡 일어나 접수대를 향해 외쳤다.

"어이, 요코모리 씨! 이런 꼼수를 쓰다니!"

접수대에서 뭔가 쓰고 있던 요코모리가 얼굴을 들었다.

"무슨 말이야?"

미키모토는 게이스케를 가리키며 물어뜯을 것같이 거친 목소리로 말했다.

"이 녀석 말이야! 뭐가 초단이야. 나보다 세잖아!"

대국하던 손님들이 일제히 손을 멈췄다. 도장 안이 쥐 죽은 듯 조용해졌다. 도장에 있는 사람들의 시선이 게이스케에게 쏠렸다.

요코모리는 손에 들고 있던 펜을 책상에 놓더니 게이스케가 있는 긴 책상으로 왔다. 야구치도 따라왔다.

"게이스케 군, 복기할 수 있겠나?"

요코모리가 장기판을 들여다보며 말했다. 반상의 말은 엉망으로 흐트러진 채였다.

복기란 대국이 끝난 뒤 처음으로 돌아가 말을 던지기까지 둔 수를 되짚어 돼가면서 수의 좋고 나쁨과 작전의 시비를 검토하는 것이다. 프로는 물론 2, 3단급 아마추어 상위자라면 방금 둔 장기의 기보는 거의 다 기억할 수 있다. 게이스케는 소학교 때부터 가라사와에게 복기의 중요성을 철저하게 교육받았다. 기력 향상의 최대의 지름길이라고 배웠다.

"네, 할 수 있을 겁니다."

"미키모토 씨는 말을 원래 자리에 놓을 수 있겠지?"

미키모토는 "어" 하고 퉁명스레 대답했다.

"하지만 자리에 놓기만 할 거야. 이러니저러니 주제넘은 말은 듣고 싶지 않으니까."

그렇게 말하고는 불을 붙이지 않은 담배를 입에 물고 입술로 올렸다 내렸다 하면서 하기 싫은 걸 마지못해 한다는 티를 노골적으로 냈다.

재빨리 말을 원래 위치에 늘어놓고 서로 간에 놓았던 수를 첫수부터 재현했다. 미키모토의 기억이 모호한 부분은 게이스케가 놨던 자리를 지적해 기보를 메웠다.

잡을 수 있는 비차를 바로 잡지 않고 5열2행의 보로 장군을 부른 게이스케의 수에서 호오, 하고 요코모리가 감탄한 듯 숨을 흘렸다.

마지막까지 둔 수를 모두 재현하자 요코모리와 야구치는 서로를 바라보며 눈으로 끄덕였다.

"과연. 확실히 미키모토 씨가 말한 대로군. 게이스케 군의 실력이 대단하네. 야구치 군, 어느 정도 될 것 같나?"

야구치는 턱에 손을 대고 잠시 시간을 둔 후 말했다.

"글쎄요. 우리 도장에서도 4단은 돼 보입니다. 후한 도장이라면 5단도 될 수 있을 것 같네요."

야구치의 판단에 요코모리가 동의했다.

"우리는 다른 데보다 단급 매기는 데 박하니까. 뭐, 그 정도 실력은 되겠지."

요코모리는 게이스케를 쳐다봤다.

"게이스케 군, 장기부에는 들어갔나?"

게이스케는 고개를 저었다.

"아르바이트하기 바빠서 동아리 활동을 할 시간이 없습니다."

연승권을 놓친 것이 분한지, 미키모토는 요코모리에게 대들었다.

"어이 어이, 4단이면 나보다 위 아냐. 일단 초단이라고 했고,

이 도장도 처음 왔다고 해서 내가 선수를 양보하고 둔 거야.
이거 사기야."

요코모리가 달래듯이 손을 미키모토의 어깨에 놨다.

"자 자, 이 대국은 없었던 것으로 할게. 미키모토 씨는 4연
승 그대로야."

미키모토는 안심한 듯 숨을 내쉬더니 당연히 그래야지, 하
고 말하듯 고개를 끄덕였다.

"그런데⋯⋯."

요코모리가 게이스케에게 시선을 돌렸다.

"장기는 어디서 배웠나? 장려회 입회 시험을 본 적은 있나?"

게이스케는 입을 열려다 말고 가만히 있었다. 장려회는 포
기하겠다고 게이스케가 말했을 때 가라사와의 얼굴에 떠올랐
던 표정이 기억났다.

가라사와는 장려회에 들어가라고 권했는데 자신은 그 길을
버렸다. 버린 이유를 설명하려면 자신의 성장 과정을 이야기
해야 했다. 아버지와 고향. 자신이 버린 것을 이제 와서 떠올
리고 싶지 않았다.

입을 꾹 다물고 있는 게이스케를 보고 요코모리는 뭔가를
감지했는지 "뭐 상관없지만" 하고 얼버무리듯 중얼거렸다.

게이스케는 의자에서 일어나 작게 머리를 숙였다.

"즐거웠습니다. 감사합니다."

게이스케는 의자 아래 둔 가방을 들었다. 바로 돌아갈 마음
은 없었지만 우선 거북한 대화에서 벗어나고 싶었다.

그때 접수대에서 기다리던 손님이 소리쳤다.

"어이, 세키슈."

손님은 대전표를 팔랑팔랑 흔들었다.

"도장 좀 찍어줘요."

어느새 대국을 끝낸 손님들이 도장을 받기 위해 줄을 늘어서 있었다.

"네 네, 지금 가요."

요코모리는 그렇게 말하고는 게이스케와 미키모토의 대전표를 손에 들고 접수대로 향했다. 그 뒷모습에 대고 미키모토가 말했다.

"요코모리 씨."

"뭐요?"

요코모리가 돌아봤다.

"나랑 이쪽 형이랑은 다른 대국 상대를 붙이지 말아줘. 한번 더 해볼 거야."

요코모리가 이상하다는 눈으로 미키모토를 바라봤다.

"처음부터 4단이라는 걸 알았으면 나한테도 두는 방법이 있어. 말하긴 뭣하지만 아까 것은 속아서 골탕 먹은 거나 마찬가지라고. 이번에는 선수 후수를 정해서 정정당당하게 싸울 거야. 이대로는 기분이 영 개운치 않아."

일리가 있다고 생각했는지 요코모리는 가볍게 고개를 끄덕이고 게이스케 쪽을 봤다.

"게이스케 군만 좋다면 우리야 뭐 상관없지만."

어떡할래, 하는 표정으로 게이스케의 얼굴을 살폈다.

미키모토의 장기는 거칠었지만 예리한 데가 있었다. 방심하지 않고 처음부터 진검 승부를 한다면 어떤 장기를 둘지 궁금했다.

게이스케는 들었던 엉덩이를 의자에 되돌렸다.

"잘 부탁드립니다."

"좋아!"

미키모토는 큰 소리로 말하고 콧김을 거칠게 내뿜으며 말을 늘어놓기 시작했다. 옥장玉將을 쥐어 자기 진영에 놓았다. 게이스케가 자신보다 위라는 것을 인정한다는 뜻이었다.

미키모토의 선수로 시작된 두 번째 대국에서는 둘 다 비차 앞에 있는 보를 앞으로 나아가게 해서 각행의 진로를 막으면서 망루 모양으로 나아갔다.

금장과 은장 세 개로 왕을 지키면서 단단히 편을 짜는 망루는 역사가 가장 오랜 본격적인 전법 중 하나로, 격조가 높으며 정통성이 인정된다고 장기의 순문학이라고도 불렸다. 전술도 다양해 진짜 실력을 검증하기에는 안성맞춤인 전법이라고 할 수 있었다.

수순대로 포진한 게이스케는 미키모토가 4열의 보를 전진시켜 4열6행에 놓는 것을 보고 반상을 바라보았다. 망루에서는 통상 5열의 보를 앞으로 내밀어 5열6행에 배치한다. 그렇게 하면 각행을 6열8행으로 뒤로 물렸을 때 각행이 나아갈 길이 열리기 때문이다.

망루인 척하면서 비차를 이동할 작정일까.

게이스케는 각행을 뒤로 물리면서 상황을 살폈다.

미키모토는 왕의 위치를 그대로 유지한 채 4열7행으로 은 장을 올리고 계마를 움직였다.

게이스케는 각행을 하나 올리고 망루를 완성하고자 왕을 한 칸 움직였다.

미키모토는 왕을 쥐고 두세 번 헛손질을 하더니 4열8행에 딱 하고 뒀다.

우옥이었다.

게이스케는 순간 숨이 멎는 듯했다.

고정비차의 경우 보통은 왕을 왼쪽으로 옮긴다. 왕과 비차 는 접근하지 않는 것이 보통이고, 왕과 비차가 가까이 있는 것 은 악형으로 보기 때문이었다. 그러나 이 다음, 비차를 뒤로 물려 맨 아래 행에 효과를 미치게 하면 각행이 교환되었을 때 상대방이 잡은 각행을 맨 아래 행에 두지 못하게 되어 비차의 이동이 자유로워진다. 상대가 망루일 경우 상대의 수비 측이 왕장을 에워싸기 위해 공격진에서 멀어지는 이점도 있다.

게이스케는 숨을 크게 내쉬었다.

우옥 전법이 있다는 건 알고 있었다. 그러나 실전 경험은 없 었다. 공격도 수비도 해본 적 없는 전법이었다.

미키모토는 담배를 입에 물고 불을 붙이더니 눈을 치켜뜨 고 게이스케를 노려봤다.

그러고는 입술을 일그러뜨리듯이 오른쪽 입꼬리를 끌어올

렸다.

　어떠냐, 애송이.

　얼굴 전체로 그렇게 말하고 있었다. 자신이 특기로 삼는 전법이었다.

　게이스케는 한 수 한 수 신중하게 수를 진행했다.

　43수째에 게이스케는 선수인 미키모토의 9열9행 비차를 보고 자신이 상대방의 수를 잘못 읽었다는 것을 깨달았다. 다음에 미키모토가 9열5행의 보로 공격하면 자신의 진영 가장자리를 수비할 수 없었다. 적의 향차가 9열8행으로 올라온 것은 응수타진이 아니라 이 지하철비차를 노린 거였다.

　머릿속이 하애졌다.

　이런 단순한 수를 놓치다니.

　장기를 두면서 자신을 저주하고 싶어진 것은 소학교 때 이후 처음이었다.

　궁리에 궁리를 거듭하며 공격할 수를 찾아보았지만 어떤 수에든 결점이 있었다. 지구전에서는 약점을 안고 무리하게 공격하다가는 대개 패세에 몰린다. 그러나 이대로 두면 일방적으로 공격당해 차츰차츰 상황이 나빠질 뿐이었다.

　땀이 관자놀이를 타고 흘렀다.

　게이스케는 드디어 조용히 숨을 내쉬고 침착하게 4열2행의 각행을 5열3행으로 올렸다. 앞으로 1열5행에서 왕이 있는 가장자리를 공격할 노림수였다.

　9열을 격파당한 게이스케는 4열2행으로 비차를 옮기고

4열과 3열, 그리고 노림수인 1열에서 역습에 나섰다. 옥두전으로 가져가 차례차례 세심한 수를 두며 공격을 이어갔다.

종반에 미키모토가 5열3행에서 왕과 비차를 동시에 압박했지만, 게이스케는 그에 개의치 않고 6열7행에 잡아놨던 보를 두어 미키모토의 왕을 위협했다. 미키모토가 금장으로 이 보를 잡자 게이스케의 5열8행의 각행이 착 달라붙으면서 장군을 부르는 형태로 몰고 갔다. 상대는 금장을 뒤로 물리거나 말을 더해서 받거나 하는 수밖에 없었다.

어느 쪽 수로 받든 왕의 머리에 효과를 내는 게이스케의 4열5행의 계마로 승부가 날 것이 분명했다.

미키모토는 신음 소리를 내면서 상황에서 벗어나려 몸부림쳤다.

잡고 있던 금은을 자신의 진영에 둬 게이스케의 공격을 막아내면서 수비 국면에서 벗어날 기회를 노렸다.

게이스케는 거기서 비차를 4열6행으로 나아가게 해서 미키모토에게 잡히는 것을 피했다.

미키모토가 앗, 하고 소리쳤다.

게이스케가 비차로 상대를 공격한 것이 아니라 단지 위치만 옮김으로써 미키모토가 선수로 공격할 기회가 왔지만, 금장을 적에게 넘긴 선수에게 이미 재빠른 공격이란 없었다.

95수째, 적진으로 들어가 금장으로 승격한 게이스케의 보에 협공당한 미키모토가 2열8행의 옥장을 집어 규칙상 이동할 수 없는 5열9행으로 뛰어올랐다. 완전한 반칙이었다.

게이스케가 어이없어하자, 미키모토가 말을 다시 늘어놓으면서 외쳤다.

"한 판 더!"

이 판은 졌다는 건가. 미키모토는 게이스케의 승낙을 기다리지 않고 계속했다.

"단, 진검으로 가자고. 난 진검이 아니면 힘이 안 나거든."

진검?

지금까지는 진검 승부가 아니었다는 말인가. 적어도 자신은 진검 승부를 한 셈이었는데.

게이스케는 그가 말하는 진검이 뭘 의미하는지 알 수 없어 미간을 찌푸렸다.

"그만둬, 그만둬."

별안간 대각선 앞쪽에서 남자 목소리가 들렸다. 고개를 들어보니 짧은 머리의 중년 남자가 턱에 손을 대고 소리 없는 웃음을 흘리고 있었다.

"몇 번을 해도 마찬가지야. 너랑 애송이는 실력 차가 너무 나."

낮게 갈라져 듣기 싫은 목소리였지만 신기하게 또렷이 들렸다.

미키모토는 뒤돌아보는 것과 동시에 호통을 쳤다.

"뭐라고, 한 번만 더……"

지껄여봐, 라고 말하고 싶었던 모양인데, 남자를 본 미키모토는 놀란 듯 말을 삼켰다.

"도묘 씨……."

그렇게 말하며 멍하니 남자를 올려다봤다.

도묘라고 불린 남자는 검은색 헐렁한 셔츠에 회색 바지를 입고 있었다. 짧은 머리는 자기 손으로 잘랐는지 머리 길이가 제각각이었다. 손에 든 컵 술을 벌컥벌컥 들이켜고 크게 트림을 했다.

"당신, 언제 도쿄로 돌아왔지?"

미키모토는 성가신 사람과 마주치기라도 했다는 듯 표정을 굳히고 나지막이 말했다.

"그제 돌아왔다."

도묘는 미키모토의 어깨를 가볍게 두드리더니 옆에 있는 빈 의자에 앉았다.

"추방당했다고 들었는데."

미키모토는 도묘에게서 얼굴을 돌리고 담배를 꺼냈다.

"뭐 그렇지."

도묘는 미키모토가 손에 든 담배를 획 채 가서 자기 입에 물더니 어서 불을 붙이라고 말하듯 얼굴을 갖다 댔다.

미키모토는 내키지 않는다는 태도로 100엔짜리 라이터로 불을 붙여주었다.

도묘는 맛있다는 듯 니코틴을 들이마시고 크게 연기를 내뿜었다.

"여러 일이 있어서 말이야, 오사카에 있기 힘들어졌어."

도묘는 눈을 가늘게 뜨고 허공을 노려보듯이 하면서 나머지 컵 술을 입속에 다 털어 넣었다.

도묘 시게요시. 도박 장기로 밥을 먹는 도박 장기사 중 역대 최고로 강해 '귀신잡이 주케이주케이는 시게요시重慶를 한자음으로 읽었을 때의 발음'라는 별명이 있는 이 남자는 2년 전에 간토関東 야쿠자와 갈등을 빚어 도쿄에서 쫓겨나 오사카 쪽으로 도망쳤다. 게이스케는 나중에 그간의 사정을 알게 됐다.

"그런데 말이지, 미키모토."

도묘가 미키모토의 어깨를 안 듯 손을 돌렸다.

"전에 나랑 놀이로 '진검' 둔 적 있었지?"

미키모토는 작게 혀를 차더니 도묘의 손에서 벗어나려는 듯 몸을 꼬았다.

"오쇼에서던가…… 아아, 있었지."

쓴 것이라도 삼킨 듯한 얼굴로 입술을 일그러뜨렸다. 오쇼에 대해서는 나중에 알았는데, 이 도장 근처에 있는 장기 주점 이름이었다.

담배를 재떨이에 비벼 끄면서 도묘가 낮은 목소리로 말했다.

"그때 빌려준 것으로 해뒀던 3천 엔……."

오른손을 펴서 미키모토의 얼굴 앞에 내밀었다.

미키모토는 얼굴을 돌리고 노골적으로 혀를 찼다.

"당신, 그것 때문에 일부러 온 건가?"

도묘는 입꼬리를 올리고 소리 없는 웃음을 흘렸다.

"어. 이 시간에 잡히는 건 너 정도거든."

미키모토는 체념한 듯 숨을 내쉬더니 바지 뒷주머니에서 지갑을 꺼냈다.

그러고는 손가락에 침을 묻혀 지폐를 셌다. 아쉽다는 듯 천 엔짜리 지폐를 세 장 꺼내 도묘에게 건넸다.

지폐를 받아 든 도묘는 돈을 그대로 바지 주머니에 아무렇게나 쑤셔 넣고는 볼일이 끝났다는 얼굴로 일어섰다.

"지금부터 둘 건가, 여기서?"

어서 귀찮은 존재를 떼어내고 싶지만 예의상 일단 그렇게 말한다는 듯한 태도로 미키모토가 말했다.

도묘가 훗, 하고 눈을 가늘게 뜨고 대답했다.

"둘 건가, 나랑?"

미키모토는 쓸데없는 말을 해버렸다는 듯한 표정을 지으며 시선을 내리깔았다.

"내가 진검 말고는 안 두는 건 알고 있지?"

미키모토는 어어, 하고 작게 중얼거리고 얼굴을 돌렸다.

도묘는 말없이 발길을 돌려 떠나려고 했다.

"저……."

정신을 차리고 보니 이미 게이스케의 목에서 소리가 나온 후였다.

"도묘 씨는, 혹시 전 아마 명인이었던 그 도묘 시게요시 씨인가요?"

얼굴만 봐서는 몰랐지만 도묘라는 드문 이름은 왠지 귀에 익었다. 그러다가 미키모토와 주고받는 말에서 그가 장기를 매우 잘 둔다는 사실을 알아차린 순간, 비로소 그가 누구인지 생각이 났다.

옛날에 가라사와가 보여준 장기 잡지에 도묘의 사진이 실려 있었다. 당시 사진보다 나이는 더 먹었지만 확실히 그 사람이었다.

게이스케의 질문에 도묘가 돌아봤다.

"호오, 어린 사람이 날 안다는 건가?"

"전에 장기 잡지에서 봤습니다. 첫수에 가장자리의 보를 둔 기보는 지금도 외우고 있습니다."

도묘는 조금 놀란 얼굴로 게이스케를 바라봤다. 그리고 재미있다는 얼굴로 다가와 자리에 앉았다.

"너, 그때쯤이면 소학교 학생이었을 텐데? 아까 세키슈한테 들었어. 미키모토가 두는 상대가 도쿄대 학생이라고."

미키모토가 발을 내던지듯 내밀고 재미없다는 얼굴로 끼어들었다.

"기보를 외워? 장기를 기억한다는 것을 잘못 말한 거겠지. 지금부터 몇 년 전에 본 장기를, 그것도 소학생 때 본 것을 지금까지 외울 리 있겠어? 꼬마야, 아무 말이나 적당히 하는 거 아니야."

게이스케는 울컥했다. 장기를 둘 때도 예의가 없어서 내심 불쾌했는데, 아무 말이나 막 한다는 말을 듣자 머릿속에서 뭔가가 터졌다.

"거짓말 아닙니다."

스스로도 놀랄 정도로 날카로운 목소리가 나왔다

눈을 감고 기억의 밑바닥에서 기보를 끄집어냈다. 빠른 말투로 읊었다.

"♠1열6행 보, △3열4행 보, ♠2열6행 보, △8열4행 보, ♠4열
8행 은장, △4열2행 은장……."

30수쯤 읊었을 때 미키모토가 손을 들었다.

"이제 됐어. 됐다고, 꼬맹이."

눈을 뜸과 동시에 도묘가 큰 소리로 웃었다.

"이놈 대단한데. 소학생이 기보를 통째로 외웠다니 말이야."

의외였다. 장기 상급자라면 누구라도 그럴 수 있을 거라고
생각했다. 자신의 기억력이 남들과 다르다는 것을 안 것은 나
중이었다.

웃음이 가라앉자 도묘는 정색을 하고 게이스케에게 물었다.

"꼬맹이, 지금 얼마 갖고 있나?"

무슨 뜻으로 하는 말인지 알 수 없어서 게이스케는 당황했
다. 지갑 안에는 5천 엔짜리 지폐가 한 장 남아 있었다. 주머
니의 잔돈과 합치면 6천 엔 정도는 있었다.

'어쩌면……'

게이스케는 생각했다.

도묘는 진검밖에 두지 않는다고 했다. 진검이란 말이 도박
장기를 의미한다는 것을 게이스케도 어렴풋이 알 것 같았다.

'그게 도박 장기든 뭐든, 진검이란 것을 두고 싶다.'

게이스케는 침을 꼴깍 삼켰다.

"얼마면 저와 두시겠습니까?"

"얼마 갖고 있냐고 물었어."

"5천 엔, 아니 6천 엔쯤 있습니다. 지금은 그것밖에 없습니다."

도묘는 뺨을 늘어뜨리더니 좋아, 하고 소리 질렀다.

"나를 따라와."

'여기서 두는 게 아닌가.'

행선지를 물어보려 했지만 도묘는 이미 출구 쪽을 향해 걸어가고 있었다. 게이스케는 가방을 손에 들고 서둘러 뒤를 쫓았다.

사카베 장기 도장을 나온 도묘는 뒷길 맨 안쪽을 향해 걸었다. 때때로 뒤를 돌아보며 게이스케가 따라오고 있는지 확인했다. 그는 도장에서 나와 5분쯤 걷다가 발걸음을 멈췄다.

"여기야."

도묘가 턱짓을 했다.

그 끝을 바라보니 빌딩이 즐비한 길 한쪽 구석에 작은 간판이 놓여 있었다. '오쇼'라고 쓰여 있었다.

옆에 지하로 이어지는 계단이 있었다. 통로는 어두컴컴해서 안의 상황을 알 수 없었다. 처음 온 사람이 무작정 들어갈 분위기가 아니었다.

도묘는 익숙한 발걸음으로 계단을 내려갔다.

통로 막다른 곳에 있는 낡은 나무 문을 여니 가벼운 벨 소리가 났다.

안은 술집이었다. 학교 교실 반 정도 크기였는데 입구 쪽에 카운터가 있고, 좁은 통로를 사이에 둔 반대쪽에 조금 올라간, 다다미를 깐 자리가 있었다. 카운터 안쪽 선반에는 병이 죽 진열돼 있었다. 꽉 차봤자 스무 명이나 들어갈까 말까 할 만한 좁은 가게였다.

"어서 오십시오."

카운터 안쪽에서 설거지하던 남자가 얼굴을 들었다. 남자는 도묘를 보고 믿을 수 없다는 표정을 지었다.

입을 벌린 채 서 있는 남자를 향해 도묘가 먼저 말을 걸었다.

"여어, 마스터. 아직 안 뻗고 살아 있군."

마스터라 불린 남자는 제정신이 돌아온 듯 반쯤 열린 입을 닫고 입꼬리를 올렸다.

"그건 내가 할 말이지. 당신이야말로 진작 도쿄만에 가라앉아 있을 거라고 생각했는데."

"달라지지 않았군. 독설은 여전해."

도묘가 재미있다는 듯이 소리 내어 웃었다.

"당신한테 듣고 싶은 말은 아닌데."

남자도 마른 웃음소리로 응했다.

나이는 마흔 후반, 도묘와 비슷한 정도일까. 회색 셔츠에 검은 면바지를 입은 가벼운 옷차림만 보면 가게를 꾸려나가는 마스터라기보다 가게를 찾아온 단골손님처럼 보였다.

도묘는 카운터 맨 안쪽 자리에 앉더니 우두커니 서 있는 게이스케를 보고 자신의 옆자리를 손으로 두드렸다.

"멀거니 서 있지 말고 여기 앉아."

그 말에 얼른 옆에 앉았다.

마스터가 내준 물수건을 받아 들면서 티 내지 않고 가게 안을 살폈다.

다다미 네 장 반 정도 되는 자리에는 자그마한 좌탁이 네 개 있었다. 좌탁 위에는 각각 장기판이 놓여 있었다. 다다미 자리 구석의 도코노마床の間, 객실 상좌에 바닥을 조금 높여 꾸민 곳에는 '오쇼'라고 쓰인 커다란 장기말이 장식되어 있었다.

도묘는 물수건으로 손을 닦고는 셔츠 포켓에서 담배를 꺼냈다.

"손님은 우리뿐이야? 경기가 안 좋군."

마스터는 울컥한 표정으로 도묘를 노려봤다.

"이제 개시야. 이런 시간부터 올 손님은 무척 한가한 사람이든가 너같이 외상값도 안 갚는 내기꾼 정도라고."

도박 장기로 먹고사는 도박 장기사를 이 술집에서는 그렇게 부르는 모양이었다.

도묘가 껄껄거리며 웃었다.

"그러지 말라고. 오늘은 그 외상값을 갚을 작정으로 왔으니까."

도묘를 보는 마스터 호다카의 표정이 아주 조금 풀어졌다. 얼른 카운터 구석에서 재떨이를 꺼내놨다.

"언제 돌아온 거야?"

"그저께."

호다카는 가게 문을 쳐다보면서 목소리를 죽였다.

"이나다파하고는 괜찮은 거야?"

도묘는 쓴웃음을 짓고 입에 문 담배에 불을 붙였다.

"일단, 맥주부터 줘."

호다카는 게이스케를 보면서 도묘에게 물었다.

"컵은 하난가, 둘인가?"

도묘는 손을 들어 손가락을 두 개 세웠다.

게이스케는 당황해서 거절하려 했지만 도묘가 잠자코 있으라는 시선을 보내자 열려던 입을 다물었다.

호다카는 냉장고에서 병맥주와 컵을 꺼내와 카운터 위에 놨다.

"아직 어려 보이는데, 미성년은 아니겠지?"

도묘는 우습다는 듯 흥, 하고 코웃음을 흘렸다.

"그런 거 걱정할 인간은 아니지 않나. '쩐'만 있다면 고등학생에게라도 술을 내놓을 집으로 알고 있는데, 여긴."

"어이 어이. 그렇게 함부로 막돼먹은 소릴 하는 거 아냐. 난 옛날부터 법만큼은 지키면서 장사하고 있어."

"도박에는 눈을 감고 말인가?"

재미있다는 듯이 도묘가 말을 받았다.

호다카는 어깨를 움츠리고는 그 이상 아무 말 하지 않은 채 작은 접시에 감씨 모양 과자를 담아 카운터에 놨다.

담배 연기를 내뿜으면서 도묘가 말했다.

"걱정 마. 이 녀석은 고등학생 아냐, 대학생이야. 그것도 도쿄대."

"도쿄대?"

호다카가 설마 하는 표정으로 게이스케를 바라봤다.

"도쿄대 학생이 왜 도묘 시게요시 따위랑 같이 있어?"

어떻게 설명할까, 게이스케가 망설이고 있자 옆에서 도묘가 반쯤 농담으로 받아쳤다.

"따위는 아니지, 따위는. 그런 말이야말로 너 따위한테서는 듣고 싶지 않은 말이야."

사이좋은 형제간의 싸움을 보고 있는 것 같았다.

"천하의 도쿄대생이랑 집 없는 부랑자 내기꾼이라. 너무 안 어울리는데. 아무리 전 아마 명인이라도 말이야."

도묘가 히죽 웃었다.

"그렇게 치면 너도 비슷하잖아. 일류 기업 관리직이던 남자가 직장 때려치우고 지금은 내일이라도 망할 것 같은 장기 술집 마스터라니. 아무리 전 도 대표라도 말이지."

'도 대표……. 도쿄도의 대표로 전국 대회에 나갔다는 얘긴가.'

얼른 기억의 밑바닥을 뒤졌다.

언젠가 읽은 장기 잡지에서 이비아나 호다카라는 이름을 본 기억이 있었다. 당시 보기 드물었던 이비아나'고정비차 동굴곰'의 일본말 발음 '이비샤아나구마'의 줄임말 하나로 전국 대회 결승까지 진출해 아마추어 장기계를 떠들썩하게 한 사람이 있었다. 이름은 호다카 아쓰로, 아마 5단의 실력이었을 것이다.

호다카는 도묘를 무시하고 다시 게이스케에게 시선을 보

냈다.

"도묘랑은 안 지 오래됐나?"

게이스케가 고개를 저었다.

"방금 만났습니다."

게이스케는 여기 오게 된 경위를 간단히 설명했다.

이야기를 들은 호다카는 팔짱을 끼더니 어이없다는 듯이 한숨을 내뱉었다.

"그랬군. 어쩌다가 이런 인간을 따라올 마음이 들었을까."

무슨 수를 써서라도 도묘랑 둬보고 싶었다.

그렇게 말하려고 했지만 게이스케는 입을 다물었다. 자신은 아무런 기력도 없는 무명의 아마추어였다. 명인을 두 번이나 딴 사람에게 도전하고 싶다고 말한다면 그것은 자신이 생각하기에도 오만한 태도였다.

호다카는 게이스케에서 도묘에게로 시선을 옮겼다.

"그렇다 쳐도 생사조차 모르던 내기꾼 시게요시가 2년 만에 나타났으니, 요코모리 씨도 분명히 놀랐겠지."

도묘는 자기 컵에 맥주를 따르더니 단숨에 들이켜고 히죽 웃었다.

"요코모리 할배보다 미키모토 쪽이 거품을 물었지. 안 갚아도 된다고 생각했던 빚을 받을 사람이 별안간 나타났으니까."

호다카는 성가신 말썽쟁이를 떠안은 것처럼 눈썹을 찡그렸다.

"미키모토만이 아냐. 당신이 돌아왔다는 걸 알면 주머니 사정을 걱정해야 할 녀석들이 잔뜩 있지. 쇼 씨라든가 겐보라든가 말이야."

도묘는 천장을 향해 담배 연기를 길게 내뿜었다.

"얼마 뒤에 녀석들이 얼굴을 내밀 법한 도장이나 술집으로 가볼 작정이야. 빚은 확실하게 돌려받을 거야. 동전 한 닢 안 깎아줄 거야."

도묘가 나중에 얘기한 바에 의하면 그 당시 아마추어 기사들과 놀이로 둔 내기 장기로 받아야 할 빚이 이것저것 해서 6만 엔에 가까이 있는 모양이었다. 도박 장기사끼리의 승부는 아무리 작아도 대국 한 번에 10만 엔, 큰 승부일 경우는 100만 엔을 넘는 일도 드물지 않다고 했다. 게이스케가 이 사실을 알게 된 것은 몇 개월 뒤였다.

호다카는 카운터 뒤에 있는 벽장에서 너츠 봉지를 꺼내 접시에 담더니 도묘와 게이스케 사이에 놨다.

"자네한테 장기는 놀이처럼 둬도 놀이가 아니니까 말이야. 아무리 상대가 아마추어라도 동전 한 닢 안 깎아주는 건 당연하겠지. 하지만 말이지⋯⋯."

호다카는 거기까지 말하더니 도묘에게 얼굴을 불쑥 가까이 갖다 댔다.

"그렇게 말하면 나도 마찬가지야. 재미로 가게를 하고 있는 게 아냐. 네가 깔아놓은 외상은 꼭 다 받아낼 거야."

도묘는 그 말이 지긋지긋하다는 듯 담배를 든 손을 얼굴 앞에서 흔들었다.

"알아. 그래서 여기 온 거 아닌가."

호다카는 벽장 서랍에서 노트를 꺼내 페이지를 펼쳐서 보더니 고개를 끄덕였다. 손님의 외상을 메모해놓은 노트인 모양이었다.

"합계 10만 1180엔이야. 뭐, 1180엔은 깎아주지. 10만이면 돼."

"그 정도였군. 난 더 있나 했어."

"난 한 병에 4천 엔밖에 안 받는 양심적인 술집이라고. 10만이나 쌓인 건 네가 처음이야."

도묘가 입안에서 우물거리는 듯한 웃음소리를 냈다.

"그야, 돈이 있으면 이렇게 장사 안 되는 술집에는 안 올 테니까."

"그래. 확실히 넌, 돈이 있으면 우리 집에 안 올 테지."

호다카가 도묘의 말을 흉내 내어 내뱉었다.

도묘가 소리 내어 웃었다.

"무슨 일이 있어도 빚은 꼭 갚을 거야. 장기로 돈을 따서 말이지."

"돈을 따?"

호다카가 미심쩍은 얼굴을 했다.

"당신이랑 장기를 둘 놈이 아직 이 근처에 있나?"

도묘는 뭔가를 꾸미고 있는 것 같은 얼굴을 했다.

"생각해둔 상대는 있어. 다만……."

"뭐?"

"너한테 연결해달라고 부탁하려고."

호다카는 미간에 주름을 잡고 고개를 옆으로 흔들었다.

"귀신잡이 주케이하고 둘 녀석은 이 근처에는 더 이상 없어. 진다는 걸 뻔히 아는 승부에 도전할 놈이 어디 있겠냐."

그렇게 말하면서 호다카는 도묘에게 등을 돌리고 글라스가 진열된 선반의 문을 열었다.

"왜 내가 그런 귀찮은 일을 떠맡아야 하냐고."

호다카는 선반에 진열된 글라스를 하나 꺼내더니 행주로 정성껏 닦았다. 등에서 노기가 배어 나왔다.

가게 안이 잠시 조용해졌고 분위기가 어색해졌다.

도묘가 나지막이 말했다.

"아오모리의 손도끼잡이 모토지, 알지?"

호다카의 어깨가 씰룩 떨렸다. 그는 등을 돌린 채 말했다.

"장기로 밥을 먹고살면서 가네사키 모토지를 모르는 녀석은 없겠지."

가네사키 모토지. 이름을 들어본 기억은 없었다. 도박 장기로 먹고사는 사람들 사이에서는 유명한 인물인 모양이었다. 게이스케는 잠자코 귀를 기울였다.

호다카가 글라스를 손에 든 채 돌아보고 말했다.

"하지만 손도끼잡이 모토지는 은퇴하지 않았나?"

"응, 3년 전에."

도묘가 담배를 피우면서 끄덕였다.

"간이 나빠져서 한때 생사의 갈림길에 서 있었던 모양이야."

"그래, 그 손도끼잡이가 어쨌다는 건데?"

"부활해서 진검을 둘 상대를 찾고 있어."

글라스를 닦던 손을 멈추고 호다카가 얼굴을 들었다.

"병이 나았나?"

"아니."

도묘는 가볍게 고개를 저었다.

"워낙에 나을 만한 병이 아니라네."

호다카가 미간을 찌푸렸다.

"죽지도 못한 병자가 진검을 두겠다고."

"죽고 나서도 명예를 남기고 싶은 거겠지."

호다카가 눈을 내리깔았다.

도묘는 짧아진 담배를 재떨이에 비벼 껐다. 그러고는 글라스에 남은 맥주를 다 털어 마신 후 트림을 하면서 말했다.

"한 판에 100만 엔. 일곱 판 승부라더군."

호다카가 눈을 둥글게 뜨고 한숨을 쉬었다.

"일곱 판 다 지면 700만 엔이 나가는구나……."

"아니, 아니지."

도묘는 입술에 묻은 맥주 거품을 혀로 핥아냈다.

"다 이기면 700이 들어오는 거지."

뭔가를 생각해낸 듯 호다카가 갑자기 목소리 톤을 올렸다.

"잠깐 기다려. 모토지의 진검은 나중에 계산하는 게 아니었지?"

"맞아. 매 판 현금 정산이야. 그것도 승부 전에 돈을 보여줘야 해."

호다카는 끄응, 소리를 냈다.

"최저 100만이라……. 그런 거금을 네가 준비할 수 있어?"

"못해."

도묘는 곧바로 대답했다.

"그러니까 너한테 부탁하는 거잖아."

한순간 놀란 얼굴을 지었지만, 호다카는 바로 코에서 숨을 내뿜으면서 크크, 하고 목구멍을 진동시켰다.

"그만둬. 나한테 그런 여윳돈이 있을 리 없잖아."

"알고 있어, 그런 거쯤. 내가 부탁하고 싶은 건, 연결이나 해 달라는 거야."

도묘가 입꼬리를 살짝 올렸다.

호다카는 날카로운 눈으로 도묘를 노려보더니 가시 돋친 목소리를 냈다.

"돈을 끌어올 수 있는 데를 소개해라, 그 소리야?"

"어디 짚이는 데라도 있나?"

도묘가 재미있다는 듯이 이어 말했다.

"장난도 적당히 해."

호다카는 정말 화가 난 것 같았다. 손에 들고 있던 글라스를 난폭하게 닦으면서 도묘에게 등을 돌렸다.

"그런 데가 있으면 내가 끌어다 썼을 거야."

"그렇겠지."

도묘는 소리 내어 웃었다. 그러더니 바로 정색을 하고 계속 말했다.

"자네, 이와테의 쓰노다테 긴지로하고는 친한 사이지? 소개
해주지 않겠나?"

나중에 알았는데, 쓰노다테는 이와테에서 유서 깊은 여관을
운영하는 장기 애호가이며 호다카는 대학 시절 장기부 때 합
숙을 하면서 그 사람에게 꽤 신세를 진 모양이었다. 도호쿠 일
대의 도박 장기사와 관계가 있어 아마추어 고단자를 식객으
로 대우하거나 도박 장기 대국을 붙이는 것으로 알려진 사람
이었다.

호다카가 도묘를 돌아보며 알겠다는 듯 끄덕였다.

"하하, 알았다. 자네, 진검 여행으로 돈을 벌 속셈이군."

"명답이십니다."

호다카는 도묘의 부탁을 쌀쌀맞게 거절했다.

"거절이야. 신세 진 은인한테 무일푼인 꾼을 소개할 수 있겠
냐고."

"종잣돈 정도는 만들걸세."

"어디서?"

"여기서."

도묘가 바로 대답했다.

어이없다는 투로 말하면서 호다카가 고개를 저었다.

"어이 어이, 좀 전에 말했지. 우리 손님 중에 너랑 두겠다는
녀석은 없어."

도묘는 코를 쿵쿵 거렸다.

"그럼 자네, 내 외상은 포기하는 건가?"

아픈 데를 찔린 것일 게다. 호다카는 조금 생각하더니 도묘에게 물었다.

"지금 돈은 있어?"

도묘는 옆에 있는 게이스케의 어깨를 두드렸다.

"이 녀석이 갖고 있어."

게이스케는 놀라서 도묘를 봤다.

"그런 얘기 들은 적 없습니다."

따라온 것은 어쩌면 도묘와 장기를 둘 수 있을지도 모른다고 기대했기 때문이다. 도묘의 도박 장기 돈을 대신 내기 위해서가 아니었다.

대꾸하는 게이스케의 어깨를 끌어당기며 도묘는 목소리를 낮췄다.

"걱정하지 마. 나는 지는 승부는 안 해. 반드시 이길 거야. 쩐이 들어오면 너한테도 한잔 쏠게."

게이스케는 수긍하지 못하고 물었다.

"도묘 씨, 적어도 3천 엔은 갖고 있잖아요?"

도묘는 사카베 장기 도장에서 미키모토에게 3천 엔을 받았다. 원래 주머니에 얼마가 있었는지 모르지만 어쨌든 그 돈은 갖고 있을 것이다. 그걸 걸면 되지 않나.

게이스케가 그렇게 말하자 도묘는 불끈 화난 얼굴을 하고 게이스케의 머리를 쿡쿡 찔렀다.

"바보 녀석. 그건 내일 아침 식비야."

게이스케는 이제야 겨우 도묘가 자신을 주점에 데려온 이유를 눈치챘다. 도묘에게 게이스케는 담보였다. 당연한 말이지만 내기 장기는 내기를 걸 돈이 없으면 성립하지 않는다. 도묘는 자신의 식비를 두둑이 확보해놓고 처음부터 남의 돈으로 내기 장기를 둘 속셈이었던 것이다. 만에 하나 대국에서 진다 하더라도 내일 식대는 있다. 도묘의 뻔뻔함과 잔머리에 게이스케는 화가 났다.

호다카는 게이스케를 향해 쓸쓸한 목소리로 말했다.

"요놈은 도쿄대 도련님이 모르는 세계에서 사는 남자야. 나쁜 소린 안 할게. 괜히 엮이지 말고 잽싸게 돌아가."

도묘가 혀를 찼다. 그 순간 문에 달린 벨이 잘그랑 울렸다.

"어서 오세요."

호다카가 문 쪽을 봤다.

남자 하나가 들어왔다. 퇴근길일까. 감색 양복에 산뜻한 파란 넥타이를 매고 있었다. 30대 중반쯤, 고생을 모르고 자란 얼굴을 하고 있었다.

"스도 씨, 지금 퇴근?"

카운터 끝에 앉은 스도에게 호다카가 물수건을 내밀었다. 단골인 모양이었다.

스도는 물수건을 받아 들고 손을 닦으며 대답했다.

"오늘은 업무가 예정보다 일찍 끝나서요. 장기를 두고 싶어서 곧장 여기로 왔습니다."

"요즘 한동안 안 왔지."

"외통수 장기 문제를 풀거나 하면서 갈증을 채웠는데 실전이 그리워서 근질근질했어요."

스도는 맥주를 주문하고는 먼저 와서 안쪽에 앉아 있는 손님 쪽으로 시선을 돌렸다. 놀랐는지 눈이 동그래졌다. 스도의 시선은 게이스케를 지나 끝에 있는 도묘에게 쏠렸다. 스도는 급히 일어나 게이스케 옆으로 자리를 옮기더니 도묘를 향해 몸을 내밀었다.

"도묘 씨 아닙니까? 오래간만입니다. 언제 돌아온 겁니까?"

어디에 가도 같은 질문을 듣는 게 지긋지긋했는지 도묘는 퉁명스럽게 대답했다.

"얼마 안 됐어."

도묘의 차가운 태도와는 대조적으로 스도는 흥분을 감추지 못하는 기색이었다. 주문한 병맥주를 손에 들고 얼굴 가득 웃음을 지으며 도묘에게 권했다.

"2년 전에 갑자기 볼 수 없게 된 뒤로 어떻게 지내는지 마음 쓰였어요."

도묘는 잠자코 스도가 따라주는 잔을 받았다.

스도는 도묘가 도쿄에서 쫓겨난 과정을 전혀 모르는 것 같았다. 그가 주점에 발길을 끊은 이유를 도묘도, 그리고 호다카도 다른 사람들에게는 말하지 않았다.

흥분해서 계속 혼자 떠드는 스도의 말로 미루어 보면 스도와 도묘는 8년 전 아마추어 명인전 도쿄도 대회에서 맞붙은 모양이었다. 지금은 도박 장기로 살고 있지만, 도묘도 예전에는 프로를 목표로 하던 때가 있었던 모양이었다.

아마추어 명인을 획득하면 일부의 프로 기전에 참가할 수 있다. 거기서 프로를 상대로 좋은 성적을 올리면 특례로 프로 기사 편입 시험을 볼 길이 열리는 경우가 있었다.

아마추어 명인전 결과는 도묘의 압승으로 끝났다. 그 압도적인 승리 덕에 프로 기사 편입 시험을 볼 수 있게 하자는 이야기가 나왔던 모양이나, 행실이 나쁘다는 이유로 무산됐다.

게이스케가 그 전후의 자세한 상황을 알게 된 것은 도묘와 친해진 뒤였다.

스도가 분한 듯이 말했다.

"그 장기는 정말 지금도 꿈에 나와요. 도묘 씨가 어쩌다가 초반에 실수해서 어떻게 둬도 이길 만한 상황까지 갔는데, 그 9열2행 각행이……."

도묘가 콧김을 뿜어냈다.

"죽은 아이 나이 세어봤자 아무 소용 없어."

"그렇지만 다음의 보의 머리에 먹으라고 가져다 둔 4열4행의 계마는 마치 '다음 한 수'에 나오는 것 같은 절묘한 수의 연발이었는걸요. 넋을 잃을 수밖에 없었지요, 그때는."

'다음 한 수'란 장기 잡지 등에 게재되는 묘수 찾기 문제로, 외통수 장기와는 또 다른 의미에서 기력을 키우는 데 도움을 준다.

스도와 도묘는 3년 전에 이 주점에서 다시 만났는데, 그 무렵 도묘는 도박 장기 외에는 두지 않았고, 반대로 스도는 도박 장기는 일절 하지 않아서 두 사람의 대국은 당시 도 대회에서의 그 한 번뿐인 모양이었다.

"그런데 이쪽은 일행이신가요?"

스도는 자기 옆자리에 있는 게이스케를 봤다.

"뭐, 그런 셈이지."

도묘는 모호하게 대답했다.

지나치게 무성의한 대답에 호다카가 덧붙였다.

"도쿄대 학생이야."

"그래요?"

스도의 눈빛이 뚜렷이 변했다.

"여기 있다는 건 장기를 둔다는 건가? 혹시 도쿄대 장기부인가?"

사카베 장기 도장의 요코모리와 똑같은 질문을 하는 스도에게 게이스케는 역시 같은 대답을 했다.

스도는 품평하듯이 게이스케를 바라보고는, 카운터 구석에 놓여 있는 장기판을 턱으로 가리켰다.

"어때? 나랑 한 판 두지 않겠나? 장기부에 소속되지 않아도 도쿄대생이라면 상당한 실력일 테니."

"그게 말이지……."

호다카가 말을 계속하기 전에 도묘가 가로막았다.

"좋지. 둬봐. 내가 입회해줄게."

호다카가 미간을 찌푸렸다.

"괜찮겠나? 스도 씨는 히라밖에 안 돼."

히라는 돈을 걸지 않는 장기를 말한다고 나중에 호다카가 가르쳐줬다.

"응."

뱃속에 꿍꿍이를 감추고 있다는 얼굴로 도묘가 끄덕였다.

호다카가 카운터 구석에 있던 장기판과 디지털식 대국 시계를 두 사람 사이에 놓았다.

"나는 도박 장기는 두지 않아. 하지만 진검 승부로 부탁해."

스도가 말을 늘어놓으면서 말했다. 말투는 정중했지만 목소리에는 숨길 수 없는 투지가 담겨 있었다.

왕장은 나이가 위라는 점을 배려해 스도가 사용하기로 했다. 선수를 결정했다. 선수는 게이스케였다.

각행의 길을 열까, 비차 앞의 보를 뻗어나가게 할까. 게이스케가 첫수의 작전을 고민하고 있는데, 등 뒤에서 도묘의 목소리가 들렸다.

"나는 요 녀석한테 외상 전부를 건다."

놀라서 뒤를 돌아봤다.

바로 호다카가 웃었다.

"어이 어이, 진심이야? 10만 엔이라고."

도묘는 호다카를 향해 여유로운 웃음을 지었다.

"어어, 그 10만 엔, 이 꼬맹이한테 전부 걸겠어. 요놈이 지면 배로 갚을게. 하지만 요놈이 이기면 외상은 없는 거야."

호다카는 벌써 이긴 것 같은 얼굴로 기쁜 듯이 턱을 문질렀다.

"나는 완전 오케이야. 오히려 너무 반가운 소리라 침이 다 나오네. 스도 씨는 자네랑 둔 승부는 졌지만 다음 해 도 대회에서 우승했어. 가미조 게이스케라는 이름은 어느 아마 기전에서도 본 기억이 없어. 도쿄대생이니까 웬만큼은 둘지 모르지만, 승부는 안 봐도 눈에 선해. 미안하지만 배로 외상값을 받을게."

도묘는 호다카를 향해 담배 연기를 내뿜었다.

"웃을 수 있을 때 실컷 웃어둬. 나중에는 울 테니까."

게이스케는 의자째 몸을 도묘에게 돌리고는 두 사람의 내기를 말렸다.

"기다려요. 마스터가 말한 대로예요. 내가 이 사람을 이길 가능성은 없어요. 그러니까 그런 내기는 그만둬요."

도묘는 표정 하나 변하지 않고 게이스케의 어깨를 잡더니 몸을 빙그르 돌려 스도와 마주 보게 했다.

"너는 잠자코 장기만 두면 돼."

도묘는 게이스케의 장기를 한 번도 제대로 본 적이 없었다. 사카베 장기 도장에서 치른 대국 중 종반 5, 6수만 봤을 뿐이었다. 그런데도 10만 엔이라는 거금을 게이스케에게 걸다니, 무슨 생각인지 알 수 없었다.

"게이스케 군부터야. 자, 어서."

스도는 의욕에 차 있었다. 실전에 굶주렸던 데다 우연히 만난 도쿄대생의 실력이 궁금했던 듯, 도묘와 마스터의 내기 따위는 안중에도 없는 모양이었다.

"어서 시작해."

뒤에서 도묘가 게이스케의 뒤통수를 쿡 찔렀다.

"어떻게 돼도 난 몰라요."

'될 대로 돼라.'

게이스케는 비차 앞의 보로 손을 뻗었다.

게이스케는 기찻길이 지나가는 고가 다리 아래를 걷고 있었다. 손목시계를 봤다. 새벽 2시. 오쇼에서 나온 것이 1시경이었으니까 거의 한 시간을 걸은 셈이다.

게이스케는 어깨 너머로 흘낏 뒤를 돌아봤다. 조금 떨어져서 일본 청주를 손에 든 도묘가 흔들흔들 비틀거리며 따라오고 있었다. 500밀리리터짜리 병. 주점을 나올 때 호다카에게 원가에 산 것이었다. 돈은 게이스케가 냈다. 주점에서 마신 도묘와 자신의 술값도 게이스케가 냈다.

스도와 벌인 대국에서 게이스케가 졌다.

두 사람의 대국에는 10만 엔의 외마外馬가 걸렸다. 당사자가 아닌 제삼자가 둘 중 한쪽에 거는 것을 외마를 탄다고 하는 모양이었다. 나중에 주점에 온 단골들은 자초지종을 알고 한 사람도 남김없이 모두 스도 편에 섰다. 단골 네 명의 외마를 도묘는 모두 받았다. 반상에 집중했기 때문에 구체적인 금액은 모르지만, 내기 돈은 한 사람당 만 엔을 넘었을 것이다.

도묘의 외상은 배가 되었고, 거기다 빚을 더 지게 됐다. 그것은 게이스케의 탓은 아니었다. 말렸는데도 멋대로 하자고 한 도묘의 잘못이었다.

그렇게 생각하면서도 술값 정도는 내야 할 것 같은 기분이 들었다.

"왜 그 자리에서 그 자식의 보를 승격 못하게 했냐고."

주점을 나온 뒤 게이스케에게 말한, 배 속에서 짜낸 것 같은 도묘의 탁한 목소리가 머릿속에서 메아리쳤다. 오쇼에서 나온 뒤로 도묘는 그 말을 몇 번이나 되풀이했다.

게이스케는 그때마다 폐부를 도려내는 것 같은 고통을 맛봤다.

대답은 알고 있었다.

흔들렸기 때문이었다.

판돈은 총 십 몇만 엔. 게이스케의 수개월 치 생활비에 해당했다. 자신이 두는 한 수 한 수가 거금의 행방을 좌우한다. 그런 장기는 지금까지 둔 적이 없었다. 거금은커녕 100엔을 건 장기도 둔 적이 없었다.

스도는 강했다. 양쪽 모두 망루 전법을 택했다. 초반에 신중하게 말의 진형을 짜는 스도의 말 배치에는 빈틈이 전혀 없었다. 이쪽이 한 수라도 완착했다가는 곧바로 코너에 몰릴 것 같은 긴장감을 느끼게 하는 수만 두었다. 스도는 자신감과 위압감을 내뿜었다. 하지만 중반에 게이스케는 승부수를 띄웠고, 그것을 계기로 조금씩 우위를 점해가고 있었다.

마지막 한 수를 남겨놓고 승리가 코앞에 다가온 종반, 게이스케는 제한 시간을 다 써버려서 초읽기에 내몰렸다.

4열3행에서 각행을 승격시켜 왕을 공격해라.

직감이 그렇게 말하고 있었다.

그러나 만약 게이스케가 그렇게 됐는데도 적의 왕에 대해 효과 있는 공격을 하지 못한다면, 이번에는 스도가 보를 6열 7행에서 승격시켜보가 승격하면 금장 역할을 하게 됨 기분 좋게 게이스케의 왕을 공격하면서 형세는 역전될 것이다.

게이스케는 뇌세포를 풀 회전시켜 수읽기를 했다. 그러나 30초로는 4열3행에서 각행을 용마로 승격시킨 후의 외통수를 다 읽어낼 수 없었다.

5, 6, 7……. 남은 초를 읊는 호다카의 목소리에 마음이 바빠진 게이스케는 엉겁결에 5열7행에 금장을 두어 스도가 6열 7행으로 보를 가져가 금장으로 승격시키는 것을 막았다. 안전한 승리를 노린 거였다. 그 자리에서 보를 금장으로 승격시키는 것을 막아버리면 자신의 왕이 잡힐 위험은 일단 피할 수 있다. 우세는 확실하다. 그렇게 생각했다.

그런데 이 한 수를 경계로 형세는 아리송하게 바뀌었다. 게이스케가 4열3행에서 각행을 승격시켜 용마를 만들자 스도가 그 용마에 대응해 하단에 계마를 두었다. 그 수가 끈질긴 한 수가 되면서 우열을 가릴 수 없는 형세가 되었다. 98수째, 스도가 자신의 왕이 적진으로 파고들어 안전해지는 것을 노려 1열3행에 왕장을 둔 것이 결정타가 되어 게이스케의 패색이 짙어졌다. 반상을 바라보는 게이스케의 귀에 관전하는 사람들이 신음하듯이 내뱉는 한숨 소리가 들렸다.

이제부터는 어떻게 공격해도 스도의 왕은 잡을 수 없다. 상대가 두는 수를 받아내도 자신의 왕은 한 수 한 수 피하느라 바쁠 뿐이었다.

각오를 다졌다.

10초, 20초, 1, 2, 3, 4······. 나머지 5초까지 듣고 게이스케는 머리를 숙였다.

"졌습니다."

말이 목구멍에 걸려 목소리가 잘 나오지 않았다. 스스로도 들은 적 없는 갈라진 목소리였다.

"거 참, 덕분에 간신히 이겼습니다."

스도가 침울해진 얼굴로 공손히 머리를 숙였다. 무명의 아마추어를 상대로 호각 이상의 장기를 두었다는 사실을 인정할 수 없는 것일 게다.

"강하구나."

호다카가 감탄의 소리를 낸 것은 기억났다. 주위 사람들이 고개를 주억거리며 술렁이던 것도 귀에 남아 있었다. 그러나 그러고 나서 주점을 나오기까지의 일은 거의 기억에 남아 있지 않았다.

마지막 전철 시간이 다가오기도 해서 스도는 복기를 대충 마치고 나서 자리를 떴고, 게이스케는 넋이 빠져서 도묘가 일러주는 대로 술값을 계산했다.

주점을 나와 늦은 밤 길거리에 우두커니 서 있는데 등 뒤에서 도묘의 목소리가 들렸다.

"왜 그 자리에서 그 자식의 보를 승격 못하게 했냐고."

입을 열려다 게이스케는 조용히 숨을 들이마셨다. 그러나 아무리 둘러대봤자 자기 정신의 미숙함을 드러낼 뿐이었다. 입술이 떨렸다.

결코 완착하지 않는다.

육참골단肉斬骨斷, 내 살을 내주고 상대의 뼈를 자른다는 뜻을 할 자리에서 골참육단을 하다니.

자신의 신조로 삼아온 장기가 흔적도 없이 무너졌다.

초읽기에 진 것이 아니었다. 초읽기에 몰릴 때 어떻게 하는지는 어릴 때부터 스와에서 철저히 가르침을 받았다.

게이스케는 날이 맑은데도 별이 보이지 않는 밤하늘을 올려다봤다.

압박이었다. 정신적 압박에 진 거였다. 10만 엔이 넘는 거금에 위축되어 흔들렸다. 그러나 그런 말은 하고 싶지 않았다. 그러면 자신이 더욱 비참해진다, 그렇게 생각했다.

말없이 멈춰서 있는 게이스케에게 도묘가 물었다.

"너, 어디 살아?"

게이스케는 발아래로 시선을 떨어뜨리고 목구멍에서 짜내듯 대답했다.

"미나미아사가야입니다."

두 사람 몫의 술값에 더해 도묘가 자기 전에 한잔해야 한다고 해서 병째 들고 나온 술값까지 내고 났더니 지갑이 텅 비었다.

"그럼, 마지막 전철도 끝났겠네."

도묘가 말했다. 손목시계를 보니 1시 10분이 지났다.

"미나미아사가야면, 걸어서 두 시간 정돈가."

걸어서 가본 적이 없어 알 수는 없었지만, 전철을 타고 가는 시간을 생각하면 그 정도는 걸릴 것이다.

"너, 방향은 알아?"

도묘가 담배를 입에 물면서 물었다.

"대충."

게이스케가 얼굴을 숙인 채 대답했다.

"내가 길을 안내해주지."

놀라서 도묘를 봤다.

도묘는 담배에 불을 붙이고 크게 연기를 내뿜었다. 불만스러운 얼굴이었다.

"뭐, 문제라도 있나?"

"아니요……."

게이스케는 힘없이 고개를 흔들었다.

"고맙습니다."

중얼거리며 대답했다.

이제 막 도쿄로 돌아온 도묘는 분명 잠잘 곳이 없을 것이다. 그렇지만 여관에 묵을 돈도 없다. 설령 싼 여관이 있다 해도 도묘가 얼마 안 되는 돈을 숙박비로 써버릴 것 같지는 않았다. 그러느니 차라리 공원 벤치에서 자는 쪽을 택하겠지.

게이스케의 방에서 묵을 작정으로 길 안내를 자청했을 거라는 건 쉽게 상상이 갔다.

　게이스케가 앞에서 걷는 모양새로 둘은 오우메 가도로 나섰다. 그러고서 오른쪽, 신호를 건너서 곧장 등등 방향을 잡아야 할 포인트에서 도묘가 뒤에서 코치를 했다. 한동안은 길을 알려주는 것 이외에는 다른 말을 할 마음이 없는 것 같았다.

　신나카노를 지났을 무렵 신호를 기다리면서 옆으로 나란히 선 도묘가 다시 되풀이했다.

　"왜 그 자리에서 그 자식의 보를 승격 못하게 했어?"

　입을 다문 게이스케에게 도묘는 고함을 질렀다.

　"그 수엔 4열3행에 각행을 둬서 용마로 승격시켜야 했잖아!"

　복기할 때도 맨 처음 지적받은 수였다.

　"이거, 장군을 부를 수 있는 수잖아."

　도묘가 그렇게 말하자 스도도 순순히 끄덕이고, "그렇지요, 그렇게 됐으면 제가 당했을 텐데요"라고 인정했다.

　그렇게 됐다면 이후 스도가 잡아놓은 금장을 3열2행에 둬서 수비하면 게이스케는 4열1행의 은장으로 공격하고, 계속 그렇게 공격하면 상대는 미처 받아내지 못했을 것이다. 이것이 복기할 때 내린 결론이었다.

　게이스케는 자신이 둔 수를 놓고 하는 이야기를 남의 얘기처럼 듣고 있었다. 자신의 한심한 실수를 한탄하는 후회와 강렬한 자책의 감정 때문에 머리가 멍해져 있었다.

　그때 회송 전철이 굉장한 소리를 내면서 철교 위 선로를 달려갔다. 깜빡이는 전철의 불빛이 어둠 속에 있는 도묘의 얼굴을 비췄다. 게이스케를 주시하는 눈은 취한 사람의 눈이 아니었다. 그의 눈에서는 쏘아보는 듯한 날카로운 빛이 뿜어져 나오고 있었다.

전철이 지나가고 주위가 조용해지자 도묘는 말을 계속했다.

"그때 네가 그 자식의 보의 승격을 막는 수를 둔 건, 쫄아서, 안전한 승리를 노렸기 때문이야. 상대의 수를 다 읽어내지 못해서 자신감이 없었던 거지, 말하자면."

맞다. 말해주지 않아도 알고 있었다.

도묘는 숨을 내뱉듯이 웃더니 손에 들고 있던 술을 꿀꺽 마셨다.

"꼴불견이야. 남자는 말이지, 똑같이 넘어지더라도 앞으로 넘어져야 하는 법이야. 그건 적에게 등을 보이는 수였어."

입술을 꽉 물었다. 도묘가 놀리기라도 하듯 계속 말했다.

"그래 봤자 십 몇만 엔인데, 거기에 쫄아 가지고. 진검에서는 말이지, 기세를 잡고 쳐들어가야 승기를 잡는 거라고. 씨름판 주위를 도망쳐 다니면서 상대가 넘어지기를 기다리는 놈은 살아갈 수 없어, 이 세계에서는."

게이스케는 뺨이 뜨거워졌다.

도묘에게서 얼굴을 홱 돌렸다. 승부에 진 것보다 자신의 나약함을 간파당한 것이 창피해서 견딜 수 없었다.

도묘는 게이스케를 얕보듯이 작게 웃었다.

"조금은 알았나. 진검의 무서움을 말이야. 프로 장기도 말이지, 내가 보기엔 애들 장난이야. 글쎄 그렇잖아. 다들 눈을 부릅뜨고 두긴 하지만, 진다고 해도 내일의 쩐에 문제가 생기진 않잖아. 져도 대국료가 들어오니까 말이야. 하지만 진검은 달라. 지면 쩐을 토해내야 해. 목숨 다음으로 소중한 쩐──을 말이지."

도묘는 그렇게 말하고는 입을 다물었다. 하고 싶은 말은 다 했다는 표정이었다.

게이스케는 도묘와 나란히 하숙집을 향해 걸었다. 붉게 녹이 슨 계단을 소리 나지 않게 조용히 올라갔다.

게이스케는 햇볕에 시달려 색이 바랜 녹색 철제문을 열고 좁은 현관에서 신발을 벗었다. 도묘도 벽에 몸을 기대면서 언뜻 보기에도 싸구려가 분명한 샌들을 벗었다.

게이스케는 손으로 더듬어 전구 끈을 찾아 당겼다. 전기가 켜지니 도묘는 주위를 둘러보며 감탄하듯이 말했다.

"사내놈이 혼자 사는 것치고는 깨끗하게 해놨네. 여자라도 있나?"

게이스케는 고개를 저었다.

"그냥 물건이 없는 것뿐이에요."

다다미 여섯 장짜리 방 하나에 있는 거라고는 좌식 밥상과 냉장고, 작은 책꽂이와 조립식 3단 상자뿐이었다. 옷은 벽장에 철제 행어 랙을 놓고 거기에 넣어뒀다.

게이스케가 사는 연립주택은 지은 지 30년 된 2층 목조건물로 한 층에 네 집씩 있었다. 집 안에는 다다미 여섯 장짜리 방 하나와 모양뿐인 싱크대가 있을 뿐이고, 화장실은 공용 화장실이었으며 목욕탕은 딸려 있지 않았다. 아무리 집세가 싸다고는 하나 주거 환경이 너무 열악한 탓인지 연립주택의 반은 비어 있었다.

도묘는 집 안으로 들어가자 게이스케에게 양해도 구하지 않고 싱크대로 가서 수도꼭지를 비틀어 물을 틀더니 수도꼭지 끝에 입을 대고 마셨다. 목울대가 몇 번 오르락내리락했다. 도묘는 수도꼭지를 잠그고는 셔츠 소매로 입을 닦았다.

"이 나이가 되니까 두 시간 걷는 건 역시 힘들군. 발은 아프지, 목은 마르지, 술이 완전히 깨버렸어. 마실 건 없나?"

도묘가 싱크대 옆 소형 냉장고를 멋대로 열었다. 게이스케는 아무 말도 하지 않았다. 어차피 안에는 아무것도 들어 있지 않았다.

도묘는 가볍게 혀를 차고 냉장고 문을 닫더니 방 한가운데로 와서 책상다리를 하고 앉았다. 게이스케도 다다미에 앉았다.

"어이, 재떨이 좀 내줘."

도묘는 셔츠 포켓에서 담배를 꺼내면서 게이스케에게 말했다. 부탁이라기보다 명령으로 들렸다.

게이스케가 퉁명스럽게 대답했다.

"그런 거 없습니다. 전 담배 안 피워서요."

"빈 깡통 정도는 있겠지."

부엌 구석에 놓인 쓰레기통에서 빈 커피 캔을 가져다줬다.

"고맙군."

도묘는 담배에 불을 붙이고 맛있게 빨더니 위를 향해 연기를 뿜어냈다.

"어이, 말 좀 꺼내봐."

갑작스러운 말에 게이스케는 당황했다.

"말이라니, 장기말 말입니까?"

스스로도 멍청한 질문이라고 생각했다. 장기 두는 사람이니 말이라고 하면 장기말인 게 당연했다.

"그래. 한 판 둬줄게."

순간, 기뻤다.

둬주길 바라는 마음은 간절했다. 그 때문에 일부러 장기 주점까지 따라간 거였다.

그러나 게이스케는 대답을 망설였다.

장기를 두는 사람 대부분은 싼 것이라도 장기판과 말 정도는 갖고 있다. 이 방에도 말이 있었다. 벽장 구석에 숨기듯이 놔둔 말이다.

게이스케가 스와시를 떠날 때 가라사와가 준 말이었다. 명공이라 불린 초대 기쿠스이게쓰가 만든, 실용품으로서도 예술품으로서도 가치가 높은 말이었다. 팔면 상당한 돈이 될 거라고 가라사와에게서 들었다.

"너 같은 무일푼 내기꾼한테……."

귀에 호다카의 말이 되살아났다.

게이스케는 엉겁결에 거짓말을 했다.

"죄송합니다. 하필이면 말이 없네요."

돈에 억척스러운 도묘였다. 수백만 엔의 가치가 있는 말을 보면 틈을 봐서 훔쳐갈지도 모를 일이었다.

흐응, 하고 도묘는 미심쩍은 소리를 냈다.

"너 정도 장기를 두면서 말을 갖고 있지 않다니 놀랍군."

게이스케는 도묘의 의심을 지우려고 얼른 둘러댔다.

"정말로 갖고 있지 않습니다. 여유가 생기면 사려고요. 시골에서 이사 올 때 말을 짐에 넣는 것을 잊어버려서……."

자기가 말하면서도 말이 안 되는 변명처럼 들렸다.

도묘는 담배를 입에 문 채 게이스케를 물끄러미 쳐다봤다. 마음속 깊은 곳을 꿰뚫어 보는 것 같은 날카로운 시선이었다.

도묘에게서 눈을 돌린 게이스케의 시선이 공중에서 갈팡질팡했다. 의식적으로 벽장 쪽을 보지 않으려고 했다.

방 안에 어색한 침묵이 흘렀다.

갑자기 도묘가 일어섰다.

"그럼, 잘 수밖에 없군. 이불은 여기 있나?"

도묘는 그렇게 말하면서 벽장으로 향했다.

"잠도 자게 해주는데, 이불 정도는 내가 직접 깔아야지."

말릴 틈이 없었다. 도묘는 벽장을 열고 이불을 꺼내 다다미에 내던졌다.

아차, 했지만 이미 늦었다. 벽장 맨 안쪽을 들여다본 도묘는 보자기에 싸인 말 상자를 놓치지 않았다.

직감으로 보자기에 싸여 있는 것이 말 상자라는 것을 알았을 것이다. 도묘는 호오, 하면서 보자기 꾸러미를 손에 들었다.

"그건……."

게이스케는 꾸러미를 빼앗으려 했다. 그러나 도묘는 게이스케의 몸을 껑충 피하고 재빨리 매듭을 풀었다.

안에서 나온 오동나무 말 상자를 손에 들고 도묘는 씨익 웃었다.

"뭐야. 있잖아."

게이스케는 온 힘을 다해 도묘에게서 말 상자를 빼앗았다.

"이건 안 됩니다. 안 돼요."

"왜 그러는데? 잠깐 쓰는 것 정도야 상관없잖아."

"이건 맡아놓은 말이에요. 내 게 아니라서 멋대로 쓰면 안 돼요."

변명 같지도 않은 변명이었다. 그러나 이 장기말만은 절대로 도묘에게 보여서는 안 된다고 생각했다. 말 상자를 등 뒤로 숨기고 격렬하게 고개를 흔들었다.

도묘는 잠시 살피는 눈으로 게이스케를 쳐다보더니 다다미에 앉아 머리 뒤에서 양손을 깍지 끼고 위를 보고 누웠다.

"하룻밤 신세 지는 데 대한 인사로 공짜로 한 판 둬주려고 했는데, 네가 싫다면 억지로 하자는 말 안 할게. 나도 걷느라 지쳐서 그만 자고 싶어."

꿍꿍이가 있어 보이는 얼굴이었다. 말을 못 보고 지나간 건 다행이었다.

마음을 놓은 게이스케는 말을 보자기에 다시 싸서 원래 위치로 돌려놨다.

그러고는 도묘에게 이불을 쓰라고 권했다. 이부자리는 한 사람 것밖에 없었다. 자신은 요를 몸에 두르고 잘 작정이었다.

"미안하군."

도묘가 자신의 몸에 이불을 덮었다.

잘 준비를 마친 게이스케는 전구 끈으로 손을 뻗었다.

"끕니다."

대답은 없었다. 대신 코 고는 소리가 들려왔다. 다다미에 누운 뒤로 겨우 5분도 지나지 않았다. 꽤 피곤했던 모양이었다.

전깃불을 끄고 게이스케도 누웠다.

도묘가 코 고는 소리를 듣고 있는 사이에 게이스케에게도 금방 졸음이 덮쳐왔다.

장기를 둔 뒤에는 대개 눈을 감으면 장기판이 떠올랐다. 그러면 어떤 수를 뒀는지 돌이켜 보면서 자는 것이 보통이었다. 하지만 그날 밤에는 장기판은 금세 흐려지면서 게이스케는 꾸벅꾸벅 졸음 속으로 녹아들었다.

아침에 잠에서 깨니 도묘는 사라지고 없었다.

머릿속에 맨 먼저 가라사와에게 받은 장기말이 떠올랐다.

튕겨 일어나 벽장을 열었다.

보자기에 싸인 말 상자는 늘 있던 자리에 그대로 있었다. 혹시 몰라 내용물을 확인했다.

게이스케는 후우, 하고 가슴을 쓸어내렸다. 비단 보자기 안에 있는 말은 틀림없이 초대 기쿠스이게쓰가 만든 말이었다.

아무리 도묘라도 묵게 해준 방주인이 자는 사이에 값나가는 물건을 들고 갈 정도로 악인은 아니었던 모양이다.

말을 벽장에 넣고 베갯맡의 손목시계를 봤다. 벌써 9시가 되어가고 있었다.

다행히 오늘 수업은 3교시부터였다. 지금부터 준비해서 나가도 여유 있게 갈 수 있었다.

게이스케는 요 위에 가부좌를 틀고 앉아서 크게 숨을 내쉬었다.

돌이켜 생각하니 어젯밤 일이 꿈만 같았다. 너무나 많은 일을 경험해 현실감이 없었다.

게이스케는 방구석으로 시선을 돌렸다. 거기에는 도묘가 재떨이 대신 사용한 빈 깡통이 놓여 있었다.

깡통을 보니, 도묘를 한 번 더 만나고 싶은 것 같기도 하고 두 번 다시 만나고 싶지 않기도 한, 묘한 생각이 들었다. 딱 하나 알 수 있는 것은 아마도 또 어딘가에서 도묘를 만날 거라는 예감이었다.

근거 없는 예감이었지만 게이스케 안의 뭔가가 그렇게 확신했다.

—

제12장

—

도코노마 앞에 놓인 석유난로 위에서 주전자가 설설 끓는 소리를 내고 있었다.

다다미 스무 장 정도 되는 넓은 방 안에서 들리는 것은 주전자가 김을 내뿜는 소리와 두 도박 장기사가 맹렬하게 싸우는 장기말 소리뿐이었다.

장기판 주위에는 열 명 가까운 남자들이 멀찍이 둘러서서 판을 지켜보고 있었다. 장기판 바로 옆에 앉아서 관전하는 사람은 겨우 한두 명뿐이었다. 방석은 관전 인원수에 맞춰 준비되어 있었지만, 어떤 사람은 일어서 있고, 어떤 사람은 엉거주춤한 자세를 하고 뚫어져라 판세를 주시하고 있었다.

입을 여는 사람은 아무도 없었다. 아마추어 최강이라고 하는 도묘, 그리고 도호쿠에서는 이름이 알려진 도박 장기사 요나이 시게이치. 이 둘이 어떤 싸움을 벌일지 뚫어지게 지켜볼 뿐이었다.

상좌에 앉은 입회인 쓰노다테 긴지로가 도묘를 흘낏 봤다.

"30초…… 40초……."

담담한 목소리로 시계 담당이 초를 읊었다.

남은 시간이 10초 아래로 떨어졌을 때, 후수인 도묘의 손이 움직였다. 5열2행으로 은장을 내렸다. 유연한 손놀림으로 탁 하고 뒀다. 홀로 떨어져 있던 말 하나를 잃고 앞질러가서 선수의 공격을 받아내는, 견실한 수비의 한 수였다. 요나이 시게이치는 큰 몸을 구부려 장기판을 노려보더니 그대로 수읽기에 빠져들었다. 도묘보다 열 살 가까이 어리다고 들었는데, 반상을 노려보는 늠름한 모습이 당당해 보였다. 젊은 나이에 비해 기풍棋風이 침착해 나이 이상으로 노련한 분위기를 풍겼다. 지금 도호쿠에서 가장 유력한 도박 장기사라고 평가받는 것도 과언은 아니었다.

게이스케는 도묘에게 이끌려 이와테현의 도노시에 와 있었다. 도노는 현의 중심을 지나는 간선에서 갈라져 나와 연안을 향해 전철로 한 시간 정도 더 걸리는 곳에 있었다. 민화의 마을로 알려졌고, 인구는 대략 4만 명으로 지금이야 조용하지만 예전에는 남부 모리오카항의 도시였고, 산리쿠 연안을 잇는 도노 가도의 요충지에 위치해 역참이나 상업으로 번창했다고 한다. 서쪽에서는 매화가 만개한다는 2월 말이었지만 북쪽 지방 동네는 아직 눈이 남아 있어서 산기슭을 따라가듯이 달리는 기차의 창문으로 경치가 마치 수묵화처럼 펼쳐졌다.

이 지방에는 남부 마가리이에라는 고유의 건축양식이 있다. 띠로 지붕을 해 얹은 민가에서 사람과 말이 함께 살 수 있게 되어 있는 구조의 집이다. 자신들의 생활을 지탱해주는 말을 가축이 아니라 가족의 일원으로 소중히 생각했다는 것을 보여주는 주거 양식이다.

지금 게이스케가 있는 '가타리베일본 상고시대 조정에 나가 신화, 전설을 외워서 이야기하는 것을 직무로 삼았던 부족의 집'도 같은 구조로 이루어진 저택이었다.

L자형으로 이루어진 본채 입구로 들어서자 눈앞에 넓은 흙바닥이 펼쳐졌다. 그 옆쪽으로는 예전에 마구간으로 쓰던 공간이 있었다. 당시 말이 있던 장소는 지금은 전시 공간이 되어, 낡은 농기구나 옛 사진을 크게 인화한 패널이 놓여 있었다.

도묘와 요나이의 대국에서 입회인을 맡은 쓰노다테는 예전에 이 주변 일대를 통괄하던 촌장, 쓰노다테가의 17대 당주로 지금은 농업 단체와 관광 단체의 다양한 직책을 맡고 있으며 이 지역의 산업을 뒤에서 지탱하는 인사였다.

쓰노다테는 빈집이 되어 철거될 예정이었던 이 저택을 사들여 옛 민가의 풍취를 살린 여관으로 개축했다. 건물은 당시 그대로지만 화장실이나 욕실 등은 요즘 것으로 개조했다. 이전에는 나무틀이었을 유리창도 틈새 바람이 들어오지 않도록 섀시로 교체했다.

도노역까지 도묘와 게이스케를 마중 나온 여관 종업원의 얘기에 의하면 일 년 내내 많은 손님이 찾아와 이용한다고 한다. 이용객 중에는 대학생이나 젊은이가 많다는데, 사라져가는 일본의 풍광을 즐기기 위해 묵어 가는 모양이었다.

"정말 이불방도 괜찮겠습니까? 쓰노다테 어르신도 말씀하셨다시피, 손님방도 준비해드릴 수 있습니다만."

종업원 남자는 여관의 송영차를 운전하면서 백미러 너머로 도묘에게 물었다.

도묘는 창밖을 바라본 채 대답했다.

"우리는 손님이 아닙니다. 옛날 같으면 마구간에 머무르게 해주시는 것만으로도 감사했을 겁니다. 손님방이라니 너무 사치스럽습니다. 이불방을 쓸 수 있게 해주시는 것만으로 충분합니다."

종업원은 시선을 게이스케에게 옮겼다.

"주인님이 언제라도 손님방을 쓰실 수 있게 준비해두라고 하셨습니다. 마음이 바뀌면 말씀해주세요. 뭣하면 동행하신 도련님만이라도 준비할 수 있는데요……."

종업원과 백미러를 통해 눈이 마주치지 않았다면 그가 말하는 도련님이 자신을 가리킨다는 사실을 바로 알아차리지 못했을 것이다.

뭐라고 해야 좋을지 몰라서 게이스케는 모호하게 목을 움츠렸다.

"아니…… 괜찮습니다."

눈 위에 파인 바퀴 자국 탓에 차가 좌우로 크게 흔들렸다. 대화가 끊겼다.

차가 안정되자 남자는 익숙한 손놀림으로 핸들을 다루면서 말을 이어갔다.

"난로는 준비해뒀으니까 춥지는 않을 겁니다. 혹시 불편한 점이 있으면 언제든 말씀해주세요."

"하나에서 열까지, 감사합니다."

도묘가 온순한 얼굴로 머리를 숙였다.

종업원은 눈 위에서 바퀴가 헛돌지 않도록 조심하면서 여관으로 차를 몰았다.

나중에 안 일이지만, 도묘는 도박 장기 여행을 가는 곳곳에 게이스케를 자산가로 알려진 스와시의 유서 깊은 일본 된장 도매상의 후계자이며, 자신의 노리테라고 꾸며댔다. 노리테란 도박 장기사 뒤에서 돈을 거는 사람을 가리킨다. 다시 말해 빚 보증인 같은 것이었다. 자신이 져도 돈은 이 도련님이 낼 것이라고 선언한 것과 같았다.

그런 사실을 전혀 모르고 있던 게이스케는 차 안에서 종업원이 자신을 '도련님'이라고 부르는 것을 단순한 겉치레라고만 받아들였다.

도묘의 작전을 알았다면 자신은 어떻게 했을까. 태평하게 이런 먼 곳까지 따라왔을까.

아마도, 라고 게이스케는 생각했다.

역시 동행했을 거다.

무슨 일이 있어도 자신의 눈으로 직접 도묘의 장기를, 목숨을 깎아가며 두는 진검 승부를 보고 싶었기 때문이다. 그 욕구는 요 며칠 게이스케의 마음속에서 나날이 더 강해져갔다.

이야기는 석 달 전으로 거슬러 올라간다.

도묘가 게이스케의 연립에 별안간 나타난 것은 둘이 처음 만난 후 한 달이 지났을 무렵이었다.

아르바이트를 끝내고 연립에 돌아와 잘 준비를 하고 있자니 누군가 현관문을 시끄럽게 두드렸다. 밤 12시가 지난 시간이었다. 게이스케에게는 낮뿐만 아니라 이런 밤중에 연립을 찾아올 만한 친한 친구가 없었다. 강도라는 단어가 머리를 스쳤지만, 그렇다면 굳이 노크 같은 건 하지 않았겠지. 어쩌면 같은 연립 주민이 급한 도움이 필요해서 온 건지도 모른다. 그렇게 생각하고 문을 아주 조금 열었다.

문 틈새로 풀어진 눈이 게이스케를 봤다.

"여어, 오늘 밤은 춥군."

도묘였다. 숨결에서 술 냄새가 풍겼다. 상체가 흔들흔들 흔들리고 있었다. 몹시 취한 모양이었다.

느닷없이 나타난 도묘를 보고 게이스케는 한편으로는 놀라면서도 어이가 없었다. 한 달 전 게이스케의 연립에서 하룻밤 묵고 아무 인사도 없이 사라진 무례한 행동에 대한 사과는 없이, 마치 어제 왔다 간 것 같은 스스럼없는 말투였다.

"잠깐 들어갈게."

도묘는 게이스케의 대답을 기다리지 않고 휘청거리는 발걸음으로 방으로 들어왔다.

"뭐야, 자려던 참인가?"

깔려 있는 이부자리를 보고 도묘가 물었다.

"벌써 시간이 이렇게 돼서요."

게이스케는 한껏 기분 나쁜 투로 말했다.

기분 나쁘다는 것을 눈치챘는지 못 챘는지, 도묘는 딸꾹질을 크게 한 번 하더니 이불을 몸에 덮으며 다다미에 누웠다.

"미안하지만 이불 좀 쓸게."

만취한 사람을 두들겨 일으켜서 내쫓으려면 상당한 체력이 필요하다. 하물며 상대는 도묘였다. 무슨 말을 해도 나가지 않을 것이다. 나가라고 말해봤자 말을 하는 만큼 낭비일 터였다.

게이스케는 일찌감치 단념하고 전에 그랬던 것처럼 요를 뒤집어쓰고 잠자리에 들었다. 아침에 잠에서 깨니 도묘는 역시 사라지고 없었다.

그런 일이 두세 번 있었다.

도묘는 홀쩍 나타나 잠을 잤고, 아침에 정신을 차리고 보면 사라지고 없었다. 아마도 잠자리로 삼는 장소 몇 군데를 전전하는 모양이었다. 게이스케가 사는 연립도 그중 하나가 된 것이다.

그 밤도 늘 그래온 것과 같을 거라고 생각했다. 그러나 그날은 달랐다.

대학은 겨울방학에 접어들어 이 시기에 등교하는 것은 서

클 활동을 하는 학생이든가 기말시험 결과가 나빠서 추가시험이나 재시험을 보는 학생이 대부분이었다. 아무 문제 없이 기말시험을 잘 치르고 진학 학원 아르바이트도 마무리한 게이스케는 오랜만에 느긋한 밤을 보내고 있었다.

도서관에서 빌린 과월호 장기 잡지를 읽고 슬슬 잘까 하는데 누군가 문을 노크했다. 게이스케의 방을 찾아올 사람은 한 명밖에 없었다. 도묘였다.

모처럼 편안하게 쉬고 있는 밤을 취객에게 방해받고 싶지 않았다. 그러나 켜져 있는 불빛으로 게이스케가 안에 있다는 것을 들킨 뒤였다. 게다가 상대는 도묘였다. 문을 열어주지 않으면 아침까지라도 계속 두드릴 것이다.

게이스케는 단념하고 문을 열었다. 역시 도묘였다.

늘 그렇듯이 스스럼없는 태도로 방에 들어오나 싶었는데 그날 밤 도묘의 행동은 달랐다. 눈앞에 서 있는 게이스케를 양손으로 난폭하게 밀치고 서둘러 안으로 들어오더니 등 뒤로 문을 잠갔다.

"뭘 하는 겁니까, 별안간?"

그렇게 외친 게이스케는 도묘의 눈을 보고 숨을 삼켰다.

도묘의 입에서 술 냄새가 났지만 눈은 취하지 않았다. 늘어진 눈꺼풀 안에서 두 눈동자가 투견처럼 어두운 빛을 띠고 있었다.

자세히 보니 도묘의 행색이 말이 아니었다. 옷 여기저기 진흙이 묻어 있고, 이마와 뺨에는 생긴 지 얼마 안 되는 멍이 있었다. 분명 얻어맞은 흔적이었다.

"무슨 일입니까? 싸움이라도 한 겁니까?"

거기까지 말하고 게이스케는 도묘가 전에 도쿄 지역의 조직폭력배와 갈등을 빚은 일이 있었다는 사실이 생각났다.

도묘는 게이스케의 질문에는 아무 대답도 하지 않고 샌들을 벗더니 처음 만난 밤처럼 수도꼭지에 입을 대고 물을 벌컥벌컥 마시고는 그대로 다다미에 주저앉았다. 그리고 셔츠 포켓에서 담배를 꺼냈다.

"어이, 빈 깡통 좀 가져다줘."

게이스케는 부엌에 가서 쓰레기통에서 빈 커피 캔을 꺼내 도묘에게 건넸다.

도묘는 손에 들고 있던 100엔짜리 라이터로 담뱃불을 붙이더니 연기를 크게 내뿜고 나지막이 중얼거렸다.

"내일이라도 여행을 달릴 거야. 너도 같이 가자."

게이스케는 어리둥절하기도 하고 분노의 감정이 부글부글 솟아오르기도 했다.

남의 방을 제멋대로 자기 잠자리처럼 여기는 것도 폐인데 여행에 따라오라고 하다니. 염치가 없어도 정도껏이다. 하물며 도묘는 예전에 조직폭력배와 갈등을 빚었다. 여행을 간다고 말하지 않고 여행을 달린다고 말하는 것은 도망가는 것이기 때문일지 모른다. 날벼락을 맞는 것은 사절이었다.

"왜 내가 같이 가야 하는 겁니까? 난 안 갈 거예요."

도묘에게 등을 돌렸다. 도묘는 멋대로 이야기했다.

"행선지는 아오모리의 아사무시 온천이야. 하지만 그 전에 들를 곳이 있어. 이와테야."

게이스케는 몸을 돌려 뒤를 보고는 도묘를 노려봤다.

"난 안 간다고 말했어요. 안 들렸습니까?"

도묘는 빈 깡통에 담뱃재를 털더니 눈을 치켜뜨고 게이스케를 봤다.

"너한테는 나를 따라와야 할 의리가 있어."

"도대체 무슨 의리가……."

거기까지 말하고 게이스케는 입을 다물었다.

만약 자신이 도묘에게 진 빚이 있다고 한다면 거금이 걸린 장기에서 진 것밖에 없었다. 처음 도묘와 만난 날, 오쇼에서 스도와 둔 한 판이었다. 그 승부에서 게이스케는 졌고, 도묘는 오쇼의 마스터인 호다카에게 외상값을 원래 액수의 배로 갚아야 하게 됐다. 도묘가 멋대로 내기를 걸었다곤 하나 결과적으로 게이스케는 도묘의 빚을 늘린 것이 사실이었다. 그러나 그 빚은 종종 묵어 가게 해주는 것으로 없던 것으로 했다고 생각하고 있었다. 그러나 아무래도 그렇게 생각한 것은 게이스케 자신뿐인 모양이었다.

"난, 네 덕에 15만이나 덤터기를 썼어. 네가 그때 겁먹어서 지지만 않았다면 내 주머니에 15만이 들어왔을 거야. 이런 궁상맞은 잠자리로는 이자도 안 돼. 네 덕에 쓸데없이 지게 된 빚을 갚지 않으면 난 더 옴짝달싹 못하게 된다고."

도묘가 말하는 여행이란 도박 장기를 하기 위한 여행이라는 것을 게이스케는 그제야 겨우 알아차렸다.

이전에 도묘가 오쇼에서 얘기했던 손도끼잡이 모토지의 얘기가 생각났다. 간이 나빠져 3년 전에 은퇴했는데, 마지막 불꽃을 태워보고 싶어 승부 상대를 찾고 있다고 했다.

도묘는 빚에 쫓기는 듯했다. 빚이 빚을 불러 질이 좋지 않은 쪽으로 흘러 들어갔을지도 모른다. 다시 조직폭력배와 갈등을 빚었거나, 이미 악연을 맺은 조직폭력배에게서 벗어나려 이리저리 발버둥 치다가 들켜버린 걸지도 모른다. 어느 쪽이든 또다시 간토를 떠나야 하게 된 모양이었다.

그리고 이와테에 들른다고 한 건 호다카가 도묘를 쓰노다테 긴지로에게 연결해줬기 때문이라고 했다. 도묘에게 설득당했거나, 이대로 있다가는 아무리 시간이 지나도 외상값을 받을 수 없을 거라는 생각에 그래서는 안 된다고 생각하면서도 과거 은혜를 입었던 쓰노다테에게 말썽꾼 도묘를 연결해줬든가, 둘 중 하나일 것이다.

빚 때문에 막다른 상황에 몰린 것과 호다카에게 소식이 온 것, 어느 쪽이 먼저였는지는 알 수 없지만 도묘에게는 달리 여지가 없는 타이밍이었음이 분명했다.

몹시 추운 밤인데도 땀이 관자놀이를 타고 흘러내렸다.

도묘는 게이스케의 얼굴빛을 보고 게이스케가 자신이 처한 사정을 헤아렸다는 사실을 알았을 것이다. 도묘는 게이스케를 보면서 자신의 머리를 손가락으로 찔렀다.

"역시 도쿄대생은 여기가 좋구나. 네가 생각하는 대로야. 도쿄를 떠나지 않으면 위험한 찰나에 드디어 호다카한테서 연락이 온 거야. 기억하나? 이와테에서 유서 깊은 여관을 하는 쓰노다테. 그 작자가 나한테 대국 상대를 붙여줬거든. 지금으로선 세 판 두는 걸로 돼 있어. 아마 그것만으론 끝나지 않을 거야. 대국을 본 구경꾼들이 시험 삼아 도전할 거야. 아마추어 상대니까 내기 돈은 적겠지만 그래도 다 합치면 모토지와 대국할 밑천 정도는 벌 수 있을 거야."

분명 모토지와는 한 판에 100만 엔이라고 했다. 거기까지는 안 된다 해도 도박 장기사라는 이름이 붙은 상대와 두려면 한 판에 수십만 엔은 필요할 것이다. 하지만 도묘의 초라한 행색을 보면 아무도 그가 그런 거금을 갖고 있을 거라고는 생각하지 않을 것이다.

게이스케는 경계하는 마음에서 선수를 쳤다.

"알고 있을 거라고 생각하는데, 나한테는 도묘 씨에게 건넬 만한 돈이 없습니다."

조금이라도 좋으니 돈을 보태달라고 왔나, 하고 생각했기 때문이었다.

도묘는 가소롭다는 듯이 웃었다.

"그런 건 말 안 해도 알고 있어."

"그럼 왜 나를 데리고 간다는 겁니까?"

그때까지 웃고 있던 도묘가 진지한 얼굴을 했다.

"너, 진짜 장기는 어떻게 두는지 보고 싶지 않아?"

게이스케의 심장이 크게 뛰었다.

도묘는 두 개비째 담배에 불을 붙였다.

"아무 데서나 하는 놀이가 아니라, 목숨을 건 진검 승부를 보고 싶지 않으냐고 묻는 거야."

심장이 빠르게 고동쳤다.

대학의 동아리 활동이나 도장에서 두는 것 같은 뜨뜻미지근한 장기가 아니다. 한 수 한 수마다 손이 얼얼해지는 진검 승부. 81칸 안에서 펼쳐지는 인생을 건 사투. 그것을 두 눈으로 직접 볼 수 있다는 건가.

눈을 감은 게이스케의 머릿속에 한여름에 양산을 쓰고 우두커니 서 있는 어머니의 잔상이 떠올랐다. 어머니의 등 뒤에는 어두운 해바라기가 피어 있었다. 캔버스에 물감을 내던지듯이 그린 고흐의 그림이었다. 물감으로 그린 해바라기의 꽃대와 꽃잎이 더위에 녹듯이 무너진다. 실을 늘어뜨리며 바닥에 떨어진 물감이 형태를 바꾸어 장기말이 되었다. 가라사와가 준, 초대 기쿠스이게쓰가 만든 장기말이었다.

장지문이 열리는 소리가 나면서 게이스케는 제정신으로 돌아왔다.

눈을 뜨니 도묘가 벽장 안에 숨겨둔 장기말 상자에 손을 뻗치고 있었다.

"뭘 하는 겁니까!"

게이스케가 일어나서 도묘의 몸을 벽장에서 떼어내려 했다. 도묘는 붙잡힌 팔을 세게 뒤로 빼더니 술에 취한, 다친 사람으로는 보이지 않는 힘으로 게이스케를 내쳤다. 게이스케는 그 기세에 뒤로 날아갔다.

도묘가 벽장에서 오동나무 상자를 꺼내 쓰러진 게이스케의 눈앞에서 보자기를 펼쳤다. 도묘는 안에서 장기말 하나를 꺼내더니 여기저기 살펴보고 만족스럽다는 듯이 말했다.

"초대 기쿠스이게쓰 작품. 좀처럼 뵐 수 없는 귀한 장기말, 명말이야. 몇 번을 봐도 넋을 잃겠어."

그 말에 게이스케는 경악했다. 몇 번을 봐도, 라니. 도묘는 게이스케의 집에 올 때마다 이 장기말을 몰래 꺼내 봤다는 건가.

"멋대로 만지지 마요!"

게이스케는 일어나 도묘에게서 말을 빼앗으려 했다. 그러나 도묘는 게이스케의 손을 스르륵 피했다.

"네가 어떻게 이 말을 갖게 되었는지는 묻지 않을게. 명검, 명화처럼 앞에 '명'이라는 말이 붙는 것에는 당연히 유래가 있을 테니까. 그렇지만 말이지, 도저히 참을 수 없는 것이 있어. 너. 이 말, 이대로 죽은 채로 둘 작정이냐?"

게이스케는 갑작스러운 질문에 할 말을 잃었다.

도묘는 다다미에 양반다리를 하고 앉아서는 꺼낸 말을 전등을 향해 쳐들면서 사랑스러운 듯이 바라봤다.

"장기말은 미술품이 아니야. 바라보고만 있으면 죽은 거나 다를 게 없어. 말은 장기를 둬야 비로소 사는 거야. 어둠 속에 계속 처넣고 있으면 이 말은 죽은 거나 마찬가지야."

게이스케의 머릿속에 방금 떠오른 광경이 되살아났다. 녹은 물감이 변해서 생긴 장기말은 광채도 생기도 없었다. 마치 생명을 빼앗긴 시체 같았다.

"이 말을 내가 되살려줄게."

도묘는 우뚝 선 채로 있는 게이스케를 아래에서 올려다봤다.

"진검 승부에 이 말을 써주겠단 말이야."

목숨을 건 대국에 이 말이 쓰인다— 입안에 고인 침을 꿀
껙 삼켰다.

"도검이 피를 먹으면서 진짜가 되는 것과 같아. 말도 큰 승
부를 거듭할수록 빛나는 법이야. 도호쿠 최고의 도박 장기꾼,
손도끼잡이 모토지와 세상에 쬐끔 이름이 알려진 귀신 잡는
주케이의 대국이라면, 이 장기말도 떨릴 만큼 기쁠 거야."

도묘는 말을 말 주머니에 다시 넣고는 게이스케에게 상자
째 내밀었다.

"내일, 밤 기차로 이와테로 갈 거야. 짐을 싸둬. 이 장기말도
잊지 마."

그렇게 말하고는 도묘는 늘 그렇듯이 이불을 몸에 두르더
니 바로 코를 골았다.

게이스케는 몸에서 힘이 빠져 그 자리에 주저앉았다.

받아 든 말 상자를 살그머니 열어보았다. 기분 탓인지 손안
의 말은 열기를 띤 것처럼 뜨거워져 있었다.

다음 날, 게이스케는 도묘와 함께 이와테로 향하는 우에노
발 밤 기차를 타고 있었다.

아르바이트하는 학원에는 아버지가 갑자기 아파서 한 달
정도 쉬어야 한다고 거짓말을 했다. 입시가 끝나 가장 바쁠 때

가 지났기 때문인지 학원 책임자는 그렇게 어려운 일이 아니라는 듯이 게이스케의 요청을 받아들였다.

기차가 북쪽을 향함에 따라 경치가 점차 하얗게 변해갔다. 게이스케는 변해가는 경치를 바라보면서 보스턴백을 몸에서 떨어지지 않게 가슴에 꼭 끌어안았다. 안에는 집에서 가져온 초대 기쿠스이게쓰가 만든 말이 들어 있었다.

도묘의 감언이설에 넘어가서는 안 된다. 함께 있어봤자 좋을 일은 없다. 그건 알고 있었다. 그러나 도박 장기사끼리 두는 대국을 직접 두 눈으로 보고 싶다는 마음을 이기지는 못했다. 도묘는 건드려서는 안 된다는 것은 알면서도 도저히 저항할 수 없는 매력을 지니고 있었다.

기차 안은 차츰 추워져갔다. 그러나 게이스케의 가슴속은 북으로 향할수록 뜨거워지고 있었다.

"딱."

천장이 높은 마가리이에 안에 장기말 소리가 높이 울렸다.

요나이는 잡아둔 보를 4열3행에 뒀다.

다음에 4열2행으로 나아가면서 승격하겠다는 뜻을 보인 좋은 수였다. 도묘는 요나이의 4열3행의 보를 방금 뒤로 물린 은장으로 잡든가, 4열1행의 보로 받는 수밖에 없었다.

그러나 도묘는 받는 수는 안중에도 없다는 듯이 적진을 뚫어져라 노려보았다.

게이스케는 도묘의 등 뒤에서 반상을 응시했다.

지금 대국에 쓰이는 장기말과 장기판은 쓰노다테가 준비한 것이었다. 장기판은 다리 달린, 두께가 24센티미터나 되는 비자나무 한 장짜리 판이었다. 장기판의 겉면과 뒷면 나뭇결이 모두 똑바른 육방정六方柾이라는 극상품이다.

장기판에는 내구성이 뛰어난 계수나무를 많이 사용하는데, 오래 쓰면 거무스레해져서 눈금이 잘 보이지 않다. 그에 비해 비자나무로 만든 장기판은 쓰면 쓸수록 조청빛이 더 아름다워져 장기를 두는 맛도 더 좋아진다. 단 비자나무는 그 가격이 계수나무의 대략 열 배나 될 정도로 고가라는 게 흠이다.

장기판과 함께 내온 장기말과 말 받침도 둘 다 훌륭한 것이었다. 장기말은 사쓰마 회양목에 개성적인 서체로 알려진 기요사다 서체로 쓴 것이었다. 명공이라 불린 고가 5대가 만든 것으로, 이와테의 현 대회에서 사용한 적도 있다고 했다. 말 받침도 네 개의 다리가 달린, 꽃을 세밀하게 세공한 고급스러운 제품이었다.

여관에 도착해 쓰노다테의 장기판과 말을 본 도묘는 환하게 웃으며 훌륭하다고 칭찬했다.

"과연 쓰노다테 주인장이시군요. 이런 훌륭한 도구는 오랜만에 봤습니다. 이거라면, 평소 이상으로 기분 좋게 장기를 둘 수 있겠습니다."

자랑으로 여기는 물건들을 칭찬해주자 꽤 기뻤는지, 쓰노다테는 종업원에게 좋은 술로 이름난 그 고장 술도가의 특선 청주 다이긴조를 가져오게 해서 도묘에게 대접했다.

중요한 승부를 앞에 두고 술을 마시면 제 실력이 나올까. 그런 생각이 잠시 게이스케의 머리를 스쳤지만, 그건 쓸데없는 생각이라는 걸 바로 알았다. 자신이 아는 한 도묘는 늘 취해 있었다. 본인의 말에 의하면 지난 십 수 년간 알코올 없이 장기를 둬본 적이 없다고 했다. 아마추어 명인전 결승 때조차 컵 술을 2, 3잔 걸치고 나서 장기판 앞에 앉았다고 한다. 술이 들어가면 들어갈수록 오히려 장기 실력이 좋아진다고 평소 큰소리쳤다.

도묘는 술잔을 입가로 가져가면서 쓰노다테가 자리를 비운 틈을 타서 게이스케에게 귀엣말을 했다.

"장기판과 말 받침은 대단하지만, 말은 그 정돈 아니야."

"좋은 말이 아닙니까?"

게이스케가 목소리를 죽여 묻자 도묘는 술잔을 단숨에 들이켰다.

"이거랑 같아. 사람들이 아무리 좋다고 하는 술이라도 그 이상의 맛을 아는 사람의 혀는 만족시킬 수 없어. 그 말도 확실히 좋은 것이 틀림없지만, 내 눈으로 더 좋은 걸 봤으니까."

그렇게 말하면서 도묘는 방구석으로 시선을 던졌다. 거기에는 초대 기쿠스이게쓰가 만든 말이 들어 있는 게이스케의 보스턴백이 놓여 있었다.

게이스케는 손님방 괘종시계를 봤다. 12시 30분. 도노에 도착한 지 벌써 한 시간이 지나려 하고 있었다.

도박 장기는 저녁 식사 후 오후 6시부터 있을 예정이었다. 첫 상대는 '살무사'라는 별명이 있는 요나이 시게이치. 한번 물면 놓지 않는 끈질긴 자라고 들었다.

"살무사는 말이지, 수비하는 게 특기야. 그러니까 공격당하는 건 아무렇지도 않게 여기지. 무턱대고 공격했다가는 살무사가 좋아하는 방향으로 가게 되는 거야. 그러니까 살무사가 공격하게 만들고 거꾸로 내가 수비를 거듭해서, 결국 수비로 무너뜨릴 거야."

도묘는 그렇게 말하더니 호쾌하게 웃었다.

30초까지 초를 읽힌 도묘는 4열3행에 오른손을 뻗어 이제 막 자신의 진영으로 들어온 요나이의 보를 잡아 말 받침 위에 놓고 그 자리에 은장을 놓았다. 방금 5열2행으로 물러났던 은장으로 요나이의 보가 승격하는 것을 막은 것이었다. 확실히 한 수 손해 보는 수였다. 그 결과 선후가 바뀌어 요나이가 공격의 주도권을 쥐었다.

도묘가 둔 수가 의외라고 생각했는지 대국을 지켜보는 사람들 사이에서 작게 술렁거리는 소리가 났다. 수비를 할 거면 견실한 4열1행의 보로 할 거라고 생각했으리라.

확실히 4열1행의 보는 견실하지만 여기 보를 두면 도묘가 가지고 있는 보가 모두 없어진다. 도묘는 은장을 잃고 보를 얻는 쪽을 선택했다. 이것으로 도묘의 말 받침에는 비차와 계마, 보 2개가 놓였다. 나중에 공격할 수 있는 말을 하나 비축한 것이 됐다. 이렇게 차이가 근소한 장기일 경우, 보 하나의 차이는 컸다. 더구나 국면은 교착상태였다. 서로 공격할 수의 실마리를 잡기 힘든 국면이었다. 여기서 요나이를 물리칠 유효한 한 수가 없다면 수에서 손해를 보더라도 장기말의 숫자를 늘리는 것이 결과적으로 더 이익이 될 터였다.

'과연.'

게이스케는 비로소 도묘의 의도를 알아차렸다.

은장을 5열2행으로 물러나게 한 것은 당장의 쓰임새가 없는 말의 갯수를 줄임으로써 수비를 굳건히 하는 수임과 동시에 교묘한 응수타진이기도 했던 것이다. 나중에 요나이가 4열3행의 보라는 전형적인 수를 두면 은장으로 잡을 생각을 하고 미리 요나이에게 손을 써뒀던 거였다.

이렇게 되면 요나이는 장기의 이치로 봐서도 공격에 나설 수밖에 없었다. 여기서 요나이가 공격하지 않고 응수타진이나 수비의 한 수를 두는 것은 그가 방금 4열3행에 보를 둔 것을 무의미하게 만드는 일이었다.

'수비하고 또 수비해서 무너뜨릴 거야.'

눈을 가늘게 뜨고 반상을 바라보는 요나이의 얼굴이 순식간에 붉어졌다.

초읽기에서 마지막 2초를 남겨두고 서둘러 말 받침 위에서 잡아둔 각행을 손에 집어 2열1행에 뒀다.

요나이의 입에서 큰 숨이 새어 나왔다.

게이스케는 저도 모르게 앗, 하고 소리를 지를 뻔했다.

'악수다.'

도묘의 4열3행의 은장을 노리는 이 각행은 '죽음의 각행'이 될 우려가 있었다. 예를 들어 도묘가 은장을 5열2행으로 물러나게 하고, 거기서 요나이가 4열3행에 보를 둬도 도묘가 4열1행의 보로 받을 것이므로 의미가 없었다. 계마가 있으면 요나이는 4열4행에 계마를 두어 은장이 도망칠 곳 없이 공격을 계속할 수 있지만, 은장과 계마의 교환으로 요나이의 말 받침에는 은장과 보가 하나씩밖에 없었다. 요나이가 4열3행에 보를 두는 것은 자신의 각행이 움직일 길을 막을 뿐이었다.

따라서 요나이로서는 공격을 한다면 4열3행에 은장을 두는 수밖에 없는데, 거기서 도묘에게는 2열7행의 각행을 1열6행에서 용마로 승격시켜 4열3행의 은장을 노리게 하는 호수가 있었다. 이 용마는 1열5행의 향차도 공격할 수 있다. 요나이가 5열2행에서 은장을 승격시킨 것을 도묘가 용마로 잡고, 요나이가 또 한 번 4열3행에 은장을 두면 도묘는 용마를 6열2행에 두는 것으로 받을 것이니 공격은 허사로 끝날 터였다.

도묘는 여유만만하게 은장을 5열2행으로 물러나게 했다.

도묘의 그 한 수를 본 요나이가 괴로운 표정을 지었다.

객실에 연결된 마루방 가운데에 설치된 화로에서 장작이 튀었다.

도묘는 이 대국에 게이스케가 가져온 말을 쓰지 않았다. 지금 사용하는 말은 쓰노다테가 준비한 것이었다.

틀림없이 초대 기쿠스이게쓰가 만든 말을 쓸 거라고 생각했던 게이스케는 쓰노다테에게 인사한 뒤 종업원의 안내를 받아 들어간 이불방에서 왜 가져온 말을 쓰지 않느냐고 물었다. 도묘는 양쪽에 이불을 쌓아놓은 방에 양반다리를 하고 앉더니 화난 표정을 지으며 게이스케를 노려봤다.

"누가 그 말을 여기서 쓴다고 했어."

게이스케는 당황했다. 갈 곳이 없어 기어 들어온 게이스케의 집에서 도묘는 진지하게 이 말을 쓰자고 분명히 말했다.

그렇게 말하고 나서 도묘는 어이없다는 듯이 콧김을 내뿜더니 천장을 보고 뒹굴 누웠다.

"난 도호쿠 최고의 도박 장기사 손도끼잡이 모토지와의 대국에서 쓴다고 한 거야. 도박 장기사도 급이 가지가지야. 내가 보기에는 여기서 두는 상대는 어차피 이류야. 일류 장기말을 이류가 만지게 할 수는 없지. 그럼 장기말이 울지."

그 말을 이해함과 동시에 게이스케의 가슴이 뛰었다. 장기말에 대해 말한 것뿐인데 왠지 자신이 칭찬받은 것 같은 기분이 들었기 때문이다.

도묘가 허공을 노려봤다. 마치 거기에 부모의 원수라도 있는 것 같은 눈이었다. 시선을 돌려 게이스케를 바라보더니 입꼬리를 올리고 씨익 웃었다.

"그렇게 초조해하지 말라고. 네 장기말은 모토지와의 대국 때 꼭 사용할 테니까."

도묘는 쌓아 올린 이불을 몸에 덮더니 게이스케에게 등을 돌리며 말했다.

"난 조금 잘 거야. 저녁 먹을 때가 되면 깨워."

게이스케는 손목시계를 봤다. 오후 3시. 저녁은 5시에 먹는 다고 들었다. 두 시간쯤 선잠을 잘 수 있다. 이곳저곳을 전전 하는 도묘는 이렇게도 잘 수 있는 모양이었다. 곧바로 귀에 익 은 코 고는 소리가 났다.

이불방 구석에는 배가 불룩하게 나온 난로가 놓여 있었다. 옆에 있던 성냥으로 불을 붙였다. 방 안 공기가 따뜻해지자 채 광용으로 달아놓은 작은 창에 성에가 끼었다. 게이스케는 흐 린 창유리에 손을 대고 비스듬히 문질렀다. 밖에는 늦겨울의 가랑눈이 내리고 있었다.

"30초…… 40초…… 50초, 1, 2, 3……."

도묘의 제한 시간이 줄어갔다.

"6, 7, 8……."

한도까지 초를 읽힌 도묘의 손이 말 받침으로 뻗어 9, 하는 소리가 남과 동시에 반상에 말을 놨다. 5열5행 비차.

관전자들 사이에서 놀라는 소리가 새어 나왔다. 적진에 두 지 않고 굳이 5열5행.

게이스케는 신음했다.

5열8행으로 들어가 용왕으로 승격하면서 장군을 부르겠 다는 거겠지만, 5열7행의 보로 간단히 무력화할 수 있다. 도 묘의 진짜 노림수는 7열5행에 있었다. 요나이에게는 도묘의

7열5행의 비차를 보로 잡는 것이 한 수지만, 그렇게 하면 도묘가 잡아둔 각행을 2열3행에 두어 왕과 비차를 동시 공격. 승부가 결정난다.

왕을 위협하는 수와 왕과 비차가 동시에 공격당하는 수의 흐름을 동시에 막으려 한다면, 요나이가 둘 수 있는 수는 공격당하기 전에 왕을 미리 안전한 위치로 이동시켜두든가 잡아둔 은장을 6열7행에 투입하는 정도였다. 요나이의 진형은 8열8행의 은장이 왕이 도망갈 길을 막고 있어서 요나이의 왕이 도망갈 길은 7열7행 정도밖에 없었다. 요나이의 6열7행의 은장에 대해서는 도묘가 비차를 5열9행에서 용왕으로 승격시키는 것으로 받을 것이므로, 수비와 공격이 계속되면서 요나이는 어떻게 해도 도묘가 부르는 장군에서 벗어날 수 없는 형세였다.

머리가 빠진 요나이의 넓은 이마에 한눈에도 알 수 있을 정도로 땀이 배어 나왔다.

"50초, 1, 2…… 6, 7, 8……."

요나이가 초읽기에 몰리면서 둔 수는 잡아뒀던 계마를 7열4행에 투입하는 것이었다.

게이스케는 승부가 났다고 생각했다.

도묘가 보로 요나이의 계마를 잡으면 6열4행에 있는 요나이의 용마가 도묘의 왕과 비차를 동시에 노리게 되어 역전되겠지만, 도묘는 당연히 그렇게는 하지 않고 9열2행으로 왕을 피신시킬 것이다. 그렇게 되면 요나이가 이후 6열7행에 은장을 두더라도 도묘를 이길 가능성은 완전히 없어져버리는 셈이다.

도묘는 지체없이 옥장을 9열2행으로 옮겼다.

대국실 관전자들의 입에서 뭐라고 설명할 수 없는 한숨이 새어 나왔다.

요나이는 도묘의 옥장을 한동안 바라보았지만 크게 숨을 내뱉더니 말 받침 위에 손을 놓고 고개를 숙였다.

"졌습니다."

방이 술렁거림으로 가득 찼다.

78수. 어이없다고 한다면 어이없는 결말이었다.

도노에서의 최초의 한 판은 쓰노다테가 이긴 쪽에 상금으로 돈을 내주는 어전 시합유력자가 지켜보는 시합이었다. 상금은 10만 엔. 요나이는 자신의 돈을 쓰지 않아도 된다는 것 때문에 온 힘을 다하지 않았을지도 몰랐다.

대국을 끝낸 요나이는 쓰노다테에게 깊이 감사 인사를 하고 나서 장기판을 바라보며 분하다는 듯이 입을 열었다.

"좀, 보잘것없는 장기를 뒀네요. 어떻게 해볼 수가 없었어요."

도묘는 독특한 붙임성 있는 웃음을 짓고 온순한 목소리로 대답했다.

"무슨 말씀을. 중반까지는 내 쪽에서 몰렸어. 초반에 3열5행의 보에서 물렸을 때는 과연 살무사 요나이다, 당했다고 생각했지. 은장과 계마의 교환으로 내가 손해를 본 게 돼버려서…… 내가 5열5행의 비를 찾아낼 수 있었던 건 운이 좋아서였어. 솔직히 말해 다음에 다시 붙는다면 자신 없어."

가라앉아 있던 요나이의 얼굴에 생기가 돌아왔다.

"정말입니까?"

요나이가 흥분한 모습으로 앞으로 몸을 내밀었다.

도묘는 매우 성실한 얼굴로 끄덕였다.

"정말이야."

'거짓말이다.'

게이스케는 내심 생각했다.

실력 차이는 분명했다. 요나이의 기력은 좋아봤자 현 대회 5단급일 것이다. 전 아마 명인인 도묘가 요코즈나일본 씨름의 천하 장사라고 한다면 기껏해야 마에가시라前頭. 일본 씨름 10계급 중 다섯 번 째급이었다.

열 번 두면 한 번 이길까 말까 할 정도의 수준이었다.

도묘는 미끼를 던지는 것 같았다. 요나이, 혹은 관전자 중 누군가가 돈을 내고 도전하기를 기다리고 있었다.

쓰노다테가 관전자를 향해 목소리를 높였다.

"자, 모처럼의 기회야. 귀신잡이 주케이와 대국을 해보고 싶은 사람은 손을 들라고."

곧바로 게이스케의 뒤에서 소리가 났다.

"저기, 나도 한 판 부탁해. 전 아마 명인이랑 한 판 두고 싶어."

"선수 치지 말라고. 내가 먼저야."

"나야."

단숨에 객실 안이 소란스러워졌다.

도묘는 시치미 뗀 얼굴로 맛있다는 듯 담배를 피우고 있었다. 이렇게 될 것을 내다보고 있었다는, 사람을 깔보는 듯한 표정이었다. 요나이와의 승부로 10만 엔 승. 이 뒤 새벽까지 자신의 실력을 시험해보고 싶어 하는 아마추어들을 상대로 약간의 목돈을 벌 것이다.

이 여관에는 3박 머물 예정이었다. 하룻밤 도박 장기사끼리 한 판을 둔다. 그다음에는 아마추어들에게 돈을 거둬들인다. 그렇게 하면 손도끼잡이 모토지와의 대국에 쓸 밑천을 벌 수 있다는 계산이었다.

여관 종업원이 이 지방 명물, 힛쓰미수제비와 비슷한 도호쿠 지방의 향 토 음식와 된장구이 주먹밥을 가져왔다. 색색의 장아찌도 곁들 여 있었다.

여자 종업원은 마루방 군데군데에 먹을 것을 담은 쟁반을 내려놓고 남자들에게 소리쳤다.

"배가 고프면 싸울 수가 없지요. 아직 많이 있으니까 배부르 게 드세요."

관전하던 남자들이 일제히 마루방으로 향했다.

게이스케도 일어나면서 도묘를 불렀다.

"도묘 씨도 배를 좀 채우는 게 어떻겠어요?"

도묘는 고개를 저었다.

"먹을 건 필요 없어. 술이나 가져다줘."

도묘는 어젯밤에 야간열차를 탄 이후 식사를 제대로 한 적 이 없었다. 술만 마셨다. 아까 저녁 식사 때도 회를 조금 집어 먹었을 뿐이다. 기차를 갈아타기 위해 내린 하나마키역 승강

장에서 먹은, 서서 먹는 메밀국수가 그나마 제대로 먹었다고
할 만한 유일한 음식이었다.

"뭘 좀 먹지 않으면 집중력이 떨어져요."

승부에 미치는 영향도 있었지만, 무엇보다 몸이 걱정이었다.
아무것도 안 먹고 술만 마시면 몸에 좋을 리 없었다. 그러나 도
묘는 고집스럽게 식사는 필요 없다고 거절하고 술만 요구했다.

도묘의 목소리를 들은 듯, 여종업원이 술을 가져왔다. 여관
에 도착했을 때 내온 것과 같은 값비싼 술이었다. 도묘는 혼
자서 술을 따라 마시고는 만족스러운 듯이 숨을 내쉬었다.

"먹지 않으면 집중력이 안 생긴다고? 뭘 모르는 소리."

게이스케는 도묘를 생각해서 제대로 먹으라고 한 건데, 오
히려 자신을 우습게 보듯 말하는 소리에 화가 났다.

어떤 책에 뇌의 영양은 당분이다, 당분은 쌀이나 곡류 등 탄
수화물에 많이 함유되어 있다, 어떤 일에 집중할 때는 미리 탄
수화물을 섭취해두는 편이 좋다고 쓰여 있었다.

"그러니까 한 입이라도 좋으니 뭘 좀 먹는 게 좋아요."

도묘는 게이스케의 말을 무시하고 오로지 술병만 입에 가
져갔다.

"사람은 말이지, 몸도 인생도, 100명 있으면 100명이 다 다
른 법이야. 이렇게 하면 행복해진다든가 저렇게 하면 부자가
될 수 있다는 말은 다 거짓말이야. 밥도 그래. 하루 세 끼 먹으
면 좋다는 놈이 있다면 하루 한 끼로 충분하다는 놈도 있어.
난 말이지 배 속이 비었을 때 오히려 집중이 잘돼. 내 몸은 그

렇게 돼 있어. 자신의 의견을 남에게 강요하지 마."

그렇게 잘라 말하는 바람에 게이스케는 더 이상 아무 말도
할 수 없었다.

결국 도묘는 술 이외의 것은 안주로 나온 어린 머위줄기 된
장 절임밖에 입에 대지 않았다. 그리고 그대로 다음 대국으로
들어갔다.

그날 밤, 도묘는 요나이 외에 세 명하고 뒀다. 셋은 게이스
케가 보기에도 요나이의 발밑에도 미치지 못하는 실력이라서
도묘가 제대로 하면 요나이보다도 훨씬 더 일찍 승부가 날 상
대였다. 그러나 도묘는 대국을 바로 끝내지 않았다. 어느 정도
놀게 하고 상대가 기분이 좋아진 상태에서 단숨에 외통수로
몰았다. 손님을 즐겁게 하는 것이 대국 상대를 붙여준 쓰노다
테에 대한 나름의 예의라고 생각한 것이리라.

대국 후에 하는 복기에도 정성스럽게 임했다. 장기에 패한 원
인을 지적하고, 이길 수 있는 테크닉을 가르쳐주자, 상대방은
지고 나서도 기분이 좋아져서 다음 날도 온다면서 돌아갔다.

도노시에 간 지 나흘째 되는 아침에 여관을 나왔다.

여관에 도착했을 때는 거의 무일푼이던 도묘의 주머니에는
무려 100만 엔이 넘는 돈이 들어 있었다. 여관에 머문 3일 동
안 번 돈이었다. 이 돈으로 모토지와 승부를 겨룰 예정이었다.

이와테에 올 때는 도묘와 둘이었지만, 아오모리에 갈 때는
쓰노다테도 동행했다. 쓰노다테는 여관에서 벌인 대국도 모토

지와 벌인 대국도 자신이 주선한 것이므로 자신이 입회하는 것이 이치에 맞는다며 가슴을 폈다. 마치 대국 상대를 붙여준 사람의 의무이기 때문에 그렇게 하는 거라고 말하는 것 같았다. 하지만 희희낙락하는 쓰노다테의 표정에서는 도묘와 모토지의 대국을 두 눈으로 직접 보고 싶어 하는 그의 본심이 그대로 드러났다.

낮에 여관을 나와서 아사무시 온천에 도착한 것은 오후 4시가 지나서였다.

여관의 차로 하나마키역까지 가서 아사무시까지 특급을 이용했다. 표 값은 물론 쓰노다테가 냈다.

기차에서 내린 게이스케는 한 손으로 코트 깃을 여몄다. 같은 도호쿠인데도 이와테보다 더 북쪽에 위치한 이곳은 아직 한겨울이었다. 눈앞에 보이는 아오모리만이 회색으로 가라앉아 있었다. 그 위로 바다와 색깔이 같은 스산한 하늘에 백조가 몇 마리 날아갔다. 주위에는 아직 눈이 남아 있었다. 온몸을 감싸듯이 휘몰아치는 바닷바람에도 가랑눈이 섞여 있었다.

목 언저리에 여우 털인지 뭔지 모를 털이 달린 두꺼운 코트를 입은 쓰노다테와는 달리, 사계절 내내 입는, 옷감에 털이 난 정도의 두께밖에 안 되는 점퍼를 걸친 도묘는 게이스케보다도 더 추워 보였다. 평소 고양이처럼 굽은 등이 더 둥글게 말려 있었다.

승객을 내려놓고 기차가 떠나자 한 남자가 말을 걸어왔다.

"저, 혹시 쓰노다테 씨 일행 아닙니까?"

젊은 남자는 솜이 든 점퍼를 입고 있었다. 그 팔에 '망해장'이라고 쓰인 엠블럼이 붙어 있었다.

쓰노다테는 과장된 태도로 대답했다.

"맞소. 내가 쓰노다테요. 댁은 에토 씨 집에서 온 사람인가?"

"그렇습니다. 모시러 나왔습니다."

남자는 가볍게 머리를 숙이더니 세 사람을 차를 세워둔 곳으로 안내했다.

에토 와헤이는 쓰노다테의 오랜 장기 동료였다. 온천 거리의 거물로, 이번에 도묘와 모토지의 대국 장소를 제공한 여관 주인이었다. 4단 인증서를 받은 쓰노다테에 비하면 기력은 초단 안팎이라 많이 뒤처지지만, 장기에 대한 열정만큼은 지지 않았다. 아오모리로 향하는 기차 안에서 쓰노다테의 얘기를 들었다.

마중 나온 남자는 눈길에 강할 것 같은 소형 지프에 세 사람을 태우더니 눈이 쌓여 좁아진 도로를 따라 바다를 향해 달려갔다.

대국 장소인 망해장은 이름 그대로 바다가 바라다보이는 높은 지대에 있었다. 만듦새는 오래된 일본 가옥 단층집으로 메이지시대에 세웠다고 했다. 일본 가옥에서는 보기 드물게 입구의 문은 여닫이식으로 되어 있었다. 그 문에 끼워 넣은 천연색 창유리가 오래전 문명 개화 시대의 향취를 풍겼다. 예전에 유명한 가인歌人. 일본 고유 시 와카 작가이 별장으로 삼았다는 사실을 뽐내기라도 하듯이 현관을 들어섰을 때 바로 보이는 벽에는 그 가인이 직접 쓴 시를 걸어놓았다.

남자는 게이스케 일행을 응접실로 안내하고 이곳에서 기다리라고 말한 뒤 방을 나갔다.

바닷바람이 불어대는 북쪽 거리는 아직 한겨울처럼 추웠다. 난로에서 장작이 이글이글 타고 있었지만 한번 언 몸은 좀처럼 녹지 않았다. 게이스케는 얼어서 감각이 없어진 발끝을 털슬리퍼 안에서 꾸물꾸물 움직여서 녹였다.

잠시 후 기모노 차림을 한 남자가 여자 하나를 이끌고 나타났다. 여자는 무늬 없는 기모노에 하얀 앞치마를 하고 있었다. 이 여관의 종업원인 모양이었다.

남자는 하오리 소매를 과장되게 뒤로 쳐올리며 게이스케 일행과 마주하는 모양새로 소파에 앉았다. 도묘 쪽을 보고 말했다.

"쓰노다테 씨에게 들으셨을 텐데, 제가 이 여관의 주인, 에토입니다. 먼 곳까지 오시느라 고생하셨습니다."

에토는 그렇게 말하면서 고풍스러운 카이저수염을 손가락으로 쓰다듬었다.

망해장 주인하고는 오랫동안 알아온 쓰노다테가 격의 없는 투로 말했다.

"이와테도 아직 추운데, 이쪽에 비하면 아무것도 아니네요."

"올해는 예년에 비해 추위가 더 심하네요. 이대로라면 백조가 북쪽으로 돌아가는 것도 한참 더 있어야겠어요."

둘은 실없는 잡담을 계속했는데, 이야기가 끊어졌을 때 에토가 기다렸다는 듯이 도묘에게 말을 걸었다.

"그런데 도묘 씨는 이곳 아오모리에도 몇 번 오신 적이 있는 것 같더군요."

도묘는 남 앞에서는 늘 그러듯이 자신을 한껏 낮추는 말투로 대답했다.

"네. 주인장께서 어떻게 잘 알고 계시네요."

에토는 소파에 깊이 등을 기대면서 편안한 어조로 말했다.

"귀신잡이 주케이란 이름은 이런 시골에까지 잘 알려져 있소. 도묘 씨야 근처를 산책하는 정도의 기분으로 왔다 갔겠지만, 이 주변의 장기 두는 사람들에게는 큰 사건이었지요. 그 귀신잡이 주케이가 왔다면서 대소동이 일어났거든요. 나도 한번 얼굴을 뵙고 싶다고 생각했는데, 내 귀에 소식이 들려올 무렵에는 도묘 씨는 벌써 어디론가 가버렸더라고요. 오늘은 애타게 그리던 상대를 만난 것 같은 마음이요."

말투는 부드러웠지만 목소리에서는 불만에 찬 심사가 숨길 수 없이 배어 나왔다. 이곳에 왔으면서 나한테는 왜 인사를 안 했느냐고 괘씸하게 생각하고 있었던 모양이었다.

장기는 말 쟁탈전임과 동시에 정신적인 싸움이기도 하다. 상대방 마음의 이면을 읽으면서 다음 수를 생각한다. 아마추어 최강이라 불리는 도묘가 에토의 장황한 말 뒤에 감추어진 가시를 눈치채지 못했을 리 없었다. 도묘는 에토가 말하고자 하는 바를 바로 알아듣고 반론도 변명도 하지 않은 채 무릎에 이마가 닿을 정도로 머리를 숙였다.

"매번 쫓기듯이 다녀가야 해서 지금까지 인사도 못 드렸습니다. 죄송합니다."

에토는 한껏 자세를 낮추는 도묘를 보고 꽁한 마음이 풀렸는지 어깨에서 힘을 빼고 문 쪽에 서 있는 여종업원에게 술을 가져오라고 지시했다.

여종업원이 가져온 술은 청주가 아니라 탁주였다.

에토는 됫병에서 짚으로 된 마개를 빼내고 테이블 위에 놓인 컵에 따랐다.

"요놈은 우리 집에서 직접 담근 건데, 내 자랑이오. 입이 무겁고 마음에 드는 손님에게만 내놓는다오."

권하는 대로 한입 마신 게이스케는 갑자기 목이 막히는 것 같았다. 신맛이 강했다.

기침을 하는 게이스케를 보고 웃으면서 에토는 쓰노다테에게 물었다.

"이 도련님이 신슈의 일본 된장 제조장 아드님인가요?"

게이스케는 어안이 벙벙했다. 도대체 무슨 소리를 하는 건가. 자신을 누구랑 착각한 걸까.

게이스케가 아니라고 말하려고 하는 순간, 그보다 먼저 도묘가 대답했다.

"네, 그렇습니다."

게이스케는 놀라서 옆에 앉은 도묘에게 고개를 돌렸다. 도묘가 곁눈질로 게이스케를 보며 가만히 있으라는 눈빛을 보냈다.

강한 시선에 압도된 게이스케는 입 밖으로 내보내려던 말을 목구멍 속으로 밀어 넣었다. 사실은 일본 된장 제조장 아들이 아니라 일본 된장 제조장에서 일하는 아버지를 버리고 나온 가난한 대학생이다. 에토에게 거짓말을 하는 것이 영 찜찜했지만 여기서 말을 맞추지 않으면 나중에 도묘에게 무슨 짓을 당할지 알 수 없었다.

"그런데……."

에토의 관심은 게이스케에게서 바로 벗어났다. 화제가 곧바로 바뀌었다.

"손도끼잡이 모토지와의 대국에 쓰겠다고 한 그 말은 가져오셨겠지요."

게이스케는 몸을 긴장시켰다. 초대 기쿠스이게쓰가 만든 말을 가리키는 거였다.

도묘는 탁주가 든 컵을 단숨에 비웠다.

"물론입니다."

에토의 눈이 좋아하는 음식을 앞에 둔 것처럼 빛났다. 무릎걸음으로 한 걸음 앞으로 나서더니 도묘에게 부탁했다.

"이름으로만 들어본 그 장기말을 대국하기 전에 볼 수는 없을까?"

도묘는 에토의 부탁을 살짝 무시했다.

"그보다 모토지 씨의 몸 상태는 어떻습니까?"

자신의 취미를 타인의 건강보다 앞세우는 것은 민망한 일일 것이다. 에토는 순순히 도묘의 말에 장단을 맞췄다.

"댁들도 들었을 테지만, 좋지는 않아요. 솔직히 남은 시간이

길지는 않겠지요. 본인도 그걸 알기 때문에 3년 전에 은퇴한 거고. 그렇게 마셔대면 아무리 튼튼한 간이라도 당할 재간이 없지. 말 못하는 장기가 아프다는 소리를 내면 끝이야."

"아니……."

도묘가 고개를 저었다.

"제가 알고 싶은 건 그치의 수명이 아니라……."

두 사람이 주고받는 말을 잠자코 듣던 쓰노다테가 끼어들었다.

"수명이 아니라면 뭐가 알고 싶은 건데?"

도묘는 탁주가 들어 있는 컵을 손안에서 빙그르 돌렸다.

"그 인간의 몸이 나하고 대국을 하는 동안 지탱할지 못할지 알고 싶은 겁니다."

쓰노다테와 에토는 서로의 눈을 바라봤다. 도묘가 한 말을 어떻게 느꼈는지 탐색하는 것 같았다. 서로의 얼굴색에서 의견이 일치한다는 것을 읽은 모양이었다. 에토는 느닷없이 소리 내어 웃었다.

"어이, 아무리 남은 시간이 길지 않다고 해도 내일 저승사자가 올 정도는 아니겠지요. 아무리 장기를 좋아해도 그 정도로 나쁘다면 이번 승부를 받아들이지 않았을 거요. 그냥 병원 침대에 누워서 불경이나 읊고 있었겠지."

컵에 입을 대는 시늉을 하면서 게이스케는 속으로 아닐걸요, 하고 속으로 말했다. 모토지는 도호쿠 최강이라 칭해지던 도박 장기사였다. 아마추어 명인에도 오른 적이 있었다. 그 정도의 명성을 지닌 장기 기사라면 설혹 내일 목숨이 다할 몸이라 하더라도 도묘와의 대국에는 반드시 오려고 할 것이다. 도묘는 게이스케와 처음 만난 날, 모토지는 마지막 불꽃을 피우고 싶어서 승부 상대를 찾고 있는 거라고 말했다.

여종업원이 문을 노크하고 방으로 들어와 가져온 접시를 테이블 위에 놓았다. 방금 구운 반건조 오징어였다.

에토는 탁주 병을 도묘에게 내밀고 놀리듯 말했다.

"적의 건강을 염려하다니 귀신잡이 주케이도 사람의 자식이었군요."

도묘는 아무 대답도 하지 않고 에토의 잔을 받았다.

'아니다.'

게이스케는 속으로 중얼거렸다.

도묘는 모토지의 건강을 걱정하는 것이 아니다. 대전 도중 모토지가 쓰러져버리면 손에 들어올 돈이 줄어들지 않을까 걱정하는 거다. 대국은 7국. 내리 이기면 700만 엔이 주머니에 들어오지만 모토지가 쓰러져서 2국밖에 못 뒀을 경우, 시합에 이겨도 200만 엔밖에 벌지 못한다.

슬쩍 곁눈질을 해서 보니 도묘는 방바닥을 내려다보고 있었다. 노려보는 것 같은 날카로운 눈매에서는 자비나 측은함 같은 너그러운 감정은 조금도 느껴지지 않았다. 그의 머릿속에는 오직 돈 생각밖에는 없는 거다.

게이스케의 등으로 찬 바람을 맞을 때와는 다른 떨림이 내달렸다.

모토지를 본 순간, 게이스케는 이 노인을 뭔가에 비유해야 한다면 즉신불卽身仏이 딱 좋겠다고 생각했다.

얼굴색은 흙빛이었고 표정이 없었으며 몸은 실험실의 인간 골격 모형에 살은 없이 가죽만 씌워놓은 것 같았다. 유카타여름철에 입는 면으로 된 홑옷를 입고 단젠솜을 둔 소맷부리가 넓은 일본 옷을 어깨에 걸쳤는데, 유카타 사이로 보이는 가슴에는 갈비뼈가 앙상하게 드러나 있었다. 깊이 파인 눈구멍에 묻힌 눈은 어둠침침하고 탁해서 생기가 전혀 느껴지지 않았다. 게이스케는 처음으로 죽을상을 가까이에서 본 것 같다는 생각이 들었다.

모토지는 여관에 온 뒤로 한 번도 입을 열지 않았다. 말할 기력이 없는 것일지도 몰랐다. 고개를 위아래나 좌우로 흔드는 것으로 겨우 자신의 뜻을 전했다.

대국 장소인 안쪽 객실에 도묘와 모토지가 마주 보고 앉았다. 둘 사이에는 장기판이 놓여 있었다. 쓰노다테의 '가타리베의 집'에서 도묘와 요나이의 대국에 쓰인 것에 버금가는 훌륭한 장기판이었다.

자신이 갖고 있는 장기판과 비교해서 어느 쪽이 더 좋은 물건인가 신경이 쓰이는지 쓰노다테는 장기판을 사방에서 살펴봤다.

장기판 바로 옆에는 자그마한 책상이 놓여 있었다. 그 위에 100만 엔 다발 두 개가 놓여 있었다. 모토지와 도묘의 내기 돈이었다. 아무렇게나 던져놓은 거금이 신경 쓰여서 정좌한 게이스케는 몇 번이나 자세를 고쳐 앉았다.

입회인인 에토가 기둥에 걸린 추시계를 바라보더니 신호를 보내기라도 하는 듯 가볍게 헛기침을 했다.

"슬슬 시작할 시간입니다. 부탁드리겠습니다."

시곗바늘은 6시 5분 전을 가리키고 있었다.

에토의 얌전한 목소리가 울리자 방 안 공기가 팽팽하게 긴장됐다.

객실에 들어가는 것은 남자 일곱 명과 여자 한 명이었다. 유리를 끼워 바깥 풍경을 보게 만든 장지문을 등진 모토지, 그 맞은편에 도묘. 도코노마에 가까운 상석에는 입회인인 쓰노다테와 에토가 앉았다. 게이스케는 도묘의 뒤, 객실 입구 가까이에 앉았다. 모토지의 대각선 뒤에 대기하고 있는 여성은 모토지의 딸 다카코였다. 나이는 40대 후반일까. 만일의 경우에 모토지를 돌보기 위해 와 있는 것이라고 했다.

장기판을 가운데 두고 쓰노다테와 마주 보는 쪽에는 아미시마와 가이바라는 남자가 앉았다. 아미시마는 아사무시 온천협회, 가이바라는 아사무시 관광협회의 회장이라고 했다.

둘은 기록 담당과 시계 담당이라는 명목으로 동석한 것이었다. 나중에 에토에게 들은 이야기에 따르면 아미시마와 가이바라는 장기를 매우 좋아하는 사람들로, 도묘와 모토지의 대국 얘기를 귓결에 듣고 세기의 도박 장기를 두 눈으로 직접 보고 싶다고 에토에게 머리 숙여 부탁했다고 한다.

"그럼 이번 대국에 쓸 말을 꺼내주시겠습니까?"

에토가 그렇게 말하면서 도묘를 바라봤다. 도묘는 뒤를 돌아보고 게이스케를 향해 턱을 치켜 올렸다.

　게이스케는 옆에 뒀던 보자기 꾸러미의 매듭을 풀고는 말 상자를 양손으로 치켜들었다.

　그리고 무릎걸음으로 장기판 옆까지 가서 말 상자의 뚜껑을 열고 말 주머니의 내용물을 천천히 장기판 위로 흘리듯이 쏟아냈다.

　생기를 찾아볼 수 없던 모토지의 눈이 커졌다.

　상좌 쪽에서는 쓰노다테와 에토가 숨을 삼키는 기척이 났다. 기록과 시계를 담당한 두 사람은 엉덩이를 들고 몸을 앞으로 내밀어 반상의 말을 살폈다.

　에토가 신음하는 듯한 소리를 냈다.

　"이것은…… 훌륭한 말이군요."

　기록 담당 아미시마가 턱에 손을 대고 한숨을 흘렸다.

　"흔히 볼 수 있는 말하고는 느낌이 다르네요."

　그 말에 옆에서 고개를 끄덕인 시계 담당 가이바라의 뺨이 순식간에 홍조를 띠었다. 중얼거리듯이 말했다.

　"가격의 자릿수가 다르겠군, 이건……."

　이름으로만 듣던 장기말을 앞에 두고 참을 수 없었던지 에토가 장기판 쪽으로 다가왔다.

　"잠깐 실례."

　대답도 기다리지 않고 왕을 집어 들었다. 그러고는 얼굴이 닿을 정도로 눈에 가까이 대고 살펴보면서 감탄한 듯 고개를 흔들었다.

"이름은 들어 알고 있었지만, 초대 기쿠스이게쓰가 만든 말을 두 눈으로 직접 보는 것은 처음이야. 거 참, 굉장하네. 이 말을 볼 수 있었던 것만으로도 장소를 제공한 보람이 있어."

말을 제자리에 돌려놓으면서 에토는 말했다.

쓰노다테가 마치 자신의 공적인 양 가슴을 폈다.

"어때요. 멋진 말이지요?"

쓰노다테는 모토지와 도묘를 번갈아 보면서 말했다.

"명장기말에 지지 않을 명국을 부탁드립니다."

쓸데없이 끼어들지 말라고 항의라도 하듯이 도박 장기사 두 사람은 아무 대꾸도 하지 않은 채 묵묵히 말을 늘어놓았다. 승부의 기운이 고조된 걸까, 쓰노다테의 말 같은 것은 눈에도 들어오지 않는다는 듯 두 사람은 오직 반상만을 노려봤다.

쓸데없는 말을 했다고 생각했는지 쓰노다테는 겸연쩍은 얼굴을 하고 뒤통수를 긁더니 그대로 입을 다물었다.

객실의 술렁임이 가라앉고 말이 정해진 위치에 놓인 것을 확인하자, 장기판 쪽에 있던 에토가 가볍게 인사하고 말했다.

"그럼 보를 던져 선후를 정하겠습니다."

실례, 하고 모토지에게 작은 소리로 말한 후 중앙의 보를 다섯 개 집어 들었다. 숨을 들이쉬고는 말을 쥔 양손을 위아래로 흔든 다음 조용히 숨을 내뱉으면서 장기판 옆에서 말을 던졌다.

다다미 위에 말이 굴렀다.

앞면이 하나, 뒷면이 넷.

도묘가 선수였다.

조짐이 좋았다.

게이스케는 무릎 위에 얹은 손을 작게 쥐었다.

장기는 바둑만큼은 아니지만 선수가 유리하다는 점에서는 다를 바가 없었다. 승률 차는 겨우 몇 퍼센트지만, 선수를 쥐면 적어도 자신이 바라는 전법으로 시작할 수 있었다.

고정비차든 이동비차든, 미리 작전을 세우기 쉬웠다.

따라서 프로의 타이틀전은 일곱 판 승부라면 일곱 판 승부의 첫판에 보를 던져 선후를 정하고, 그다음은 선후 교대를 한다. 세 번씩 선수와 후수를 반복해 시합을 하고서도 승자가 결정되지 않으면 제7국에는 다시 보를 던져 선후를 결정한다. 그러나 이번 승부는 진 쪽이 다음 국의 선수가 되는 것으로 되어 있었다. 만약 첫판을 진다고 해도 도묘는 두 판을 계속해서 선수를 가질 수 있었다.

'도묘 마음에 여유가 생길 거다.'

게이스케는 도묘와 어젯밤에 주고받은 대화를 떠올렸다.

"내기 돈이 한 판 할 것밖에 없는데 첫판에서 지면 어떻게 되는 건가요?"

그렇게 묻는 게이스케에게 도묘는 호통을 쳤다.

"시끄러워! 내가 이길 거야. 이긴다면 이겨!"

도묘는 몸을 뒹굴 굴리더니 게이스케에게 등을 돌렸다. 지금까지 본 적 없을 정도로 화난 기색이 가득한 얼굴이었다. 게이스케는 아무 말도 못하고 입을 닫았다.

자신은 곁다리로 온 것뿐이다. 만약 첫판에 도묘가 져도 난처할 일은 없었다. 어쩌면 도묘는 어려움을 겪을 때를 대비해 대책을 세워놨을지도 몰랐다.

그래. 도묘는 책사 타입이다. 말은 하지 않았지만 막상 일이 닥쳤을 때의 대책은 세워놓았을 것이다. 그렇게 자신을 타이르며 게이스케는 잠들었다.

그러나 중반을 맞을 때까지 국면은 통 좋아질 기미를 보이지 않았다. 아마추어라면 일방적으로 당하고 말았을 상황을, 도묘가 아니고는 할 수 없는 강수, 묘수로 막아내고는 있으나 차이는 서서히 벌어져갔다.

모토지와 대결하고 있는 도묘의 등을 보니 지난밤의 침착한 태도가 흔들리는 듯했다. 그 모습을 바라보자니 잠깐 동안 편히 잠들 수 있었던 요람이 깨지는 것 같은 기분이 들었다. 끝 모를 불안감으로 가슴이 부풀고 심장이 답답해졌다. 어두운 바닷속에 내던져진 기분이었다. 숨이 막혀오고 가슴은 산소가 부족하다며 비명을 지르는 것 같았다.

지금 생각해보니 도묘는 첫판에 졌을 때의 일 같은 건 전혀 생각해두지 않았을지도 몰랐다. 어쩌면 대국 직전, 부르르 하고 도묘의 어깨가 떨린 것은 대전을 앞둔 무사의 결의에 찬 떨림이 아니었을지도 몰랐다. 졌을 때 어떻게 돈을 마련할 것인가, 하는 걱정이 불러온 초조함과 불안감의 떨림이었을 뿐인지도 몰랐다.

그렇다면 왜 그런 함정수를 둔 걸까. 게이스케는 몇 번이나 생각해도 그 이유를 알 수 없었다.

게이스케는 조용히 다다미에서 일어섰다.

바짝 긴장해서 미처 몰랐는데 요의가 한계에 달해 있었다. 대국이 벌어지는 객실은 다음 방과 문 하나를 사이로 연결돼 있었다. 게이스케는 대국장인 객실에서 일어나 다음 방 문을 열고 복도로 나가 화장실로 갔다.

처음에는 소변이 좀처럼 나오지 않았다. 그러나 한번 나오기 시작하자 봇물이 터진 것처럼 그칠 줄 모르고 계속 나왔다. 온몸의 수분이 다 빠져나가는 건 아닐까, 하는 생각이 들 정도였다.

머릿속에서는 계속해서 같은 의문이 빙글빙글 맴돌았다.

'왜냐. 왜 귀신잡이를 쓴 거냐.'

나중에서야 귀신잡이 주케이의 '귀신잡이'가 도묘의 장기 전법 — 아마추어를 함정에 빠뜨릴 때의 — 이기도 하다는 것을 알았다. '귀신잡이 주케이'라는 별명은 '귀신을 죽일 정도로 강하다'는 뜻에서뿐만 아니라 그가 자주 '귀신잡이'라는 기습 전법을 사용하는 데서 붙은 별명이라는 것을, 나중에 오쇼의 마스터에게서 들었다.

"그건 실은 본인에겐 약점인 셈이야. 상대가 수에 넘어가지 않고 바르게 대응하면 불리해지는 일종의 함정 수니까. 그래도 나는 이길 수 있다는 점을 과시하고 싶은 거지."

호다카는 쓴웃음을 지으며 게이스케에게 그렇게 말했다.

그러나 그것을 알았다 해도 게이스케의 의문은 풀리지 않았다.

상대는 늙었다곤 하나 전설의 도박 장기사인데, 그를 상대로 100만이나 되는 거금을 건 장기를 두면서 처음부터 불리해질 위험이 있는 전법을 사용하는 의도가 뭔지 전혀 이해할수 없었다. 지면 바로 돈이 떨어질 텐데 어쩔 것인가.

소변을 다 누자 게이스케는 위를 바라보고 부르르 몸을 떨었다.

손을 씻으면서 어떻게든 자제심을 되찾아보려고 했다. 자신이 아무리 초조해해도 별수 없다. 모든 것은 도묘의 손에 달려있을 뿐이었다.

마음을 굳게 먹고 방으로 돌아가려고 하는데 뒤에서 누군가가 말을 걸었다. 여관 여종업원이었다.

기모노에 앞치마를 한 여종업원은 주뼛주뼛거리며 게이스케에게 물었다.

"저, 주인님이 7시가 되면 차와 과자를 가져오라고 하셨는데, 안의 상황은 어떤지요?"

여종업원이 손에 든 쟁반에는 두 사람분의 차와 화과자가놓여 있었다. 도묘와 모토지 것이었다.

객실의 긴장된 분위기가 방문을 통해 밖으로도 전달됐을것이다. 여종업원이 차를 나를 적당한 시점을 가늠하지 못하고 있다는 것을 알 수 있었다.

"괜찮으면 제가 가져가겠습니다."

여종업원은 놀란 기색으로 고개를 저었다. 손님에게 그런 일을 시켰다가는 여관 주인에게 야단을 맞는다고 했다.

게이스케는 친절한 마음으로 그런 말을 한 것이 아니었다. 대국을 방해하지 말았으면 하는 마음에서 한 말일 뿐이었다.

장기는 기술뿐 아니라 대국자의 심리적 상태나 대국장 분위기에도 영향을 받는다. 예를 들어 바람 소리가 시끄럽다든가 복도를 걷는 발소리가 귀에 거슬린다는 등 사소한 이유 때문에 집중력을 잃는 사람도 없지 않았다. 게이스케는 장기 잡지에서 그런 사례를 읽어서 알고 있었다.

아마추어 고단자로서의 표면의 승부와 도박 장기사로서 이면의 승부를 이루 헤아릴 수 없을 만큼 많이 벌여온 두 사람이 차를 내놓는 것 정도로 집중력이 흐트러질 거라고는 생각되지 않았다. 그러나 외부 사람이 객실에 들어오면 내부 공기가 바뀔 가능성은 있었다. 진검 승부에서는 그처럼 눈에 보이지 않는 공기의 흐름이 분명히 있었다.

"괜찮아요. 에토 씨한테는 내가 억지를 써서 부탁하는 바람에 할 수 없이 들어준 것으로 해둘 테니까요."

여종업원은 걱정을 덜었다는 듯이 안도의 표정을 짓고 죄송하다며 머리를 숙이면서 쟁반을 게이스케에게 건넸다.

객실로 돌아온 게이스케는 심호흡을 하고는 발소리가 나지 않도록 조심하면서 장기판에 다가가 모토지와 도묘의 옆에 차와 화과자를 내려놨다.

되도록 두 사람의 얼굴을 보지 않으려 얼굴을 숙인 채 내려놓은 게이스케는 장기판 옆에서 벗어날 때 곁눈으로 도묘를 흘낏 봤다. 눈에 핏발이 서고 이마에는 땀이 솟아났고 입술은 크게 일그러져 있었다.

게이스케는 오싹했다. 도묘와 안 지 몇 개월밖에 안 됐지만, 도묘는 게이스케가 한 번도 본 적 없는 얼굴을 하고 있었다. 누군가 시퍼렇게 간 칼을 가슴께에 들이민다면 이런 얼굴이 될 거다 싶은 얼굴을 하고 있었다.

게이스케는 반상을 눈으로 훑었다. 도묘가 막다른 곳에 몰린 얼굴을 하고 있는 이유를 알 것 같았다.

도묘의 왕에는 니테스키가 걸려 있었다. 즉 도묘의 왕은 앞으로 두 수면 외통수에 걸릴 운명이었다. 도묘는 앞으로 두 수 이내에 유효한 수를 둬야 했다. 그러지 않으면 바로 패배였다.

그러나 언뜻 봐서는 유효한 수가 있을 것 같지 않았다.

둘 사이에는 옥형玉形, 왕장을 둘러싼 형세의 견고함이 너무 달랐다.

도묘의 왕을 수비하는 것은 금장 하나. 그에 비해 모토지의 왕은 금은 셋으로 단단히 둘러싸여 있었다.

이래서는 천하의 도묘라도 승산이 없었다.

화장실에 간 지 5분도 지나지 않았을 텐데, 그사이에 수가 이만큼이나 진행되다니.

나중에 기보를 살펴보니 자신이 화장실을 다녀오는 사이에 서로 간에 거의 노타임으로 13수를 둔 것으로 되어 있었다.

승부가 이미 결정되었다는 사실을 알고 있는 것은 게이스 케와 모토지, 그리고 도묘뿐일 것이다. 대국자 이외의 남자 네

명은 아직껏 눈을 빛내며 승부의 행방을 좇고 있었다.

게이스케는 살그머니 장기판 옆을 떠났다.

쟁반을 여종업원에게 돌려주기 위해 복도로 나갔다.

등 뒤로 방문을 닫은 순간 무릎이 덜덜 떨렸다. 힘이 빠져 저도 모르게 바닥에 무릎을 꿇었다.

그런 게이스케를 보고 여종업원이 놀라서 달려왔다.

"무슨 일입니까? 속이 안 좋은가요?"

엎드린 게이스케는 여종업원을 향해 오른손을 내밀고 소란 떨지 말라는 몸짓을 했다.

내뱉는 숨 사이로 겨우 목소리를 짜냈다.

"창피한 얘긴데, 발이 저려서요. 잠깐만 이러고 있으면 바로 나을 겁니다. 신경 쓰지 마세요."

여종업원은 안심한 듯이 숨을 내쉬고는 쟁반을 받아 들고 복도 끝으로 물러갔다.

게이스케는 복도 벽에 등을 기대고 무릎을 세워서 앉았다.

도묘는 질 거야.

게이스케의 마음이 어두운 바닷속으로 가라앉는 듯했다.

돈에 대한 생각이 소용돌이에 휩쓸린 나뭇잎처럼 머릿속에서 춤췄다. 유리창 틈새로 들어오는 바람이 휘파람 소리처럼 새된 소리를 냈다.

그때마다 천장에 매달린 알전구가 흔들렸다.

다다미 위로 비치는 자신의 그림자가 흔들흔들거렸는데, 그것이 흔들리는 불빛 탓인지 자기 몸이 떨리는 탓인지 알 수 없었다.

　잠자리를 편 이불방에서 게이스케는 도묘와 마주 보고 앉
았다. 어두컴컴한 방 안에는 도묘가 피우는 담뱃불만이 외로
이 떠 있는 것 같았다.

　도묘가 두 대째 담배를 재떨이에 비벼 끈 뒤, 게이스케는 물
었다.

　"어떡할 건가요?"

　화난 감정을 담고 말한 셈이었지만 실제로 입에서 나온 말
은 병자의 목에서 나오는 말같이 가냘팠다.

　도묘는 게이스케의 물음에 아무 대답도 하지 않고 옆에 있
는 담뱃갑에서 세 대째 담배를 꺼내 성냥으로 불을 붙였다. 코
를 찌르는 냄새가 났다.

　있는 돈 없는 돈을 모두 합친 100만 엔을 건 대승부는 결국
도묘의 패배 시인으로 끝났다.

　팔짱을 끼고 허공을 올려다본 뒤 졌습니다, 라며 머리를 숙
이던 도묘의 뒷모습이 떠올랐다.

　패배의 순간, 도묘의 어깨가 부르르 떨린 것을 게이스케는
놓치지 않았다. 방 안에 희미한 한숨이 가득 찼다.

　136수. 초반의 큰 차이를 생각하면 믿을 수 없는 숫자였다.
종반에 돌을 물고 늘어지듯이 버티며 두는 도묘의 수에는 오
싹할 정도로 무서운 면이 있었다. 100수를 넘을 무렵부터 모
토지의 어깨는 숨을 한 번 쉴 때마다 크게 오르락내리락했다.

체력이 한계에 다다랐다는 것을 옆에서 봐도 알 수 있었다.

복기는 없었다. 나중에 안 것인데, 진짜 도박 장기사끼리 벌이는 대전에서 복기하는 일은 거의 없다고 했다. 프로의 대국과 달리 자신의 예측이나 속마음을 드러내는 것은 자살 행위로 여겨지기 때문이라고 했다. 약육강식의 세계에서 겉치레에 연연하는 사람은 조만간 잡아먹힌다. 샤미센 타는 소리를 들으면서 하는 복기는 신경을 갉아 먹을 뿐 아무런 쓸모가 없다. 쓸데없는 짓은 하지 않는다. 돈이 되지 않는 일은 무시한다. 그것이 도박 장기사의 마음가짐이라고 도묘는 나중에 게이스케에게 가르쳐줬다.

일어나는 것조차 힘들어 보이는 모토지는 내일 시합에 대비해야 한다면서 효성스러운 딸의 부축을 받으며 방을 나갔다. 뼈만 남은 거나 다름없는 모토지의 손에는 이번 판으로 딴 내기 돈이 단단히 쥐어져 있었다.

모토지가 자리를 뜨자마자 쓰노다테나 에토 등은 한꺼번에 한숨을 토했다. 전설의 두 도박 장기사의 승부에 자기 자신을 잊고 몰입했던 것이리라. 비로소 정신이 돌아왔는지 완전히 식은 차로 입을 축이더니 방 안에 있는 모든 사람들이 두 사람의 훌륭한 장기를 칭찬하며 내일 있을 2국이 기대된다고 한마디씩 했다.

게이스케는 등골이 얼어붙는 것 같은 마음으로 사람들의 말을 듣고 있었다.

내일 대국은 없다. 도묘가 준비한 내기 돈은 1국을 둘 수 있는 액수뿐이었기 때문이다.

게이스케는 도묘의 등을 봤다. 도묘는 다다미에서 천천히 일어나 사람들에게 머리를 숙이고 그대로 방을 나갔다.

잠자리로 마련된 이불방에 돌아와서도 게이스케는 한동안 입을 뗄 수 없었다. 하고 싶은 말은 산처럼 많았다. 그러나 무슨 말부터 해야 할지 몰랐다. 머리가 혼란스러웠다. 잠시 시간이 흐른 후 겨우 나온 말이 "어떡할 건가요?"라는 물음이었다.

도묘는 게이스케의 물음에는 대답하지 않고 양반다리를 하고 앉은 채 잠자코 담배를 피워댔다. 방 안이 어두컴컴한 데다 도묘가 석유난로를 등지고 앉아 있었기 때문에 그림자에 가려 얼굴이 보이지 않았다. 그 모습이 마치 배 째라, 하는 것으로 보여서 게이스케는 머리로 피가 솟았다.

똑바로 앉은 자신의 무릎을 잡고 정색을 하고 물었다.

"왜 귀신잡이를 쓴 겁니까? 그건 한 수 아래인 상대에게 쓰는 함정 수잖아요. 도묘 씨가 손도끼잡이 모토지를 쉽게 봤다고는 생각하지 않아요. 나한테는 당신이 일부러 진 걸로밖에는 안 보이거든요."

게이스케는 무릎을 문지르며 몸을 앞으로 내밀었다.

"귀신잡이를 쓴 이유는 뭡니까? 왜 그런 수를 둔 겁니까?"

따지고 들던 게이스케는 흠칫 놀라 몸을 뺐다.

도묘가 고개를 숙인 채 눈만 치켜뜨고 게이스케를 노려봤다. 그 눈은 얼음처럼 찬 증오를 품고 있었다. 여기서 한마디 더 했다가는 어떤 일을 당할지 알 수 없었다. 그런 공포가 게이스케의 등줄기를 타고 지나갔다.

도묘는 세 대째 담배를 재떨이에 끄더니 이부자리를 난폭하게 깔았다.

이불에 몸을 싸고 나서 도묘는 게이스케에게 등을 향한 채 나지막이 말했다.

"어떻게든 할 거야."

게이스케는 날카로워지려는 말투를 어떻게든 억눌렀다.

"없는 돈을 어디서 가져옵니까?"

침묵——

도노에서의 밤이 생각났다. 도묘가 게이스케에게 등을 돌리고 입을 다물면 그다음에는 뭘 물어도 대답하지 않았다.

게이스케는 정좌한 다리를 풀고 무릎을 끌어안았다.

도묘는 도대체 무슨 생각을 하는 걸까. 오늘 밤 중으로 2국에 필요한 내기 돈 100만 엔을 준비하는 건 불가능했다. 어떻게든 할 거라니, 2국부터는 대국을 못하게 됐다고 솔직하게 말하고 사과한다는 뜻인가.

아니, 아니다.

게이스케는 머리에 떠오른 생각을 그 자리에서 지웠다.

죽을 때가 가까운 모토지에게는 이 대국이 마지막 승부였다. 생명을 불태우기 위한 7판 승부가 1국을 둔 것만으로 종료한다면 죽으려 해도 죽을 수 없을 것이다.

모토지의 마음은 같은 도박 장기사인 도묘가 가장 잘 알고 있을 터였다. 도박 장기에 목숨을 걸어온 모토지에게 승부를 중도에 포기하는 꼴사나운 모습은 무슨 일이 있어도 보이고 싶지 않을 것이다. 그것만이 아니다. 적어도 게이스케가 알고 있는 도묘라면 눈앞에 어른거리는 거금을 두고 엉덩이에 돛을 달고 달아나는 짓을 할 리 없다고 게이스케는 생각했다.

도묘는 아침까지 어떻게든 내기 돈을 마련할 작정인 거다. 그러나 도대체 어떻게…….

창 틈새로 바람이 들어왔다.

천장의 알전구가 흔들리자 게이스케의 그림자도 흔들렸다.

게이스케는 무릎을 안고 그 사이에 얼굴을 묻었다. 아무리 머리를 굴려도 자신은 어떻게 할 도리가 없었다. 도묘가 무슨 생각을 하는지 알 수 없지만, 모든 것을 그에게 맡길 수밖에 없었다.

게이스케는 천천히 일어나 이부자리를 깔고 전기를 껐다. 석유난로 불은 끄지 않은 채 이부자리에 들어갔다.

눈을 감고 바람 소리를 듣는 사이에 날카로워졌던 신경이 차분히 가라앉았다. 일단 마음이 진정되자 바로 수마가 덮쳐와 순식간에 잠에 빠져들었다.

자취방에서든 여관에서든 게이스케는 도묘보다 먼저 잠에서 깬 적이 없었다.

아침에 눈을 뜨니 도묘는 이불 속에 없었다. 얼른 베갯맡에 둔 손목시계를 보니 정각 7시가 되려 하고 있었다. 육체도 정신도 몹시 지쳐 있었던 탓인지 완전히 잠에 빠져 도묘가 일어나는 것을 알지 못했다.

서둘러 두 사람의 이부자리를 갰다. 도묘를 찾으러 가려고 하는데 방문이 열렸다.

도묘였다. 손에 석유난로의 석유통을 늘어뜨리고 있었다.

"일어났더니 석유가 다 돼서 불이 꺼져 있었어. 추워서 못 견디겠길래 여종업원한테 부탁해서 기름을 받아 왔다."

도묘는 석유난로에 등유를 넣고 불을 붙였다.

도묘가 없어진 것에만 신경 쓰느라 난로가 꺼진 것도 몰 랐다. 그의 말을 듣고 나서야 방 안 공기가 차다는 것을 깨달 았다.

난로를 보는 모양새로 앉아서 도묘는 담배를 피웠다. 어젯 밤과 사정이 달라진 게 아무것도 없는 것 같아서 게이스케는 다시 불안해졌다.

오늘 대국은 어떻게 할 생각일까. 지금 한번 물어볼까, 하는 생각을 하는데 문밖에서 소리가 났다.

서둘러 일어나 문을 여니 여종업원이 서 있었다.

"아침 식사가 준비됐습니다. 큰방으로 오세요."

"고맙습니다."

도묘가 난로를 등지고 여종업원을 향해 깊이 머리를 숙였 다. 게이스케를 대할 때와는 전혀 다르게 예의 바른 태도였다.

아침을 먹고 이불방으로 돌아왔을 때는 8시가 되어 있었다.

대국은 9시부터 시작했다. 이제 시간이 없었다. 더 이상 참 을 수 없어서 게이스케가 물었다.

"곧 2국이 시작됩니다. 내기 돈, 어떻게 할 작정입니까?"

다다미에서 뒹굴며 천장을 올려다보고 있던 도묘는 그 자세 그대로 말했다.

"돈은 간신히 마련했어."

"네?"

게이스케가 짧은 소리를 냈다. 100만 엔이나 되는 거금을 어떻게 하룻밤 만에 준비한 걸까.

게이스케가 묻자 도묘가 담담히 대답했다.

"쓰노다테가 준비해줄 거야."

"쓰노다테 씨가……."

쓰노다테라면 그 정도 돈은 준비할 수 있을 것이다. 그러나 아무리 돈이 남아도는 사람이라 하더라도 무일푼인 도묘에게 아무런 담보도 없이 돈을 빌려줄까.

도묘가 불쑥 일어나더니 겉옷 주머니에서 종이 한 장을 꺼내 게이스케 앞에 놨다.

"그러니까 여기 사인해."

게이스케는 종잇조각을 손에 들고 거기 쓰여 있는 글귀를 읽었다. 입이 반쯤 열리고 눈이 동그래지는 것을 스스로도 느낄 수 있었다.

편지지 정도 크기의 종이에는 무게감 있는 붓글씨로 이렇게 쓰여 있었다.

'초대 기쿠스이게쓰의 말을 쓰노다테 긴지로에게 400만 엔에 넘긴다.'

"이런…… 말도 안 되는!"

눈을 의심했다.

종이를 든 손이 떨렸다.

"그 말을 팔다니, 그럴 수 없습니다! 그 말은 은인에게 물려받은 겁니다. 나에게는 소중한……!"

아침 식사 자리에서 본 쓰노다테의 얼굴이 떠올랐다. 밥을 입으로 가져가면서 주위 사람들과 희희낙락하며 기분 좋게 떠들고 있었다. 기분 좋았던 이유가 이것이었던가.

"대국이 끝날 때까지 맡겨두는 것일 뿐이야. 파는 게 아니야."

도묘가 주머니에서 수표를 꺼냈다. 오른손에는 100만 엔짜리 수표가 네 장 쥐어져 있었다.

게이스케는 고개를 세차게 좌우로 흔들었다.

"싫어요! 절대로 안 돼요!"

도묘를 매섭게 쏘아봤다.

"어떻게든 한다더니, 내가 가지고 온 장기말을 믿었던 거였군요. 어떻게 그럴 수가. 진짜 너무해요! 나는 그럴 작정으로 이 여행을 따라온 게 아니야!"

"시끄러워!"

좁은 방에 도묘의 고함 소리가 탁하게 울렸다.

게이스케는 공기를 흔드는 호통에 숨을 삼켰다.

도묘가 다가오더니 게이스케가 입고 있는 스웨터의 멱살을 잡았다. 코끝이 닿을 정도로 가까이 잡아당기며 소리 죽여 말했다.

"잘 들어. 승부는 앞으로 여섯 판이야. 그놈을 봤지? 생각한 것 이상으로 약해빠졌어. 그 몸으로 모든 판을 꽉 채워 둘 수는 없어. 반드시 도중에 뻗을 거야. 제대로 장기를 둘 수 있는 건 기껏해야 앞으로 두 판 정도겠지. 비기는 거 이상으로 내가 이길 건 확실해. 남은 여섯 판, 만약 삼승삼패라 하더라도 돈은 나갈 일은 없어. 쓰노다테가 발행한 수표가 수중에 그대로 남는다고. 그 자리에서 말을 되살 거야. 쓰노다테하고는 그렇게 얘기가 돼 있어."

도묘는 단숨에 지껄이더니 게이스케를 밀어내며 잡은 손을 난폭하게 뗐다.

그 바람에 게이스케는 다다미에 엉덩방아를 찧었다. 뒤로 손을 짚고 몸을 지탱하면서 도묘를 응시했다.

도묘의 주장에는 수긍할 만한 부분이 있었다. 모토지는 어젯밤 한 판을 둔 것만으로도 체력을 상당히 소모했다.

나머지 여섯 판은 세 판씩 이틀에 걸쳐 진행된다. 이번 싸움에서는 일곱 판 모두 둘 것이다. 모토지는 나머지 6국을 제대로 두기는커녕 도중에 쓰러질 수도 있는 쇠약한 상태였다. 도묘가 질 것으로는 보이지 않았다. 말은 반드시 자신의 곁으로 돌아올 것이다.

그렇게 생각한 게이스케의 마음이 흔들렸다. 쓰노다테에게 잠깐 맡기는 건데, 괜찮을 수도 있지 않을까, 하는 생각이 잠시 머리를 스쳤다.

게다가ㅡ

게이스케는 어젯밤의 대국을 생각해냈다.

도묘의 귀신잡이 전법은 이해가 가지 않았지만, 대국 자체는 훌륭했다. 한편으로 생명을 갉아 먹어가며 또 한편으로는 몸을 상하게 하는 진검 승부는 쉽게 볼 수 있는 것이 아니었다. 몸 안의 피가 끓는 것 같은 그 뜨거운 승부를 여기서 끝내버리는 것은 아무래도 아쉬웠다.

게이스케의 마음이 흔들리는 것을 도묘가 그냥 지나칠 리 없었다.

옆에 있는 볼펜을 게이스케의 손에 쥐여주고 종이를 탁자 위에 놨다.

"걱정하지 마. 난 반드시 이길 거야. 평생 잊을 수 없는 장기를 보여줄게."

도묘와 시선이 마주쳤다.

게이스케를 쏘아보는 눈에는 강한 자신감이 넘치고 있었다. 나를 믿어라. 눈이 그렇게 말하고 있었다.

게이스케는 반쯤 조종당하듯이 볼펜을 집어 종이에 사인을 했다.

책상에 놓인 100만 엔짜리 수표를 보면서 모토지는 화난 기색을 띤 투로 물었다.

"이건 뭐지?"

도묘는 한편에 있는 재떨이를 자기 곁으로 당기고 담배에 불을 붙이면서 툭 던지듯 대답했다.

"뭐라니, 보면 알잖나. 돈이야."

모토지는 숨통을 물어뜯을 것 같은 살기 띤 눈으로 도묘를 노려봤다.

"돈이란 건, 이런 걸 말하는 거야!"

목소리에 힘을 주며 100만 엔을 손으로 집어 들고 내동댕이치듯이 책상에 놓았다.

"거 참, 모토지 씨."

쓰노다테가 달래듯이 끼어들었다.

"이건 내가 끊은 수표요. 안심하구려."

모토지가 눈을 번쩍 빛내며 쓰노다테를 바라봤다. 납득할 수 없다는 듯한 얼굴이었다.

쓰노다테의 시선이 지금까지 본 적 없는 험악한 빛으로 바뀌었다.

"나도……."

입회인석에서 기모노의 오른 소매를 손으로 걷어 올리며 쓰노다테는 과시하듯이 말했다.

"오우일본의 동북부 지방에서는 쬐끔 알려진 사람이요. 수표를 휴지로 만들 짓은 안 해."

무거운 침묵이 방 안을 덮쳤다. 들리는 것은 난로 위 주전자가 설설 끓으며 김을 내뿜는 소리뿐이었다. 그 자리의 험악한 분위기에 압도된 듯 모두들 잠자코 상황을 지켜보고 있었다.

침묵을 깬 것은 도묘였다.

"난 그만둬도 상관없어. 앞으로 얼마든지 장기를 둘 수 있으니까. 하지만 당신……."

담배 연기를 내뱉으면서 유리를 끼워 바깥 풍경을 볼 수 있게 만든 장지문을 바라보며 말했다.

"앞으로 몇 판이나 더 둘 수 있지? 나 정도 수준의 사람이랑 말이야."

이것이 마지막 대승부가 되리란 것은 모토지도 처음부터 알고 있을 터였다. 모토지는 딴 데를 보며 그렇게 말하는 도묘의 얼굴을 몹시 얄밉다는 듯이 노려보았다. 마침내 큰 숨을 토하고 조용한 목소리로 돌아와 말했다.

"괜찮겠지. 시작하지."

그러면서 말을 늘어놓았다.

도묘도 따랐다.

방 안에 안도의 공기가 흘렀다.

둘이 말을 다 늘어놓자 입회인인 쓰노다테가 소리쳤다.

"그럼, 지금부터 2국을 시작하겠습니다. 선수는 도묘 6단."

도묘는 목을 빙그르르 돌리더니 반상을 바라보고 말로 손을 뻗었다.

"탁."

장기말 놓는 소리가 객실의 공기를 가를 것처럼 높게 울렸다. 도묘 뒤에 자리 잡은 게이스케는 무릎 위에 놓은 손을 꽉 쥐었다.

아침 9시부터 시작된 이틀째 대국은 날짜를 넘긴 심야까지 계속됐다. 점심 식사와 저녁 식사 휴식을 빼고 대략 13시간 이상 장기를 둔 것이었다.

이틀째의 세 판은 모두 도묘가 이겼다.

이날 마지막 대국을 마친 모토지는 무서운 얼굴로 반상을 노려보고 있었다. 어깨에 걸친 겉옷이 미끄러져 떨어질까 걱정될 정도로 앞으로 쓰러질 듯 몸을 기울이고 있었다. 그대로 무너지듯 쓰러지는 건 아닐까 걱정될 정도였다.

장기판을 앞에 두고 몸이 굳은 모토지의 모습은 마치 껍데기만 남아 있는 것처럼 보였다. 체력 소모가 심해서 육체적으로 한계에 달했다는 것은 옆에서 봐도 확실했다.

이번 승부는 일곱 판, 승패가 결정 날 때까지 진행하기로 되어 있었다. 이틀째와 사흘째는 3국씩 둘 예정이었다. 쌍방 입옥해 승부가 비기는 것이 되는 지장기는 택하지 않는다. 이때는 선후를 바꿔 승부가 날 때까지 다시 둔다.

도묘는 모토지의 체력이 고갈되도록 철저히 장기전으로 갔고, 형세가 불리해지면 입옥 작전으로 나섰다. 체력에서 압도적으로 우위에 있는 도묘는 처음부터 이것을 노렸을 것이다. 무승부가 되면 그만큼 불리해질 것을 알고 있는 모토지는 도묘의 입옥을 저지하는 데 집중한 나머지 공격이 느슨해졌다. 결정적인 곳에서 결정타를 날리지 못하고 세 판 다 한 수 차이로 외통수에 걸렸다.

격식을 차려 입회인에게 머리를 숙이는 도묘를 보면서 게이스케는 생각했다. 어제의 1국 때부터 오늘 같은 작전을 취했다면 장기말을 담보로 수표를 끊는 성가신 일은 안 해도 됐을 것이다. 자신 역시 불안에 시달리는 일은 없었을 것이다.

속으로 도묘를 원망했지만 3국 모두 이기고 말을 다시 살 수 있게 된 지금으로서는 심장이 얼얼한 승부를 눈앞에서 볼 수 있는 행운이 그동안 불안감에 시달린 것보다 훨씬 컸다는 것을 인정하지 않을 수 없었다.

이불방에서 뒹구는 도묘에게 게이스케가 말했다.

"내일 아침에 우선 말을 사 와주세요."

"그럴 수 없어."

"무슨 소립니까!"

게이스케의 목소리가 거칠어졌다.

"그건 내 장기말이에요. 오늘 도묘 씨는 세 판 이겼어요. 가방 안에는 400만 엔에 해당하는 수표와 현금 300만 엔이 있을 겁니다. 말을 다시 사 올 수 있지 않습니까!"

도묘는 담배를 입에 물고 누운 채 불을 붙이고 천장을 향해 연기를 길게 내뱉었다.

"할 수 없다면 할 수 없는 거야."

"그런 게 어딨어요!"

자신도 모르게 밖에 들릴 만큼 큰 목소리를 냈다.

도묘는 게이스케를 무시하듯 말없이 담배를 피웠다.

치밀어 오르는 화를 꾹꾹 누르며 게이스케가 말했다.

"수표는 내 겁니다. 돌려주세요."

무릎걸음으로 다가가 도묘의 가방에 손을 뻗었다.

"바보 자식! 승부에 부정 탈 짓 하는 거 아냐!"

도묘는 게이스케의 손을 찰싹 때리고 화를 내며 소리를 질렀다. 사람을 죽이기라도 할 것 같은 눈으로 이쪽을 쏘아봤다.

게이스케의 몸이 빳빳하게 굳었다.

"이봐. 잘 들어. 노름판에서 빌린 돈은 말이지, 승부가 다 끝나고 나서 정산하는 거야. 도중에 갚거나 하면 동티가 난다고."

게이스케는 반박하려고 입을 열었지만, 말이 잘 나오지 않았다.

"됐으니까 나한테 맡겨둬. 오늘 승부를 봤으면 알잖아. 모토지한테는 더 이상 힘이 남아 있지 않아. 아무리 애써도 나머지 셋 중 하나나 나를 찌를 수 있을까 말까야. 만에 하나 내가 전부 진다 해도 네 말을 담보로 발행한 수표는 고스란히 남아. 승부가 끝나면 확실히 되살 수 있단 얘기야."

확실히 도묘가 말이 맞았다. 그러나 게이스케는 한시라도 빨리 자신의 말을 곁으로 되찾아 오고 싶었다.

말을 더듬으면서도 집요하게 물고 늘어졌다.

"그, 그러니까, 수표는 이제 필요 없잖습니까. 나한테 넘기세요."

도묘가 어이없다는 듯이 눈을 크게 떴다.

"바보냐, 너? 그런 짓을 하면 부정 탄다고 말하지 않았니?"

"그래도……."

게이스케는 다다미에 눈을 떨어뜨리고 할 말을 찾았다.

도묘가 담배를 재떨이에 세게 누르고 타이르듯이 말했다.

"승부의 여신은 쓸데없는 짓을 해서 흐름이 막히면 외면하고 가버리는 거야. 승부란 그런 거야. 잘 기억해둬."

게이스케는 고개를 숙인 채 자신의 무릎을 물끄러미 바라보면서 냉정하게 머릿속에서 계산했다.

여기서 다퉈봤자 소용없었다. 한번 안 된다고 했으니 도묘는 더 이상 말을 듣지 않을 것이다. 내일 벌일 3국에서 도묘가 모두 진다 해도 수표는 없어지지 않는다. 반드시 말을 되찾아올 수 있을 것이다.

게이스케는 얼굴을 들고 크게 숨을 내뱉었다. 그것을 알아들었다는 표시로 받아들였는지 도묘는 가볍게 고개를 끄덕이더니 크게 기지개를 켰다.

"어이, 이부자리 깔아. 피곤해. 이제 잘 거야."

게이스케는 시키는 대로 일어나서 도묘와 자신의 이부자리를 깔았다.

소변을 누러 방을 나섰다.

게이스케가 화장실에서 돌아오니 도묘는 벌써 코를 골고 있었다.

"그럼 이제부터 제7국을 시작하겠습니다."

쓰노다테의 신호로 마지막 승부가 시작됐다. 밤 9시가 지났다. 모토지는 유령 같은 얼굴로 반상을 향해 손을 뻗었다. 말을 든 오른손 팔꿈치가 희미하게 떨리고 있었다. 체력이 한계를 넘어선 것 같았다.

마지막 날.

5국과 6국은 도묘가 압승을 거두었다.

후수 순서인 도묘는 선수인 모토지가 2열6행에 보를 놓아 비차 앞을 찌르자 3열4행의 보로 대응하고, 7열6행의 보에는 4열2행의 비차로, 각행의 진로를 막지 않고 비차를 이동했다. 일반적으로 이동비차의 경우 각 교환이 불리해 비차를 이동할 때는 일단 각행의 진로를 막는 것이 통례였다.

그러나 도묘는 각행의 진로를 열어놓은 채 태연스레 비차를 이동했다.

선수를 쥔 모토지가 먼저 각 교환으로 나오면 은장으로 잡아서 한 수 이득. 모토지가 2열5행에 보를 둬서 비차 앞으로 뻗어도 도묘는 3열3행의 은장으로 대비해 모토지가 잡아냈던 각행을 둘 장소를 없앰으로써 왕을 보호하고 2열2행에 비차를 둬서 맞은편 비차에 맞서 반격하는 것이 도묘의 노림수일 것이다.

모토지 입장에서는 각 교환으로 나서면 한 수 손해였다. 그렇다고 고정비차를 구사해 각행의 진로를 막으면 지구전이 될 확률이 높았다. 그렇게 되면 체력에 문제가 있는 모토지가 불리할 것이 확실했다.

'과연……'

게이스케는 신음했다.

선수는 각행의 진로를 열어놓은 채로는 포진하기 어려웠

다. 섣불리 움직였다가는 자기 진에 각행이 공격해 들어올 틈이 생기기 때문이었다. 그에 비해 후수는 옥을 7열2행까지 옮기면 언제든 각행 교환으로 갈 수 있었다. 적이 움직이지 않으면 느긋하게 왕 주변을 강화해가면서 왕을 굳게 지키면 됐다.

도묘의 4열2행의 비차를 보고 모토지는 장고에 들어갔다.

10분 후, 모토지는 어디에 그런 힘이 남아 있었나 놀랄 정도로 거센 기세로 적진 2열2행에 장작을 패는 것 같은 동작으로 말 소리도 드높이 자신의 각행을 두어 도묘의 각행을 잡고 그 자리에서 자신의 각행을 용마로 승격시켰다.

한 수 손해를 감수하고 은장을 앞으로 전진시킬 자세를 취해 속전속결의 길을 선택한 것이었다. 단기 결전을 하지 않는 한 이길 승산이 없다. 그렇게 판단한 게 분명했다.

그러나 도묘는 이미 모토지의 속셈을 간파하고 있었다는 듯이 야무지게 조여 들어오는 은장을 수비하면서 적을 서서히 지구전으로 끌어들였다.

어느 쪽 진영에도 틈이 없었으므로 먼저 움직이면 약점이 있는 억지 공격이 되어 상황이 단번에 악화될 것이다. 도묘는 그 점을 노렸던 것이다.

결국 어느 쪽이나 결정적인 수가 없어서 같은 국면이 반상에 세 번 되풀이됐다. 네 번째가 되면 천 일수, 즉 천일을 둬도 국면이 변하지 않는다는 교착상태가 확정된다. 그렇게 되면 선수와 후수를 교체해 다시 두게 된다. 입옥 작전과 마찬가지로 모토지의 체력은 급격히 소모될 것이다.

모토지로서는 무리를 해서라도 교착상태에서 벗어날 수밖에 없었다.

제한 시간을 다 쓰면서 궁리한 후 모토지는 1열5행의 보로 가장자리에 흠집을 내고 3열을 공격했다. 아니, 공격했다기보다 어쩔 수 없이 약점을 안고 공격을 한 것이었다.

그러자 형세가 크게 움직이면서 도묘가 압승하는 흐름으로 변했다. 모토지는 그래도 몇 번쯤 승부수를 띄워 한 수 차이의 '장군'까지 도묘를 몰아 넣었다. 그러나 최종적으로는 수를 다 읽어낸 도묘의 외통수에 걸려 결국 패배하고 말았다.

6국도 역시 후수를 잡게 된 도묘는 앞의 대국과 완전히 같은 전법을 취했다. 결과는 또다시 무리한 공격을 강요당한 모토지의 참패였다.

모토지가 손을 든 것은 오후 6시. 한 시간 동안 저녁 식사를 한 후 7시부터 최종국을 진행할 예정이었다.

곁에서 모토지를 돌보던 딸이 모토지의 초췌하기 이를 데 없는 몸을 걱정해 아버지에게 대국을 포기하라고 권했다. 그러나 모토지는 고집을 꺾지 않았다. 무슨 일이 있어도 마지막까지 승부를 계속하겠다고 했다.

입회인인 쓰노다테와 에토는 모토지의 몸 상태를 걱정해 절충안으로 저녁 식사 후 두 시간 더 휴식 시간을 갖자고 제안했다.

도묘는 그 제안을 선선히 받아들였다.

이미 물고기는 그물 안으로 들어왔다. 조급하게 끌어올리려고 하다가 마지막 100만 엔을 놓치는 것보다 시간을 들여서라도 확실하게 요리하는 편이 좋다. 그렇게 생각한 것일 터였다.

최종국. 선수인 모토지가 취한 전법은 자신의 왕을 둘러싸지 않고 적진을 공격하는 이른바 하야이시다류 전법이었다. 모토지가 7열6행으로 보를 전진시키자 도묘는 3열4행의 보로 대응했다. 이렇게 해서 서로 각행의 진로를 연 상황에서 모토지는 다시 7열5행으로 보를 전진시키고 비차를 이동했다. 1국 때 도묘가 둔 귀신잡이 전법을 진화시킨 이러한 전법은 프로의 시합에서도 자주 등장하는 유력한 전법이었다.

고정비차로만 나가던 모토지가 비차를 이동시킨 것을 보고 도묘는 아주 조금 입꼬리를 올렸다.

모토지가 택한 이시다류 세 칸 비차는 도묘가 특기로 삼는 전법 중 하나로, 도묘는 그것의 장점과 단점을 샅샅이 알고 있었다. 그러다 보니 제한 시간이 짧은 장기에서, 더구나 체력이 한계에 달한 노인을 상대로 한 이 시합에서 도묘가 패배할 요소는 눈곱만큼도 없었다. 도묘의 얼굴에 그렇게 쓰여 있었다.

그런데 판세는 서서히 모토지의 우세로 기울어갔다.

중반, 촛불의 불꽃이 다 타기 전에 광채를 내뿜듯이 모토지는 묘수를 연발했다. 얼굴은 붉게 물들었고 눈빛은 생기에 차서 이글거렸다.

코너에 몰린 도묘는 마지막 제한 시간을 다 써가면서 반상을 응시했다. 초를 8까지 읽히자 말을 조용히 자기 진에 놨다.

2열1행의 보.

그 자리에 있는 사람들은 모두 그걸 보고 잘못 놓은 거라고 생각했음에 틀림없었다. 게이스케도 앗, 하고 소리를 질렀다. 게이스케는 싸움의 장과는 멀리 떨어진 자기 진영에 오도카니 보를 두는 의미를 전혀 알 수 없었다.

그러나 도묘가 2열1행에 보를 두는 것을 본 순간 모토지는 움직임을 딱 멈췄다. 나무로 만든 조각상이 된 것처럼 미동도 없었다.

'어쩌면……'

게이스케는 눈치를 챘다.

도묘의 2열1행의 보는 모토지의 왕을 결정적으로 모는 수일까.

모토지의 왕을 장군으로 쫓아가면 상부로 도망칠 것이다. 그러나 2열1행에 보가 존재하면 모토지의 왕을 외통수로 몰아갈 수 있는 수가 만들어진다는 것일까.

게이스케는 열심히 수를 읽었다. 외통수로 몰아 간다고 한다면 거기에는 30수 이상의 수가 필요할 것이다. 왕을 외통수로 몰아 갈 그 30여 수를 이 짧은 시간 동안에 다 읽어낸다는 것은 톱 클래스의 프로라도 하기 어려운 일이다.

'외통수로 몰릴까, 안 몰릴까.'

게이스케는 손에 땀을 쥐고 모토지의 응수를 기다렸다. 제한 시간이 다 지날 때까지 생각하고 또 생각해서 모토지가 선택한 것은 자기 진영의 약점을 보충하는 '수비' 한 수였다.

'역시 도묘의 2열1행의 보는 모토지의 왕을 외통으로 모는 한 수였나.'

도묘의 얼굴을 보니 승리를 확신했는지 자신감에 찬 웃음이 떠올라 있었다.

의도는 알 수 없었다. 그러나 이 한 수를 경계로 지금까지의 형세가 달라졌다.

새벽 6시를 지나 승부가 결정 났다.

날이 새 창문 밖 정원의 수목에 쌓인 눈이 아침 해를 반사하고 있었다.

"졌구나."

모토지가 그렇게 중얼거린 순간 객실에 있던 모든 사람에게서 힘이 빠져나갔다. 쓰노다테는 입을 반쯤 벌린 채 허공을 바라봤고, 에토는 탈진한 듯 고개를 푹 늘어뜨렸다. 요코시마와 가이바라는 쓰러질 것 같은 몸을 다다미에 손을 짚어 간신히 지탱하고 있었다.

게이스케도 정신이 나간 상태였다.

인간은 자신의 상상을 넘어선 것을 봤을 때 말까지 잃는 법이라는 것을 이때 처음으로 알았다. 머릿속은 묘하게 맑아졌지만, 심장은 터질 것처럼 쿵쾅거리며 경종을 울리고 있었다. 신경이 극한으로 고조된 냉정한 머리로, 게이스케는 그렇게 느끼고 있었다.

모토지는 말할 기력도 없었을 것이다. 초췌하기 이를 데 없는 몸을 딸에게 부축받으며 객실을 빠져나갔다.

모토지가 방을 나가자 도묘는 천천히 일어섰다.

게이스케는 반쯤 일어선 엉거주춤한 자세로 물었다.

"도묘 씨, 어디 갑니까?"

"화장실."

"혼자서 괜찮겠습니까?"

도묘도 너덜너덜해져 있었다. 발밑이 휘청거렸다.

발을 헛디딘 도묘는 자조적인 쓴웃음을 지었다.

"아직 부축받아야 할 만한 나이는 아니야."

돈을 넣은 가방을 들고 휘청거리며 객실을 나갔다.

흥분이 조금 가라앉았는지 쓰노다테, 에토 등은 둥글게 둘러앉아 지금까지 본 대국에 대해 이야기를 나누기 시작했다.

게이스케는 그 자리에서 빠져나와 이불방으로 돌아와 앉아서 도묘가 돌아오기를 기다렸다.

수표를 손에 넣고 얼른 말을 되사야지, 하는 생각만 하고 있었다.

그러나 아무리 시간이 흘러도 도묘가 돌아오지 않았다. 손목시계를 보니 도묘가 화장실에 간 지 벌써 30분은 지났다.

설마 힘이 다해 쓰러진 것은 아닐까.

불안해진 게이스케는 방을 나와 대국장에서 가장 가까운 화장실을 살펴보았다. 화장실 개인실은 모두 다 비어 있었다.

이상했다. 다른 화장실로 간 걸까.

건물 맨 안쪽을 향해 빠른 발걸음으로 복도를 걸어가다가 도중에 여종업원과 엇갈려 지나갔다.

게이스케는 여종업원을 불러 세웠다.

"저, 도묘 씨 못 보셨나요? 화장실에 간다고 했는데 아직 돌아오질 않네요."

질문을 받은 여종업원이 의아한 얼굴을 했다.

"일행이시라면 이미 여관을 나가셨는데요."

"네?"

게이스케가 짧게 소리쳤다.

여종업원에게 따지듯이 물었다.

"언젭니까?"

게이스케의 성난 표정에 놀라면서 여종업원이 대답했다.

"30분쯤 전인 것 같은데요."

여종업원의 말이 사실이라면 도묘는 화장실에 간다고 하고 그대로 여관을 빠져나갔다는 얘기였다.

게이스케는 망연자실해 그 자리에 우두커니 서 있었다.

머리에 떠오른 의심의 구름이 곧바로 두개골을 뒤덮었다. 갑자기 머릿속에서 천둥 소리가 울렸다.

모든 것이 도묘의 계산이었구나.

이번 승부는 처음부터 7연승할 경우 도묘의 수중에는 700만 엔이 들어간다. 그러나 첫 1국을 져서 말을 400만 엔에 매각하고 나머지 6국을 모두 이기면 모토지에게 지불한 100만 엔을 빼도 900만 엔이 남는다. 내리 이기는 것보다 200만 엔을 더 벌 수 있다는 계산이었다.

게이스케는 그 자리에 맥없이 주저앉았다.

'처음부터 게이스케의 말을 팔아치우고 돈을 갖고 도망칠 작정이었어. 그래서 1국에서 지려고 일부러 귀신잡이 전술을 쓴 거야.'

퍼뜩 정신이 든 게이스케는 뇌세포에 채찍질을 했다.

도묘가 여관을 나선 지 벌써 30분이나 지났다. 지금 쫓아가도 잡힐 리 없었다. 도묘는 이미 역으로 가는 차 안일 것이다. 그보다 장기말이 중요하다. 말을 어떻게든 해야 한다.

게이스케는 온 힘을 짜내 쓰노다테의 방으로 달려갔다.

인사도 하지 않고 방문을 열었다. 있었다. 쓰노다테가 돌아봤다. 돌아갈 준비를 하는 중이었다.

"뭐지, 갑자기?"

미간을 찌푸리며 게이스케를 쏘아봤다.

게이스케는 쓰노다테 앞으로 달려가 무릎을 꿇고 머리를 다다미에 조아렸다.

"말을, 말을 돌려주십시오."

쓰노다테가 어처구니없다는 듯 화를 내며 말했다.

"무슨 소리야. 그건 내가 산 거야."

머리를 다다미에 댄 채, 게이스케는 매달리듯이 말했다.

"도묘가 수표를 갖고 도망쳤습니다. 승부가 끝나면 그 자리에서 되사기로 약속했다고 들었습니다. 그러니 말을 돌려주십시오. 부탁드립니다."

간절하게 부탁했다.

침묵이 방을 뒤덮었다. 잠시 후, 쓰노다테가 타이르듯 입을 열었다.

"자네, 세상을 그렇게 쉽게 보면 안 돼. 지금 한 이야기가 사실이라고 해도 속은 자네가 잘못한 거야. 말을 돌려줄 수는 없네."

쓰노다테의 주장이 지당하다는 것을 게이스케는 알고 있었다. 나쁜 건 수표를 갖고 도망친 도묘고, 쓰노다테는 정당한 매매를 한 것뿐이었다.

'말을 되찾을 수 없다면 하다못해 되살 약속을 해야지.'

게이스케는 얼굴을 들고 쓰노다테를 바라보면서 내력을 설명했다.

"그 말은 제 은인이 물려준 것입니다. 어떻게 해서라도 제 곁에 두고 싶습니다. 돈은, 돈은 반드시 어떻게든 하겠습니다. 그러니까 제가 돈을 준비할 수 있을 때까지 적어도 그 말을 아무에게도 팔지 말아주십시오. 부탁드립니다."

게이스케는 또다시 쓰노다테에게 엎드렸다.

사정을 알고 나니 소중한 말을 속아서 빼앗긴 게이스케가 불쌍해졌는지, 쓰노다테는 조금 생각하더니 조용한 목소리로 말했다.

"알았네. 약속하지."

게이스케는 힘차게 얼굴을 들고 쓰노다테를 향해 말했다.

"고맙습니다."

게이스케의 목소리는 쥐어짠 것처럼 쉬어 있었다.

제13장

—

돈을 내고 택시에서 내린 이시바는 눈앞에 펼쳐진 스와호를 바라보면서 크게 기지개를 켰다.

"역시 신슈의 여름은 좋구나. 같은 더위라도 간토하고는 완전히 달라. 바람이 산뜻해."

"그러네요."

사노도 이시바를 따라 가슴을 펴고 크게 숨을 들이마셨다. 물가라서 그런지 공기가 상쾌했고, 땀을 흘린 몸에 바람이 스치고 지나갈 때도 기분이 좋았다.

사노는 스와호에서 시선을 돌려 주택이 서 있는 방향으로 돌아서서 수첩을 펼치고, 거기 적어둔 메모와 문기둥의 주소를 대조했다.

"나가노현 스와시 오모테나카마치 3초메 9의 2. 오가와라.

틀림없습니다. 여기네요."

오사카에서 부동산 회사를 경영하는 기쿠타가 수사 대상인 장기말을 당시 스와시에 살던 오가와라 신지라는 인물에게 팔았다는 정보를 얻은 것은 이틀 전이었다.

오사카에서 오미야 북부경찰서로 돌아간 사노와 이시바는 다음 날 바로 스와 중앙서로 연락을 취해 오가와라 신지라는 사람의 정보를 요청했다. 기쿠타가 오가와라 신지에게 말을 판 것은 1968년. 25년도 더 전의 일이었다. 오가와라 신지가 지금도 스와시에 살고 있을지 어떨지는 물론이고 살아 있는지 아닌지조차 알 수 없었다. 현경 형사 총무과를 통해 협조 의뢰를 했고, 스와 중앙서의 지역과에서 맡아 조사를 해줬다.

인구가 그다지 많지 않아서인지 조사해준 스와 중앙서의 지역과 과원이 우수해서였는지 요청한 정보는 그날 오후에 바로 입수했다.

스와 중앙서의 보고에 의하면 시청 호적과 주민표상으로 오가와라 신지는 10년 전에 세상을 떠났지만, 딸 부부가 지금도 같은 주소지에서 살고 있다고 했다.

스와 중앙서에서 동행하겠다고 하는 것을 이시바가 사양했다. 스와는 작은 동네다. 주소만 알면 목적지는 바로 찾아낼 수 있다고 판단한 모양이었다.

이시바의 생각이 맞았다. 택시를 타고 주소를 말해주자 기사는 헤매지 않고 곧바로 두 사람을 목적지로 데려다줬다.

오가와라의 집에는 어젯밤 중에 연락해두었다. 전화를 받은 사람은 신지의 딸 아사코였다. 사이타마의 경찰서에서 전화가 걸려오자 몹시 놀란 기색이었으나, 신지가 구입한 장기말과 관련해서 전화한 것이라고 하자 아사코는 당혹스러워하면서도 자택 청취 조사를 승낙했다.

거실에 앉은 아사코의 체구는 작고 가냘팠다. 신지가 서른 살에 낳았다고 하니 단순 계산으로 50대 중반일 터였다. 단발머리에 동안이어서 나이를 모르면 30대라고 해도 충분히 통할 용모였다.

아사코는 사노의 물음에 엷은 웃음을 지으며 대답했다.

"네, 그 장기말은 잘 기억하고 있어요. 아버지가 하루에도 몇 번씩 장롱에서 꺼내 이리저리 보곤 했으니까요."

"그 말은 지금도 갖고 계십니까?"

사노가 묻자, 아사코는 고개를 저었다.

"말은 아버지가 구입하신 지 2년 만에 다른 사람에게 넘겼어요."

예상한 대답이긴 했지만 사노는 '역시 그렇군' 하고 어깨를 늘어뜨렸다. 수사 대상인 초대 기쿠스이게쓰가 만든 이 말은 몇 번이나 주인을 바꾸었다. 마치 보물찾기처럼 지도에 의지해 도착하면 그곳에는 새로운 지도가 있는 식이었다. 그러나 신지는 왜 말을 다른 사람에게 넘긴 걸까.

사노의 내심을 들여다보기라도 한 듯이 아사코는 고개를 숙이고 돈이…… 하고 나지막이 말했다. 뺨이 아주 조금이긴 하나 홍조를 띠었다.

"돈이 필요했거든요. 어머니가 큰 병을 앓으시고 운이 나쁘게도 아버지가 빚보증을 서준 사람이 도망쳐서…… 이런저런 일들이 부풀어 천만 엔 이상의 돈이 들었어요."

얼굴을 들어 떨쳐버리는 것 같은 목소리로 말했다.

"그래도 말을 판 대금 덕분에 어떻게든 이 집만큼은 팔지 않고 놔둘 수 있었어요."

"그거 참 힘드셨겠네요."

이시바는 그렇게 말하더니 계속해서 물었다.

"그 말을 누구에게 양도했는지 아십니까?"

아사코가 끄덕였다.

"가라사와 씨예요."

아사코는 먼 곳을 보는 듯한 눈을 하고 시선을 창가로 옮겼다. 열어놓은 창문에서 바람이 들어왔다. 창가에 매단 풍경이 크게 흔들리며 조금 거친 소리를 냈다.

"이름은?"

조금 멍하니 있던 아사코는 시선을 이시바에게로 되돌렸다.

"고이치로 씨입니다. 가라사와 고이치로. 같은 스와시내에 사는 분이세요. 그분 댁은 여기서 산을 향해 언덕을 쭉 올라가면 나오는 우에모리초에 있습니다."

원래는 가라사와 전에 말을 사기로 한 다른 지인이 있었는데 그 사람이 갑자기 세상을 떠나는 바람에 가라사와에게 장기말이 건너가게 됐다고 했다.

"체면도 있고 너무 가까워서 팔고 싶지 않았던 것 같은데 달리 살 사람이 없기도 했고, 가라사와 씨가 간절하게 사고 싶다고 해서요. 그 무렵에는 어쨌든 돈이 필요했고, 아버지도 더 큰 희생을 피하려면 어쩔 수 없으셨을 거예요."

가라사와의 이름과 주소를 서둘러 메모했다. 그 모습을 보고 있던 아사코가 미안한 듯이 말했다.

"하지만 가라사와 씨는 벌써 돌아가셨어요. 그러니까 지금 한 얘기가 도움이 될지 모르겠네요."

아사코의 걱정을 아랑곳하지 않고 이시바가 질문을 던졌다.

"가라사와 씨께 가족이 있나요?"

"부인이 계세요. 요시코 씨는 지금 몇이나 되셨으려나. 여든은 넘었을 텐데요."

이시바가 자리에서 일어났다. 사노에게 눈짓을 하면서 말했다.

"고맙습니다. 그분 자택을 방문하겠습니다."

아사코는 얼른 이시바를 만류했다.

"댁에 가도 부인은 안 계세요."

"무슨 말씀이신지?"

"2, 3년 전에 고매원에 들어가셨어요."

고매원이란 스와시내에 있는 노인 요양원을 말하는 거였다.

아사코는 슬픈 듯이 눈을 내리떴다.

"요시코 씨와는 전에 지역의 하이쿠 교실을 함께 다녔어요. 아주 친절한 분이라서 다들 그분을 좋아했지요. 하지만 5년쯤 전에 그만두셨어요. 부인께 이유를 물었더니 나이를 먹다 보니 허리와 다리가 약해져서 밖에 나오기 힘들어졌다며 웃으셨어요. 그 무렵에 이미 여든 가까이 되셨으니까 무리도 아니었지요. 자녀분이 없는데 혼자서 어떻게 하고 계신지 걱정이 됐는데 2, 3년 전에 들은 바로는 고매원에 들어가셨다고 해요. 건강하시다면 지금도 그곳에 계실 겁니다."

사노는 고매원 주소를 물었다. 아사코는 종이와 펜을 가져오더니 주소와 간략한 약도를 그려줬다. 고매원은 스와시 서쪽에 위치한 오스와 지구에 있었다. 차로 20분 정도 되는 거리라고 했다.

이시바와 사노는 고맙다고 인사하고 오가와라의 집을 나서서 택시를 타기 위해 뒤편에 있는 역으로 향했다. 손님을 기다리고 있던 택시를 타고 목적지를 말하자 기사는 미터기를 꺾고 액셀을 밟았다.

고매원에 도착한 이시바와 사노는 시설의 책임자인 원장을 만나서 간결하게 사정을 설명하고 요시코에 대한 면담을 요청했다. 경찰이 찾아온 건 처음이었는지 원장은 몹시 놀라면서도 30분 동안만이라는 조건을 걸고 면회를 허락했다. 요시코는 나이가 많은 데다 최근 수개월 컨디션이 좋지 않았다. 장시간 면회는 몸에 해가 된다는 것이 면담 시간을 제한하는 이유였다.

면회 로비에 놓인 창가의 소파에 앉아 기다리고 있자니 얼마 안 있어 복도 끝에서 여성 요양보호사가 휠체어를 밀며 다가왔다. 휠체어 위에 있는 노파는 등받이에 기대어 고개를 옆으로 기울이고 있었다.

요양보호사는 사노와 이시바 앞까지 오자 휠체어 옆에서 몸을 웅크려 노파의 눈높이에 시선을 맞췄다.

"요시코 씨, 이 두 분이 아까 이야기한 사람들. 옛날 얘기를 듣고 싶대요. 혼자서 괜찮겠어요?"

요양보호사가 여유로운 말투로 요시코에게 물었다. 요시코는 요양보호사의 얼굴을 보고 온화하게 웃음 지었다.

"네, 괜찮아요. 오늘은 기분이 좋으니까."

창가에서 들어오는 햇볕을 받아 요시코의 백발이 은색으로 빛났다. 말투가 차분하고 고매한 품성을 느끼게 하는 사람이었다. 요시코에게는 노파가 아니라 노부인이라는 말이 어울린다고 사노는 생각했다.

요양보호사가 일어나서는 눈으로 사노를 로비 구석으로 불렀다.

사노가 다가가니 요양보호사는 소리 죽여 다짐했다.

"요시코 씨는 저렇게 말씀하시지만 아주 쉽게 지치세요. 이야기하는 것은 생각 이상으로 체력을 소모하는 일이거든요. 원장님도 말씀하셨듯이 반드시 시간을 지켜주세요."

상대가 누구든 자신의 일은 입소자의 건강을 지키는 것이라고 눈으로 말하고 있었다.

사노는 끄덕였다.

"물론입니다. 되도록 빨리 이야기를 마치겠습니다."

소파로 돌아오자 이시바가 상반신을 앞으로 구부린 채 요시코와 마주 보고 있었다.

"그렇습니까. 거 참, 식욕이 있다는 건 좋은 일입니다."

"그래도요, 텔레비전에서 말한 건데, 과식도 별로 좋지 않대요. 하지만 난 매일 밥은 안 남기고 다 먹어요."

이시바는 웃으면서 고개를 옆으로 흔들었다.

"요즘은 먹는 걸 두고 몸에 좋다느니 나쁘다느니 하는 소릴 자주 듣는데, 큰아버지한테서 전쟁 중에 있었던 일을 들어서 먹는 데 어려움이 없는 것만으로도 행복한 게 아닌가 하고 생각합니다."

모르는 사람이 둘을 보면 오래된 친구가 소소한 잡담을 나누는 것처럼 보일 것 같았다. 처음 본 사람인데도 요시코의 얼굴에는 경계의 빛이 전혀 없었다. 요시코가 원래 낯을 안 가리는 성격인지 이시바가 사람 마음을 사는 재주가 있기 때문인지 모르겠지만. 이처럼 화기애애한 광경은 그 두 사람이기에 가능한 일이라고 사노는 생각했다.

"남편분인 고이치로 씨 말인데요."

먹는 얘기가 마무리되자 이시바가 본론으로 들어갔다.

요시코는 시선을 창밖으로 향했다.

"아, 남편이요. 꽤 오래전에 저세상으로 가버려서 나만 남았어요. 남편이 갈 때 빨리 마중 와요, 했는데, 아직도 안 오네요. 옛날부터 자기 멋대로 하는 면이 있었는데, 죽고 나서도 성격은 변함없나 봐요."

"남편분은 장기를 좋아하셨지요."

요시코는 두 눈을 크게 뜨고 이시바에게 시선을 되돌렸다.

"어머, 잘 아시네요."

형사란 사실은 알리지 않았다. 고이치로의 옛 지인이라고 믿고 있을 것이다.

이시바가 아주 조금 입꼬리를 올렸다.

"저도 장기를 좋아해서요. 고이치로 씨가 건강하셨을 때는 만나면 늘 장기 얘기를 하셨어요. 얘기를 했다 하면 고이치로 씨는 으레 장기말을 자랑했지요. 그, 이름 있는 명공이 만들었다는 굉장한 장기말 말이에요."

요시코는 그리운 듯이 눈을 가늘게 뜨면서 몇 번이나 끄덕였다.

"네, 네, 그럼요, 기억하고말고요. 초대 기쿠스이게쓰가 만든 긴키 섬회양목 돋움말. 남편이 늘 말해서 나도 외어버렸지요. 무척 아름다운 장기말이었어요."

"그 말은 지금은 요시코 씨가 갖고 계신가요?"

요시코는 고개를 저었다.

"아니요, 아들에게 물려줬어요."

"아드님에게?"

사노의 입에서 엉겁결에 그런 말이 튀어나왔다. 가라사와 부부에게는 자녀가 없는 것으로 알고 있었다.

요시코는 장난기 어린 눈을 하고 웃었다.

"정확하게는 아들같이 생각했던 아이입니다."

"그분 성함이 뭔데요?"

요시코가 대답했다.

"게이스케. 가미조 게이스케예요."

제14장

—

최근 어머니 꿈을 자주 꿨다.

적어도 일주일에 한 번, 때로는 매일 꾸기도 했다.

꿈 내용은 언제나 같았다.

한없이 펼쳐진 노란 해바라기밭에 어머니가 홀로 서 있다. 쓰고 있는 양산 그늘에 가려 얼굴은 잘 보이지 않는다. 어떤 표정을 짓고 있는지 알고 싶어서 다가가면 어머니는 신기루처럼 다가간 만큼 멀어진다.

자신의 키보다 큰 해바라기를 양손으로 헤치고 필사적으로 어머니를 쫓아가는데, 갑자기 해바라기가 불을 붙인 초처럼 녹기 시작한다. 팔에 떨어진 꽃잎을 본다. 유화물감이다. 어느새 하늘도 해바라기밭도, 그 모두가 유화가 되어 있다.

어머니는 어디에 있는 걸까.

유화물감으로 그린 해바라기의 미로 속으로 어머니를 찾아 다니는데, 눈앞에 갑자기 하얀 천이 나타난다. 어머니가 쓰고 있던 양산이다. 손으로 잡으려는 순간 그것은 양산이 아니란 것을 깨닫는다. 양산으로 보인 하얀 천은 어머니의 피부였다.

어머니는 몸에 아무것도 걸치지 않고 누워 있다. 피부 위를 남자가 덮쳐 누르고 있다. 남자의 거무스름한 등이 격렬하게 오르내린다.

남자가 어머니를 덮친 게 아니라는 것을 바로 알아차렸다. 등을 젖힌 어머니가 희열 섞인 소리를 낸다.

어떻게 할 수 없어서 우두커니 서 있자니 남자가 이쪽을 돌아본다. 야비한 웃음을 짓고 있다. 오싹한 순간, 늘 거기서 꿈에서 깼다.

검은 가죽으로 된 회전의자에서 게이스케는 무거운 숨을 내쉬었다.

꿈을 꾼 날은 늘 잠이 부족했다. 꿈에서 깨면 아침까지 잠들지 못하기 때문이다. 그럴 때는 버본을 쇼트 글라스로 들이켜고 수면제를 평소의 배로 먹었다.

그렇게 하면 5분 만에 잠들 수 있었다. 그러나 그런 날은 오전 중에는 졸음과 나른함으로 거의 아무 일도 못한다. 바로 지금이 그랬다.

게이스케는 의자에서 일어나 창가로 갔다. 고층 빌딩 35층에서는 도심을 멀리까지 볼 수 있었다. 날씨 좋은 오늘은 오다

이바 쪽까지 또렷이 보였다.

한여름의 거리는 아마 찜통처럼 더울 것이다. 그러나 빌딩 안은 쾌적한 온도로 관리되고 있다. 사무실에 있을 때는 게이스케는 일 년 내내 와이셔츠 한 장으로 지낸다.

창유리에 자신의 모습이 비쳤다. 유리에 비친 자신의 얼굴에 남자의 얼굴이 겹쳤다. 게이스케는 창유리에 떠오른 남자의 얼굴을 주먹으로 세게 쳤다.

악몽을 꾸게 된 것은 반년 전, 이 작자가 나타나고 나서부터였다.

예전에 아버지라고 생각했던 남자.

게이스케는 의자로 돌아가 가죽 등받이에 파묻히듯이 몸을 기댔다.

고등학교를 졸업하고 도쿄로 나올 때 게이스케는 아버지도 고향도 버렸다.

어릴 때부터 세상이 부조리하다고 느꼈다. 지금 생각하면 체격은 작았지만 속은 또래 아이들보다 더 어른스러웠던 것일지도 몰랐다. 그건 이미 체념이라는 것을 알았기 때문이리라. 대부분의 어른은 그런 자신을 비굴한 아이라고 생각했다.

도쿄로 올라와 대학에 다니면서 비굴함에 박차가 가해졌다. 대학에서는 부를 과시하는 다른 학생들 때문에 빈부의 차이를 확실히 느껴야 했고, 가난하다는 이유로 믿던 사람에게 배신당해야 했다.

눈을 감으니 눈꺼풀 뒤에 아버지라 불렀던 작자 말고 또 다른 남자의 얼굴이 떠올랐다.

도묘 시게요시. 소중한 장기말을 쓰노다테에게 팔아넘긴 작자였다. 돈을 위해서는 어떤 더러운 짓도 마다하지 않는, 교활하고 머리가 좋은 인간이다. 가장 질이 나쁜 인종이었다.

도묘를 만나고 나서 돈이 사람의 인생을 빗나가게 한다는 것을 온몸으로 깨달았다. 대부분의 고민은 돈이 있으면 해결할 수 있었다. 돈으로 해결할 수 없는 문제는 아주 적었다.

대학을 졸업한 뒤 게이스케는 외국계 기업에 취직했다. 사치도 부리지 않고 자는 시간을 아껴서 일했다. 모두 장기말을 되사기 위해서였다. 취직해서 돈을 번 지 꼬박 2년, 고맙게도 장기말을 팔지 않고 기다려준 쓰노다테에게 말을 되샀다. 장기말을 잃고 나서 5년이 지난 후였다.

장기말을 되산 후, 일하던 회사를 그만두고 독립했다.

직장 상사가 붙잡았다. 회사에 불만이 있는 건가, 어디 딴데서 빼 가는 건가, 이유가 뭐냐고 끈질기게 물었다. 냉정한 외국계 기업인데도 자신의 퇴사를 집요하게 만류하자 기분이 나쁘지는 않았다.

마지막에는 고위 간부까지 와서 설득했지만, 그만두겠다는 뜻을 꺾지 않았다. 조직에 속해서 시키는 대로 사는 것은 성미에 맞지 않는다고 느꼈기 때문이다.

새로 시작한 일은 소프트웨어 회사였다. 엄청난 준비도 투자도 필요 없었다. 작은 원룸에 PC와 팩스, 그리고 외국계 기업에서 3년 동안 일하면서 얻은 지식과 인맥만 있으면 일을 시작할 수 있었다.

시대의 파도를 타고 사업은 2년 만에 연 매출 30억 엔을 달성했다. 사원도 10명으로 늘어나 게이스케가 세운 회사는 IT 벤처기업의 기수로 불리게 됐다. 게이스케는 성공한 젊은 벤처기업가로 언론에서 주목받았다.

게이스케는 다른 사람 눈에는 젊어서 명성과 부를 얻은 운 좋은 인간으로 보였을 것이다.

그도 처음에는 성공에 취해 있었다. 사원은 순식간에 50명을 넘어섰고, 간부 사원들과 함께 긴자의 호화로운 클럽을 드나들기도 했다. 그러나 빛이 강해지면 그림자가 짙어지는가. 사회적으로 유명해질수록 게이스케의 마음속에서는 어둠이 짙어져갔다.

시간이 지나면서 마음 깊은 곳에 허무함이 앙금같이 쌓였다.

그때는 이유를 몰랐지만 지금은 안다.

반년 전부터 꾸기 시작한 어머니 꿈이 계기였다. 해바라기밭 속에서 어머니가 남자에게 당하고 있다. 꿈속에서 게이스케는 오싹했지만 그것은 어머니를 덮쳐 누르면서 남자가 웃었기 때문은 아니었다.

어머니 탓이었다.

남자에게 안겨 있는 어머니의 눈에는 광기가 배어 있었다. 기쁘다든가 슬프다든가 하는 감정은 일절 없는 노能. 일본 고유의 가면 가극의 가면 같은 얼굴로 오로지 희열에 찬 소리를 내지르고 있었다. 그러나 그 눈동자는 나무에 파인 깊은 구멍 속처럼 검고 탁했다.

생전의 어머니에게서는 전혀 연상할 수 없었던 눈동자 색깔이었다.

인간은 감정이 없으면 살아갈 수 없다. 감정은 때로 사람에게 고통과 비애를 가져다주지만, 그러나 한편으로 환희와 기쁨과 즐거움도 느낄 수 있게 한다.

감정이 없다는 것은 정신의 죽음을 의미했다.

그랬다. 꿈속의 어머니는 정신적으로 죽어 있었다. 그런데 그 어머니를 지독하게 부러워하는 내가 있었다. 그래서 오싹한 거였다.

정신적 죽음은 육체적 죽음과 같은 의미였다. 죽음 그 자체라고 해도 좋았다.

게이스케는 의자 위에서 창밖을 바라봤다.

처음으로 죽음을 생각한 때가 언제였는지는 기억나지 않았다. 어머니가 건강했을 때였으니까 어릴 때인 게 분명했다. 게이스케는 그 무렵부터 이미 죽음에 대해 생각했다. 길가 구석에서 죽어서 딱딱해진 벌레를 봤을 때는 정교하게 만든 모조품처럼 아름답다고 생각했고, 절이나 장례식장에서 장례식이 진행되는 장면과 마주치면 가슴이 메는 고귀함을 느꼈다. 동시에 공포감도 느꼈다.

죽음에 대한 동경과 공포. 어느새 그것은 자신 안에서 하나가 되어 마음속을 점령해가고 있었다.

어머니가 죽었을 때 어린 마음에 비통함과 공포 때문에 울면서도 동시에 예전에 없는 신성한 기분이 느껴지는 경험을 했다. 어머니의 몸을 태우는 장례식장 굴뚝에서 하늘로 올라가는 연기를 바라보면서는 어머니는 이제 고통에서 벗어날 수 있게 되었다고 마음 한편으로 안심했다.

사건, 그 자체에는 의미가 없다. 그것을 행으로 생각하든, 불행으로 생각하든 생각하는 것은 자기 자신이다. 대부분의 인간이 삶을 향한 마음을 열정이라고 부른다. 그렇다면 죽음을 바라는 마음을 어두운 열정이라고 부르는 사람이 있어도 좋지 않을까. 그렇게 생각하면서 게이스케는 지금까지 살아왔다.

창밖으로 하얀 새가 가로질러 날아갔다.

게이스케는 조용히 눈을 감았다.

게이스케는 그 어두운 열정을 쭉 가슴에 숨겨왔다. 같은 또래 아이들이 열중하는 놀이에는 관심이 없었다. 머릿속에는 늘 죽음에 대한 생각이 자리 잡고 있었다.

삶의 의미를 찾지 못하고 언제 스스로 죽음의 심연으로 뛰어들지 모른다는 두려움에 떨면서 살아야 한다는 것이 얼마만큼 고통스러운지 아무도 모르리라.

아니—

게이스케는 살짝 눈을 떴다.

이해해줄 사람이 딱 한 사람 있었다.

어머니였다. 어머니도 자신과 같은 어두운 열정을 품고 광기를 두려워하며 스스로 목숨을 끊었다.

게이스케는 책상의 PC 아래 숨겨놓은 작은 열쇠를 꺼냈다. 데스크 서랍 열쇠였다. 열쇠를 열고 서랍 안에서 오동나무 상자를 꺼냈다.

초대 기쿠스이게쓰가 만든 긴키 섬회양목 돋움말. 가라사와가 준 장기말이었다.

상자를 열고 말 주머니의 끈을 풀어 안에 들어 있는 말을 바라봤다.

자신이 아직 살아 있는 것은 장기가 있기 때문이었다.

어린 시절 죽음을 동경하던 자신이 유일하게 살아 있음을 느낄 수 있게 해준 것이 장기였다. 가라사와에게 장기를 배우고 승부를 낼 때만큼은 살아 있다고 느꼈다. 그리고 그 느낌을 더욱 강하게 느끼게 해준 남자가 있었다.

도묘였다.

자신을 속여 목숨보다도 소중한 장기말을 팔아치운 남자. 죽이고 싶을 정도로 미운 인간이었지만, 그는 게이스케가 외경의 마음을 품은 남자이기도 했다.

한 수 한 수, 목숨을 갉아 먹듯 장기를 두는 그의 모습을 보고 있으면 섹스를 하면서 클라이맥스에 오르는 것 같은 흥분이 느껴졌다. 그의 묘기를 보고 있노라면 배 속이 뜨거워졌다. 도묘는 인간으로서는 저질이었지만, 장기만큼은 일류 중의 일류라고 인정하지 않을 수 없었다.

게이스케는 도묘에게 속아 남의 손에 넘겼던 이 말을 되찾기 위해서, 오직 그 목적을 위해서만 돈을 모았다. 그런데 거기에는 생각지도 않던 덤이 따라왔다. 사회적 성공이었다. 돈과 명성을 손에 넣은 게이스케를 사람들은 운 좋은 남자라고 불렀지만, 사람의 인생이 자칫하면 그렇듯이 행운은 동시에 재난도 가져왔다.

예전에 게이스케가 아버지라 부르던 남자, 요이치가 게이스케가 있는 곳을 알아내서 찾아온 것이었다.

문전박대를 할 수도 있었지만 내쫓는다고 해도 몇 번이든 찾아올 인간이었다. 용건을 물어볼 수밖에 없었다. 그렇게 각오하고 응접실로 들어오게 했다.

가죽 소파에 앉은 요이치는 방으로 들어온 게이스케를 보더니 누렇게 물든 이를 드러내 보이며 웃었다.

"여어, 건강해 보이는구나. 너무 멋있어져서 몰라보겠다. 좋은 양복도 입고 말이야. 꽤 비싸겠지?"

게이스케는 요이치의 질문을 무시하고 맞은편에 앉았다.

"어떻게 여길 알았나요?"

요이치는 헤헷, 하고 소리 내어 비굴하게 웃더니 경위를 말해주었다. 제조장에 근무하는 동료가 주간지에 실린 게이스케의 기사를 발견하고 알려주었고 기사에 나온 회사 이름을 전화번호부에서 찾아서 주소를 알아냈다고.

요이치와 만나는 것은 스와를 떠나온 후 처음이었다. 흰머리가 섞인 머리는 부스스했고, 몸에 걸친 색 바랜 점퍼는 때에 절어 있었다. 9년 만에 보는 요이치는 원래도 없던 풍채에 초라함이 더해져 꼴사나운 수준을 넘어 비참하다고까지 해야 할 상태였다.

차를 내오겠다는 여직원에게 그럴 필요 없고 잠시 아무도 방에 들이지 말라고 하고 응접실에서 내보냈다.

여직원이 나가고 옛날처럼 단둘이 되자 요이치는 태도를 바꿨다. 무례하게 소파에서 몸을 젖히더니 아버지 특유의 얼굴을 하고 게이스케를 삐딱하게 노려봤다.

"도쿄로 간 뒤 어디서 뭘 하나 했더니, 너만 이렇게 좋은 시절을 보낼 줄이야. 불효자식이로구나."

9년 전의 자신이 아니었다. 게이스케는 그렇게 생각하면서 아랫배에 힘을 줬다.

"용건은 뭔가요? 돈?"

"머리가 잘 돌아가는 건 여전하구나. 뭐, 그쪽이 얘기가 빠르겠네."

요이치는 소파에서 몸을 일으키더니 게이스케에게 턱을 내밀었다.

"조금이면 돼. 빌려주지 않겠니?"

예상한 반응이었다. 어이가 없어 웃음이 치밀었다.

얼굴에 끼쳐오는 구린 냄새에서 얼굴을 돌리고 게이스케는 상의 안주머니에서 장지갑을 꺼냈다. 만 엔짜리 지폐를 있는 만큼 꺼내 테이블 위에 던졌다. 30장 이상은 될 터였다.

"처음이자 마지막이에요."

인연을 끊는 돈인 셈이었다.

돈을 보자 요이치는 안색을 바꾸고 지폐를 양손으로 끌어

모았다. 숨을 거칠게 쉬며 몇 장인지 세어보더니 만족스러운 웃음을 지으며 점퍼 주머니에 쑤셔 넣었다.

게이스케는 소파에서 일어나 응접실 입구로 가서 문을 힘껏 열었다.

"볼일은 끝났을 테니 돌아가요."

요이치는 순순히 문 있는 데로 오더니 게이스케의 어깨를 친근하게 두드렸다.

"또 보자."

게이스케는 쾅 소리를 내며 문을 닫고 요이치가 앉았던 소파를 힘껏 발로 찼다.

요이치의 금품 요구가 한 번에 끝날 리 없었다. 그것은 알고 있었다. 그러나 이 정도로 지속될 거라고는 생각하지 않았다.

그 뒤부터 요이치는 한 달에 한 번 돈을 달라고 찾아왔다. 그때마다 게이스케는 지갑에 있는 만 엔짜리 지폐를 테이블 위에 던졌다. 언쟁을 벌이는 것이 귀찮았기 때문이다. 앞으로도 비슷한 액수의 돈을 건넨다 해도 1년이면 400만, 500만 엔이었다. 지금 자신에게는 대단한 액수는 아니었다.

게이스케가 가장 혐오하는 것은 요이치의 존재 자체였다. 요이치의 얼굴을 보면 구역질이 났다.

내버려두면 금품 요구는 어느 한쪽이 죽을 때까지 계속될 것이다.

차라리 돈을 한꺼번에 줘버릴까 생각하기도 했다.

하지만 곧 그 생각을 버렸다.

있으면 있는 만큼 쓰는 것이 도박광의 천성이다. 한꺼번에 줘도 변하는 것은 아무것도 없다. 손에 들어오는 돈이 늘어나 요이치만 신이 날 뿐이다.

게이스케는 바라보고 있던 장기말을 서랍에 넣고 잠갔다.

사원들에게는 요이치를 예전에 신세를 진 지인이라고 설명했지만, 지저분한 차림새로 몇 번이나 찾아오는 남자를 미심쩍게 생각하는 것은 당연했다. 나아가서는 게이스케에 대한 불신감으로 이어질 수도 있었다.

게이스케는 양손을 얼굴 앞에서 잡고 이마에 댔다.

그 인간을 어떻게 해서든 멀리하지 않으면 자신의 장래에 좋은 일이 없을 것이다. 게이스케는 그런 절박함을 느끼고 있었다.

쓰레기 같은 그런 인간 때문에 지금까지 쌓아온 자신의 인생이 엉망이 되도록 놔두지는 않을 테다.

어금니를 꽉 물었을 때 탁상 위 전화가 울렸다. 안내 데스크에서 건 내선 전화였다.

게이스케는 수화기를 들었다.

"무슨 일인가."

안내 데스크 여성은 곤혹스러운 말투로 고했다.

"사장님께 온 손님입니다. 미리 약속을 잡지 않고 온 남자분인데, 이름을 말하면 알 거라면서 집요하게 말씀하셔서……."

요이치라면 안내 데스크에서도 알고 있을 터였다. 게이스케는 미간을 찌푸렸다.

"누구지?"

"도묘 님이라는 분이십니다."

설마—

게이스케는 귀를 의심했다. 도묘라는 이름에서 짐작 가는 인간은 하나밖에 없었다.

그, 도묘가—

순간, 심장이 고동쳤다. 현기증이 나면서 앞이 깜깜해지는 것 같았다.

배에 힘을 꾹 주고 목구멍에서 말을 짜냈다.

"내 방으로 들여보내."

알겠습니다, 하는 목소리가 공허하게 귓가를 스쳐 갔다.

수화기를 내려놓은 게이스케는 무너질 듯이 의자 등받이에 몸을 기댔다.

—

제15장

—

큰길로 나와 택시를 잡아 올라탄 순간 이시바가 다짐하듯
이 물었다.

"어이, 자네가 말한 가미조 게이스케도 나가노 출신이란 거
확실해?"

택시 뒷좌석에서 사노는 끄덕였다.

"틀림없습니다. 아주 특별한 케이스로 프로가 된 기사입니
다. 그의 경력은 또렷이 기억하고 있습니다."

가미조 게이스케라는 이름을 들었을 때 맨 먼저 사노의 머
리에 떠오른 것은 프로 기사인 가미조 6단이었다. 가미조 게
이스케는 도쿄대를 나온 뒤 외국계 회사에 취직했고, 독립 후
소프트웨어 회사를 세워 성공했지만 갑자기 회사 주식을 매
각하고 장기계에 진출했다. 아마추어 명인전에서 2연패한 다

음 프로 기사와 대국해서 여덟 명 중 다섯 명을 격파하는 놀라운 실력을 보여주었다. 그 덕분에 프로 편입 시험을 칠 기회를 부여받아 프로로 진입한, 이색적인 경력의 주인공이었다.

요시코의 이야기로는 장기말을 받은 게이스케는 고등학교를 졸업한 후 도쿄대학에 진학했다고 했다. 요시코가 이야기한 가미조 게이스케와 사노가 떠올린 프로 기사 가미조 게이스케는 나가노현 출신이라는 점과 도쿄대 졸업생이라는 점까지 모두 같았다. 나이를 생각해도 그 두 사람이 동성동명의 다른 사람일 가능성은 제로에 가까웠다.

게이스케의 경력을 들은 이시바는 빙긋 웃었다.

"장기말과 프로 기사, 좋은 흐름 아닌가."

자세한 행선지도 알려주지 않고 서로 이야기만 나누고 있는 승객이 못마땅했는지 기사는 백미러 너머로 언짢은 어투로 물었다.

"미사키초 어디까지 가시는 건가요?"

사노는 허둥지둥 수첩을 열었다.

"3초메 23의 4까지 가주세요."

요시코에게 들은, 예전에 게이스케가 살던 집 주소였다.

기사가 깜빡이를 켰다. 국도를 달리던 택시가 오른쪽으로 꺾어 좁은 길로 들어섰다.

게이스케가 지금 사는 곳 주소를 물었지만 요시코는 몰랐다. 스와시를 떠난 후 근황을 알리는 편지를 몇 통이나 받았지만, 편지봉투에는 주소가 없었다. 남편이 죽고 몇 달쯤 지나 긴 조문 편지를 받은 것이 마지막이었다고 했다.

요시코는 슬픈 표정을 하고 얼굴을 숙였다.

"그 애가 주소를 안 쓴 데는 사정이 있어요."

요시코는 게이스케의 어머니가 꽤 오래전에 세상을 떠났는데 아버지가 개차반이라서 게이스케를 제대로 돌보지 않았다고 했다. 요즘 말하는 육아 방치에 가까운 상황이었던 모양이었다.

"아버지에게 사는 곳이 알려지는 게 무서웠던 거예요. 스와를 떠나고 나서는 연을 끊었을 거예요. 그 아버지, 우리 집에도 몇 번쯤 찾아왔어요. 게이스케가 어디 있는지 모르냐면서. 남편은 게이스케한테서 들어서 알고 있었지만 모른다고 대답했어요. 게이스케가 어디 있는지 알면 이 작자는 반드시 돈을 우려낼 거라고 생각했기 때문에 만일의 경우를 대비해서 편지에 주소는 쓰지 않아도 된다고 말해뒀거든요."

사노가 게이스케의 아버지는 지금 어떻게 지내는지 아냐고 물었더니 요시코는 이곳에 온 뒤로 생각한 적도 없다고, 모른다고 답했다.

두 사람은 요시코에게서 게이스케가 어릴 때 살던 곳의 주소를 듣고 시설을 나왔다.

목적지에 도착해 요금을 내고 택시에서 내렸다. 요시코에게 들은 주소에 있는 집은 그야말로 허름했다. 길에 면한 창유리에는 금이 가 있었고, 현관의 미닫이문에 달린 우편함에는 파친코점이나 음식점의 유인물이 여러 장 쑤셔 넣어져 있었다. 문 옆에 볕에 바랜 플라스틱 문패가 걸려 있었다. 플라스틱 위에 매직으로 쓴 글자 역시 햇볕에 바래 몹시 흐려져 있었다. 눈에 힘을 주고 들여다 보고서야 겨우 '가미조'라는 글자를 확인할 수 있었다.

"여기가 가미조 게이스케의 집이 틀림없는 것 같습니다. 하지만 빈집 같은데요."

사노가 말하자 이시바는 현관을 턱으로 가리켰다.

"그래도 혹시 누가 있나 확인해봐."

벨은 보이지 않았다. 사노가 문을 노크했다.

"실례합니다. 아무도 안 계신가요?"

대답은 없었다.

사노가 몇 번쯤 반복해서 부르고 있자니 옆을 지나가던 초로의 여성이 끼어들었다.

"거기는 지금 아무도 안 살아요."

개를 산책시키러 나온 건지 줄에 묶인 시바견을 데리고 있었다.

"여기가 가미조 씨 댁 맞지요?"

"예전에는요."

가키누마라고 자신을 소개한 여성은 이웃 주민이었다. 시집와서 40년 동안 미사키초에 살고 있다고 했다.

"어디 딴 데로 이사 가셨나요?"

사노가 물었다. 만약 그렇다면 이사 간 곳을 물어보자고 생각했다.

가키누마의 대답은 의외였다. 미간에 주름을 잡고 주위를 살피듯 소리를 죽였다.

"아니에요. 갑자기 없어졌어요."

가키누마가 말하기로는 게이스케의 아버지 이름은 요이치라고 하고, 스와호 근처에 있는 일본 된장 제조장에서 일했는데, 몇 년 전부터 안 보인다고 했다.

가키누마는 지금은 사람이 살고 있지 않은 낡은 집을 바라보며 말했다.

"집세를 밀린 채 종적을 감춘 터라 집주인이 혈안이 되어 찾았지만 허탕이었고, 여태 행방을 몰라요."

"가미조 씨에게 아들이 있을 텐데요."

그러자 가키누마는 갑자기 이시바와 사노를 의심하는 눈으로 봤다.

"무척 자세히 알고 계시네요. 당신들 어디 사람이에요? 빚 받으러 왔다고 하기엔 가미조 씨가 없어진 뒤 시간이 꽤 흘렀고……."

사노는 머리를 굴렸다.

"요이치 씨의 먼 친척으로부터 의뢰를 받았습니다. 연락이 안 되니 요즘 상태가 어떤지 보고 와줬으면 좋겠다고요."

"그건, 흥신소란 뜻?"

"네, 뭐. 그런데……."

사노는 말을 흐리며 얘기를 되돌렸다.

"아드님의 이름은 게이스케였지요. 도쿄대에 갔다던가."

가키누마는 사노의 거짓말을 믿은 듯 순순히 대답했다.

"네, 그래요. 그 아이는 정말 착한 아이였지요. 머리도 좋았지만 성격도 좋았어요. 그런 아버지한테서 그런 아들이 나오다니 개천에서 용 난다는 건 그런 경우를 두고 하는 말일 거예요."

말하는 걸 좋아하는지 가키누마는 사노가 물으려던 것을 먼저 이야기했다.

"아버지란 사람이 개차반 도박꾼이라서요. 자식을 제대로 돌보지도 않고 일이 끝나면 매일 마작집에 드나들었어요. 그 탓에 게이스케는 늘 초라한 행색에 제대로 먹지도 못해 삐쩍 말랐지요. 몸에 멍이 들었던 것으로 봐서 매도 맞았던 것 같아요. 그런 만큼 커서 천하의 도쿄대에 합격했을 때는 온 동네가 크게 기뻐했어요. 게다가 지금은 굉장한 유명인이잖아요. 인생, 어디서 어떻게 될지 몰라요."

"유명인?"

옆에서 이시바가 끼어들었다.

가키누마는 자랑스럽다는 얼굴을 하고 이시바를 향해 말했다.

"거 왜, 요즘 텔레비전에 곧잘 나오는, 장기계의 가미조 게이스케. 그게 바로 그 아들이에요."

역시—

사노의 심장이 크게 뛰었다.

이시바가 눈으로 신호를 보내왔다. 빙고. 눈이 그렇게 말하고 있었다.

"굉장하지요. 젊어서 고생은 사서라도 하는 거라는데, 우리 집 아이들은 너무 고생을 안 했어요. 나이를 먹어도 부모한테 얹혀살기나 하고."

본론에서 벗어나려고 하자 사노가 당황해서 방향을 틀었다.

"그래서, 그 없어진 아버지 말인데요, 아들이 찾으러 온 적은 없나요?"

가키누마는 설마, 하는 얼굴로 손을 흔들었다.

"도쿄에 간 뒤로 한 번도 온 적 없어요. 그야 그렇겠죠. 그런 아버지 같지도 않은 작자는 얼굴도 보고 싶지 않았을 거예요."

가키누마의 발밑에 앉은 시바견이 기다리다 지쳤는지 일어나서 주인을 향해 짖었다.

"아, 그래 그래. 이제 그만 가자."

시바견에게 질질 끌려가듯이 하면서 주인이 걷기 시작했다.

사노는 가키누마의 등에 인사를 했다.

"고맙습니다."

가키누마는 돌아보더니 사노를 향해 소리쳤다.

"당신들에게 부탁한 친척한테는 미안하지만, 걔 아버지는 길에서 쓰러져 죽었을 거예요."

죽음이라는 말에 사노는 반사적으로 반응했다. 얼른 가키누마를 쫓아가 물었다.

"어째서 그렇게 생각하는 겁니까?"

가키누마는 개에게 끌려가면서 대답했다.

"없어지기 전에 잠깐 떵떵거리던 때가 있었어요. 돈이 생겨서 조금은 착실해질까 싶었는데 반대였어요. 일을 그만두고 아침부터 밤까지 마작집에 틀어박혔죠. 그런 작자가 제대로 된 죽음을 맞이할 리 없어요."

가키누마는 그 말을 남기고 떠났다.

인적이 사라진 길 끝을 바라보고 있자니 이시바가 옆으로 다가왔다.

"어쩐지 얘기의 앞뒤가 이어진 것 같군."

이시바가 물었다.

"가미조 게이스케가 사업에 성공해서 텔레비전과 잡지에 나오기 시작한 건 언제쯤이지?"

사노는 재빨리 머릿속에서 계산했다.

게이스케는 대학을 졸업한 후 취직한 회사를 3년 만에 그만뒀다. 그 뒤 바로 사업을 시작해 성공했으니 5년 전부터 언론의 주목을 끌었을 터였다.

그렇게 대답하자 이시바는 먼 곳에 시선을 주면서 턱을 문질렀다.

"뿌리부터 썩은 인간이 아들이 성공했다는 말을 어디서 들었다면 어떻게 할 거라고 생각하나?"

사노는 머리에 떠오른 생각을 말했다.

"돈을 요구하러 가지 않을까요?"

"그랬겠지."

이시바는 어두컴컴한 하늘을 올려다보더니 혼잣말처럼 중얼거렸다.

"증오하는 아버지가 나타나서 돈을 달라고 조른다……. 썩은 인간들은 돈을 위해서라면 못하는 짓이 없지. 아들이 돈을 안 주면, 자기 아들 가미조 게이스케는 친아버지를 버린 냉혹한 인간이다, 그렇게 주간지에 말하겠다면서 겁주고 달래는 건 일도 아니었겠지. 언론은 거짓인지 진짠지 따위 아무래도 상관없어. 세상의 관심을 모을 수만 있으면 되는 거야. 그래서 그런 이야기가 언론을 타고 돌아다니면, 게이스케의 사회적 평판은 한 방에 땅으로 떨어져. 게이스케에게 아버지는 방해물이 됐어. 그래서 없어지면 좋겠다고 생각했을 거야."

사노는 가미조 게이스케 6단의 얼굴을 떠올렸다.

영리하게 생긴 게이스케가 아무도 없는 산속에서 아버지를 살해하는 광경을 상상해봤다. 게이스케의 손에는 예리한 칼이 들려 있다. 게이스케는 겁먹고 뒷걸음질 치는 아버지에게 칼끝을 내밀며 달려든다. 아버지는 땅바닥에 넘어져 숨이 넘어간다. 그리고 게이스케는 땅에 구멍을 파고 아버지의 사체를 묻는다.

거기까지 생각하다가 사노는 중요한 사실을 깨달았다.

사체와 함께 발견된 장기말이었다. 게이스케가 증오하던 아버지와 함께 고가의 장기말을 같이 묻은 이유가 설명되지 않는다.

말 주인은 밝혀냈지만, 사건의 수수께끼는 더욱 깊어지는 것 같다. 아무리 실을 감아올려도 그 끝이 보이지 않는다.

사노가 그런 생각을 하며 깊은 한숨을 내쉬었을 때, 가슴께에서 휴대전화가 진동했다. 주머니에서 꺼내 발신자 표시를 봤다. 수사본부에서 온 전화였다.

전화를 받자 이가라시 수사본부장의 목소리가 들렸다. 수사본부장은 서론을 빼고 느닷없이 물어왔다.

"사노인가? 이시바는 같이 있나?"

긴박한 목소리에 몸이 긴장되었다.

"네, 옆에 있습니다."

"잘 들어. 사체의 신원이 밝혀졌다."

숨을 삼켰다. 과학수사연구소에서 두개골 복안이 끝난 것은 바로 최근이었다. 독촉한 보람이 있어서 예정보다 빨리 끝났다.

사노는 이시바를 보면서 전화 내용이 이시바에게 전달될 수 있도록 물었다.

"사체는 누구였습니까?"

이시바의 눈이 한순간에 날카로워졌다.

이가라시는 빠른 말투로 대답했다.

"도묘 시게요시. 전 도박 장기사야."

제16장

8년 만에 만난 도묘는 처참할 정도로 말라 있었다. 반소매 셔츠 밖으로 보이는 팔은 어딘가에 부딪히면 바로 부러져버릴 것 같을 만큼 가늘었다. 얼굴은 거무칙칙했고 뺨은 홀쭉했다. 안 좋게 마른 모습으로 봐서는 병을 앓고 있는 것이 분명했다.

그러나 태도는 옛날과 다름없었다. 응접실 소파에 떡 버티고 앉더니 테이블을 사이에 두고 앉는 게이스케에게 무례한 투로 말했다.

"오랜만이군."

게이스케는 도묘를 쏘아봤다.

"잘도 내 앞에 얼굴을 내밀었군."

게이스케의 거친 말투, 예전과는 달리 경어를 쓰지 않는 말투에 도묘는 아주 조금 당황한 표정을 지었다. 그러나 바로 표정을 바꾸고 변명하듯 말했다.

"참 나, 그러지 마. 그땐 나도 어쩔 수 없는 사정이 있었다고."

도묘는 테이블 위를 바라보면서 셔츠 포켓에서 담배를 꺼냈다.

"어이, 재떨이는 없나?"

"여기는 금연이야."

딱딱한 말투로 거절했다.

칫. 도묘는 노골적으로 혀를 차며 담배를 주머니에 넣었다.

기죽은 기색은 눈곱만큼도 없었다.

오랫동안 가슴속에 담아뒀던 도묘에 대한 분노가 단숨에 치밀어 올랐다.

게이스케는 대들듯 상체를 기울이고 도묘를 매섭게 노려봤다.

"당신이 자취를 감춘 뒤에 난 도쿄로 돌아와서 오쇼를 몇 번쯤 찾아갔어. 마스터에게 당신이 어디 있는지 모르냐고 물었지. 마스터는 그건 내가 묻고 싶은 말이라며 인상을 구겼어. '그 녀석 또 도망쳤어, 청산한다고 약속한 빚도 그대로야'라면서 말이야."

도묘는 부스스한 머리를 거칠게 쓸어 올리더니 배 째라는 듯이 천장을 올려다봤다.

"그땐 이나다 패거리한테 몰리고 있어서 말이지. 천만 엔, 모자람 없이 아귀 맞춰 준비하지 않으면 목숨이 위험했어. 그래서 어쩔 수 없이……."

"거짓말하지 마!"

게이스케는 큰 소리를 지르며 말을 막았다.

"정말로 내몰린 거였다면 전처럼 다시 도쿄를 떠나면 됐잖아. 그건 어린아이라도 알 수 있는 거짓말이야!"

도묘는 시선을 바닥에 떨어뜨리고 입술을 비틀어 구부리며 웃었다.

"너, 옛날보다 머리가 더 잘 돌아가는구나."

이번에는 게이스케가 웃었다.

"당신 머리가 무뎌진 거 아니야? 옛날에는 거짓말을 더 그럴싸하게 했는데."

도묘의 얼굴색이 변했다. 웃음을 지우고 게이스케를 날카롭게 노려봤다.

게이스케도 같이 노려봤다.

"여긴 어떻게 알았지?"

도묘는 창밖으로 시선을 돌리며 말했다.

"나도 주간지 정도는 읽어."

도묘는 일 년 전 식당에 갔다가 거기에 놓여 있던 주간지에서 게이스케의 기사가 실려 있는 것을 봤다고 말했다.

게이스케는 미간을 찌푸렸다. 기사를 읽은 것이 일 년 전이라면 왜 그때 바로 찾아오지 않은 건가? 시간이 지나서 나타난 것은 왜지?

도묘는 목을 빙글 돌리고 새삼스럽게 방 안을 바라봤다.

"그 가난했던 대학생이 지금은 이런 큰 빌딩에 회사를 차린 사장이라니. 세상 참 살고 볼 일이야."

역시. 게이스케는 속으로 고개를 끄덕였다.

돈이다. 돈이 궁해져서 금전을 요구하러 온 거다.

도묘의 얼굴에 요이치의 그것이 겹쳤다. 돈, 돈, 돈. 누구나 돈이 있는 곳이라면 떼 지어 몰려들었다. 마치 하이에나 같다.

게이스케는 무릎 사이로 잡은 양손을 하얘질 정도로 꽉 쥐었다.

"돈이 떨어져서 왔나?"

도묘는 고개를 옆으로 돌리고 삐딱하게 게이스케를 바라봤다. 조금 사이를 두고 입을 열었다.

"너, 요즘 장기 두고 있나?"

게이스케는 코웃음 쳤다.

"그럴 여유 없어. 당신이랑 달라서 일이 바쁘니까."

그렇겠지, 하고 도묘는 비위를 맞추기라도 하듯이 실없이 웃더니 진지한 얼굴로 돌아와 게이스케를 봤다.

"나랑 승부를 겨뤄보지 않겠나?"

생각지도 않던 도묘의 말에 미간에 주름이 잡히는 것을 스스로도 알 수 있었다.

"승부라고?"

도묘는 게이스케 쪽으로 몸을 내밀었다.

"장기로 승부를 겨루자고. 단, 너도 알다시피 난 진검밖에 안 돼. 10만 엔에 어때?"

게이스케는 속으로 쓴웃음을 지었다. 장기 도박을 구실 삼아 돈을 가져가려는 거구나. 직접 돈을 요구하지 않는 것은 그나마 요이치보다 나은 것일지도 몰랐다.

"어쩌지? 난 도박은 절대 안 하기로 했어."

정말이었다. 도박에 빠진 요이치를 어릴 때부터 봐온 게이스케는 도박에는 손을 대지 않겠다고 결심했다.

도묘가 엿보듯이 얼굴을 바라봤다. 그리고 나지막이 말했다.

"도박은 안 하지만 장기는 두고 싶지 않나? 그것도 놀이가 아닌 속이 얼얼해지는 진검 승부를 말이야."

순간, 게이스케의 뇌리에 아사무시 온천에서의 본 그 피 튀기는 승부가 떠올랐다. 유령 같은 얼굴로 눈만 번쩍번쩍 빛내면서 반상에 말을 내리치던 모토지의 모습. 이마에 땀이 솟은 도묘가 막판에 내민 절묘한 한 수. 장기에 모든 것을 건 남자들이 목숨을 조금씩 깎아내가는 81칸 공간.

게이스케의 마음을 꿰뚫어 보기라도 한 듯 도묘가 소리 죽여 말했다.

"난 널 처음 만났을 때부터 알고 있었어. 넌 장기를 두지 않으면 죽어버릴 놈이라고 말이지. 이건 거짓말이 아니야. 장기에 사로잡힌 인간은 보면 알아. 내가 바로 그런 인간이니까."

자조하듯이 웃고 도묘는 말을 계속했다.

"너, 지금 질식사 하기 직전의 면상을 하고 있다는 거, 알고 있나? 지금의 넌 눈이 죽어 있어. 돈도 명예도 다 손에 넣은 모양이지만, 장기를 두던 무일푼의 학생이었을 때가 더 생기

넘쳤다고."

게이스케의 손가락에 장기말을 집어 반상에 내리치는 감각이 되살아났다. 탁, 하는 긴장된 소리도 귀에 들리는 것 같았다. 그 저릿저릿한 감각. 기억 밑바닥에서 봉인이 풀리듯 81칸의 소우주가 머릿속에 선명하게 떠올라왔다.

게이스케는 도묘의 시선에서 얼굴을 돌렸다.

계속 그 눈을 마주 보고 있다가는 고개를 끄덕이고 말 것 같았다.

도묘가 긴 침묵을 깨고 숨을 가늘게 내쉬면서 짜내듯이 말했다.

"난, 살날이 얼마 안 남았어."

게이스케는 저도 모르게 도묘를 봤다. 몸을 가누기가 힘든지 몸 전체를 맡기는 것 같은 자세로 소파 팔걸이에 손을 짚고 있었다.

동정을 사기 위한 연기일까.

잠시 그렇게 의심하기도 했지만 얼굴색이 나쁜 게 심상치 않았다.

"너도 눈치챘겠지. 이렇게 비쩍 마른 걸 보면 누구라도 나쁜 병에 걸렸다는 걸 알 테니까."

콧김을 빼듯이 도묘는 웃었다.

"여자를 보고 도둑고양이라고 하는 말이 있잖아. 그건 거짓말이야. 여자는 쥐야. 타고 있는 배가 가라앉을 거라는 걸 알면 한 마리도 안 남고 사라지거든."

말없이 도묘의 눈을 봤다. 농담하는 눈빛이 아니었다.

도묘는 잠시 시간을 두더니 단호하게 말했다.

"나랑 둘 수 있는 시간은 앞으로 아주 조금밖에 안 남았어."

게이스케는 거짓말은 아닌 것 같다고 생각했다.

굳이 외면하면서 말했다.

"오늘 저녁 7시에 여기로 와."

도묘는 끄덕이고 천천히 소파에서 일어나 조용히 방을 나갔다.

게이스케는 자신의 아파트 문 열쇠를 열고 안으로 들어갔다.

도묘도 뒤를 따랐다.

거실에 들어온 도묘는 그대로 거실 밖으로 나 있는 루프 발코니로 나가더니 펜스 밖으로 몸을 내밀고 햐아, 하고 소리쳤다.

"높은 데서 아래를 내려다보면 높은 분이 된 기분이 든다더니 진짜군. 요것 참 기분 좋은데."

고층 아파트 23층에서는 롯폰기의 야경이 한눈에 보였다.

도묘는 거실로 돌아와 등 뒤로 유리문을 닫고 게이스케에게 물었다.

"너, 정말 여기서 혼자 살아?"

회사에서 집으로 오는 도중에 게이스케가 운전하는 벤츠 조수석에 앉은 도묘는 게이스케더러 혼자 사냐고 물었다. 게이스케는 그렇다고 대답했다. 집에 여자를 들인 적은 있지만 같이 산 적은 없었다.

게이스케가 살고 있는 아파트는 거실만 10평이었다. 그 밖에 서재와 침실, 창고로 쓰는 방, 안 쓰는 방이 하나. 방 네 개짜리 아파트는 확실히 혼자 살기에는 지나치게 넓은 공간이었다.

거실과 마주 보는 방식으로 되어 있는 부엌에서 게이스케는 대답했다.

"혼자야."

"드나드는 여자는 있겠지."

게이스케는 냉장고에서 캔 맥주를 두 개 꺼내 거실 테이블에 놨다.

"아니, 없어."

도묘는 양팔을 벌리고 과장되게 놀라는 폼을 연출해 보였다.

"거짓말이지? 만약 진짜라면 남자한테만 흥미가 있든가 네 물건이 도움이 안 되든가, 둘 중 하난데."

게이스케는 도묘의 말을 무시했다. 앤티크풍 사이드보드에 넣어둔 장기말과 장기판을 꺼내 테이블 위에 놓았다.

맞은편에 앉은 도묘는 말과 판을 보고 미간에 주름을 잡았다.

"어이, 뭐야 이게."

플라스틱 말과 접이식 장기판은 한눈에 봐도 싸구려였다.

"판은 그렇다고 치고, 말은 그게 아니네."

도묘가 초대 기쿠스이게쓰가 만든 말로 장기를 두고 싶은 마음은 잘 알았다. 그러나 게이스케도 그 정도까지 어리석지는 않았다.

"잠시 눈을 뗀 틈에 가지고 도망쳐버릴 수 있으니까."

게이스케는 소파에 앉아 캔 맥주 꼭지를 땄다.

도묘가 어이없다는 듯이 웃었다.

"내가 신용이 없군. 뭐, 하긴 어쩔 수 없지."

말하면서 말 상자를 열고 반상에 내용물을 쏟았다.

도묘는 더 상수인 쪽이 가져가게 되어 있는 왕장을 자기 진에 놓고는 묵묵히 말을 늘어놓았다.

게이스케는 도묘가 남겨놓은 옥장을 쥐고 두세 번 공중에서 위아래로 움직이다가 마지막으로 천천히 자기 진영 중앙에 소리가 나지 않게 조용히 놨다.

말 배치가 끝나자 도묘가 말했다.

"일단 선후를 정해볼까."

기록계가 없을 경우 왕장을 가진 상위자가 자신의 말을 가지고 선후를 정한다.

도묘는 자기 진영 중앙의 보 다섯 개를 집어 유리로 된 테이블에 던졌다. 겉면이 네 개, 뒷면이 한 개. 도묘가 선수, 게이스케는 후수가 됐다.

도묘가 죽은 나무같이 말라비틀어진 손가락으로 말을 들어 올려 장기판에 내리박았다.

고요한 방 안에 장기말 소리가 울렸다.

도묘의 네 칸 비차에 대해 후수인 게이스케는 고정비차 동굴곰을 선택했다. 가장자리를 공격받아 중앙의 5행을 빼앗길 수도 있지만 금장과 은장 네 개로 단단히 임금님을 둘러싸는 데 성공하면 고정비차 측은 호각 이상의 싸움을 바라볼 수 있다.

도묘에게 이기려면 그 방법밖에 없다고 생각했다.

중반, 게이스케는 자신이 우위에 섰다는 확신이 들었다. 비차는 양쪽 다 5열에서 서로를 마주 보고 있지만 5열5행의 보로 중앙의 5행을 제압한 것은 후수인 게이스케였다. 보를 많이 잃었고 상대의 보를 따지도 못한 것은 뼈아팠지만 고정비차 동굴곰으로서는 넘치게 충분한 싸움이라고 생각했다.

도묘가 장고에 들어갔다.

체스 시계를 준비하지 않았기 때문에 제한 시간은 따로 정하지 않았다. 그러나 도묘로서는 형편 상 한 판을 두는 데 걸리는 시간은 짧으면 짧을수록 좋을 터였다. 잘하면 4판, 5판이라도 두고 싶을 것이다. 그러는 편이 돈이 된다고 생각할 테니까.

10분 후 도묘는 5열3행에 보를 뒀다.

각행으로도 비차로도 잡을 수 있는 소위 '초점의 보'라고 불리는 수였다. 이 보를 각행이든 비차든 어느 쪽에서 잡든 다른 한쪽의 영향력은 없어진다.

한눈에 봐도 각행으로 잡을 수는 아니라고 생각했다. 상급자라면 누구나 그렇게 느낄 것이다. 만약 게이스케가 5열3행에 각행을 둔다면, 즉 각행으로 도묘의 보를 잡는다면 도묘는

5열5행으로 비차를 날릴 것이고, 게이스케의 비차와 각행은 둘 다 움직일 수 없는 상태가 될 것이다. 그렇게 되면 완전히 져 버린다.

그러나 만약 게이스케가 5열3행에 비차를 놓아 도묘의 보를 잡으면 진형이 흐트러지고 일시적으로 비차가 좌우 양옆으로 움직일 수 없게 된다. 그렇다고 눈앞의 보를 먹지 않고 도망칠 수는 없는 노릇이다.

2분간 생각한 게이스케는 5열3행에 비차를 놓아 도묘의 보를 잡았다.

도묘는 잠시 생각한 다음 6열8행의 은장을 7열7행으로 올렸다.

게이스케는 자신의 눈을 의심했다.

은장을 올릴 거라면 당연히 중앙을 견고하게 할 5열7행으로 올렸어야 했다. 게이스케가 보를 5열6행에 놓아 밀고 들어가도 도묘가 은장으로 잡을 수 있을 테니 도묘 입장에서는 아무 문제가 없다. 오히려 도묘로서는 중앙의 5행을 탈환할 수 있다. 따라서 게이스케도 5열6행에 보를 놓는 수를 선택하지 않을 것이다. 그러나 도묘가 7열7행에 은장을 놓았으니 게이스케로서는 5열6행에 보를 두는 것도 선택 가능한 수가 된다. 물론 실제로는 5열7행이라는 지점은 도묘의 각행과 금장과 비차가 움직일 수 있는 범위 안에 있으므로 게이스케가 나중에 5열7행으로 보를 내밀어 금장으로 승격시킨다 해도 의미는 없지만.

도묘는 도대체 뭘 노리고 있을까.

8열8행의 비차.

도묘가 뭘 노리는지 알아차린 순간, 게이스케는 저도 모르게 소리를 지를 뻔했다.

그렇구나. 8열에서 비차를 움직이면서 승격할 기회를 보겠다는 거였다.

그렇다면 도묘의 수를 받아 게이스케는 비차를 한 번 뒤로 물려서 옆으로 이동 가능한 5열2행에 둬야겠지만, 이때는 도묘가 5열3행의 보로 한 번 더 중합의 보를 둬서 막는 수가 있다. 게이스케가 비차를 뒤로 물려 도망치든, 아니면 각행으로 도묘의 보를 잡든 도묘는 5열5행에 비차를 둘 것이다. 그러면 형세는 단숨에 역전된다.

정신이 드니 이번에는 게이스케가 장고에 잠겨 있었다.

'어떻게 둬도 좋아지지 않는다.'

관자놀이에 땀이 흘렀다.

그래도 최선을 다한 수는 5열2행에 둔 비차. 다른 선택지는 없었다.

두고 나서 게이스케는 위팔로 땀을 닦고 도묘를 봤다.

희미하게 입꼬리를 올리고 있었다.

승리를 확신한, 늘 보던 대로의 표정이었다.

9수 더 둔 상황에서 게이스케는 패배를 선언했다.

곧바로 도묘에게서 "한 판 더"라는 소리가 날아왔다.

게이스케는 끄덕이고 말을 늘어놓았다.

수를 둬가면서 게이스케는 자신의 속이 뜨거워지는 것을 느꼈다. 뇌를 혹사해 몸에 열이 나는 것인지 정신이 흥분한 탓인지 알 수 없었다.

탁—

도묘가 말을 두는 소리가 울렸다.

게이스케의 몸에 기분 좋은 긴장감이 내달렸다. 방 안 공기는 청량했고 더 이상 좋을 수 없는 충만감을 게이스케에게 안겨주었다.

말을 움직이는 게이스케의 머리에 '귀신잡이 주케이'라는 별명이 떠올랐다. 도묘는 변함없이 변변치 않은 인간이었지만 기력은 전혀 쇠하지 않았다. 병든 몸임에도 여전히 일류, 아니 초일류 장기꾼이었다. '귀신잡이 주케이'는 역시 귀신처럼 강했다.

승부는 게이스케가 세 판 내리 졌다.

"한 판 더."

이번에는 게이스케가 먼저 도전했다.

대답을 기다리지 않고 말을 늘어놨다.

도묘가 히죽 웃었다.

"난 좋아. 몇 판이라도."

다음 승부도 자신이 이길 거라고 생각하는 듯했다. 게이스케도 그렇게 생각했다. 지금은 도묘를 이길 수 없었다. 오늘 하룻밤에 40만~50만 엔은 잃을 것이다.

그러나 그런 건 아무래도 좋았다. 그 정도 액수는 지금의 게이스케에게는 푼돈이었다. 도묘에게는 받아야 할 빚도 있었다. 장기말 값인 400만 엔의 빚 말이다. 그러나 설령 그 모두가 녹아 없어진다 해도 지금의 게이스케에게는 아무런 타격이 없었다.

도묘와 두는 장기는 게이스케가 잊고 있던 감각을 되살아나게 했다.

영혼이 얼얼해지는 자극이었다. 뇌 속 엔도르핀이 대량으로 방출되면서 느껴지는 강한 흥분과 쾌감으로 온몸이 짜릿했다. 그것은 아무리 강한 마약을 사용해도 얻을 수 없는 느낌일 거라고 게이스케는 생각했다.

반상을 노려보면서 다음 수를 생각하고 있자니 도묘가 불쑥 말했다.

"도묘 시게요시, 좋은 이름이지?"

느닷없는 말에 게이스케는 얼굴을 들고 도묘를 봤다.

도묘는 상체를 앞으로 구부린 자세로 반상을 내려다보고 있었다. 혼잣말같이 입을 열었다.

"시게요시重慶란 이름은 절의 주지가 붙여준 이름이야. 좋은 일이 많이 일어나는 인생을 보내라는 뜻이야. 언제 봐도 마음씨 좋은 할아버지라서, 어릴 때 그 주지스님께 이렇게 저렇게 장난을 자주 걸었지. 하지만 무슨 짓을 하든 그 양반은 언제나 웃는 얼굴로 받아주었어."

도묘가 자신의 과거에 대한 이야기를 하는 것은 처음이었다. 다른 사람에게도 자신에 대해 이야기하는 것을 들어본 적이 없었다.

게이스케는 잠자코 다음 수를 뒀다.

도묘는 장기를 두면서 묻지도 않은 이야기를 계속했다.

군마에서 태어났으며 어머니는 창부였다. 아버지는 누군지
모른다. 철이 들었을 때는 어머니와 둘이 살고 있었다.

"어머니는 남자가 집에 오면 장롱 속에서 알사탕을 꺼내서
두세 개 손에 쥐여주고 밖에 나가 놀라며 내쫓았지. 난 어린
마음에도 어쩐지 봐선 안 되는 일이 시작되는 거라고 생각했
어. 시키는 대로 집을 나왔지만, 그 정도 알사탕이야 순식간에
먹어버리지. 하늘이 맑은 날에야 어디서든 시간을 보낼 수 있
지만, 비 오는 날이나 추운 날에는 그럴 수도 없어. 슬그머니
집에 돌아가서 창문으로 안을 엿보면 어머니가 남자 밑에서
헐떡이고 있는 거야. 나랑 눈이 마주치면 손으로 개를 쫓듯이
싯 싯, 하면서."

도묘는 거기서 담배에 불을 붙였다.

"분하지만 난 어머니가 남자들에게 받는 돈으로 밥을 먹어
야 했어. 불평 같은 거 못하지."

도묘의 독백은 계속됐다.

시간을 주체하지 못했던 도묘는 장기를 익혔다. 길가에서
동네 장기를 두는 어른들을 상대로 익힌 거였다.

"원래 소질이 있었는지, 달리 할 게 없어서 장기만 한 탓인
지, 어린 내가 어른을 이길 때까지 그리 오랜 시간이 걸리지
는 않았어. 나이도 차지 않은 어린 녀석이 어른을 이기자 주

위에서 보고 있던 놈들이 환성을 지르는 거야. 굉장한 꼬맹이라고 칭찬해줬어. 나는 그게 기뻐서 필사적으로 장기 실력을 갈고닦았지.”

도묘의 이야기를 들으면서 게이스케는 스와에서 살던 시절을 떠올렸다.

아버지와 어머니의 차이는 있지만 비슷했다.

“몇 살 때였더라, 어른이 날 놀리느라 알사탕이랑 5엔을 걸고 두지 않겠냐고 했지. 5엔이 있으면 막과자를 살 수 있었어. 난 망설임 없이 승부를 받아들였어. 그리고 이겼지. 5엔. 그게 내가 진검을 둬서 처음으로 벌어들인 돈이야.”

도묘는 성장해가면서 장기 실력을 쌓아 어머니가 병으로 세상을 떠난 열다섯 살 때 도쿄로 나왔다. 신주쿠를 근거지로 도박 장기에 몰두했다. 그 무렵 장기는 즐기는 것이 아니라 살기 위한 수단이었다. 드디어 도묘는 장기꾼 사이에 이름을 모르는 사람이 없을 정도로 유명한 도박 장기사가 됐다.

“하지만 말이지, 아무리 강해져도 모든 승부를 다 이길 수 있는 건 아니야. 질 때도 있어. 무일푼이 되어 여자 신세를 진 적도 있어. 하지만 난 아무래도 여자랑은 인연이 없는 모양이야. 어머니도 일찌감치 죽어버렸지, 어떤 여자랑 사귀어도 오래 계속된 적이 없거든. 그러던 어느 날 빼도 박도 못하게 돼서 사채에 손을 댔어. 그게 이나다파랑 갈등을 빚게 된 계기였어.”

게이스케는 은장으로 보를 잡으면서 말했다.

"변변찮은 인생이었군."

도묘는 흘낏 게이스케를 봤지만 곧 반상으로 시선을 되돌리고 실실 웃었다.

"너도 비슷하지 않아?"

게이스케는 희미하게 입을 열고 멍한 시선으로 도묘를 봤다.

'이 작자가 어떻게 알지?'

"뭘, 그렇게 어안이 벙벙한 면상을 하고 그래."

도묘가 입꼬리를 올렸다.

게이스케는 입을 다물고 턱을 치켜올렸다.

왜 그런 말을 하는지 이유를 대봐, 하는 뜻이었다.

빈 맥주 캔에 담배를 비벼 끄고, 도묘는 말했다.

"눈이야. 눈을 보면 알 수 있어."

"눈이라고?"

"그래."

끄덕이더니 도묘는 게이스케의 맥주 캔에 손을 뻗었다. 양해도 얻지 않고 입을 대고 단숨에 마셔버렸다.

"네 눈은 웃는 법이 없어. 얼굴이 웃고 있을 때도 눈은 냉랭하지."

그런 줄은 몰랐다. 자신의 웃는 얼굴을 거울로 본 적은 없었다.

"어릴 때 부모한테 매몰찬 대우를 받으며 큰 인간들은 말이지, 눈이 웃지 않게 돼. 그 눈알 속에는 세상에 대한 시기, 질투가 가득 차 있어. 웃으려고 해도 웃을 수가 없다고. 애정이란

놈을 모르니까 남을 믿지도 못해. 내 주위에는 그런 놈들이 득
실득실하지."

도묘는 가슴에 가라앉은 앙금을 뱉어내듯이 말을 이어갔다.

"그래서 나랑 너는 닮은꼴이라고 말한 거야. 이의 있어?"

게이스케는 가늘게 숨을 내쉬었다. 말이 없었다.

요이치에게 구박받으며 살던 시절이 머릿속에 되살아났다.
두들겨 맞고, 차이고, 밥도 제대로 얻어먹지 못했다. 그래도
부모에게 기대며 살아야만 하는 자신이 싫었었다. 몇 번이나
죽은 어머니에게 가고 싶다고 생각했다.

만약 가라사와를 만나지 못했다면 자신은 살 수 있었을까.

게이스케는 반상에서 얼굴을 들지 않은 채 조용히 다음 한
수를 뒀다. 도묘도 따라했다.

어느샌가 창밖이 밝아져 있었다. 하늘에는 새벽빛이 비치고
있었다. 손목시계를 보니 아침 5시였다. 머리 한쪽 구석으로
어렴풋이 오늘이 토요일이라는 것을 확인했다.

승부는 결국 게이스케의 5연패로 끝났다. 50만 엔이 나가
는 거다.

게이스케가 그만하자고 하자, 도묘는 한순간 아쉬워 보이
는 표정을 보였으나 곧 소파에서 일어서서 크게 기지개를
켰다.

게이스케를 보고 웃으며 말했다.

"너, 세졌구나."

장기는 거의 두지 않았다. 세졌을 리 없다.

"넌 워낙에 소질이 있어. 맘먹고 하면 나 정도는 금방 따라 잡을 수 있어."

"아부는 필요 없어."

게이스케가 내뱉었다.

"아부 아냐. 너한테는 네가 생각하는 것 이상의 재능이 있 다고."

도묘는 그렇게 말하고는 비굴한 웃음을 지으며 다시 소파 에 앉았다.

"그래서 말인데, 오늘 내가 딴 돈, 현금으로 바로 주지 않 겠나?"

게이스케는 잠자코 도묘를 봤다.

"알아. 너한테 빚이 400만 엔 있는 건 알고 있어. 그냥 꼭 돈 이 필요해."

게이스케는 도묘에게 시선을 고정한 채 말없이 도묘를 뚫 어져라 바라봤다. 그런 거겠지, 하고 처음부터 생각하고 있었 다. 그러나 순순히 돈을 건네줄 마음이 들지는 않았다. 그때의 원한은 지금도 깊었다.

도묘는 담배에 불을 붙이고 연기를 뱉으면서 말했다.

"빚은 어떤 형태로든 반드시 갚을 거야. 믿어줘."

입술이 비꼬이는 것이 스스로에게도 느껴졌다.

"나더러 당신을 믿으라는 건가?"

테이블을 사이에 두고 시선이 교차했다.

먼저 눈을 돌린 것은 도묘였다. 니코틴을 들이마시고는 연기를 가슴에 담아둔 채 빈 깡통에 담배를 비벼 껐다. 그러고는 천장을 향해 크게 연기를 내뿜었다. 소리 죽여 말했다.

"너, 누군가 죽여줬으면 하는 놈 없어?"

한순간, 그 말의 의미를 파악할 수 없었다.

그러나 도묘가 무슨 말을 하려는지 머리는 바로 이해했다. 400만 엔을 현금으로 돌려주는 것은 무리다. 그 대신 사람을 죽이는 거든 뭐든 하겠다.

게이스케의 얼굴에서 핏기가 가셨다.

도묘는 크게 소리 내어 웃으며 말했다.

"그런 무서운 얼굴 하지 마. 농담이야, 농담."

그러나 눈은 웃고 있지 않았다.

진심이다.

살날이 얼마 남지 않은 지금, 설령 살인범으로 붙잡힌다 해도 문제 될 게 없다고 얼굴에 쓰여 있었다.

게이스케의 뇌리에 요이치의 얼굴이 떠올랐다.

바로 고개를 흔들어 잔상을 털어냈다.

게이스케는 잠자코 일어나 침실로 향했다.

금고에서 만 엔짜리 지폐를 50장 꺼내 거실로 돌아왔다. 말 없이 테이블 위에 돈을 내려놓았다.

제17장

　수사본부로 사용하는 오미야 북부경찰서 대회의실에는 이미 많은 수사관들이 들어와 앉아 있었다.

　조용하던 회의실 문이 갑자기 열리는 바람에 놀랐는지 수사관들의 눈이 사노와 이시바에게 쏠렸다.

　사노는 숨이 턱까지 차 있었다. 이시바도 어깨로 숨을 쉬고 있었다.

　사체의 신원이 밝혀졌다는 연락을 받고 둘은 서둘러 오미야로 돌아왔다. 북부경찰서에 도착하자 대회의실이 있는 3층까지 뛰어 올라왔다. 1초라도 빨리 자세한 상황을 알고 싶었다.

　수사관들과 마주 보는 위치에 앉아 있던 이가라시 수사본부장이 뛰어 들어온 사노와 이시바에게 빨리 자리에 앉으라고 눈으로 재촉했다. 사노와 이시바는 숨을 가라앉히면서 비어 있는 뒷자리를 찾아가 앉았다.

두 사람이 의자에 앉는 것을 지켜본 이가라시 수사본부장
은 옆에 앉아 있는 다치바나 서장에게 눈으로 양해를 구한 후
단상 옆 화이트보드 앞에 서 있는 도리이에게 시선을 돌렸다.

"보고를 계속해주게."

도리이는 북부경찰서 형사과의 강력계 주임으로 이번 사체
유기 사건 담당 반장 중 한 명이었다. 사체의 신원 파악을 담
당하고 있었다.

도리이는 끄덕이더니 손에 들고 있던 지시봉으로 화이트보
드의 한 점을 가리켰다. 복안으로 복원한 두부 사진이 붙어 있
었다.

나이는 40대에서 50대 초반. 복안한 얼굴은 무표정했으나
눈초리가 약간 추켜 올라가 있고 입술이 얇았다. 생김새로 보
아 이 남자가 위협적인 태도를 보이면 사람들이 대부분 겁을
먹을 거라는 생각이 들었다.

옆에서 이시바가 얼굴을 가까이하고 물었다.

"어이, 틀림없나?"

사노는 이시바와 마찬가지로 작은 목소리로 대답했다.

"아마도."

도묘의 얼굴은 꽤 오래전이지만 장기 잡지에서 몇 번 본 적
이 있었다. 아마추어 명인전의 관전기에서도 그의 사진을 봤
고 프로와의 대전에서 좋은 성과를 거두어 특집 기사가 났을
때도 그의 사진이 실렸다. 당시 사진으로 본 도묘는 복안한 사

진보다 훨씬 젊었지만 날카로운 눈과 의지가 강해 보이는 각진 뺨은 기억 속에 또렷하게 남아 있었다.

돌아오는 신칸센 안에서 이시바에게 도묘가 어떤 인물인지 말해주었다. 장기에 관해서는 전혀라고 해도 좋을 정도로 지식이 없는 이시바는 장기계의 사정에 관해서는 별 흥미가 없었지만, 도묘의 색다른 삶에 대해서만큼은 꽤 깊은 관심을 보였다.

대충의 설명을 끝내자 이시바는 젖힌 시트에 몸을 기대고 허공을 쳐다봤다.

"인간은 변변치 않은데 하는 일은 일류라. 나 같군."

이시바는 완전히 농담이라고만은 치부할 수 없는 어투로 말하면서 희미하게 웃었다.

도리이가 목소리를 높였다.

"보고를 계속하겠습니다. 복안이 완성된 다음 사체 유기 현장에 장기말이 묻혀 있었던 점으로 미루어 사체는 장기 관련자일 가능성이 높다고 보고 그쪽으로 알아봤습니다. 맨 먼저 떠오른 것이 일본장기연맹이었지만, 사체가 프로 기사일 거라고만 한정할 수는 없었습니다. 프로, 아마 불문하고 장기 기사의 정보를 가장 많이 쥐고 있는 것은 장기 잡지 편집자가 아닐까 생각해서 우선 전문지인 〈현대 장기〉에 수사관을 보냈습니다."

도리이의 보고에 의하면 〈현대 장기〉의 편집장 도가 신조는 수사관이 내민 사진을 보고 바로 도묘인 것을 알아봤다고 했다.

"도가의 말에 의하면 도묘의 모습은 못 본 지 벌써 15년 정도나 됐으므로 확실하다고는 할 수 없지만, 그 작자가 나이 쉰을 넘겼다면 이런 얼굴이 돼 있을 거라고 말했습니다. 도묘의 장기 실력은 아마에서도 톱 클래스였지만 돈 관리를 잘 하지 못했고, 그래서 지하세계하고도 관련을 맺었던 모양입니다. 한때 이나다파와 갈등을 빚어 도쿄에서 모습을 감춘 적도 있었다고 합니다. 그 이후로 공식적인 장기계에는 모습을 나타내지 않는다는 얘기였습니다."

도리이는 손에 들고 있는 수첩을 넘겼다.

"사체가 도묘일 가능성이 높다고 판단해서 그에 대한 증거를 확보하기로 했습니다. 백골화한 사체가 도묘 본인이라는 것을 확정하려면 세포의 DNA 감정, 혹은 치형이 필요합니다. 그래서 곧바로 관공서로 가서 도묘의 현재 주소를 확인했습니다. 그러나 주민표에 기록돼 있던 군마현의 주소로 가본 결과 빌려 살던 그 집은 이미 헐리고 없었습니다. 도묘는 주민표를 옮기지 않고 군마에서 도쿄로 나와 주소 불명인 상태로 생활했던 것으로 보입니다. 따라서……."

한 번 숨을 내쉬고 도리이는 계속했다.

"도묘의 모발이나 타액 등을 입수하는 것은 불가능하다고 보고, 도묘가 자주 드나들던 가게나 당시 신세를 졌던 여자나 지인의 주소를 도가에게서 듣고, 그 주변의 치과 의사를 찾아갔습니다. 상당한 건수였지만 그중 운 좋게 16년 전에 도묘의 이를 치료했다고 하는 치과 의사를 찾아냈습니다. 감정 결과

차트에 남아 있던 치형과 사체의 치형은 일치했습니다."

도리이는 수첩에서 얼굴을 들고는 꼼짝 않고 보고에 귀를 기울이고 있는 조사원들을 둘러봤다.

"이것으로 발견된 사체는 전 장기 아마추어 명인, 주소 불명, 직업 불상의 도묘 시게요시라고 확정했습니다."

방 안이 쥐죽은 듯 조용해졌다.

"제 보고는 여기까지입니다."

도리이가 화이트보드에서 떨어져 자리에 앉자 이가라시가 이시바를 쳐다봤다.

"이어서 이시바 경위, 장기말의 소유자를 특정하는 수사를 맡았는데, 현재 상황을 보고해주게."

이시바는 엉거주춤 일어서서는 사노를 보고 턱을 추켜올렸다.

"장기에 대해서는 이 녀석이 잘 아니까 사노가 보고하도록 하겠습니다."

사노는 이시바와 교대로 일어나서 수첩의 메모를 확인하면서 가미조 게이스케까지 더듬어 간 경위를 설명했다.

사노는 수첩을 닫고 얼굴을 들어 이가라시를 봤다.

"가미조 게이스케는 현재 서른세 살. B급 2조에 소속된 6단의 프로 기사입니다. 기사가 반드시 통과하도록 되어 있는 장려회를 거치지 않고 이례적인 방식으로 프로가 되었고, 순위전을 최고 속도로 달려 올라갈 정도로 장기에 재능이 있습니다. 지금 열리고 있는 용승전에서도 예선을 내리 이겨 최종 토

너먼트를 남겨두고 있습니다. 6관을 달성하고 있는 미부 6단을 누군가 쓰러뜨린다고 한다면 그건 가미조 게이스케일 것이라는 입소문이 돌 정도로 주목받고 있는 인물입니다."

잠시 숨을 들이마시고 사노는 계속했다.

"투지만만하고 불타오르는 듯한 저돌적인 대국 스타일로 언론에서는 불꽃의 기사라고 부르고 있습니다."

회의실 안이 갑자기 술렁거렸다. 가미조 게이스케라는 이름은 몰라도 불꽃의 기사라는 호칭은 들어본 사람이 꽤 있는 모양이었다. 그때까지 잠자코 있던 다치바나 서장이 눈을 가늘게 뜨고 쏘아보는 듯한 시선으로 물었다.

"확실한가?"

사노는 입가를 긴장시키고 작게 끄덕였다.

"문제의 장기말이 가미조 게이스케의 손에 건너간 것까지는 틀림없습니다. 그 뒤 어떻게 됐는가에 대해서는 조사할 예정입니다."

다치바나가 혼잣말처럼 말했다.

"사체는 전 장기 아마추어 명인이고 사체와 함께 발견된 장기말은 프로 기사의 손에 건너갔었다. 그렇다면 이 사건과 가미조 게이스 가 사이에는 관련된 끈이 있겠네."

"도묘가 갈등을 빚었던 이나다파일 가능성도 있지 않을까요."

이가라시가 다른 가능성을 언급했다. 다치바나는 그 자리에서 고개를 저었다.

"만약 폭력단이 한 짓이라고 한다면 몇백만 엔이나 하는 장기말을 사체와 함께 묻은 이유를 설명할 수 없어."

"지당한 말씀입니다."

이가라시는 순순히 물러섰다. 게이스케의 이름이 나왔을 때부터 이가라시도 다치바나와 같은 생각을 했던 것이다. 다만 한 가지만 믿고 덤비다 실수하지 않도록 생각할 수 있는 다른 선도 짚어서 확인해보고 싶었던 것이리라.

"하나, 가미조 게이스케와 이 사건의 관계는 아직은 분명치가 않아."

다치바나는 그렇게 말하면서 미간에 주름을 잡고 팔짱을 꼈다.

"가미조 게이스케가 관련됐다 하더라도 그런 고가의 말을 왜 묻었을까. 미술품으로서 가치를 별개로 하더라도 장기말은 기사에게 무사의 칼과도 같은 것이 아닌가."

단상에서 주고받는 말을 들으면서 사노는 속으로 자신도 그게 의문이라고 생각했다. 다치바나가 말하는 대로 장기말은 기사에게는 칼과 같은 것이다. 마음에 든 말이 아니면 시합이 들어가지 않는다는 사람도 있다. 프로 기사가 과연 그런 중요한 말을 땅속에 묻는 짓을 할 것인가. 어쩌면 게이스케에게서 다른 사람 손으로 말이 건너간 것일지도 몰랐다.

그렇다고 하더라도 누가 왜 고가의 장기말을 사체와 함께 묻었나, 하는 수수께끼는 여전히 남는다.

다치바나는 지시하는 말투로 사노와 이시바가 있는 자리를 바라보며 말했다.

"이시바 경위와 사노 순경은 계속해서 장기말의 행방을 좇는 동시에 도묘와 가미조 게이스케에 대해서도 조사해주게."

이시바가 자리에 앉은 채 조용히 끄덕였다.

"단⋯⋯."

다치바나가 강한 어조로 말했다.

"부디 신중하게 조사하게. 상대는 유명인이야. 만에 하나라도 언론에 새어 나가 나중에 경찰이 아무 근거 없이 혐의를 씌우려 했다고 하면 서장의 목 정도로 안 끝나. 자칫하면 내 윗선의 목이 날아가. 알겠나."

방의 공기가 한순간에 긴장됐다. 침을 삼켰다.

사노는 가볍게 절하고 자리에 앉았다.

—

제18장

—

한 해가 거의 끝나갈 즈음의 고향은 옛날이나 지금이나 똑같이 추웠다. 바깥 공기는 영하에 가까웠다. 차의 난방을 켜지 않으면 도저히 못 버틸 기온이었다.

게이스케는 운전석 시트에 몸을 기댄 채 손목시계를 봤다. 형광 도료를 바른 시곗바늘은 곧 오전 1시를 가리키려 하고 있었다. 벌써 여섯 시간 이상이나 이러고 있었다.

게이스케는 손가락 끝을 호호 불면서 다시 한번 차 앞을 바라봤다.

차를 세워둔 공터에서 대각선 방향으로 맞은편 조금 떨어진 곳에 예전에 자신이 살던 집이 있었다. 불은 켜져 있지 않았다. 캄캄했다.

워낙 낡은 집이지만 게이스케가 집을 나오고 나서 10년 사이에 더 눈에 띄게 낡아 있었다. 시간이 흘렀으니 당연한 일이라고도 할 수 있겠지만, 요이치가 집을 전혀 관리하지 않은 것 또한 그 이유임이 분명할 것이다.

게이스케는 오늘 자신의 차를 달려 스와시에 왔다. 요이치를 만나기 위해서였다.

스와시에는 예정한 시간에 도착했다. 오후 5시. 요이치가 제조장에서 일을 마치고 나오는 시간이었다.

게이스케는 스키타야 양조의 주차장에 차를 세워놓고 종업원 전용 출입구에서 요이치가 나타나기를 기다렸다. 그러나 한 시간이 지나도 요이치는 나타날 생각을 하지 않았다.

사무원이나 영업 사원이라면 야근으로 퇴근이 늦는 일도 있을 수 있었다. 그러나 하루의 작업 공정이 정해져 있는 일본된장 장인이 야근을 하는 일은 없었다. 게이스케가 같이 살던 때도 요이치에게 야근한다는 말을 들어본 기억이 없었다. 아마도 일을 쉰 것일 수도 있다. 아니, 어쩌면 아들이라는 돈줄이 생겼으니까 일을 그만뒀을 가능성도 있었다.

어느 쪽이든 요이치가 있을 장소가 어딘지는 충분히 상상이 갔다.

마작집이었다.

바로 일주일 전에 회사에 와서 게이스케에게 30만 엔을 뜯어 갔다. 아마도 그 돈으로 마작을 하고 있을 것이다.

게이스케는 스키타야 양조의 주차장을 빠져나와 자신이 살던 집으로 향했다. 근처 빈터에 차를 세우고 요이치가 마작집에서 나와 집으로 돌아올 때까지 기다릴 생각이었다. 요이치를 붙잡으면 스와에 온 목적을 분명하게 전할 작정이었다.

'당신을 만나는 것은 이게 마지막이다.'

게이스케는 조수석을 봤다.

가죽으로 만든 보스턴백이 놓여 있었다. 안에는 현금으로 3천만 엔이 들어 있었다.

마지막, 진짜 마지막 절연을 위한 돈이었다.

일주일 전 게이스케의 회사로 찾아와 평소와 같이 30만 엔을 받은 요이치는 돌아갈 때 실실거리면서 앞으로는 50만 엔으로 올려달라고 요구했다.

"널 키워준 아버지의 당연한 권리야."

이렇게 말했다.

그 말을 들었을 때 게이스케의 마음속에서 뭔가가 툭 끊어졌다. 스스로도 자신의 눈빛이 이상하리만치 위태로워지고 있다는 것을 느낄 수 있었다. 지금 생각하니 사람을 죽이려는 듯한 눈빛이었을 것이다.

요이치는 게이스케의 눈을 보고 한순간 주춤했다.

그러나 바로 위협하는 말투로 침을 튀겼다.

"내 요구를 들어주지 않으면 가미조 게이스케는 부모를 내팽개친 냉혹한 인간이라고 주간지에 얘기할 수도 있어."

게이스케는 말없이 요이치를 쏘아봤다. 자신이 느끼는 증오의 감정을 모두 담아 요이치가 문 너머로 모습을 감출 때까지 계속 노려봤다.

자식을 우려먹는 악귀.

그때는 치밀어 오르는 폭력적 충동을 어떻게든 눌러둘 수 있었다. 그러나 다음번에도 그럴 수 있을지는 자신할 수 없었다.

요이치가 게이스케의 앞에 나타난 지 벌써 일 년 반 이상이 지났다. 그동안 건넨 돈만 해도 600만 엔이 넘었다.

요이치가 회사에 얼굴을 내밀기 시작한 이후 사원들과의 사이에 지금까지 없었던 골 같은 것이 생겼다. 그건 게이스케에 대한 불신감이라고도 할 수 있었다. 도쿄대학을 졸업하고 지금은 경제계에서 이름이 알려진 업계 풍운아가 보기에도 수상쩍은 남자와 뭔가 관계를 갖고 있고, 아무래도 돈을 건네주는 모양이라는 소문은 순식간에 사내에 퍼졌다. 이대로 방치하다가는 사원들이 자신을 따르지 않게 될 가능성이 있었다. 소문이 언론에 새어 나갈 수도 있었다.

게이스케는 요이치에게 은행으로 입금해주겠다고 제안한 적이 있었다.

"단 하나 있는 아들 아니냐. 아버지가 아들 얼굴도 못 보냐."

요이치는 그렇게 말하며 거부했다.

도쿄에 단골로 찾아가는 접대부라도 있는 것일까. 아니면 빚쟁이에게 계좌로 들어오는 돈이 있다는 것을 알리고 싶지 않은 걸까. 현금이 아니면 안 되는 이유가 있겠지.

요이치의 사정 같은 건 게이스케에게는 아무래도 상관없었다. 어떻게 해서든 요이치를 멀리하지 않으면 지금까지 쌓아 올린 것을 다 잃어버릴 수도 있었다.

게이스케의 결단을 재촉한 이유가 있었다.

도묘의 말이었다.

전에 도묘가 장기를 둔 후 한 말.

"너, 누군가 죽여줬으면 하는 놈 없어?"

그때 머리속에 요이치의 얼굴이 떠올랐다. 두려워져서 얼른 그 얼굴 잔상을 머리에서 지웠다.

그러나 도묘의 목소리는 귓속에 달라붙어 언제까지나 떨어지지 않았다.

이대로 가다가는 언젠가 도묘에게 무서운 일을 부탁해버릴지 몰라 두려웠다. 그렇게 되기 전에 요이치가 두 번 다시 게이스케의 앞에 나타나지 않게 손을 써야겠다고 생각했다. 계좌에서 3천만 엔을 인출해 스와로 온 이유였다.

'놈하고의 인연을 오늘 밤 안으로 끊는다.'

게이스케는 차 앞유리 쪽으로 시선을 되돌리고는 어두운 밤길을 쏘아봤다.

요이치가 돌아온 것은 새벽 2시가 다 되어서였다. 주위의 집들은 모두 잠들어 조용했다.

멀리서 봐도 요이치의 몸이 좌우로 흔들리는 것을 알 수 있었다. 언제나 그렇듯이 술을 마시면서 마작을 했을 것이다.

요이치가 집 근처까지 다다르자 게이스케는 조용히 차 문을 열고 차에서 내렸다.

"어이!"

별안간 등 뒤에서 부르는 소리를 듣고 놀랐을 것이다. 요이치는 비명에 가까운 짧은 소리를 지르고 뒤를 돌아봤다. 발밑이 휘청거렸다.

자신을 부른 인물이 게이스케라는 걸 알자 요이치는 안심한 듯 점퍼 옷깃을 여미고 술 냄새를 풍기며 숨을 내쉬었다. 그리고 게이스케를 노려봤다.

"이런 데서 뭘 하는 거야. 사람 놀라게."

"당신한테 할 말이 있어. 차 있는 데까지 같이 가."

게이스케가 뭔가 꾸미고 있다는 생각이 들었는지 요이치는 뭔가 싶어 게이스케의 얼굴을 살폈다. 표정에 경계심이 역력히 드러났다.

"뭔데? 난 피곤해. 내일 말해."

현관 미닫이문에 손을 대고 집 안으로 들어가려고 했다. 그 손목을 게이스케가 재빨리 잡았다.

"내가 하자는 대로 해."

목소리를 낮추며 말했다.

손목을 쥔 손에 들어간 힘에 겁을 먹었는지, 심각한 목소리에서 게이스케의 각오를 느꼈는지, 요이치가 문에서 손을 뗐다.

"알았어. 무슨 얘긴지 모르겠지만 집에 들어가서 하자고. 밖은 추워."

참혹한 기억만으로 가득 찬 그 집에는 들어가고 싶지 않았다.

"아니, 안 돼. 당신한테 주고 싶은 것이 차 안에 있어."

"그럼, 가져와."

요이치의 입가가 아주 조금 올라갔다. 돈 냄새를 맡은 것일 게다.

게이스케는 숨을 들이마셨다.

"얘기는 금방 끝나. 난 그대로 도쿄로 돌아가고 싶어. 돈을 건네주면 말이지."

요이치가 물기 쉽게 미끼를 뿌렸다.

"3천만 엔 준비해 왔어. 그걸 당신한테 줄 거야. 그 대신 두 번 다시 내 앞에 나타나지 마."

3천만 엔이라는 말을 들은 요이치의 눈이 커졌다. 입을 벌린 채 뻐끔뻐끔 입술을 움직였다. 믿을 수 없는 액수일 것이다.

"진짜야?"

침을 삼키면서 요이치가 중얼거리듯이 입을 열었다.

"어어."

게이스케는 머리를 끄덕이고 차가 있는 방향을 턱으로 가리켰다.

"차는 저쪽이야."

앞장서서 걸었다.

뒤에서 요이치의 발소리가 들렸다.

차 앞에서 게이스케가 돌아봤다. 요이치의 표정에서 경계심이 완전히 사라진 것 같지는 않았다.

그러나 돈은 거부할 수 없다는 듯한 표정이 떠올라 있었다.

게이스케는 문을 열고 운전석에 앉더니 시동을 걸었다.

그리고 보스턴백을 무릎에 안고 조수석 문을 열었다.

"타."

요이치는 뻣뻣하게 고개를 저었다.

"여기가 좋아. 줄 거나 줘."

게이스케는 잠시 요이치를 노려보다가 코트 안주머니에서 수첩과 펜을 꺼내 요이치에게 내밀었다.

요이치가 의아한 표정을 지었다.

"뭐야, 이건."

"한 줄 써. 3천만 엔 받는 대신 더 이상 나를 찾아오지 않는다고. 오늘 날짜도 잊지 말고. 쓴 종이는 공증 사무소에 가져가서 사서증서 역할을 하도록 절차를 밟을 거야. 만약 당신이 약속을 깨면 그걸 근거로 해서 법적 조치를 취할 거야."

요이치의 말은 말뿐이라는 잘 알고 있었다. 언제나 당장의 곤란한 자리만 모면하면 된다는 생각에 거짓말을 밥 먹듯이 하며 살아온 작자였다.

각서는 정말로 공증 사무소에 가져갈 작정이었다. 여차하면 사용할 보험임과 동시에 자신이 하는 말이 진심이란 것을 보여주자는 뜻도 있었다.

요이치에게 종이와 펜을 건네고 글씨를 쓰기 쉽게 대시보드에서 클립보드를 꺼내 내밀었다.

그걸 받아 든 요이치는 종이를 클립보드에 끼우고 생각에 잠긴 얼굴로 펜을 흔들었다.

"내가 말하는 대로 쓰면 돼."

게이스케는 살짝 눈을 감고 각서 문구를 불러줬다.

요이치가 서투르게 펜으로 갈겨썼다.

"이거면 돼?"

그러면서 차내등 너머로 종이를 보였다.

지렁이가 꿈틀거린 것 같은 글씨였다. 그러나 못 읽을 것도 없었다.

"그다음은 오늘 날짜랑 이름을 써. 이제 지장을 찍으면……."

말하면서 준비한 인주를 보였다.

"돈은 당신 거야."

요이치는 물끄러미 게이스케를 봤다. 뭔가를 생각하는 표정이었다. 눈동자가 분주하게 움직였다.

"먼저 돈을 내놔."

"뭐라고?"

"네가 각서만 갖고 도망가지 않는다는 보장이 없잖아."

기가 막혀서 말이 안 나왔다.

"무슨 말 같지도 않은……."

내뱉었다.

"이렇게 하자고."

요이치가 입꼬리를 올리고 말했다.

"내가 이름이랑 날짜를 쓸 거야. 네가 돈을 줘. 그러면 난 지장을 찍을게. 어때?"

이 작자는 늘 이런 식으로 머리를 굴렸다.

교활한 따라지, 인간쓰레기.

크게 숨을 내뱉었다.

"알았어. 그렇게 해."

요이치가 신이 나서 이름과 날짜를 써넣었다.

게이스케는 조수석의 보스턴백을 손에 들어 무릎에 끌어안았다.

"좋아. 손도장을 찍어줄 테니까 돈을 건네."

게이스케는 화를 누르며 냉정한 말투로 말했다.

"동시에 하는 거야. 지장을 찍은 각서와 돈을 교환한다."

"흥, 변함없이 야무지구나."

요이치가 게이스케가 내민 인주를 손가락에 묻혀 각서에 찍었다.

클립보드 째 운전석을 향해 들어 올렸다.

끄덕였다.

"좋아."

게이스케는 보스턴백 손잡이 끝을 오른손으로 잡고 요이치 쪽으로 내밀었다. 몸을 돌려 요이치를 정면으로 보면서 왼손을 클립보드에 댔다.

그 순간, 굉장한 힘으로 오른손이 잡아당겨졌다.

반사적으로 클립보드를 든 왼손에 힘을 줬다.

교환은 한순간에 이루어졌다. 힘이 남아돌아 뒤로 넘어졌다.

클립보드를 봤다.

각서가 찢겨 있었다. 요이치가 찢은 것이었다.

보스턴백을 안은 요이치가 도망갔다.

온 힘을 다해 쫓았다.

공터 입구에서 목덜미를 붙잡았다.

그대로 당겨 쓰러뜨렸다.

올라탔다.

숨통을 조였다. 있는 힘껏 조였다.

요이치가 공기를 찾아 헐떡였다.

얼굴이 빨개졌다. 혈류가 멈춘 것이었다.

게이스케가 목소리를 억누르며 말했다.

"너……."

충동을 제어할 수 없었다.

머리를 땅바닥에 내동댕이쳤다.

한 번, 두 번.

"사, 살려줘……."

요이치의 목소리가 목구멍 속에서 짜내듯이 새어 나왔다.

"주, 죽어……."

말하면서 눈을 까뒤집었다.

정신이 들었다.

힘을 뺐다.

요이치가 컥컥거렸다.

어깨로 크게 숨을 쉬었다.

목에 손을 댄 채 게이스케는 분노를 담아 말했다.

"너 그러고도 아버지야? 지금까지 부모로서 할 일 하나라도 해봤어? 그러고도 키워줬다고 유세를 부려?"

서로 말없이 노려봤다.

난, 하고 요이치가 될 대로 되라는 것처럼 말했다.

"생판 남의 아이를 키워준 거야."

한순간 무슨 말인지 의미를 파악할 수 없었다.

침을 삼켰다.

잠시 후 망치로 맞은 것 같은 충격이 머리를 덮쳤다.

아연실색하는 게이스케를 보고 요이치가 한 번도 하지 않았던 말을 뱉었다.

"너한텐 미친 피가 흐르고 있어. 그래서……."

요이치는 거기까지 말하고 스스로도 당황스러운지 입을 다물었다.

생각보다 먼저 손이 움직이고 있었다.

"미친 피라고?"

목 언저리를 잡고 있던 손에 힘을 줬다.

"그래서 뭐야? 어서 계속해."

요이치가 고개를 저었다.

조였다. 계속 조였다.

"말해! 말 안 하면 이번에야말로 정말 죽여버릴 거야!"

요이치가 헐떡였다. 공기를 찾아서 입을 뻐끔뻐끔했다.

"마, 말할게."

조이는 힘을 아주 조금 늦췄다.

"말할 테니까 목 좀 놔줘."

숨을 들이마시면서 요이치는 신음 소리를 내듯이 말했다.

게이스케는 눈에 살기를 담아 말없이 쏘아봤다.

얕은 호흡을 반복하면서 요이치는 체념한 듯이 입을 열었다.

"넌 내 자식이 아냐."

"어머니는?"

"그건 틀림없이 네 어미가 맞고. 넌 그 배 속에서 태어났으니까."

의문이 밀려드는 쓰나미처럼 차례차례 솟아올랐다.

"넌, 그럼 도대체 넌 뭐야?"

가라앉은 목소리로 물었다.

요이치는 시선을 피하면서 내던지듯 대답했다.

"말했잖아. 생판 남이야."

요이치는 크게 숨을 들이마시더니 지난 이야기를 했다.

게이스케의 어머니 하루코는 시마네현 유가사키에서 태어났다. 이즈모오야시로 신사와 신지호 옆에 있었던 하루코의 친정은 일본 된장 제조장을 운영하는 사사키가였다. 사사키가의 제조장은 1853년에 문을 연 전통 있는 제조장이었고, 산인 지역의 된장이라고 하면 사사키 일본 된장의 이름이 맨 먼저 올라올 만큼 널리 알려진 곳이었다.

"하루코는 그 집 장녀였어. 위에 오빠가 하나, 아래로 남동생과 여동생이 있었어. 나는 중학교를 졸업한 뒤 그 집 제조장에서 일했지. 실력 있는 된장 장인이 되는 것이 내 꿈이었어."

하루코는 요이치와 동갑이었고 요이치가 거기에서 일하기 시작했을 때는 고등학교에 다니고 있었다. 집안뿐 아니라 용모도 빼어난 하루코에게는 그 무렵부터 여러 곳에서 혼담이 들어왔다.

그러나 아무리 조건이 좋은 혼담이 들어와도 하루코는 하나같이 거절했다. 종업원 사이에서는 좋아하는 남자가 있거나, 장래를 약속한 상대가 있을 거라는 말이 돌았다.

"확실히 그때 녀석한테는 이미 좋아하는 남자가 있었어. 그게 네 아버지야."

"그게 누구야?"

게이스케는 손가락 끝에 힘을 줬다.

별빛 아래에서 요이치의 얼굴이 창백해 보였다.

잠시 망설인 끝에 요이치는 말했다.

"녀석의 오빠였어."

게이스케는 한동안 입을 열지 못하다가 겨우 짜내듯이 물었다.

"둘 중 하나가 양자였나?"

요이치는 시선을 피한 채 말했다.

"아니, 친오빠였어."

충격—

큰 충격이었다.

구토가 치밀어 올랐다. 온몸에서 힘이 빠졌다.

눈앞이 빙글빙글 돌았다.

정신을 차리니 요이치가 뭐라고 말하고 있었다.

그러나 눈앞에서 말하고 있는 요이치의 목소리가 잘 들리지 않았다. 갑자기 덮친 이명 탓인지, 의식이 드는 것을 거부하는 건지 알 수 없었다.

힘을 쥐어짜내 집중했다.

그러자 요이치의 말이 서서히 귀에 들어왔다.

요이치의 말에 의하면 하루코와 네 살 위 오빠, 아키히로는 남매간의 우애가 좋다고 이웃에서도 칭찬이 자자했다.

"사사키가의 부지에는 일본 된장을 만드는 도구나 대두를 넣어두는 창고가 여럿 있었어. 그날 나는 우연히 볼일이 있어서 동떨어진 광으로 갔어. 거기서 봐버렸지. 하루코와 아키히로가 서로 안고 있는 것을."

하루코가 임신했다는 사실이 발각된 것은 요이치가 일한 지 3년이 지난 열여덟 살 때였다. 그때 하루코는 고등학교를 졸업하고 그 지역 단기 대학에 입학한 뒤였다. 딸의 몸에 변화가 생긴 것을 눈치챈 어머니가 억지로 병원에 데리고 가려고 하자 마침내 하루코도 인정할 수밖에 없었다.

임신 4개월이었다.

부모는 상대가 누구인지 이름을 말하라고 추궁했지만 하루코는 말하기를 완강하게 거부했다. "말 못할 남자라면 바로 지워라, 이 엉덩이 가벼운 년" 하고 아버지는 딸의 면전에서 욕을 해댔지만, 하루코는 낳겠다고 고집을 부리며 고개를 옆으로 저을 뿐이었다.

하루코가 임신한 것이 발각되고 열흘 후 하루코의 오빠 아키히로가 자살했다. 뒷산에서 목을 맸다.

유서는 없었다.

부모는 극도의 충격 속에서도 의심에 시달려야 했다.

혹시 하루코의 상대가 자살한 아키히로였던 건 아닐까.

종업원들 사이에서도 억측이 퍼졌다.

소문은 막을 길이 없었다. 소문을 퍼뜨리는 사람들이 끊이지 않고 이어졌다.

그러던 어느 날 하루코는 남몰래 요이치를 불러냈다.

"나를 데리고 도망쳐주지 않을래?"

왜 자신을 선택했는지 요이치는 알 수 없었다. 어쩌면 자신이 그날 창고를 들여다본 것을 하루코가 알고 있었는지도 몰랐다. 입을 막기 위해 자신을 고른 거라고 생각했다.

여자 혼자 타지에서 사는 불안함도 물론 있었을 것이다.

하루코는 요이치가 자신을 좋아한다는 것을 알고 있었다. 그러고 보면 남자 종업원 대부분이 그랬다.

요이치와 도망치면 오빠와의 의혹을 숨길 수 있다. 그런 속셈도 있었을 것이다.

요이치에게는 좋고 싫고가 없었다.

'하루코를 안을 수 있다. 내 여자가 된다.'

그것만으로도 고향을 뛰쳐나갈 이유는 충분했다.

태어날 아이에 대해서는 생각하지 않았다.

어떻게든 될 거라고 생각했다.

스와를 선택한 것은 하루코가 호수 옆에 살고 싶다고 했기 때문이다. 신지호 호반에서 자란 하루코의 작은 바람이었다.

스와는 이즈모에서 멀리 떨어진 곳이었고, 신슈 일본 된장으로 유명한 곳이기도 했다. 된장 제조장도 많을 테니 자신의 능력을 살려서 일할 수 있다. 요이치는 그렇게 생각했다.

스와에 정착하고 반년 후, 하루코는 남자아이를 낳았다.

"그게 너야."

게이스케는 요이치 옆에서 땅바닥에 두 손을 짚고 허탈한 마음으로 주저앉아 있었다.

이상하게도 추위가 느껴지지 않았다.

요이치는 위를 향해 누운 채 두런두런 말했다.

"배 아파 낳은 자식은 예쁜 거겠지. 그때까지는 얼이 빠져 살았는데, 너를 낳고 나서는 사는 보람을 찾았는지 하루코가 건강해졌어. 하지만 네가 크면서 하루코가 이상해지기 시작했어."

게이스케는 자라면서 아버지인 아키히로를 닮아갔다. 게이스케에게 아키히로의 모습이 겹쳐 보이면서 하루코의 정신이 이상해졌다. 웃나 싶다가 갑자기 쓰러져 울고 집안일도 안 하고 거실에 앉은 채 먼 곳만 쳐다보곤 했다. 마침내 하루코의 정신은 무너졌고, 게이스케가 일곱 살 때 오빠와 같은 말로를 걸었다.

요이치는 땅바닥에서 벌떡 일어나서는 게이스케를 보고 비굴하게 웃었다.

"난 녀석을 구하려고 했어. 하지만 허사였어. 내 생각이 물렀던 거야. 미친 피를 바꾸는 게 그렇게 쉬울 리 없었어."

미친 피.

요이치는 조금 전에도 그렇게 말했다. 게이스케는 입술을 떨었다.

"미친 피란 건 무슨 뜻이지?"

요이치는 땅바닥에 침을 뱉었다.

"말한 대로야. 사사키 집안은 옛날에는 친족끼리 결혼하는 일이 많았어. 지역 최고의 명문가였으니까. 어디서 굴러먹던 말 뼈다귀인지 알 수 없는 놈의 피를 섞고 싶지 않았겠지. 그 덕에 머리는 좋지만 미쳐버린 자손이 많았어. 온전하게 천수를 누린 쪽이 오히려 드물걸. 모두 하루코나 하루코 오빠같이 자살을 했지."

요이치를 봤다. 눈이 고약하게 빛났다.

"그 피가 너한테도 흐르고 있어."

내뱉는 숨이 하얬다.

게이스케는 땅바닥에 앉은 채 자신의 양손이 떨고 있는 것을 물끄러미 응시했다.

"내 안에도 미친 피가⋯⋯."

별안간 요이치가 보스턴백을 잡았다. 일어났다.

일방적으로 내뱉었다.

"이 얘기를 언론에 폭로당하고 싶지 않으면 얌전히 돌아가!"

말하면서 뛰기 시작했다.

요이치의 등이 어둠 속으로 사라졌다.

망연자실한 게이스케는 요이치를 그냥 보냈다.

일어날 기력조차 남아 있지 않았다.

—

제19장

—

사노와 이시바는 이와테현 도노시에 와 있었다.

아침 7시 조금 지나서 오미야에서 신칸센 야마히코를 타고 신하나마키역에 도착한 후 가마이시선으로 갈아탔다. 도노역에 도착한 것은 정오가 다 되어서였다.

역에 내려서자 이시바는 주위를 돌아보면서 크게 기지개를 켰다. 오랜 시간 동안 전철을 탔다가 내렸을 때의 버릇이었다. 그는 나지막한 목소리로 말했다.

"가미조 게이스케도 이곳 경치를 봤겠지."

사노도 주변을 바라봤다. 높은 건물이 없어선지 거리의 하늘은 넓었고 뒷산의 초록은 선명했다.

바람이 산들거렸다.

오봉매년 8월 15일 무렵에 있는 일본의 전통 명절이 지난 도호쿠에는 아직 더위가 남아 있었지만, 불어오는 바람에는 희미하게 가을 냄새가 나는 것 같았다.

역 앞 택시에 올라타서 사노가 운전기사에게 행선지를 말했다.

"가타리베의 집으로 가주세요."

기사는 목적지를 그대로 따라 하더니 미터기를 꺾고 차를 출발시켰다.

이시바와 사노는 수사 회의에서 사체의 신원에 대한 보고가 있은 다음 날부터 도묘의 과거 행적을 조사했다. 장려회 회원이던 사노가 있으니 여러모로 편리할 것이다. 수사본부는 그렇게 생각했다.

관련 부서의 탐문 수사를 통해 도묘가 신주쿠 일대를 근거지로 삼고 활동했던 사실이 밝혀졌다. 사노와 이시바는 그 수사 결과를 받아 들고 일대의 장기 도장을 빠짐없이 조사해서 드디어 도묘가 자주 드나들었던 곳을 찾아냈다. '오쇼'라는 장기 주점이었다.

마스터인 호다카는 사이타마현경의 형사가 찾아오자 처음에는 놀란 기색을 숨기지 못했다.

개점 전인 저녁 5시. 손님은 없었다.

사노가 도묘에 대해 묻자 카운터 안에서 허공을 노려보면서 가벼운 한숨을 내쉬었다.

"그 자식이 또 무슨 짓을 저질렀나요?"

이시바가 영업용 웃음을 지으며 말했다.

"아니, 대단한 일은 아닙니다. 도묘 씨에 대해 좀 물어보고 싶은 얘기가 있어서……."

호다카는 닦고 있던 글라스에 시선을 떨어뜨리고 이번에는 깊게 숨을 내쉬었다.

"헛걸음하셨네요. 저도 한동안 그 자식 얼굴을 못 봤어요. 어디 있는지는 제가 묻고 싶을 정도입니다."

사노는 수첩을 손에 들고 물었다.

"마지막으로 여기 온 게 언제쯤인가요?"

호다카가 잠깐 생각했다.

"그게, 한 3년쯤 됐나."

"3년……."

조금 놀란 목소리로 이시바가 확인했다.

"네. 오봉 연휴 전이었으니까 틀림없습니다. 한번 얼굴을 내밀면 매일같이 오고, 안 오기 시작하면 몇 년이나 얼굴을 안 비쳐요. 옛날부터 그런 녀석입니다."

이시바는 카운터에 팔꿈치를 괴고 호다카에게 물었다.

"도묘 씨와 자주 어울렸다든가 친했던 사람이 있겠지요? 아시면 알려주시겠습니까?"

호다카가 쓴웃음을 지었다.

"녀석이랑 어울리는 놈이라니, 그런 사람이 있을 리 없지요. 장기 애호가라면 대개 그 녀석의 이름은 알고 있을 테지만, 어쨌든 우리 손님 중에서 녀석이랑 친하게 지낸 사람은 없을 겁니다."

이시바가 입술을 꾹 다물고 코로 숨을 내쉬었다.

"그렇군요."

아아, 맞다, 라며 호다카가 생각났다는 듯이 소리 질렀다.

"그러고 보니 한 명 있었어요. 그것도 유명인입니다"

"누굽니까?"

사노는 달려들기라도 하듯이 물었다.

"프로 기사 가미조 게이스케 6단을 아십니까?"

그 이름을 들은 순간 몸이 감전이라도 된 듯이 굳어버리는 것 같았다. 침을 삼키고 사노는 고개를 끄덕였다.

"불꽃의 기사라고 불리는 사람이지요, 도쿄대 출신이고. 잡지에서 본 적이 있습니다."

"그래요, 그 가미조 6단. 도쿄대생일 때 도묘랑 여기 온 적이 있어요."

"그래요? 놀라운 일이네요."

어찌 보면 영업용 같기도 하고 어찌 보면 진짜 속내로도 여겨지는 말투로 이시바가 말했다.

"그렇지요? 그, 지금은 장기계를 주름잡는 가미조 6단이랑 집 없는 떠돌이 도묘가 어울렸다니."

굳었던 몸이 풀리며 이번에는 흥분으로 온몸이 떨려왔다. 사노는 시선을 손에 든 수첩으로 내리깔고 손이 떨리지 않게 힘을 주며 펜을 내달렸다.

잡담하는 투로 이시바가 말했다.

"허어, 두 분은 어떤 관계였나요?"

호다카가 콧김을 내뿜듯 웃으면서 말했다.

"12, 3년 전이었나. 장기 도장에서 우연히 알게 돼서, 녀석이 데려온 거였어요. 한때 꽤 친하게 지냈지요. 도박 여행에도 같이 갈 정도니까."

"도박 여행?"

이시바가 미간을 찌푸렸다.

"아, 뭐랄까……. 장기 시합 여행이지요."

"장기 시합 여행?"

갑자기 괴상한 목소리로 이시바가 물었다.

"녀석이 도박 장기사였다는 건 아시지요?"

이시바는 고개를 끄덕이며 그다음 이야기를 재촉했다.

"도박 여행이란 도박 장기를 하러 가는 여행이에요. 지방의 나으리랄까, 후원자를 말하는 건데요……."

호다카는 호칭을 고쳐 말한 후 계속했다.

"거기서 여관을 빌려서 그 지방의 장기 애호가와 돈을 걸고 장기를 두는 겁니다. 물론 가미조 게이스케 6단은 안 했을 거예요. 그때는 도쿄대 재학생이었기도 하고, 다만 장기 두는 걸 보고 싶어서 따라간 거겠지요. 도묘 녀석, 사람은 변변치 않아도 장기 실력은 굉장했거든요. 그 녀석이 장기 두는 걸 두 눈으로 보고 싶어 한 게이스케 씨의 마음은 이해가 됩니다."

그때 게이스케의 마음은 이해가 된다.

도묘의 장기에는 악마가 깃들어 있었다. 보는 사람을 반드시 빠져들게 만드는, 그 악마적인 매력은 장려회 시절의 사노도 느끼고 있었다.

"내친김에……."

역시 잡담 같은 말투로 이시바가 계속했다.

"어디로 갔습니까, 둘이서?"

"도호쿠입니다."

호다카가 바로 대답했다.

"내가 아는 사람 중에 쓰노다테 긴지로라고 여관 주인이 있어서 도묘에게 소개했습니다."

"어떤 한자를 쓰지요?"

무관심을 가장해서 사노는 시선을 떨어뜨린 채 물었다.

한자 설명을 끝내자 호다카는 옛일을 기억해내고 웃음이 나오는지 뺨을 늘어뜨렸다.

"그게, 재미있는 얘기가 있는데요."

"뭐지요?"

흥미진진하다는 표정으로 이시바가 바로 물었다.

"그러니까……."

쓸데없는 말을 꺼냈나, 라는 얼굴로 호다카가 망설였다.

이시바가 빙긋이 웃었다.

"12, 13년 전이잖아요. 살인 말고는 대부분 시효가 끝났어요."

"그것도 그렇겠네요."

웃으면서 호다카가 어깨를 움츠렸다.

"도묘 녀석, 가미조 게이스케 6단이 소중히 여기던 장기말을 멋대로 팔아버렸어요. 쓰노다테한테."

"쓰노다테에게 팔았다?"

사노는 엉겁결에 얼굴을 들고 되물었다.

"네. 그게 끝이 아니라, 그 도묘 녀석, 장기말을 판 돈을 들고 튀었어요. 게이스케 씨가 여행에서 돌아와서 사색이 되어 우리 주점을 찾아왔지요. 도묘가 어디 있는지 모르느냐면서."

정말로 엉뚱하게 얻어듣는 정보였다. 말이 나오지 않았다.

이시바를 봤다.

미간에 깊은 주름을 잡고 있었다.

이시바가 험상궂은 표정으로 물었다.

"쓰노다테 씨가 경영하는 여관 이름은 아시나요?"

호다카가 끄덕였다. 성가신 일에 끼어들었구나, 하는 표정이었다.

"'가타리베의 집'이라는 여관입니다."

서둘러 수첩에 적어 넣었다. 얼굴을 들었다.

이시바가 끄덕였다.

사노는 호다카에게 명함을 내밀었다.

"협조해주셔서 고맙습니다. 뭐든 생각나는 것이 있으면 이쪽으로 전화해주세요."

명함을 받아 든 호다카가 이름을 보고 흠칫하는 표정을 지었다. 그리고 사노의 얼굴을 뚫어져라 봤다.

"사노 나오야 씨라면, 혹시 장려회에 있던 그 사노 씨가 아닙니까?"

호다카가 놀란 얼굴을 하고 목소리를 높였다.

"네, 뭐."

가는 목소리로 대답하고 시선을 돌렸다. 상사의 얼굴을 살폈다. 이시바는 말없이 문을 향해 턱을 추켜올렸다.

까다로운 노인. 쓰노다테를 보고 사노는 한눈에 그런 생각이 들었다.

여관 응접실에 앉은 쓰노다테는 마로 만든 기모노를 몸에 두르고 화난 듯한 얼굴로 소파에 기대 있었다.

주홍색 전통 작업복을 입은 여종업원이 차를 두고 방을 나가기를 기다린 후 사노는 곧장 이야기를 꺼냈다.

"어제 전화로 말씀드린 도묘 시계요시 씨 건입니다만……."

쓰노다테는 알고 있다고 말하듯이 사노의 말을 손으로 멈춰 세웠다.

"네, 도묘에 대해서는 기억하고 있습니다. 가미조 6단에 대해서도요. 도묘가 여기 온 건 13년 전, 1981년입니다."

"실례입니다만, 기억력 좋네요."

이시바가 감탄스러운 목소리로 말했다.

"그해는 고토쿠지에서 비공개로 모셔뒀던 불상을 신도에게 공개하는 해라서요. 아무튼 50년에 한 번 하는 행사니까 잊으려 해도 잊을 수가 없지요. 그 대신 어제 저녁밥 반찬이 뭐였는지는 기억 못해요."

쓰노다테는 호탕하게 웃었다.

사노는 이시바와 함께 전혀 우습지 않았지만 따라서 웃어 줬다.

그는 쓰노다테가 하는 말을 들으면서 의외로 소탈한 노인일지도 모르겠다고 생각했다.

쓰노다테는 찻잔에 입을 대고 차를 조금 마시고는 고토쿠지는 이 도시에서 가장 오래된 절이며 자신은 신도 대표를 맡고 있다고 말했다.

이시바를 곁눈으로 흘긋 봤다. 흥미 있어 하는 얼굴로 듣고 있었다. 사노는 이시바와 콤비가 되고 나서 정보를 끌어내기 위해서는 상대가 기분 좋게 얘기하게 해주는 것이 최고라는 것을 배우고 있었다.

쓰노다테가 절의 기원을 이야기했다.

"고토쿠지의 역사는 길어서 초대 주지인 지켄 화상을 이 지역에 모셔온 것은 우리 선조이고…….."

언제 끝날지도 모를 긴 이야기의 틈을 타서 이시바가 이야기를 본론으로 되돌렸다. 그럴 때도 역시 빈틈이 없었다.

"그래서 1981년에 말인데요, 도묘 씨와 게이스케 씨가 도박 여행을 했다지요. 그 여행 도중에 게이스케 씨가 가지고 있던 장기말을 쓰노다테 씨가 사들였다고 들었는데요."

그런 거까지 알고 있다니, 놀랍다는 듯이 쓰노다테는 주름투성이 눈을 크게 떴다.

"네, 잘 아시네요. 도박 밑천이 떨어진 도묘가 장기말을 400만엔에 사지 않겠냐고 했어요. 나중에 알게 된 건데, 장기말의 주인인 게이스케 군의 허락도 얻지 않고 그런 거였습니다. 이쪽은 유복한 부모를 둔 게이스케 군이 도묘의 물주니 여차하면 게이스케 군이 도묘의 판돈을 준비해줄 거라고 생각했기 때문에 아무 의심 없이 도묘에게 진검 자리를 마련해준 거였습니다. 그런데 대국이 전부 끝난 뒤 도묘가 줄행랑을 치고 게이스케 군이 내 방으로 뛰어 들어와 겨우 사정을 알게 됐지요. 한 방 먹은 기였어요, 둘 다."

생각만 해도 불쾌하다는 얼굴로 쓰노다테는 차를 조금 마셨다.

"그 말의 이름은?"

이시바의 질문에 쓰노다테는 기모노 소매에 팔을 끼우더니 크게 숨을 내쉬고 눈을 감았다.

"초대 기쿠스이게쓰가 만든 긴키 섬회양목 돋움말."

빠져 있던 조각이 딱 들어맞았다.

눈을 뜨고 스노다테가 계속했다.

"두말할 나위 없는 최고의 장기말입니다. 그런 훌륭한 장기말을 소유할 기회는 이제 두 번 다시 없겠지요. 사실은 평생 남의 손에 넘기고 싶지 않았지만, 약속이니까 그럴 수 없었습니다."

"약속이라고 하면……."

사노는 저도 모르게 끼어들었다.

"도묘는 게이스케 군이 스와의 일본 된장 제조장을 물려받을 아들이며 도쿄대생이라고 떠들어댔어요. 도쿄대생이라는 것은 사실이었는데 부잣집 아들이란 건 새빨간 거짓말이었습니다. 본인의 말에 따르면 그 장기말은 은인에게 받은 소중한 말로, 큰 진검 승부에 쓰고 싶다면서 도묘가 반쯤 협박하다시피 해서 갖고 왔다는 거였습니다."

사체로 발견된 도묘. 지금 이야기는 살인 동기가 될 만했다. 문제는 '왜 시간이 지난 뒤에 행동을 한 걸까'라는 점이었다.

쓰노다테는 그동안의 사정을 이야기했다.

이야기를 종합하면 이랬다.

쓰노다테는 아오모리의 아사무시 온천에서 도묘에게 장기말을 사들였다. 도묘는 승부에는 이겼지만 장기말을 되사지 않고 돈을 가지고 모습을 감췄다. 도묘에게 속은 것을 안 게이스케는 돈을 모아 반드시 장기말을 되찾으러 올 테니 그때까지 절대로 다른 사람에게 팔지 말라고 쓰노다테에게 간절히 부탁했다. 그리고 쓰노다테는 그것을 승낙했다.

"그 말이라면 500만 엔, 아니, 그 이상의 돈을 낼 사람도 있었을 겁니다. 하지만 게이스케 군의 간절한 얼굴을 보고 있자니 약속은 지켜야겠다는 생각이 들었지요. 게이스케 군이 저를 찾아온 건 5년이 지난 후였습니다."

1981년에서 5년이 지나서라면 1986년, 게이스케가 스물네 살일 때였다. 그때 게이스케는 외국계 투자회사에서 일하면서 적지 않은 수입을 얻고 있었을 것이다.

이시바는 잠시 생각하더니 탐색하는 눈으로 쓰노다테를 봤다.

"그 말, 게이스케 씨가 다른 사람에게 팔았을 수도 있을까요?"

쓰노다테는 어이없는 말 하지 말라는 듯이 크게 머리를 흔들었다.

"설마. 5년이나 돈을 모아서 사 갔습니다. 그 말에 대한 그의 집착은 대단했습니다. 더구나 그는 이후 프로 기사가 됐어요."

"그럼, 그 말은 지금도 게이스케 씨가 소유하고 있다는?"

쓰노다테는 이시바의 얼굴을 보고 일깨우듯이 입을 열었다.

"장기말이나 장기판은 야구 선수에게 글러브나 배트와 같은 겁니다. 야구 선수가 자신의 선수 생명에 관련된 도구를 파는 거 봤습니까? 정말로 큰일이 아니면 평생 팔지 않겠지요. 그건 장기 기사도 마찬가지입니다."

쓰노다테의 말이 사노의 귀에 박혔다.

자신은 장려회를 떠날 때 연맹에서 퇴회 기념으로 주는 말을 받지 않았다. 장기하고는 평생 인연을 끊자고 생각했기 때문이다.

그러나 게이스케는 현역 프로 기사다. 은인이 준 장기말을, 그것도 명인이 만든 최고의 장기말을 남의 손에 넘기는 일은 절대로 있을 수 없다.

창밖에서 유지매미 우는 소리가 났다. 쭉 울고 있었는지 지금 울기 시작했는지 알 수 없었다.

이시바가 소파에서 일어섰다.

"이거 참, 아주 많이 참고가 됐습니다. 고맙습니다."

인사를 하고 출구로 향했다.

사노도 따라갔다.

현관 앞까지 배웅 나온 쓰노다테는 눈을 가늘게 뜨고 말했다.

"가미조 게이스케 6단이 앞으로도 많이 활약해줬으면 하고 바라고 있어요. 고학생 때 만난 것도 인연이고 프로가 된 과정도 유별나니까요. 그가 꼭 명인이나 용승위가 됐으면 해요."

가볍게 턱을 당겨 동의했다.

불러준 택시 뒷좌석에서 사노는 한 번 더 쓰노다테를 향해 머리를 숙였다.

"도노역으로."

이시바가 행선지를 말하자 택시는 달리기 시작했다.

제20장

맨션으로 돌아온 게이스케는 침실에서 집에서 입는 옷으로 갈아입고 서재 문을 열었다.

벽의 스위치를 올려서 불을 켰다.

가구라고는 책상과 의자 말고는 거의 없었다.

오른쪽 벽에 천장까지 닿는 서가가 있었다. 서적 중 대부분은 장기 관련 책이었고, 그 밖에는 화가 빈센트 반 고흐와 관련된 책이 있을 뿐이었다.

게이스케는 왼쪽 벽으로 눈길을 줬다.

그곳에는 책상 정도 크기의 그림이 걸려 있었다. 고흐가 그린 '꽃병에 꽂힌 열두 송이 해바라기'의 복제 그림이었다. 이 맨션을 구입했을 때 화상에게 샀다.

복제 그림이라고는 해도 완성도가 높았다. 화랑 오너의 애기로는 고흐의 복제 그림 전문 화가가 그린 것이라고 했다. 보는 사람의 마음속 어둠으로 밀려드는 듯한 진품의 박력에는 미치지 못하지만 붓 터치와 유화물감을 돋아 올린 방식은 진짜라고 착각할 만큼 흡사했다.

아무렇게나 꽂은 꽃병의 해바라기를 보면서 게이스케는 오늘 회사에서 사원에게 들은 말을 다시 떠올렸다.

"휴가를 좀 다녀오시는 게 어떻겠습니까?"

사장실 창문으로 밖을 바라보고 있을 때 등 뒤에서 별안간 그런 말이 들려왔다.

돌아보니 비서를 겸하는 여자 사원이었다.

"몇 번이나 문을 노크했는데 대답이 없으셔서요"라고 죄송하다는 듯이 허리를 굽혔다. "이야기하는 소리가 나서 통화 중이신가 했는데, 너무 길어서 걱정되어 그만……" 하고 당황스러워하며 눈을 내리깔았다.

게이스케의 기색이 요즘 아무래도 이상하다고 생각하는 그녀의 마음이 또렷이 전해져왔다.

이야기 소리. 자신 이외에 이 방에는 아무도 없었다. 혼잣말을 중얼거렸던 거였다.

다른 사원에게서도 비슷한 말을 들었다.

"요즘 무척 피곤하신 것 같아요. 과감하게 긴 휴가를 내보시는 게 어떠신가요? 잠을 못 주무신다면 좋은 심리요법내과를 소개해드리겠습니다."

동년배 남자 사원은 그렇게 말하면서 걱정스럽게 게이스케의 얼굴을 들여다봤다.

"신규 사업을 어떻게 전개할까 생각하느라 머리가 꽉 차 있어서 그래. 걱정할 거 없어."

게이스케는 굳어지는 뺨을 풀고 여자 사원에게 동년배 남자 사원에게 한 것과 같은 말을 했다.

여자 사원은 부탁해둔 서류를 건네면서 "죄송했습니다"라고 경련이 일 것 같은 억지웃음을 지으며 방을 나갔다.

혼자가 된 순간 자조의 웃음이 솟아 올라왔다.

사원들이 말하는 대로야. 나는 지쳤어.

살아 있는 것에——

게이스케는 서재의 의자에 앉았다.

등받이에 몸을 맡기고 벽의 '해바라기'를 봤다.

그림을 향한 강한 열정——자기 자신을 광기의 심연으로 몰아 넣을 수 있을 만큼의 미친 열기——을 지니고 있었기에 고흐는 불꽃의 화가라 불렸다. 그는 제힘으로는 미처 다 억누르지 못하는 격정과 싸우다가 서른일곱 살에 스스로 목숨을 끊었다.

도쿄에 나와서 얼마 안 됐을 무렵 우연히 들른 서점에서 발견한 화집 속 이 그림이 왜 이렇게까지 자신의 마음을 사로잡는지 당시에는 몰랐다. 그러나 지금이라면 알 수 있다.

자신의 몸속에 흐르는 미친 피가 고흐가 품은 광기와 공명한 것이었다.

여러 겹으로 붓질을 더해 그린 해바라기의 꽃잎을 보고 있자면 아를의 아틀리에에서 사로잡힌 듯이 캔버스를 마주하고 있는 고흐의 모습이 떠올랐다. 고흐는 이상을 추구해 아를에서 지냈지만, 꿈은 이루어지지 않았고 스스로 가슴에 총탄 구멍을 냈다.

고흐에게는 자살 충동이 있었다는 설도 있지만, 동시에 죽음에 대한 강한 공포를 안고 있었다는 분석도 있다.

바로 지금의 자신과 같았다.

어릴 때부터 왜 자신은 이토록 죽음에 깊은 관심을 품고 있나, 하고 쭉 궁금하게 생각했다. 그 이유를 드디어 알게 됐다.

요이치에게 출생의 비밀을 들었기 때문이다.

차로 스와에서 나온 뒤 어떻게 맨션까지 돌아왔는지 잘 기억나지 않았다.

정신을 차리고 보니 거실 소파에 쓰러져 있었다. 한동안 그대로 멍하니 있다가 문득 어머니의 고향을 보고 싶다는 충동이 끓어올랐다.

아침 녘 소파에서 몸을 일으켜 어머니의 고향이자 자신의 뿌리이기도 한 시마네현 유가사키초 주민센터에 전화를 했다. 그리고 동네를 설명하는 관광용 팸플릿을 보내달라고 했다.

팸플릿은 3일 후에 도착했다.

봉투에서 내용물을 꺼낸 순간 강한 현기증이 덮쳐왔다.

해바라기 ——

팸플릿 표지에는 한 면 가득 활짝 핀 해바라기 사진이 있었다.

동네의 많지 않은 관광지 중 하나. 지역 유지가 마을을 부흥

시키기 위해 자신의 땅을 기부해서 만든 공원이었다.

스와에 살던 무렵 어머니는 여름이 되면 길가에 피는 해바라기를 물끄러미 바라보곤 했다. 그때 어머니는 자신의 고향을 떠올렸을 것이다.

한동안 팸플릿의 해바라기에 시선을 빼앗겼던 게이스케는 서재의 책상에 무너지듯이 엎드렸다.

의미도 없이 웃음이 솟구쳤다. 참지 못하고 소리 내어 웃었다.

한바탕 웃고는 의자 등받이에 기댔다. 올려다본 천장 조명등의 윤곽이 번져 보였다.

왜 웃었는지 게이스케 자신도 알 수 없었다. 계속 겁내오던 공포의 정체를 알았기 때문이었을까. 친부와 어머니, 그리고 요이치가 가엾은 것을 지나쳐 우스꽝스럽게 생각됐기 때문이었을까. 한 가지 분명한 것은 자신은 죽음에서 벗어날 수 없다는 사실이었다.

벽에 걸린 '해바라기'를 뚫어져라 바라보았다.

눈을 감았다.

머지않아 나는 죽는다. 자연의 섭리에 따른 것이 아니다. 몸에 흐르는 미친 피 때문에.

지금 이러고 있어도 맨션 발코니의 펜스를 타고 넘어서 공중으로 몸을 내던지고 싶은 충동에 사로잡힌다. 그것을 필사적으로 억누르고 있다.

이유는 단 하나, 요이치의 존재였다.

친아버지가 아니었다고는 하나, 어릴 때는 자신을 내팽개치

듯이 하다가 다 큰 다음에는 이제 컸으니까 돈을 내놓으라고 했다. 그런 쓰레기 같은 인간이 자신이 죽은 뒤에도 버젓이 살아 있다는 게 용납되지 않았다.

'내가 죽는다면 그건 요이치가 죽은 뒤다.'

어느 정도 시간이 지났을까.

눈을 감은 채 꼼짝 않고 있자니 맨션 벨이 울렸다.

벽시계를 봤다.

오후 8시. 이곳으로 찾아올 사람은 한 명밖에 없었다.

그래도 혹시 몰라 거실에 있는 인터폰 화면으로 확인했다.

역시 도묘였다.

오토 록 해제 버튼을 눌렀다.

1분 후 다시 벨이 울렸다.

현관으로 나가 문을 열었다.

"여어!"

도묘는 그 말만 하더니 신발을 벗고 마치 제집에 들어오는 양 거실로 향했다. 게이스케의 사정 따위는 개의치 않았다.

게이스케는 그 뒷모습을 보면서 뒤를 따랐다.

이발도 하지 않는지 떡 진 머리가 옷깃까지 자라 있었고, 한동안 목욕을 안 했는지 쉰내가 났다.

게이스케는 부엌 냉장고에서 캔 맥주를 꺼내 테이블에 놨다.

몸 상태가 몹시 안 좋은지 도묘는 소파에 몸을 맡기고 가볍게 턱을 당겼을 뿐이었다.

사이드보드에서 장기판과 말을 꺼내 테이블을 사이에 두고 도묘와 마주 앉았다.

둘 다 말없이 말을 늘어놓았다.

선후를 정하기 위해 보를 던지는 일은 하지 않았다.

요즘 선수는 도묘로 정해져 있었다. 시합을 하면 세 번에 한 번은 게이스케가 이겼다.

게이스케가 강해졌다기보다 도묘가 약해진 거였다. 도묘는 몸이 안 좋은 탓에 장기 기력이 항차 한 개 정도는 확실하게 떨어졌다.

도묘는 게이스케에게 일주일에 한 번 간격으로 도박 장기를 두러 왔다. 적게 둬도 3국, 경우에 따라서는 5국을 둘 때도 있었다. 한 판이라도 더 이길 때까지 도묘는 승부를 계속했다.

도묘가 게이스케의 맨션에 오게 되고 나서 반년, 대국 횟수는 족히 100회를 넘어섰다. 평균적으로는 게이스케도 20퍼센트는 이겼다. 즉 도묘가 이겨서 가져가는 몫은 60퍼센트. 1국에 10만 엔으로 100회 됐다고 하면 600만 엔이라는 계산이었다.

그 돈은 요이치에게 건네는 돈과 달리 헛돈이라고는 생각하지 않았다.

600만 엔. 장기 수업료라고 생각하면 싼 돈이었다.

도묘가 핥듯이 맥주 캔에 입을 댔다. 최근에는 술 마시는 양도 눈에 띄게 줄었다. 이제 캔 두 개를 비우는 일이 없었다.

첫판의 승부는 대등하게 진행됐다. 선수인 도묘의 네 칸 비차에 대해 후수인 게이스케는 보기 드물게 배울타리로 대응했다. 상대가 이동비차로 나올 때는 왕을 두껍게 둘러싸고 싸우는 지구전을 선호했는데, 가끔은 후수 순서에서의 속공도 시도해보고 싶었다.

종반, 어려운 국면에서 게이스케는 이기는 수순을 발견했다.

5열7행의 승격하지 않는 계마가 왕을 압박하러 들어가기 전에 한 수 미루고, 그 대신 공방攻防의 각행을 6열6행에 앉히는 수가 절묘한 수다. 이렇게 두면 한 수 차로 이기게 될 것이다.

눈을 치켜뜨고 흘낏 도묘의 얼굴을 살폈다.

도묘는 무릎에 팔꿈치를 괴고 유령 같은 얼굴로 장기판을 노려보고 있었다.

아사무시 온천에서 본 손도끼잡이 모토지와 같은 모습이었다.

도묘는 병원에 다니는 기색은 없었다. 병원에 가면 강제 입원당할 게 분명했다. 통증이 심해져선지 때때로 얼굴을 잔뜩 일그러뜨렸다. 대국 중 자리를 떠나 화장실에 갔다 오면 고통으로 일그러졌던 표정이 몰라볼 만큼 평온해져 있을 때가 있었다.

화장실에서 무엇을 하는지 게이스케는 묻지 않았다. 물어도 대답하지 않을 것이고, 알면 아는 대로 좋을 일이 없다고 생각했기 때문이다.

게이스케는 두세 번 손가락 끝을 까딱이다가 6열6행으로 각행을 내밀었다.

도묘가 크게 숨을 내쉬었다.

그러더니 5분쯤 생각하고 나지막이 말했다.

"너, 정말 강해졌구나. 대회에 나가면 아마추어 명인이 될 수 있을지도 몰라."

진심인지 아부인지 알 수 없지만 기분이 나쁘지는 않았다.

눈이 진짜라고 말하고 있었다.

도묘는 그대로 오른손을 말 받침 위에 올려서 패배를 인정하는 동작을 취했다. 그러고는 곧바로 다시 말을 늘어놓았다. 이제 앞으로 최소한 두 판을 이기지 않으면 도묘는 돌아가지 않게 됐다.

2국에서는 둘 다 고정비차로 나갔다.

서로 비차 앞의 보를 교환하고 나서, 선수인 도묘가 3열4행에 비차를 둬서 보를 잡았다. 게이스케는 각행을 3열3행으로 올렸다. 선수가 둔 수에 대한 후수 순서의 정석이었다.

도묘는 8열7행에 방금 잡은 보를 둬서 비차 앞을 막았는데, 이것도 정석이었다.

그런데 그 순간 편두통이 게이스케를 덮쳤다.

요즘 장기를 두고 있자면 갑자기 두통이 덮치는 때가 있었다. 통증이 가라앉으려 할 때면 장기판 위에 해바라기가 피었다. 마치 게이스케를 조롱하는 것처럼 81칸 모두에 작은 해바라기가 활짝 피었다.

그리고 그 해바라기들은 통증의 물결이 밀려 나가는 것과 동시에 눈앞에서 스윽 사라져갔다.

그러나 해바라기의 잔상이 사라지지 않는 칸이 한 곳 있었다. 늘 그랬다.

지금은 8열5행의 칸에 피어 있었다.

8열5행의 비차. 승부수라는 것을 직감했다.

보통은 8열4행으로 물러서는 비차를 둬야 하지만, 해바라기는 8열5행에 두라고 말하고 있었다.

자신 안의 미친 피가 그 수를 추구하고 있었다.

죽음을 향한 욕구가 맹렬하게 덮쳐왔다.

못 죽어.

요이치보다 먼저 죽을 수는 없어.

장기판 위에 시선을 떨어뜨린 채 게이스케는 중얼거리듯이 말했다.

"당신, 전에 한 말 기억해?"

"뭔 얘기야?"

"장기말 빚을 갚겠다고 한 얘기."

캔 맥주를 입으로 가져가던 도묘의 손이 멈췄다. 그러나 바로 아무 일 없었던 것처럼 맥주를 목구멍에 흘려 넣고는 트림을 하면서 대답했다.

"몸은 이 꼴이지만 이쪽은 아직 맛이 가지 않았어."

이쪽이라고 하면서 도묘는 자신의 머리를 가리켰다.

8열5행의 비차. 게이스케는 조용히 말을 놓았다. 순간, 반상의 해바라기가 사라졌다.

도묘는 아무 말 하지 않고 8열5행의 비차가 의미하는 바를 생각하고 있었다.

5분 후, 도묘가 불쑥 입을 열었다.

"누구야?"

입술을 움직이려 했다. 그러나 풀로 붙여놓은 것처럼 입이 움직이지 않았다.

몇 초 후, 마침내 말이 나왔다.

"가미조 요이치. 예전에 내가 아버지라고 불렀던 작자."

스스로도 남의 말을 하는 것 같은 목소리였다.

"그놈이 어디 있는데?"

장기판을 응시한 채 도묘는 퉁명스럽게 말했다. 마치 택배 주소를 묻기라도 하는 것 같은 말투였다.

게이스케가 스와의 주소를 소리 내어 말했다.

도묘가 두세 번 입속에서 되풀이했다.

장기를 두는 사람은 대체로 기억력이 좋다. 늘 편도체를 단련하는 덕분일 게다.

주소를 기억에 새겨 넣었는지 도묘는 느긋한 목소리로 말했다.

"스와라. 거긴 좋은 곳이야. 젊었을 때 딱 한 번 가본 적이 있어. 역 뒤에 있는 식당의 메밀국수가 맛있었지."

말하면서 도묘는 5열8행에 왕을 세웠다.

게이스케는 눈을 치켜뜨고 봤다.

"할 거지."

다짐을 했다.

"어."

게이스케는 내동댕이치듯이 따악 하고 5열 2행으로 옥을 올렸다.

몇 초 후 도묘는 크게 끄덕였다.

"알았어. 넌 내가 일을 마칠 때까지 스와에 가까이 가지 마."

눈을 응시한 채 고개를 빙글 돌렸다.

"끝나면 여기로 올게."

2국은 게이스케의 승. 3국도 게이스케가 이겼다.

패배 후 도묘는 홀쭉하게 야윈 얼굴로 자조의 웃음을 지었다.

"3연패라. 나도 이제 볼 장 다 봤구나. 오늘 몫은······."

게이스케는 도묘의 말을 덮듯이 말했다.

"오늘 몫은 됐어. 수수료라고 생각해줘."

훗, 하고 도묘가 콧숨을 뺐다.

"미안하군."

게이스케는 문득 불안해졌다.

'한 달이나 버틸까 싶은 체력으로 정말 일을 할 수 있을까.'

마음을 들여다보기라도 한 듯이 도묘가 엷게 입꼬리를 올렸다.

"걱정 마."

게이스케는 미간을 찌푸렸다.

"살인이라는 건 꼭 힘만으로 하는 게 아니야. 여자 살인범도 잔뜩 있잖아. 방법은 여러 가지가 있어."

역시.

도묘는 어릴 때부터 어두운 뒷골목을 걸어온 남자였다. 그런 의미에서는 믿을 수 있었다.

화제를 바꾸며 도묘가 쾌활한 목소리로 말했다.

"너, 프로가 돼라. 너라면 될 수 있어. 난 행실이 나빠서 못 됐지만, 너라면 괜찮을 거야. 지금부터라도 늦지 않았어."

도묘는 소파에 손을 짚고는 비틀거리는 몸을 지탱하면서 일어섰다. 그리고 벽을 따라 현관 쪽으로 걸어갔다.

도묘는 이제 손을 움직이는 것도 힘든지 거친 숨을 내쉬며 힘겹게 신발을 신고 나서 게이스케를 돌아봤다.

"다음에 만날 때는 빚을 다 갚은 뒤일 거야."

어. 게이스케는 목소리를 내려고 했는데, 갈라져서 말이 되어 나오지 않았다.

현관 앞에서 도묘를 배웅한 다음, 게이스케는 그 자리에 무릎을 꿇었다.

정신을 차리니 소리 내어 웃고 있다.

비명 소리 같은 외침의 끝자락이 커다란 웃음소리에 섞여 나왔다.

어느샌가 뺨이 젖어 있었다.

해바라기—

해바라기의 환영이 현관 앞에 활짝 피어 있었다.

제21장

병원 응접실에서 사노는 의사가 알려준 병명을 반복했다.

"골육종."

맞은편 소파에 앉은 의사 오토와는 손에 든 차트를 펼치고 끄덕였다.

"도묘 시게요시 씨, 1936년 10월 2일생. 저희 병원에서 5년 전 6월에 진료를 받았군요. 왼쪽 다리 대퇴부에 강한 통증과 응어리를 느껴서 내원했습니다. 엑스레이로 바로 악성일 가능성이 높다는 사실을 알았기 때문에 소개장을 써주고 시세이 병원으로 가보라고 권했습니다."

시세이는 도요스에 있는 종합병원이었다. 크기로는 도쿄도 내에서 다섯 손가락 안에 들었다. 병원 이름만 들어도 도묘의 병이 위중했음을 알 수 있었다.

사노와 이시바는 오토와 의원을 방문 중이었다. 신주쿠에 있는 정형외과였다.

도노에서 돌아온 두 사람은 도묘의 신변에 대한 조사를 더 진행했다. 사체가 유기된 것으로 여겨지는 3년 전에 도묘가 성가신 문제에 휩쓸린 일은 없었나, 혹은 뭔가 다른 고민하는 일은 없었나, 등에 대해 신중한 수사를 거듭했다.

수사하는 과정에서 새로운 정보가 들어온 것은 두 사람이 조사를 시작한 지 나흘 후였다.

도묘의 검시를 담당한 임상의는 대학병원에 맡긴 병리 검사 결과로 판명된 바에 의하면 사체의 뼈에 병변이 있다는 것이었다. 장기는 모두 부패해 세포를 추출해내지 못했지만, 남아 있던 뼈를 조사한 결과 대퇴골에 속하는 세포에서 변이가 발견됐다는 것이었다.

"원발성 악성 골종양 종류로 보입니다. 정확한 병명을 알려면 전문의의 감정이 필요하다고 했습니다. 지금 파악하고 있는 것은 이것이 전부입니다."

나흘 후 수사 회의에서 감식반의 고참 수사관은 그렇게 보고했다.

사노와 이시바는 보고를 받은 다음 날부터 도묘가 활동 거점으로 삼았던 신주쿠 일대의 병원을 하나도 빼놓지 않고 찾아다녔다. 내과, 소화기계, 외과 등 진료 과목을 한정하지 않고 병원이라고 이름 붙은 곳은 이 잡듯이 뒤졌다.

그리고 마침내 신주쿠 가부키초에 위치한 오토와 의원에까지 오게 되었다. 접수를 받는 간호사에게 경찰 수첩을 보이고 특정 인물이 진료를 받지는 않았는지 조사하고 있다고 전하자, 용건을 전달받은 의사가 차트를 찾아봐줬다. 10분간 기다리니, 간호사가 곧 오토와가 올 거라고 말했다.

오전 진료를 마치고 응접실에 모습을 나타낸 오토와는 인사도 하는 둥 마는 둥 몸을 소파에 가라앉히더니 손에 든 차트를 사노가 볼 수 있도록 내보였다.

아마도 독일어이리라. 봐도 뭐라고 써놨는지 전혀 알 수 없었다.

이시바는 봐도 소용없다고 생각했는지 차트에는 눈길도 주지 않고 단도직입적으로 물었다.

"본인에게 병명을 알렸습니까?"

오토와가 고개를 흔들었다.

"진단한 결과 거의 틀림없다는 결론에 도달했지만 최종적인 판단은 조직 검사 결과가 나온 뒤에 합니다. 의사로서는 당연한 일이지요. 그래서 그때는 나쁜 것일 가능성이 있다고만 전했습니다. 다만……."

오토와는 담담하게 말을 이어갔다.

"혈액검사 결과로는 간 수치도 상당히 나빴거든요. 비정상적으로 살이 빠지는 것 하며 얼굴색 하며, 장기로 전이됐을 가능성이 높다고 생각했지요."

사노는 차트의 방향을 바꿔 오토와 쪽으로 되밀었다.

"도묘 씨는 시세이 병원에 갔을까요?"

차트를 파일에 되돌리면서 오토와는 고개를 갸우뚱했다.

"거기까지는 모르겠네요. 갈지 안 갈지는 환자 본인의 의사에 달린 거니까요."

도묘가 오토와 의원을 찾은 것은 초진 때 한 번뿐이었다.

의사에게 시간을 내준 데 대해 감사 인사를 하고 두 사람은 오토와 의원을 빠져나왔다.

밖에 나오자 이시바는 말없이 근처 편의점으로 향했다. 잠자코 따라갔다. 역시 흡연소였다.

이시바는 담배를 꺼내 입에 물고 재빨리 불을 붙였다. 연기를 길게 내뿜고 만족스러운 듯 눈을 감았다.

사노는 다 피울 때까지 늘 그렇듯이 옆에서 얌전히 기다렸다.

담배를 피우면서 이시바는 혼잣말처럼 중얼거렸다.

"안 갔을 거야."

무슨 말을 하는지 맥락을 알 수 없었다. 사노는 그게 무슨 말이냐고 물었다.

이해가 늦다고 말하고 싶기라도 한 눈으로 이시바가 사노 쪽을 봤다.

"도묘 말이야. 시세이 병원에 안 갔을 거라고."

"어떻게 압니까?"

이시바는 담뱃재를 설치된 재떨이에 털었다.

"암 치료를 하면, 화장 후 뼈에 그 흔적이 남는 법이야. 인공적인 빨강이나 초록 점이 뼈에 여기저기 남아 있어. 우리 어머니가 그랬어. 감식반의 보고에서는 그런 말이 없었잖아."

이시바다운 단정적인 말투였다. 사노는 바로 받아들이지는 않았다.

"사용한 약이 같다고는 할 수 없잖아요. 반드시 뼈에 치료 흔적이 남는다고 단정할 수는 없지 않을까요?"

사노를 보는 이시바의 눈이 가늘어졌다.

"설령 그렇다 해도 말이야."

옆을 보고 계속했다.

"지금까지 수사한 결과로 자네도 도묘라는 인간을 알게 됐지 않나. 의사가 말한다고, 네 그렇습니까, 하고 병원에 갈 사내냐고. 그간 쭉 도박 장기판에서 자기 실력 하나로 살아왔어. 그런 인간은 자기 인생을 타인에게 맡기지 않아. 그게 설령 의사라 할지라도."

듣고 보니 그럴 수도 있겠다는 생각이 들었다. 사노는 시선을 떨어뜨렸다.

이시바는 재떨이에 담배를 비벼 끄면서 말했다.

"뭐, 그런 녀석이 의지할 놈은 자기하고 비슷한 인간일 테지. 사람을 믿지 않고, 고독하고, 사는 데 별 의미를 느끼지 못하는 놈 말이야. 유유상종이라고 말이지."

사노의 뇌리에 가미조 게이스케의 얼굴이 스쳐 지나갔다.

정돈된 얼굴은 늘 무표정했고, 눈은 인형 눈처럼 감정이 없었다. 사체로 발견된 도묘와 초대 기쿠스이게쓰의 말의 소유자로 판단되는 게이스케는 과연 서로 어떤 관계였던 걸까.

"어이!"

부르는 소리에 제정신으로 돌아왔다.

시선을 드니 흡연소에 이시바의 모습은 없었다. 주위를 둘러봤다.

10미터쯤 떨어진 도로 끝에서 이시바가 이쪽을 노려보고 있었다.

"뭘 멍하니 서 있는 거야. 시세이에 가봐야지. 만약을 위해서 도묘가 거기에 갔는지 확인은 해봐야지."

다른 사람을 기다리게 하는 건 아무렇지도 않게 하면서 자신이 기다리는 건 끔찍하게 싫어한다. 그것이 이시바였다. 콤비가 된 지 대략 한 달, 상사의 제멋대로인 행동에도 익숙해졌다.

서둘러 이시바의 뒤를 따라가려고 하는데, 가슴께에서 휴대전화가 진동했다. 발신자를 확인했다. 이가라시 수사본부장에게 온 전화였다.

재빨리 통화 버튼을 눌렀다.

"여보세요, 사노입니다."

"나다. 지금 괜찮나?"

사노는 대답하면서 이시바를 향해 목소리를 내지 않고 '이가라시'라고 입을 벙긋거려 전달했다.

알아들은 이시바가 달려왔다.

이가라시는 빠르게 말했다.

"장기말에서 검출된 지문 말인데, 지금 조회 결과가 나왔다."

휴대전화를 쥔 손에 힘이 들어갔다.

도노에서 돌아와 문제의 장기말 소유자는 가미조 게이스케일 가능성이 높다고 보고한 후 다른 반의 수사관이 게이스케의 지문을 입수하기 위해 움직였다. 장기말에 남은 지문이 게이스케 것과 일치하는지 확인하기 위해서였다.

이가라시가 낮은 목소리로 말했다.

"장기말의 지문과 가미조 게이스케의 지문이 일치했다. 아니, 더 정확하게 말하자면 말에서는 게이스케의 지문밖에 검출되지 않았어. 사체를 유기한 인물은 게이스케라고 보는 게 거의 맞을 거야. 지금부터 가미조 게이스케는 사체 유기 용의자로 행동 확인 대상이다. 이시바와 너를 중심으로 그 일을 담당하게 할 작정이다. 장기 기사의 일상과 행동에 대해서는 장려회에 있던 너라면 잘 알겠지. 도묘 쪽 조사에 대해서는 다른 수사관을 붙이겠다."

"알겠습니다."

사노는 침을 꿀꺽 삼키고 대답했다.

"이시바를 바꿔줘."

"네."

말없이 이시바에게 휴대전화를 내밀었다.

전화를 받아 든 이시바는 때때로 맞장구를 치면서 이가라시의 말을 들었다.

"알겠습니다. 그럼……."

휴대전화를 사노에게 돌려줬다.

전화는 벌써 끊겨 있었다.

이시바는 바지 주머니에 양손을 쑤셔 넣더니 고층 빌딩에 둘러싸인 하늘을 올려다보고 원고를 읽는 것 같은 투로 말했다.

"장기계 이단의 천재가 사체 유기 사건에 관여했다니, 언론이 크게 기뻐할 법한 소재군."

사노는 입술을 깨물었다. 아닌 게 아니라, 주간지에나 등장할 만한 헤드라인이었다.

이시바가 말한 대로 미디어는 도쿄대를 졸업한 엘리트 기사 게이스케의 스캔들에 군침을 흘리며 달려들 것이다. 장기계로서는 큰 타격이 될 것이다. 설령 게이스케가 무죄로 판명된다고 해도 장기에 대한 이미지는 나빠질 것이다. 만약 유죄라면 장기 기사의 권위를 현저하게 떨어뜨렸다고 해서 게이스케는 연맹에서 제명 처분 대상이 될 것이다.

가미조 6단은 어느 쪽이든 프로로는 남아 있을 수 없게 된다. 임의 은퇴든 제적이든.

"어느 시대나 천재란 평범한 사람이 이해할 수 없는 무거운 짐을 등에 지고 있는 걸지도 모르지."

이시바가 크게 숨을 내쉬면서 나지막이 말했다.

—

제22장

—

미부가 장고에 들어갔다.

남은 시간의 대부분을 쓰면서 게이스케의 왕을 외통수로 몰 방법을 찾고 있었다.

선수의 왕도 후수의 왕도 외통수로 몰리느냐 몰리지 않느냐 하는 상태였다. 장수수長手數, 즉 두는 수手의 수數가 많은 난해한 외통 장기에 나올 법한 국면이었다.

대기실에서 모니터를 보면서 검토하는 입회인 기사들도 아마 머리를 싸매고 있을 것이다. 미부조차 수를 다 읽어낼 수 없었다.

게이스케는 곁에 있는 생수에 손을 뻗었다. 입에 물고 천천히 목으로 흘려 넘겼다.

자신의 왕은 외통수에 몰리지 않았다. 비차로 장군이 걸렸을 때 비차와 자신의 왕 사이에 각행을 둬서 비차의 진로를 막은 수가 절묘해서 장군에서 벗어났다. 이 각행은 상대방인 미부의 왕을 칠 수 있는 위치에 있는 것이기도 했다. 각행 자체가 왕을 압박하고 있었다.

미부가 이리저리 고개를 갸웃거리면서 머리를 쥐어뜯었다.

씨름판 가장자리까지 몰아붙였다고 확신했던 장기가 정신을 차려보니 거꾸로 자신의 발이 씨름판 경계에 걸려 있는 꼴이었다. 여우에게 홀린 기분일 것이다.

상대방 비차의 장군을 막는 각행의 라인을 발견한 순간 게이스케는 몸속으로 전류가 달려 빠져나가는 것 같았다.

뇌가 엔도르핀으로 가득했고, 사정할 때와 비슷한 쾌감이 느껴졌다.

'해바라기다. 해바라기가 가르쳐준 거다.'

알고 있었다. 환영일 뿐이라는 것은 자신도 알고 있었다. 그렇다 하더라도 뇌가 해바라기의 모습을 빌려 그 국면에서 최선의 수를 장기판 위에 비춰낸 거라고 게이스케는 생각했다.

그런 생각 덕분에 망설임이 싹 가셨다. 자신감을 가지고 둘수 있었다.

고흐도 이런 기분을 맛봤을지 모른다.

게이스케는 최근 그렇게 생각하게 됐다.

기록계가 시간을 하나하나 셌다.

"……50초…… 55초……."

기록계가 높아진 목소리로 남은 시간을 알렸다.

미부는 고개를 끄덕이고는 상체를 젖혀 천장을 보고 두세 번 고개를 흔들었다.

결단을 내릴 때 미부의 버릇이었다.

"……30초."

기록계의 목소리를 들음과 동시에 자신의 왕장을 잡고 향차 위로 미끄러뜨렸다.

요네나가옥. 왕의 이른 피신은 여덟 수 득이라는 장기 격언을 실천에 옮긴 수비의 수였다.

미부는 찻잔 받침을 들어 찻잔에 입을 대고 천장을 올려다본 채 눈을 감았다. 미부가 둔 9열2행의 왕은 예상된 수였다.

각행이 절묘한 한 수라는 것을 간파한 것이었다.

자신의 수로 게이스케의 왕이 장군에 걸리지 않는 이상 수비 태세로 돌아갈 수밖에 없었다.

이번에는 게이스케가 장고에 들어갔다.

미부는 부채를 든 오른손을 뺨에 대고 자신의 왕 주변을 응시했다.

여기서 미부의 왕에 필지를 걸 수만 있다면 게이스케의 승리지만, 임금님을 한 수 먼저 도망치게 한 미부의 요네나가옥을 몰아붙이는 것은 쉽지 않다.

조금 전 순서로 돌아가서 보자면, 게이스케가 각행으로 장군을 걸면 미부는 각행과 왕 사이인 6열5행에 잡아뒀던 보를 둘 것이고, 다음 수로 은장을 7열4행에 둬서 각행을 튕겨낼 것이다. 각행이 보를 잡으러 갔다 은장에게 먹히는 것은 논외였다.

그런 점에서 그 각행으로는 장군을 부를 길은 없었다. 그것은 실은 왕을 압박해 선수를 빼앗는 수였다. 지금 필요한 것은 상대방의 왕에 대해 필지에 가까운 압박을 가하는 것이었다.

게이스케는 장기판을 바라보았다.

뭔가 수가 있을 것이다. 직감이 그렇게 말하고 있었다. 좀 전의 절묘한 각행과 같은 라인이 있는 이상 승리의 여신은 게이스케 쪽에 웃음 짓고 있는 게 분명하다. 그것이 장기라는 것이다.

그러나 판을 읽으면 읽을수록 알 수가 없어졌다. 아무리 왕을 압박해도 상대가 적확하게 받아버리면 뒤가 이어지지 않는다.

게이스케는 기록계에게 말을 걸었다.

"앞으로 몇 분입니까?"

시계를 본 기록계는 가지고 있는 기보 용지를 확인하면서 말했다.

"가미조 선생님에게 남은 시간은 앞으로 한 시간하고 43분입니다."

게이스케는 장기판에 눈을 떨어뜨린 채 가늘고 길게 숨을 내쉬었다.

한 시간 반 이상 남아 있었다.

미부는 제한 시간을 다 쓰고 초읽기에 몰려 있었다.

시간상으로는 압도적으로 유리하다.

3승3패 상황에서 맞이한 용승전 최종국은 종반의 고비로 접어들고 있었다.

이긴 쪽이 용승위다. 미부가 이기면 세 번째 방어, 그러면 새해부터 시작되는 왕기전은 사상 첫 7관을 건 타이틀전이 될 것이었다. 팬들이 들끓는 것은 당연했다.

한편 게이스케가 이기면 장려회를 거치지 않고 편입 시험을 봐서 프로가 된 이례 중의 이례인 기사가 첫 타이틀, 그것도 장기계의 최고봉인 용승위를 획득하는 것이다.

아마추어 명인을 획득해 프로기전 참가 자격을 얻은 게이스케는 신인왕전에서 타이틀을 획득함으로써 일약 장기계가 주목하는 인물이 되었다. 그 후에도 프로와의 대결에서 5승3패로 승리한 횟수가 진 횟수보다 많자, 그에게 프로로 편입할 기회를 주자는 의견이 많아졌다.

그렇게 해서 맞이한 프로 편입 시험에서 다섯 명과 대국해 3승을 하면 프로가 될 수 있는 상황에서 2연승을 거뒀다. 프로까지 1승이 남은 상황에서 게이스케는 베테랑 미타 7단에게 패했다.

압박과 긴장 때문이 아니었다.

패인은 분명했다.

해바라기가 피지 않았기 때문이다.

사실 2국에서 젊은 기사 사하시 6단과 대국할 때는 중반에 해바라기가 피었고, 그 수를 경계로 압도적으로 큰 차이를 내며 이겼다.

"아, 강해. 지나치게 강해."

그것이 사하시 6단이 패배 후 장기판 옆에 앉아 있던 입회 이사 요시오카 8단이 뱉은 첫마디였다.

해비라기는 3국 때에는 왜 피지 않았던 걸까.

미타가 요이치와 비슷하게 생겼기 때문일까.

미부의 헛기침 소리가 들렸다.

장기판 위로 얼굴을 숙인 채 흘끗흘끗 게이스케를 쏘아보고 있었다.

노려보기였다.

까다로운 국면에서 미부가 무의식적으로 보이는 버릇이었다.

벽시계를 봤다.

4시 2분.

장기판에 의식을 집중시켰다.

미부가 화장실에 가는 기색을 느꼈다.

하카마 옷자락에 손을 가지런히 하고 방을 나가는 참이었다.

'제한 시간이 다 됐는데도 화장실에 간다. 과연 미부다.'

게이스케는 그렇게 생각했다.

지금 수를 두면 자동적으로 미부는 초읽기가 시작된다. 미부는 제한 시간을 넘길 가능성이 있었다.

그런데도 화장실에 갔다.

기사라면 그런 짓을 할 리 없다고 생각하고 있는 거다.

할 수 있다면 해봐라.

미부는 그렇게 말하고 있었다.

조금도 쫓기고 있지 않다는 자신감을 보임으로써 상대를 위축시키려는 것인가. 미부는 이 타이틀전에서 온갖 심리전을 구사했다.

의식적으로 그런 건지, 무의식중에 그렇게 하는 건지는 알 수 없었다.

아마도 후자일 것이다.

지금까지 미부가 장기계를 석권하는 과정에서 선배 기사에게서 당한 일을 후배인 신인에게 무의식중에 시전하는 것이다. 게이스케는 그렇게 생각했다.

이 정도 압박에 져서는 타이틀을 딸 수 없다.

미부는 게이스케에게 그렇게 말하고 있는 것일지도 모른다.

게이스케는 잡념을 떨쳤다.

제한 시간을 다 쓸 작정으로 수를 읽었다.

어느새 미부가 자리에 돌아와 앉아 있었다.

턱 앞에서 손에 든 부채를 착 착 폈다 접었다 했다.

착 착. 착 착.

일정한 리듬.

최면이라도 걸린 것처럼 의식이 멀어져갔다.

이끌리듯 눈을 감았다.

3년 전 기억이 문득 해마 깊숙한 곳에서 일어섰다.

'안 돼. 지금은 안 돼.'

떨쳐내려 했다.

그러나 기억은 서서히 의식의 대부분을 차지하기 시작했다.

"가미조 선생님, 한 시간 남았습니다."

기록계의 목소리. 의식이 반상으로 돌아왔다.

퍼뜩 벽시계를 봤다.

게이스케가 둘 순서가 되고 나서 40분이 지났다.

그 사실을 깨닫자 얼굴에 핏기가 가셨다.

이런 일은 한 번도 없었다. 적어도 프로가 되고 이만큼 긴 시간을 장기판 밖으로 의식이 튀어나간 적은 한 번도 없었다.

'이처럼 중요한 승부에서 내가 무슨 짓을……'

마음속으로 가슴을 쳤다.

쓸개즙처럼 쓴 침이 입안에 고였다.

미부를 봤다.

장기판을 노려보고 있었다.

안경 속 눈빛이 살기를 품고 있었다.

평소의 유순한 표정과는 전혀 달랐다. 미부의 또 다른 면, 자타가 인정하는 장기계 제1인자의 얼굴이었다.

게이스케는 장기판에 의식을 집중했다. 수를 읽었다.

후보가 될 만한 수를 찾아 각각 수십 수 앞까지 읽기를 계속했다.

어렵다.

어느 순서도 확실치 않았다.

호각인가.

이 막판에 와서 호각인 것인가.

게이스케는 오로지 이길 수 있는 길을 찾았다.

갑자기 미부가 신음 소리를 냈다.

아랫입술을 내밀고 빈번하게 고개를 이리저리 꺾고 있었다.

역시 다 읽어내지 못하는 거였다, 미부도.

게이스케는 간절히 바랐다.

피어라, 해바라기——

두통을 기대하고 자세를 가다듬었다.

그러나 통증은 덮쳐오지 않았다.

벽시계의 초침이 재깍거렸다.

눈을 감고 계속 바랐다.

미친 피—— 피어라.

그러나 늘 덮쳐오던 편두통은 찾아올 징후를 보이지 않았다.

"가미조 선생님, 남은 시간 10분입니다. 몇 분부터 초읽기를 할까요?"

기록계의 목소리가 들렸다.

"5분에 부탁드립니다."

게이스케가 대답했다.

읽는다.

다 읽어낼 수 없다.

어느 수나 이기는 수순을 찾을 수 없었다.

심장이 경종을 울렸다.

시간이 2분도 안 남았다.

"30초…… 40초……."

집중했다.

"50초…… 55초……."

안 된다.

"가미조 선생님, 1분 장기로 부탁드립니다."

이것으로 시간은 미부와 호각.

유일한 우위가 사라졌다.

***

사노는 이시바의 존재도 잊고 해설용 장기판을 봤다.

'어느 쪽이 이길지 도저히 알 수가 없다.'

해설하는 사키무라 8단이 장기판에 손을 댄 채 옆 모니터를
응시하고 있었다.

나지막이 말했다.

"아 이거, 모르겠네요."

탄식했다.

보조 역할을 하는 히로오카 3단이 무서울 정도로 심각한 목
소리로 말했다.

"가미조 6단. 과연 지킬까요, 공격할까요?"

사키무라는 모니터를 보면서 건성으로 중얼거렸다.

"……어느 쪽일까."

***

왕을 압박해, 아니, 공방의 일착이면 돼.

있다, 뭔가 반드시 있다.

갑자기 게이스케의 뇌가 비명을 질렀다.

두통.

왔다—

"30초."

초읽기가 시작됐다.

"40초……."

머리가 깨질 듯이 아팠다.

"50초, 1, 2, 3, 4……."

늦지 마라, 해바라기—

"6, 7."

말 받침의 보를 잡았다.

"8."

그리고 떨리는 손가락으로 재빨리 자신의 왕 옆에 놨다.

받는다면 이 한 수. 어느새 그런 생각이 들었다.

말에서 손을 뗐다.

"앗!"

순간, 소리가 나왔다.

2보.

미부가 깜짝 놀란 표정으로 장기판과 게이스케를 번갈아 쳐다봤다.

믿을 수 없는 것을 본 듯한 얼굴이었다.

게이스케 자신도 믿을 수 없었다.

한 열에 보 2개를 놓은, 2보의 반칙패였다. 학생 때 가라사와를 상대로 딱 한 번 그런 실수를 한 적이 있었다. 그 이후 처음이었다.

몸이 움직이지 않았다.

그대로 굳었다.

대국실 안에서는 어느새 소리가 사라졌다.

아무도 입을 열지 않았다.

숨을 삼키는 기척만 들렸다.

대국실은 소리를 잃었다.

제23장

오전 5시.

사노와 이시바는 야마가타역 상행 승강장에 있었다. 밖은 영하의 기온이었다.

사노는 양손에 입김을 불면서 비벼댔다.

가미조 게이스케가 대국에서 패배하고 대회장의 어수선한 분위기가 안정을 되찾았을 때 사노는 이시바에게 야마가타 신칸센의 첫차부터 잠복해서 기다려야 한다고 이야기했다.

"가미조 게이스케는 첫 기차를 탈 겁니다."

그렇게 귀엣말을 하자 이시바는 무슨 말이냐는 표정을 지으며 미간을 찌푸렸다.

'무슨 근거로 그렇게 단정하는 거지?'

얼굴이 그렇게 말하고 있었다.

최종국까지 엎치락뒤치락 한 세기의 일전은 도전자의 반칙패라는, 모든 사람들이 자신의 눈을 의심하게 만드는 상황으로 막을 내렸다.

자신의 보가 존재하는데도 같은 열에 잡아놨던 보를 두는 것은 반칙이다. 장기라는 게임에서는 반칙을 하면 그 즉시 패배가 확정된다.

초보가 흔히 지지르는 실수다.

장기를 막 익혔을 무렵에는, 아니, 초단급이 되어서도 누구나 한두 번은 경험하는 일이다.

실은 프로의 대국에서도 가끔 볼 수 있을 만큼 흔히 있는 실수였다.

생각의 함정에 빠져 그 열에 이미 보가 있다는 사실을, 수를 읽는 사이에 그만 깜빡 잊어버리는 것이다.

사노에게도 그런 경험이 있었다.

장려회 시절 3단 리그에서 대국하던 상대가 2보 반칙을 범했다.

그때는 이겨서 기뻤다기보다는 마음이 견딜 수 없이 아팠다. 2보를 범한 상대방의 심경을 생각하니 도저히 기뻐할 수 없었다.

열심히 둔 장기가 한순간에 허사가 됐다. 반칙패한 상대방의 번민, 통한은 얼마나 클까. 사노 자신도 경험이 있는 만큼 그것을 아프리만치 잘 알았다.

'누구와도 말하지 않고 아무와도 눈을 마주치지 않고 이 자

리에서 사라져버리고 싶다.'

자신이 아마추어 기전에서 2보 반칙을 범했을 때 그렇게 생각했다.

그런 만큼 귀신의 집이라 일컬어지는, 먹느냐 먹히느냐의 3단 리그에서 이런 부주의 반칙을 한다는 것은 치명상에 가까웠다. 더구나 당사자는 나이 제한의 벽에 짓눌려 파괴되어가는 베테랑이었다. 1국, 1국에 인생을 걸고 싸우는 장려회 3단이었다.

어제 가미조 게이스케는 3단 리그에서 반칙패를 한 그 사람보다 몇 배나 큰 타격을 입었을 것이다.

일본 전국의 장기 팬이 주시하는 세기의 일전에서 앞으로 한 걸음만 더 가면 장기계의 최고봉에 손이 닿으려는 찰나, 도저히 생각할 수 없는 실수를 범한 게이스케의 마음은 그 누구도 미루어 짐작할 수 없을 터였다.

대회 종료 연회 자리에서 게이스케는 아마도 노 가면의 웃는 얼굴 같은 표정으로 관계자의 술잔을 받았을 것이다. 연회가 끝난 후 만약 그날 밤 상행 신칸센이 있었다면 당장이라도 덴도에서 택시를 타고 야마가타역까지 가서 기차에 올라탔을 것이다.

자신이라면 분명 그렇게 했을 것이다.

그러니 게이스케 역시 누구와도 얼굴을 마주치지 않아도 되는 첫 기차로 도쿄로 떠날 게 분명했다.

어젯밤 묵은 여관의 방에서 사노는 그렇게 이시바에게 말했다.

두 사람은 어제 야마가타현 덴도시에 들어왔다. 프로 기사인 가미조 게이스케를 추적해서 온 것이었다. 아마기산 속 중년 남성 사체 유기 사건에 게이스케가 관여한 듯한 증거가 나오고 나서 4개월이 지난 때였다.

지금 세상이 주목하고 있는 저명인을 강제로 연행했다가 만에 하나라도 판단이 빗나간 것으로 결론나면 언론은 호들갑을 떨 것이고, 경찰의 신뢰는 크게 손상될 것이다. 그것을 두려워한 상층부는 신중에 신중을 거듭하며 내사를 진행했고, 모든 정황을 고려할 때 게이스케가 관여된 것은 거의 틀림없다는 판단에 도달했다.

단, 지금 세간에는 사상 초유의 장기 붐이 일고 있었다. 미부가 전인미답의 7관왕을 달성할 것인가, 아니면 불꽃의 기사라 불리는 이단아 게이스케가 그것을 저지할 것인가, 수많은 사람들이 승부를 지켜보고 있었다. 그런 가운데 게이스케를 체포하는 것은 사회적 파장이 클 수밖에 없었다. 위에서는 게이스케가 도망칠 가능성이 극히 적다는 것 등 여러 사정을 감안해 게이스케를 강제 연행할 타이밍을 용승전 종료 시점으로 결정했다. 그것이 그저께의 일이었다.

사노와 이시바는 바로 출장 신청서를 제출하고 어제 게이스케가 대국을 위해 방문 중인 덴도시로 왔다.

부하의 의견에 이시바는 담배 연기를 내뿜으면서 끄덕였다.

"흐음, 일리 있는 말이군."

이시바가 따뜻하게 데운 술을 사노의 술잔에 따랐다.

사노는 술병을 들고 이시바에게도 따라주면서 물었다.

"역시, 가미조 게이스케가 도묘를……."

사체의 셔츠에 묻어 있던 도묘 것으로 보이는 혈흔과 나이프 등에 의한 것이라고 여겨지는 예리한 절단면. 논리적으로 생각하면 게이스케가 도묘를 찔러 죽이고 사체와 함께 장기말을 묻었다고 생각하는 게 당연했다.

"자네. 아까 과장한테서 온 전화, 어떻게 생각하나?"

여관에 도착해서 얼마 안 돼 오미야 북부경찰서의 이토타니 형사 과장에게서 사노의 휴대전화로 연락이 왔다.

다른 수사반 중 하나가 도묘와 그의 사체가 발견된 아마기산 기슭의 마을 고우라마치 사이에 관련이 있다는 사실을 알아냈다. 즉 도묘는 한때 그 마을에서 어떤 여자와 살았다는 것이다.

"예전에 자신이 살았던 동네 근처라면 도묘가 그 장소를 제안했다는 거겠지요."

"뭣 때문에?"

"글쎄 그건……. 돈을 주고받기 위해서라든가."

이시바가 어림도 없다는 듯 코웃음을 쳤다.

"그런 빈약한 상상력으로 잘도 장기 기사가 되려고 했군."

사노는 불끈했다. 자신의 상상력이 부족하다는 건 굳이 말해주지 않아도 스스로 가장 잘 알고 있었다.

"그럼 이시바 경부님은 어떻게 판단하십니까?"

스스로도 목소리에 화가 배어 있다는 것을 알 수 있었다.

이시바는 술잔을 비우더니 술병을 손에 들고 자작으로 술잔을 채웠다.

"애당초 발단은 말이야."

술잔에 입을 대면서 말했다.

"가미조 게이스케의 아버지가 실종된 일이야."

"도묘의 사체가 발단 아닌가요?"

저도 모르게 말이 입 밖으로 나왔다.

"멍청한 놈. 난 시간순에 따라 말하는 거야."

"시간순?"

"그래. 게이스케의 아버지가 실종된 시기는 도묘의 사망 추정 일시보다 앞선 게 분명해. 감식에 의하면 도묘가 죽은 것은 지금으로부터 대략 3년 전, 게이스케의 아버지는 그 전부터 종적을 감췄어."

"즉, 어떤 사정에 따라 먼저 게이스케의 아버지가 살해당했다고 말하고 싶은 거지요?"

이시바는 담배에 불을 붙이고 화가 난다는 듯이 중얼거렸다.

"그래. 돈이 얽힌 사정이 있겠지. 그 아버지란 작자는 제대로 된 인간이 아니었어. 아마 출세한 게이스케에게 돈을 달라고 졸랐겠지."

"그렇다면……."

사노는 머리를 정리했다.

"게이스케가 아버지를 죽이고 그 비밀을 눈치챈 도묘도 살해했다, 그런 겁니까?"

이시바가 담배 연기와 함께 크게 숨을 내뱉었다.

"그러니까 자넨 프로 장기 기사가 못 된 거야. 자, 생각해봐. 사람을 둘이나 죽인 인간이 무대에 나서서 사람들에게 얼굴을 내밀고 주목받고 싶어 할까? 발각되면 사형당할 가능성도 있는데 말이야. 그런 자들은 그늘에 숨어서 되도록 다른 사람인 것처럼 행세하며 세월을 보내고 싶어 하는 게 보통이야. 그런데 게이스케는 아버지의 실종과 때를 같이 해서 아마추어 기전에 나왔고, 연전연승으로 프로까지 됐어. 언론의 주목을 받으면서 말이지."

듣고 보니 일리가 있는 말이었다. 살인을 범한 인간은 되도록 사회의 한쪽 구석에서 조용히 살고 싶어 하는 것이 보통이리라. 무엇보다도 자산이 수십억 엔이라는 소문이 있는 게이스케이니만큼 돈이라면 이미 썩을 만큼 갖고 있을 터였다. 해외에라도 나가면 얼마든지 방법은 있었다.

이시바는 고개를 빙그르 돌리더니 천장을 향해 작게 숨을 내쉬었다.

"사이코패스라면 앞뒤가 맞는데 말이야."

"사이코패스……."

반사회적 인격 장애. 양심이 비정상적으로 결여되어 죄악감을 느끼지 못하며 자기중심적인 특성이 있는 정신 질환자를 이르는 말이었다. 게이스케에게는 들어맞지 않았다. 사노는 바로 부정했다.

게이스케의 기보를 보면 사람 냄새가 난다는 것만큼은 분명했다. 형세가 나빠도 버티고 버티며 때로는 촌스럽게라도 승리를 얻는 것이 게이스케의 기풍이었다. 막판의 묘수에만 시선이 가기 쉬운데, 그런 화려한 묘수는 그 전에 돌을 물고 늘어지는 끈기가 없으면 나올 수 없었다.

이시바가 재떨이에 담배를 비벼 껐다.

"설령 가미조 게이스케가 둘을 죽였다 해도 동기는 뭐지?"

"원한, 돈, 입막음……."

생각나는 대로 말했다.

"아버지는 원한과 돈에 얽힌 것이라고 쳐도 도묘를 죽일 이유는 뭐지?"

"장기말 매매 대금을 갖고 도망친 데 대한 원한, 아버지의 실종 건으로 협박당한 것에 대한 입막음 아닐까요? 혹은 양쪽 다 동기일지도 모릅니다."

겉옷 주머니에 양손을 넣은 이시바의 시선이 허공에서 헤맸다.

"납득이 안 가."

"뭐가요?"

"글쎄, 도묘는 내버려둬도 금방 죽을 사람이었다고."

"가미조는 도묘가 병에 걸린 줄 몰랐을지도 모르죠."

"죽을 때가 된 사람의 얼굴은 보면 알 수 있어. 그 정도의 인간이라면 말이지."

사노는 반박하려다 목구멍 속으로 말을 삼켰다.

게이스케 정도의 인간이라면 죽을 때가 된 사람의 얼굴을 알 수 있다니, 아무 근거도 없는 말이었다. 그러나 이시바에게 반론을 말해봤자 아무 소용 없었다.

"하지만 그렇다 쳐도 왜 장기말을 함께 묻었냐 이거야. 600만 엔이나 하는 말을 말이야."

이시바는 혼잣말처럼 중얼거리더니 이불 속에 들어가 전등을 올려다보며 턱을 치켜들었다.

"꺼. 내일은 일찍부터 움직여야 해."

사노는 시키는 대로 전등을 끄고 이불을 덮었다. 베개 위에서 양손을 잡고 천장의 어둠을 응시했다.

게이스케와 도묘의 관계는 험악했다. 예전에 도묘가 게이스케를 속이고 그의 장기말 대금을 갖고 도망쳤다. 그런 상대의 사체 곁에 왜 장기말을 놔뒀을까. 어쩌면 게이스케의 아버지를 죽인 것은 도묘이고, 장기말은 청부 살인의 보수인가. 그러나 사자에게 보수를 주는 건 의미가 없다. 설령 게이스케가 의리 있는 남자였다 하더라도 죽은 사람에게 노잣돈을 주려 했다면 장기말이 아니라 그에 해당하는 현금으로 족했을 터. 그렇다면, 왜.

사고는 계속해서 같은 곳을 돌고 돌았다.

그러는 사이에 사노는 잠에 빠져들었다.

"왔다."

사노는 자신도 모르게 작게 중얼거렸다.

엘리베이터에서 내려 신칸센 상행 승강장으로 걸어오는 게이스케의 모습이 보였다.

왼손으로 끌고 있는 대형 캐리어에는 대국할 때 입은 일본 옷이 들어 있을 것이다. 오른손에도 큼직한 보스턴백을 안고 있었다.

사노와 거리를 두고 승강장 의자에 걸터앉아 있던 이시바는 사노에게서 눈짓을 받고 코에서 아래로 크게 펼쳐서 들고 있던 신문을 넷으로 접어 오른손으로 둥글게 말아 쥐었다.

첫 기차가 들어오는 시간까지 앞으로 1분.

게이스케는 기차 맨 앞에 붙는 그린 차량의 문이 열리고 닫히는 곳에 서 있었다.

살았다. 지정석이라면 차량 양쪽 출입구를 다 확인해야 한다. 그러나 야마가타 신칸센의 맨 앞에 붙는 그린 차량은 승강구가 한 곳뿐이었다. 그곳만 지키면 놓칠 일은 없었다.

신칸센이 홈으로 들어왔다.

기차를 기다리는 손님은 가미조와 사노를 포함해서 다섯 명.

사노는 그린 차량에서 조금 떨어진 자유석 출입구가 열리는 곳 앞으로 발을 내디뎠다.

홀긋 옆을 봤다. 이시바는 맨 뒤 차량의 입구가 열리는 곳으로 움직이는 참이었다.

이시바는 승차 후 사전에 약속해놓은 대로 사노가 있는 자리까지 와서, 그다음은 교대로 그린 차량의 출입구를 지키면 됐다.

***

그린 차량의 창에 얼굴을 가까이 대고 게이스케는 아직 해가 뜨지 않아 어슴푸레한 밖을 응시했다.

북쪽 지방의 겨울은 하얬다. 평지도 산지도 모두 눈으로 덮여 있었다.

차량 안의 불빛 때문에 창문에 자신의 얼굴이 비쳤다. 창백하고 거무스레한 얼굴이 마치 병자 같았다.

어젯밤은 한숨도 못 잤다. 2보의 반칙을 범한 순간이 뇌리에 달라붙어서 눈을 감아도 눈앞에서 사라지지 않았다.

프로로서는 해서는 안 될 실수. 하물며 수많은 팬이 주목하는 타이틀전에서는 절대 있어서는 안 될 실수.

왜 그런 실수를 하게 된 걸까?

머리가 이상해져버린 걸까?

불길한 피가 동맥 안에서 급류가 되어 날뛰어 흐르면서 만들어낸 업인가?

애당초 자신은 살아갈 가치가 있는 인간일까?

유리창에 비친 자신의 얼굴에 문득 도묘의 얼굴이 겹쳤다.

혼이 빠져나간 얼간이 같은 얼굴.

눈을 감으니 3년 전 일이 마치 어제 일처럼 되살아났다.

도묘가 스와의 주소를 듣고 나간 후 요이치가 게이스케 앞에 모습을 나타내는 일은 더 이상 없었다. 도묘가 정확히 일을 완수한 건지, 아니면…… 단지 요이치에게 사정이 생긴 건지.

게이스케는 초조한 기분을 누르고 도묘에게서 연락이 오기를 기다렸다.

도묘에게서 연락이 온 것은 반년이 지난 후였다.

아직 정오가 되기 전에 회사로 전화를 걸어온 도묘의 목소리는 수화기 너머로도 알 수 있을 정도로 약해져 있었다.

"약속은 완수했다."

약속은 완수했다——

요이치는 이 세상에서 사라졌다.

입 밖으로 터져 나올 것이라 여겼던 쾌재는 목구멍 속에서 막혔고, 대신 가늘고 긴 한숨이 새어 나왔다.

정말인가. 정말로 요이치는 죽은 건가.

말로 확인하고 싶은 것을 꾹 참았다.

"그래서 지금 어디 있는데?"

"신주쿠다."

도묘의 목소리 뒤에서 희미하게 차들이 오가는 소리가 들렸다. 도로변 공중전화에서 거는 모양이었다.

"약속은, 지켰다."

도묘가 띄엄띄엄 같은 말을 되풀이했다.

"이번에는 내 부탁을 들어줬으면 좋겠다."

돈인가. 게이스케는 의자를 빙그르 돌려 임원실 창으로 밖을 바라봤다.

"얼마면 되는데?"

수화기 맞은편에서 웃는 기척이 났다.

"돈이 아니야."

게이스케는 한순간 말문이 막혔다.

"그럼, 뭔가?"

"나를 차로 어떤 장소까지 데려가줬으면 해."

"어떤 장소?"

"그래."

의도가 뭔지 알 수 없었다.

"그리고 장기말을 가져와줘."

"장기말을?"

"어어. 그 초대 기쿠스이게쓰가 만든 말. 장기판도 필요해."

장기를 두자는 건가. 게이스케는 솟아오르는 의구심을 뿌리쳤다. 자신이 할 수 있는 것은 일단 모두 해주자는 생각이 들었다.

"지금 신주쿠 어디에 있는 거지?"

"하나조 신사 앞에…… 있어."

도묘의 호흡이 크게 흐트러졌다. 몸 상태가 몹시 안 좋은 것 같았다.

"알았어. 40분 정도면 갈 수 있을 거야."

"응, 부탁해."

전화는 끊겼다.

시계를 봤다. 오전 11시 30분.

게이스케는 비서로 일하는 여사원에게 오후 일정을 모두 취소하라고 전하고 일단 집으로 돌아가 장기말과 장기판을 싣고 차를 몰았다.

하나조에 신사 앞에서 차를 기다리고 있던 도묘는 마치 노숙자 같은 모습을 하고 있었다. 실제로 최근 한 달 동안 노숙자나 다름없는 생활을 했을지도 몰랐다. 머리도 수염도 자랄 대로 자랐고 옷도 꾀죄죄하니 고약한 냄새를 풍길 것 같았다.

짧게 경적을 울리자 도묘가 게이스케를 알아보고 다가와 뒷좌석 문을 열고 올라탔다. 그는 시트에 몸을 옆으로 누이고는 한숨 소린지 신음 소린지 알 수 없는 소리를 흘렸다.

"어디로 가면 되나?"

"사이타마…… 우선 오미야 방면으로……."

시트에 얼굴을 대고 엎드린 채 도묘가 대답했다.

게이스케는 아무 말 하지 않고 차를 출발시켰다.

차를 타고 가는 동안에는 아무 대화도 없었다.

때때로 괴로워하는 도묘의 숨소리가 들릴 뿐이었다.

이시쓰키 인터체인지를 내려선 곳에서 게이스케가 뒤쪽을 향해 말을 걸었다.

"여기서부터는 어디 쪽으로 갈까?"

"아마기산."

"아마기산?"

"아마기산 기슭에 아마기 신사가 있어. 우선 거기까지 가자."

아마기 신사의 주차장에 도착하자 게이스케는 눈에 띄지 않는 곳에 차를 세웠다. 엔진을 끈 다음 운전석에서 내려 뒷좌석 문을 열었다.

"어이, 도착했어."

자고 있던 건지 의식이 가물가물했던 건지 도묘는 감고 있던 눈을 희미하게 떴다.

"어디야?"

"아마기 신사 주차장이야."

"여기서부터……."

도묘는 몸을 일으켰다. 온 힘을 쥐어짜듯이 말했다.

"걸어서 40분쯤 올라가면 전망 좋은 곳이 있어."

문을 붙잡고 도묘는 차에서 내렸다.

"거기서 장기를 두고 싶어."

게이스케는 도묘가 왜 그 장소에서 장기를 두고 싶어 하는지 이유를 몰랐다. 하지만 그것이 도묘에게 중요한 의미가 있다는 것만큼은 알 수 있었다.

"붙잡아."

장기판과 장기말을 담은 가방을 손에 들고 도묘에게 어깨를 내밀었다.

도묘는 휘청거리는 발걸음으로 게이스케의 어깨에 손을 얹었다.

차 안에서 한동안 같이 있었던 탓인지 도묘의 몸에서 감도는 고약한 냄새는 코에 익숙해져 더 이상 거슬리지 않았다.

야위어 홀쭉해졌다고는 하지만 덩치 큰 사내에게 어깨를 빌려주고 무거운 짐을 들고 산 경사면을 올라가는 것은 쉬운 일이 아니었다. 빽빽이 늘어선 나무에 어깨를 맡기면서 쉬엄 쉬엄 산속 깊은 곳으로 나아갔다.

게이스케는 도묘가 무슨 생각으로 산속으로 가자고 한 건지 계속 생각했다.

초대 기쿠스이게쓰가 만든 긴키 섬회양목 돋움말. 이 장기말을 가져오라고 한 것은 자신과 장기를 두고 싶어서다. 그것도 특별한 장기를. 분명 도묘에게는 마지막 장기일 것이다. 그래서 이 말에 집착한 것이다. 도묘의 몸은 이제 버티지 못한다. 한계일 것이다.

알 수 없는 것은 군마에서 태어난 도묘가 왜 사이타마의 산속을 죽을 장소로 골랐을까 하는 점이었다. 왜 아마기산인가.

한 시간 가까이 올라갔을까. 갑자기 앞이 트인 초지가 눈앞에 펼쳐졌다. 아래 산기슭을 따라 늘어서 있는 인가가 한눈에 들어왔다.

도묘가 신음하듯 말했다.

"여기야. 여기가 좋겠어."

게이스케는 조금 평평한 곳에 가방을 내려놓고 도묘를 앉혔다.

도묘가 하늘을 올려다봤다. 한숨 돌렸다는 듯이 작게 숨을 흘렸다.

게이스케는 도묘 옆에 앉아서 산 아래를 보면서 물었다.

"여기는 당신한테 특별한 장소인가?"

질문에는 대답하지 않고 도묘는 상의 안주머니에서 주사기와 앰풀을 꺼내고 팔뚝을 고무 튜브로 묶었다. 앰풀에서 용액을 빨아들인 주사기를 팔꿈치 안쪽 혈관에 천천히 주입했다.

도묘의 얼굴이 차차 황홀해졌다.

마약. 숨기려고도 하지 않았다.

그대로 나무에 기대 눈을 감았다.

잠시 후 도묘는 갑자기 노래하듯이 말했다.

"아마기산 기슭에는 고우라마치라는 동네가 있어. 아직 너보다 어릴 때 얘기야. 내 인생에서 가장 사람 같은 생활을 하며 보낸 곳이야. 아이 딸린 여자랑 눈이 맞아 둘이 도망치듯 도쿄를 떠나 그 동네에서 살았어. 나는 트럭 운전수를 하고 말이야, 일이 끝나고 집에 돌아가면 밥상이 차려져 있는 거야. 따끈한 목욕물도 받아져 있고 말이지. 지금도 생각나. 연립의 우리 집 앞까지 도달하면 달고 짠 냄새가 나는 거야. 생선 조림 하며 토란 조린 거 하며……."

도묘가 먼눈으로 하늘을 보더니 시선을 떨어뜨리고 계속 말했다.

"결국 그 여자하고는 2년밖에 같이 못 지냈지만, 지금까지 사는 동안에 좋은 추억은 그 동네에서밖에 없어. 죽은 다음에라도 좋으니까 그 동네를 내려다볼 수 있는 곳에 있고 싶었어."

그렇게 말하고 도묘는 눈을 감더니 그대로 죽은 듯 움직이지 않았다.

"어이."

게이스케는 다가가서 도묘의 어깨에 손을 놨다.

"괜찮아?"

흠칫 어깨가 떨렸다. 눈곱이 붙은 눈꺼풀이 희미하게 열렸다.

"마지막, 한 판이야. 먼저 선후를, 정하자고."

도묘가 짜내듯이 말을 뱉었다.

게이스케는 가방에서 비자나무 장기판과 초대 기쿠스이게쓰가 만든 말을 꺼냈다.

장기판을 도묘 앞에 놓고 말 주머니에서 섬회양목의 기쿠스이게쓰를 꺼냈다.

게이스케는 반상에 말을 흘리듯 늘어놨다.

도묘를 보니 더 이상 말을 늘어놓을 체력이 남아 있지 않은 듯 했다.

도묘는 왕장에 손을 댄 채 공허한 눈으로 반상을 내려다보고 있었다.

게이스케는 도묘 몫의 말도 대신 배치해주고 자신의 보를 다섯 개 집어 올렸다. 양손으로 싸고 두세 번 위아래로 흔들어 반상에 뿌렸다.

세 개가 뒤집어졌다. 도묘가 선수였다.

각행이 나갈 길을 열면서 도묘가 말했다.

"말해두겠는데 이건 진검으로 하는 거야."

돈을 따봤자 이미 쓸 데도 없을 거라고 생각하면서도 게이스케는 고개를 끄덕였다.

"얼만데?"

"돈이 아니야. 내가 이기면 내 부탁을 들어줘."

"지면……?"

게이스케는 살피듯이 도묘의 두 눈동자를 봤다. 눈 깊은 곳에서 아까까지는 없던 생기가 돌고 있었다.

"날 내버려두고 산을 내려가."

그럴 생각은 없었지만 일단 고개를 끄덕였다.

"그래, 당신이 이기면 어떻게 하면 돼?"

게이스케는 비차 앞의 보를 앞으로 내밀면서 물었다.

"날 죽여서 이곳에 묻어줘."

숨을 삼켰다. 순간 대답이 나오지 않았다.

"사람을 죽이고 땅에 묻는 건 쉬운 일이 아니야. 나도 힘들었어."

요이치 얘기였다.

난 너를 위해 사람을 죽였다. 너도 살인자가 돼라.

그렇게 말하는 것 같은 기분이 들어서 게이스케는 움찔했다.

지금 도묘와 장기를 둔다면 질 리는 없었다.

그러나 장기판에서는 무슨 일이 일어날지 알 수 없었다. 어찌 됐건 도묘는 일본 최고라고 일컬어지는 도박 장기사였다.

넌 도묘의 약점을 잡아 살인을 하게 했다.

넌 이미 살인자다.

게이스케는 머릿속에서 누군가가 그렇게 말하는 목소리를 들은 것 같았다.

게이스케는 턱을 당기고 단호한 어조로 말했다.

"그러지. 그 진검, 받을게."

세 칸 비차 동굴곰. 도묘가 가장 자신 있어 하는 전법이었다. 이 세 칸 비차 동굴곰으로 아마추어 명인전을 두 번이나 제패했다.

후수인 게이스케는 고정비차 동굴곰으로 자세를 취했다.

서로 왕을 단단히 굳히고 한 발 한 발 우위를 쌓아가자는 작전이었다.

시간은 오후 3시. 산 표면에 부는 바람이 한층 차가워졌다.

도묘는 수를 두면서 망설이는 모습을 보이지 않았다. 늘 두던 순서이기 때문일 것이다. 한 수 한 수에 빈틈이 없었다.

선수인 도묘는 교묘하게 수를 이어가 7열4행에 비차 앞을 찌르는 보를 놓고 7열2행에는 잡아냈던 보를 놓아 금장으로 승격시켰다. 게이스케는 자신이 열세라는 것 알았다.

양손으로 어깨를 안았다.

억누르려고 해도 어깨의 떨림이 멈추지 않았다.

도박 장기의 승부에 '적당히'는 없었다. 진 쪽은 무슨 짓을 해서라도 진 빚을 채우는 것이 도박 장기의 규칙이었다.

한동안 반상을 바라보던 게이스케는 8열6행으로 보를 내보내서 도묘가 잡게 하고, 은장의 바로 앞 칸인 6열6행에 잡아냈던 보를 뒀다. 이 보를 도묘가 은장으로 잡자 게이스케도 잡아냈던 보를 6열7행에 두어 다음번에 금장으로 승격시킬 태세를 취했다.

양쪽 모두 동굴곰으로 울타리를 만들 경우에는 보를 승격시킨 금장으로 승부가 난다는 말이 있다. 왕에 가까운 곳에 보를 승격시킨 금장을 만들 수 있는 쪽이 이긴다.

도묘가 코로 숨을 들이쉬고 입으로 크게 내뱉었다. 복식호흡을 세 번 반복하더니 잡아놨던 각행을 4열6행의 자기 진영에 뒀다. 어디에 그런 힘이 남아 있었나 싶을 정도로 큰 말 소리가 산속에 울렸다.

도묘의 4열6행 각행은 비차를 잡을 수 있는 수임과 동시에 보가 6열8행으로 들어와 금장으로 승격하는 것을 막는 수였다. 비차가 도망가면 도묘는 각행을 9열1행에 둬서 향차를 잡으면서 용마로 승격시킬 것이므로, 게이스케로서는 형세가 차츰 나빠진다. 각행을 막을 한 수가 필요한데, 일단 도묘가 5열5행으로 보를 내밀고 차분히 시간을 들여 7열1행에서 다른 보를 금장으로 승격시키면 형세가 게이스케에게 더 불리해질 것은 확실했다.

열 수 더 진행된 상황에서 게이스케는 질 각오를 해야 했다. 자기 진영의 동굴곰은 손을 안 댄 채였지만 전체 말의 수에서 열세인 데다 도묘의 비차가 용마로 승격하는 바람에 차이가 크게 났다.

패배 시인. 아니, 그렇게 할 수 없었다.

자신의 몸은 죽여도 타인은 죽일 수 없었다.

뭘 바보같이.

머릿속에서 다른 누군가의 목소리가 들렸다.

넌 이미 요이치를 죽였지 않나.

게이스케는 머리의 소리를 지우듯이 머리를 흔들었다.

"최선의 수. 최선의 수를 둬라."

자신의 목소리가 고막을 울렸다.

어느새 소리 내어 외치고 있었다.

도묘가 검붉고 탁한 눈으로 게이스케를 봤다.

"나도 아직 쓸 만하지?"

게이스케는 반상에 눈길을 떨어뜨리고 작게 끄덕였다.

"그래. 도박 장기로 말하자면 당신은 아직도 일본 최고의 장기사야."

도묘가 목구멍 깊숙한 곳으로 웃었다.

"그야 그렇지. 내 생명이 걸려 있으니까."

종반의 시작. 형세는 서서히 종말을 향해 나아갔다.

게이스케의 끈기가 도묘의 기력과 체력을 깎아내고 있었지만 .그래도 아직 도묘의 우위는 변함이 없었다.

도묘가 5열3행에 보를 둬서 그것이 힘을 발휘하면 선수인 도묘가 우세다. 그러나 자기 진영의 5열9행에 보가 있는 상태라서 그것은 불가능했다. 그러면 2보 반칙이 된다.

도묘가 긴 생각에 잠겼다.

이미 해는 기울어 산 표면을 자줏빛으로 물들이고 있었다.

"여기에……."

5열3행 칸을 가리키면서 도묘가 말했다.

"잡아둔 보를 둘 수만 있다면 이기는 건데 말이야. 인생이랑 장기는 정말 뜻대로 안 돼."

도묘가 상의 소맷자락으로 이마를 닦았다. 보니 진땀이 관자놀이를 타고 흐르고 있었다. 약효가 다하기 시작한 걸까. 얼굴을 크게 찡그리고 위를 향해 고개를 빙그르 돌렸다.

"벌써 시간이 이렇게 됐군."

혼잣말같이 말하더니 말 받침에서 보를 집어 머리 위로 크게 올렸다.

반상에 내리쳤다.

5열3행에 보.

게이스케는 놀라서 도묘를 봤다.

입꼬리를 올리고 얼굴을 일그러뜨리고 있었다.

'웃고 있는 건가?'

도묘가 말 받침의 말을 쥐어 반상에 후두둑 떨어뜨리면서 말했다.

"2보 반칙을 했구나. 내가 진 거군."

말이 나오지 않았다. 약효가 다해 정신이 흐려진 게 아니라는 것은 도묘의 눈을 보면 알 수 있었다.

눈빛에 아직 생기가 있었다.

"마지막 승부가 반칙패라니, 나다워."

도묘는 그렇게 말하고는 소리 내어 웃었다.

그대로 뒤로 쓰러져 대자로 누웠다.

순간 몸을 기역 자로 꺾더니 연거푸 기침을 해댔다.

"괜찮아?"

다가가 어깨를 안아 일으켰다. 등을 문질렀다.

도묘는 괴로운 듯이 입에서 침을 흘리고 있었다.

"내 말 들어. 넌 프로가 돼라. 너라면, 할 수 있어."

말없이 끄덕였다.

"약효가 다하면 말이지, 아파…… 엄청나게……. 배 속을 말이지, 벌레가 하나 가득, 기어서, 돌아다녀."

도묘는 떠듬떠듬 말했다.

"몇 번이나, 요놈으로……."

말하면서 상의 주머니에서 비수를 꺼냈다.

"도려내려 해봤지만 막상 하려고 들면 못 찌르겠더라고."

도묘의 기분은 지나칠 정도로 잘 알았다.

자신을 이 세상에서 없애고 싶은데, 막상 하려 들면 그걸 할 수 없다.

"그래도 오늘로 결심이 섰어. 더 이상 여한은 없어."

말을 끝내자마자 도묘는 비수를 빼서 막을 새도 없이 자신의 배를 푹 찔렀다.

깊숙이―

게이스케는 사체 옆에서 땅을 팠다. 도묘의 복부에서 비수를 뽑아 삽으로 사용했다. 필사적으로 땅을 긁어냈기 때문에 양손 손톱이 갈라졌다.

세 시간.

주변은 캄캄했고 달빛만이 의지가 됐다.

사체를 묻을 수 있을 만큼 구덩이가 생기자 도묘의 몸을 그곳에 뉘였다.

더 이상 숨을 쉬지 않는 도묘의 얼굴을 봤다.

늘 돈에 쫓기던 변변치 못한 인간. 일류 중의 일류 도박 장기사. 도묘의 삶을 어떻게 볼지는 사람마다 다를 것이다. 다만 한 가지 분명한 것은 도묘는 자신의 인생을 끝까지 살아냈다는 거였다.

게이스케는 장기판 옆에 앉았다.

반상에 남은 말을 하나하나 손수건으로 닦아 말 주머니에 담았다.

초대 기쿠스이게쓰가 만든 긴키 섬회양목 돋움말.

말 주머니를 사체의 가슴에 안겼다.

저승길에 보내는 노잣돈이었다.

지옥에서라도 이 말만 있으면 어떻게든 할 수 있을 것이다.

이 남자라면.

그것이 도묘 시게요시, 귀신잡이 주케이였다.

산을 내려가 신사 주차장에 세운 차로 돌아왔을 때는 밤 12시가 지나 있었다.

차 키를 꽂고 핸들을 잡았다.

그대로 푹 엎드렸다.

울음이 터져 나왔다.

숨을 크게 들이쉬고 눈가를 닦았다.

헤드라이트를 켜고 액셀을 밟았다.

고속도로를 향해 차를 달렸다.

요네자와를 지나자 눈이 격렬해졌다.

옆에서 들이치는 눈보라가 신칸센의 차창에 부딪쳤다가 날아갔다.

도묘의 환영을 끌고 가면서 게이스케는 생각했다.

통한의 2보.

도묘의 마지막 장기도 2보였다.

이것도 인연일까.

도묘의 사체가 발견되고 벌써 넉 달이 지났다.

경찰은 어디까지 다가왔을까.

차창을 뚫어져라 바라보는 뇌리에 문득 해바라기가 떠올랐다.

스와 시절, 어머니 주위에서 활짝 핀 해바라기.

서재에 걸린 고흐의 복제화, 꽃병에 꽂힌 해바라기.

그리고 장기판 위에서 이 한 수를 알리는 작은, 그러나, 당당한 해바라기.

주먹을 쥐었다.

아직, 나는 살아 있다.

—

종終

—

사노와 이시바는 그린 차량 바로 옆 칸, 지정석 차량에 앉아 있었다.

상행 신칸센 첫차의 차량 안에는 거의 승객이 없었다. 사노 일행 외에는 신문을 읽는, 샐러리맨처럼 보이는 중년 남자 한 명과 코트를 담요 대신으로 덮고 있는 노인이 한 명 있을 뿐이 었다.

빈 차량 안에서 사노와 이시바는 그린 차량의 출입구를 볼 수 있는 맨 앞줄 자리에 앉았다. 순찰 온 차장에게 빈자리에 앉을 수 있게 허락을 받았다.

통로 쪽에 앉은 사노에게 이시바가 턱을 추켜올리며 말했다.

"도쿄까지 가는 사이에 내릴 일은 없을 테지만, 만에 하나란 게 있으니 신칸센이 멈추면 반드시 출입구를 확인해."

"알겠습니다."

사노는 고개를 끄덕이고는 작은 소리로 물었다.

"어제 과장님이 게이스케 어머니의 오빠가 자살했다고 했는데, 이시바 경위님은 그 점에 대해 어떻게 생각하십니까?"

용승전이 끝나고 숙소에 돌아와서 사노는 수사본부에 전화로 연락을 했다. 그때 보고를 받은 이토타니 형사과장은 게이스케의 부모의 호적을 찾아본 결과, 두 사람이 시마네현 유가사키초 출신이라는 것, 게이스케 모친의 오빠가 자살하고 나서 얼마 안 되어 게이스케의 모친과 부친이 사랑의 도피를 했다는 것 등의 사실을 시마네현경의 협조를 얻어 밝혀냈다고 알려줬다.

이토타니는 곧 사람을 보내 주변 조사를 할 필요가 있을지도 모른다고 말한 후 전화를 끊었다.

"이번 사체 유기 사건과 직접 관계는 없겠지만 게이스케 부친의 실종 사건하고는 뭔가 관계가 있을 수도 있지. 세상에는 무슨 일이 일이든 그냥 일어나는 법은 없어. 모든 일은 돌고 도는 물레야."

'무슨 말일까.'

이시바의 말을 머릿속에서 곱씹고 있자니 휴대전화가 진동했다.

상의 안주머니에서 전화를 꺼내 들고 출입구로 향했다. 착신 표시는 형사과장 이토타니였다.

"네, 사노입니다."

"이시바는 같이 있나?"

전에 없이 굳은 목소리였다.

"바꿀까요?"

"그래. 부탁해."

휴대전화를 손에 들고 차량 안으로 돌아와 이시바에게 건 넸다.

"과장님 전화 받으십시오."

이시바는 말없이 받아 들고 출입구로 사라졌다.

4, 5분 후 자리로 돌아온 이시바는 휴대전화를 사노에게 건 네고는 털썩 앉았다.

전방을 본 채 소리 죽여 말했다.

"윗선의 허가가 떨어졌어. 도쿄역에 도착하면 임의동행으로 북부경찰서로 연행할 거야. 도쿄역 야에스 출구에 차를 대기 해놓는다네."

신칸센은 곧 고오리야마에 도착한다.

도쿄까지 한 시간 반.

"알겠습니다."

앞을 본 채 목소리에 힘을 줬다.

무릎이 떨렸다.

긴장할 때 느껴지는 떨림.

사노는 가늘게 숨을 내뱉고 차창에 부딪쳤다가 날아가는 눈을 뚫어져라 바라봤다.

＊＊＊

도쿄역에 내려서자 게이스케는 코트 깃을 세웠다. 오미야 부근에서 멈췄던 눈이 다시 내리기 시작했다.

오른손으로 보스턴백을 안았다. 왼손으로 캐리어 케이스를 끌고 걷기 시작했다.

앞으로 어떻게 하지?

모르겠어.

장기는 계속할 건가?

모르겠어.

우에노를 지났을 즈음부터 머리에 달라붙어 떨어지지 않는 자문자답이었다. 아무리 반복해도 답은 나오지 않았다.

인파에 밀리면서 승강장 계단으로 향했다.

문득 하늘을 덮고 있던 구름이 끊기면서 햇살이 승강장 위로 내리쪼였다.

멈춰 서서 위를 봤다.

승강장과 승강장 사이로 은색으로 빛나는 눈송이들이 천천히 내려왔다.

"아아."

은색 실을 잘게 잘라 놓은 것 같은 반짝임에 숨이 새어 나왔다.

그 자리에 내내 서서 하늘을 올려다보고 있자니 뒤에서 누군가 말을 걸어오는 소리가 들렸다.

"가미조 게이스케 씨지요?"

돌아봤다.

눈매가 날카로운 중년 남성과 그 뒤에 젊은 남성이 대기하고 있었다.

형사.

신분을 밝히기 전부터 게이스케는 알았다.

"사이타마현경에서 나왔습니다. 아마기산 산속에서 발견된 사체에 대해 여쭙고 싶은 게 있습니다. 오미야 북부경찰서까지 동행해주시지 않겠습니까?"

중년 남성이 낮은 목소리로 말했다.

때가 온 건가. 그런 생각이 머리를 스치고 지나갔다.

기차가 들어온다는 안내 방송이 승강장에 흘렀다.

상행 신칸센이 다가오고 있었다.

게이스케는 천천히 숨을 내쉬고 보스턴백을 승강장에 내려놨다.

젊은 형사가 그것을 집으려고 허리를 구부렸다.

순간—

몸을 날렸다.

은색으로 빛나는 눈송이들이 만개한 해바라기로 바뀌었다.

날았다.

해바라기를 향해.

♟ 장기판 모양

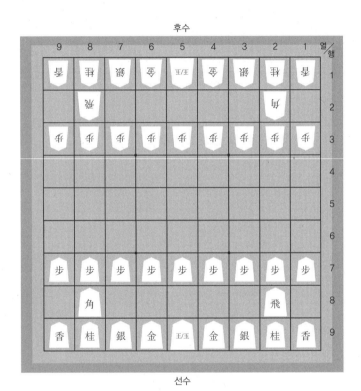

후수

선수

* 장기판의 세로/열은 선수 측에서 보아, 오른쪽부터 세어 1열부터 9열이 되고, 가로/행은 위에서부터 시작해 1행부터 9행이 된다. 선수와 후수의 결정은 보통 보 5개를 던져서 겉면이 많이 나온 쪽이 선수가 된다.

♠ 장기말의 이름과 기본 움직임

○ : 움직일 수 있는 위치   — | ╱ ╲ : 제한 없이 이동 가능한 방향   ☆ : 건너뛰어 움직일 수 있는 위치

말	움직임	말	움직임
옥장玉將 옥玉 왕장王將 왕王	 모든 방향으로 1칸씩 움직일 수 있다.	은장銀將 은銀	 전방 또는 대각선으로 1칸씩만 움직일 수 있다.
비차飛車 비飛	 직선상에서는 원하는 만큼 움직일 수 있다. 말을 뛰어넘을 수는 없다.	계마桂馬 계桂	 앞으로 2칸 이동하고 그 양옆으로 1칸 움직일 수 있다. 이동 중에는 말을 뛰어넘을 수 있다.
각행角行 각角	 대각선으로 원하는 만큼 움직일 수 있다. 말을 뛰어넘을 수 없다.	향차香車 향香	 앞으로는 원하는 만큼 움직일 수 있다. 말을 뛰어넘을 수 없다.
금장金將 금金	 전후좌우나 앞방향 대각선으로 1칸씩만 움직일 수 있다.	보병步兵 보步	 앞으로 1칸만 움직일 수 있다.

■ 본문에 등장하는 일본 장기 관련 용어

★ **고정비차** : 居飛車, 비차를 원래 자리에서 움직이지 않고 포진하는 것.

★ **각교환** : 선수와 후수가 서로 각행을 잡는 것.

★ **동굴곰** : 穴熊, 왕을 에워싸 수비하는 방법 중 하나.

★ **봉수** : 封手, 바둑·장기의 대국에서 당일에 끝내지 못하고 다음날로 넘어갈 때, 마지막에 둔 수를 종이에 적어 다시 시작할 때까지 봉해두는 것.

★ **봉은** : 棒銀, 은장을 봉처럼 똑바로 직진시켜 상대방을 압박하는 방식.

★ **옥두전** : 玉頭戰, 서로의 왕의 머리 위에서 일어나는 싸움.

★ **요네나가옥** : 米長玉, 기성棋聖 요네나가 구니오가 많이 사용한 데에서 이름이 붙은 전술. 종반에 왕을 향차 위로 일찌감치 피신시키는 것.

★ **용마** : 龍馬, 각행이 적진에 들어가 승격하면 용마가 되며, 각행과 금장을 합친 것처럼 움직임.

★ **우옥** : 右玉, 비차를 오른쪽에 두는 고정비차이면서 왕도 오른쪽에 두는 것.

★ **울타리** : 囲い, 왕을 에워싸 지키는 전법. 망루울타리, 미노울타리, 배울타리 등이 있다.

★ **이동비차** : 振り飛車, 비차를 처음 위치에서 옆으로 이동시키는 것.

    — 세 칸 비차 : 三間飛車, 비차를 선수, 후수 각각의 입장에서 볼 때 왼쪽으로 세 번째 칸으로 이동하는 전법.

    — 네 칸 비차 : 四間飛車, 비차를 선수, 후수 각각의 입장에서 볼 때 왼쪽으로 네 번째 칸으로 이동하는 전법.

    — 지하철 비차 : 地下鉄飛車, 비차를 맨 아래 행으로 끌어

내려 9열에서의 공격을 꾀하는 것.

★ **입옥** : 入玉, 쌍방의 왕이 적진의 셋째 줄 안으로 들어가는 것.

★ **장군** : 將軍, 장기를 끝내는 마지막 수.

★ **좌마** : 左馬, 각행이 적진에 들어가 승격되어 금장의 능력도 갖게 됐을 때 글자 '馬'를 좌우 뒤집어 쓴 것으로, 장사를 번성케 하고 복을 불러오는 부적으로 사용한다.

★ **중합** : 中合い, 비차, 각행, 향차가 장군을 불렀을 때, 방어하기 위해 상대의 말과 왕장 사이에 말을 놓는 것.

★ **지장기** : 持將棋, 입옥 상황에서 양쪽 다 상대의 왕을 잡을 전망이 없는 경우 양 대국자의 합의에 의해 무승부가 되는 규칙.

24년 전 어느 이른 새벽.

신문을 배달하는 어린 소년이 폐지 묶음에서 장기 잡지를 빼내다가 은퇴한 교사 가라사와에게 들킨다. 어린아이임에도 어려운 장기 잡지를 읽으며 혼자 장기를 익히는 그 아이의 이름은 게이스케. 가라사와는 게이스케의 스승이 되어 장기를 가르쳐준다.

넉 달 반 전 어느 날.

산속에서 오래된 사체 한 구가 발견된다. 사체의 가슴에는 일곱 벌밖에 존재하지 않는 고가의 장기말, '초대 기쿠스이게쓰'가 제작한 장기말이 놓여 있었다. 괴팍하지만 노련한 중견 형사와 프로 장기 기사를 목표로 노력하다가 좌절한 후 경찰이 된 신참 형사가 한 조를 이루어 의문의 사체와 함께 발견된 장기말의 소유자를 추적한다.

24년에 걸쳐 프로 장기 기사로 성장하는 게이스케의 이야기와 두 형사가 장기말의 소유자를 추적하는 넉 달 반 동안의 이야기는 이렇게 시작된다. 장이 바뀔 때마다 번갈아 이어지는 두 이야기는 공교롭게도 24년의 햇수와 같은 24장에 걸쳐 진행되며 종장終章에서 함께 만난다. 그러기 위해서는 긴 시간에 걸쳐 전개되는 게이스케의 이야기는 서둘러서 흘러야 하고, 시간 간격이 짧은 형사들의 이야기는 천천히 밀도 높게 흐를 수밖에 없다. 장이 바뀔 때마다 번갈아 등장하는 두 이야기의 속도 차가 묘한 긴장감을 조성한다. 600쪽이 넘는 책은 이러한 긴장 어린 구조로 지루해할 틈 없이 읽힌다.

두 이야기는 장이 거듭될수록 접근해가다가 결국 마지막 장에서 서로 만난다. 다른 속도로 달려오던 두 이야기가 종장에서 만나 동일한 속도로 흐를 때, 급히 달려오던 게이스케의 이야기는 슬로모션이 되면서 갑자기 밀도가 높아지고, 천천히 진행되던 형사들의 이야기는 상대적으로 밀도를 잃으며 페이드아웃된다. 이 이야기가 기본적으로 불꽃의 기사 게이스케의 이야기였음을 독자들은 그때야 비로소 깨닫는다.

작가는 이러한 구조의 트릭을 통해 자칫 단조롭게 느껴지거나, 지나치게 어렵게 전개되었을 수도 있을 일본 장기 세계의 이야기를 흥미진진하고 속도감 있는 이야기로 풀어내, 2018년 서점대상 2위에 오르는 성공을 거둔다. 그동안 일본 추리작가협회상과 '이 미스터리가 대단하다'상 등을 수상하면서 미스터리 작가로서 쌓아온 저력이 드러난 것이라 하겠다.

이 소설의 작가 유즈키 유코는 40세의 늦은 나이로 문단에 데뷔한 주부 작가인데, 형사, 검사, 조직폭력배 등 터프한 남자들의 세계를 주로 그려내는 것으로 유명하다. 작가는 이번

소설에서 자신의 작품 세계를 넓혀 총과 칼과 피가 아니라 반상 위에서 영혼을 걸고 온 힘을 다해 승부하는 일본 장기, 즉 '쇼기' 기사들의 세계를 그렸다.

쇼기는 우리나라 장기와 달리 일본에서 바둑보다 더 많은 애호가를 거느린 인기 있는 두뇌 게임이다. 이 소설을 읽기 위해 굳이 일본 장기를 알아야 할 필요는 없다. 옮긴이도 일본 장기를 전혀 몰랐지만, 반상의 대결 장면을 읽을 때는 손에 땀이 날 정도로 빨려 들어갔다. 저자의 필력이 그만큼 대단하다는 이야기겠다. 그러나 다른 것은 몰라도 일본 장기와 우리나라 장기의 중요한 차이점을 알아둔다면 책을 읽는 묘미가 더할 것이다.

우리나라 장기와 일본 장기의 가장 큰 차이는 첫째, 잡은 말을 내 쪽 군사로 사용할 수 있다는 것이다. 즉, 포로로 잡은 적군을 아군에 편입시켜 전투에 동원할 수 있다. 따라서 포로를 제대로 선별해 배치하는 능력이 매우 중요하다. 두 번째, 적진(적진 쪽의 1, 2, 3행)으로 들어간 말은 일정한 룰에 따라 승격시킬 수 있고, 그러면 이전보다 더 자유롭고 다양하게 움직일 수 있게 된다는 점이다. 마치 적진에 들어가면 경험이 쌓인 분대원이 분대장이 될 수 있는 것과 같은 개념이다. 이 두 가지 차이 때문에 일본 장기는 우리나라 장기보다 훨씬 다양하고 복잡한 전략 전술을 구사할 수 있으며, 이것이 우리나라와 달리 일본에서 장기가 바둑 이상으로 인기를 누리게 된 이유가 아닐까 한다.

하나 더, 책에는 시합 장면을 재현하는 기보가 종종 나오는데, 기보에서 장기말의 위치를 표시할 때는 행, 열 순서가 아니라 열, 행 순서로 표기한다는 것도 알아둘 필요가 있다. 열, 행을 표시할 때는 언제나 후수가 앉는 자리를 기준으로 한다. 대국할 때는 보통 장기말을 던져 선수 후수를 정하고 시작하는데, 기보를 작성할 때는 후수에 가장 가까운 행이 1행, 후수에서 가장 먼 행, 즉 선수에 가장 가까운 행은 9행이 된다. 또 후수의 시선을 기준으로 가장 왼편의 열이 1열이고, 거기서 오른쪽으로 가면서 2, 3, 4……9열이 된다.

이 정도 상식만 알면 이 책을 더 재미있게 읽을 수 있을 것이다. 일본 장기 문외한인 옮긴이는 장기 대국 장면의 분위기를 살리기 위해 일본 장기를 열심히 연구하던 차, 반갑게도 '일본장기연맹 서울 지부'(쇼기월드 네이버 카페가 지부 홈페이지를 겸하고 있다)가 있다는 것을 알게 되었다. 대국 장면을 번역할 때 거기에서 활동하는 윤혁준 씨 등 지부 회원분들의 도움을 받았음을 알려둔다. 그분들께 감사를 표한다. 아울러 혹시라도 장기 관련 번역에 미흡한 부분이 있다면 그것은 전적으로 옮긴이의 책임이라는 것도 미리 밝혀둔다.

옮긴이는 이 책을 번역함으로써 우연히 2018년 서점대상 1, 2위 도서를 모두 번역하는 기연을 얻었다. 그런 기연을 만들어주신 출판사 편집진께 감사드린다.

서혜영

반상의 해바라기

지은이 유즈키 유코
옮긴이 서혜영
펴낸이 정규도
펴낸곳 황금시간

초판 1쇄 발행 2018년 11월 26일
초판 2쇄 발행 2019년 1월 14일

편집 박은경
교정 이정현
디자인 공중정원 박진범

황금시간
Golden Time

주소 경기도 파주시 문발로 211
전화 (02)736-2031(내선 362, 364)
팩스 (02)6677-7775
인스타그램 @goldentimebook

출판등록 제406-2007-00002호
공급처 (주)다락원
구입문의 전화 (02)736-2031(내선 250~252)   팩스 (02)732-2037

한국 내 Copyright©2018, 황금시간

＊ 구입 후 철회는 회사 내규에 부합하는 경우에 가능하므로 구입문의처에
   문의하시기 바랍니다. 분실·파손 등에 따른 소비자 피해에 대해서는
   공정거래위원회에서 고시한 소비자 분쟁 해결 기준에 따라 보상 가능합니다.

＊ 잘못된 책은 바꿔드립니다.

＊ 책값은 뒤표지에 있습니다.

ISBN 979-11-87100-64-5 (03830)

http://www.darakwon.co.kr
＊ 다락원 홈페이지를 통해 주문하시면 자세한 정보와 함께 다양한 혜택을 받으실 수 있습니다.
＊ 기타 문의사항은 황금시간 편집부로 연락 주십시오.